Nina Blazon

Rabenherz und Eismund

NINA BLAZON

RABEN HERZ & EIS MUND

Bei diesem Buch wurden die durch das verwendete Material und
die Produktion entstandenen CO_2-Emissionen ausgeglichen, indem
der cbj-Verlag ein Projekt zur Aufforstung in Brasilien unterstützt.
Weitere Informationen zu dem Projekt unter:
www.ClimatePartner.com/14044-1912-1001

Penguin Random House
Verlagsgruppe FSC© N001967

1. Auflage 2021
Erstmals als cbt Taschenbuch November 2021
© 2019 cbj Kinder- und Jugendbuch Verlag in der
Penguin Random House Verlagsgruppe GmbH,
Neumarkter Str. 28, 81673 München
Alle Rechte vorbehalten
Lektorat: Petra Deistler-Kaufmann
Umschlaggestaltung: Geviert, Grafik & Typografie, Andrea Hollerieth
unter Verwendung zweier Motive von © Shutterstock (Elena Medvedeva)
KH · Herstellung: LW
Satz: Uhl + Massopust, Aalen
Druck und Bindung: GGP Media GmbH, Pößneck
ISBN 978-3-570-31449-4
Printed in Germany

www.cbj-verlag.de

Ein Märchen.
Für die drei Damen im Abendrot.

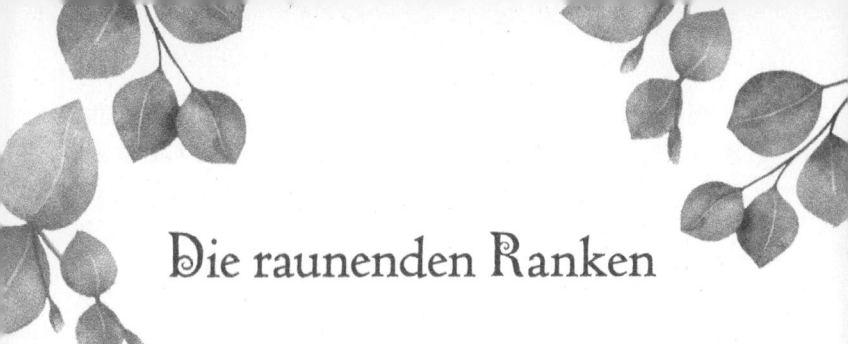

Die raunenden Ranken

Seit Kapitän Santalnik den letzten Eiswinter mit sich genommen hatte, wucherte der Wald hinter der Stadt von Jahr zu Jahr wilder. Die Frauen, die Birkenzweige für das Fest schnitten, mussten sich den Weg durch tief hängende Würgeranken bahnen. Der Pfad, der vom Waldrand zum Wasserfall führte, war in diesem Sommer zugewachsen und auch die kleinen Steinfiguren am Fuß der Weide – Schutzheilige der Wälder – waren unter Gestrüpp und Blättern verborgen. Die drei Statuen waren nur noch Relikte einer vergangenen Zeit, die Stadtbewohner glaubten schon längst nicht mehr an sie – nur Mailíns Schwester Rún liebte die Steinfrauen ebenso sehr wie die Märchen, die von diesen Feen erzählten. Auch heute stellte sie ihren Korb ab und zupfte vorsichtig die Spinnweben von den Gesichtern. Zum Vorschein kamen verwitterte Züge, die Regen und Wind im Lauf von Jahrhunderten glatt geschliffen hatten. Und dennoch waren Rúns Hände so behutsam, als wären die Figuren lebendig. Mailín musste lächeln, als sie beobachtete, wie ihre jüngere Schwester auch noch eine Birne aus ihrem Korb holte und die Frucht ins Moos bettete. »Hast du auch eine Gabe für die Feen, Mailín?«

»Nein.« Mailín löste ihre Sichel vom Gürtel. »Ich könnte ihnen auf dem Rückweg höchstens eine Nachtlilie hinlegen.«

Rún runzelte die Stirn. »Du willst wirklich zum Wasserfall? Wieso schneidest du nicht einfach rote Sternblumen? Die sehen in den Haarkränzen viel schöner aus und wachsen auch hier am Bach.«

»Lovis braucht blaue Blumen. Nachtlilien haben die Farbe des Meeres.«

Rún kaute auf ihrer Unterlippe herum, als würde sie angestrengt nachdenken. Offenbar über etwas, das ihr Sorgen machte. Allerdings machte sie sich ohnehin ständig über alles und jedes Sorgen. Doch plötzlich nickte sie, als hätte sie insgeheim einen Entschluss gefasst, der sie viel Mut kostete. »Dann komme ich mit!«

Mailín lachte auf. »Du willst freiwillig ins Unterholz?«

»Was ist daran so lustig?«, erwiderte Rún gekränkt. »Ich will auch eine Lilie für meinen Kranz haben.« Sie sprang auf und strich sich den Rock glatt. Es war der einzige, den sie besaß. Er war schon etliche Male geflickt worden, was auch daran lag, dass er früher Mailín gehört hatte. Doch Lovis hatte die Risse geschickt unter so kunstvollen Stickereien verschwinden lassen, dass das ärmliche Kleidungsstück sogar ein wenig an ein Tanzkleid erinnerte. In der Mittagssonne, die ihre Lichtfinger gerade durch die Baumkronen streckte, leuchteten die gelben Fäden der Stickereien ebenso golden wie Rúns feines, glattes Haar.

»Bleib lieber hier bei den anderen, Rún. Der Weg ist zugewuchert und sicher auch schlammig.«

»Das macht nichts. Ich binde mir den Rock hoch.«

»Da werden sich die Stechmücken freuen! Am Wasserfall leben außerdem Martiskatzen. Willst du nicht lieber zu deinen Freundinnen zurückgehen? Die Lilie bringe ich dir mit, versprochen.«

Bei der Erwähnung der Martiskatzen war Rún blass geworden, aber zu Mailíns Erstaunen schüttelte sie beharrlich den Kopf. »Ich will mitkommen!«

»Und wenn du auf halbem Weg Angst bekommst? Dann muss ich ohne Lilien mit dir zurücklaufen und Lovis zahlt mir keinen Lohn.« Noch während sie sprach, tat Mailín ihr barscher Tonfall bereits leid, denn Rún sah aus, als hätte sie eine Ohrfeige bekommen.

»Du willst mich wohl um jeden Preis loswerden«, sagte sie gekränkt.

Nein, nur alleine sein, dachte Mailín. Sie rang sich ein Lächeln ab. »Natürlich nicht, Floh.« Doch wie immer spürte Rún auch jetzt die kleinste Schwingung eines falschen Untertons. Mailín machte sich schon auf Tränen gefasst, aber heute überraschte ihre empfindsame kleine Schwester sie ein zweites Mal. »Ach so!« Ihre grünen Augen blitzten auf. »Du triffst dich beim Wasserfall heimlich mit Joun, oder?«

Mailín seufzte. Das war das Schlimme am Leben in ihrer Stadt: Jedes Haus und jede Straßenecke hatten Augen und Ohren. Und der Wind, der durch die Gassen Falúns strich, hatte Flüsterstimmen, die alles zu ganz neuen Geschichten verdrehten. »Warum sollte ich mich heimlich mit ihm treffen, wenn ich ihn jeden Tag bei der Arbeit in der Schmiede sehe?«, sagte sie verärgert. »Was habt ihr neuerdings nur alle mit Joun und mir?«

Rún grinste wie eine Fledermaus und hob vielsagend die Augenbrauen. »Sieht doch jeder, dass er in dich verliebt ist. Und du bist ständig mit ihm unterwegs.«

»Wenn es danach geht, mit wem ich ständig unterwegs bin, müssten sich die Leute eher über Pjott und Kerem die Mäuler zerreißen.«

»Aber Leen sagt, sie geht jede Wette ein, dass ihr noch in diesem Dezember heiratet...«

»Ich werde weder in diesem noch im nächsten Winter heiraten!«

»Du willst wirklich bis zum übernächsten Jahr warten? Dann bist du neunzehn und steinalt.« Rún kicherte los, als sie Mailíns entgeistertes Gesicht sah.

»Wenn du unbedingt mitkommen und mir auf die Nerven gehen willst, hör wenigstens auf, Unsinn zu reden«, sagte Mailín verärgert und schlug den Weg bachaufwärts ein.

»Jetzt werde doch nicht gleich wieder wütend!«, rief Rún ihr lachend hinterher. »Warte! Du hast dein Haarband verloren.«

Statt einer Antwort fasste Mailín ihre krausen Locken genervt im Nacken zusammen und stopfte sie unter den Kragen ihrer Lederweste, während sie weitereilte.

Aber ihre Schwester holte sie ein und hielt sie zurück. »Doch nicht so!« Mit geschickten Fingern flocht sie Mailíns Mähne zu einem armdicken, zerzausten Zopf. Als einzige von vier Geschwistern hatte Mailín das schwarze Sturmwolkenhaar ihrer Mutter geerbt und auch die Haut, die in der Sonne so dunkel wurde, dass sie früher »Troll« oder »Rabenhaut« gerufen wurde. Auch die blauen Augen ihrer Mutter hatte nur sie. Rún und ihre zwei kleinen Brüder waren blond und blass wie ihr Vater Elaj und hatten genau wie er feine, zerbrechliche Hände, die zu schwach für die viele Arbeit waren, die nötig war, um eine Familie von Halbwaisen zu ernähren.

Nur ganz selten schaffte es Elaj noch, mit seinem Geigenspiel ein paar Münzen zu verdienen. Von Jahr zu Jahr zitterten seine Hände mehr, wenn er nachts hinter dem Haus saß und die Flasche zum Mund hob, um seinen Kummer in Mondlicht und Branntwein zu ertränken.

»Fertig«, rief Rún. »Und ... glaubst du, wir finden in diesem Jahr vielleicht sogar eine raunende Ranke?«

»Die wachsen nur dort, wo auch die Sommer kalt sind. Die letzte habe ich bei uns vor elf Jahren gesehen.« *Und es ist nicht so,*

dass ich nicht jedes Jahr nach den Raunen suche, setzte Mailín in Gedanken hinzu. Das war der wahre Grund, warum sie so oft in
den Wald ging, manchmal bis zu den schattigen Mooshöhlen an
der Schlucht, wo es besonders kühl war. Aber kalt genug für die
magischen Ranken war es nie. »Geh einen Schritt zurück«, befahl
sie und holte mit der Sichel aus. Sie brauchte ihre ganze Kraft,
um die zähen Flechten, die die Bäume wie lose Spinnennetze verbanden, zu zerschneiden.

»Es heißt doch, die Raunen sprechen mit den Stimmen der
Toten«, hörte sie Rún hinter sich sagen. »Es gab da mal einen
kleinen Jungen, der hatte sich im Rankenwald verlaufen. Und bis
er gefunden wurde, sprach seine verstorbene Großmutter durch
die Raunen zu ihm und sang ihm Lieder vor, die nur er und sie
kannten. So machte sie ihm Mut und hielt ihn in der Kälte wach,
bis er schließlich gerettet wurde. Hast du als Kind im Wald auch
Totenstimmen gehört?«

Mailín rutschte mit der Sichel aus. Eine Flechte schnellte zurück und kratzte über ihre Wange. Mailín schluckte und atmete
tief durch, bevor sie sich zu ihrer Schwester umdrehte. »Die Geschichte ist nur ein Kindermärchen.« Sie wischte sich mit dem
Ärmel über die Stirn. »Vater hat es dir früher vor dem Einschlafen erzählt, weißt du das nicht mehr?«

Rún gelang es nur selten, ihre Gefühle zu verbergen. Auch
heute erinnerte ihr zartes, klares Gesicht Mailín an Wasser, dessen Spiegel sich durch die kleinste Berührung trübte. »Oh«, murmelte sie ehrlich bestürzt. »Das hatte ich ganz vergessen. Aber …
es stimmt doch, dass Raunen sprechen können?«

»Natürlich, aber es ist wie bei einem Wahrsager: In ihrem Ge-
flüster hört jeder nur das, was er ohnehin zu hören hofft.«

Fast tat Mailín diese nüchterne Antwort leid, denn Rún war
sichtlich enttäuscht. »Dann können sie gar nicht in die Zukunft

sehen? Aber früher hat man die Raunen doch in der Nacht des Lichterfestes unter das Kissen gelegt, damit sie...« Sie verstummte und biss sich auf die Unterlippe.

Und endlich dämmerte Mailín der wahre Grund, warum sich ihre ängstliche Schwester so tief in den Wald wagte. *Verliebtheit scheint mutig zu machen.*

»Du willst mich also nur begleiten, um heimlich Raunen zu suchen. Und welchen Namen sollen sie dir heute Nacht im Traum zuwispern?« Mailín beugte sich zu Rún und flüsterte ihr ins Ohr: »Miiika?«

Rún sprang erschrocken zurück. »Was? Aber... nein... Er ist doch Avas Bruder!« Empört schüttelte sie den Kopf. Doch sie wurde so rot, dass sogar ihre Ohren wie Sternblumen leuchteten.

Mailín grinste und wandte sich wieder den Flechten zu. »Der Orakelzauber ist jedenfalls kein Märchen. Er zeigt dir im Traum, welcher Mensch dich im Leben am glücklichsten machen wird...« *Oder am unglücklichsten.* Aber das sprach sie wohlweislich nicht laut aus. Hinter sich hörte sie Rún aufgeregt nach Luft schnappen und musste lächeln. *Meine Kleine ist ja wirklich verliebt.* Eine jähe Zärtlichkeit für ihre Schwester wallte in ihr auf. Doch wie ein dunkles Echo dieser Liebe spürte sie auch wieder ihre eigene Traurigkeit. Mit jeder Stunde, die das Lichterfest näher rückte, wurde der Schatten auf ihrer Seele größer, und jetzt, als sie kurz die Augen schloss, verdichtete er sich und wurde zum Umriss einer Gestalt, die Mailín Märchen ins Ohr raunte. Dunkle, warnende Märchen von weißen Firnfrauen, die in Neumondnächten zu den Häusern kamen, um Menschenkindern mit ihrem eisigen Kuss die Träume und manchmal auch das Leben zu stehlen. Dabei hatte Mailín sich nie vor ihnen gefürchtet. Geborgen in den Armen ihrer Mutter hatte sie als Kind ganze Nächte lang wach gelegen und darauf gehofft, die Wintergeister tatsächlich ums Haus streichen zu hören. Und noch heute, wenn sie nachts nicht einschlafen konnte und sich Sorgen über Geld, Brot und neue Schuhe für ihre Brüder machte, sehnte sie sich manchmal danach, draußen das Rascheln von fallendem Schnee zu hören und darin die federleichten Schritte der Firnfrauen zu erahnen. Ja, Rún hatte sich nicht geirrt: Mailín wollte allein zum Wasserfall gehen. Und es ging ihr nicht nur darum, Nachtlilien für Lovis zu suchen. Mailín wollte auch etwas wiederfinden, was sie vor viel zu langer Zeit verloren hatte.

~❧~

An manchen Stellen wucherten die Flechten so dicht, als wollten sie zwischen den Birken ein Fangnetz bilden. Mailíns Arme waren schon bedeckt vom Sporenstaub der Farne; hüfthohes Gestrüpp kratzte über das Leder ihrer Hose, während sie sich den Weg freihackte. Doch erst als sich eine Dornenranke an ihrem Ärmel verfing, merkte sie, wohin sie geraten war.

»Vorsicht, Rún. Dornen!« Aber es war schon zu spät.

Rún stieß einen erschreckten Schrei aus. Als Mailín herumfuhr, sah sie ihre Schwester zurückstolpern und mitten in ein Dornennest stürzen. Ein hässliches Ratschen erklang, dann schrie Rún noch einmal, diesmal gellend laut und in echtem Entsetzen.

Sofort war Mailín bei ihr, befreite sie von den Zweigen und half ihr auf die Beine. Von Rúns Hand tropfte Blut. Dornen hatten ihr die Handfläche böse aufgerissen, aber Rún starrte nur auf den langen Riss in ihrem Rock, der vom Oberschenkel bis zum Knie reichte. »Oh nein!«, schrie sie auf. »Nein, das darf nicht sein!«

»Das ist nicht schlimm, Floh. Lovis wird den Riss nähen.«

»Das macht sie nie bis heute Abend. Und so gehe ich nicht zum Fest!« Rún brach in Tränen aus. Mailín biss sich auf die

Zunge, bevor ihr ein ungeduldiger Satz über die Lippen kommen konnte. Sie liebte Rún von Herzen, aber in Momenten wie diesen erschien ihr ihre Schwester mehr denn je wie ein zerbrechlicher Vogel, den der kleinste Windstoß ins Trudeln brachte. *Es ist nicht Rúns Schuld*, ermahnte sie sich. *Ich kenne sie und hätte besser aufpassen müssen.* Natürlich war Rún ihr blind durchs Unterholz gefolgt, während sie wahrscheinlich in die Baumkronen schaute und von Mika träumte. Aber Mailín trug Arbeitshosen aus Leder, an denen noch der Ruß aus der Schmiede hing, und hatte die Dornen gar nicht gespürt.

»Komm, wir waschen das Blut am Bach ab. Und für das Fest leiht dir Ava sicher eines von ihren Kleide…«

»Nein!«, brauste Rún ungewöhnlich heftig auf. »Ich will nicht wie jemand anderes aussehen.« Sie schluckte. »Wir sind zwar arm«, brachte sie mit erstickter Stimme hervor. »Aber wir sind kein Lumpenpack, wie alle sagen. Wir haben anständige Kleidung und müssen uns nicht verstecken. Und… es ist mein erster Lichtertanz. Aber bevor ich ihn in zerrissenen Kleidern tanze, bleibe ich lieber zu Hause. Verstehst du das?«

Mailín strich ihrer Schwester zärtlich eine glatte Strähne hinter das Ohr. Ja, sie verstand es nur zu gut. Und so fremd ihr Rún mit ihrer Empfindsamkeit und ihren Launen oft war, in Augenblicken wie diesen fühlte sie sich ihr trotz allem nah. »Es ist gut, seinen Stolz zu haben, Rún. Aber der Einzige, der uns mal Lumpenpack genannt hat, war der Gerbergeselle. Doch dem ist ja auch ein Dachziegel auf den Kopf gefallen, als er noch ein Kind war. Und jetzt komm mit zum Wasser, bevor noch Blut auf den Stoff tropft…«

»Rún?« Zweige knackten unter schnellen Schritten, dann erschienen zwei kleine Mädchen zwischen den Bäumen, beide außer Atem und offenbar auf Schlimmes gefasst. »Sie ist hier,

Ava!«, schrie die kleinere über die Schulter. »Und sie blutet ganz schlimm!«

Nun kam auch Rúns beste Freundin Ava herbeigestürzt. »Was ist passiert? Bist du mit der Sichel ausgerutscht?«

Die Kinder rissen erschrocken Augen und Münder auf. »Leen!«, kreischten sie und rannten zurück. »Rún hat sich mit der Sichel geschnitten!« *Na wunderbar*, dachte Mailín. Kurz darauf eilten schon ein paar Frauen herbei. Leen, die alte Stadtärztin, drängte sich schnaufend zu Rún durch. »Zeig her!«

»Es ist nichts, Leen«, sagte Mailín.

»Kann ja auch nichts sein, wenn sie noch aufrecht steht.« Leen packte Rúns Rechte und drehte die Handfläche nach oben. »Du meine Güte, hast du Mimosen gefrühstückt, Kind? So ein kleiner Kratzer und so ein Riesengeschrei! Deine Großmutter hat sich beim Baumfällen zwei Zehen abgehackt und keinen solchen Aufstand gemacht.« Rún zuckte zusammen und fing wieder an zu schluchzen. Die Frauen tauschten tadelnde Blicke und schüttelten die Köpfe. »Man sollte nicht glauben, dass dieses Weichwasser tatsächlich noch ein Winterkind ist!«, schimpfte Leen weiter. »Zu unserer Zeit hätte sie keinen Tag überlebt.«

»Lass sie in Ruhe, Leen«, schnappte Mailín. »Sie weint doch nicht wegen der Wunde.« Schützend legte sie den Arm um ihre Schwester und führte sie zum Bach. Rún versuchte, tapfer zu wirken, aber sobald sie außer Sichtweite waren, sackte sie auf einen umgestürzten Baumstamm und brach wieder in Tränen aus.

»Hör auf zu weinen, Floh«, sagte Mailín sanft. »Leen meint es nicht so, das weißt du doch.«

Aber Rún schluchzte nun so krampfhaft, dass es Mailín ins Herz schnitt.

»Rún!« Ava war ihnen gefolgt und setzte sich zu Rún auf den Baumstamm. Fremde hätten jeden Eid geschworen, dass in Wirklichkeit Ava Mailíns Schwester war. Sie hatte ebenfalls schwarzes Haar und Augen vom selben dunklen Gewitterblau. Und sogar die Art, wie sie Rún nun mit einer resoluten Geste das Haar aus der Stirn strich und den Arm fest um sie legte, erinnerte an Mailín. »Bin ich froh, dass dir nichts Schlimmeres passiert ist«, sagte sie aus vollem Herzen. »Und du bist überhaupt kein Weichwasser, lass dir das von der alten Unke nicht einreden, hörst du?«

Rún wurde tatsächlich ruhiger und wischte sich mit der unverletzten Hand die Tränen vom Gesicht.

»Zeig mal her, tut es sehr weh?«, fuhr Ava fort. »Oh, und dein Rock ist ja zerrissen! Ich leihe dir einen von mir, ja? Den grünen aus Perlseide…«

»Nein«, sagten Mailín und Rún wie aus einem Mund.

Mailín lächelte dem verdutzten Mädchen zu. Und an ihre Schwester gewandt, fügte sie hinzu: »Bleib hier, ich bringe dir deine Lilie mit. Und ich rede mit Lovis. Du wirst heute tanzen!«

Rún hätte vor Erleichterung fast wieder geweint. »Danke«, brachte sie leise heraus.

Ava sprang auf und zog ein Taschentuch hervor. Wie es sich für die Tochter von wohlhabenden Stoffhändlern gehörte, war es schneeweiß und fein wie Spinnweben. Doch Ava tauchte es einfach in den Bach und wrang es aus, als wäre es nur ein grobes Putztuch. Als Mailín sich nach ein paar Schritten umschaute, sah sie beide Mädchen wieder nebeneinander auf dem Baumstamm sitzen. Ava redete tröstend auf Rún ein und tupfte mit dem teuren Taschentuch ihre blutige Handfläche sauber. *Sie werden Freundinnen sein, so lange sie leben,* dachte Mailín. *Sie werden zusammen alt werden, vor dem Haus in der Sonne sitzen und gemeinsame Erinnerungen teilen.* Sie wehrte sich dagegen, Rún zu beneiden, aber in diesem Moment verspürte sie dennoch einen Stich im Herzen. Und eine bittere Stimme in ihr flüsterte leise, aber scharf: *Nur du wirst alleine sein.*

Nun musste sie doch schlucken. Natürlich weinte sie auch heute nicht. Sie weinte nie. Doch in Augenblicken wie diesen spürte sie die Leere im Herzen besonders deutlich. Dort, wo ganz tief in ihrer Brust die Sehnsucht saß nach drei Mädchen, von denen das älteste ganz aus Lachen und Sternen bestand.

Sommerschnee

Hast du wieder einmal Rúns Welt gerettet?« Die leise Stimme ließ Mailín herumfahren. Und obwohl es nur Silja war, setzte Mailín ein Lächeln auf, als könnte sie ausgerechnet vor der Fremdländerin verbergen, was sie wirklich fühlte. »Da hätte ich viel zu tun. Rúns Welt geht jeden Tag fünfmal unter.«

Silja lachte. Obwohl die Sommersonne brannte, trug sie ihren dicksten Lederrock und hatte sich Lederstreifen als Schutz vor Dornen um ihre schmalen, sonnengebräunten Hände gebunden. Ein Sensenmesser, lang wie ein Schwert, war an ihrem Bastkorb befestigt. Silja kleidete sich nicht wie die Bürgersfrauen der Stadt. Niemals flocht sie ihr langes Kastanienhaar, sondern trug es stets offen wie eine Windsbraut. Obwohl sie höchstens dreißig war, war es schon von ersten weißen Strähnen durchzogen. Manche Stimmen behaupteten, das sei ein Zeichen, dass sie Schlimmes erlebt hätte. Man munkelte, sie stamme aus dem Bergland oder sei auf der Flucht vor Mördern. Oder hatte sie gar selbst einen Mord begangen? Nicht umsonst kannte sich jemand so gut mit giftigen Kräutern aus, oder nicht? Andere sagten, sie stamme aus einem Palast im Grauland. Sogar Mailíns Brüder kannten schon die Geschichte, dass Silja auf Befehl ihres Vaters einen grausamen Lord heiraten sollte und in der Hochzeitsnacht geflohen war.

Für alle, die keine Schandmäuler waren, war Silja einfach nur die Reisende, denn so war sie vor einigen Monaten in die Stadt gekommen: Auf einem Karren, der von einem zu Tode erschöpften Pferd gezogen wurde, mit einer Reisetruhe voller Gewürze und einem grauen Koffer. Silja selbst sagte nie etwas zu den Gerüchten. Sie lächelte nur geheimnisvoll. Und dann krempelte sie die Ärmel hoch und machte sich in ihrer Apotheke wieder an die Arbeit.

»Wohin wolltest du dich denn mit dieser kleinen Sichel durchschlagen?« Sie betrachtete Mailíns zerkratzte Hände.

»Zum Wasserfall. Lovis zahlt mir für jede Nachtlilie vier Danare. Und die Jungs brauchen schon wieder neue Schuhe.«

Wie immer verriet Siljas ruhige Miene nicht, was sie dachte, nur in ihren Augen glaubte Mailín einen Funken von Ärger zu sehen. »Dein Vater weiß hoffentlich zu schätzen, dass du für deine Geschwister sorgst. Aber er sollte nicht vergessen, dass er seiner Tochter Lasten aufbürdet, die in Wirklichkeit seine sind.«

»Vater tut, was er kann«, erwiderte Mailín schroffer als nötig. Natürlich musste sie ihn verteidigen. Aber das war das Irritierende an Silja: Als Einzige sprach sie Dinge aus, die man niemals laut sagte. Vermutlich lag es nur daran, dass sie eine Fremde war und es nicht besser wusste, doch Mailín hatte den Verdacht, dass Silja im Grunde sehr genau verstand, was man laut sagen durfte und was nicht. Nur waren ihr solche Regeln gleichgültig. Und zum ersten Mal an diesem Tag spürte Mailín, wie das unsichtbare Gewicht auf ihren Schultern ein wenig leichter wurde.

»Hier, nimm meine Sichel, Mailín. Sie schneidet besser als deine.«

Diese Untertreibung war fast zum Lachen. Siljas Klingen waren scharf genug, um ein Stück Hirschfell zu teilen, als wäre es aus Papier. Mailín nahm die Kupfersichel vorsichtig an sich. »Danke.«

Silja nickte ihr nur flüchtig zu, während sie schon ihr Sensenmesser zog und mit präzisem Schwung zum ersten Schlag ausholte.

❧

Mühelos arbeiteten sie sich nun gemeinsam durch das Gestrüpp. Als Mailín das nächste Mal aufblickte, sah sie schon das silbrige Adernetz von Wasser auf hellem Fels. Der Wasserfall in der Nähe der Marmorsteinbrüche war nicht groß, sein Strom zersplitterte an einer Felskante in Rinnsale, die sich durch zerklüftete Steine hundert eigene Wege suchten. Wie aufgerissene Mäuler versteinerter Trolle säumten Höhlen den Felshang. Und auf der Wiese glühten die Lilien. *»Blau wie das Feuer des tiefsten Ozeans.«* So hatte Kapitän Santalnik ihre Farbe umschrieben. Ein warmer Wind wehte Mailín entgegen. Sie schloss die Augen und sog den Duft der Blumen tief ein. Das war das Verrückte an ihren Erinnerungen: Für Mailín dufteten die Lilien nach Dezember und Wacholderrauch, nach Trommeln und Tanz – und auch nach den Sternschnuppen lang vergangener Feste.

»Das dürfte für zwanzig Kränze reichen«, stellte Silja trocken fest. Sie schritt einfach mitten in die Pracht und schnitt sich ein paar Lilien ab.

Kindergeschrei erklang hinter Mailín. Im nächsten Augenblick rannten fünf kleine Mädchen auf die Wiese – gefolgt von Rún und Ava. Rún hatte sich den zerrissenen Rock hochgebunden; ihre Hand war mit dem Seidentaschentuch verbunden und ihre Augen strahlten, als hätte sie niemals geweint. »Hier ist ja noch alles voller Blumen!«, rief sie begeistert aus.

»Ihr solltet doch bei den anderen bleiben!«, schalt Mailín sie.

»Und was habt ihr euch dabei gedacht, die Kleinen mitzubringen? Wir sind nicht zum Flöhehüten hier. Da hinten ist gleich die Schlucht.«

»Wir passen schon auf«, antwortete Ava leichthin.

»Das will ich sehen! Ihr zwei gegen eine Horde Frettchen!«

Die Kleinen umringten bereits Silja, die sie lachend begrüßte. Das war etwas, was die Fremdländerin nie hinter ihrer kühlen Art verbergen konnte: wie sehr sie die Kinder liebte. Das Sensenmesser hatte sie über die Schulter gelegt, wo keine Kinderfinger hinreichten. »Wer sammelt Blumen für mich und zeigt mir, wie man einen Kranz daraus macht?«, rief sie in die Runde.

»Ich, ich!«, kreischte die Meute sofort los. Ava und Rún folgten den Kleinen, die schon eifrig Gänseblümchen und Augenkraut pflückten.

»Lasst wenigstens ein paar Lilien stehen!«, mahnte Mailín. »Sonst wachsen im nächsten Jahr keine mehr.«

Silja lachte. »Sei nicht so streng mit ihnen. Du warst doch früher bestimmt genauso übermütig.«

»Ja, und deshalb weiß ich, dass man Kinder von Schluchten fernhält. Warum schickst du sie nicht weg?«

»Weil Mädchen in den wilden Wald gehören.« Das war eine dieser typischen Antworten von Silja, aus denen niemand schlau wurde. »Keine Sorge, Mailín. Ich behalte die Schlucht im Auge. Mach deine Arbeit und überlasse die Sorge um die Kinder mir.«

Damit ging sie mit großen Schritten in Richtung der Höhlen davon.

»Da drin leben übrigens Martiskatzen!«, rief Mailín ihr nach. Aber die Fremdländerin hob nur lässig das Messer, ohne sich umzusehen.

Stöcke mit verblassten Stoffbändern warnten Wanderer vor dem Abgrund, der sich hinter einem harmlos scheinenden Saum aus Farnen ins Nichts öffnete. Auch hier war alles voller Lilien, aber Mailín ging weiter an der Klamm entlang. Als der Wind drehte, stieg aus der Tiefe der Geruch von modrigem Schlamm auf. Mailín fröstelte, so kalt wehte der Wind von unten herauf. *Aber wohl nicht kalt genug für Raunen.* Gerade wollte sie enttäuscht umkehren, als sie Kindergeplapper hörte. »Rún«, rief sie verärgert. »Ich sagte doch, die Kleinen haben hier nichts verloren ...« Doch die Kinder stimmten ein fröhliches, schnelles Tanzlied an, das Mailín nur zu gut kannte.

> *»Katzen im Schnee und Wanzen, die tanzen,*
> *auf Samt und auf Seide und auf glattem Bein,*
> *werden nie wissen und werden nie sagen,*
> *wie sehr, wie sehr ich dich liebe allein ...«*

Mailín erstarrte mitten im Schritt und wagte nicht einmal mehr zu atmen. *Wer hat ihnen dieses Lied beigebracht?* Sie wollte den Kinderstimmen gerade folgen, als ihr auffiel, dass der Gesang aus einer völlig verkehrten Richtung kam. Und als würde ihr der kalte Schluchtwind auch noch den letzten Schleier vor den Augen fortreißen, wusste sie, was hier nicht stimmte: Die Kleinen konnten das Lied überhaupt nicht kennen. Die Einzige, die es ihnen hätte beibringen können, war Mailín selbst.

Aber immer noch klangen die Stimmen im Wind wie Echos aus einer anderen Zeit. *Es sind drei Stimmen*, dachte Mailín. *Zwei kleinere Mädchen und ein älteres.* Und dann erkannte sie die Art, wie das älteste Mädchen bestimmte Worte mit einer ganz eigenen, verspielten Betonung sang. Die Sichel glitt ihr aus der Hand und fiel ins Gras. »Stella?«, hauchte sie.

Als Antwort erklang ein Lachen, so vertraut, dass es ihr die Kehle zusammenschnürte. Das Gelächter kam von links, dort, wo inmitten von Farnen eine Gruppe schlanker Bäume aufragte. Mailín hob die Sichel wieder auf und rannte los. »Tamar? Anna!« Doch zu ihrer maßlosen Enttäuschung war das Lied verklungen. Alles, was blieb, war ein Chor von Vogelstimmen, und irgendwo zirpte eine Grille. *So weit ist es mit mir gekommen*, dachte Mailín niedergeschlagen. *Jetzt bilde ich mir meine Gespenster schon am helllichten Tag ein.* Doch wie andere geisterhafte Echos erhoben sich nun Flüsterstimmen in der Nähe: »*Die Toten weinen Tränen aus Eis. Schnee weht über ihre Gräber.*« Als Mailín zu den Bäumen herumfuhr, blickte sie in wiegendes, knisterndes Grün. Im Schatten fast unsichtbar wanden sich einige Raunen wie Smaragdschlangen träge um den Stamm und die Äste einer Erle. Als würden sie Mailíns rasenden Herzschlag spüren, begannen die Silberhärchen auf den herzförmigen Blättern wie Fühler zu flirren. »*Ganz alleine tanzt du den Tanz der Jahre*«, raunten die Stimmen. »*Für immer allein und allein und allein, verloren in deiner Zeit . . .*«

Mailín stolperte zurück, bis die Sätze zu unverständlichem Gemurmel verschmolzen. Doch immer noch spürte sie die Worte wie feine Nadeln. »*Allein und allein und allein . . .*«

Du wusstest es doch, schalt sie sich. *Genau deshalb suchst du die Raunen doch.* Mit zitternden Händen hängte sie die Sichel an einen Ast, presste beide Fäuste gegen ihr Herz und zwang sich dazu, noch einmal so nahe heranzugehen, dass ihr Atem die Härchen an den Blättern wie Gänsehaut sträubte. »Tamar?«, hauchte sie. Und als sie die Augen schloss, strömten Worte und Stimmen mitten durch sie hindurch.

»*Ich hab dich!*«

»*Los, beeil dich, Mailín!*«

»*Geh in Deckung!*«

Mit einem Mal roch sie Schnee, spürte knirschendes Weiß unter ihren Stiefeln und die Kälte von fedrigen Flocken an Wangen und Stirn. Sie brach bis zur Hüfte in den Schnee ein und fühlte eine Hand in ihrer, und eine zweite, stärkere, die sie am Mantel packte und aus der Schneewehe zog. Sie lächelte, als sie das Kreischen aus drei Kehlen hörte – »*Vorsicht!*« –, und glaubte das eisige Ziepen an ihren Zähnen zu spüren, dort, wo der Schneeball sie am Mund getroffen hatte. »Spinnst du, Joun?«, flüsterte sie. »Im Schnee sind Steine!«

Dann versank das Trugbild der Vergangenheit und Mailín horchte und suchte mit geschlossenen Augen weiter. »Hörst du mich?«, flüsterte sie. »Ich bin's, dein Schneefuchs!« Doch diesmal spielten die magischen Ranken ihr Streiche. Nur das Geschrei ihrer neugeborenen Brüder gellte schmerzhaft laut in ihren Ohren. »Scht!«, zischte Mailín. Das Kindergeschrei ebbte tatsächlich ab. Und in die Stille hinein, die so dicht wie eine atmende Gegenwart war, fragte sie mit zitterndem Herzen: »Bist du hier? Sprichst ... du mich frei?«

»Mailín!« Der scharfe Ruf ließ sie zurückzucken. Doch es war nicht die Stimme, nach der sie suchte. Es war Silja. »Geh weg vom Baum, Mailín!« Ehe sie reagieren konnte, hatte Silja sie grob am Arm gepackt und von den Raunen weggerissen. Mailín wäre fast gestürzt. Im letzten Moment konnte sie nach einem tief hängenden Ast greifen. Silja zückte eine Phiole und verteilte den Inhalt über die Ranken. Die Raunen zuckten und zischten. Und dann konnte Mailín nur noch fassungslos zusehen, wie alle Blätter innerhalb weniger Augenblicke verdorrten und schneeweiß wurden. Dort, wo die Flüssigkeit am Baum herunterrann, färbte sich die Rinde hell wie Knochen.

»Warum hast du das gemacht?«, rief Mailín. »Das ist ein Raunenbaum!«

»Das *war* er«, erwiderte Silja trocken.

»Weißt du, was du getan hast? Raunen sind inzwischen so selten wie Meereseinhörner!«

In der Totenstille schien Mailíns Stimme zu klirren. Kein Farn raschelte mehr, kein Vogel sang und sogar die Grille war verstummt, als hätte alles Lebendige den Atem angehalten. Wie abgestreifte Schlangenhäute hingen die Raunen tot und vertrocknet an den Zweigen. *Nein, bitte nicht!*, flehte Mailín. Sie versuchte ein paar Pflanzen zu retten. Doch sie zerfielen in ihren Händen und rieselten wie Sommerschnee auf die Erde. Sogar vom Baum löste sich die Borke in knochenweißen Fetzen ab.

Silja kniff die Augen zusammen. »Deshalb also wolltest du die Kinder fortschicken? Um ungestört nach Raunen zu suchen?«

»Und wenn schon!«, schleuderte ihr Mailín entgegen. »Die Raunen gehörten früher zu jedem Lichterfest! Rún hat sich so sehr eine gewünscht und du hast jetzt alles zerstört ...«

»Mit Raunenmagie ist nicht zu spaßen«, sagte Silja scharf. »Träumt heute Nacht lieber eure eigenen Träume, Mailín. Sie sind kostbarer, als du glaubst.«

»Erzähl du mir nichts von Träumen!«, fauchte Mailín. »Diese Magie hier ist nicht mehr als ein harmloser Orakelzauber und gehört schon seit Jahrhunderten zu unseren Traditionen ...«

»Harmlos?«, brauste Silja auf. Ihre Augen waren vor Zorn dunkel geworden und der Zug um ihren Mund so hart, dass sie plötzlich älter wirkte, als sie war. *Viel älter*, dachte Mailín. »Das glaubst du wirklich, ja?«, fuhr die Fremdländerin fort. »Hat dir nie jemand beigebracht, dass jeder Zauber zwei Seiten hat?«

Mailín ballte die Hände zu Fäusten. »Die Raunen sind nur Echos von Wunschdenken oder Befürchtungen, sonst nichts.« *Wunschdenken.* Das Wort schmeckte bitter. »Aber was weißt du schon von uns und unseren Bräuchen?«, setzte sie mit harter

Stimme hinzu. »Du bist ja nur eine Fremde und gehörst nicht zu uns!«

Silja hielt sie nicht zurück, als sie sich wütend abwandte. Doch gerade als Mailín davonstürzen wollte, hörte sie die Fremdländerin hinter sich sagen: »Du hast also gehofft, sie noch einmal zu hören?«

Mailín drehte sich um. »Wen?«, fragte sie barsch.

»Die Stimmen deiner Toten«, antwortete Silja ernst. »Das ist nur eine der dunklen Seiten des Raunenzaubers. Für die Ranken sind unsere Sehnsüchte Schwingungen, die sie auffangen und in Wisperworte übersetzen. Aber wenn man ihnen zu lange lauscht, verschwimmen Wirklichkeit und Wünsche. Manch einer ist dabei verrückt geworden. Und niemals, niemals sprechen unsere Verstorbenen auf diese Weise wirklich zu uns.«

»Das weiß ich! Hältst du mich für dumm oder leichtgläubig?« Es war einfacher, wütend auf Silja zu sein, als wieder den Schatten zu spüren.

Silja trat zu ihr. Sie war etwas kleiner als Mailín und musste das Kinn heben, um ihr direkt in die Augen zu sehen. Die Sonne schien auf ihr Gesicht und ließ ihre braunen Augen bernsteingolden wirken wie die einer Martiskatze. Und wie die Augen der Raubkatzen gaben auch Siljas Augen keine Regung preis.

»Du weinst«, stellte sie fest.

Mailín biss sich auf die Zähne und schüttelte den Kopf. »Nein.«

»Nicht mit deinen Augen«, fügte Silja leise hinzu. »Aber... mit deinem Herzen.«

Mailín senkte hastig den Blick auf den Rankenschnee, der inzwischen den ganzen Boden bedeckte. »Weinen nützt niemandem«, brachte sie mit belegter Stimme heraus.

»Du bist so streng mit dir selbst, wie du sanft und großher-

zig zu allen anderen bist«, fuhr Silja fort. »Und du hast zu viele
Menschen verloren, die du liebtest.«

Mailín schwieg. Doch als die Fremdländerin die Hand hob
und ihr sanft eine Locke hinter das Ohr strich, wehrte sie sich
nicht gegen die Berührung. Siljas Hand war kühl, und eine
Sekunde lang wünschte Mailín sich nichts mehr, als ihre Wange
in diese Hand zu schmiegen und die Augen zu schließen. Und
für einen schwachen Moment lang war sie tatsächlich versucht,
Silja zu erzählen, dass sie alles, einfach alles dafür geben würde,
die Stimme ihrer Mutter noch ein einziges Mal zu hören – und
sei es nur als Echo einer Raune, das in Wirklichkeit nur aus
ihrem eigenen verwaisten Herzen kam.

»Es heißt, ihr Kinder der Eiswinter seid wie das Eis selbst«,
sagte Silja. »Hart und klar. Ihr haltet stand oder brecht, dazwischen gibt es nichts. Ihr weint nie und bedenkt alle Gefahren im
Voraus, ihr prüft jeden Schritt, denn wie bei einem Gang über gefrorenes Wasser könnte es euer letzter sein.« Sie lächelte. »Ich beobachte dich schon, seit ich nach Falún kam. Ich sehe dich zwar
oft mit den jungen Männern arbeiten, zum Fischen gehen oder
Holz für das Feuer in der Schmiede hacken, aber niemals habe
ich dich wirklich fröhlich erlebt. Du hast keine Freundinnen, sitzt
nicht mit den anderen Mädchen in der Sonne, und auf keinem
einzigen Fest habe ich dich tanzen sehen. Du bist so ernsthaft, als
hättest du vor langer Zeit vergessen, wie es ist, zu träumen und
einfach nur unbeschwert zu sein.«

Mailín rieb sich unbehaglich die Oberarme und wich Siljas
Blick aus. Die Grille hatte wieder zu zirpen begonnen und ganz
in der Ferne erahnte Mailín die Stimmen der Kinder. »Das Leben
ist zerbrechlich«, sagte sie. »Je eher man das begreift, desto besser.«

Silja musterte sie nachdenklich. »Vielleicht hast du recht, und ja, ich bin nur eine Fremde. Aber in einem Punkt muss ich dir widersprechen: Ich habe eure Bräuche sehr genau studiert. Ich weiß zum Beispiel, dass eine Mutter ihrer Tochter den Kranz aufsetzt, wenn sie mit dreizehn Jahren zum ersten Mal auf dem Lichterfest tanzen darf. Weil eure Mutter nicht mehr lebt, wirst du heute Abend diese Aufgabe bei Rún übernehmen. Und wenn eine Tochter siebzehn wird, spricht ihre Mutter sie mit einem Ring frei. Von da an ist sie erwachsen und kann ein eigenes Leben wählen. Sie kann alleine bleiben oder eine Familie gründen, sie kann gehen, wohin sie will und mit wem sie will. Welche von den Frauen wird dir noch in diesem Jahr den Ring deiner Mutter geben? Lovis, nicht wahr?«

»Niemand wird mich freisprechen. Und es gibt keinen Ring. Meine Mutter trug ihn an der Hand, als sie … ging.«

»Du meinst, sie wurde mit ihrem Schmuck begraben?«

»Sie hat kein Grab.«

Siljas Augen hatten längst alle Härte verloren. Jetzt wurden sie dunkel, als würde sich ein Schatten über sie legen. »Oh«, sagte sie voller Bedauern. »Das Schneefieber? Dann war sie also eine von denen, die im Wahn in die Kälte hinausgelaufen sind und nicht mehr gefunden wurden?«

Mailín musste sich räuspern, aber der Knoten, der ihr seit Tagen in der Kehle saß, löste sich auch jetzt nicht. »In jenem Winter hat niemand ein Grab bekommen. Die Schneestürme waren so stark, dass es ein Todesurteil gewesen wäre, nach den Kranken zu suchen.« Leiser fügte sie hinzu: »Von allen Mädchen der sieben schlimmsten Eiswinterjahre bin nur ich vom Fieber verschont geblieben.«

Es war seltsam, Silja all diese Dinge zu erzählen, und Mailín wusste selbst nicht, warum sie es tat. Aber auf eine unbehagliche Weise fühlte es sich sogar richtig an. Und die Art, wie mitfühlend Silja sie nun ansah, tat ihr gut. »Ihr armen Kinder. Aber das Schneefieber ist verschwunden und diese grausamen Zeiten sind für immer Vergangenheit.«

Dafür fällt der Winter jetzt über die südlichen Städte her, dachte Mailín. *Überall wird es mit jedem Jahr kälter, nur bei uns wird es immer heißer.* Sie wusste, sie sollte dafür dankbar sein, nun im richtigen Teil der Welt zu leben. Aber die Wahrheit wagte sie nicht einmal vor sich selbst auszusprechen: dass sie wohl die einzige in ganz Falún war, die sich trotz allem nach früher sehnte. Die Alteingesessenen dachten nur mit Schaudern an die Sturmnächte, in denen sogar Tränen zu Glasperlen gefroren. Für Mailín aber war es auch die Zeit der funkelnden Nächte voller Wunder gewesen. Die Zeit der Herdfeuer und Geheimnisse, als ihre Mutter Geschichten erzählte und ihr Vater noch lächeln konnte. Die einzige Zeit, in der sie glücklich gewesen war.

»Wagst du deshalb nicht mehr zu träumen?«, fragte Silja. »Weil du deine Toten verraten würdest, wenn du... einfach nur lebst und glücklich bist?«

Das war das Irritierende an Silja: In Momenten wie diesen war es, als würde Mailín in einen Spiegel schauen. Nur dass dieses Spiegelbild ihren Blick erwiderte und bis auf den Grund ihrer Seele sehen konnte. Sie holte tief Luft. »Ich habe keine Zeit für Träume. Jemand muss das Geld für uns verdienen...«

»Den Geistern Gesellschaft zu leisten, nützt niemandem«, unterbrach Silja sie sanft, aber sehr bestimmt. »Jeder von uns erleidet Verluste, so ist das Leben. Aber für manche ist die Trauer wie Eis, das alles erstarren lässt, sogar die Zeit. Doch die Tänze, die ein Toter im Leben nicht getanzt hat, kann ihm kein Lebender mehr stehlen. Glaubst du, deine Toten wollen, dass du dein eigenes Feuer erstickst, um die Asche ihrer verbrannten Existenzen anzubeten?« Sie schüttelte den Kopf. »Es gibt nur das

Jetzt und das Morgen. Die Vergangenheit ist nur noch verwehter Rauch, also lass sie endgültig zurück.«

»So wie du? Du hast ja sogar vergessen, woher du kommst.«

»Ich habe euch gesagt, woher ich komme.«

»Ja, angeblich aus Tibris. Aber Silja ist kein Name aus dieser Gegend. Und auch sonst hast du nicht viel gemeinsam mit den Leuten von der Küste. Deine Haut ist sogar braun gebrannt noch viel zu hell, und du kennst erstaunlich wenige der Lieder, die man dort singt. Im Grunde könntest du also auch aus Maymara oder von sonst woher stammen. Vielleicht stimmt ja sogar das Gerücht, dass du eine Grauland-Prinzessin auf der Flucht bist?«

Silja lachte amüsiert auf. »Eine interessante Theorie. Aber in meinem Land gibt es keine Lords und Ladys, nur Jäger, die ihre Beute mit Netzen aus Nixenhaar fangen. Es ist ein Land, in dem Spinnen auf Harfen Lieder spielen und das Meer Zähne aus Knochen hat. Raben krächzen Zauberworte, und die Magie dort ist so alt, dass ein Kinderlied, gespielt auf einem Fischbein, sogar das Eis des Himmels zerbrechen könnte.«

Mailín konnte kaum verbergen, wie enttäuscht sie war. »Du solltest eigentlich wissen, dass ich nicht an Märchen glaube.«

»Wie schade.« Silja lächelte wie eine Diebin. »Denn wer weiß schon, wo die Wirklichkeit endet und die Märchen beginnen?« Sie zwinkerte Mailín zu. »Gehen wir?« Beiläufig rückte sie ihren Korb zurecht. Doch mit ihrem Haar, in dem Laub und Dornen hingen, und der Waffe in den Rechten wirkte sie dennoch wie eine Kriegerin. *Eine, die immer auf meiner Seite steht*, dachte Mailín.

Erst als die Fremdländerin schon fast hinter den Farnen verschwunden war, nahm sie ihren Mut zusammen und rief: »Wann wirst du weiterziehen?«

Silja fuhr herum. »Wie kommst du darauf, dass ich das vorhabe?«

»Vor ein paar Wochen haben im Wirtshaus ein paar Räte darüber geredet, dass der Mietvertrag für das Apothekenhaus ausläuft und du nicht bleiben wirst.«

»Und ausgerechnet du glaubst, was andere sagen?«

»Weich nicht immer aus! Wenn du ein Geheimnis um deine Vergangenheit machst, von mir aus. Ich werde dich nicht mehr fragen und es ist mir völlig gleichgültig, ob du eine Braut oder eine Mörderin auf der Flucht bist. Aber ich muss wissen, ob du in Falún bleibst.«

»Machst du dir etwa Sorgen um deine Arbeit bei mir in der Apotheke? Ich versichere dir...«

»Du weißt genau, dass es mir nicht um das Geld geht! Ich habe drei Arbeiten, und wenn deine wegfällt, finde ich eine andere. Aber...« Mailín schluckte und fuhr leiser fort, »...du hast recht: Ich habe wirklich schon genug Menschen verloren. Die meisten hat der Schnee geholt; manche sind weggegangen, so wie Kapitän Santalnik. Und wenn du vorhast, ebenfalls wieder aus meinem Leben zu verschwinden, dann sag es mir jetzt. Ich muss es wissen, bevor ich dich vielleicht noch... ins Herz schließe.«

Silja war ernst geworden. »Ich hoffe, du glaubst mir wenigstens, dass ich niemanden ermordet habe«, sagte sie nach einer ganzen Weile. »Und wer kauft wohl ein Haus, wenn er weiterziehen will?«

»Du hast die Apotheke gekauft?« Mailín war selbst erstaunt, wie erleichtert sie war. *Mag ich sie tatsächlich schon so sehr?* Natürlich war die Fremdländerin keine Mörderin, aber eine Diebin, die sich in ihr Herz geschlichen hatte, war sie offenbar.

Silja lächelte ihr verschwörerisch zu und ging mit großen Schritten davon. Mailín wollte ihr folgen, als etwas ihren Blick fing. Das verdorrte Laub bedeckte die Erde wie Sommerschnee. Doch zwischen den blutleeren Blätterfetzen leuchtete das Smaragdgrün einer unversehrten Raune. Vielleicht war sie bei dem Handgemenge mit Silja abgerissen. Mailín überlegte nur kurz, dann steckte sie die Raune ein und holte zu Silja auf.

Lovis' Spiegel

L ovis saß vor ihrem kleinen Granithaus und stickte. Obwohl sie seit Jahren als Näherin arbeitete, wurde sie immer noch »Die Kapitänin« genannt und das Haus, das direkt am Marktplatz lag, sah noch genauso aus wie an dem Tag, als Kapitän Santalnik zu seiner Expedition aufgebrochen war. Über dem Eingang hingen die gekreuzten Walknochen und das Haifischgebiss, in dessen Unterkieferbogen Vögel ihre Nester bauten. Neben der Tür diente eine Seemannstruhe als Bank. Nur die Birnbäume im Vorgarten ragten inzwischen weit über das Dach und verströmten das Aroma von Süße und Sommer. Wie jeden Tag trug Lovis auch heute ein schlichtes Leinenkleid, ganz die Frau eines Seemanns, die lediglich die Zeit bis zu seiner Rückkehr mit Näharbeiten überbrückte. Mit flinken Fingern bestickte sie Seidenstoff mit Motiven, in denen Mailín lesen konnte wie in einem Buch: Fischdrachen des Südmeers, Tiefseekrabben und Muränen, die es nur bei den Perleninseln gab. Seetang trieb auf der Seide und strömte zu den verschlungenen Initialen irgendeiner wohlhabenden Familie zusammen. Inzwischen bestellten sogar schon Händler aus den Küstenstädten die eigenartigen Kreationen der Kapitänin. Und auch jeder, der neu in Falún war, stattete sich als Erstes mit Vorhängen und Tischdecken von Lovis aus.

»Du hast Lilien gefunden?« Lovis legte das Nähzeug beiseite und stand auf. Natürlich lächelte sie nicht. Manche Frauen sagten, Lovis' versteinerte Miene sei der Grund, warum sie trotz ihrer vierzig Jahre immer noch jung wirke, schließlich könne sich an glatten Zügen keine Falte festkrallen. Aber Mailín erschien es eher so, als würde Lovis einfach stillhalten, um nicht zu spüren, wie viel Zeit schon vergangen war, seit ihre große Liebe aufs südliche Meer hinausgesegelt war.

»Ich habe dir zwölf Lilien mitgebracht«, rief sie Lovis zu. »Falls du mehr brauchst, kann ich noch einmal in den Wald gehen.«

»Zwölf genügen«, erwiderte die Kapitänin. »Komm ins Haus, ich gebe dir das Geld.«

⸎

Der vordere Teil des Wohnzimmers, ein wuchtiger Erkerbau mit hohen Fenstern, war im Laufe der Jahre zu einer Schneiderwerkstatt geworden. Stoffballen türmten sich auf den Schränken und Kommoden und der große Tisch war ganz an die Fenster herangerückt worden, wo Lovis ihre Tage und bei Lampenschein auch die Abende verbrachte. Scheren lagen auf dem Tisch und eine mechanische Nähmaschine hatte heute hellgrünen Stoff für ein vornehmes Kleid zwischen den Zähnen.

Aber der hintere Teil des Wohnzimmers, dort, wo sich im Halbdunkel über dem Kamin Dämonenmasken von den Perleninseln reihten, war immer noch Symion Santalniks Reich. Sein Sessel wirkte, als hätte er ihn eben erst verlassen, und auf dem langen Kartentisch reihten sich seine Seemannskarten und Zeichnungen genauso, wie er sie zurückgelassen hatte. Auf den vollgestopften Bücherregalen lag keine Spur von Staub, die Goldinschriften glänzten, als wollten sie Mailín auf sich aufmerksam machen.

»Zwölf Blumen, achtundvierzig Danare«, murmelte Lovis und kramte in ihrer Geldschatulle. »Hier, ich gebe dir fünfzig.«

»Danke! Aber ... ich würde dir fünf der Lilien kostenlos überlassen, wenn du dafür etwas nähen könntest.« Mailín holte Rúns Rock aus dem Korb. »Rún ist beim Blumensammeln in die Dornen gefallen.«

»Ach du Schande!« Lovis betrachtete missbilligend den Riss. »Deine Schwester ist eine Träumerin. Und in ihrem einzigen Rock in den Wald zu gehen, statt sich Hosen anzuziehen...«

»Ich weiß, du hast heute keine Zeit mehr für solche Arbeiten. Aber Rún ist völlig verzweifelt. Es ist schließlich ihr erster Lichtertanz.«

»Auf die Schnelle kann ich den Riss natürlich nur zusammenflicken. Aber für das Fest wird es auch ohne Zierstickerei gehen.«

»Danke, Lovis! Das wird Rún dir nie vergessen.«

Lovis winkte nur unwillig ab, suchte einen Faden heraus und setzte sich an den Tisch. Im nächsten Moment war sie schon in ihre Arbeit versunken. Mailín stellte den Korb ab und ging auf leisen Sohlen zum Kamin. Mit den Fingerspitzen strich sie im Gehen über die Papiere auf dem Kartentisch, die nautischen Zeichnungen von Schiffen und Strömungslinien, von Meerengen und Felsen, die mitten aus dem Wasser ragten. *Graumeer, Tibris, Wilastadt,* las sie die vertrauten Worte. *Jofnurs Modell, Südmeerpassage. Kreuzungspunkt 1 am vierten Spiegelmeridian, Kreuzungspunkt 2 unter dem großen Wolfskopf.* Jedes Mal, wenn sie diese Schätze betrachtete, war es wie Nachhausekommen. Sie wandte sich vom Tisch ab und sog den vertrauten Duft von gewachstem Holz und Buchleim tief ein. Auf einem Marmortisch an der Wand standen eine Silberschale und ein Wasserkrug. Und darüber hing das Bild, auf dem Kapitän Santalnik und Lovis an ihrem Hochzeitstag zu sehen waren, beide noch jung und glücklich, Symion in der Kapitänskleidung der Perleninseln, die Lovis im Scherz immer als »Piratentracht« bezeichnet hatte. Damals war die körnige schwarz-weiße Fotografie etwas Besonderes gewesen, ein Kuriosum, das von allen in der Stadt ungläubig bestaunt wurde. Der Fotoapparat aus Holz, Leder und schwarzem Stoff war nur eines der Wunderwerke aus fernen Ländern, die Kapitän Santalnik im Gepäck gehabt hatte, als er lange vor Mailíns Geburt nach Falún gekommen war. Und mit ihm war auch der Apparat Jahre später wieder spurlos verschwunden. Nur die alte Fotografie zeugte noch von der Existenz des Wundergeräts. Auf dem Bild war Lovis grellweiß wie Schnee, Symion dagegen wirkte mit seiner dunkelbraunen Haut und seinem langen Rabenhaar wie eine Schattengestalt. Niemand hätte es sich träumen lassen, dass dieser Pirat und die Stadtprinzessin Lovis sich ineinander verlieben würden — so leidenschaftlich und entschlossen, dass sie beide für diese Liebe alles zurücklassen würden: Symion seine Heimat und sein Leben auf salzgebleichten Schiffsplanken auf den Meeren der Welt. Und Lovis ihre Zukunft mit dem reichsten Erben der Stadt und das Wohlwollen ihrer Familie. Kapitän Santalniks Augen schienen Mailín aus dem Bild heraus amüsiert zu betrachten. Und sie erwiderte das Lächeln, das darin lag.

»Willst du dir wieder mal ein Buch ausleihen?« Lovis' Stimme riss Mailín aus ihren Gedanken. Mailín zog ohne zu zögern das Buch aus dem Regal, das sie als Kind wegen der vielen Zeichnungen am meisten fasziniert hatte. *Dichtung und Wahrheit — Mythologie der frühen Nautik* prangte in silbernen Lettern auf dem Umschlag. Darunter war ein Einhorn mit einem Nixenschwanz und Flossen statt Vorderbeinen abgebildet.

»Wenn Symion wieder da ist, wird er sich freuen, dass du dich durch seine ganze wissenschaftliche Bibliothek gelesen hast.« Lovis biss den Faden ab und legte den Rock in Mailíns Korb.

»Du hast uns früher immer so gerne besucht. Weißt du noch? Es gab wohl kein Kind in ganz Falún, das meinen Symion so mochte wie du.«

Mailín hätte widersprechen müssen. Sie hatte Kapitän Santalnik nicht nur »gemocht«. Sie hatte ihn geliebt, wie nur Siebenjährige lieben können: bedingungslos, mit ganzem glücksheißem Herzen und dem Ungestüm eines jungen Hundes, der sich nicht abschütteln lässt, egal, wie oft man ihn verscheucht. Aber Symion Santalnik dachte gar nicht daran, sie wegzujagen, wenn sie atemlos, mit Schnee im Haar und ihren Schulbüchern unter dem Arm, vor seinem Haus stand. Er lachte und öffnete die Tür für sie genauso weit wie sein Herz.

»Lovis!«, rief er über die Schulter. »Mein Matrose ist wieder da.«

»Ach Kind, du hast doch ein Zuhause«, seufzte Lovis dann nur. »Dein Vater muss ja schon denken, dass wir dich stehlen wollen.« Aber da war Mailín schon über die Schwelle gesprungen und rannte in diese andere Welt, die nach fremden Ländern, Tabakrauch und Buchleim duftete, vorbei an den Dämonenmasken mit den geschlossenen Augen. Mailín war sich sicher, dass sie sich nur schlafend stellten, und huschte auf Zehenspitzen geduckt an der Wand entlang. Am Kamin kletterte sie zu Kapitän Santalnik auf den Sessel. Dabei versuchte sie nicht zu einer lebensgroßen mumifizierten Nixe zu schauen, die damals von der Zimmerdecke hing. »Keine Angst«, hatte Lovis gesagt, als Mailín das Ungeheuer zum ersten Mal sah. »Das scheußliche Ding ist keine echte Wasserfrau, nur eine künstliche Chimäre – Flickwerk aus Rochenhaut und Haifischzähnen.«

Doch Mailín wusste es besser. Denn manchmal, wenn Kapitän Santalnik von den schönen und gefährlichen Nixen der tiefen Meere erzählte, konnte sie den Zorn der Wasserfrau spüren wie einen kalten Hauch. Und im Flackern des Kaminfeuers erahnte sie, wie der Schatten an der Wand die verkrümmten Finger streckte, bis die vertrockneten Schwimmhäute knisterten.

Mailín lächelte und strich mit den Fingerspitzen über das

Buch, bevor sie es in ihren Korb legte und die Münzen abzählte, die sie Lovis zurückgeben wollte. Aber die Kapitänin winkte ab. »Das ist mein Geschenk an Rún. Und hier ist eines für dich.« Sie hielt ihr eine der Lilien hin.

Mailín schüttelte den Kopf. »Ich muss heute arbeiten.«

»Na und?«, rief Lovis ehrlich entrüstet aus. »Junge Leute haben immer Zeit für einen Tanz!«

»Nicht heute Abend.«

»Aber wie willst du denn sonst herausfinden, wer der Richtige für dich ist? Mit wem man gut tanzen kann, den kann man auch lieben, denn im Leben und in der Liebe kommt es auf den Gleichklang an. Deshalb darf man kein einziges Fest auslassen, wenn man so jung ist wie du. Ich wusste damals schon bei unserer ersten Begegnung, dass Symion der Richtige für mich ist, schau her.« Lovis trat zu der Schale und goss etwas Wasser hinein. Sobald es zur Ruhe gekommen war, tippte sie die Oberfläche mit dem Zeigefinger an. Mit den Ringen breiteten sich auf dem Spiegel Schatten, Glanzlichter und Farben aus und flossen zum Abbild eines Männergesichts zusammen. Kapitän Santalniks rabenschwarzes Haar wehte im Schwung einer schnellen Drehung. Seine grünen Augen blitzten im Spiegel des Wassers auf. Der lachende Tänzer ließ den Blick nicht von dem Mädchen, das er herumwirbelte. An jedem anderen Tag hätte Mailín sich nicht von dem magischen Abbild losreißen können, heute aber musterte sie verstohlen Lovis von der Seite. *Für manche ist die Trauer wie Eis, das alles erstarren lässt, sogar die Zeit*, erinnerte sie sich an Siljas Worte. Vielleicht stimmte es. Denn während die Kapitänin ganz in ihrer Spiegelmagie versank und den Blick ihrer Erinnerung erwiderte, erhellte ein seltenes Lächeln ihr Gesicht und ließ es wieder so jung wirken wie auf der Fotografie.

Blatt im Wind

Natürlich war der Winter nicht ganz verschwunden. Die Zeit der dunklen Tage war immer noch genauso lang wie früher. Es gab frostüberhauchte Morgen, an denen auf den Viehweiden gefrorenes Gras unter den Sohlen knirschte. Es gab die dünne Eisschicht in den Regenwassertonnen hinter den Häusern. Und im Dezember fiel manchmal sogar fedriger Schnee, der ein paar kühle Wochen lang liegen blieb. Doch die Pelzmacher und Jäger waren schon vor Jahren in die Städte am Meer weitergezogen, die unter verschneiten Sommern litten, als wäre die Eiszeit vom Landesinneren einfach in die Küstenregionen ausgewandert. Dafür lockte die Wärme in Falún immer mehr Reisende an. Erst waren es Abenteurer, die sich für die vom Eis befreiten Zugänge zu den alten Silberminen interessierten, dann bezogen Arbeiter und Handwerker die verwaisten Viertel der Hinterstadt. Kaufleute, die vor der Kältewelle aus den Südstädten flohen, eröffneten Läden am Marktplatz, trugen die grauen Granitfassaden ab und verwandelten die alten Gebäude in elegante Häuser mit großen Fenstern. Zwischen den neuen bunten Läden am Marktplatz wirkten die letzten verwitterten Granithäuser wie Relikte einer alten Zeit. Doch ansonsten ging das Leben weiter wie in den Winterjahren. Nach altem Brauch schmückte auch an diesem

Festabend Birkenreisig die Tische und mitten auf der Tanzfläche war in einem Steinrund Feuerholz aufgeschichtet.

Zusammen mit Kerem wuchtete Mailín gerade noch die letzten kleinen Fässer vom Brauereiwagen und rollte sie zur Schanktheke. Dort beobachtete der Bürgermeister mit Mitgliedern des Stadtrates, wie am Rathaus ein Stofftransparent aufgehängt wurde. Avas Familie hatte es der Stadt gespendet. Ein paar junge Männer kletterten auf dem Rathausdach herum und befestigten den Stoff an den alten steinernen Schneefängern. Im Gegenlicht der Abendsonne waren die Arbeiter nur Silhouetten, aber Mailín erkannte ihre Freunde sofort: den hochgewachsenen Joun, dessen Bewegungen immer etwas Fließendes hatten. Und den kräftigen, gedrungenen Pjott, der jetzt wieselflink zum Dachrand kletterte. Applaus brandete auf, als er das Transparent geschickt über die Kante entrollte. Übergroß prangte darauf das Falúner Wappen: eine weiße Schlange als Symbol für die Silberadern im Berg auf grün-roter Marmormaserung. »Dieses Monster verdeckt ja das ganze Rathaus«, rief Bürgermeister Kantal. »Man könnte meinen, ihr wollt mein Amtsgebäude hinter dem Stoff verschwinden lassen.«

Avas Vater lachte. »Kann ja nicht schaden, den alten Granitkasten zu verschönern.«

»Verschönern?« Kantal schüttelte fassungslos den Kopf. »Das soll ein traditionelles Lichterfest werden und kein Karneval für Narren!«

Mailín verkniff sich ein Lächeln und band sich die Schürze um. Ein Pfiff ließ sie aufblicken. Joun hatte sie entdeckt und winkte ihr vom Rathausdach zu. Er trug noch seine Ledersachen, also war er wohl direkt von der Arbeit in der Schmiede zum Festplatz gekommen. Mailín winkte zurück und gab ihm ein Zeichen, später zu ihr und Kerem zu kommen.

»So willst du heute arbeiten, Mailín?« Jussu, der Wirt, der selbst an ein Fass erinnerte, stieg gerade schnaufend vom Brauwagen und musterte voller Missfallen Mailíns grünes Kleid. »Warum hast du dich so aufgetakelt? Wenn du dir einbildest, du wirst Zeit zum Tanzen haben ...«

»Meine Arbeitssachen liegen bei Silja in der Apotheke. Ich ziehe mich dort um, sobald Rúns Lichtertanz vorbei ist.«

»Dann würde ich an deiner Stelle sehr schnell sein«, murrte Jussu. »Denn ich ziehe dir jede verdammte Minute von deiner Arbeitszeit ab!«

Kerem verdrehte nur die Augen und auch Mailín sparte sich eine Antwort. Jussu war wie ein Hund, der jeden Floh anbellte, aber niemals zubiss.

»Keine Sorge. Natürlich wirst du tanzen«, sagte Kerem. »Und zwar mit mir.«

»Damit dein Hyänenrudel über mich herfällt? Nein, danke!« Mailín deutete mit einem Kinnrucken zu einem Tisch, wo einige Mädchen saßen und zu Kerem herüberstarrten, als wäre er das letzte Glas Wasser in der Wüste. Und sogar Mailín musste zugeben, dass Kerem heute besonders gut aussah. Vor zwei Jahren war seine Familie aus einer Küstenstadt nach Falún eingewandert, aber an diesem Abend trug Kerem zum ersten Mal die goldgelbe Festtracht seiner Heimat. Borten mit aufgestickten Perlen und roten Korallen schmückten die Ärmel. Das Zusammenspiel der Farben brachte seine kupferbraune Haut und sein rotes Haar zum Leuchten. *Kein Wunder, dass jede Händlerstochter von Prinz Kerem träumt.*

»Denk daran, dass du versprochen hast, meine kleine Schwester aufzufordern«, sagte Mailín. »Und wenn du mir wirklich einen Gefallen tun willst, dann knöpf dir Mika vor und sorge dafür, dass er heute besonders nett zu Rún ist.«

»Stets zu Diensten, Königin der Marionetten.« Kerem verbeugte sich übertrieben tief vor ihr, was den Stadtmädchen sichtlich Klauen und Zähne wachsen ließ. Und nur um die Hyänen zu ärgern, trat Mailín zu ihrem Freund, schlang die Arme um seinen Hals und küsste ihn so nah am Mundwinkel auf die Wange, dass es für die Mädchen nach etwas ganz anderem aussehen musste. »Danke, mein Ritter«, hauchte sie und lächelte ihm strahlend zu. Kerem kniff misstrauisch die Augen zusammen, dann schüttelte er amüsiert den Kopf und machte sich wieder an die Arbeit.

Inzwischen nahmen die Musiker ihre Plätze auf der Bühne ein. Mailín atmete auf, als sie ihren Vater entdeckte. Elajs Blick war völlig klar und seine Hände zitterten nicht, als er die Saiten seiner Geige stimmte. *Alles wird gut*, dachte Mailín. Aber dennoch schickte sie ein Stoßgebet zum Himmel. *Bitte lass ihn bis zum Lichtertanz durchhalten.*

»Hey, Tanzmädchen! Träum hier nicht vom Froschkönig!«, keifte Jussu. »Wein auf die Tische, na los!«

&

Wie an jedem Lichterfest, trug Lovis den ozeanblauen Lilienkranz auf dem Haar und saß an ihrem Stammplatz in der Nähe der Bühne. Und wie immer sammelte Bürgermeister Kantal zehn Tänze lang seinen ganzen Mut, bevor er zu Lovis hinüberging, sie mit einer förmlichen Verbeugung aufforderte und sich seinen alljährlichen Korb abholte. Mailín, die neue Weingläser am Tisch von Leens Familie verteilte, konnte Lovis' Worte nicht hören, aber jeder wusste ohnehin, was sie sagte: »Ich fühle mich sehr geehrt, Kantal, aber diesen Tanz habe ich Symion versprochen.«

»Traumtänzerin!« Leen schnaubte und wandte sich wieder ihrem Wein zu. »Witwenschwarz sollte sie tragen, kein Festkleid!«

Silja, die ihr gegenübersaß, runzelte fragend die Stirn. Heute trug sie ein lichtgraues Seidenkleid, das sie tatsächlich ein wenig wie eine Grauland-Prinzessin aussehen ließ. Einige Leute verrenkten sich schon die ganze Zeit die Hälse und tuschelten. »Ich dachte, Symion ist nur auf Reisen?«, sagte sie nun.

»Reisen?« Leen schüttelte den Kopf. »Nach all den Jahren sollte man sich damit abfinden, die Frau eines Toten zu sein. Inzwischen hat Lovis schon ihr ganzes Vermögen verprasst, um eine Suchmannschaft auszuzahlen, die nichts gefunden hat. Und neuerdings sammelt sie Spenden für eine neue Suchexpedition. Wenn sie sich in etwas verbeißt, lässt sie nie wieder los, selbst wenn sie dran erstickt.«

»So war sie doch schon immer«, bemerkte Leens Mann Colja in seiner ruhigen Art. »Sonst hätte sie sich gar nicht erst in den Kopf gesetzt, einen windigen Niemand von Nirgendwoher zu heiraten.«

»Kaptän Santalnik ist kein Niemand, Colja«, mischte sich Mailín ein.

Der Alte winkte ab. »Ein Seemann war er. Ein Reisender! Nichts für ungut, Silja, aber bei euch muss man doch immer damit rechnen, dass der Wind euch wieder davonweht.«

»Nicht jeder Reisende ist ein Windhund«, erwiderte Silja und lächelte Mailín zu. Und Mailín konnte nicht anders, als das Lächeln aus vollem Herzen zu erwidern.

»Außerdem wisst ihr genau, dass der Kapitän nicht *davongeweht* wurde«, fügte Mailín hinzu. »Er hat eine Expedition zur Erkundung einer neuen Handelsroute auf dem Südmeer zusammengestellt.«

»Expedition«, spottete Leen. »Langweilig ist es ihm geworden ohne das Meer, eingepfercht mit seiner blassen Lovis in der ewigen Kälte, also hat er sich zu sonnigeren Ufern aufgemacht.«

Jeder kannte Leens Tiraden. Aber heute konnte Mailín nicht einfach darüber hinweggehen. Vielleicht, weil Silja mit am Tisch saß. »Wenn er Lovis hätte verlassen wollen, wäre er allein losgezogen. Aber es sind drei Leute aus Falún mit ihm zusammen aufgebrochen.«

»Ja, und fast wären es dreieinhalb gewesen«, bemerkte Colja. »Dich haben wir ja zum Glück noch rechtzeitig aus der Reisetruhe gezogen.«

Silja hätte sich fast an ihrem Wein verschluckt. »Du wolltest heimlich mitgehen, Mailín?«

Coljas Lachen ging in ein heiseres Husten über. »Mitten in der Nacht ist der kleine Wirrkopf von zu Hause weggelaufen. Als ich sie morgens entdeckte, weil beim Beladen des Wagens Ladung verrutschte, war sie halb erfroren. Aber was für eine Heulerei und ein Aufstand, als der Kapitän sie zurück nach Hause schickte!«

Jetzt lachten auch Leens Söhne schallend los.

Mailíns Wangen glühten. »Hört auf!«

»Jedenfalls ist keiner der Männer von dieser *Expedition* zurückgekommen«, ergriff Leen erneut das Wort. »Und wenn jemand fort ist, lässt man ihn los, wie ein Baum im Herbst seine Blätter fallen lässt. Weg ist weg! Man schaut nach vorn und lebt weiter.«

Die Gläser klirrten gegeneinander, so hart stellte Mailín das Tablett auf den Tisch. »Würdest du wollen, dass deine Familie dich aufgibt?«

»Ja!«, schnappte Leen. »Ich will nämlich weder, dass meine Männer lange trauern, noch, dass sie ewig hoffen. Zu welch kranken Hirngespinsten das führt, sieht man ja bei unseren Unglückskrähen.«

Sie hätte gar nicht zu Lovis' Tisch deuten müssen. Alle, die zugehört hatten, schauten bereits zu den sieben verhärmten Frauen, die bei der Kapitänin saßen. Die weißen Bänder an ihren Handgelenken – jedes davon ein Trauerzeichen für ein Kind, das sie nicht vergessen konnten – waren schon ganz vergilbt.

»Das ist etwas völlig anderes«, widersprach Mailín hitzig. »Niemand konnte das Fieber überleben. Aber Kapitän Santalnik kann immer noch zurückkommen.«

Silja legte Mailín beschwichtigend die Hand auf den Unterarm. »Im Grunde habt ihr alle recht«, sagte sie freundlich in die Runde. »Jeder auf seine Weise.«

Leen winkte ungeduldig ab. »Hier geht es nicht um Recht oder Unrecht. Nur um Tatsachen: Die Toten sind tot. Und niemals sehen wir sie wieder.«

»Die Liebe kennt kein Niemals«, entgegnete Silja leise.

Alle starrten die Fremdländerin an, doch selbst Leen fiel keine Erwiderung ein.

»Was die Vergangenheit und die verwaisten Mütter angeht, bin ich ganz eurer Meinung«, fuhr Silja fort. »Man muss immer nach vorne gehen und darf niemals zurückblicken. Und manchmal muss man die Brücken auch hinter sich abreißen, um neu beginnen zu können. Aber ganz egal, was wir über Lovis denken: Man darf niemandem die Hoffnung rauben. Es könnte schließlich das Einzige sein, was jemand noch besitzt.«

Mailín wusste nicht, woran es lag, aber immer wenn Silja das Wort ergriff, legten sich wie durch Magie plötzlich auch die höchsten Wogen. Colja seufzte tief und nickte in sein Weinglas. »Ja, die Hoffnung«, murmelte er versöhnlich.

»Jaja«, gab auch Leen widerwillig zu. »Das ist schon wahr.«

Plötzlich wurde es dunkler, an allen Tischen wurden Lampen und Kerzen gelöscht und in der Ferne setzten Trommeln ein.

»Oh nein.« Mailín fuhr herum. »Jetzt schon?«

Leen sprang auf. »Los, geh! Lass das ganze Zeug hier stehen, ich kümmere mich darum.«

Mailín nickte ihr dankbar zu und drängte sich in Richtung Bühne. Mit einer Hand nestelte sie dabei den Schürzenknoten auf. Pjott kam ihr auf halbem Weg entgegen. Und Mailín hätte ihn dafür umarmen können, dass er ihr den Kranz in die Hand drückte, den sie unter der Schanktheke für Rún bereitgelegt hatte. »Danke, Pjott!«

Er schenkte ihr sein schiefes Ganovenlächeln. »Schon gut, beeil dich!«

Kerem wartete an der Tanzfläche, den Arm lässig über Mikas Schulter gelegt. Man hätte es für eine kumpelhafte Geste halten können, aber Avas Bruder wirkte so verschreckt, als hätte der Ältere ihn im Schwitzkasten. Die Trommel schlug schneller, und als die Geige einsetzte, fiel Mailín ein Stein vom Herzen. Ihr Vater spielte sicher und leicht, den Blick stolz auf Rún gerichtet, die nun mit den anderen dreizehnjährigen Mädchen auf den Markplatz kam. Auch Ava und die anderen zugezogenen Mädchen trugen wie echte Falúnerinnen Fackeln, mit denen sie das Lagerfeuer in der Mitte des Tanzplatzes entzündeten. Reisig knackte, Flammen loderten blendend hell auf, doch Rún strahlte noch viel heller als sie. Zum ersten Mal in ihrem Leben hatte sie ihre glatten Strähnen zu einer erwachsenen Flechtfrisur hochgesteckt. Seltsamerweise sah sie damit noch jünger und zarter aus, als sie ohnehin war. *Wie eine der Waldfeen, von denen die Märchen erzählen,* dachte Mailín gerührt. *Die Wesen aus Sonnenlicht und Blätterschatten, die jeder Windhauch davonweht, als wären sie Musik.*

Zusammen mit den Müttern der Mädchen betrat Mailín den Tanzplatz. Rún bekam vor Aufregung rote Wangen, als Mailín ihr den Blumenkranz aufsetzte. »Möge dein Feuer auch in kältester Nacht brennen und dein Herz niemals das Eis umarmen«, sprach Mailín die Worte, die aus dem Mund ihrer Mutter hätten kommen sollen. Und als sie ihrer Schwester die Fackel abnahm und sich mit den anderen Frauen zu einem Lichtring um den Tanzplatz aufreihte, spürte sie für einen Moment wieder den Schatten. Auch die alteingesessenen Falúner waren ernst geworden. Das Lagerfeuer im Zentrum warf knisternde Funkenschleier in den Nachthimmel und rief für einen Moment die ursprüngliche Bedeutung des Festes herbei: die Beschwörung der schwindenden Sonne, das letzte fieberhafte Aufbegehren des Lebens, bevor alles in Kälte und ewiger Nacht erstarrte.

Dann wechselte der Takt der Musik, die Melodie wurde fröhlich und Mailín sah, wie Kerem Mika einen Schubs versetzte. Avas Bruder stolperte zu Rún und forderte sie mit hochrotem Kopf zum Tanz auf.

Kerem kam zu Mailín herübergeschlendert. »Zufrieden?«, fragte er.

»Du hast ihm ja wirklich gut zugeredet«, gab Mailín ironisch zurück.

Kerem zuckte lässig mit den Schultern. »Er ist nur schüchtern. Und ich habe ihm gesagt, wenn wir auf Rúns Gesicht heute auch nur ein Stirnrunzeln sehen, dann wird Pjott ihn in den See im Wolfswald werfen.«

Mailín verbiss sich ein Lachen. »Ich habe nie gesagt, dass du gemein zu ihm sein sollst.«

»Es funktioniert aber.« Kerem deutete auf die Tanzfläche. Und Mailín wurde ganz warm ums Herz. Mika mochte wortkarg und linkisch sein, aber man sah, wie sehr er sich anstrengte. Rún und er stießen mit den Knien zusammen und kamen aus dem Takt, aber die Art, wie sie einander schüchtern anlächelten, zeigte, dass es völlig gleichgültig war, ob sie die Schritte beherrschten oder nicht. *Vielleicht, weil sie füreinander die richtigen Tänzer sind?*

Verstohlen ließ Mailín den Blick zu den Umstehenden schweifen. Das Gesicht, das sie suchte, fand sie nicht. Aber dafür entdeckte sie Silja, die im Takt der Trommeln klatschte. Entgegen jeder Tradition trug sie ihr Haar offen und hatte sich tatsächlich den schiefen Kranz aus Gänseblümchen aufgesetzt, den die Kinder für sie geflochten hatten. In ihrem grauen Kleid und mit diesem zerrauften Kopfschmuck sah sie so fremdartig und schön aus, dass viele Männer sich verstohlen nach ihr umschauten.

Der Lichtertanz endete mit einem Trommelschlag. Applaus und Jubel erklangen. Alles strömte auf die Tanzfläche. Strahlende Mädchen wurden von ihren Familien umringt. Sogar Elaj legte die Geige beiseite und stieg von der Bühne, um seine jüngere Tochter in die Arme zu schließen. Mailín drängte sich zur Mitte, wo sie ihre Fackel ins Feuer legte. »Wer hat dich denn auf eine Tanzfläche gestoßen?«, erklang eine wohlvertraute Stimme hinter ihr. »Oder hast du dich nur verirrt?«

Mailíns Lächeln flammte ganz von selbst auf. »Und du tauchst wie immer auf wie ein Geist aus der Flasche. Wo warst du?« Doch als sie sich umdrehte, blieb ihr jedes weitere Wort im Hals stecken. Vor ihr stand zwar Joun. Aber er hatte sich nicht nur den Schmiederuß von der Haut geschrubbt, sondern trug auch ein schneeweißes Hemd und ein blaues Halstuch, das sie noch nie an ihm gesehen hatte. Sein haselnussbraunes Haar hatte er sich aus dem Gesicht gekämmt, was ihn viel erwachsener wirken ließ. »Wer hat dich denn überfallen und verkleidet?«, rutschte es Mailín heraus.

»Heißt das, mein neues Hemd taugt nichts?«

»Kommt darauf an, wen du damit beeindrucken willst. Ich bin mir allerdings nicht sicher, ob du Prinz Südland Konkurrenz machen kannst.« Sie deutete zu einem Mädchen, das sich sogar beim Tanz mit einem anderen jungen Mann den Hals nach Kerem verrenkte.

»Mit Kerems Kletten will ich ja auch nicht tanzen«, sagte Joun. »Sondern mit dir.«

An jedem anderen Tag hätte Mailín jetzt gelacht. Aber Joun meinte es offensichtlich ernst. »Wir . . . haben doch noch nie miteinander getanzt.«

Ihr Freund zuckte mit den Schultern und streckte ihr die Hand hin. »Dann wird es wohl Zeit.« Er zog den linken Mundwinkel nach oben. »Komm schon, Mailín! Oder soll ich dich mit einem dramatischen Kniefall darum bitten?«

»Bloß nicht!«, zischte sie. Schon jetzt grinsten ein paar der Umstehenden. Aber das Schlimmste war, dass ihr Herz so sehr raste, als gäbe es wirklich einen Grund, Angst zu haben. Sie spürte die Blicke, noch bevor sie zum Rand der Tanzfläche schaute. Bitter und verhärmt, mit zusammengepressten Lippen, standen dort die sieben verwaisten Mütter und starrten zu ihr und Joun herüber.

»Ich habe keine Zeit, Joun. Ich muss zurück zur Arbeit, sonst bekomme ich Ärger mit Jussu.«

Joun hob die Brauen auf diese zweifelnde Art, die sie nur zu gut kannte. *Wetten, dass nicht?*, sagte dieser Ausdruck. Und als er zwischen den Tanzenden hindurch zur Schanktheke deutete, hob Pjott dort die Hand und winkte Mailín zu. Er hatte sich eine Schürze umgebunden und spülte mit seinen Bärenpranken die zerbrechlichen Weingläser, während sein Onkel Jussu mit finsterer Miene und verschränkten Armen neben ihm stand. »Pjott übernimmt den Rest deiner Schicht. Du hast ab jetzt frei und bekommst trotzdem dein Geld. Ist alles von Onkel Jussu abgesegnet.«

Im ersten Moment war Mailín wirklich sprachlos. »Du überlässt ja nichts dem Zufall«, sagte sie dann.

Jouns Augen funkelten auf. »Dafür kenne ich dich eben zu gut.«

»Ich . . . würde dir nur auf die Füße treten.«

»Na und? Der einzige Unterschied zu sonst ist, dass du dies-mal Schuhe statt Worte dafür benutzen wirst. Also?«

Ein neues Tanzpaar wurde mit Jubel und Pfiffen begrüßt. Silja wagte sich auf die Tanzfläche. Und zum ersten Mal erlaubte Mailín sich, der leisen Stimme zu lauschen, die wie ein Echo in ihrem Inneren klang. *Tanze!*, flüsterte es im Takt der Musik. *Nur heute, nur einmal, zumindest Rún zuliebe.* Doch als sie sich nervös das Kleid glatt strich und allen Mut zusammennahm, trat wie zu-fällig eine der Mütter in ihr Blickfeld. Ausgerechnet Avissa. Die hagere Frau hatte sich das weiße Trauerband gut sichtbar um die Hand geschlungen. Es war mit Kupfersternen geschmückt. Mailín gab es einen Stich, so hübsch und zart wirkten sie. *Genau wie das Mädchen, dem die Kupfersterne gehört hatten.*

Avissa starrte sie finster an, und wie so oft glaubte Mailín den stummen Vorwurf zu hören: *Mein Mädchen sollte hier sein und tanzen. Aber nur du hast in jenem Winter überlebt. Warum du und nicht sie?*

Den Geistern Gesellschaft zu leisten, nützt niemandem, hielt Siljas Stimme dagegen. *Die Tänze, die ein Toter im Leben nicht getanzt hat, kann ihm kein Lebender mehr stehlen.*

Aber Mailín schüttelte dennoch den Kopf und wich einen Schritt zurück. »Tut mir leid, Joun, ich kann nicht.« Doch be-vor sie davonstürzen konnte, fasste jemand sie von hinten an der Schulter und riss sie herum. Siljas Wangen glühten und sie war atemlos vom Tanzen. Rasch nahm sie ihren Kranz ab. »Hier! Ich bin zwar *nur eine Fremde* und habe keine Ahnung von euren Bräuchen. Aber mir wurde gesagt, dass eine echte Falúnerin nie-mals ohne Blumen im Haar tanzt.« Damit setzte sie Mailín den Blütenring aufs Haar und umarmte sie. »Na los, wag dich aufs Eis«, flüsterte sie ihr dabei ins Ohr. »Ich verspreche dir, es wird dich tragen.« Sie zwinkerte Mailín zu und ging zurück zu ihrem Tänzer.

»Mailín?«, fragte Joun. Sie schluckte und schaute auf die Hand, die er ihr wieder hinhielt. In den Linien seiner Handfläche erahnte man noch den Ruß aus der Schmiede. Die feinen, dunklen Linien wirkten wie eine Landkarte. Mailíns Hände zitterten, als sie den Kranz behutsam gerade rückte. Sogar durch die Musik hindurch konnte sie hören, wie Avissa den anderen Müttern etwas Wütendes zuzischte. *Stella, Anna, Tamar,* schien es im Takt der Musik zu singen. Und dennoch – oder vielleicht gerade deshalb – wagte sie es tatsächlich und ergriff Jouns Hand.

Es war wirklich so, als würde sie sich auf einem vereisten See vorwärtstasten, bis in die letzte Faser angespannt und darum bemüht, nicht zu fest aufzutreten. Aber mit jedem Schritt fühlte es sich sicherer an. Und obwohl in ihrem Rücken die Blicke der Mütter brannten, sah sie nur Jouns Augen, in denen der Widerschein des Feuers irrlichterte. Und als er sie dichter an sich zog, vergaß sie sogar, dass sie beobachtet wurde, und lehnte ihre Wange an seine Schulter. Sie schloss die Augen und ließ sich einfach davontragen in seinen Armen, die sie sicher führten. Nichts brach, es geschah einfach. Und als sie die Augen wieder öffnete, waren die sieben Frauen verschwunden wie ein böser Spuk.

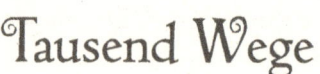

Tausend Wege

D as Feuer war heruntergebrannt; die meisten Gäste standen
von den Tischen auf und wankten nach Hause. Mailíns
Vater war schon vor Stunden aufgebrochen und hatte eine über-
glückliche Rún mitgenommen. Seinen Platz bei den Musikern
hatte Kerem mit seiner Gitarre eingenommen. Die Tanzfläche
hatte sich geleert, doch ein paar fiebrige Tänzer hielten noch
durch. Und die ausgelassenste, temperamentvollste unter ihnen
war Silja. Vor der Bühne hatte sich ein Kreis von Zuschauern um
sie gebildet, die im Takt klatschten. Mailín erkannte die sonst so
kühle Fremdländerin kaum wieder. Silja strahlte wie ein silber-
grauer Stern, ihr Haar wehte, wenn sie herumwirbelte, und ihre
goldbraunen Augen blitzten. Beiläufig winkte sie Mailín zu, bevor sie aus dem Rund der Wartenden einen neuen Partner wählte.
Es war ein blonder Mann mit sanften Augen, der zu strahlen begann, als Silja ihn an den Händen fasste.

»Sie tanzt schon zum dritten Mal mit ihm«, bemerkte Joun.

»Du glaubst, das hat etwas zu bedeuten?« Mailín lachte leise.
»Wir haben den ganzen Abend miteinander getanzt.«

»Ja, und ich hoffe sehr, dass es etwas bedeutet«, konterte Joun.

Doch Mailín wurde ernst. »Für mich wird es Zeit, Joun. Du
weißt ...«

»…Elaj schläft nicht, bevor du zu Hause bist. Und heute wird er wegen Rúns Lichtertanz deine Mutter besonders vermissen und noch mehr mit dem Schicksal hadern als sonst.«

Das war das Schöne an Joun. Er kannte ihr Leben wie niemand sonst. Wie von selbst klang ihr Tanz aus, im Gleichtakt gingen sie langsamer und verließen die Tanzfläche.

»Hey!«, rief ihnen Jussu quer über den Platz hinterher. »Ihr dürft gerne noch beim Abräumen helfen!«

Pjott wedelte mit dem Wischlappen. »Verschwindet schon!«

Mailín winkte Silja zum Abschied und eilte voraus zur Apotheke. Im Laufen nestelte sie den Zweitschlüssel aus ihrer Gürteltasche. Der Hintereingang des Hauses lag halb versteckt in einer dunklen Winkelgasse, aber Silja hatte heute eine kleine Laterne in den Fackelhalter neben der Tür geklemmt. Mailín hangelte sie herunter und stemmte mit der Schulter die Tür auf.

Der Duft von Kräutern und Harzen stieg ihr in die Nase, und auch das balsamische Aroma von Wundbeeren, die Silja erst gestern zu einem Medizinsaft verkocht hatte.

Nur zögernd folgte Joun Mailín durch den langen Flur. Der Lichtschein der Lampe fiel auf das Mosaik einer zweiköpfigen Schlange auf dem Boden – das Symbol der Apotheker, die sowohl mit Magie als auch mit Arzneien arbeiteten. Vom großen Apothekenraum führte eine Tür direkt in die Arzneiküche. Mailín holte ihre Arbeitskleidung und stopfte sie in einen Stoffbeutel.

»Hat sich ja nicht viel verändert, seit Silja hier lebt«, bemerkte Joun. »Gar nichts, um genau zu sein. Sie hat nicht einmal Toms Bild abgehängt.« Er deutete zu den Arzneischränken. Darüber hing die Schwarzweiß-Fotografie, die Kapitän Santalnik von dem ehemaligen Besitzer der Apotheke gemacht hatte. Tom Jofnur war schon damals ein alter Mann mit weißem Bart gewesen. Seine Augen wirkten müde und irgendwie leer, fand Mailín. *So, als hätte er alle Träume des Lebens ausgeträumt und wüsste nicht mehr, warum er noch die Augen schließen sollte.*

»Silja wird sich schon noch einrichten. Sie hat Sachen im Keller, die sie noch nicht einmal ausgepackt hat. Du weißt ja, sie war lange auf Reisen.«

»Mhm.« Joun schaute sich unbehaglich um – und zuckte erschrocken zurück. »Du lieber Himmel, was ist das denn?«

Mailín hob die Laterne und lachte. Der Lichtschein brachte Haifischzähne und schwarze Krallen zum Glänzen. »Sag bloß, du erinnerst dich nicht mehr an Santalniks Chimäre? Sie hing lange im Wohnzimmer des Kapitänshauses. Aber Lovis konnte das Ding noch nie leiden und so hat sie es kürzlich Silja geschenkt.«

Joun schüttelte fassungslos den Kopf. »So hässlich hatte ich das Monster nicht in Erinnerung. Warum hängt sich Silja dieses geflickte Ding an die Decke?«

»Sie sagt, sie fühlt sich damit gut bewacht. Naja, welchen Einbrecher würde die Nixe nicht abschrecken?«

»Silja ist wirklich eine seltsame Frau«, murmelte Joun. »Gehen wir?«

»Ja, ich muss nur noch den Zweitschlüssel oben ins Zimmer legen.«

»Dann warte ich draußen auf dich. Denn ob du es glaubst oder nicht: Das Ding an der Decke denkt darüber nach, wen von uns es zuerst fressen soll.«

❧

Lichtschein vom Fest tauchte Siljas Kammer in schwaches Licht. Sie war immer noch so karg eingerichtet, als wäre die Bewohnerin nur auf der Durchreise. Neben dem Bett, über dessen Fußteil ein von Lovis besticktes Leinennachthemd hing, stand lediglich eine schmale Truhe und der einzige Schmuck war ein silberner Kerzenleuchter in Form einer Hand, den Silja aus der Fremde mitgebracht hatte. Mailín hängte den Zweitschlüssel an einen der Silberfinger und trat zum Fenster. Welke Gänseblümchen fielen zu Boden, als sie den Kranz abnahm und ihn am Fensterriegel befestigte, mit sieben linksgeknüpften Knoten im Schmuckband, genau so, wie es der Brauch vorschrieb. Die ältesten Falúner glaubten daran, dass der Kranz in dieser besonderen Nacht böse Geister fangen und nur gute Träume ins Haus lassen würde. *Vielleicht wirst du ja von deinem Tänzer träumen, Silja,* dachte Mailín. Unten auf dem Marktplatz waren die Tische inzwischen abgeräumt. Pjott begann damit, Bänke zusammenzuklappen und sie auf den Wirtshauswagen seines Onkels zu stapeln. Nur wenige Unermüdliche tanzten immer noch zu Kerems Gitarre. Allen voran Silja und ihr Verehrer, der sie hochhob und herumwirbelte. Siljas klingendes Lachen hörte Mailín sogar noch durch das geschlossene Fenster. *Wie glücklich sie ist,* dachte sie. Und vielleicht war es dieser Moment, in dem sie endgültig festen Boden betrat. Vorsichtig holte sie die Ranke aus ihrer Gürteltasche. Die Blätter knisterten, als sie den Stängel teilte. Das kleinere Stück der Ranke schob sie unter Siljas Kopfkissen. »Du bist nicht länger *nur eine Fremde*«, sagte sie leise. »Und da du jetzt eine von uns bist, gehört auch der Raunenzauber zu dir.«

Dort, wo am äußersten Stadtrand die Straßen zu lehmigen Pfaden wurden, hörte man nur die Rufe von Eulen und das Rascheln von Nachtgetier. In den verwitterten Granithäuschen brannte kein Licht, aber Joun und Mailín hätten den Weg, den sie seit Kindertagen gingen, auch blind gefunden. Und dennoch war heute alles anders. *Vielleicht, weil ich das Eis verlassen habe,* dachte Mailín. Es fühlte sich ungewohnt an, als müsste sie diese Art des sorglosen Gehens erst erlernen. Verstohlen musterte sie Joun von der Seite.

»Was?«, fragte er.

»Gar nichts.«

»Und warum lächelst du dann wie eine Waldhexe?«

Mailín senkte ertappt den Blick. »Es ist lange her, dass ich … einfach nur glücklich war.«

Joun nahm im Gehen ihre Hand, umfasste sie ganz selbstverständlich, barg und wärmte sie. »Ich mag es, wenn du glücklich bist.«

»Gut, dass Leen uns jetzt nicht sieht. Sonst würde sich morgen die halbe Stadt den Mund über uns zerreißen.«

»Das tun sie doch ohnehin«, antwortete Joun leichthin. Mailín dachte an seine vom Schmiederuß geschwärzten Handlinien. *Wie ein Landkarte. Tausend Wege, die ich mit Joun schon gegangen bin.* Und noch etwas schwang in der vertrauten Berührung mit: das Flüstern von Schneeflocken und Erinnerungen, die nur sie beide teilten.

»Weißt du noch, Joun? Als wir nachts weggelaufen sind? Damals schien der Vollmond genau wie heute und wir haben sogar denselben Weg zum Wolfswald genommen.«

Ihr Freund lachte. »Es war das einzige Mal in meinem Leben, dass mein Vater mich zur Strafe tagelang eingesperrt hat. Hattest du damals nicht sogar das Fernrohr des Kapitäns gestohlen?«

»Natürlich! Wie hätten wir sonst vom See aus das Schloss der Wolkenfeen sehen können? Stella hatte mir so oft von ihnen erzählt, dass ich nachts von ihnen träumte und glaubte, dass sie Wirklichkeit sind.«

Joun schüttelte den Kopf. »Was für ein Glück, dass deine Mutter uns gefunden hat, bevor wir in den See fallen oder die Wölfe aufscheuchen konnten.«

»Zumindest hat sie uns eine Enttäuschung erspart. Damals

hätte die Tatsache, dass es kein Wolkenschloss gibt, unser Weltbild erschüttert.«

»Ja, damals haben wir noch alles geglaubt, was man uns sagte.« Joun schaute zum Mond. »Heute wissen wir beide wohl am besten, wie hart das Eis der Wirklichkeit ist. Aber ich meine völlig ernst, was ich vorhin sagte, Mailín: dass ich es schön finde, dich heute so glücklich zu sehen. Dann... bin ich es nämlich auch.«

»Du redest ja, als wärst du verliebt.«

»Nun, früher warst *du* verliebt. Und zwar in mich. Du hast versucht mich zu küssen...«

»...und du hast gesagt, ich wäre ein ekliger Waldtroll und hast mich mit Schnee eingeseift...«

»...woraufhin du mich verprügelt hast. Damals warst du noch viel stärker als ich.«

Es war wie ein weiterer Tanz, mühelos und vertraut. Normalerweise hätten sie einander nun aufgezogen und wären in Erinnerungen gewandert, als wäre die Vergangenheit ein geheimer Garten, der nur ihnen gehörte. Doch heute blieb Joun stehen und wandte sich ihr im Mondlicht zu. »Wäre es denn wirklich so undenkbar? Ich meine... Hat Leen so unrecht mit dem, was sie über uns sagt? Zwischen uns ist doch längst mehr als nur die alte Freundschaft...«

Mailín schluckte und senkte den Kopf. »Vielleicht«, erwiderte sie vorsichtig.

Sie hörte, wie Joun tief Atem holte, und sie kannte ihn gut genug, um zu wissen, wie viel Mut es ihn kostete, weiterzusprechen. »Mailín, hör einfach zu und lach mich nicht aus. Wir werden beide in diesem Dezember siebzehn und sind dann frei zu tun, was wir wollen...«

»Diese Freiheit ändert nichts für mich. Du weißt genau, dass ich weiter für meine Leute sorgen muss.«

»Ich weiß. Aber ich könnte zu euch ziehen. Wir vergrößern das Haus und sorgen zusammen für alle. Deine Familie ist auch meine. In drei bis vier Jahren kann ich die Schmiede übernehmen, wir finden Arbeit für deine Brüder und wir ...«

»Joun!« Mailín ließ seine Hand los und wich zurück. »Willst du mir einen Ring anstecken, weil wir einmal miteinander getanzt haben?«

»Ich will nur, dass du weißt, wie es in meinem Herzen aussieht. Oder ... mache ich mich hier gerade lächerlich, weil deines längst Kerem gehört?«

»Wie kommst du denn darauf?«

Joun straffte die Schultern, als müsste er sich für ihre Antwort wappnen. »Vom Dach aus habe ich gesehen, wie du ihn heute geküsst hast.«

An jedem anderen Tag hätte Mailín gelacht. Aber heute war es, als könnte jedes Wort wie eine Klinge in Jouns Herz schneiden.

»Es sah nur aus wie ein Kuss. Ich wollte Kerems Kletten ärgern.«

»Dann ... bist du also nicht in den Südländer verliebt?«

»Natürlich nicht!«

Sogar im Halbdunkel konnte Mailín erahnen, wie erleichtert Joun war. Und aus irgendeinem Grund machte ihr das Angst.

»Gut. Es sei denn, du sagst mir, dass du stattdessen Pjott liebst und ...«

Mailín trat vor, schlang die Arme um Jouns Mitte und lehnte den Kopf an seine Schulter. »Hör auf«, flüsterte sie. Sie spürte sein Nicken. Und so behutsam, als wäre sie zerbrechlich, legte er die Arme um sie. »Du kennst mich«, sagte er nach einer Weile. »Ich halte nichts von Kniefällen und Liebesschwüren. Wozu soll so etwas gut sein? Was ändert es schon, wenn ich dir erzähle, dass ich dein Gesicht vor mir sehe, wenn ich einschlafe, und dass der Tag für mich erst dann hell und schön wird, wenn du morgens in die Schmiede kommst. Und ich werde dir bestimmt nicht sagen, dass mir sogar dein Spott lieber ist als tausend Küsse jeder noch so reichen goldhaarigen Händlerstochter. Ich will einfach nur wissen, ob du dir vorstellen kannst... für immer mit mir zu tanzen.«

Mailín schloss die Augen. *Wäre es eine Lüge, wenn ich Ja sage?*

»Ist das Schweigen ein Nein? Lass mich hier nicht wie einen Trottel herumstehen, Mailín.«

»Wäre es denn Liebe?«, fragte sie. »Oder kennen wir uns einfach schon so lange, dass es sich nur so anfühlt? Was wäre, wenn...« Sie verstummte und biss sich auf die Unterlippe.

Doch zu ihrer Überraschung war Joun nicht verletzt.

»*Was wäre, wenn*«, wiederholte er sanft. »Das ist immer deine erste Frage. Aber vielleicht... haben wir uns einfach immer schon geliebt. Schließlich kann man nur lieben, was man auch wirklich kennt...«

»Hey! Wer ist da?«, erklang eine trunkene, raue Stimme.

Joun und Mailín fuhren auseinander.

»Alles in Ordnung. Wir sind's nur, Elaj.«

»Ich bin gleich da, Vater.«

»Wird auch Zeit«, knurrte Elaj. Ein Fensterladen klappte, dann hörte man ein Rumpeln, als wäre Mailíns Vater gegen die Holzpritsche getaumelt, die sein Bett war.

»Warte noch, bis er wieder einschläft«, sagte Joun leise. »Wenn er so betrunken ist, sucht er nur Streit.«

Mailín nickte. Und sie liebte Joun tatsächlich dafür, dass er ganz genau wusste, wie ihr zumute war.

»Du bist nicht allein damit«, raunte er ihr zu.

»Ich weiß.« Und sie wusste es wirklich. *Warum zögere ich dann immer noch?*

»Mir ist klar, dass es nicht das Leben wäre, von dem wir als

Kinder geträumt haben«, setzte Joun hinzu. »Damals wollten wir die Welt erobern und Abenteuer erleben. Und ich bin kein reicher Erbe wie Pjott und sicher nicht einmal halb so interessant wie Kerem. Ich kann dir keine Lieder aus dem Süden singen und dir auch nicht beibringen, wie man Gitarre spielt. Ich bin einfach nur der, den du kennst, so lange du lebst. Aber eines verspreche ich dir: Was auch geschieht und was du auch tust… Ich werde immer an deiner Seite sein.«

Das entfachte ein Lächeln auf Mailíns Gesicht.

»Ich will doch nur, dass du über uns nachdenkst«, fügte er leiser hinzu. »Wirst du das?«

Mailín antwortete ihm nicht, sie umarmte ihn einfach und küsste ihn so entschlossen, dass er vor Überraschung scharf Luft holte. Doch dann spürte sie sein Lachen an ihren Lippen. Er zog sie an sich und erwiderte ihren Kuss mit solcher Leidenschaft, dass sie froh war, dass seine Arme sie hielten. Es war wie mit dem Tanzen, leicht und schön und so selbstverständlich, als hätten sie einander schon immer geküsst. *Vielleicht ist es das, was Lovis meint*, dachte Mailín. *Vielleicht ist das mein Weg?* Als sich ihre Lippen voneinander lösten, hielt er sie immer noch so fest umschlungen, dass sie seinen Herzschlag spüren konnte, und die Wärme seiner Haut und seinen Atem an ihren Lidern.

»Ist das ein Ja?«

»Für heute ist es ein Kuss. Nicht mehr. Aber auch nicht weniger.«

»Schade, ich hatte gehofft, du würdest mir ab jetzt jedes Ja auf diese Art geben.«

»Es heißt, ich denke darüber nach.«

»Darf ich wenigstens Kerem sagen, dass er sich keine Hoffnungen mehr machen soll?«

Er lachte, als sie sich für diesen Satz aus seinen Armen wand.

»Bis morgen bei der Arbeit«, flüsterte sie ihm zu. »Und komm bloß nicht auf die Idee, mir einen Ring zu schmieden.«

»Nur eine Fußfessel«, gab Joun gut gelaunt zurück. »Naja... Nicht, dass es bei dir etwas nützen würde.«

Mailín lächelte immer noch, als sie durch das Gartentor schlüpfte und lautlos um das Haus huschte. Sie hatte gehofft, ihr Vater hätte sich ins Bett gelegt, aber er saß auf der Türschwelle, in der Hand eine Flasche voller Mondlicht. »Na endlich«, sagte er mit schwerer Zunge. Der Geruch von Branntwein fing sich in Mailíns Nase. Elaj schwankte leicht, als er die Flasche wieder an die Lippen setzte und den letzten Rest austrank. Nichts erinnerte mehr an den sanften Musiker, der heute für seine jüngste Tochter gespielt hatte. Das war die andere Seite von Mailíns Vaters, sein böses, bitteres Ich, das jedem in die Hand biss, der ihm zu nahe kam. »Du bist wie deine Mutter«, stieß er nun heiser hervor. »Sie dachte nur an sich und konnte auch nie stillhalten. Immer raus in den Wald, immer die Nase im Wind und den Kopf voller Wolken.« Er hustete und wischte sich ungelenk über den Mund. »Hat mich im Stich gelassen. Mit den neugeborenen Zwillingen in der Wiege. Und wofür? Um draußen allein im Schnee zugrunde zu gehen wie ein angeschossener Fuchs. Das hat sie jetzt davon! Geschieht ihr recht, der Hexe.«

Mailín verbiss sich eine barsche Antwort. »Jetzt bin ich ja hier, Elaj«, antwortete sie nur und schob sich an ihm vorbei ins Haus.

Der Raum unter dem Granitdach, in dem sie mit ihren Geschwistern schlief, war nur über eine Leiter zu erreichen. Sogar direkt unter dem Giebel war das Schlafzimmer so niedrig, dass nicht einmal ihre Brüder darin aufrecht stehen konnten. Lilienduft füllte die Kammer, Rún hatte ihren Kranz am Giebelfenster aufgehängt. Ein Mondstrahl fiel unter die Dachschräge auf seidiges Kinderhaar. Dort lagen Mailíns Brüder wie Welpen aneinandergeschmiegt in tiefem Schlaf.

Rún regte sich, als Mailín zu ihr auf die Strohmatratze unter die Decke kroch. »Tanzen wir noch?«, flüsterte sie im Traum.

»Ja, Floh. Wir tanzen.« Und es stimmte wirklich. Immer noch klang die Musik in Mailín nach. *Tausend Wege, die ich mit Joun schon gegangen bin.* Sie dachte an Pjott, an Kerem, an Silja und musste lächeln. Vorsichtig holte sie ihr Geschenk an Rún hervor. In ihrer Hand fühlte sich die raunende Ranke kühl und samtig an. Mailín freute sich darauf, Rúns Gesicht zu sehen, wenn sie morgen erfahren würde, dass sie mit Raunenmagie geträumt hatte. Behutsam schob sie das magische Gewächs unter das Kissen, das Rún und sie sich teilten. »Träum von Mika«, wisperte sie ihrer Schwester ins Ohr. *So wie ich von Joun.*

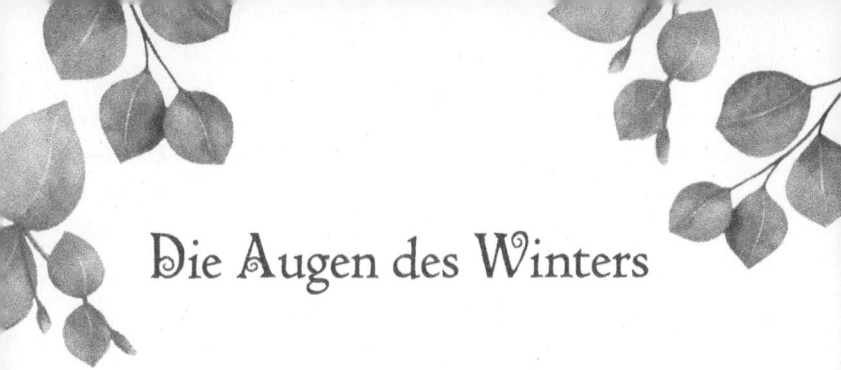

Die Augen des Winters

Wie immer in ihren Träumen lief Mailín auch heute durch knietiefen Schnee, während ihre Freunde sie mit Schneebällen in den Händen verfolgten. *Und auch heute waren ihre Stimmen nur leere Echos, die im Wald hallten. Es war stets dieser Moment, in dem Mailín erkannte, dass sie träumte, und aufhörte zu rennen. Aber heute war sie besonders enttäuscht, dass es doch nur wieder ihr üblicher Traum war.* Was hast du erwartet?, *schalt sie sich im Schlaf.* Du weißt, dass Raunen nicht magischer sind als Lovis' Spiegelzauber. *Dennoch — selbst wenn die Raune nur ein Spiegel ihrer Wünsche war, musste sie ihr doch Joun zeigen! Ihre bloßen Füße gruben sich in den Schnee, während sie sich im Nachthemd einem gähnenden Grau entgegen-kämpfte, das eine Höhle sein mochte. Schneegestöber nahm ihr die Sicht, und ob-wohl ihr klar war, dass nichts um sie herum real war, spürte Mailín die Kälte so schneidend scharf, dass sie sich zusammenkrümmte.* Wach auf!, *befahl sie sich. Normalerweise saß sie im selben Augenblick hellwach und aufrecht im Bett, als wäre der Schlaf nur eine Tür, die sie jederzeit hinter sich zuschlagen konnte. Aber heute gelang es ihr nicht.* Und dann dämmerte ihr, dass vielleicht das hier *die Wirklichkeit war.* Was wäre, wenn?, *hallte es in ihr.* Was, wenn ich nur geträumt habe, eine Schwester und zwei kleine Brü-der zu haben und in einer Sommerstadt zu leben? *Und mit heißem Schreck wurde ihr klar, was das hieße: dass es hier für sie gerade um Leben und Tod ging. Ihre Zähne schlugen aufeinander. Schneeluft schnitt in ihre Kehle und brachte sie zum Husten.* Raus aus dem Wind!, *befahl sie sich. Taumelnd erreichte sie den Eingang einer Höhle und fiel in die Windstille. Eis brannte unter ihren Händen und Knien, sie rappelte sich auf und stolperte weiter in das glänzende Labyrinth der Eishöhle. Irgendwo leuchtete verzerrt ein bleicher Mond. Die Schatten des Schneegestöbers, das draußen vorbeiwirbelte, huschten über die vereisten Wände. Und dann . . . sah sie ihn.*

»Joun?« *Sein Name hing wie eine Frage aus gefrorenem Atem in der Luft. Er lag auf einem mit Fell bedeckten Felsen. Deutlich erkannte Mailín nur seinen linken Arm, der vom Lager gerutscht war. In einem lockeren Bogen ruhte seine Hand auf dem Boden. Die Fingernägel schimmerten bläulich. Mailín stürzte zu Joun und fasste nach seiner Hand. Sie war noch kälter als ihre.* »Wach auf! Du darfst nicht schlafen.« *Etwas klackte leise und rollte aus seiner Faust. Eine Glasmurmel? Sie hatte einen bunten Kern, der zu flimmern schien . . . doch die Murmel rollte davon, ohne dass Mailín sie genauer betrachten konnte. Und als sie sich über Joun beugte, zuckte sie erschrocken zurück. Vor ihr lag ein Fremder. Er war jung, nur wenige Jahre älter als sie. Sein Gesicht war schmaler als das von Joun, klarer – und in seinem Ernst auf strenge Art schön. Welche Farbe sein Haar hatte, ließ sich nicht sagen, die Kälte färbte es weiß, genau wie die Haut und die Wimpern. Seine Lippen hatten einen bitteren, starren Zug. Sie schimmerten bläulich, und auch die geschlossenen Augen waren blau umschattet. Kein Atem strömte aus seiner Nase, und als Mailín vorsichtig die Hand auf seine Brust legte, war kein Herzschlag zu spüren.* Er ist erfroren. *Sie hätte erschrocken sein müssen, stattdessen spürte sie nur tiefe Traurigkeit. Doch dann erwachte das Winterkind in ihr, als hätte es nur darauf gewartet. Mit einem Blick erfasste sie alles, was ihr für das Überleben nützlich sein würde. Der Fremde trug keine Stiefel, nur Kleidung aus einem glatten, dunklen Leder.* Zu dünn, aber besser als nichts, *befand Mailín.* Immerhin ist er noch nicht starr, du wirst ihn also ohne viel Mühe ausziehen können. Vielleicht hat er ein Unterhemd aus Wolle? Beeil dich, und dann wickle dich in das Fell, zieh es dir auch über den Kopf und roll dich zusammen, bis du deine

Füße wieder spürst. Atme die Eisluft nicht zu tief ein. *Doch beim Blick auf das Fell, auf dem der Fremde lag, stutzte sie. Es hatte eine seltsame Farbe, ein gleißendes Silberweiß mit schwarz-grauen Sprenkeln, und es war rau und buschig und so dick wie Bärenfell. Nur dass es in Falún keine weißen Bären gab. Und nun entdeckte Mailín noch etwas Seltsames: Auf dem Fell lagen neben dem Toten weitere Eisperlen. Wie Glühwürmchen, die in Murmeln aus Eis eingeschlossen waren, flackerten und pulsierten darin kleine Lichter. In einer Perle glaubte Mailín Sonnenschein aufschimmern zu sehen, doch dann verblasste das Licht. Sie beugte sich über den Toten und machte sich mit klammen Händen an der Schnürung des Hemdes zu schaffen. Und schrie auf, als etwas ihr Handgelenk packte: Finger gruben sich schmerzhaft tief in ihre Haut. Der Erfrorene riss die Augen auf und sah sie an. Eis knisterte, als er die Lippen öffnete. Immer noch atmete er nicht. Aber Mailín hörte ein gezischtes Wort, einen Namen, und ihr Nacken wurde heiß vor Entsetzen. »Nein!«, keuchte sie. »Lass mich los!« Doch der Fremde umklammerte ihr Handgelenk nur noch fester. Sie schrie und wand sich in dem eisernen Griff, mit aller Kraft riss sie sich los, stolperte zurück . . .*

. . . und stieß sich Kopf und Schulter schmerzhaft fest am schrägen Dachbalken. Nach Luft schnappend saß sie im Bett. Der Mond war hinter Wolken verschwunden, im Raum war es stockdunkel. In der Kammer hörte sie das ruhige Atmen ihrer Geschwister und von unten das trunkene Schnarchen ihres Vaters.

Es war nur ein Traum, beruhigte sie sich. Aber immer noch hallte das Entsetzen in ihr nach. Sie suchte nach dem Namen, den der Erfrorene hervorgestoßen hatte, aber der Traum hatte ihn völlig verschluckt. Nur an die Augen des Mannes erinnerte sie sich noch so deutlich, als würde er sie immer noch beobachten. *Winteraugen*, dachte sie mit einem Schaudern. *Transparent und hellgrün wie die Bruchflächen von Eis in einem Fluss. Und voller Hass.* Draußen heulte der Wind, als würde ein Sturm aufziehen. Und am Fenster glaubte Mailín ein leises, fedriges Scharren zu hören. Es trug sie zurück in die Zeit, in der es weder Rún noch ihre Brüder gab. Damals, als sie sich in die Arme ihrer Mutter schmiegte und noch daran glaubte, dass das Rascheln von fallendem Schnee die Schritte der Firnfrauen waren. Mailín ballte die Hände so fest zu Fäusten, dass es schmerzte. *Es ist die Ranke. Sie zeigt dir das größte Glück oder das größte Unglück, das du selbst im Herzen trägst. Ich hätte auf Silja hören sollen.*

Rún seufzte im Schlaf, als Mailín das Rankenstück unter dem Kissen hervorzog, doch sie wachte selbst dann nicht auf, als Mailín über knarrende Dielen vom Bett zum Fenster kroch. Im Dunkeln stieß Mailín auf Rúns Kranz. Er war heruntergefallen, was seltsam war, schließlich waren die Knoten fest gebunden gewesen. Als sie das Fenster aufriss und die Ranke hinausschleuderte, brach der Mond hinter den Wolken hervor und Mailín blickte in milchiges, wirbelndes Weiß. *Träume ich etwa einen Traum im Traum?* Doch dann fauchte ihr ein sehr realer, schneidender Wind Schnee ins Gesicht — und brachte ihr auch den Namen zurück, den der Fremde mit den Winteraugen im Traum geflüstert hatte.

～❧

Es war ein seltsames Bild, das sich Mailín auf dem Marktplatz bot: An der Schwelle zwischen Nacht und Tag kamen die Leute verstört zum Rathaus gelaufen. Als hätten sie dem Sommer ohnehin nie so recht getraut, hatten die Alteingesessenen sofort ihre alten Schafsfellmäntel aus den Schränken geholt und trugen auch ihre Winterstiefel. Neben ihnen wirkten die frierenden Neufalúner seltsam schutzlos in ihren Seidenmänteln und den dünnen Nachtkleidern, in denen sie vor Kälte zitterten. *Wie Schlafwandler, die nicht wissen, wo sie aufgewacht sind,* dachte Mailín. Bürgermeister Kantal trat aus seiner Wohnung im Rathaus und sah besorgt zum Himmel. Inzwischen hatte sich der Schneesturm gelegt. Alles war weiß und die Leinen der Girlanden erinnerten an ein vereistes Spinnennetz, das sich über den Marktplatz spannte. Mailín schob sich zwischen den Menschen hindurch und suchte in der Menge vergeblich nach Silja.

»Hier bist du!« Joun tauchte atemlos neben ihr auf. »Ich war schon bei euch und habe deinen Vater aufgeweckt. Rún ist ganz verstört, weil du einfach verschwunden bist.«

Mailín biss sich auf die Unterlippe. »Ich musste sofort gehen. Ich ... hatte einen Albtraum, Joun, er hatte irgend etwas mit Silja zu tun. Ich muss wissen, dass ihr nichts passiert ist.«

Sie war dankbar, dass Joun keine Zeit mit Fragen verschwendete, sondern einfach ihre Hand nahm und ihr mit Schulter und Ellenbogen den schnellsten Weg durch das Gewühl bahnte.

Schon aus der Ferne sah man, dass das Fenster von Siljas Zimmer offen stand. Die Scheibe war zerbrochen und der Kranz mit den Gänseblümchen hing zerrissen am Apothekenschild.

»Silja!«, schrie Mailín zum Fenster hoch.

»Das muss nichts Schlimmes bedeuten«, sagte Joun. »In der Schmiede hat der Sturm alle Fenster eingedrückt.« Er griff zum Türklopfer am Eingang der Apotheke und donnerte damit gegen das Holz. Nichts regte sich im Haus. Mailín versuchte durch ein Fenster in den Verkaufsraum zu spähen, doch das Glas war blind vor Frostblumen. Als sie versuchte, sie von der Scheibe zu reiben, fand sie nur neues Weiß. »Heb mich hoch, da oben ist ein Loch in der Scheibe.«

Joun stemmte sie mühelos auf seine Schultern und sie spähte durch den Stern aus Scherbenzacken. Im Verkaufsraum sah es aus wie in einem verwunschenen Reich. Bündel von firnüberzogenen Kräutern hingen wie bizarre Kunstwerke von der Decke.

Eis glänzte auf der Theke und den Regalen. Durch die hintere Tür erhaschte Mailín einen Blick ins Treppenhaus. »Sie liegt auf dem Boden, Joun!«

»Bist du sicher?«

»Ja! Sie scheint bewusstlos zu sein. Vielleicht ist sie gestürzt.«

Joun fing Mailín auf und hebelte mit einem geschickten Griff einen rostigen Fackelhalter von der Wand. »Ärmel vors Gesicht«, befahl er, dann sprang schon das Glas. Als Mailín den Arm wieder herunternahm, hatte Joun bereits durch das Fenster gegriffen und es von innen geöffnet. Ein paar Augenblicke später schlitterte Mailín Joun über den vereisten Boden hinterher, hangelte sich an der Verkaufstheke entlang ins Treppenhaus – und rutschte aus. Doch sie spürte kaum, wie sie gegen den Türrahmen prallte. Ihr Freund verlor ebenfalls das Gleichgewicht und krachte gegen das Treppengeländer. Eiszapfen brachen und zerschellten. Die Bruchstücke klimperten die Treppen herunter und rutschten bis zu einer Hand vor der Treppe.

»Oh, verdammt«, keuchte Joun. »Das Ding bringt mich noch mal vor Schreck um.«

Mailín wurde ganz flau vor Erleichterung. Es war nicht Silja. Der Sturm hatte das Fenster der Arzneiküche aufgedrückt und die Chimäre von ihrem Haken an der Decke gerissen. Nun lag sie am Fuß der Treppe auf dem Bauch wie ein gestürzter Mensch.

Joun spähte in die Küche. »Hier unten hat der Sturm alles auseinandergenommen.«

»Du siehst im Lagerkeller nach«, rief Mailín. »Ich gehe nach oben.«

Siljas Zimmertür stand weit offen. Geschmolzenes Eis hatte spiegelnde Pfützen zurückgelassen. Das Bett stand verrutscht quer im Raum, die Laken und die Matratze waren heruntergeweht worden. Wie Schnee bauschten sich überall Federn aus einem zerrissenen Kissen. Die schmale Truhe stand offen, der Inhalt lag im ganzen Zimmer verstreut, als hätte hier ein Wahnsinniger gewütet: zerfledderte, durchweichte Bücher und Kleidung – und auch Siljas graues Tanzkleid, das sie sicher an die Tür gehängt hatte. Mailín stürzte zum Fenster. Es hing schief in den Angeln, der Rahmen war geborsten. Draußen versuchte die Stadtpolizei Ordnung in den Andrang vor dem Rathaus zu bringen. »Was, wenn es der Eiswinter ist?«, gellte die Stimme einer Frau über den Platz. Bürgermeister Kantal hob beruhigend die Hände. »Ein kurzer Kälteeinbruch macht noch lange keinen Winter. Das Eis taut bereits, es gibt keinen Grund zur Sorge. Wer Sturmschäden melden will, kann heute ins Rathaus kommen.«

Mailín wandte sich um. »Hier ist sie nicht, Joun«, rief sie. »Hast du sie gefunden?«

»Nein«, kam es aus dem Erdgeschoss. »Vielleicht ist sie bei den Nachbarn.«

Mailín rang nach Luft. Sie kniff die Augen zusammen und sah sich um, suchte fieberhaft nach etwas, das hier nicht zusammenpasste. Und als sie die Kratzer an der Wand sah, wusste sie, was schon die ganze Zeit im Zimmer fehlte. Mit zwei Schritten war sie bei der Wand hinter dem Bett und befühlte die Scharten in der Wand. Sie ging auf die Knie – und entdeckte den Zweitschlüssel, den sie gestern an den Silberleuchter gehängt hatte. Er war unter das Bett gerutscht. Dort waren weitere Spuren zu erkennen. Vier parallele Kratzer. *Wie von Krallen.* Die Kratzer führten unter der offen stehenden Tür hindurch, dorthin, wo nur noch Wand sein konnte. Als Mailín die Tür zuklappte, entdeckte sie dahinter den silbernen Kerzenleuchter. Er war völlig verbogen, als hätte ihn jemand mit großer Wucht gegen die Wand geschmettert. Und mit einem Mal konnte Mailín die Spuren der

Verwüstung lesen wie eine Fährte. »Joun«, brüllte sie. »Jemand hat Silja entführt!«

～❧～

Im Chaos, das inzwischen auf dem Marktplatz herrschte, dauerte es eine Ewigkeit, bis Mailín mit zwei Polizisten zur Apotheke zurückkehren konnte. Doch als sie ihnen ins Haus folgen wollte, verwehrten ihr die Stadtwächter den Zutritt. »Geht heim, hier stört ihr nur!«, herrschte der Hauptmann sie und Joun an.

»Komm«, sagte Joun. »Finden wir heraus, ob jemand heute Nacht etwas gesehen hat.« Aber weder Lovis noch andere Nachbarn schienen etwas bemerkt zu haben. Erstaunlich viele erinnerten sich nicht einmal daran, dass Silja auf dem Fest gewesen war. Es war, als hätte der Sturm alles ausgelöscht, sogar das Gedächtnis der Menschen.

Erst gegen Mittag wurde Mailín zum Rat vorgelassen. Die letzte Stunde hatte sie im Vorraum mit Gruppen besorgter Bürger gewartet. Ihr Kopf schmerzte von dem Gejammer über beschädigte Dächer und zerstörte Gemüsegärten. Und als sie endlich in den Ratssaal gerufen wurde, blickte sie in übermüdete, blasse Gesichter. Die zwölf Mitglieder des Stadtrats wirkten wie Gespenster. Die meisten waren Neufalúner, aber auch Leen gehörte in diesem Jahr zum gewählten Rat der Stadt. Am Scheitelpunkt des hufeisenförmigen Tisches saß Bürgermeister Kantal vor einem Berg von Papier und schrieb. »Mailín«, murmelte er, ohne aufzublicken. »Braucht deine Familie kostenloses Heizmaterial von der Gemeinde?«

»Ich bin wegen Silja hier.«

»Ach richtig.« Kantal ließ sich einen Stapel Dokumente reichen und blätterte. »Du hattest heute Morgen gemeldet, dass du ein Verbrechen vermutest. Nun, ich kann dich beruhigen. Dafür gibt es keinerlei Anhaltspunkte.«

Mailín glaubte sich verhört zu haben. »Aber sie wurde entführt! Ich habe der Polizei die Spuren im Zimmer genau beschrieben.«

»So? Im Polizeibericht sind nur ganz übliche Sturmschäden protokolliert.«

Mailín klappte der Mund auf. »Dann haben die Polizisten nicht richtig hingesehen. Silja wurde im Schlaf überrascht. Sie konnte nur noch nach dem Kerzenleuchter greifen und versuchte sich damit zu verteidigen, aber der Angreifer lenkte ihren Schlag ab und schleifte sie samt dem Bett in Richtung Fenster. Offenbar hatte er Hunde oder andere Tiere dabei, das zeigen die Kratzer im Boden. Außerdem waren die Kissen zerfetzt wie von scharfen Zähnen. Der Leuchter traf die Wand und Silja wurde überwältigt. Die Truhe war aufgerissen und wurde durchwühlt. So stark kann kein Windstoß sein, der sich in einem Zimmer fängt.«

»Ach ja? Ist dir schon aufgefallen, dass die halbe Stadt verwüstet ist?«, bemerkte Leen spitz. »Hat dir dein Joun etwa nicht erzählt, dass in der Schmiede sogar der Amboss von seinem Podest heruntergerissen wurde und Hufeisen wie Hagel auf Straßen und Dächer geprasselt sind? Reines Glück, dass keiner erschlagen wurde.«

»Das stimmt«, pflichtete Kantal der Ärztin bei. »Viele Häuser sind schlimmer beschädigt als die Apotheke. Und die Kratzer im Boden können vorher auch schon im Holz gewesen oder durch die Scherben des Fensters verursacht worden sein . . .«

»Und wo ist Silja dann?«

Es war kein beruhigendes Zeichen, dass die Räte nur einen müden Blick tauschten.

»Sie ist abgereist, Mailín«, ergriff schließlich Leen das Wort.

»Was?« Mailíns empörter Aufschrei gellte durch den Ratssaal. »Mitten in der Nacht? In einem Schneesturm? Ohne jemandem etwas zu sagen?«

»Wir wissen nicht, ob sie eine Nachricht hinterlassen hat«, erwiderte Kantal ruhig. »Alle Papiere sind zerrissen oder durchnässt und damit unleserlich geworden.«

»Aber warum sollte sie die Apotheke kaufen, wenn sie weiterziehen wollte?«

»Hat sie das etwa behauptet?« Kantal schüttelte den Kopf. »Die gesamte Miete hat sie im Voraus bezahlt und der Vertrag läuft in drei Tagen aus. Es gab kein Kaufgesuch. Keine Anzahlung. Nicht einmal einen Einbürgerungsantrag. Sie plante nicht, hierzubleiben.«

Mailín biss die Zähne so fest zusammen, dass ihre Kiefer schmerzten. *Dann hat Silja gelogen?* »Aber ... sie hat mir gestern versprochen, dass sie hierbleiben wird.«

Leen machte keinen Hehl daraus, dass sie am liebsten laut gelacht hätte. Und Kantal seufzte und rieb sich die Nasenwurzel, als hätte er Kopfschmerzen. »Mailín«, sagte er betont geduldig. »Es gibt keinen einzigen Hinweis auf ein Verbrechen und Silja ist bei uns immer noch als Durchreisende gemeldet und frei zu gehen, wohin sie will und wann sie will.«

»Sieht denn hier niemand, dass ihr etwas zugestoßen ist?«, beharrte Mailín verzweifelt.

»Woher willst du das wissen?«, schnappte Leen.

Mailín schluckte. »Ich ... habe davon geträumt. Im Wald hatte ich gestern ein Stück Raune gefunden. Und im Traum sah ich einen Toten im Eis, der Siljas Namen rief. Dann kam der Schnee, als hätte ... der Raunenzauber ihn herbeigerufen.«

Die Räte, die aus dem Süden stammten, wechselten beunruhigte Blicke. »Meint sie etwa ... Wetterzauber?«, fragte einer der Neufalúner. »Haben diese Pflanzen denn solche Kräfte?«

»Unsinn!« Leen schüttelte energisch den Kopf. »Raunen haben überhaupt keine eigenen Kräfte. Und wir haben jetzt Wichtigeres zu tun, als eine Reisende zu suchen, nur weil du schlecht geträumt hast, Winterkind.«

Kantal legte die Feder beiseite und gab dem Ratsdiener einen Wink. »Wir sind fertig. Begleite das Mädchen aus dem Saal.«

Mailín schoss das Blut vor Wut heiß in die Wangen. Aber sie wusste genau, dass sie bei Kantal nur mit Argumenten weiterkommen würde. *Finde einen Grund, den er nicht vom Tisch wischen kann.* Als der Ratsdiener vor sie trat, wich sie ihm aus, schritt zu Kantal und beugte sich über den Tisch. »Und was, wenn Silja das Fieber hat? Habt ihr schon vergessen, wie schnell es mit der ersten Kälte kam? Morgens erwachte man völlig gesund, eine Stunde später brannte man im Wahnsinn und floh aus dem Haus. Schreibt das Gesetz unserer Stadt nicht vor, jemanden, der im Schneefieberwahn weggelaufen ist, mindestens einen Tag lang zu suchen, bevor man ihn aufgibt?«

»Schneefieber?« Ein Stuhl fiel um, als eine junge Rätin erschrocken aufsprang. »Aber ihr sagtet doch, das sei ausgerottet?« Im nächsten Moment brach der Sturm los, alle Neufalúner standen auf und redeten durcheinander. Kantal musste mehrmals auf den Tisch schlagen, bevor wieder Ruhe einkehrte. »Hier gibt es kein Fieber«, sagte er laut und deutlich. »Und das Letzte, was wir jetzt brauchen, sind Unruhestifter, die Gerüchte verbreiten, Mailín. Noch ein Wort dieser Art und du verbringst die nächsten zwei Wochen im Gefängnis im Ratskeller. Und jetzt raus!«

Mailín zuckte vom Tisch zurück. Noch nie hatte Kantal so mit ihr gesprochen. Die wenigen Alteingesessenen starrten sie zornig an, während der Ratsdiener sie an der Schulter packte und aus dem Saal schob.

Draußen setzte sie sich mit zittrigen Knien auf die Treppe und vergrub das Gesicht in den Händen. *Das kann nicht wahr sein.*

Sie blickte auf, als sie Stoff rascheln hörte. Lautlos war Leen ihr gefolgt und ließ sich neben ihr nieder. »Bist du völlig von Sinnen, das Wort Schneefieber auch nur in den Mund zu nehmen?«

»Ich wollte nur, dass die Polizei nach Silja sucht.«

»Bist du so dumm oder tust du nur so?«, brauste Leen auf. »Siehst du denn nicht, was in der Stadt los ist? Die ganzen Küstenpflanzen, die schon diesen kleinen Kälterülpser für einen Eiswinter halten, rennen bereits jetzt panisch wie kopflose Schafe herum. Und was glaubst du, was los ist, wenn die auch noch Gerüchte vom Fieber nachblöken, hm?«

Mailín senkte den Kopf. Plötzlich war sie nur noch erschöpft. Und so verzweifelt, dass sie am liebsten geheult hätte.

»Nun ja, eines muss man dir lassen«, hörte sie Leen etwas gnädiger sagen. »Es war keine schlechte Strategie, dich bei Kantal auf das Fiebergesetz zu berufen. Du weißt schon sehr genau, wie man Leute dazu bringt, nach deinen Regeln zu tanzen, du Schachspielerin. Aber ab jetzt hältst du deinen Mund. Versprich es mir.« Sie streckte Mailín die Hand hin. »Sonst sorge ich nämlich dafür, dass Kantal seine Drohung wahr macht. Im Kerker ist es sogar für unsereins ungemütlich kalt. Dein Vater und deine Brüder werden ohne dich kaum zurechtkommen. Und wie sehr wird erst die arme kleine Rún weinen, hm?«

Mailín presste die Lippen zusammen, aber dann schlug sie zähneknirschend ein. »Ich bin nicht die einzige Schachspielerin hier«, sagte sie und drückte Leens schwielige Hand so fest, dass es knackte. »Ihr könnt mir den Mund verbieten, aber ihr werdet mich nicht daran hindern, Silja zu suchen.«

»Tu, was du nicht lassen kannst.« Ächzend stand Leen auf und klopfte sich den Staub vom Rock. »Aber bevor du dich verrennst, denk mal nach: Die Fremdländerin hat in all den Monaten nicht einmal das Bleiberecht beantragt. Und hast du dich gar nicht gewundert, wie verändert sie gestern wirkte? So unbeschwert, so fröhlich, wie verwandelt... So tanzen Leute, die nichts zu verlieren haben und heimlich den Aufbruch ins Neue feiern.«

»Silja hätte mir nicht ins Gesicht gelogen!«

Leen lachte nur trocken. Es klang nicht einmal unfreundlich. »Menschen lügen, Wintermädchen. Manchmal verraten sie sogar diejenigen, die sie am meisten lieben. Weißt du, ich mochte Silja gern. Ich habe was übrig für schillernde Einzelgänger. Aber ich bin so alt, dass Menschen für mich nur noch Gefäße aus Glas sind, durchsichtig bis zu ihrem wahren Kern. Ob es dir gefällt oder nicht: Silja war ein Irrlicht, sie hat jedem etwas anderes erzählt. Und es passt durchaus zu ihr, sich bei Nacht und Schnee aus dem Staub zu machen.«

Draußen war es kälter geworden, es schneite wieder in leichten, großen Flocken. Mit Besen fegten die Leute am Marktplatz ihre Hauseingänge frei, und dort, wo gestern noch getanzt wurde, türmten freiwillige Helfer zerbrochene Möbel auf. Äxte sausten auf Stühle nieder, die der Sturm wie Streichhölzer zerknickt hatte, und zerkleinerten sie zu Feuerholz. Und auch Hammerschläge hallten wie Schüsse aus den Gassen. Dort, wo der Sturm Fenster zerbrochen hatte, wurden die offenen Stellen mit Brettern vernagelt. Pjott und Joun warteten vor dem Rathaus. Pjott trug den Werkzeuggürtel aus dem Gasthaus und hatte eine Axt geschultert. Er gehörte zu den Freiwilligen, die für das Schulhaus und die ärmeren Familien Feuerholz hacken würden.

»Was haben sie gesagt?«, fragte er.

Mailín seufzte. »Angeblich hat Silja die Stadt nach dem Fest freiwillig verlassen.«

»Dann ist doch alles in Ordnung«, sagte Pjott. »Du musst dir keine Sorgen mehr machen.«

Mailín warf ihm nur einen frostigen Blick zu. »Sie müsste im Nachtkleid abgereist sein, ihre ganzen Sachen waren noch da – auch ihr Tanzkleid. Du warst im Keller, Joun – ist ihr Reisekoffer noch da?«

»Der Keller ist voller Kisten und Koffer. Keine Ahnung, ob welche davon Silja gehören.«

»Selbst wenn – das erklärt gar nichts«, sagte Pjott in seiner ruhigen Art. »Falls an den Gerüchten über Silja etwas dran ist, musste sie vielleicht schnell verschwinden. Spring mir nicht gleich ins Gesicht, Mailín, aber du kanntest Silja doch im Grunde gar nicht. Du hast nur ab und zu für sie gearbeitet.«

Mailín hatte schon Luft für eine empörte Erwiderung geholt, aber nun machte sie den Mund wieder zu. Denn das Schlimme war: In seiner Direktheit hatte ihr Freund recht.

Inzwischen waren sie am Rand des Marktplatzes angelangt. Pjott blieb stehen und streifte sich den Schnee vom kurzen blonden Haar. »Helft ihr hier mit?«

Joun schüttelte den Kopf. »Wir müssen zur Schmiede. Aufräumen.«

»Dann bis später.« Pjott schulterte die Axt und ging mit federnden Schritten zu einem Haufen Trümmerbalken. »Ach, und Mailín«, rief er über die Schulter zurück. »Bring Rún und die Jungs heute ins Gasthaus mit. Onkel Jussu gibt Suppe aus.«

»Mach ich«, gab Mailín leise zurück. »Danke.«

Joun wartete, bis Pjott weit genug entfernt war, dann fragte er: »Alles in Ordnung?«

»Nein!«, stieß Mailín hervor. »Was ist, wenn Silja... Wenn sie schon längst...« Sie verstummte.

Joun trat vor und schloss sie in die Arme. »Ich weiß«, sagte er sanft. In diesen zwei Worten lag ihr ganzes gemeinsames Leben. »Es ist nicht deine Schuld, Mailín. Nichts von dem, was geschehen ist, war deine Schuld.« Und auch das klang, als würde er in der Gegenwart und in der Vergangenheit gleichzeitig sprechen. »Wo auch immer Silja ist, es hat nichts mit der Raune zu tun«, fügte er eindringlich hinzu. »Du weißt doch, was man über Träume sagt: Sie sind nur Windpferde mit Wolkenmähnen. Sie tragen uns ein Stück durch die Nacht, aber sie haben keine Macht über den Tag.«

»Aber dieser Traum war anders, Joun! Es war, als hätte ich nicht geträumt. Silja hat mich vor den Raunen gewarnt. Und der Erfrorene hat voller Hass ihren Namen gerufen.«

Sie machte sich von Joun los und wischte sich brüsk über die Augen, obwohl es dort gar keine Tränen gab. »Ich muss zur Apotheke, Joun. Lässt du dir etwas einfallen, warum ich heute nicht in die Schmiede komme?«

Man sah Joun nur zu deutlich an, was er davon hielt. Doch dann rang er sich ein schiefes Lächeln ab. »Tja, dann wird es wohl später an mir hängen bleiben, unseren Kindern zu erzählen, was du heute nicht sehen wirst: Hufeisenrohlinge, die im ganzen Schmiedeviertel verstreut sind. Es sieht aus, als wäre das gespenstische Mitternachtsheer durch Falún galoppiert und hätte in unseren Gassen eiserne Spuren hinterlassen.«

Und damit entlockte er Mailín trotz allem ein kleines Lächeln.

Gold und Silber

In der Apotheke waren alle Fenster mit Brettern vernagelt worden. An der Eingangstür prangte weithin sichtbar das rote Ratssiegel. Mit einem flauen Gefühl im Magen lief Mailín um die Apotheke herum zur Hintertür – und traf zu ihrer Überraschung auf Kantals Sekretär, der auch dort ein Dokument befestigte. »Mattis, warum wird das Haus denn versiegelt?«

»Warum wohl, Schlaukopf?«, antwortete der Alte mürrisch. »Damit niemand reingeht, bis der Rat entscheidet, was mit dem Gebäude passieren soll.«

Dafür würde es auch genügen, die Türen abzuschließen, dachte Mailín. Aber sie nickte und ging weiter, als hätte sie ein Ziel. Doch sobald der Sekretär um die Ecke verschwunden war, schlüpfte sie aus dem Sichtschutz einer Gasse und rannte zurück. Die Tür war nur provisorisch vernagelt worden, nicht mit massiven Brettern, sondern mit quadratischen Holzplatten, die von einem alten Schrank stammten. Sie sah sich um. Die Winkelgasse lag verlassen da, alle Fensterläden der Häuser waren fest verschlossen, um die Kälte auszusperren. Mailín ging zur Tür und ruckte prüfend am unteren Holz. Es bewegte sich keinen Millimeter, auch dann nicht, als sie sich mit dem Fuß an der Wand abstützte und mit ihrem ganzen Gewicht daran zog.

»Sie haben dir kein Wort geglaubt, was?« Mailín fuhr herum. Einen Herzschlag lang wusste sie nicht, ob die Gestalt vor ihr Wirklichkeit oder nur ein Gespenst der Winterjahre war, so sehr erinnerte Avissa an die Frau, die sie früher gewesen war. Sie trug ihren alten Schafsfellmantel und hatte sich ihre Wollmütze tief ins Gesicht gezogen. Mit einem Seufzen trat sie näher und versperrte Mailín damit den Weg zurück in die Gasse. »Sie glauben einem nie«, sagte sie und schob die Mütze zurück, sodass ihr graues Haar sichtbar wurde. »So ist das nämlich in unserer Stadt voller Seelenverkäufer und Lügner. Den einen Tag tanzt du und den anderen verschwindest du, als hätte es dich nie gegeben. Und keiner will die Wahrheit sehen. Ihr verschließt alle die Augen vor der Wahrheit, auch du!«

Mailín schluckte. Es war nur Avissa, jeder kannte ihre Tiraden und Verschwörungstheorien, aber heute jagten die Worte der verbitterten Frau ihr Angst ein.

»Hast du ... etwas gesehen?«, fragte sie leise. »War heute Nacht jemand hier?«

Avissas Lachen war trocken wie brechendes Holz. »Katzen und Schlitten! Siehst du nicht die Spuren im Schnee? Ja, sie ist zurückgekehrt! Die kalte Königin war hier, um neue Seelen auszuwählen.« Sie deutete auf ein paar frische Abdrücke von Katzenpfoten auf einer Türschwelle. Mailín wusste nicht, ob sie erleichtert oder enttäuscht sein sollte. *Es ist also nur wieder dieselbe alte Geschichte.*

»Ich muss gehen, Avissa.«

Aber Avissa trat noch näher auf sie zu. Ihr Blick war umschattet und scharf, voller Feindseligkeit. Unwillkürlich wich Mailín zurück, bis sie mit dem Rücken gegen die Tür stieß.

»Deine Mutter dachte wohl, sie kann die kalte Königin betrügen«, sagte Avissa drohend. »Ja, Dánija glaubte immer, sie sei schlauer als alle anderen. Aber die kalte Königin vergisst nie. Und nun ist sie zurückgekehrt, um sich zu holen, was ihr gehört. Ihr werdet schon sehen.«

Mailín schluckte. »Lass meine Mutter aus dem Spiel. Sie war deine beste Freundin und hat dir nie etwas getan.«

»Ach ja? Alle anderen Mädchen der sieben Eisjahre hat der Winter geholt, nur dich nicht. Warum?«

Längst schlug Mailíns Herz bis zum Hals. »Ich weiß, du hasst mich und gibst mir irgendeine Schuld an deinem Unglück«, sagte sie leise. »Aber ich kann nichts dafür, dass ich damals überlebt habe. Es war … einfach nur Glück.«

»Glück!« Avissa zog eine verächtliche Grimasse. »Das wird dich jetzt verlassen. *Er* sieht dich, Mailín. Schau nach oben und sieh ihm in die Augen! Denn jetzt, in diesem Augenblick beobachtet er dich durch das Eis des gefrorenen Himmels. Und er ist zorniger und hungriger denn je.«

Mailín war froh, dass sie sich gegen die Tür lehnen konnte, so weich waren ihre Knie. Denn obwohl sie wusste, dass man auf Avissas wirres Gerede nichts geben sollte, dachte sie an die Winteraugen. »Wer?«, hauchte sie.

»Was glaubst du wohl?«, raunte Avissa. »Derjenige, der unsere Seelen erstarren lässt. Der Eisfischer. Für ihn sind wir nur Fang, den er aus dem gefrorenen Meer zieht und verschlingt.«

Mailín schüttelte den Kopf. »Der Fischer ist nur ein Schauermärchen, das uns Kindern Angst machen und uns davon abhalten sollte, nach draußen zu gehen …«

»Das Schneefieber ist ein Märchen«, schnappte Avissa. »Meine Tochter starb nicht daran. Nein, daran nicht!« Das Licht in ihren Augen, das nun aufflackerte, kannte Mailín nur zu gut. Es war das Lichtern des Wahns, in dem Avissa seit Jahren lebte, eine Welt, in der Märchen und wahre Geschichten längst zu Chimären aus Traumschatten und Trauer geworden hatten. »Die grausamsten Märchen sind die wahrsten«, stieß Avissa heiser hervor. »Meine Stella hat es gewusst. Sie träumte, dass sie die Nächste sein würde. Sie sagte, wenn sie die Lider schließt, sieht sie die Augen des Eisfischers. Und die Wintergeister kamen nachts zu ihr und nannten eure Namen – auch deinen, Mailín. Sie sprachen mit Katzenstimmen und erzählten von einem Palast aus Stein und Eis und blauen Sternen...«

...und von den Feen, die mit Schmetterlingsmänteln fliegen, setzte Mailín in Gedanken hinzu. *Ja, Stella war eine große Geschichtenerzählerin. Und weil sie schon zwölf war und damit viel älter als wir anderen, haben wir ihr jedes Wort geglaubt.* Mit einem Mal war Stella ihr so nah, als stünde sie hier, im Schnee, mit ihren lachenden Augen, dem roten Haar und den Sommersprossen, ohne die ihr Gesicht ein Himmel ohne Sterne gewesen wäre. Und vielleicht spürte Avissa es ebenso deutlich, denn ihre Züge wurden weich und für einen Moment sah Mailín wieder die Avissa von früher. Die sanfte Mutter ihrer besten Freundin, die mit gedämpfter Stimme und lebhaften Gesten schaurige Geschichten erzählte, um die Kinder Falúns am sicheren Herdfeuer zu halten.

»Hätte ich ihr doch damals nur geglaubt!«, flüsterte Avissa. »Wäre ich doch mit ihr so weit geflohen, wie mich meine Füße tragen. Hätte ich doch nur verstanden...« Sie verstummte und rang nach Luft. »Warum musstest du gestern tanzen, du Dummkopf? Du hast den Blick des Eisfischers wieder auf uns gelenkt wie ein zappelnder Fisch. Er holt sich immer die Glücklichen, die Lebendigen, als wollte er sein kaltes, seelenloses Herz damit füllen, indem er solche wie dich verschlingt. Die Fremdländerin war die Erste.« Avissa packte Mailín am Handgelenk. »Und du bist die Nächste, schon heute Nacht! So lange hatte die kalte Königin vergessen, wo wir sind! Jetzt weiß sie es wieder – durch deine

Schuld! Morgen wird der Eisfischer auf ihren Befehl hin sein Netz nach Rún auswerfen. Und danach wird er sich all die schönen Händlerstöchter holen, die gestern so leichtsinnig waren, den Lichtertanz zu tanzen. Eine nach der anderen wird er töten ...«

»Lass mich los!« Mailín versuchte ihren Arm zu entwinden, doch die hagere Frau war überraschend stark. »Und wenn du heute Nacht in seinem Reich bei den Toten bist«, gellten Avissas verzweifelte Worte ihr im Ohr, »sag Stella, ich habe sie nie vergessen. Sag ihr das! Versprich es mir bei der Seele deiner Mutter!«

»Hör auf! Du bist ja wahnsinnig!« Mailín machte sich aus der Umklammerung los. Avissa stolperte zurück – und wäre rücklings auf den Boden gestürzt, hätten zwei starke Arme sie nicht aufgefangen. Noch nie war Mailín so erleichtert gewesen, Pjott zu sehen. Er hatte die Axt fallen gelassen, um Avissa vor dem Sturz zu bewahren. Doch sie stieß ihn schimpfend zur Seite und stürzte davon.

»Gern geschehen!«, rief ihr Pjott hinterher. Verwundert wandte er sich Mailín zu. »Was war hier los?«

Mailín rutschte an der Tür herunter und rang nach Luft. »Sie ... hat gesagt, ich werde heute Nacht sterben. So wie Silja. Und dass das erst der Anfang ist.«

Pjott lachte nur und schüttelte den Kopf. »Und du glaubst dieser Verrückten?« Er kam zu ihr und zog sie auf die Beine. »Jedenfalls hatte ich den richtigen Riecher, als ich sah, dass sie dir vom Marktplatz zur Apotheke folgte. Ich dachte mir schon, dass sie dir Ärger machen will. Gestern hat sie dich beim Tanzen beobachtet, als wollte sie dich fressen. Hat sie dir wehgetan?«

»Nein.« Mailín rieb sich das Handgelenk und bemühte sich um ein lässiges Schulterzucken. Aber immer noch hallten Avissas Worte in ihr nach. Pjott hob die Axt auf und rückte seinen Werkzeuggürtel zurecht. »Solltest du nicht in der Schmiede sein?«

»Ich muss noch etwas erledigen. Pjott, leihst du mir eine Zange?«

»Wozu?«

»Ich muss in die Apotheke.«

Pjott deutete mit dem Daumen auf die Tür. »Du siehst schon, dass das Haus vom Rat versiegelt wurde?«

»Ist mir aufgefallen. Aber wenn ich die Nägel lockere, kann ich die untere Holzplatte abnehmen.«

Pjott lachte auf. »Du willst in ein Haus einbrechen! *Du?*«

»Sag es noch lauter, damit es auch jeder hinter verschlossenen Fenstern hört. Aber um auf deine Frage zu antworten: Ja. Und nein.« Damit zückte sie Siljas Zweitschlüssel. »Wenn die untere Platte weg ist, liegt das Schloss frei. Ist es dann immer noch ein Einbruch?«

»Interessante Sichtweise, Spielerin. Und was willst du im Haus?«

»Beweise dafür finden, dass Silja nicht einfach nur abgereist ist.«

Schlagartig wurde Pjott ernst. Und sein Stirnrunzeln sprach Bände.

»Wenn sie dich erwischen, landest du im Kerker«, gab er zu bedenken.

»Sagt der Meister der Täuschung, der mir gezeigt hat, wie man Karten zinkt, um beim Spiel zu gewinnen. Außerdem stehe ich ohnehin schon mit einem Bein im Ratsgefängnis. Gib mir schon die Zange.«

Pjott sah sich nervös in der Gasse um. Aber dabei glitt seine Hand schon zum Werkzeuggürtel. »Es ist helllichter Tag. Ich sag's ja nur.«

Er schaute sich noch einmal um, dann warf er ihr die Zange zu. Unschlüssig blieb er in der Gasse stehen, während sie sich abmühte, einen schiefen Nagel aus dem Holz zu hebeln. Doch schon nach wenigen Augenblicken spürte sie Pjotts Hand auf ihrer Schulter. »Nichts für ungut, Mailín. Aber als Einbrecherin bist du wirklich eine Niete. Geh von der Tür weg.«

Er hakte das gebogene Ende der Axt in den Spalt zwischen zwei Platten und riss die untere einfach herunter. Mailín schloss die Tür auf und kroch ins Haus. »Danke, Pjott! Ich schulde dir was.«

»Du denkst, du kannst alleine plündern? Vergiss es: Trinkgeld und Beute werden immer geteilt.« Damit war Pjott schon neben ihr im Flur, langte nach draußen und zog die Holzplatte vor den Spalt. *Räuber*, dachte Mailín und lächelte. Ja, es gab Wege, die ging man am besten nur mit Pjott.

Die Kellerlampe hing noch am Haken und sogar die Streichhölzer waren trocken. Im Gewölbekeller hüllte der Duft nach Gewürzen und Holz sie ein. Aber alles Verderbliche war abtransportiert worden. Sogar die Phiolen mit der Wundbeerentinktur waren aus den Regalen verschwunden. Dafür stapelten sich unter dem Gewölbe nun zerbrochene Gegenstände aus den oberen Räumen. Auch die Nixe hatte man hier achtlos auf den Haufen geworfen. Wie eine Verdurstende streckte sie den Arm in Richtung Treppe.

»Was für ein Riesenkeller!« Pjott sah sich mit blitzenden Augen um. »Wäre ein guter Platz für eine Schnapsbrennerei.«

»Träum nicht vom Schwarzmarkt, Pjott. Wir suchen nach einem grauen Koffer und einer Reisetruhe mit einem Schloss in Form eines Löwenkopfs.«

Aber Pjott schlenderte zu dem Gerümpelhaufen hinüber. »Nicht!«, zischte Mailín noch, doch da hatte ihr Freund schon die Stiefelspitze unter die Chimäre geschoben und drehte sie mit Schwung auf den Rücken. Mailín rieb sich unbehaglich über den Arm. Die vertrocknete Fratze schien sie feindselig anzustarren, die Zähne waren gefletscht und der ausgestreckte Arm wirkte nun, als würde das Wesen mit den scharfen Krallen liegend zum Prankenhieb gegen Pjott ausholen. Irgendetwas an der Nixe beunruhigte Mailín. Aber sicher war es nur der schwankende Lichtschein der Lampe. In diesem Schattenspiel wirkte die Meerfrau fast, als würde sie sich bewegen.

»Das Ding ist ja noch hässlicher, als Joun erzählt hat«, bemerkte Pjott.

Die Reihe an der Wand war mit Stoffen und Planen abgedeckt. *Nur auf der Plane rechts liegt kein Staub*, dachte Mailín. *Als hätte man sie eben erst über die Truhe gebreitet.* Mit einem Satz war sie dort und riss die Plane herunter. »Siljas Reisetruhe! Und ihr Koffer liegt darauf.« Eine Kaskade von Papieren ergoss sich auf den Steinboden, als Mailín den Koffer auf den Boden wuchtete und der Deckel unter dem Gewicht des Inhalts einfach aufsprang. Irgend etwas klimperte, aber Mailín starrte nur auf die Notizen in einer altertümlichen, geschwungenen Handschrift. »Das sind Notizen und Zeichnungen wie aus medizinischen Lehrbüchern. Aber es ist nicht Siljas Handschrift. Und das scheint ein altes Diplom zu sein...« Sie las den Namen und runzelte die Stirn. »Warum hat Silja denn Tom Jofnurs Sachen in ihrem Koffer?«

»Wessen Sachen?«

Mailín stutzte. Manchmal vergaß sie tatsächlich, dass Pjott erst seit drei Jahren in Falún lebte. »Tom war früher unser Apotheker, damals ist er mit dem Kapitän zur Expedition aufgebrochen, obwohl er schon viel zu alt für eine solche Reise war. Bis Silja hierherkam, stand die Apotheke leer, Toms Sachen wurden im Keller aufbewahrt und offenbar irgendwann hier einfach vergessen, weil er keine Familie hat. Silja hat wohl seine Truhen durchforstet.«

»Und vielleicht hatte sie hier unten auch etwas zu verbergen«, sagte Pjott. »Das Klimpern eben hat jedenfalls verdächtig nach Geld geklungen.« Fachmännisch befühlte er das Innere des Kofferdeckels. »Na also! Schau mal, was im Seitenfach steckt.«

Er zog einen Börsenbeutel hervor und leerte ihn aus. Und nun blieb auch Mailín der Mund offen stehen. Es waren zwei Handvoll großer Silber- und Goldmünzen. »Silja war also wirklich so reich, wie manche herumgetratscht haben«, stellte Pjott fest. »Dann verstehe ich allerdings nicht, wieso sie für ein paar Kupfermünzen Medizintränke verkauft hat. Als wollte sie sich tarnen, hm?«

Mailín starrte immer noch ungläubig auf die Münzen. Es waren zehn Münzen aus Gold und sieben aus Silber. Vorsichtig hob sie eine Goldmünze auf. Im Lampenschein schimmerte eine filigrane Reliefprägung: eine mundlose Maske mit leeren Augen, die auf der Spitze eines seltsam geformten Dolchs balancierte. Auf der Rückseite war ein Turm eingeprägt. »Was ist das für eine Währung, Pjott? Du kennst aus dem Gasthaus doch jede Art von Geld.«

Ihr Freund kniff die Augen zusammen. »Diese hier habe ich noch nie gesehen. Könnte aus Maymara sein. Die Stadt liegt am Meer und ist berühmt für ihre Theater. Deshalb hat sie eine Maske im Wappen. Aber wenn man den Dolch und die mundlose Maske betrachtet, könnte es auch die Geheimwährung einer Gilde von Auftragsmördern sein. Wer weiß, in welcher Mission Silja wirklich unterwegs war.«

»Sie hat niemanden ermordet!« Mailín sammelte das Geld ein. Als sie die Münzen in den Beutel schob, erfühlte sie darin einen zusammengefalteten Zettel. *Für Mailín*, stand darauf in Siljas Handschrift.

Pjott pfiff leise durch die Zähne. »Aber offenbar kannte sie dich gut genug, um zu wissen, dass du ihre Koffer durchsuchen würdest. Allein der Silberwert bringt deine Familie durch das ganze nächste Jahr. Und ich will nicht wissen, mit wie viel Gold in den Taschen Silja gerade unterwegs ist.«

Mailín schluckte. *Siebzehn Münzen. Für siebzehn Jahre?* »Schauen wir noch in die Reisetruhe.«

Pjott hatte schon die Zange gezückt und knackte das Schloss. In der Truhe lag feinstes Grauleder, weich wie Seide und teurer als Gold. Mailín nahm es behutsam heraus. und im Fallen entfaltete es sich zu einem schmalen Kapuzenmantel, leichter als Wollstoff, mit großen Innentaschen und einem Futter aus weichem schwarzem Pelz.

»Teuer«, bemerkte Pjott. »Sehr teuer.«

Mailín betrachtete die Kapuze. Ein schmaler Kranz aus grauem Wolfsfell war dort angenäht, gesäumt mit Zierplättchen aus Silber. *Ein Wintermantel wie für eine Prinzessin. Oder ... eine Königin?* Für einen bizarren Augenblick musste sie an Avissas Wahngestalt einer Königin denken, die in einem Schlitten, gezogen von hundert Hauskatzen, durch die Straßen Falúns fuhr.

Vorsichtig legte sie den Mantel beiseite und nahm ein Kleid aus zartblauer Seide in die Hände. Fremdartig und leuchtend schön bauschte sich das Gewand und sank knisternd in sich zusammen. *Als hätte Silja es abgestreift wie den Kokon einer früheren Existenz.* »Ein Festkleid«, stellte Pjott nüchtern fest. »Für eine wirklich warme Gegend, so dünn, wie der Fetzen ist.«

Mailín beugte sich wieder über die Truhe. Ganz unten lag auf zusammengefalteten Papierbögen noch eine mit Perlen bestickte Gürteltasche. Etwas Helles befand sich darin, elfenbeinweiß und schwer. Mit spitzen Fingern holte Mailín es heraus. Es war ein fingerlanger geschnitzter Fisch, der wie ein Kinder-

spielzeug wirkte. Er war hohl und an mehreren Stellen ange-
bohrt.

»Sieh mal!« Pjott entfaltete das Papier. Es entpuppte sich als
vergilbte Landkarte mit abgestoßenen Falzrändern. »*Tibris, Maymara, Delatar, Wilastadt* — alle Städte südlich von hier. Aber was
ist das?« Er tippte auf einige Symbole, die Silja eingezeichnet
hatte. Sie stellten Augen dar. Jedes Auge war mit einem Kreuz
grob durchgestrichen und mit je einem anderen Datum mar-
kiert. »Sieht nach erledigten Aufträgen aus«, sagte Pjott fasziniert. »Oder ermordeten Spionen. Hier, das letzte Kreuz hat Silja
vor vier Monaten gemacht. Die Stelle scheint der winzige See am
Rand des Wolfswalds zu sein.«

Mailín kniff die Augen zusammen. »Ja, der Augensee. Er ist
klein, aber sehr tief.«

»Also der perfekte Ort, um Leichen zu versenken?«

Mailín warf Pjott einen konsternierten Blick zu, den er mit
einem lässigen Schulterzucken an sich ablaufen ließ. »Was denn?
Du musst zugeben, es wäre eine gute Stelle, um jemanden verschwinden zu lassen. Der See liegt in der Nähe der alten Steinbrüche, in dem Teil des Waldes, den niemand betreten darf.«

Pjott angelte den letzten Gegenstand aus der Truhe. Es war
eine flache Holzkiste. Kerzen aus gelbem, teigigem Wachs lagen
darin. Nur dass die Dochte viel zu lang und wie dünne Seile
aufgerollt waren und stechend nach einem chemischen Pulver
rochen. »Zündschnüre!« Pjott legte die Kiste so schnell zurück,
als hätte er sich daran verbrannt. »Das ist genug Sprengstoff, um
die ganze Apotheke in die Luft zu jagen! Was wollte sie damit?«

»Ich weiß es nicht«, flüsterte Mailín. Es war, als müsste sie
versuchen, aus den Scherben von fünf verschiedenen Bildern ein
Porträt von Silja zusammenzusetzen.

Pjott sprang auf. »Nimm dein Geld und lass uns verschwinden.«

»Nicht ohne den Koffer. Und den Mantel und die Karte nehmen wir auch mit.«

Es war selten, dass Pjott fluchte, aber diesmal hätte nicht einmal sein Onkel Jussu ihn hören dürfen. Dennoch half er Mailín dabei, alles einzupacken, wuchtete den Koffer die Stufen hinauf und eilte voraus, während sie das Sommerkleid in die Truhe zurücklegte und die Plane darüberbreitete. Im Hinausgehen warf sie noch einen letzten, unbehaglichen Blick zur Nixe. Doch erst als sie schon die halbe Treppe hochgerannt war, wurde ihr bewusst, was sie schon die ganze Zeit irritiert hatte.

»Kommst du?«, rief Pjott leise aus dem Flur.

»Warte. Ich muss noch etwas nachschauen.« Sie näherte sich der Chimäre auf Zehenspitzen und ging neben ihr in die Hocke. Der zitternde Schein der Lampe schweifte über die Haizähne. Das trockene Gesicht sah aus wie immer, sogar die Nähte, die ein geschickter Chimärenmacher unter künstlichem Haar verborgen hatte, waren in dem Licht zu erahnen. Aber ... glänzte nicht etwas in dem Maul? Tatsächlich: Zwischen den Zähnen reflektierte etwas Metallenes das Licht. Mailín holte den kleinen Spielzeugfisch aus ihrer Jackentasche, schob die geschnitzte Schwanzflosse vorsichtig zwischen die Haizähne und hebelte leicht daran. Der Unterkiefer der Chimäre öffnete sich ruckartig. Mailín zuckte zurück. Der Fisch rutschte ihr aus der Hand und landete klappernd neben der ausgestreckten Krallenhand. Und Mailín schlug die Hände vor den Mund. *Der Arm!* Das war es, was sie irritiert hatte. Es fiel kaum auf, aber anders als sonst war der linke Arm der Nixe weiter ausgestreckt und die Krallenhand weniger gekrümmt. Noch nie war Mailín aufgefallen, dass die Nixe nur vier Finger hatte. *Mit vier Krallen. Genau passend zu den Kratzspuren auf dem Boden in Siljas Kammer.* Und als sie die Lampe über die andere Hand schwenkte, musste sie sich auf dem Boden aufstützen, so sehr hatte sie das Gefühl, endlos zu stürzen. Die Rechte der Wasserfrau, die sonst immer wie ein Fächer auf der Brust lag, war zu einer Faust geballt.

»Hast du versucht, Silja ... zu beschützen?«, flüsterte Mailín. Es klang verrückter als alles, was Avissa jemals von sich gegeben hatte. Statt einer Antwort klickte etwas Schweres, Kleines gegen einen Zahn und rutschte der Chimäre seitlich aus dem Maul. Der Fetzen, an dem der Gegenstand hing, hatte sich an einem Zahn verfangen. *Fischleder?* An feinen Nahtfäden baumelte ein glänzend polierter Siegelring aus Silber, auf dem ein erhabenes schwarz-weißes Zeichen aufgeprägt war. Und als Mailín sich vorbeugte und das Wappenzeichen betrachtete, fügten sich die Scherbenstücke endlich zu einem möglichen Bild zusammen.

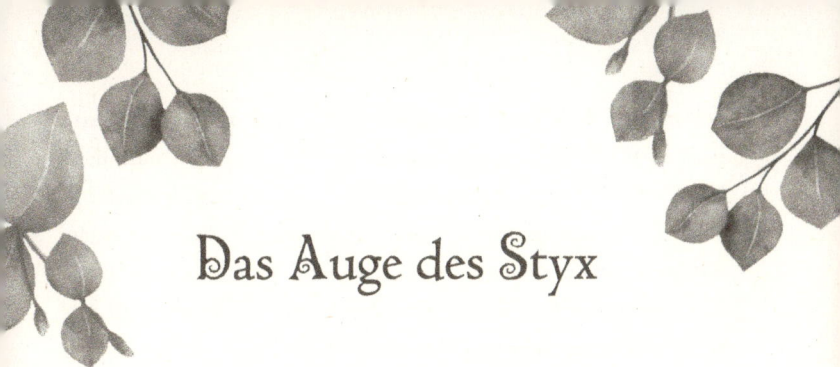

Das Auge des Styx

Das Wirtshaus summte wie ein Bienenstock. Sogar auf den Treppen saßen Kinder mit Suppenschüsseln auf den Knien, doch Mailíns Geschwister hatten alle drei einen Platz in der Nähe des Kaminfeuers ergattert. Schon zum zweiten Mal legte Mailín dort Scheite nach und sorgte dafür, dass kein Kind zu nah an der Glut saß. Pjott balancierte mit einem vollen Tablett geschickt über den Köpfen und verteilte Essen. Jede Stunde wehte der Schneewind neue Ankömmlinge mit vereisten Mützen und roten Nasen in das Gasthaus. Und mit ihnen die Gerüchte und Neuigkeiten. Leen hatte recht gehabt: Es hatte nicht lange gedauert, bis die Geschichte von Silja und dem Schneefieber die Runde gemacht hatte.

»Keine Angst«, sagte Mailín zu Rún. »Niemand hat das Fieber.«

»Ich weiß«, hauchte Rún. Aber sie war dennoch blass und verstört und nippte nur Mailín zuliebe an der Suppe. Mailín strich ihr tröstend über die Wange und schaute sich nach ihren Brüdern um. Aber die beiden Blondschöpfe waren völlig gebannt von Kerem, der auf seiner Gitarre spielte und für die Kinder Seeräuberlieder sang.

Die Tür ging wieder auf, Joun trat ein und schüttelte sich den

Schnee aus dem Haar. Er wirkte müde und besorgt, aber sobald er Mailín sah, ging in seinem Gesicht die Sonne auf. »Ein bisschen wie früher, hm?«, begrüßte er sie. »Da saßen wir oft auch alle zusammen im wärmsten Raum der Stadt.« Für einen Moment waren sie unsicher, doch dann beschlossen sie wohl beide, einander hier nicht vor aller Augen zu küssen, und berührten sich nur verstohlen an den Händen.

»Ah, der schreckliche Eisenfresser ist endlich auch da!«, rief Pjott durch das ganze Gasthaus.

»Du sollst nicht dumm herumreden, sondern arbeiten!«, dröhnte Jussus Stimme aus der Küche. Pjott grinste schief und winkte Joun und Mailín hektisch heran. Der winzige Tisch, den er freigehalten hatte, stand an der Tür zum Keller. »Setzt euch, ich bin gleich da«, sagte er und eilte wieder davon. Mailín schob sich auf die Bank, dorthin, wo schon ihr Rucksack stand. Joun musste sich regelrecht zusammenfalten, um neben ihr an den schmalen Tisch zu passen.

»Wie sieht es in der Schmiede aus?«, fragte Mailín.

Joun seufzte und rieb sich die Augen. »Wird noch Tage dauern, bis wir wieder richtig arbeiten können. Und du? Hast du etwas in der Apotheke gefunden?«

»Ja. Ein paar Schätze. Und noch mehr Rätsel.« Mailín holte fünf Münzen aus der Tasche.

Joun pfiff leise durch die Zähne. »Das ist ein Vermögen!«

»Ist nur ein Teil des Geldes, das Silja mir geschenkt hat. Der Rest liegt bei uns zu Hause. Silja ist also wirklich reich. Und schau mal hier.« Sie breitete die Papiere auf dem Tisch aus. Joun betrachtete stirnrunzelnd ein Diplom, auf dem Tom Jofnurs Name prangte. »Wusstest du, dass er gar kein richtiger Apotheker war? Nicht einmal ein Falúner. Er war Arzt und stammte aus einer Stadt am Nordmeer, etwa hundert Meilen von hier.«

»Jofnur war ein Arzt? Nein, das wusste ich nicht.«

»Als seine Frau am Schneefieber starb, ohne dass er ihr helfen konnte, gab er den Beruf aus Kummer und Verbitterung auf. Seitdem war er auf Reisen und versuchte ein Mittel gegen das Fieber zu finden. Vor dreißig Jahren kam er nach Falún und eröffnete die Apotheke, das erschließt sich aus seinen Notizen. Aber er hat nie aufgehört, zu forschen und nach dem Heilmittel zu suchen. Vielleicht war das ja der Grund, dass er Kapitän Santalnik auf die Expedition begleitet hat?«

Joun betrachtete die Zeichnungen, die Tom mit geschickter Hand selbst gefertigt hatte. Es waren Zeichnungen von Tieren, Medizinpflanzen und Meereswesen. »Und was hat das mit Silja zu tun?«

»Sie hat Toms Truhen durchsucht und seine Aufzeichnungen studiert.« Mailín tippte auf Jofnurs Zeichnung einer Nixe. *Sirena Hiverna* stand in seiner altertümlichen Schrift darunter. Mit Bleistift hatte Silja das Wort entschieden zweimal durchgestrichen und in ihrer eleganten Schrift *Sednamár* darübergeschrieben. »Silja hat in vielen seiner Aufzeichnungen Korrekturen vorgenommen. Vielleicht … war Tom schon einmal in ihrem Heimatland? Oder sie stammen beide vom Nordmeer.«

Pjott kam mit einem Tablett voller Suppentassen zurück. »Ah, wie ich sehe, hast du zu Hause schon den ganzen Koffer gefleddert«, bemerkte er mit einem Blick auf die Zeichnungen. »Weg mit dem Papier, Mailín, jetzt essen wir erst einmal.«

Aus dem vorderen Teil des Wirtsraums brandeten Jubel und Klatschen, als Kerem sein Lied beendet hatte. Eine Minute später tauchte er ebenfalls am Tisch auf. »Hey, Joun«, rief er ehrlich erfreut. »Bis gestern wusste ich gar nicht, dass ein hammerschwingender Riese wie du auch tanzen kann.«

»Hallo, Südländer«, murmelte Joun nur und trank seine

Suppe, ohne Kerems Lächeln zu erwidern. Joun konnte auch heute nicht verbergen, dass Kerem für ihn ein Buch in einer fremden Sprache war. Kerem allerdings schien sein Unbehagen gar nicht zu bemerken. Lässig ließ er sich auf die Holzbank fallen, lehnte sich zurück und streckte sich wie eine träge Katze.

Sie sind wirklich wie Katze und Bär, dachte Mailín bei sich. Auch Pjott verkniff sich ein Grinsen.

»Also, Tänzerin?«, wandte sich Kerem gut gelaunt an Mailín. »Pjott sagte, du willst etwas mit uns besprechen? Ich hoffe nur, es geht nicht um einen Einbruch.«

Joun schaute Mailín scharf an, aber er fragte nicht. Denn natürlich sah er, dass sie rot wurde.

»Nicht ganz«, sagte sie hastig. »Ich will nur zum Augensee. Noch heute. Wer von euch kommt mit?«

»Heute noch?«, entfuhr es Joun.

»Ja, es ist noch drei Stunden hell. Zum See sind wir nicht mal eine Stunde unterwegs und lange vor Sonnenuntergang wieder zurück...«

»Moment mal!«, unterbrach Kerem sie. »Die Tageszeit ist das Einzige, was dir Sorgen macht, Joun? Abgesehen davon, dass es bei Gefängnisstrafe verboten ist, in den Wolfswald zu gehen, ist es gefähr...«

»Erzähl weiter«, sagte Pjott und stützte sich mit den Ellenbogen auf dem Tisch auf.

Mailín blitzte ihm ein Lächeln zu und entfaltete Siljas Karte. Und als sie zu erzählen begann, schob sogar Joun seine Suppe beiseite und beugte sich vor.

»Ich glaube, ich weiß jetzt, was die Augensymbole bedeuten, die Silja auf der Karte durchgestrichen hat«, schloss sie nach einer Weile. »Am See steht eine Tempelruine. In früheren Zeiten hat man dort darum gebetet, dass die Fieberkranken überleben. Wir sagen heute ›Augensee‹, aber früher nannte man ihn das ›Auge des Styx‹. Weil er so silbern ist wie die Augen in der üblichen Darstellung dieses Schutzheiligen.«

»Die Symbole bezeichnen also nur die Standorte von irgendwelchen Tempelruinen?« Pjott konnte kaum verbergen, dass ihm seine Räubergeschichte mit der heimlich entsorgten Leiche lieber gewesen wäre.

Mailín lächelte. »Silja ist offenbar von Tempel zu Tempel gereist. Möglich, dass sie dort etwas versteckt hat. Gold vielleicht?« Wie erwartet, begannen Pjotts Augen nun doch zu funkeln. »Wäre jedenfalls nicht das schlechteste Depot für Diebesgut«, bemerkte er. »In den Wolfswald geht niemand.«

»Außer uns«, sagte Joun lakonisch und aß nun seelenruhig weiter.

Kerem lachte nervös auf und schüttelte den Kopf. »Nein, danke! Denn ob es hell ist oder nicht – der Sommer ist vorbei. Und bevor ich mitten im eisigsten Winter durch den Wald irre ...«

»Das ist doch kein Winter«, sagten Mailín und Joun wie aus einem Mund.

»Bis jetzt ist es nur ein wenig kühl«, murrte Joun, ohne von der Suppe aufzublicken.

Kerem starrte ihn völlig entgeistert an. »Winterkinder!«, murmelte er dann und zog sich die Jacke enger um die Arme.

Unter dem Tisch griff Joun nach Mailíns Hand und drückte sie leicht. Und sie erwiderte die Berührung und lächelte ihm zu. Dann holte sie auch die anderen Gegenstände aus ihrem Rucksack. »Die Karte ist nicht das einzig Interessante, was Silja hinterlassen hat.« Sie holte tief Luft und erzählte weiter.

»Was? Die Chimäre hat sich bewegt?«, unterbrach Kerem sie.

»Wusste ich es doch!«, sagte Joun nur trocken.

»Aber das heißt nicht viel«, warf Pjott ein. »Jeder Gaukler kann ausgestopfte Hunde bellen und zusammengeflickte Monster tanzen lassen. Und Silja beherrschte solchen Jahrmarktzauber.«

»Ich glaube, die Chimäre sollte Silja beschützen.« Mailín legte das Stück Fischleder und den Ring auf den Tisch. »Und zwar vor demjenigen, der diesen Ring getragen hat. Das sieht aus wie der abgerissene und zerfetzte Teil eines Handschuhfingers. Als hätte die Nixe versucht, jemandem in die Hand zu beißen – dabei hat sie nur den Finger mit dem Siegelring erwischt. Als Silja von ihrer Heimat sprach, sagte sie: *Es ist ein Land, in dem Spinnen auf Harfen Lieder spielen.* Die Spinne ist also ein Wappentier. Und jetzt seht euch das an.« Sie legte den geschnitzten Fisch neben den Ring. »Erst hielt ich ihn für ein Spielzeug, aber in Wirklichkeit ist er eine kleine Flöte.«

Endlich entzündete sich auch in Kerems Augen Interesse. Prüfend setzte er den Fisch an die Lippen und entlockte der Flöte ein paar Takte. Mailín fuhr ein Schauer über den Rücken, so klar und hell klang die Flöte. Am Kaminfeuer reckten die Kinder sofort die Hälse.

»Guter Klang!« Kerem nickte anerkennend und gab Mailín die Flöte zurück. »Tja dann … viel Spaß bei eurer Winterwanderung.« Er stand auf und griff zu seiner Gitarre.

»Den Spaß werden wir haben«, erwiderte Mailín und begann Siljas Sachen wieder in den Rucksack zu packen. »Schön, dass wenigstens du zum See mitkommst, Pjott. Es ist schon eine Mutprobe, in diesen Wald zu gehen.«

Jouns Miene war reglos, doch das amüsierte Funkeln seiner Augen verriet, dass er sie durchschaut hatte. Er stand ebenfalls auf und schlug Kerem etwas zu fest auf die Schulter. »Ist wirklich besser, wenn du hierbleibst«, sagte er mit gnädiger Herablassung. »Für eine empfindliche Küstenrose wie dich ist das nichts. Und irgendjemand muss ja am warmen Kaminfeuer bleiben und den Kindern Lieder von Helden und Abenteuern vorsingen.«

Pjott grinste und folgte Joun zur Schanktheke, wo gerade Wein für die freiwilligen Helfer ausgeschenkt wurde. Mailín lächelte Kerem entschuldigend zu, dann ging sie zu Rún, die schon unruhig nach ihr Ausschau hielt. Mailíns Brüder waren bereits vor das Gasthaus gelaufen, wo sie eine Schneeballschlacht veranstalteten. Ihr Lachen und Kreischen tönte bis in die Schankstube. Aber Rún stand blass und ernst an der Tür, in ihren dünnen Mantel gehüllt, der für viel mildere Winter bestimmt war. »Kommst du nicht mit nach Hause?«

»Nein, Floh, ich habe noch ein paar Stunden zu tun.« Leen hätte nun gesagt, dass auch eine verschleierte Wahrheit eine Lüge war, und natürlich hörte Rún auch diesmal den falschen Ton. »Wie lange musst du denn arbeiten?«, fragte sie misstrauisch.

»Nur noch drei oder vier Stunden. Du siehst ja, was im Gasthaus los ist.«

Aber ihre empfindsame Schwester zögerte immer noch. »Heute Nacht hatte ich geträumt, dass … ich dich suche, aber nicht finde. Und als du heute Morgen nicht im Bett lagst, dachte ich schon …«

»Träume bedeuten nichts«, erwiderte Mailín. »Und bevor du einschläfst, bin ich längst wieder zu Hause. Warte!« Sie holte den dicken Wintermantel aus dunklem Schaffell, der ihrem Vater gehörte. »Zieh ihn an, im Gasthaus brauche ich ihn nicht. Für den Weg leiht Joun mir sicher seine Schmiedejacke.«

Auch wenn sie sich fühlte wie eine Verräterin, war sie erleichtert, dass sich Rúns Miene nun schlagartig aufhellte. »Joun begleitet dich nach Hause, so wie gestern Nacht?«

»Ja. Aber verrate uns nicht an Leen.«

Ihre Schwester begann noch mehr zu strahlen und schlüpfte

nun gehorsam in den Mantel. »Ich werde wach bleiben, bis du nach Hause kommst«, sagte sie. »Und dann will ich wissen, ob Joun dich geküsst hat.«

Mailín lächelte. »Bis später, Floh!« Sie gab Rún einen Kuss und fischte rasch noch ihr kleines Fernrohr und ihre Handschuhe aus den Manteltaschen. Etwas stach in ihre Handfläche. Aber sie wartete, bis ihre Geschwister auf der Straße waren und Rún noch einmal winkte. Erst dann öffnete sie die Hand – und erschrak. Ohne dass sie es bemerkt hatte, hatte Avissa bei dem Handgemenge hinter der Apotheke etwas in ihre Manteltasche gleiten lassen: das vergilbte weiße Band mit den Kupfersternen, das einst Stella gehört hatte.

❧

Siljas Grauledermantel saß eng, aber er war sogar wärmer als Elajs Fellmantel, den sie Rún gegeben hatte, und außerdem war er so leicht, dass Mailín ihn kaum spürte. Den ganzen Weg über hatte Kerem sie immer wieder erstaunt von der Seite gemustert. Und auch sie selbst fühlte sich fremd in diesem Kleidungsstück, das zu prächtig und kostbar war, um von einer gewöhnlichen Bürgerin getragen zu werden. Sie war froh, dass sie niemandem auf den Straßen begegneten und nun endlich die Steinmauer erreichten, die den Übergang zum Wolfswald markierte. Pjott hebelte das verrostete Vorhängeschloss am Gatter auf und sie schlüpften in das verbotene Gebiet, das sie in die Nähe der alten Steinbrüche führte.

Die alten Schleichwege waren zugewuchert, bald schon streifte Mailín die Handschuhe ab und holte das Fernglas hervor. Vertraut lag es in ihrer Hand, ein einzelnes Kristallauge in einem Rund von metallener Mechanik, die mit einem leichten Klicken erwachte und sich auseinanderziehen ließ. An einem kleinen

Kompass an der Seite zitterte die Nadel und fand den Norden. Als Kinder hatten sie wohl länger für den Weg gebraucht, denn der See war viel näher, als Mailín ihn in Erinnerung hatte. Doch inzwischen war der Wald so verwildert, als wäre die nächste Stadt Hunderte von Meilen entfernt. Nur die Seeschlucht sah noch genauso aus wie früher – ein felsiger, von Steilwänden scharf begrenzter Schacht inmitten von Tannen, der an den Steinbrunnen eines Riesen erinnerte. Von hier aus konnte sie auch die Felsnadel erkennen, die dicht am Rand der Seeschlucht aus dem Wasser in die Höhe ragte. Und darauf die verwitterten Reste von Tempelmauern, die Mailín als Kind so groß wie ein Palast erschienen waren und nun seltsam unscheinbar wirkten.

»Was für ein Nebelloch«, murrte Pjott beim Blick in die Tiefe.

»Das Wasser ist immer wärmer als die Luft«, erwiderte Mailín. »Manche sagen, es gibt einen unterirdischen Zufluss von einer heißen Quelle. Oder vielleicht schläft auf dem Grund des Sees ein Vulkan, der schlecht träumt.«

»Wie beruhigend«, murmelte Kerem voller Unbehagen. »Hier gibt es Vulkane?«

»Nein«, erwiderte Joun. »Nur ausgeschlachtete Steinbrüche und eine Schluchtenwüste, die direkt hinter den Bäumen beginnt.«

Mailín eilte voraus, umrundete den See rennend – und kam schlitternd zum Stehen, als endlich die Vorderseite der Felsnadel in Sicht kam. Und dann musste sie zweimal hinsehen, um sicher zu sein, dass sie nicht träumte. »Die Brücke zum Tempel ist weg!«, rief sie über die Schulter. Sie kniff die Augen zusammen und spähte über den Spalt, der sich zwischen der Felsumrandung des Sees und der Felsnadel mit der Tempelruine auftat. Ein Teil des Bodenmosaiks im Tempel war noch zu erkennen. Es war verwittert und vom Wetter abgeschliffen, aber immer noch erahnte

Mailín eine Schulter und den linken Teil eines hageren Gesichts. Früher mochte das Auge des Heiligen, der dort abgebildet war, tatsächlich silbern gewesen sein, aber inzwischen war das Silber abgerieben und anstelle der Iris prangte nur noch glatter Stein, als wäre der Heilige beim Blick in den Himmel blind geworden. Zentimeter für Zentimeter suchte Mailín die Stelle ab, an der direkt vor dem Tempel früher der kurze Bogen einer Steinbrücke angesetzt hatte. Die Brücke zwischen Seerand und Felsnadel war nur wenige Schritte lang gewesen, aber dennoch überspannte sie einen tiefen Abgrund. Weit unter ihr verbarg sich das Wasser des Sees unter dem Nebel. Pjott kam schnaufend bei Mailín an. Auch Joun trat heran und spähte konzentriert zur Felsnadel.

»Dort, seht ihr?« Mailín deutete auf eine dunkle Schmauchspur am Fels. »Dafür hat Silja Sprengstoff gebraucht! Da drüben lief die Flamme an der Zündschnur entlang über den Felsen. Und unter dem abgebrochenen Brückenvorsprung klebt ein Rest von gelbem Wachs. Silja hat also tatsächlich die Brücke gesprengt!«

Pjotts Augen leuchteten auf. »Dann wollte sie also sichergehen, dass niemand ihr Räuberversteck findet.«

»Und sie hat sich einen guten Zeitpunkt ausgesucht«, ergänzte Mailín. »Die Detonation weckte keinen Argwohn, weil sie genau den Zeitpunkt abpasste, als die letzten Sprengungen im alten Steinbruch vorgenommen wurden.«

»Hat der Tempel einen Keller?«, fragte Pjott.

»Das wissen wir nicht«, antwortete Joun. »Als wir Kinder waren, wurde eine Mauer vor dem Wald gebaut, um die Eiswölfe fernzuhalten. Das einzige Mal, als Mailín und ich trotzdem am See waren, kamen wir nicht bis zur Brücke. Und später war ich nicht mehr hier.«

»Ihr wart als Kinder trotz der Wölfe am See? Euch ist wirklich nicht zu helfen!« Kerem rieb sich die Arme und sah sich um. »Ich hoffe nur, diese Bestien sind wirklich ausgerottet.« Das seltsam helle Zwielicht von Schnee und abendlicher Spätsommersonne ließ sogar seine Bronzehaut blass und fahl wirken. Kein Vogel sang mehr, als wäre die ganze Welt erstarrt. *Als wäre der Himmel tatsächlich milchiges Eis, hinter dem sich der Sommer versteckt*, dachte Mailín. Sie merkte erst jetzt, dass sie in ihrer Manteltasche nervös mit dem Spinnenring spielte, ihn auf den Finger schob und wieder heruntergleiten ließ, was mühelos ging, da er ein ganzes Stück zu groß war.

»Keine Brücke also«, stellte Kerem fest. »Lasst uns zurückgehen.«

Mailín hielt ihn am Ärmel zurück. »Warte. Ich will wenigstens noch etwas ausprobieren. Auch das hat Silja über ihr Land gesagt: *Die Magie dort ist so alt, dass ein Kinderlied, gespielt auf einem Fischbein, sogar das Eis des Himmels zerbrechen lässt.*« Sie holte die Flöte aus dem Rucksack und hielt sie Kerem hin. »Ein Fisch aus Elfenbein: *Fisch-Bein.* Vielleicht bewirkt es tatsächlich etwas, wenn man ein Kinderlied darauf spielt.«

»Immer eine gute Idee, mit fremder Magie herumzuspielen«, murmelte Pjott.

»*Das Eis des Himmels?*« Kerem runzelte verständnislos die Stirn. »Was soll das sein?«

»Mythologie«, erklärte Mailín. »Jedes Falúner Schauermärchen beginnt mit diesen Worten: *Zwischen Wolken und Rabenschrei liegt über dem gefrorenen Himmel ein Land. Es ist das Land des Eisfischers...*«

»*...Kein Lachen und kein liebend Wort wärmen ihm das kalte Herz*«, fiel Joun mit ein. »*Tränen sind sein klarer Wein und Speis' der Menschen Blut*«, schlossen sie beide im selben Tonfall. »*Drum hüt' dich vor des Fischers Aug' und flieh' an Feuers Glut.*«

»Ihr zwei seid gruselig, wisst ihr das?«, sagte Pjott. »Dort, wo ich herkomme, handeln Märchen von schlauen Schankmädchen, die Rätsel lösen und als Preis den schönen Prinzen abschleppen. Und bei der Hochzeit betrinken sich alle, bis sie nicht mehr wissen, wie sie heißen.«

Mailín lachte. »Der Eisfischer ist nur ein Symbolbild. So wie das Meereseinhorn, von dem Kapitän Santalnik immer erzählt hat. Es gibt eine Walart mit einem langen weißen Horn, das man früher als Meereseinhorn bezeichnet hat. Sein Horn galt als Wundermedizin. Und der Eisfischer ist nur ein Bild für den Tod. Das Land über dem gefrorenen Himmel ist also das Jenseits.«

»Als wir Kinder waren, hat man uns eingeredet, dass der Eisfischer uns beobachtet«, fügte Joun hinzu. »Das sollte uns dazu bringen, im Haus zu bleiben. Man sagte uns, solange er uns nicht sieht, kann er uns nicht fressen.«

»Hübsche Gutenachtgeschichten«, bemerkte Kerem. »Ihr hattet sicher schöne Träume. Auf meiner Heimatinsel kommt der Tod in Gestalt von wunderschönen Frauen. In Kleidern, so prächtig und kostbar wie für Königinnen gemacht, fliegen sie herbei, umarmen dich zärtlich und küssen dir das Leben von den Lippen. Gefällt mir besser!«

»Glaube ich gerne«, murmelte Joun nicht besonders freundlich. »Jedenfalls«, fuhr Mailín fort, »deutet einiges darauf hin, dass Silja aus einem Land kommt, das ähnliche Mythen und Märchen kennt wie wir.«

»Dann wäre das, was sie dir erzählt hat, also gar keine Erfindung«, sagte Pjott.

Mailín nickte. »Nur eine verschlüsselte Beschreibung. Ursprünglich war der ›gefrorene Himmel‹ nur ein Begriff für etwas, das unmöglich zu erreichen oder zu tun war. Irgendwann hat sich das Motiv des Eishimmels mit dem Bild des Fischers verbunden.«

Kerem zog die Stirn kraus, aber nun schien auch er ein wenig neugierig geworden zu sein. »Wenn der gefrorene Himmel hier für etwas steht, das unmöglich zu überwinden ist, dann ist die Flöte vielleicht ein Schlüssel. Da, wo ich herkomme, öffnen sich manche Geheimgänge tatsächlich mit Tönen.« Er nahm die kleine Flöte an sich. »Deshalb wolltest du also unbedingt, dass ich mitkomme, Marionettenspielerin?«

Mailín hob die Schultern. »Ich kann nur ein paar Akkorde auf der Gitarre, die du mir beigebracht hast.«

Kerem lächelte, dann setzte er den Fisch an die Lippen. Ein paar leise Laute trieben über den Abgrund, dann hatte er die Töne gefunden und stimmte ein Lied aus seiner Heimat an. Es klang dünn und zart und heiter. Und als es verklungen war, geschah ... nichts.

Pjott atmete erleichtert auf. »Lasst uns morgen mit Seilen und Haken wiederkommen. Falls Silja in der Ruine wirklich einen Schatz versteckt hat, wird ihn in der Zwischenzeit kaum jemand stehlen.«

»Nein!«, rief Mailín. »Vielleicht ... war es ja nur das falsche Lied.«

Sie begegnete Jouns Blick. Er musterte sie nachdenklich.

»Versuche es mit diesem«, sagte sie zu Kerem. Leise summte sie die einfache, fröhliche Melodie. Ihr lief ein Schauer über den Rücken, als Kerem die Noten mühelos aus der Luft fing und sie dem Fischbein einhauchte. Ganz von selbst formten sich in Mailíns Gedanken die Worte, die sie als Kind so oft gesungen hatte: »*Katzen im Schnee und Wanzen, die tanzen ...*«

Rabenkrächzen riss sie jäh aus der Erinnerung. Kerem hörte abrupt auf zu spielen. Aufgescheucht rauschten sicher hundert Raben wie ein Sturm aus schwarzen Flügeln in die Höhe. Ihr Krächzen hallte über das Wasser und vervielfachte sich als Echo in den tiefen Schluchten hinter dem Wald. Und irgendwo auf der Felsnadel löste sich ein kleiner Stein und polterte den Steilhang hinunter. Pjott hatte einen erschrockenen Satz hinter Joun gemacht. »Ich weiß nicht, was das war«, sagte Kerem und drückte Mailín die Flöte wieder in die Hand. »Aber die Raben scheinen es nicht zu mögen.«

»Ich will es gar nicht wissen«, knurrte Pjott. »Gehen wir endlich.«

»Hey, bleib hier!«, rief Mailín ihm hinterher. Aber ihr Freund hob nur die Hand zu einem Abschiedsgruß, ohne sich umzuschauen, und stapfte den Weg entlang zurück.

»Tut mir leid, Mailín«, sagte auch Kerem. »Und du kannst mich ruhig Küstenrose nennen, Joun, aber für heute habe ich genug gefroren.«

Er lächelte schief und zuckte entschuldigend mit den Schultern. Dann holte er eilig zu Pjott auf.

Joun trat neben Mailín und sah den beiden nach. »Nimm es den Jungs nicht übel«, sagte er.

»Das tue ich nicht.« Und dennoch konnte Mailín kaum verbergen, wie enttäuscht sie war. »Na schön, dann sehen wir eben allein nach.«

»Was?«

»Ich will wissen, warum sich an der Ruine ein Stein gelöst hat. Vielleicht gibt es wirklich einen Gang.«

Aber Joun schüttelte den Kopf. »Um zur Ruine zu kommen, bräuchten wir zumindest ein Seil. Pjott hat recht. Lass uns nach Hause gehen und morgen mit Werkzeug wiederkommen ...«

»Wir brauchen keine Seile. Wir springen! Zur Felsnadel schaffen wir es mühelos.«

»Es ist ein tiefer Abgrund! Was, wenn wir stürzen?«

»Was, wenn nicht?«, rief Mailín. »Komm schon, Joun, du wirst doch nicht plötzlich Angst haben? Früher sind wir noch viel weiter gesprungen und ...«

»Mailín!« Joun legte ihr die Hände auf die Schultern und wartete, bis sie den Kopf hob, um ihm in die Augen zu sehen. »Silja ist fort!«, sagte er eindringlich. »Sie hat dir siebzehn Münzen für siebzehn Lebensjahre geschenkt, und du suchst immer noch Beweise, dass sie dich nicht freiwillig verlassen hat? Und der Ring und alles andere ... das kann alles und nichts bedeuten. Vielleicht war der Ring die ganze Zeit über im Maul der Chimäre versteckt. Vielleicht war es gar nicht ihrer, sondern er gehörte Kapitän Santalnik. Vielleicht hat sie auch ganz bewusst ihre Fährte mit kryptischen Märchengeschichten verwischt und du jagst nur irgendwelchen Schatten nach.«

Das fühlte sich an wie ein Schlag. »Heißt das, du gehst jetzt auch?«, rief Mailín hitzig aus. »Obwohl du gestern noch immer an meiner Seite sein wolltest?«

»Verdammt noch mal, Mailín!«, herrschte Joun sie ungewöhnlich heftig an. »Hörst du dir eigentlich selbst zu? Der einzige Grund, warum wir hier stehen, ist, weil du niemanden – *niemanden!* – gehen lassen kannst. Im Grunde bist du keinen Deut besser als Avissa.«

Mailín wollte schon widersprechen, aber dann hielt sie inne. Denn das war das, was sie an Joun ebenso schätzte wie fürchtete: dass er sie manchmal besser kannte als sie sich selbst und niemals aus Höflichkeit schweigen würde.

»Pjott und Kerem sind gegangen«, fuhr Joun fort. »Ich bin noch hier. Aber wie ist es mit dir? Gehst du immer nur stur deinen eigenen Weg, Mailín? Oder gibt es auch einen, den wir gemeinsam gehen?«

»Du hast recht«, sagte sie leise. »Ich ... kann Menschen nicht einfach so loslassen. Zumindest Silja nicht.«

»Aber was bringt dich dazu, für eine Fremde so viel zu riskieren? Ich will es ja verstehen, Mailín, aber es gelingt mir einfach nicht. Wir müssten jetzt in unserer Stadt sein, in der Schmiede, bei deiner Familie, bei den Freiwilligen, die die Stadt gerade winterfest machen. Denn dort liegt unser gemeinsames Leben: in Falún, bei denen, die wir lieben. Silja hat damit nichts mehr zu tun. Und ganz sicher spielen keine Toten aus irgendwelchen Raunenträumen darin eine Rolle.«

Mailín biss sich auf die Lippen und schwieg. Es war ein Scheitelpunkt, zwei Wege, die sich vor ihr auftaten. Der eine führte nach Hause, an Jouns Seite. Der andere vielleicht in den Abgrund. Sie wusste, was sie nun sagen musste, aber ihre Kehle war wie zugeschnürt.

Joun fuhr sich mit den Händen durchs Haar und verschränkte sie über dem Kopf. Es war genau dieselbe Geste, die er schon als Kind gemacht hatte – dann, wenn ihm der Himmel zu schwer wurde und ihm die Worte ausgingen. Zärtlichkeit für ihn überflutete Mailín. *So werde ich ihn immer lieben. Mein ganzes Leben lang, egal, was geschieht.*

»Also schön«, sagte er dann und seufzte. »Aber wenn wir jetzt springen, gehst du danach mit mir nach Falún zurück und wir heiraten und leben unser Leben? Und erzählen unseren Kindern, wie ihre Eltern einmal mitten im Winter in den See gefallen sind?«

Sag Ja!, redete ihre vernünftige Stimme Mailín zu. *Du liebst ihn doch, es ist dein Weg, es ist richtig.* »Wir werden nicht fallen, Joun.« Sie schob die Flöte in den Rucksack und warf ihn über den Abgrund auf die Felsnadel. Dort schlitterte er bis zum Mosaik. »Kein Zurück. Weißt du noch?«

Diesmal lächelte Joun, obwohl er blass geworden war. Und es war, als wären ihre früheren Gestalten bei ihnen. Ein dünner, schweigsamer Junge und ein mutwilliges Mädchen, das zu laut lachte und immer dafür sorgte, dass sie springen oder laufen mussten, um ihre Sachen zurückzubekommen. Und am Rande der Schatten glaubte Mailín auch die anderen Kinder wahrzunehmen. Zwei kleine Mädchen – und eine Zwölfjährige mit Sommersprossen.

»Du warst ja schon immer die Verrückte von uns fünf«, sagte Joun kopfschüttelnd, während er seinen schweren Mantel auszog. »Na schön, kein Zurück also. Aber die Art, wie du gestern Ja gesagt hast, war mir deutlich lieber.«

❧

Mailín zog Siljas kostbaren Mantel nicht aus, er war leicht genug und außerdem die Versicherung, dass sie es schaffen musste, ohne nass zu werden. Die Entfernung zwischen Seerand und Felsnadel war gut abzuschätzen, aber auch Mailíns Herz hämmerte beim Gedanken an die Tiefe gegen ihre Rippen. Jouns Hand, die ihre umschloss, war kalt, und als er ihr von der Seite zulächelte, fiel ihr auf, wie nervös er war. Sie rannten erst Hand in Hand, dann ließen sie einander gleichzeitig los. Die Felskante raste Mailín entgegen. Sie wusste nicht mehr, ob sie ihren eigenen keuchenden Atem hörte oder den von Joun, und irgendwo gellten Rabenschreie. Mit einem Satz sprang sie auf die Felskante und federte in den Knien, riss die Arme im Schwung nach vorne – als ihr klar wurde, dass Joun nicht mehr neben ihr war. *Ist er schon gesprungen?* Dieser Sekundenbruchteil Irritation kostete Mailín Schwung. Sie stieß sich zwar noch ab, so fest sie konnte, aber noch während sie über den Spalt flog, wusste sie bereits, dass es nicht genügen würde. Sie landete hart, an einem Vorsprung, der viel zu steil abfiel, um wirklich Halt zu bieten. Kurz erhaschte sie einen Blick in das Innere des Tempels. Ein Rabe flatterte auf. Und wieder lösten sich ein paar Geröllsteine von einer zertrümmerten Mauer und polterten in die Tiefe. *Kein Geheimgang*, dachte sie. *Nur ein aufgeschreckter Vogel und Geröll.* Dann rutschte sie ab und konnte sich nur noch an einem abgebrochenen Vorsprung festklammern, der früher Teil der Brücke gewesen war. Ihre Beine pendelten ins Nichts. Joun rief etwas, aber sie konnte ihn kaum verstehen, zu laut waren die Raben. Plötzlich waren sie überall und umschwirrten die Ruine so dicht, dass ihre Flügelschläge Mailíns Rücken streiften. »Haut ab!«, presste sie zwischen den Zähnen hervor. Sie schaute über die Schulter. Joun kniete auf der anderen Seite des Abgrunds auf dem Felsrand. Und Mailín wurde klar, dass er im letzten Moment gezögert hatte.

»Halt dich fest!«, rief er gegen das Rabenkrächzen an. »Ich ... bin gleich bei dir.«

»Nein«, keuchte Mailín. »Bleib, wo du bist.« Sie versuchte mit dem Bein einen Halt am Felsgestein zu finden, aber sie war viel zu tief die steile Schräge heruntergerutscht. Ohne Seil würde Joun sie vom Tempel aus nicht hochziehen können. Und natürlich wusste er das auch, denn immer noch kniete er an der Felskante, totenblass und mit schuldbewusster Miene. Mit einem Mal war ihr zum Heulen zumute.

Sie riss den Blick von Joun los, schaute zwischen ihren im Nichts baumelnden Füßen nach unten und versuchte trotz des Nebels auf dem Wasser die Höhe des Falls abzuschätzen. Der Wind riss an ihrem Haar oder vielleicht waren es auch die Raben. »Hol mich unten am Seeufer ab«, schrie sie Joun zu. Seine Antwort hörte sie nicht, das Krächzen war immer noch so nah, dass es in ihren Ohren schmerzte. Es klang wie das Echo höhnischer Worte. Mailín schloss die Augen. *Joun ist nicht gesprungen. Er ist stehen geblieben und niemals wird er dir vergessen, dass du ihn zu dieser unsinnigen Mutprobe überredet hast. Und im Tempel ist nichts, du Dummkopf. Gar nichts.* Ein paar Sekunden kämpfte sie vergeblich gegen das Gefühl der Verzweiflung. Dann ließ sie los.

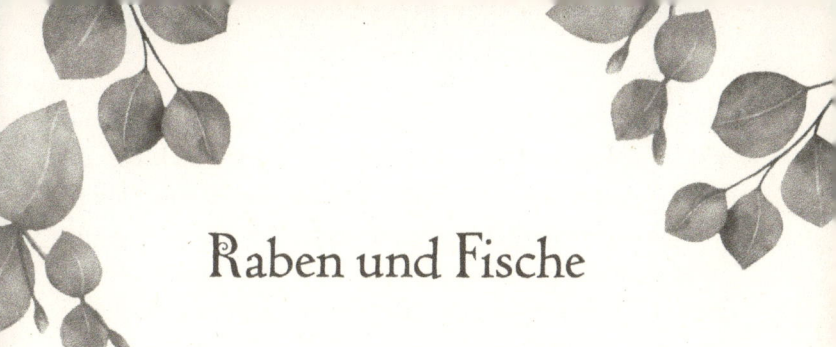

Raben und Fische

Der Wind riss ihr Haar und den Mantel nach oben, während sie wie ein Stein fiel. Leder und Pelz flatterten und flappten ihr um die Ohren. Sie stürzte durch den wassernahen Nebel und konzentrierte sich darauf, gerade wie ein Pfeil ins warme Nass zu tauchen. Doch kurz vor dem Aufprall bremste sie ein mörderischer Ruck und schlug ihr schmerzhaft die Luft aus den Lungen. Aber als sie auf die Nässe wartete, war da ... nichts. Ihre Beine traten in Luft. Etwas zerrte so heftig an ihren Ärmeln und an ihrem Haar, dass sie aufkeuchte. Und als sie nach unten schielte, sah sie, wie ihre Stiefel nur kurz die Wasseroberfläche berührten, bevor sie nach oben getragen wurde. Doch sie brauchte endlose Sekunden, um zu begreifen, was gerade geschah. Die Raben hatten sie in der Luft aufgefangen, krallten sich in ihr Haar und den Mantel. Flügel streiften ihre Schläfen und ihre Kopfhaut brannte höllisch, so heftig riss ihr eigenes Gewicht daran. Das Krächzen übertönte ihren entsetzten Schrei. Und diesmal verstand sie die Worte der Vögel. »Rabenherz, Rabenherz«, gellte es in ihren Ohren.

In der Ferne sah Mailín Joun davonrennen – zu dem steilen Kletterpfad, der ihn nach unten zum Ufer des Sees führen würde. Sie wollte ihn rufen, doch die Raben zogen sie so schnell nach oben, dass es ihr den Atem raubte. Die Ruine unter ihr wurde kleiner und Mailín erfasste mit siedend heißem Schreck, dass sie diesmal tödlich tief fallen würde, falls die Vögel sie jetzt losließen. »Rabenherz«, gellte es immer noch, aber diesmal klang es nicht mehr wie Spott. Unter sich sah sie den See schrumpfen, bis er wirklich nur noch ein Auge war und die Ruine ein dunkler Fleck im Nebelweiß. Joun konnte sie nicht mehr erkennen. Dafür sah sie den scharfen Rand des Waldes und erahnte das Band tiefer, kahler Schluchten, die sich wie eine endlose schartige Wunde aus Stein bis zum Horizont erstreckte. Und als sie das nächste Mal den Blick hob, trieben Wolkenfetzen an ihr vorbei. Und ... *Fische?*

Sie traute ihren Augen nicht, aber da waren sie – kleine silberne Messerklingen, die in der Luft ruckten und zappelten, als wären sie zwischen den Wolken wie in einem Netz gefangen. *Ich träume*, dachte Mailín. Aber als die Raben sie so nah an die Fische herantrugen, dass sie mit der Wange gegen etwas Weiches stieß, begriff sie, dass die Fische real waren. Sie zappelten so dicht vor ihrer Nase, dass sie sogar den Geruch von Seewasser und Fischhaut wahrnehmen konnte. »Nach oben, Rabenherz!«, echote es aus hundert Vogelkehlen. Sie spürte, wie ein Rabe nach dem anderen sie losließ. »Nein!«, keuchte sie. Haar wehte ihr vor das Gesicht, der Mantel flappte an ihrem Rücken herunter. In ihrer Panik griff sie nach dem weichen Widerstand, krallte ihre Finger in etwas, das sich wie ein unsichtbares Netz anfühlte, und klammerte sich mit aller Kraft daran fest. Keine Sekunde zu früh. Schwer sackte sie nach unten, als der letzte Rabe sie losließ, Flügel verdunkelten das Licht, während sie hin und her pendelte. Tief schnitt das Netz in ihre Finger ein. Ein Fisch zappelte sich frei und rutschte ihr kalt und glitschig in den Ärmel. Mailín brach der Schweiß aus. Sie pendelte so hoch über dem Augensee, dass er nur noch ein silberner Punkt zwischen ihren Füßen war. Und als wären die Raben eine schwarze Wolke vor der Sonne gewesen, fiel nun Licht von oben und blendete Mailín. Nun erkannte sie, dass sie sich tatsächlich in eine Art Netz krallte. Im Gleißen der Sonne konnte sie allerdings nur seinen Glanz erahnen, denn die Schnüre, aus denen es geknüpft war, waren glasklar. Sie führten über Mailíns Kopf direkt zu einer Eiskante. Mailín suchte mit dem Fuß nach weiteren Netzschlaufen und fand sie, zog sich hoch und schlug ihre Finger wie Krallen in die scharfkantigen Vorsprünge eines Eislochs. Sie schürfte sich die Knöchel wund und rutschte immer wieder ab, aber irgendwie schaffte sie es, nach oben zu kommen. Mit Schultern und Füßen stemmte sie sich gegen das Eis und arbeitete sich weiter hoch, bis sie sich seitlich auf eine Eisterrasse rollen konnte. Von dort aus konnte sie sich schließlich halb schiebend, halb ziehend auf freies Eis wälzen. Keuchend blieb sie auf dem Bauch liegen, die Stirn gegen das kalte Eis des Himmels gedrückt und die Lider zusammengepresst. Ihr ganzer Körper war Gänsehaut und ihr Herz fiel immer noch in die Tiefe, zitternd vor Entsetzen und den sicheren Tod vor Augen. Aber das war nicht das wirklich Schlimme. *Es gibt ihn wirklich*, schrie es in ihrem Kopf. *Den gefrorenen Himmel? Das kann nicht sein. Ich muss träumen.* Doch als sie die Augen öffnete, schaute sie auf Wolken, die als verschwommene Umrisse unter der Eisschicht dahintrieben. Und über dem Eis lag Nebel wie ein milchiger Schleier und verhüllte, was wohl das Ufer eines riesigen Sees war. Zumindest erahnte sie schattenhafte Umrisse von dürren Bäumen. Die Raben saßen um sie herum, stumm und abwartend, mit schief gelegten Köpfen und Gefieder, das sich im Wind sträubte.

»Bringt mich zurück!«, stieß Mailín hervor. Als hätte sie einen Bann gebrochen, flohen die Vögel in den gleißenden Wintertag und wurden vom Nebel verschluckt. Erst jetzt fiel die Kälte Mailín an, schlug ihr Zähne und Krallen in die Haut. *Runter vom Eis*, flüsterte das Winterkind in ihr. Sie kroch auf allen vieren weg vom Eisloch, darum bemüht, ihr Körpergewicht auf eine große Fläche zu verteilen. Irgendwo in ihrem Mantel zuckte der Fisch, aber sie wagte nicht, sich aufzurichten und ihn heraus-zuschütteln. Stattdessen entdeckte sie ihren Rucksack, den die Raben ebenfalls nach oben getragen und dann achtlos auf das Eis hatten fallen lassen. *Es war die Flöte, die das Eis gebrochen und die Raben gerufen hat,* erkannte Mailín. *Nur so kann ich wieder zurückkom-men.* Doch als sie die Tasche packte, rutschten das Fernrohr und die Flöte heraus und schlitterten über das Eis. Das Fernrohr er-wischte sie, die Flöte dagegen rollte knapp an ihrer Hand vor-bei – direkt auf das Eisloch zu. Mailín warf sich zur Kante und versuchte die Flöte zu fassen, doch sie glitt ihr durch die klam-men Finger. Noch einmal haschte Mailín danach – und schlug mit ihrer Hand auf Eiswasser. Eben war dort nur Himmel ge-wesen, nun zappelten die Fische wie kochendes Silber im Was-ser. »Hey!«, gellte irgendwo ein kehliger Ruf, den Mailín aber kaum wahrnahm. Blitzschnell tauchte sie mit der rechten Hand ins Eiswasser. *Vielleicht bleibt die Flöte im Netz hängen, vielleicht ...* Aber das Instrument rutschte ihr ein drittes Mal durch die Finger und verschwand unwiderruflich in indigoblauer Tiefe. Dann krachte und splitterte es direkt neben Mailín. Sie warf sich zur Seite und starrte entsetzt auf eine Eisenspitze mit einem Widerhaken. Eine Harpune hatte sich direkt neben ihr tief ins Eis gebohrt und ihre linke Hand nur um Haaresbreite verfehlt. Mit einem Ruck wurde die Waffe wieder aus dem Eis gerissen. Mailín wälzte sich herum. In unendlicher Langsamkeit nahm sie Bruchstücke von Bildern wahr: eine Schattengestalt, die auf dem Kopf eine brennende Krone trug. Die Harpune, die wieder herabzuckte und diesmal neben ihrer Schulter ins Eis schlug. Und das Knie, das knochenhart und erbarmungslos gegen ihr Brustbein rammte und sie mit dem ganzen Gewicht eines Körpers aufs Eis drückte. Im nächsten Moment fühlte sie etwas Eiskaltes, Scharfes an der Kehle. So schnell, dass sie es nicht einmal gesehen hatte, hatte ihr Angreifer ein Messer gezückt. Sein Gesicht schwebte direkt über ihr. Eishelle Augen leuchteten darin in einem Streifen von kohlschwarzer Haut. Über Mund und Nase lag ein graues Tuch, aber der Blick, der sie traf, war reinster Zorn, Funken sprühend und so heiß, wie das Messer an Mailíns Kehle eisig kalt war. Mailín riss reflexartig den Arm hoch und traf den Gegner mit dem Fernrohr an der Schläfe. Ein schneidender Schmerz sirrte an ihrem Unterkiefer entlang, fein und heiß, dann löste sich der Druck des Knies und das Gewicht wurde leichter. Doch diesmal packte etwas ihren Arm und verdrehte ihn blitzschnell. Im nächsten Moment lag Mailín auf dem Bauch, ihre Wange presste sich gegen zerkratztes Eis und der Fremde mit der Feuerkrone hielt sie im Würgegriff, ihre Faust hochgerissen zwischen ihre Schulterblätter. »Das hast du dir wohl so gedacht«, fauchte er ihr mit einem heißen Atemstoß ins Ohr. »Noch eine Bewegung und ich schneide dir Finger für Finger ab und verfüttere sie als Köder an die Fische, du verdammte Diebin.«

»Ich ... bin keine Diebin«, presste Mailín zwischen den Zähnen hervor. Ein verächtliches Lachen zerschellte an ihrer Wange. »Dann wolltest du also nicht gerade mein Netz leer räumen?« Als hätte er auf diesen Moment gewartet, rutschte der Fisch aus ihrem Ärmel und zappelte über das Eis. »Verdammt!«, hörte Mailín ihren Angreifer murmeln. Dann spürte sie es ebenfalls: das leichte Knacken direkt unter ihnen. *Wir müssen sofort vom Eis runter!*, wollte Mailín schreien, aber im selben Augenblick wurde sie herumgezerrt; ein wüster Stoß gegen ihre Hüfte ließ sie über das Eis rollen. Ehe sie wusste, wie ihr geschah, war der Fremde zwischen sie und das Eisloch geglitten und holte mit der Harpune aus. Spritzendes Wasser malte einen Fächer in den Himmel, weiße Schuppen glänzten auf und eine gekrümmte Hand schlug mit einem hässlichen Knirschen ins Eis. Mailín sah die Eisenspitze aufblitzen und sich in eine Schwimmhaut zwischen zwei Fingern bohren, dann ertönte ein Fauchen und das Eisloch begann zu schäumen und zu kochen. Zappelnde Fische schwappten mit einer Welle auf das Eis, während Mailín zitternd weiterkroch, weg von dem Knacken unter ihren Knien und Ellenbogen.

Doch lange bevor sie das verschneite Ufer erreicht hatte, rutschte sie weg. Ihre Arme knickten ein und sie schlug lang hin. Etwas zerrte an ihrem Mantel. Die Harpune hatte sich in den Saum gebohrt und nagelte sie fest. Mit einem Schaudern sah Mailín, dass Schuppen am Widerhaken klebten, viel zu groß, um von einem der Fische zu stammen.

Der Fremde ging aufrecht, ohne sich um das Eis zu kümmern. Jetzt, als er nicht mehr im Gegenlicht stand, erkannte Mailín, dass er alles andere als ein Wesen aus Schatten und Feuer war. Das, was sie für eine Feuerkrone gehalten hatte, war kurzes weißblondes Haar, das im Gegenlicht einer tief stehenden goldfarbenen Sonne aufgestrahlt hatte. Vorhin war der Angreifer ihr riesenhaft erschienen, aber in Wirklichkeit war er kaum größer als Mailín. Er bewegte sich mit der sparsamen Anmut einer Raubkatze, die ihr Ziel kannte. Aber vielleicht wurde der Eindruck nur dadurch verstärkt, dass der Fremde eine Jacke aus dem Pelz eines weißen Leoparden trug. Die Kapuze lag auf seinen Schultern auf. Seine Stimme hinter dem Tuch klang dumpf und etwas heiser. »Was, verdammt noch mal, hast du dir dabei gedacht, eine Fängerin anzulocken?« Mailín zuckte zusammen, als er die Harpune wieder herabsausen ließ, aber diesmal pickte er nur einen

Fisch vom Eis und verstaute ihn an einem mit Haken versehenen Riemen am Gürtel.

»Ich habe keine ... Fängerin angelockt«, brachte Mailín flüsternd heraus.

»Ach ja? Und was ist das?« Der Fremde packte Mailíns Handgelenk und riss ihre Hand vor ihr Gesicht. Der Griff war schmerzhaft fest und eiskalt und katapultierte Mailín zurück in den Traum von dem Erfrorenen. *Er ist es. Der Junge aus meinem Traum. Oder vielleicht träume ich ja gerade wieder?*

»Du blutest«, herrschte der Maskierte sie an. Mailín blickte auf ihre Handfläche. Dort hatte sie sich tatsächlich am scharfkantigen Eis geschnitten. Und eine Spur kleiner rötlicher Abdrücke auf dem Eis zeigte, wo sie sich beim Kriechen mit der verletzten Hand aufgestützt hatte. »Du hast sie mit Blut angelockt.«

Mailín schüttelte heftig den Kopf. »Wer bist du?«, stieß sie hervor.

»Viel interessanter ist die Frage, wer du bist.« Der Fremde ließ sie los, stützte sich auf einem Knie auf und starrte sie aus kalten Winteraugen an. Sie sahen weniger transparent und dunkler aus als in ihrem Traum und erschienen grau statt eisgrün, aber vielleicht lag das auch an der aufgemalten Maske aus rußiger Farbe. Doch als ihr Gegenüber unwillig das Tuch von Mund und Nase zog, stellte sich ihre Welt noch einmal auf den Kopf. Das hier war nicht der Mann aus ihrem Traum, sondern eine junge Frau, kaum älter als Mailín. Sie hatte launisch geschwungene Lippen und eine fein geschnittene, zierliche Nase, was ihr tatsächlich etwas Katzenähnliches verlieh. Doch ihre ganze Haltung und die Art, wie sie sich nun mit dem Handrücken unwirsch über den Mund fuhr, erinnerte an einen Mann, ebenso wie ihre dunkle, leicht raue Stimme. »Hat die Schneehexe deine Zunge gestohlen? Ich habe dich gefragt, wer du bist!«

»M… Mailín.«

»Soll das ein Name sein?« Ihr Blick glitt misstrauisch über Mailíns Mantel, blieb an den kostbaren Silberverzierungen hängen und fand schließlich Siljas Siegelring, den Mailín immer noch trug. »Du bist eine von ihnen!« In den Worten schwang so viel Verachtung mit, dass Mailín fröstelte.

»Nein… Ich weiß nicht einmal, wen du meinst.« Sofort riss sie schützend die Hände hoch, denn das Katzenmädchen ballte die Hand zur Faust und holte schon drohend aus.

»Es ist die Wahrheit. Ich komme nicht von hier.«

»Woher dann? Ich warne dich! Ich kann Lügner nicht ausstehen.«

»Aus dem Land unter… dem See…« Noch während Mailín das sagte, bereute sie es schon. »Ich weiß, es klingt verrückt. Aber es ist wahr. Und wir sollten jetzt wirklich vom Eis runter. Es wird jeden Augenblick brechen.«

»Ja, das höre ich.« Die Fremde stand auf, umrundete Mailín ohne Eile und blieb dann lässig auf die Harpune gestützt stehen. Zu spät wurde Mailín bewusst, dass sich ihre Gegnerin damit ganz beiläufig zwischen sie und das sichere Ufer gestellt hatte. »Wenn du von da unten kommst, wie hast du es dann geschafft zu schwimmen, ohne nass zu werden?«

Mailín biss sich verzweifelt auf die Lippen. Fieberhaft suchte sie nach einer Erklärung, die ansatzweise logisch klang, aber allein ihr Zögern schien für die Fremde ein Eingeständnis zu sein. »Hast du im Ernst gedacht, ich glaube an Märchen?«, sagte sie gefährlich leise. »Andererseits: Vielleicht sagst du ja doch die Wahrheit? Ist das eine von deinen Schwestern?« Sie schnellte nach vorne und packte Mailín am Haar. Im nächsten Moment hatte sie Mailíns Gesicht grob zum Eis gedreht. Und dann verstand Mailín, warum es unter ihnen bebte und knackte. Unter der Eisfläche zogen keine Wolken dahin, sondern schuppige Körper, die an der Haut des Sees entlangschabten. Mit einem Schrei wollte sie zurückzucken, aber die Fremde ließ es nicht zu. »Die Schönen können es wohl kaum erwarten, dich wieder in die Arme zu schließen.« Obwohl das Eis ihr Bild verschleierte, erkannte Mailín nun Gesichter, die sich von unten gegen die Haut des Sees pressten, und Hände, die am Eis kratzten. Doch diese Wesen glichen in nichts den sanften, verspielten Nixen der Südmeere, die Lovis auf Tischdecken stickte. Diese hier waren riesig und geschmeidig und hatten Unterkörper, die an Muränen erinnerten. Ihr Haar schimmerte in Smaragdtönen und die Gesichter waren weiß und so stechend schön, dass man fast übersah, wie lang ihre Krallen waren. Bizarrerweise hielten sie die Augen geschlossen, was sie wie entrückte Träumerinnen wirken ließ. Doch ihre Nasen, gesäumt von feinen Furchen wie Kiemenspalten, zuckten.

»Letzte Chance für die Wahrheit«, hörte Mailín das Katzenmädchen sagen. »Sie haben deine Fährte aufgenommen und wittern dein Blut auch durch das dickste Eis hindurch.«

In diesem Moment öffnete eine der Nixen die Augen und starrte Mailín direkt ins Gesicht, dann riss sie den Mund auf und enthüllte Zähne, die viel schärfer und länger waren als die Haifischzähne der Chimäre. Mailín stieß sich so heftig vom Eis ab, dass ihre Handgelenke knackten. Mit aller Kraft der Verzweiflung verrenkte sie sich und rammte dem Katzenmädchen den Ellenbogen in die Seite. Wie ein Tier in der Falle wehrte sie sich mit Händen und Füßen. Irgendwie gelang es ihr, mit der Faust auszuholen. Mit einem dumpfen Laut traf sie schmerzhaft fest und konnte sich mit einem Ruck losreißen. Sie wusste nicht, wie sie das Ufer erreicht hatte, aber plötzlich knirschte Schnee zwischen ihren Fingern, dann streifte frostweißes Schilf ihr Gesicht. Taumelnd kam sie auf die Beine und rannte zwischen kahlen Bäumen weiter, hinter sich das wüste Fluchen des Mädchens, das in einem schrillen Pfiff endete. Zweige knackten vor ihr, etwas Riesiges stampfte durch das nebelverhangene Gestrüpp, dann brach direkt vor ihr ein Ungeheuer aus dem Winterwald. Mailín bremste so scharf, dass Schnee stob. Und wäre trotzdem beinahe gegen eine gewaltige weiße Brust geprallt. Über ihr verdunkelten die Schaufeln eines mächtigen Geweihs den Himmel und stießen nach ihr. Mailín wich gerade noch aus. Doch bevor sie flüchten konnte, schlang sich etwas um ihre Beine und brachte sie zu Fall. Im nächsten Moment lag sie im Schnee, über sich das Gesicht des Katzenmädchens. Mailíns Fausthieb hatte gut getroffen, die Fremde hatte einen blutenden Riss an der Lippe. »Na sieh mal an«, sagte sie zwischen zusammengebissenen Zähnen. »Das Prinzesschen kann ja seine Krallen ausfahren.« Dann holte sie mit dem Harpunenstock aus und Mailíns Bewusstsein zerstob in Flocken aus grellweißem Schmerz.

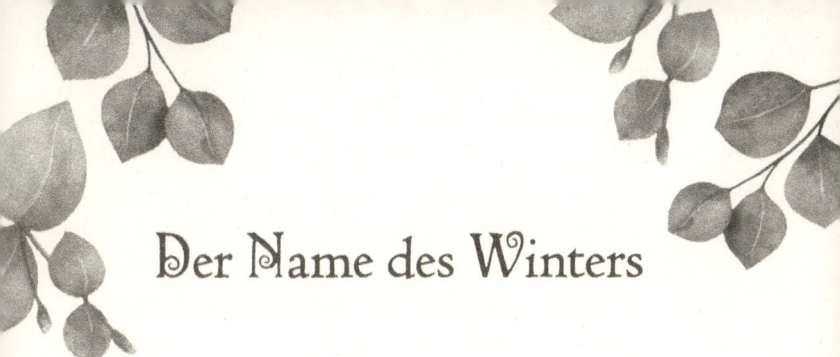

Der Name des Winters

Sie spürte weiches Haar an ihrer Wange. Vielleicht hatte Rún im Schlaf ihre Umarmung gesucht. Mailín wollte ihre Schwester berühren, doch ihre Hände ließen sich nicht bewegen. Sie lag auf dem Bauch. Ihr Kopf hing herunter und das Blut rauschte in ihren Ohren. Dort, wo der Stock sie an der Schläfe getroffen hatte, pochte dumpfer, wolkiger Schmerz. *Kein Traum*, dachte sie entsetzt. Etwas schaukelte sie herum und nahm ihr die Luft. Als Mailín mühsam blinzelte, sah sie den Boden weit entfernt unter sich dahinschwanken. Das, was sie für Rúns Haar gehalten hatte, war weißes Fell mit grauschwarzen Sprenkeln. Sie war gefesselt und lag auf dem Ungeheuer wie ein Stück Beute, das ein Jäger vor dem Sattel festgebunden hatte. Der Wind wehte ihr das Haar vors Gesicht, aber aus den Augenwinkeln sah sie rechts das gewaltige, stumpfe Geweih im Takt der Schritte wippen. Und links von sich erkannte sie durch den Vorhang ihrer Haare einen Stiefel aus weißem Fell.

»He, Toma!«, rief ein Mann ganz in der Nähe. »Was für eine haarige Nixe ist dir denn ins Netz gegangen?«

»Mein Netz ist weg«, kam die mürrische Antwort des Katzenmädchens. »Und mit ihm der größte Teil des Fangs. Habe ich alles der hier zu verdanken. Aber diese Rechnung wird sie mir bezahlen.«

Mailín hob mühsam den Kopf und pustete eine Locke vor ihrem Gesicht weg. Nun erahnte sie Umrisse von weiteren Reitern. Sie saßen auf Tieren, die riesigen Hirschen mit Schaufelgeweihen ähnelten. Allerdings waren diese Tiere viel größer als Hirsche, mit breiten Brustkörben, kurzen Hälsen und riesigen Köpfen. Und alle hatten dieses besondere silbrig-weiße Fell, das Mailín in ihrem Traum für einen Bärenpelz gehalten hatte. Mit diesem hellen, gesprenkelten Fellkleid waren die Tiere so gut getarnt, dass man sie im Schneegestöber auf den ersten Blick gar nicht sah.

Leder knarrte, als das Mädchen, das der Mann Toma genannt hatte, sich zu Mailín hinunterbeugte. »Keinen Mucks! Ahto kann fremde Reiter nicht leiden. Eine falsche Bewegung und mein Elch bürstet dich mit seinem Geweih einfach von seinem Rücken wie ein lästiges Insekt. Und wenn er das tut, springe ich ganz sicher nicht ab und versuche, dich den Wölfen abzujagen.«

»Wohin bringt ihr mich?«, keuchte Mailín.

»In einen grünen Palast, Prinzessin«, kam die spöttische Antwort, »wo keiner dich findet.«

Mailín wusste nicht, wie lange sie versuchte, einfach nur Luft zu bekommen. Unter ihr donnerte der Elch mit der Wucht eines Pferdefuhrwerks, das einen steilen Abhang hinunterrollt, unaufhaltsam vorwärts. Zwischen fliegendem Haar sah sie den Boden unter sich dahinrasen. Schneebrocken und vereiste Erde flogen ihr um die Ohren. Und irgendwo im Schneetreiben reflektierten gelbe Raubtieraugen das Licht, huschten riesenhafte Schatten mit gesträubtem Fell, um nach einer Weile zurückzubleiben.

Als die Jagd endlich langsamer wurde, umfing Mailín das gedämpfte Dunkel eines Waldes. Es roch nach Lagerfeuern und

Tannen und die Geräusche klangen mit einem Mal gedämpft und schwer. Mailíns Hände und Rippen waren taub, und als jemand sie vom Rücken des Elchs zog, knickten ihre Beine ein und sie sackte auf einem mit Tannenzweigen bedeckten Boden zusammen. Zum ersten Mal konnte sie die Reiter genau betrachten. Sie saßen auf der höchsten Stelle der Elchschultern, dort, wo das Geweih sie hätte mühelos verletzen oder herunterstoßen können. Doch die Tiere waren zahm, sie trugen kein Zaumzeug und nicht einmal Sättel, sondern nur eine Art Geflecht aus Lederriemen mit Steigbügelschlaufen. Die Reiter hatten hohe Stiefel aus dickem Fell, Pelzmäntel und Waffen, die nur aus Holz und Klingen bestanden. Einige trugen Mützen oder Pelzbänder um den Kopf, die mit aufgenähten Raubtierzähnen geschmückt waren. Und alle hatten aufgemalte Rußmasken, die ihnen noch mehr das Aussehen von Kriegern aus einer fernen Vergangenheit gaben. *Oder aus einem Albtraum*, dachte Mailín. Geduldig warteten die Elche, bis ihre Reiter abgesprungen waren und ihnen das Geschirr abgenommen hatten, dann wanderten sie gemächlich in den Schnee davon. »Mach es dir nicht zu bequem.« Das Katzenmädchen riss Mailín auf die Beine und stieß sie vor sich her zu einer Art Zelt aus Zweigen und Lederplanen. In einer windgeschützten Senke war es zwischen ausladenden Tannen errichtet worden. Die Jägerin schob Mailín durch den Zelteingang. In der Mitte saßen sechs alte Leute an einer Feuerstelle. Die Elchreiter streiften Pelztaschen und Riemen ab. Eine Jägerin legte ein ganzes Bündel von erlegten Eichhörnchen neben das Feuer und ein Mann zückte das Messer und begann der Beute das Fell abzuziehen. Mailín musste an Siljas Worte denken: »*In meinem Land gibt es keine Lords und Ladys, nur Jäger.*« Doch diese Jäger wirkten mager und müde, ausgezehrt wie nach einem zu langen Winter. Das Katzenmädchen ließ Mailín einfach stehen und ging zum Feuer. *Toma,* erinnerte sich Mailín. *Jemand hat sie vorhin Toma genannt.*

Das Mädchen reichte einer alten Frau die Fische. »Viel war von meinem Fang nicht übrig. Aber den fettesten Fisch habe ich mitgebracht.« Sie deutete auf Mailín und alle wandten sich ihr zu. Die alten Leute musterten Mailíns kostbaren Mantel und begannen zu murmeln. Nur ein hagerer Greis stocherte weiter im Feuer herum, als ginge ihn das alles nichts an.

»Was ist das?«, fragte die alte Frau, der Toma ihren Fang gegeben hatte. »Eine Sklavenhändlerin? Wie kommt sie in diese Gegend?« Ihre schwarze Maske und die Nase, die einem Rabenschnabel glich, ließ sie wie eine Hexe aus einem von Rúns Märchen wirken. Und das Stirnband, auf dem Federn und ein einzelner scharfkantiger Zahn aufgenäht waren, verstärkte den Eindruck noch. Mailín dachte an die Nixe, die unter dem Eis das Maul aufgerissen hatte, und schauderte.

»Hat sie dir den Faustkuss verpasst, Toma?«, bemerkte eine der Jägerinnen spöttisch. Auch die anderen grinsten beim Blick auf Tomas blutverkrustete Lippe. Toma warf der Spötterin einen mörderischen Blick zu. *Sie ist stolz und leicht zu kränken,* erkannte Mailín. *Und sie verliert nicht gern.*

Toma schüttete Mailíns Tasche aus. Tom Jofnurs Notizen flatterten gefährlich nah am Feuer. Es folgten das Fernrohr, Mailíns Taschenmesser und die mit Perlen bestickte Hülle, in der das Fischbein gesteckt hatte. Beim Anblick der Perlen ging ein Raunen durch die Gruppe. Zuletzt holte Toma auch noch Mailíns Silbermünzen hervor und warf sie neben das Feuer. Augen begannen zu funkeln, Möglichkeiten und Berechnungen schimmerten in den Blicken auf. *Sie sind also nicht nur Jäger, sondern auch Räuber,* dachte Mailín. »Aber das ist nicht alles.« Toma packte Mailíns gefesselte Hände und hob sie an, sodass jeder den Siegelring sehen konnte. Und nun erlebte Mailín den Unterschied zwischen Schweigen und Totenstille. »Ich habe versucht, ihr den Ring abzunehmen, aber dazu sitzt er zu eng«, sagte Toma in die donnernde Stille. Mailín schielte erschrocken zu ihren Händen. Es stimmte. Der Silberring, der ihr vorhin noch zu groß gewesen war, saß nun so eng, dass ihre Haut pochte. »Ich werde ihr wohl den Finger abschneiden müssen, um den Ring zu bekommen«, setzte Toma hinzu.

»Bist du von Sinnen?«, schrie die Hexenfrau. »Das ist nicht irgendeine Pelzhändlerin, die du vom Pferd geholt hast. Dafür ist ihr Mantel auch viel zu kostbar. Und die Spinne ist *sein* Wappen! Eine wie sie redet nicht, sie wird nur dafür sorgen, dass ihr Herr uns aufspürt. Schneidet ihr die Kehle durch und werft sie in den nächsten See, damit die Wasserweiber jede Spur von ihr beseitigen.«

Der Mann, der das Eichhörnchenfell abgezogen hatte, sprang auf, als hätte er nur auf den Befehl der Alten gewartet. Er kam auf Mailín zu, in der Hand das noch blutige Messer.

»Nein!« Mailín stolperte zurück. »Es ist nicht mein Mantel. Ich suche jemanden, der verschwunden ist. Und dieser Ring gehört dem Entführer...«

»Deshalb passt er dir auch wie angegossen«, knurrte der Jäger mit dem Messer. Doch bevor er sie erreichte, war Toma vor sie gesprungen. Scharfes Eisen glänzte im Widerschein des Feuers. Wieder hatte Mailín nicht gesehen, wie Toma ihr Messer gezogen hatte. Nun stand sie mit dem Rücken zu Mailín, als wäre sie tatsächlich bereit, eine fremde Gefangene gegen ihre eigenen Leute zu verteidigen.

»Niemand bringt sie um«, sagte sie mit fester Stimme. »Ich habe sie aus dem See gefischt. Also gehört sie mir.«

Mailín hielt erschrocken den Atem an. Doch offenbar gab es

selbst in dieser Horde von Barbaren so etwas wie Gesetze. Sogar die stärksten Männer zogen sich nun murrend wieder auf ihre Plätze zurück.

Die Hexe verzog den Mund. »Glaubst du etwa, du kannst eine wie sie einfach an der Sklavenstraße verkaufen?«

»Hältst du mich für so dumm, Kaljama?«, herrschte Toma die Alte verärgert an. »Wenn sie eine aus dem Schloss ist, dann wird sie mir alles darüber erzählen, was ich wissen will.«

»Ich komme nicht aus dem Schloss«, entfuhr es Mailín. Aber Toma warf ihr über die Schulter einen warnenden Blick zu. Mailín presste ihre Fäuste an sich und versuchte wenigstens den Ring vor den Blicken zu verbergen.

»Hör endlich auf damit, Toma«, gab die Alte mit harter Stimme zurück. »Diesen Krieg haben wir vor über hundert Jahren verloren.«

»War es denn ein Krieg?«, sagte Toma. »Niemand weiß, was damals wirklich geschah . . .«

»Und du hast keine Ahnung, was du uns hier ins Lager gebracht hast«, fauchte die Frau namens Kaljama. »Du weißt nichts von der Magie der Eisblüter, von ihrer Grausamkeit und Unmenschlichkeit. Gar nichts! Schneidet ihr den Hals durch, na los!«

»Keiner rührt sie an!« Toma riss das Messer hoch. Offenbar war das eine Drohung, die in diesem Lager jeder ernst nahm. Die Jäger zögerten. Kaljama spuckte verächtlich ins Feuer, aber erstaunlicherweise schwieg sie nun. Toma drehte sich zu Mailín um. »Raus hier!«

Mailín wollte nur zu gern gehorchen, doch eine heisere Stimme ließ Toma innehalten. »Bring sie zu mir.« Die ganze Zeit über hatte der alte Mann nur ins Feuer geschaut. Weder das Geld noch der Ring interessierten ihn. Und als er den Kopf hob, erkannte Mailín, dass er die Reichtümer beim Feuer gar nicht sehen konnte. Für einen Moment fühlte sie sich an das Mosaik des Heiligen Styx erinnert, an die hagere Gestalt, dessen Augensilber längst verschwunden und zu blindem Stein geworden war. Zögernd gehorchte Mailín dem widerwilligen Nicken von Toma und trat näher zum Feuer.

»Wie heißt du?«, fragte der Blinde.

»Sie hat keinen Namen«, antwortete Toma an ihrer Stelle.

»Dich habe ich nicht gefragt.« Der Alte wandte sich Mailín zu. »Nun?« Sein Gesicht hatte etwas Schlaues, und für einen Augenblick konnte Mailín erahnen, wie er als junger Mann ausgesehen haben musste. Hager schon damals, mit dem Ausdruck eines wachsamen Fuchses.

»Mailín«, sagte sie.

Er runzelte die Stirn. »Ich höre keinen Namen.«

»Mailín!«, wiederholte sie lauter.

»Ich bin nicht taub. Aber das, was du sagst, ist nur ein Geräusch, kein Name. Ich sehe dich nicht.« Er wandte sich ab und stocherte in der Glut. Mailín versuchte den feindseligen Blicken der anderen standzuhalten, aber sie konnte spüren, wie die Waage, auf der ihr Leben lag, sich immer weiter zur falschen Seite neigte.

»Uns gibt der Winter unsere Namen«, fuhr der Alte fort. »Mich nennt er Koova: *Graues Eis, das durch Schmelzwasser dunkel und trüb wurde.* Aber du bist wohl eine von denen, deren Namen der Winter nicht kennt. Und somit bist du niemand. Und kannst auch niemandes Eigentum sein.«

Es war kein gutes Zeichen, dass Toma hinter ihr scharf Luft holte. Und auch nicht, dass die Hexe kalt grinste und auch einige der Jäger nun auf eine sehr ungute Art zu lächeln begannen. Mailín brach der Schweiß aus, als sie Hände verstohlen zu Messern gleiten sah. Sie wollte schon zurückweichen, als Toma sie an der Schulter packte. »Das sehe ich anders, Koova. Der Fang gehört dem Fischer und das Wild dem Jäger. Was auch immer sie ist oder nicht ist, ich habe sie aus dem See gezogen, also gehört sie mir wie jeder namenlose Fisch.«

»Fische sprechen aber nicht«, wandte eine Jägerin ein.

»So ist es«, bestätigte Koova. »Über das Schicksal eines Namenlosen entscheiden die Ältesten. Und das Urteil hat Kaljama bereits gesprochen.«

Toma seufzte, ohne ihre Hand von Mailíns Schulter zu nehmen. »Schon gut, ihr habt ja recht«, sagte sie dann zu Mailíns Entsetzen und beugte sich zu ihr. »Wenn du wirklich keinen Namen hast, dann muss dir wohl der Tod einen geben.«

Es war eine Drohung, genauso wie Tomas Messerklinge, die in Mailíns Augenwinkel viel zu nah aufglänzte. Aber Mailín spürte auch den auffordernden Händedruck an ihrer Schulter. »*Los, nenn einen Namen*«, sagte diese Geste.

Mailíns Mund war so trocken, dass sie bezweifelte, einen Laut herausbringen zu können. *Sie tragen also sprechende Namen, die einen Bezug zur Natur haben.* Und dann hörte sie sich sagen: »Ich heiße Rabenherz.«

Tomas Hand auf ihrer Schulter entspannte sich augenblicklich.

Die Hexe Kaljama machte eine Miene, als hätte sie Salzgalle getrunken, aber sie schwieg. Die Menschen am Feuer schauten Mailín an, als wäre sie ein Fisch, der plötzlich zu sprechen begonnen hatte. Und dann nahmen sie widerwillig die Hände von den Messern. »Jetzt sehe ich dich«, sagte Koova. Er zeigte Mailín ein schmales, listiges Lächeln und nickte ihr zu. Und es war unheimlich, dass seine blinden Augen sie tatsächlich zu betrachten schienen.

Die Zelte waren in schneesicheren Höhlungen zwischen den größten Bäumen aufgestellt und mit Zweigen getarnt. Nur im Unterholz war es abenddunkel. Der Himmel zwischen den Wipfeln war fast hell und von einem seltsamen Zwielicht durchglüht. Man sah kaum einen Stern, dafür Schleier von zartem Blau und hellerem Grün, die in verschlungenen Formen über das Firmament wehten. *Wie Seidenstoff unter Wasser*, dachte Mailín. Immer noch kam es ihr vor, als würde sie auf schwankendem Boden laufen. *Aber immerhin lebe ich.* Schon das allein kam ihr unwirklich vor.

»Hier wirst du schlafen.« Toma warf ein paar Decken auf einen Zweighaufen unter der größten Tanne. Auf einen Pfiff von ihr raschelte es zwischen den Bäumen, dann glänzten gelbe Augen auf und fünf graue Körper schälten sich aus dem Halbdunkel. Mailín wich entsetzt zurück. »Ihr habt Eiswölfe im Lager?«

Toma verzog den Mund zu einem humorlosen Grinsen, was ihre lädierte Lippe wieder zum Bluten brachte. »Kannst du Wölfe nicht von Hunden unterscheiden?« Sie trat zu einem der grauen Vierbeiner und klopfte den pelzigen Rücken. So hätte sie auch ein Mädchen aus Falún sein können, dem man ansah, dass es Tiere mochte. *Mehr als Menschen*, dachte Mailín. *Oder zumindest mehr als Fremde in teuren Kleidern.*

»Streck die Hände aus«, befahl das Katzenmädchen dann. Es schnappte, dann lösten sich zu Mailíns Überraschung die Fesseln und fielen einfach ab. Doch als sie die Handgelenke befühlen wollte, stellte sie fest, dass sie alles andere als frei war. Um ihr linkes Handgelenk hatte sich ein Eisenband geschlossen, ein nahtloser Ring ohne einen Verschluss. Und ebenso nahtlos entsprang aus dem Eisen das gläserne Seil, das Toma nun um den Stamm der Tanne wand und mit einem weiteren Klicken verschloss. »Du kannst mich doch nicht an den Baum fesseln!«, rief Mailín.

»Kann ich nicht, Prinzessin?« Tomas Lachen klang so rau wie

ihre Stimme. »Spar dir den Versuch, dich zu befreien. Das Seil kennt weder Klingen noch Zähne noch Feuer. Und auch scharfe Steine nützen nichts. Jetzt weißt du vielleicht, wie wertvoll mein Fischernetz war.«

Mailín wich vor ihrem zornigen Blick zurück, was die Hunde sofort zum Knurren brachte. »Toma, ich kann dir nichts über dieses Schloss sagen. Ich weiß nicht einmal, wo ich hier bin und warum der Ring mir passt, vor wenigen Stunden war er mir noch zu weit. Vielleicht ist eine ähnliche Magie am Werk, die auch die Handschellen größer oder kleiner werden lässt?«

»Sag du es mir«, gab Toma in frostigem Ton zurück.

Mailín zögerte. *Aber was habe ich schon zu verlieren?* »In meiner Welt ist euer Gebiet hier das ... Land über dem gefrorenen Himmel – von diesem Land erzählen unsere Märchen. Aber in unseren Märchen ist es das Reich der Toten ...« Das Blut wich ihr aus den Wangen, noch während sie sprach. Denn in einer schrecklichen Sekunde fand alles in bestechender Logik zu einem ganz neuen Albtraum. Sie sah Joun, der sich ins Wasser stürzte und nach ihr suchte, ohne sie zu finden, weil ihr lebloser Körper längst auf dem Grund des Sees lag. »Bin ich ... im Totenreich?«, hauchte sie.

Tomas Augen wurden schmal. »Ich weiß ja nicht, wie es in deinem Land ist, aber in meinem pflegen Tote nicht zu bluten.« Sie leckte sich betont langsam über ihre verletzte Lippe. Mailín schaute auf die Wunde auf ihrer Handfläche. Sie pochte und schmerzte immer noch leicht. Jetzt war sie so erleichtert, dass sie auf das Lager sackte, obwohl die Hunde das Nackenfell sträubten. Vielleicht gab es doch eine logische Erklärung. *Oder zumindest eine andere.* »Meine Freundin ist entführt worden. Sie stammt aus eurem Land, und ich glaube, euer König hat sie ...«

»*Unser* König?«, fauchte Toma. »Wir haben keinen Herrn!

Und wenn du weiter lügst, werfe ich dich zurück in den See und schaue mit Vergnügen zu, wie die Fängerinnen dich fressen.«

Mailín zuckte zusammen. *Was hast du erwartet? Ich hätte mir selbst am allerwenigsten geglaubt.* Aber Toma musterte sie immer noch. Und die Art, wie sie sich nun hektisch mit den Fingern durch das Haar fuhr, erinnerte Mailín an Jouns ratlose Geste. Tomas Ärmel rutschte dabei ein Stück zurück und enthüllte Avissas Trauerband mit den kleinen Kupfersternen. Nun sank ihr endgültig der Mut. *Ich bin vielleicht nicht im Land des Todes, Avissa. Aber ich werde genauso wenig zurückkommen wie deine Stella.*

»So blass, Prinzessin? Hast du endlich Angst bekommen?«

»Nein«, log Mailín. »Aber das Sternenband, das du mir abgenommen hast ... Es gehörte zu jemandem, der mir viel bedeutet.«

»Die Freundin, die du angeblich suchst?«

»Nein, es war ein Mädchen, das starb, als wir noch Kinder waren.«

Tomas Augen wurden hart. »Dann braucht sie es ja nicht mehr. Meine Beute, mein Schmuck.« Sie schob den Pelzärmel über das Sternenband. »Mein Lager ist in Rufweite – falls einer deiner Brüder dir die Augen aushackt.« Mit einem Kinnrucken deutete sie nach oben, wo im Geäst drei Raben hockten und sie stumm beobachteten. »Der Ring ist einiges wert, *Rabenherz*«, fügte sie dann mit einem hinterhältigen Lächeln hinzu. »Mal sehen, vielleicht schneide ich dir ja morgen den Finger ab, um ihn zu bekommen.«

Rabenlist

Immerhin schien Toma kein Interesse daran zu haben, dass Mailín in der Nacht erfror. Das Seil ließ genug Spielraum, um unter die Decken kriechen zu können. Aber noch wagte Mailín es nicht, sich auszustrecken. Die fünf Wachhunde glichen wirklich bis aufs Haar den grauen Eiswölfen, die Mailín aus den Wintern ihrer Kindheit kannte. Und über ihr saßen stumm die Raben. »Ihr müsst mich zurückbringen«, flüsterte sie.

Aber die Vögel flogen davon und verschwanden über den Wipfeln. Erst jetzt begann Mailín haltlos zu zittern. *»Wer weiß schon, wo die Wirklichkeit endet und die Märchen beginnen?«*, echote Siljas Stimme ihr im Ohr. Unter den Blicken der Wolfshunde kauerte sie sich zusammen und drückte die Fäuste gegen ihre Augen. *Bitte lass mich aufwachen*, flehte sie. Stattdessen tauchten Bilder ihrer Kindheit auf ... die Firnfrauen und der Eisfischer. Vor dem pochenden Rot ihrer geschlossenen Lider sah sie Joun, der sicher glaubte, sie liege tot am Grunde des Sees, und Rún, die vergeblich zu Hause auf sie wartete und sicher schon verzweifelt und voller Angst war. Sie wollte weinen, doch wie immer blieb ihr Schluchzen nur ein trockener Laut in ihrer Kehle, an dem sie fast erstickte.

»Heult die etwa?«

Das Wispern ließ sie zusammenzucken.

»Unsinn, die Eisblüter können das doch gar nicht«, kam ein zweites Wispern zurück.

»Ich dachte, die haben weiße Haut«, meldete sich ein drittes, ängstliches Flüstern. »Aber die hier ist dunkel wie ein Troll.«

»Wirklich? Lass mich mal nach vorne!«

Mailín hob den Kopf und erhaschte einen Blick auf ein weit aufgerissenes Auge zwischen Tannenzweigen. »Sie hat mich gesehen!«, kiekste es erschrocken. Dann raschelte es und die Hunde lauschten mit gespitzten Ohren fliehenden Schritten nach, die sich im Wald verloren.

⟜

Mailín hatte völlig traumlos geschlafen. Und als ein Knistern sie weckte, wusste sie sofort, wo sie war. Rauch stieg ihr in die Nase, erinnerte sie an das Herdfeuer in Jussus Wirtshaus und ließ die ganze Verzweiflung wieder auf sie zurückstürzen. *Ich bin allein in einem Land, das es nicht geben darf.*

»Hey!« Etwas stupste sie unsanft an der Schulter. »Ich weiß, dass du wach bist.«

Mailín öffnete die Augen. Die Hunde waren nicht mehr da, nur Toma saß an ihrem Lager und schürte ein Feuer zwischen den Steinen. Seelenruhig zerknüllte sie dafür die Papiere aus Mailíns Tasche und warf sie in die Flammen.

»Nein!« Mailín schoss so schnell hoch, dass ihr schwindelig wurde. »Bitte nicht. Das sind nur alte Aufzeichnungen. Sie haben keinerlei Wert.«

»Das Zeug brennt aber gut. Liegt an dem schwarzen Harz, mit dem die Fetzen beschmiert sind, oder?«

»Harz?« Mailín raffte die Notizen an sich. Und Toma ließ es tatsächlich zu, dass sie Jofnurs Papiere in Sicherheit brachte. Nur sein Arztdiplom konnte sie nicht mehr retten. Sein mit schwarzer Tusche geschriebener Name glühte auf und verging. Und Mailín verstand, dass Toma nicht wusste, was Tinte und Buchstaben waren.

Die Jägerin stand auf und holte etwas. Mailín nutzte die Chance, um sich umzusehen. Jetzt, bei Tageslicht, konnte man erkennen, wo die Grenze des Waldes war. Hinter den Tannen fiel milchiges Winterlicht in ein schmales Tal. Jäger durchwanderten es mit Elchen, die schwer beladene Schlitten zogen. Das Lager brach also auf. Fragt sich nur, in welche Richtung sie ziehen, dachte Mailín. Sicher nicht in Richtung Schloss.

Toma kam mit der Haut eines frisch gehäuteten Hasens zurück und legte sie mit der Fellseite nach unten in eine Kuhle zwischen Steinen. Dann warf sie getrocknete Gewürze in diese seltsame Schale, fügte geschälte Wurzeln hinzu und goss geschmolzenes Schneewasser aus einem Trinkbeutel hinein. »Was wird das?«, fragte Mailín.

»Essen. Wir haben eine lange Wanderung vor uns.« Mit einer Astgabel hangelte Toma geschickt ein paar glühend heiße Steine aus dem Feuer und warf sie ins Wasser. Es kochte so schnell auf, dass es in der Hasenhaut brodelte und schäumte. Weitere Steine folgten und bald duftete es in diesem Kochtopf aus Hasenhaut und die Wurzeln schwammen fertig gegart in einer würzigen, fetten Brühe. Mit einem Mal hatte Mailín solchen Hunger, dass ihr fast übel war.

»Hier. Ist allerdings kein Silberlöffel, wie du ihn gewohnt bist.« Toma warf ihr eine hölzerne Schöpftasse zu. Mailín fing sie geschickt aus der Luft und aß so gierig, dass Toma sie verwundert betrachtete. Erst nach einer Weile begann sie ebenfalls zu essen.

»Wohin reiten wir heute?«, fragte Mailín.

Die Frage schien Toma zu amüsieren. »Du reitest nicht, Prinzessin. Du läufst.«

Der riesige Elch, der Ahto hieß, lief auch im Schritt so schnell, dass Mailín ihm kaum folgen konnte. Toma hatte das Seil an Ahtos Geschirr festgebunden. Wenn er Mailín nicht nach jedem Sturz wieder am Seil auf die Beine gezogen hätte, wäre sie längst erschöpft zurückgeblieben. Schon vor Stunden hatten sie die Karawane der Jäger aus den Augen verloren. Fieberhaft versuchte Mailín sich am Sonnenstand zu orientieren. *Wir kommen aus Südosten und gehen im Bogen in Richtung Westen.* Rechts erhob sich nun eine Kette von verschneiten flachen Bergen. Und auf dem höchsten von ihnen entdeckte Mailín so etwas wie einen Turm. Sofort begann ihr Herz zu rasen. Von hier sah sie das Bauwerk nur als Silhouette, aber der Umriss glich dem Leuchtturm, der auf Siljas Gold- und Silbermünzen aufgeprägt war. Ein Ruck an der Handschelle brachte Mailín zum Straucheln. »Schlägst du Wurzeln?«, herrschte Toma sie an. »Wenn Ahto noch langsamer läuft, geht er rückwärts.«

»Ich bin kein Hund!«, schrie Mailín erbost auf. »Der Schnee hier ist knietief. Wenn du willst, dass wir aufholen, hör auf, die Sklaventreiberin zu spielen.«

Zu ihrer Überraschung lenkte Toma Ahto tatsächlich zu ihr zurück. »Steig auf!« Sie streckte Mailín die Hand hin. Mailín zögerte, aber Toma meinte es offensichtlich ernst. Doch sobald sie vor ihr saß, verband ihr die Jägerin mit ihrem Sturmtuch die Augen und legte ihr einen Arm fest um die Taille. »Denk daran«, raunte sie Mailín zu. »Vor dir das Geweih, hinter dir mein Messer.« Dann rief sie: »*Key*«, und Ahto trabte so schnell los, dass Mailín von seinem Rücken gefallen wäre, hätte Toma sie nicht gehalten. Sie lenkte den Elch nur mit Worten, die Mailín sich sorgfältig einprägte.

Sie wusste nicht, wieviel Zeit vergangen war. Jeder Knochen tat ihr weh, als Toma ihr endlich die Augenbinde abnahm.

Sie waren in einer schmalen Schlucht angelangt, es dämmerte schon und in einigen Höhlen, die sich hinter einem Bach aufreihten, glühte Feuerschein. Ein paar Leute schöpften Wasser. Sie warfen Toma feindselige Blicke zu. Mailín wurde das Gefühl nicht los, dass das Mädchen eine Einzelgängerin in ihrem Clan war. *Wie eine Martiskatze*, dachte sie. *Die jagen auch nur alleine.* Koova klopfte auf einem Stein Bachschnecken auf. Mailín gab es einen Stich, als sie sah, dass er dafür ihr Fernrohr verwendete. Toma hatte ihre Beute also schon verteilt. Sie warf Mailín das zusammengerollte Hasenfell hin und gab ihr einen Holzschaber. »Mach dich nützlich, während ich einen Lagerplatz suche.« Es klickte, als sie die zweite Handschelle um eine Hohlwurzel schloss, die neben Mailín aus dem Boden ragte. *Und wieder bin ich ein Hund an der Leine*, dachte Mailín niedergeschlagen. Eine Weile sah Toma ihr zu, sichtlich verwundert darüber, dass eine Schlossbewohnerin mit Werkzeug umgehen konnte. Endlich ging sie wortlos davon und Mailín konnte sich umsehen. Einige Raben waren in den Büschen gelandet und beobachteten sie. Die Elche wanderten am Bach entlang und ästen die Büsche ab. Ahto streckte seine Nase sogar ins eisige Wasser, um an Bachpflanzen zu kommen. Nur einen einzigen Strauch mieden alle Tiere. *Wachsen dort Wundbeeren?* Mailín kniff die Augen zusammen und erahnte tatsächlich rote Beeren und weiß gestromte Zweige. Und mit einem Mal war der Tag nicht mehr ganz so hoffnungslos. Doch das Seil reichte nicht einmal für die Hälfte der Strecke. Dafür nahm sie bei einem Dornengestrüpp eine kleine Bewegung wahr und war zum ersten Mal seit dem schrecklichen Moment ihrer Ankunft erleichtert.

Ohne Eile beugte sie sich wieder über die Hasenhaut und begann eine Melodie zu summen. Nun, sie wusste vielleicht nicht, wie man Raben um Hilfe bat. Aber wie man Kinder neugierig machte, das hatte sie als älteste Schwester gelernt. Sie arbeitete im Takt, bis das Geräusch des Schabers wie eine Untermalung ihres Liedes klang. Dann holte sie Worte dazu, so leise, dass die Kinder sich sehr nah heranpirschen mussten, um zumindest die letzte Strophe zu verstehen.

> *»Katzen im Klee und goldene Schuhe*
> *und Bänder und Blumen aus Silber so fein*
> *liebe ich zwar, doch würd ich verzichten,*
> *denn viel mehr liebe ich dich nur allein.«*

Als sie ein Papier unter dem Mantel hervorzog und es auf ihrem Knie glatt strich, spürte sie die neugierigen Blicke in ihrem Nacken wie Funkenknistern.

Sie legte das Blatt neben sich auf den Boden, sodass die Kleinen Tom Jofnurs Zeichnung der Nixe sehen konnten. Dann griff sie wieder zum Schaber. »Ich frage mich, wie dieses Geschöpf wohl in der Sprache des Winters heißt«, murmelte sie. »Sie ist viel schöner als die Sprache meines Landes, in der mein Name einfach nur Rabenherz lautet und alle Wasserfrauen Fischfratzen heißen.«

Ein unterdrücktes Kichern wurde unter kleinen Händen erstickt. Dann wisperte eine Stimme. »Die nennt Sednas Kinder Fischfratzen!«

Mailín machte nicht den Fehler, sich umzusehen. »Seltsam, in diesem Land sprechen wohl die Büsche«, sagte sie und beugte sich tiefer über das Fell. Dabei schielte sie zu dem Wort, das Silja unter Jofnurs Zeichnung geschrieben hatte: Sednamár. *Sednas Kinder?*

»Wer mag Sedna sein?«, fragte sie. »Auch eine Nixe?«

Aufgeregtes Getuschel erklang. »Nein«, sagte das mutigste Kind und wurde mit »Pssst!«-Zischen zum Schweigen gebracht.

Eine Weile war es still, dann lispelte ein ängstliches Stimmchen: »Trinkst du echt Kinderblut?«

Netter Versuch, Toma, dachte Mailín. *Ich sollte mich bei dir bedanken, dass du sie damit erst recht neugierig auf mich gemacht hast.* »Nein, ich trinke Bachwasser und esse Hasenfettsuppe. Mag diese Sedna etwa Kinderblut?«

Dem Schnauben nach schien das eine lustige Vorstellung zu sein.

»Natürlich nicht. Sedna ist doch eine von uns«, belehrte sie eine altkluge Stimme. »Sie hat so Sturmhaare wie du, nur sind ihre viel, viel länger.«

»Aber wenn Sedna zu eurem Clan gehört, wie kann sie dann die Mutter von Nixen sein?«

»Das weißt du nicht?«, kam es verwundert zurück. »Der Eisfischer hat sie doch entführt. Aber sie wollte ihn nicht heiraten. Da hat er sie ins Meer geworfen. Und damit sie sich nicht auf die Felsen retten kann, hat er ihr die Finger abgeschlagen. So ist sie zum Meeresgrund gesunken. Seitdem lebt sie dort und herrscht als Meeresmutter über alle Wesen des Wassers. Und manchmal befiehlt sie ihren Kindern auch, unsere Netze zu zerbeißen und die gefangenen Fische freizulassen.«

Mailín horchte auf. Verstohlen spähte sie zu Kaljama. Wie tags zuvor trug die Alte auch heute ihr Stirnband mit der Trophäe einer früheren Jagd. »Warum zerstört Sedna die Netze, statt euch die Fische zu geben?«, fragte Mailín betont beiläufig.

»Weil sie wütend ist. Darum ist das Meer doch so gefährlich. Ständig ruft sie Stürme und Seebeben herbei. Da sie keine Finger mehr hat, kann sie nämlich ihre Haare nicht mehr kämmen und ist deshalb immer schlecht gelaunt.«

»Kann ich gut verstehen.« Mailín zupfte an ihren ungekämmten, wirren Locken. »Aber ich habe meine Finger noch und wünsche mir nichts so sehr, als zu heiraten. Ich kann es kaum erwarten, meinen Liebsten wiederzusehen.«

Ehrfurchtsvolle Stille, dann knirschte leise Schnee unter Knien und Händen.

»Lebt er auch im blauen Winterschloss?«, sagte eine atemlose Stimme. »So wie du? Und tragt ihr da wirklich goldene Schuhe?«

»Ich komme nicht aus dem Winterschloss, sondern aus einer Stadt, in der immer Sommer ist. Und ja, dort tanzen wir in goldenen Schuhen und seidenen Kleidern.«

»Sommer?«, hauchte es hinter ihr.

»Ja. Das bedeutet, es gibt keinen Schnee, die Sonne ist heißer als Hasensuppe und alle Wiesen und Wälder sind grün. Überall blühen bunte Blumen und in den Gärten hängen die Bäume voller Birnen.«

Sie spähte zu den Alten, aber nicht einmal die Hexe Kaljama beobachtete sie. Also setzte sie sich auf den Fersen auf und streckte sich. Dabei erhaschte sie über die Schulter einen Blick auf die Kinder. Es waren zwei blonde Mädchen und ein dunkelhaariger Junge, der sicher schon sieben war. Alle drei waren mager und hohlwangig, als hätten sie lange gehungert. Das kleinere Mädchen hatte wilde Locken und ein Gesicht voller Sommersprossen. *Ein Sternenmädchen!* Mailín lächelte der Kleinen kurz zu und arbeitete summend weiter. Und nach einer Weile hörte sie vorsichtige Schritte. Sie pirschten sich wie kleine Katzen heran, darauf bedacht, im Sichtschutz der Dornbüsche zu bleiben. Fast hätte Mailín gelächelt. *Kinder und Krähen kann man nicht vertreiben.* Das sagte Lovis immer.

»Was ist eine Birne?«, platzte das kleinere Mädchen lispelnd heraus.

»Eine goldgelbe Frucht, die wie süßer Schnee auf der Zunge schmilzt.«

Die Augen der Kleinen wurden groß.

»Zu Hause pflücke ich ganze Körbe von Birnen«, fuhr Mailín fort. »Mein Liebster isst sie nämlich gerne. Soll ich euch verraten, wie er heißt?«

Schüchternes Nicken.

»Eisenfresser.«

Prusten und Kichern erklang. »Warum lacht ihr? Das ist ein schöner Name«, sagte Mailín gekränkt. »Mein Liebster hat nämlich ein schwarzes Gesicht und kann glühendes Eisen verbiegen.«

»Dann ist er ein Troll. So wie du«, meldete sich das größere Mädchen zu Wort. »Du hast auch ein komisch dunkles Gesicht.«

»Das ist keine Trollhaut. Sie ist nur von der Sommersonne gebräunt. Und Eisenfresser trägt eine Maske aus schwarzem Ruß, so wie euer Clan. So unterschiedlich sind wir also gar nicht.«

»Doch! Du bist ein Eisblut«, schnappte der Junge. »Das hat Toma gesagt.«

»Sehe ich denn aus wie eins?«

»Eigentlich nicht«, antwortete das Sternenmädchen. »Koova sagt, die haben weiße Haut und Hände, die schuppig sind wie Fische.«

Mailín dachte an den Handschuhfetzen aus schuppigem Fischleder und schluckte. »Ich weiß nicht einmal, wo dieses Schloss liegt.«

»Na, am Nordmeer!«, antwortete der Junge. »An den Knochenklippen und dort, wo auch der große Himmelsturm steht. Das weiß doch wirklich jeder.«

Norden also, dort, wo der Turm steht. Wieder fügte sich ein Teil der Fragmente, die Silja mit Worten gemalt hatte, zum Bild: »*... ein Land, in dem das Meer Zähne aus Knochen hat.*«

»Ihr wisst nun, dass ich Rabenherz heiße und aus dem Land des Sommers komme. Und wer seid ihr?«

»Ich bin Kide«, erklärte das größere Mädchen. »Und das ist meine Schwester Flindrikin.«

Der Junge verschränkte die Arme und machte immer noch ein finsteres Gesicht.

»Und er heißt Skelf«, lispelte das Sternenmädchen und stupste ihn an. Er warf ihr einen mörderischen Blick zu.

»Der Winter hat euch schöne Namen gegeben«, sagte Mailín. »Was bedeuten sie?«

»Kide heißt Eiskristall«, sagte Flindrikin. »Und ich bin ein kleiner Schneeschauer.« Sie deutete stolz auf ihre Sommersprossen, die tatsächlich wie ein Schneegestöber wirkten. »Skelf ist eine große, weiche Schneeflocke.«

Mailín lächelte, als der Junge rot wurde. »Und Kaljama?«

»Dicke Eisschicht auf dem Boden«, flüsterte ihr Kide zu. »Aber eigentlich sollte sie Vulkangebrodel unter dem Eis heißen.«

Ihre Schwester kicherte und spähte verstohlen zu der Alten hinüber, die aufgestanden war und zu einer Höhle schlurfte. Auch Mailín grinste. »Koova scheint netter zu sein.«

Die Mädchen nickten mit leuchtenden Augen. Nur Skelf war immer noch misstrauisch. »Wieso hat Toma dich gefangen?«

Mailín seufzte. »Sie hat mich vor den Fängerinnen gerettet, also gehöre ich wohl ihr. Zumindest für eine Weile.« Den Mädchen schien das einzuleuchten, sie nickten, als wäre es völlig normal, dass man Durchreisende entführte und fesselte. »Und außerdem ist sie böse auf mich, weil sie durch meine Schuld ihr Netz verloren hat«, setzte Mailín hinzu.

»Ui. Dann wird sie dich aber ganz schön lange behalten«, sagte Flindrikin. »Leg dich bloß nicht mir ihr an. Sie kann wirklich schnell wütend werden.« Die Schwestern verzogen beide den Mund, als würden sie aus leidvoller Erfahrung sprechen.

»Aber wenn du aus dem Sommerland kommst, was machst du dann im See?«, beharrte Skelf.

»Ich musste in euer Land reisen. Eisenfressers Mutter mag mich nicht und hat ihren Sohn deshalb in eine finstere Höhle gesperrt. Sie sagt, ich darf ihn erst heiraten, wenn ich ihr drei Dinge bringe, die es nur im Winterland gibt. Eines davon ist der Zahn einer Fängerin.«

Kide klappte der Mund auf. »Aber nur die besten Jäger können eine Fängerin töten«, entgegnete sie voller Empörung. »Das würde höchstens Toma schaffen.«

Mailín seufzte tief. »Ich wusste nicht, dass Fängerinnen so gefährlich sind. Ich wollte sie ganz freundlich bitten, mir zu helfen.«

Flindrikin und Kide tauschten einen ungläubigen Blick. Skelf atmete zischend aus und schüttelte den Kopf, als wäre sie ein hoffnungsloser Fall. *Und jetzt habe ich auch dich!*, dachte Mailín. *Selbst wenn du es nicht willst, du glaubst mir bereits.*

»Was sind die anderen zwei Dinge, die du holen musst?«, wollte Kide wissen.

»Beeren von einem Strauch, der nur in eurem Land wächst.« Mailín vergewisserte sich, dass niemand sie beobachtete und beschrieb den Kindern die Pflanze, die sie für Silja oft gesucht hatte.

Die drei Gesichter hellten sich auf. »Tjoosbeeren«, flüsterte Kide. »Die gibt es bei euch nicht? Hier wachsen sie überall. Aber die sind giftig. Vielleicht will Eisenfressers Mutter dich damit töten.«

»Das wird sie jetzt nicht mehr können, da ich um das Gift weiß. Allerdings... Es heißt, nur die tapfersten Jäger können es wagen, die Beeren zu pflücken. Denn die Sträucher werden von bissigen Wölfen bewacht.«

Skelf rollte mit den Augen. »Der einzige bissige Wolf hier ist Kaljama«, spottete er. Er huschte davon und kam mit einem kleinen Zweig wieder, der voll von Wundbeeren war, und warf ihn Mailín aus sicherer Entfernung zu. Sie fing ihn aus der Luft und stieß insgeheim einen Triumphschrei aus. »Danke!« Sie strahlte Skelf an und tat so, als würde sie den Zweig den Raben zuwerfen. »Tragt das Erste von dreien nach Hause!« Als die Vögel aufgeschreckt davonflogen, hatte sie den Zweig längst mit Pjotts Taschenspielertrick in ihrem Ärmel verschwinden lassen. Die Kinder schauten den Raben nach. »Sie bringen die erste Gabe zurück ins Sommerland«, erklärte Mailín. »Eisenfressers Mutter wird toben. Aber sobald meine Raben ihr alle drei Dinge gebracht haben, muss sie das Tor zum Sommerland dort öffnen, wo ich stehe, und ich kann zurückkehren.«

Sie befand sich wohl wirklich im Land der Märchen, denn die Kinder sperrten die Münder auf.

»Ein Tor?«, piepste Flindrikin. »Kann man dadurch ins Sommerland schauen?«

»Ihr könntet sogar über die Wiese laufen und Birnen pflücken, bevor sich das Tor wieder schließt. Aber leider fehlen mir noch zwei Dinge. Doch ich gebe die Hoffnung nicht auf. Irgendwie werde ich es eines Tages schaffen, auch den Zahn zu bekommen. Vielleicht bitte ich ja Sedna darum.«

Die Kinder wechselten einen verschwörerischen Blick und spähten verstohlen zu Kaljama hinüber. »Du brauchst also den Zahn und Beeren«, wollte Kide etwas zu beiläufig wissen. »Was ist das Dritte?«

»Das«, erwiderte Mailín geheimnisvoll, »verrate ich euch, wenn ihr heute Nacht heimlich zu mir kommt. Und wenn ihr

mir den Gegenstand mitbringt, mit dem Koova gerade Schne-
cken aufklopft, dann zeige ich euch, wie man damit den Mond
fängt.«

Tausend Masken

Toma lagerte auch heute weit weg von den anderen. Ihre Höhle war ein schattiger Spalt in einer Felswand. Mailín saß wieder draußen bei den Hunden und diesmal war ihre Fessel direkt im Fels befestigt. »Arbeiten kannst du jedenfalls«, bemerkte Toma. Bis in die Nacht hinein hatte Mailín Felle gegerbt und Feuerholz zu den Höhlen geschleppt, wo die Jagdbeute zerteilt wurde. Die Jäger hielten Abstand von ihr und vermieden es sogar, sie anzusehen. So war es ihr gelungen, ein paar Fleischreste für die Hunde einzustecken. Aus der Ferne beobachtete sie nun, wie sich Gruppen von Jägern in die größeren Höhlen zurückzogen. Die Zelte lagen auf den Schlitten, was zeigte, dass der Clan morgen weiterziehen würde. Allerdings nicht nach Norden. Bis jetzt hatte Mailín noch gehofft, dass sie erst mehr über das Festland herausfinden konnte, bevor sie sich zum Meer wagte. Aber nun war klar, dass sie keine Zeit verlieren durfte.

»Hier, inzwischen weißt du ja, wie es geht.« Toma warf Mailín ein frisch abgezogenes Stück Rehfell und ein nasses Bündel fleischiger Wasserpflanzen hin und begann Feuer zu machen.

Mailín hoffte, Toma würde sich nicht darüber wundern, dass ihre Hände plötzlich zitterten, während sie die Kochkuhle aus Steinen baute. Aber die Jägerin betrachtete nur den Siegelring.

»Los, erzähl mir was!«, forderte sie Mailín barsch auf. »Wie kommt der Ring zu jemandem, der angeblich aus einem ganz anderen Land stammt?«

Mailín senkte den Blick zum Feuer. *Pjott würde jetzt sagen, zinke die Karten gut.* Aber aus irgendeinem Grund entschied sie sich für die Wahrheit. Toma hörte reglos zu, nur ihre Augen schienen mit jedem Satz misstrauischer zu funkeln. Und als Mailín von dem Jungen mit den Eisaugen aus ihrem Traum erzählte, schüttelte Toma den Kopf. »Warte«, unterbrach sie mitten im Satz. »Du hast von einem Erfrorenen *geträumt?*«

Mailín nickte. »Er rief den Namen meiner Freundin – und in derselben Nacht begann es in Falún zu schneien und sie wurde mitten im Schneesturm entführt . . .«

»Du willst mir weismachen, du *träumst?*«

Mailín stutzte. »Natürlich. Jeder Mensch träumt. Du nicht?«

Toma schüttelte ehrlich entrüstet den Kopf. »Träume sind etwas für Verrückte und Fieberkranke . . .«

»Fieber?«, entfuhr es Mailín. »Meinst du das Schneefieber?«

»Nenn es, wie du willst, jedenfalls geht es dir mindestens drei Tage damit richtig dreckig.«

Mailín wurde ganz schwach vor Erleichterung. *Dann meint sie nur gewöhnliches Fieber. Zumindest eine Gefahr weniger.*

»In Falún träumt jeder Mensch«, sagte sie dann. »Sogar die Tiere. Hunde jagen im Schlaf, das sieht man an ihren zuckenden Pfoten.«

»Verrücktes Land, in dem sogar die Hunde wahnsinnig sind«, bemerkte Toma nur.

Ganz anderes Land, dachte Mailín beklommen. Toma musterte sie eine Weile lang nachdenklich, als wäre sie nicht mehr ganz so sicher, ob sie Mailín nicht doch glauben sollte.

»Lebt deine Familie in einem anderen Lager?«, brach Mailín

vorsichtig das unbehagliche Schweigen. »Oder hast du keine mehr? Ich sehe dich immer nur allein ...«

Zu ihrer Überraschung lachte Toma trocken auf. »Machst du Witze? Ich habe hier mehr Familie, als mir lieb ist. Kaljama ist meine Großmutter.«

»Was?«, rief Mailín.

Die Hunde schreckten hoch. Doch Toma schien sich ein Grinsen zu verkneifen, als sie Mailíns entgeistertes Gesicht sah. »Ja, kaum zu glauben, so verschieden, wie Kaljama und ich sind, hm?« Es hörte sich an wie ein ironischer Scherz. Aber Tomas Miene gab nichts preis.

Mailín versuchte es dennoch mit einem Lächeln. »Ich habe eine jüngere Schwester. Sie heißt Rún, auch wenn das hier nicht als Name gilt. Und zwei kleine Brüder habe ich auch. Meine Mutter lebt nicht mehr, aber mein Vater ist noch bei uns. Meine Familie weiß nicht, wo ich jetzt bin, und kommt sicher um vor Sorge. Und ich ... vermisse sie so sehr, dass es wehtut.« Sie schluckte. »Noch nie war ich so weit fort von zu Hause. Und noch nie im Leben so ... allein.« Das war keine Lüge. Und offenbar hatte Toma doch ein Gespür für Ehrlichkeit, denn diesmal verspottete sie Mailín nicht ...

»Ich passe nicht ins Bild eines Eisblüters, nicht wahr?«, fragte Mailín.

»Koova sagt, sie tragen tausend Masken«, entgegnete Toma. »Manchmal sogar welche aus Menschenhaut.«

Mailín fröstelte unwillkürlich und vielleicht nahm Toma ihre Angst wahr, denn wieder runzelte sie irritiert die Stirn. »In deinem Land scheint man ja aneinander zu kleben wie Klumpschnee«, bemerkte sie dann. »Meine Brüder habe ich nicht mehr gesehen, seit ich fünf war.«

»Vermisst du sie nicht?«

»Du kennst meine Brüder nicht!« Wieder bemerkte Mailín das ironische Blitzen in Tomas Augen, das kurz aufflackerte und sofort wieder erlosch. »Nein, warum sollte ich sie vermissen?«, fügte Toma dann nüchtern hinzu. »Jeder sucht sich seinen Platz im Clan. Und als ich fünf war, habe ich mich entschieden, mit den Jägern zu leben.«

»Du hast es als Kind *entschieden?*«, fragte Mailín völlig entgeistert.

»Natürlich. Kinder gehören dem ganzen Clan, nicht den Eltern. Schon unsere Jüngsten wählen ihr Lager und leben dort, bei wem sie wollen. Unsere kleine Jägermeute ist gerade am liebsten bei Koova. Kein Wunder, er erzählt ihnen nächtelang Geschichten und behandelt sie wie Könige.«

»Dann sind sie sicher nie bei dir zu Gast«, rutschte es Mailín heraus.

Toma bekam sofort wieder schmale Augen. Aber diesmal stellte Mailín fest, dass es wohl auch eine Art zu lächeln war. »Nicht, wenn ich es verhindern kann«, sagte Toma. »Das fehlt mir noch: eine Höhle voller Otter, die mir vor den Füßen herumspringen.«

Mailín lachte auf und für einen Augenblick veränderte sich etwas, eine winzige Verschiebung im Gefüge zwischen Freund und Feind. Das war vielleicht das Erstaunlichste an diesem Tag: dass irgendein Teil von ihr Toma mochte. *Vielleicht glaubt sie mir ja doch. Vielleicht gibt es einen anderen Weg?* »Wie ... heißt dieses Land eigentlich?«

Toma sah sie an, als hätte sie gefragt, welche Farbe Schnee hatte. »Wie soll es schon heißen? Eisland natürlich.«

Sie hangelte heiße Steine aus dem Feuer. Das Wasser brodelte auf und Mailín beeilte sich, die Zutaten hineinzuwerfen. »Eisland«, wiederholte sie. »Und ihr tragt die Namen des Winters.«

»Ja. Wir stammen von der Windfrau und dem Winter ab. Unsere Mutter wiegt uns mit ihren Stürmen in den Schlaf, trägt uns Neuigkeiten zu und begleitet uns mit ihren Liedern auf der Jagd. Unser Vater bereitet uns das weiße Bett und nährt uns mit allem, was in seinen Armen wachsen und überleben kann.«

Tomas Stimme war rau und dunkel, aber etwas Weiches schwang darin mit, was Mailín berührte. »Sind in diesem Land wirklich alle Märchen wahr?«, fragte sie leise.

»Du glaubst wirklich, es ist ein Märchen?« Toma blitzte Mailín einen verärgerten Blick zu und begann zu essen.

»Habe ich etwas Falsches gesagt?«

»Sagst du je etwas Richtiges?«, fuhr Toma sie an. »*Du* bist die Märchenerzählerin von uns beiden. Und einen Augenblick lang hätte ich dir tatsächlich fast geglaubt.«

»Aber sicher bist du dir nicht. Sonst hättest du mich nicht vor Kaljamas Urteil gerettet. Warum willst du von mir etwas über das Schloss erfahren? Und ... was war das für ein Krieg, von dem Kaljama gesprochen hat?«

Tomas Miene verschloss sich so jäh, als wäre eine Tür zwischen ihnen zugefallen. »Hör auf, mir etwas vorzumachen, Eisblüter.«

Das fühlte sich an wie eine Ohrfeige. Und Mailín wusste selbst nicht, warum sie so enttäuscht war. »Warum nimmst du mich mit?«, beharrte sie. »Wenn ich wirklich zu den Eisblütern gehören würde, wäre dein Clan dadurch in Gefahr. Wenn der König mich suchen lässt ...«

»Der König sucht nicht, er findet nur. Und wen er findet, den tötet er. Dich würde er auf jeden Fall erledigen, denn wer sich von Wilden wie uns gefangen nehmen lässt, ist es nicht wert, sein Diener zu sein. Ich nehme dich nur mit, weil du mir ein Netz schuldest. Außerdem zahlen die Sklavenhändler an der alten

Handelsstraße gutes Geld für junge Frauen. Selbst wenn sie nur noch neun Finger haben.«

»Ich bin also Handelsware? Warum redest du dann überhaupt mit mir?«

Eine Weile maßen sie einander mit zornigen Blicken. Dann lächelte Toma kühl und sichelscharf. »Verlass dich nicht darauf, dass Worte dich retten«, sagte sie gefährlich leise. »Vielleicht hole ich mir den Ring ja schon morgen.«

Vielleicht auch nicht, dachte Mailín grimmig. Und während sie zum letzten Mal ihren Löffel eintauchte, ließ sie mit einem Taschenspielergriff ein paar zerdrückte Beeren in die Suppe fallen.

⁓

In Siljas seltsamem Land sah man keine Sternbilder, zu hell waren die farbigen Lichtschleier am Nachthimmel. Nur der abnehmende Mond war zu erkennen. *Vielleicht schaut Joun ebenfalls gerade zu ihm*, dachte Mailín. »Ich komme zu dir zurück«, flüsterte sie. Sie wusste, was Joun geantwortet hätte: »*Mit diesem Plan, der löchriger als ein zerrissenes Netz ist? Aus einem Land, das dir fremd ist? Und erst, nachdem du in einem Schloss warst, das du vielleicht nie findest?*«

Die Hunde witterten Mailíns Angst, sie setzten sich auf und starrten sie aus gelben Mondaugen an. Trotzdem musste sie nach einer Weile eingenickt sein, denn als jemand an ihrem Haar zupfte, fuhr sie erschrocken hoch. Kide sprang von ihr weg und kauerte sich hinter der kalten Feuerstelle auf den Boden. Flindrikin saß dagegen bei dem größten Hund und kraulte ihn am Nacken. Mailín bekam eine Gänsehaut. *Ein schutzloses Kind und ein Wolf.* Es war ein Bild aus Avissas Schauermärchen.

»Wo ist Skelf?«, brachte sie hervor. Die Mädchen sahen sich furchtsam nach Tomas Höhle um.

»Bei der Wache«, wisperte Kide. »Aber das hat er für dich

gemopst.« Sie zog einen Beutel hervor und schüttelte ihn aus. Mailíns Herz machte einen Satz, als tatsächlich ein scharfer, flacher Nixenzahn herausfiel. »Ich habe dafür einen Muschelsplitter in dieselbe Form gehauen und an Kaljamas Stirnband genäht«, flüsterte Kide. »So merkt sie mit ihren schlechten Augen nicht, dass der Zahn fehlt, wenn sie das Band morgen wieder anlegt.«

»Danke«, sagte Mailín aus vollem Herzen. »Das war sehr klug von dir.«

Kides stolzes Lächeln glich einem schattigen Sichelmond. »Und hier ist Koovas Muschelklopfer.«

Über das erloschene Feuer hinweg reichte sie Mailín das Fernrohr. Mailín schnürte es die Kehle zu, als sie ihren Schatz wieder in den Händen hatte. Bis auf ein paar Kratzer war es unversehrt. Der Kompass funktionierte und sogar die kleine herausnehmbare Nahlinse war nicht zerbrochen. »*Fernrohre sind nur etwas für Leute, die weiter und näher schauen wollen als alle anderen*«, hallte Kapitän Santalniks Stimme in ihr. »*Die Linse wurde mit Magie geschliffen; ein bisschen erinnert sie mich an dich, Mailín: Auch dein Herz ist gläsern und kann nichts verbergen. Ob du es willst oder nicht, man sieht darin jede Farbe deiner Gedanken, jeden Kummer und jede Freude. Wenn du das Fernrohr also wirklich haben willst, Mailín Glasherz, dann ist es deines. Doch wirklich hinzusehen, erfordert viel Mut, vergiss das nicht.*«

Vielleicht mehr Mut, als ich habe, dachte Mailín nun. Aber sie zwang sich zu einem Lächeln und entriegelte den Sperrbügel. »In Wirklichkeit ist das kein Muschelklopfer. Sondern ein Himmelsfenster.«

Es war seltsam, wie bedingungslos die Kinder ihr glaubten. *Als wäre in dieser Welt alles wahr, wenn es nur Worte dafür gibt.* Durch das Fernrohr sahen sie auf dem Mond tatsächlich den Schatten des blauen Mondhasen und lauschten den Geschichten vom Sommerland so ernst, als würden sie eine Landkarte auswendig lernen. Mailín machte aus Jussu ein Ungeheuer, das eine Quelle mit rotem Wein bewachte, und aus Lovis die Hüterin des verzauberten Spiegels, der jedem das zeigte, wonach man sich am meisten sehnte. *Kerem wäre stolz auf mich*, dachte sie. Doch ein wenig schämte sie sich auch dafür, die Kinder aufs Glatteis zu führen und dabei auszuhorchen. Sie hatten ihr schon verraten, wo die Wachen standen. Beiläufig hatte sie auch Elche und Reitgeschirr ins Spiel gebracht und sich erklären lassen, wie man die Riemen richtig band.

»Was ist der dritte Gegenstand, den du brauchst, um nach Hause zu kommen?«, fragte Kide schließlich. *Ein Fischbein*, dachte Mailín bei sich, und antwortete: »Drei blaue Haare vom Ohr des Mondhasen.«

Fassungslose Stille folgte, dann piepste Flindrikin: »Aber wie sollen wir die bekommen?«

»Fragt morgen Koova, er weiß es. Und sobald wir das Haar haben...«

»...essen wir Birnen«, setzte Flindrikin hinzu.

»Psst!« Mailín wandte sich erschrocken zur Höhle um. »Ich glaube, Toma wacht auf. Verschwindet, schnell!«

Die Mädchen schossen hoch. Kide winkte kurz und rannte davon. Aber Flindrikin sprang zu Mailíns Überraschung noch einmal zu ihr zurück und umarmte sie fest. »Hier! Damit du nicht so viel Heimweh nach dem Sommer hast«, lispelte sie und drückte ihr etwas Kleines, Kaltes in die Hand.

»Danke«, brachte Mailín völlig überrumpelt heraus. Doch da war Flindrikin schon davongefegt. Mailín öffnete die Hand und blickte auf eine transparente Murmel, kalt wie Eis. Ein Bild irrlichterte darin: Mohnblüten im Sommergras.

❧

»Täuscherin.« Das Wort erschreckte sie so sehr, als könnte es wirklich Toma ausgesprochen haben. Aber in Wirklichkeit war es nur ein Rabenkrächzen. Mailín konnte die Silhouette des Vogels im Schatten der Höhle nur erahnen. »Schon gut«, murmelte sie. »Ich bin auch nicht stolz darauf, die Kinder anzulügen. Aber da ihr mir nicht helfen wollt, muss ich selbst sehen, wie ich hier wegkomme.«

Sie holte die gestohlenen Fleischbrocken hervor, wälzte sie im kalt gewordenen Rest der Suppe und warf sie den Hunden zu. Sie verschlangen sie, ohne zu zögern. Nach kurzer Zeit gähnte bereits der erste und legte sich hin. Ja, es hatte seine Vorteile, in Siljas Apotheke gearbeitet und gelernt zu haben. Die Wundbeeren waren tödlich giftig, wenn man sie roh aß. Aber wenn man sie erhitzte, hatten sie eine ganze andere Wirkung.

Als auch der letzte Hund den Kopf zwischen die Pfoten legte und einschlief, sprang Mailín auf – und hätte vor Enttäuschung fast aufgeschrien. Beim Wegrennen hatte Flindrikin den Nixenzahn zur Seite gefegt. Das Seil, das Mailín an den Felsen band, war nun zu kurz. Verzweifelt streckte sie sich und hangelte liegend mit dem Fuß nach dem Zahn, aber es fehlte immer noch eine Handbreit. Der Rabe schüttelte sein Gefieder und stakste ohne Eile auf den Nixenzahn zu. »Nein!«, zischte Mailín. »Du stiehlst ihn nicht!« Aber der Vogel pickte den Zahn auf und flog davon, noch bevor Mailín auf den Beinen war. Doch zu ihrer Überraschung flog er nur einen Bogen, landete direkt vor ihr und ließ den Zahn vor ihre Füße fallen. Vor Erleichterung sank Mailín zurück auf die Knie. »Jetzt soll ich dir wohl danken?«, brachte sie heraus. Der Rabe plusterte sich so selbstgefällig auf, dass sie fast gelacht hätte. »Na schön. Vielen Dank – auch für den Schreck. Glaubst du, es wird funktionieren?«

Der Vogel legte den Kopf schief, was ihm einen zweifelnden

Ausdruck verlieh. Doch Mailín hatte richtig vermutet. Das Seil ihrer Fessel bestand aus demselben Material wie das Fischernetz. Und wie die Kinder ihr heute Morgen ohne Absicht verraten hatten, war das Einzige, was ein solches Netz zerschneiden konnte, der scharfe Zahn einer Nixe.

Mailín hatte Tomas Felljacke übergezogen und alle Waffen mitgenommen, die sie im Dunkeln finden konnte. Ihre eigenen Decken hatte sie über die schlafende Jägerin gebreitet. Bevor sie davonhuschte, malte sie sich mit Ruß noch die Jägermaske über die Augen und band das graue Tuch vor Mund und Nase. Ihr Sturmhaar verbarg sie unter der Fellkapuze. Sie war schon fast bei den Elchen, als ihr auffiel, dass sie vergessen hatte, Toma auch Stellas Sternenband abzunehmen. Sie überlegte, ob sie es noch holen sollte, doch dann beschloss sie schweren Herzens, dass es das Risiko nicht wert war. Die Elche konnte sie mit ihrer Verkleidung nicht täuschen, sie wichen vor ihr zurück und ließen sich nicht einfangen. Nur der kleinste Elch blieb nach einer Weile stehen und ließ zu, dass sie zu ihm trat. Mit fahrigen Händen gelang es ihr tatsächlich, die Sattelriemen einigermaßen richtig anzulegen und sich von einem Felsen aus auf den Rücken des Elchs zu ziehen. Auf ihr geflüstertes »Key!« lief er los. Die Wachen entdeckten sie erst, als sie schon an dem nebligen Bachlauf war, der von den Lagerplätzen wegführte. Koova saß bei den Männern und schaute mit blinden Augen zu ihr herüber. Mailíns Herz raste, während sie die Jäger auf dieselbe unwirsche Art, wie sie es bei Toma beobachtet hatte, mit einem knappen Wink grüßte. Sie nickten und wandten sich beruhigt wieder ab. Nur Koova erhob sich und verharrte angespannt wie ein wachsamer Fuchs. *Er kann dich nicht sehen*, beruhigte sich Mailín. *Er lauscht nur.* Trotzdem kribbelte ihr Rücken vor Unbehagen, während der Elch den Bach durchquerte und bergauf lief. Sie wartete auf alarmierte Rufe, aber nichts geschah. Kurz vor einer Biegung schaute sie zurück und sah nur noch, wie Koova die Hand hob, als würde er ihr zum Abschied winken.

Der Turm und der Wind

Inzwischen war der Wind so scharf, dass Mailín froh um das Tuch über Nase und Mund war. Im dichten Schneegestöber konnte man kaum etwas erkennen, so verließ sie sich auf den Kompass am Fernrohr. Dennoch kam sie nur so langsam vorwärts, dass es schon fast dämmerte, als sie endlich den Turm erspähte. *Und hinter dem Turm liegt das Meer!* Sie stieg ab und band den Elch im Sichtschutz der Sträucher und Felsen an. Tomas Harpune als Stock benutzend, arbeitete sie sich durch den tiefen Schnee und in der Deckung von Sträuchern zur Kuppe hoch. Doch als sie die Anhöhe fast erreicht hatte, ließ sie ein seltsamer Laut aufhorchen. Ein hohes, verzweifeltes Wimmern schnitt durch den Wind. Es war erfüllt von solcher Angst, dass es Mailín das Herz zuschnürte. *Flindrikin?*, schoss es ihr durch den Kopf. Natürlich war es unmöglich. Aber in ihrer Nähe weinte eindeutig ein Kind. Nun erklang auch noch das Schluchzen einer Frau, das zu einem schrillen Schrei wurde und sich mit dem Heulen des Windes zu einer Kakofonie vermischte. Mailín packte die Harpune fester und rannte nach rechts. Keuchend erreichte sie eine Gruppe von Felsen und sah ... niemanden. Hinter den Steinen krallten sich nur ein paar Bäume an ein Felsplateau. Der Wind hatte die Stämme im Lauf der Jahrzehnte zu Bögen verkrümmt, bis die Kronen sich fast waagrecht in Richtung Turm neigten. Doch die Schreie waren jetzt so nah, dass sie Mailín in den Ohren gellten. Vorsichtig wagte sie sich zu den Bäumen vor – und stieß mit der Wange gegen etwas Dünnes, Federndes. Ein Widerstand, der vibrierte, als nun der Wind hindurchfuhr. Eine dritte Stimme erklang – sie erinnerte an das ängstliche Blöken eines verirrten Tieres. Als Mailín den Handschuh abstreifte und ein dünnes, seidenglattes Seil ertastete, verstummte der Ton abrupt, als hätte sie eine schwingende Gitarrensaite zum Schweigen gebracht. Und dann wurde ihr klar, dass es genau das war: Gläserne Saiten spannten sich straff zwischen den Wurzeln und dem Bogen des Baums. Sie vibrierten im Wind und brachten Menschen- und Tierstimmen hervor. *Als wäre der Baum eine … Harfe.* Im selben Moment, in dem sie das Bild des Spinnenwappens vor Augen hatte, kratzte etwas über ihr am gefrorenen Holz. Mailín schnellte reflexartig zurück – und entging gerade noch etwas Schwerem, das sie aus dem Baum ansprang. Es knackte und scharrte, als gläserne Gliederbeine in die Luft schlugen. Mailín hatte das Gefühl, dass ihr vor Entsetzen alles Blut aus den Wangen und aus dem Kopf wich. *Das gibt es nicht. Das darf es nicht geben!* Aber vor ihr, im Schnee, richtete sich eine schneeweiße Spinne auf und reckte ihre vier vorderen Beine in Angriffshaltung in die Luft. Aufgerichtet war sie so groß wie ein Mensch, Mailín starrte auf Beißwerkzeuge, lang wie Schmiedezangen, während der schreckliche Stimmenchor nun ringsum kreischte und jammerte. Und dann schrie auch Mailín. Im selben Augenblick, als die Spinne angriff, riss sie die Harpune hoch – und wurde von der Wucht des Aufpralls gegen den Baum gedrückt. Die Spitze bohrte sich in den Spinnenpanzer, aber sie drang nicht hindurch. Etwas kratzte über Mailíns Stirn und riss ihr die Kapuze vom Kopf. Schnee machte sie blind, aber sie kämpfte wie von Sinnen, sie trat und stach und schlug mit dem Harpunenstock gegen haarige Beine. Und plötzlich wich das Ungeheuer tatsächlich zurück. Blitzschnell huschte es zur Seite und verschmolz mit dem Weiß des treibenden Schnees. Nur schattenhaft erahnte Mailín, wie es sie umrundete, während der Wind die Harfe aufheulen ließ. *Zum Turm!*, schrie es in ihr. Aber da tauchte die Spinne direkt vor ihr auf und schnitt ihr den Weg ab. Verzweifelt parierte Mailín den nächsten Angriff, stolperte zurück … und wurde wie Beute, die in ein Netz lief, von federnden Saiten abgefangen. Ihre Harpune verhakte sich, hinter ihr scharrten Beine über Rinde, dann landete die Spinne von oben auf ihrem Rücken. Die Wucht des Angriffs riss Mailín in den Schnee, Gliederbeine schlossen sich wie ein Käfig um sie. Sie hörte nicht mehr, ob sie selbst oder die Harfe schrie. Dann fuhr ihr ein dumpfer Schlag durch und durch. Die Spinne zuckte und wurde von ihr weggerissen. Ganz von selbst kam ihr Körper auf die Beine. *Lauf!*, schrie das Winterkind in ihr. Aber sie konnte nur erstarrt zusehen, wie das Ungeheuer erneut in Angriffsstellung ging. Doch diesmal war nicht sie das Ziel. Sondern Toma. Für einen bizarren Moment sah es so aus, als würden die Jägerin und die Spinne einander umtanzen. Toma bewegte sich präzise und genauso flink wie das Ungeheuer, ihr Messer in der Linken, einen Speer in der Rechten. Die Gegner schnellten beide im selben Moment aufeinander los. Schnee stob in einem Fächer. Und als er sich legte, sah Mailín ein abgeschlagenes Spinnenbein und dahinter, halb in einem Schneewall begraben, ein Nest von leblosen Beinen, aus dem der Speer ragte. Toma richtete sich langsam wieder auf. Erst jetzt bemerkte Mailín, dass sie einen schwarzen Fellmantel und eine Pelzmütze trug. Die Jägerin ging zu der erlegten Spinne, stemmte den Stiefel gegen den Körper und zog ihre Waffe heraus. Die weißen Beine zuckten und krümmten sich. »Pass auf!«, keuchte Mailín.

Aber Toma kümmerte sich nicht um das Ungeheuer, sie wandte sich zu Mailín um, in jeder Hand eine Waffe. Für einen Moment war Mailín sicher, dass die Jägerin sie ebenfalls töten würde, so hart waren ihre Augen. Doch sie sagte nur: »Du bist ja tatsächlich kein Eisblüter. Wärst du es, hätte die Harfenspinne dich niemals angerührt.«

Mailín versuchte zu antworten. Aber schlagartig war ihr so übel, dass sie die Augen schließen musste. Sie taumelte gegen einen Baumstamm. Ein Windstoß erweckte die Harfe wieder zum Leben, ließ sie klagen und schreien und heulen. Im nächsten Moment war Toma bei Mailín und packte sie an der Jacke. »Wo hast du den Zahn der Fängerin?«, hörte Mailín sie durch die Harfenstimmen hindurch brüllen. »Gib ihn her, los!«

Mailín deutete benommen auf ihre Jackentasche. Toma griff hinein und rannte zu dem größten Harfenbaum. Mit Kaljamas Nixenzahn durchschnitt sie Seil für Seil und Schrei für Schrei, bis nur noch tosende Stille zurückblieb, und in Mailíns Ohren das donnernde Echo von Herzschlag, das immer lauter wurde.

»Hey, nicht umkippen!«, hallte Tomas Ruf aus endloser Ferne.

Mailín wurde aufgefangen, bevor sie in den Schnee sacken konnte. Die Bäume drehten sich über ihr, oder vielleicht war es nur der wirbelnde Himmel. Der Wind wehte weiße Schleier bergauf Richtung Kuppe. In seinem Rauschen erklang plötzlich ein scharfes Fauchen, als würde etwas heranbrausen. Und ein wortloser, klirrender Ruf.

»Oh, verdammt«, zischte Toma. Sie fasste Mailín um die Taille und half ihr auf. »Schaffst du es zum Turm?«

Mailín nickte benommen. Geduckt arbeiteten sie sich bergauf. In den Schneeschleiern, die ihre Spuren sofort wieder verwehten, wirkte der Turm nur wie ein Schatten. Toma kletterte voraus durch eine zerfallene Fensterscharte und zog Mailín hoch. Sie fielen beide hart auf Eis und retteten sich über eine vereiste Treppe unter das Dach. Es war schon vor langer Zeit eingebrochen und hatte den Raum darunter in ein Labyrinth aus Trümmern verwandelt. Geborstene Dachbalken waren dick mit Eis überzogen, Mauersteine fehlten und gaben den Blick frei auf das tosende Schneegestöber. Toma zog Mailín unter etwas, das früher wohl eine Holzbank gewesen war. Jetzt verbarg sich dort eine Nische hinter einem Gitter aus Eiszapfen. Draußen sirrte der Wind einmal scharf und laut auf und verebbte so abrupt, als hätte ihn jemand gekappt wie eine Saite. Die Stille dröhnte. *Keinen Laut!*, warnte Tomas Geste. Im selben Augenblick flog unten im Erdgeschoss die Tür mit einem Krachen auf. Es klimperte, als Eiszapfen zu Boden regneten. Man hörte keine Schritte auf der Treppe, nur ein sachtes Rascheln wie von fallendem Schnee. *Firnfrauen?*, schoss es Mailín durch den Kopf. Es war unmöglich. Und dennoch... die leisen Schneeschritte waren ihr so vertraut, als wäre sie wieder in den Nächten ihrer Kindheit.

Eis knackte an der Schwelle der geborstenen Türklappe, die in den Dachraum führte. Im Raum wurde es schlagartig kälter. Aus ihrem Versteck heraus konnte Mailín nur den Saum eines nebelweißen Kleides sehen. Er wallte bei jedem Schritt wie Seide im Wasser und enthüllte bloße Füße, transparent wie Glas. Das Wesen blieb neben einem zerbrochenen Balken stehen und hob etwas vom Boden auf. Jetzt konnte Mailín die ganze Gestalt erkennen. Wäre Rún bei ihr gewesen, hätte sie so laut geschrien, dass sie jeden Sturm übertönt hätte.

Es war eine Frau, und sie war schrecklich und schön zugleich. Weißes Haar trieb wie eine Schneewolke um ein Gesicht, das sich hinter einer mundlosen Maske verbarg. Der Hals war lang und dünn und gläsern und die Schultern von etwas bedeckt, das wie ein silbriger Pelz aus Spinnenstacheln aussah. Ihr Arm, den sie nun ausstreckte, ragte dürr und zerbrechlich aus dem Pelz und blasser Seide. An den Handgelenken wuchsen Kämme von feinen Stacheln aus der Haut. Nur die Hände wirkten eigentümlich schön. Die langen Finger waren feingliedrig und zart und die Bewegungen anmutig. Behutsam hob die Spinnenfrau den Gegenstand, den sie aufgehoben hatte, ins Licht. Mailín wurde heiß vor Schreck, als sie die Eismurmel sah. *Habe ich sie verloren?* Doch es war nicht Flindrikins Geschenk. In dieser Murmel hier weckte die Berührung der Spinnenfrau kein Mohnrot und Sommergrün, sondern ein gelbes Schimmern wie von Sonnenschein. Und als würde damit etwas erwachen, glommen in den Ecken und Winkeln weitere Eisperlen auf.

Unter Mailín knackte leise morsches Holz. Die Spinnenfrau wandte ruckartig den Kopf, lauschte, ganz und gar vibrierende Spannung. Mailín war sicher, dass das Wesen ihren Herzschlag hämmern hörte. Abrupt verloschen alle Kugeln, verwandelten sich in blinde graue Perlen ohne jeden Glanz. Die Frau stand auf und verschwand aus Mailíns Sichtfeld, doch das Scharren federleichter Schritte kam näher. *Sie sucht unsere Hälfte des Raums ab.* Toma beugte sich zur Seite. Die Rußmaske und die schwarze Fellmütze machten sie im Schatten unsichtbar, aber Mailín spürte eine schnelle Bewegung neben sich. Dann prasselte und klirrte es an der Dachklappe, die zur Treppe führte. Eismurmeln, die Toma wohl aufgehoben und nach draußen geworfen hatte, sprangen die Treppe hinunter. Die Spinnenfrau folgte den Klängen so schnell, dass ihr Saum sich am Türstock verfing und riss. Man hörte Seide über das Eis der Treppen gleiten. »Rühr dich nicht«, wisperte Toma.

Mailín presste sich mit dem Rücken an die Wand, während Toma ein Stück Holz nahm und es durch die Fensterscharte nach draußen schleuderte. Es polterte, als das Holz auf Fels aufkam, dann lösten sich wohl Steine am Abhang. Es klang, als würde ein Pferd talwärts galoppieren, bis das Poltern in mehrere Echos zersprang. Unten im Turm fiel die Tür zu. Scharf wie Katzenfauchen rauschte der Wind auf, schwoll zu einem Orkan an und flaute jäh wieder ab. Erst nach einer Ewigkeit sackte Toma zusammen und atmete tief durch. »Glück gehabt.«

»Was war das?«, hauchte Mailín.

»Ich hatte gehofft, das könntest du mir sagen«, erwiderte Toma atemlos. »Jedenfalls scheinen diese Weißköpfe es nicht zu mögen, wenn man Harfenspinnen erledigt. Und sie treiben sich gern in der Nähe von Harfenhainen herum, weshalb wir uns auch eigentlich davon fernhalten.«

Mailín schloss die Augen. Jeder Knochen tat ihr weh, und als sie sich an die Stirn fasste, blieb Blut an ihrem Handschuh zurück. »Du hast mir das Leben gerettet«, brachte sie mühsam hervor. »Danke.«

Toma packte sie am Kragen und zerrte sie aus ihrem Versteck. »Du hast also wirklich die Wahrheit gesagt«, herrschte sie Mailín an. »Aber wenn du keine von den Eisblütern bist, welcher Wahnsinn hat dich geritten, in einen Harfenhain zu spazieren?«

»Ich wusste nicht, dass es solche Spinnen gibt.«

»Kleiner Hinweis: Schau auf den Siegelring! Also was zum Henker suchst du hier am Turm?«

»Ich muss zum Schloss am Meer.«

Toma blinzelte irritiert. »Was willst du dann im Süden?«

»Hier ist Norden.«

»Und ich bin die Sommerfee! Wie kommst du auf diesen Unsinn?«

Mailín stand auf und wankte zur Fensterscharte. Der Himmel hatte aufgeklart und zeigte schon ein blasses Abendrot. Und unter ihm erstreckte sich bis zum Horizont eine endlose Wüste zerklüfteter Berge. »Sieht nicht aus wie das Nordmeer, hm?«, hörte sie Toma sagen. »Das hier sind die Südberge, du Wirrkopf. Dahinter kommt nur noch Steinwüste.«

Süden ist Norden?, dachte Mailín benommen.

Toma trat neben sie und starrte in ihr kreidebleiches Gesicht. »Du weißt ja wirklich gar nichts«, stellte sie verwundert fest.

Mailín schloss die Augen. *Und niemals hätte ich es lebend bis zum Schloss geschafft.* Erst jetzt begann sie im Schock zu frieren, dass ihre Zähne klapperten.

Toma legte ihr die Hand auf die Schulter. »Komm«, sagte sie freundlicher. »Holen wir die Elche und suchen einen Schlafplatz ohne achtbeiniges Ungeziefer.«

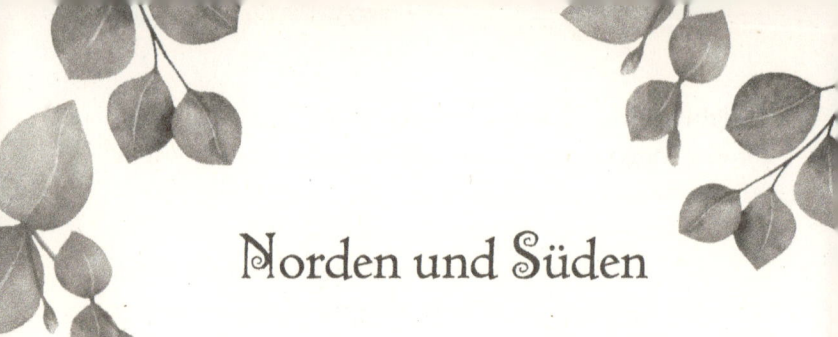

Norden und Süden

Sie lagerten weitab vom Turm in einer windgeschützten Hohlkehle am Berghang, die Toma mit dem Zeltleder aus ihrem Gepäck gegen den Wind abschirmte. Mit dem Nixenzahn hatte sie die Spinnenseile vom Baum geschnitten und damit das provisorische Zelt befestigt. *Tomas Fischernetz bestand also gar nicht aus Nixenhaar*, dachte Mailín voller Unbehagen. *Ebenso wenig wie das Seil an der Handschelle.* Offenbar stimmte nicht alles, was Silja über ihr Land erzählt hatte.

»Zumindest habe ich jetzt genug Material für ein neues Fischernetz«, sagte Toma. »Jetzt schuldest du mir nur noch dein Leben. Hier!« Sie reichte Mailín ein paar Streifen Trockenfleisch. »Teil es dir gut ein. Wir werden keine Zeit zum Jagen haben. Wir reiten morgen nach Westen.«

»Habt ihr dort ein festes Lager?«

»Ja. Da es gefährlich ist, bricht unsere Jägertruppe nur ein paarmal im Jahr auf, um hier im Eisland Fleischvorräte zu holen. Wir haben zwar unsere Tarnpfade, aber selbst im Grenzgebiet laufen wir immer Gefahr, von den Eisblütern entdeckt zu werden.« Toma verzog den Mund zu einem bitteren Lächeln. »Doch ohne die Jagdzüge überleben wir nicht. Im Kargland gibt es kaum genug zum Verhungern.«

»Raubt ihr deshalb Reisende aus?«

Toma schien zu überlegen, wie sie auf das Wort »ausrauben« reagieren sollte. Schließlich zuckte sie die Schultern. »Nur für Geld bekommt man Kupferwaffen und manchmal auch eine Kostbarkeit wie mein Eisenmesser. Ohne Waffen würden wir schnell den Sklavenjägern aus dem Westen zum Opfer fallen. Sie können Fesseln aus Wandelmetall wie die Handschellen schmieden; und sie verkaufen Arbeiter an die Bergwerke, besonders gerne Kinder. Ein Teil unseres Clans ist vor Jahren dorthin verschleppt worden. Manchmal können wir ein paar Versklavte aus dem Bergwerk freikaufen, aber um alle freizubekommen, bräuchte man mehr Geld, als man stehlen kann.«

Was für ein schreckliches Land, dachte Mailín. »Ist ... jemand aus deiner Familie im Bergwerk?«

»Ja und nein«, sagte Toma ernst. »Meine leiblichen Brüder sind alle noch frei, aber jeder von uns ist ein Kind des Winters. Und damit – ja – sind meine Geschwister in den Bergwerken gefangen.«

»Kide sagte, euer Clan stammte ursprünglich vom Meer?«

Tomas Augen funkelten verärgert auf. »Sehr geschickt von dir, die geschwätzigen kleinen Otter auszuhorchen. Und was hast du mir eigentlich in die Suppe gemischt, hm?«

»Wundbeeren ... also in eurer Sprache: Tjoosbeeren.«

»Was?«, brauste Toma auf. »Du verdammte Hexe wolltest mich also doch vergiften?«

»Nein!«, rief Mailín. »Wenn man die Beeren erhitzt, sind sie ein Schlaf- und Schmerzmittel. Unsere Ärzte verwenden es ständig.«

Toma löste nur zögernd ihre geballten Fäuste. Ihre Wangen glühten immer noch, so jäh war der Zorn in ihr aufgewallt. »Ich habe dich wirklich unterschätzt, du Trickserin. Gut, dass wenigstens Koova sich nicht von dir hinters Licht führen lässt.«

»Woher wusste er es? Nicht einmal eure Wachen haben mich erkannt.«

»Aber Koova kennt den Schritt seines Elchs. Am Geräusch der Schritte im Schnee hörte er, dass sein Elch schwerer war als ohne Reiter. Doch niemand reitet Koovas Elch! Als ihm die Jäger dann sagten, dass Toma in die Berge reitet, konnte er sich denken, was los war. Er hat mir Bittersaft eingeflößt, um mich aufzuwecken. Und den Rest haben wir schnell herausgefunden.«

Und dennoch hat Koova mich einfach gehen lassen, statt sofort die Jäger zu alarmieren, dachte Mailín. *Warum?*

»Der Winterkönig hat euren Clan also vom Meer bis nach Westen vertrieben?«

Tomas Augen wurden so kalt, dass der Feuerschein darin erlosch. »Vertrieben ist nicht das richtige Wort. Den Großteil unseres Clans hat er in einer Nacht ausgelöscht, nur diejenigen, die auf Jagdzug waren und erst im Morgengrauen zum Lager kamen, überlebten. Doch als sie zurückkehrten, war kein Lager mehr da. Sie fanden nur Blut und zerstörte Zelte, zerbrochene Waffen, aber keine Spur mehr von ihrem Volk. Vom Meer stürmten die Eisblüter heran, um auch die heimkehrenden Jäger zu töten. Nur wenige von uns konnten entkommen.« Sie lächelte bitter. »Früher nannte man die Kinder des Winters den Clan der Tausend. Nach dieser Nacht gab es nur noch einige Dutzend von uns. Wie die anderen ihr Ende fanden, weiß niemand, es gab keine Spuren, keine Toten, keine Knochen, die wir bestatten konnten, damit die Clansleute Frieden im Tod finden können. Wahrscheinlich liegen sie am Grund des Meeres und sind dazu verdammt, für immer in dieser Zwischenwelt zu verharren, in der sie nicht einmal die Echos der Lebenden hören können.«

Mailín schluckte. »Und dieser Winterkönig – ist er so ein Wesen wie die Spinnenfrau?«

»Jedenfalls ist er kein Mensch«, murmelte Toma. »Er kam in jener mondlosen Nacht vor über hundert Jahren aus dem Eisnebel über das gefrorene Meer – mit seinem Eisblüterheer, das so grausam wie unbesiegbar war. Koova hat als junger Mann einige dieser Kämpfer aus der Ferne beobachtet und sagt, dass sie zwar wie Menschen aussehen, aber keine sind. Und nachdem dieser so genannte *König* die Siedlung der Tausend ausgelöscht hatte, errichtete er am Fjord in einer einzigen Nacht sein Schloss. Doch wie dieser eiskalte Hexer aussieht, kann dir nicht einmal Koova sagen.«

Mailín wusste nicht, warum, aber sie musste an den Fremden mit den eisgrünen Augen aus ihrem Traum denken und bekam eine Gänsehaut.

»Diejenigen, die von dem Massaker am Fjord verschont wurden, flohen vom Meer aus immer weiter bis ins Kargland«, fuhr Toma fort. »Die Einzigen, die sich später einmal zu einer Erkundung in die Nähe des Fjords wagten, waren ein paar junge Männer. Koova gehörte zu ihnen. Damals war er so alt wie ich und konnte noch sehen. Er war der Einzige, der zurückkehrte, seine Gefährten verschwanden für immer. Das Schloss und einige der Eisblüter sah er nur aus der Ferne. Er sagt, es sei ein Hexenschloss, mit Mauern so glatt wie Spiegel und so blau wie das Herz einer Flamme.«

Mailín schlang die Arme fester um die Knie. *Und dort ist Silja nun?*

Toma sah ihr wohl an, wie ihr zumute war. »Ja, und da wolltest du also alleine hin, hm?« Sie lachte sarkastisch auf. »Du kannst nicht mit Waffen umgehen, kämpfst nicht besser als ein Kind und abgesehen davon wärst du dort nie angekommen. Wer Norden für Süden hält, taugt in diesem Land wirklich nur als Beute für die Spinnen.«

Mailín musste tief durchatmen. Sie gab es ungern zu, aber Toma hatte recht. »Ich muss trotzdem zum Schloss«, hörte sie sich leise sagen. »Was ... wenn ich nicht allein gehe?«

Toma starrte sie an, als wäre sie völlig verrückt geworden. »Träum weiter, Rabenherz. Ich habe Besseres zu tun, als mein Leben zu verschwenden. Keiner, der das Schloss betritt, kommt lebendig wieder heraus.«

»Zumindest eine hat es geschafft. Silja ist schon einmal von dort geflohen.«

»Und wenn schon! Für deine fremde Namenlose riskiere ich nicht mein Leben.«

»Aber für eine Namenlose wie mich hast du es heute getan.«

»Nicht für dich, für das Silber!«, fuhr Toma sie an. »Ich wollte den Ring zurück. Er ist immer noch mein Eigentum, und da er immer noch an deinem Finger steckt, wirst du nirgendwohin gehen.«

»Aber ich bin nicht dein Eigentum!«, entfuhr es Mailín. Sie schluckte und zwang sich dazu, ruhiger weiterzureden. »Du bekommst den Ring. Ich gebe dir mein Wort darauf, Toma. Wenn du mich begleitest.« Ihr Herz stolperte, aber sie hob dennoch die Hand mit dem Siegelring. »Sobald ich am Meer bin und das blaue Schloss aus der Ferne sehe, gehört der Ring dir, selbst wenn ... es mich den Finger kostet.« Das Verrückte war, dass sie es tatsächlich ernst meinte.

»*Du* schlägst *mir* einen Handel vor?« Toma lachte verärgert auf. »Träumst du zu viel, du Wahnsinnige?«

»Vielleicht träumst du zu wenig? Erzähl mir nicht, du hättest noch nie daran gedacht, zum Fjord zu reiten.«

Tomas Augen verengten sich und diesmal war es alles andere als ein Lächeln. »Dir ist schon klar, dass ich mir den Ring jederzeit auch einfach nehmen könnte.«

»Das könntest du. Du bist stärker als ich, bist bewaffnet und hast mich völlig in der Hand. Aber wenn du mir den Finger abschneiden wolltest, dann hättest du es schon längst getan.«

Tomas Blick ließ nichts Gutes ahnen, aber sie machte keine Anstalten, zum Messer zu greifen, und so senkte Mailín nach einer Weile vorsichtig wieder die Hand.

Spielerin, hörte sie Pjott sagen. *Gewonnen und gleichzeitig verloren*, antwortete sie ihm in Gedanken. *Denn allein schaffe ich es niemals, Silja aufzuspüren.*

»Im Schloss gibt es tausend Ringe und genug Silber, um eure Leute aus den Bergwerken freizukaufen«, fügte sie vorsichtig hinzu. »Aber vielleicht geht es dir gar nicht um Geld, sondern um etwas viel Kostbareres?« Sie beugte sich vor und senkte die Stimme. »Um einen Feind zu besiegen, muss man ihn kennenlernen. Man muss seine Schwächen erkunden und seinen wunden Punkt finden. Nur aus diesem Grund hast du mich am See nicht getötet. Denkst du daran, wenn du ins Grenzland reitest: Was, wenn der Clan eines Tages zum Meer zurückkehren könnte — weil eine von ihnen mutig genug war, ins Schloss zu gehen?« Sie machte eine wohlgesetzte Pause und fügte dann hinzu: »Aber das würde natürlich viel Mut erfordern. Und ich verstehe auch, wenn du lieber in der Sicherheit des Grenzlandes bleibst und ...«

Toma packte sie so heftig am Kragen, dass Mailín nicht einmal mehr nach Luft schnappen konnte. Das Funkeln in den eisgrauen Augen zeigte Zorn und eine Kränkung, die nun auch Tomas Stimme zu einem Fauchen verzerrte. »Ich bin nicht die kleine Flindrikin und auch kein Dummkopf, den du lenken kannst, indem du gezielt an seiner Ehre kratzt, verstanden?« Die Fäuste drückten so fest gegen Mailíns Kehle, dass sie nicht atmen konnte, es gelang ihr nur, ein erschrockenes Nicken anzudeuten. Toma ließ sie los, und dann überraschte sie Mailín ein weiteres

Mal, indem sie ihr die Handschelle abnahm. »Behalte den Ring, Trickserin. Und auch deine Finger. Du wirst jeden davon gebrauchen können.«

Mailín schluckte und rieb sich die schmerzende Kehle. Immer noch fror sie vor Schreck. »Du lässt mich frei?«, brachte sie heiser heraus. »Warum?«

Über Tomas Miene huschte ein Schatten, den Mailín nicht einordnen konnte. »Du hättest für deine Freundin tatsächlich einen Teil deiner Hand geopfert«, sagte sie nach einer ganzen Weile. »Und mich hättest du heute Nacht einfach vergiften können. Stattdessen hast du mich nur betäubt – und mich mit deinen Fellen zugedeckt, damit ich im Schlaf nicht erfriere. Ich schätze, damit weiß ich alles über dich, was es zu wissen gibt.«

Dann sind wir also keine Gegnerinnen mehr, dachte Mailín. »Danke, dass du mich gehen lässt.«

»Bedankst du dich für deinen Tod? Du wirst außerdem laufen müssen. Denn wenn ich dir Koovas Elch überlasse, bin *ich* tot.« Damit wandte Toma sich ab und kroch zum Deckenlager.

Dann also allein und zu Fuß, dachte Mailín niedergeschlagen. Sie fasste in ihre Manteltasche und umschloss Kapitän Santalniks Fernrohr. Leise klickte Flindrikins Eisperle dagegen. Mailín holte die Murmel heraus. Immer noch glommen die Mohnblüten darin. Beim Anblick des Sommers wurde Mailín das Herz schwer. Schon jetzt kam es ihr vor, als hätte sie das Lichterfest in Falún nur geträumt. »Was ist das, Toma?«, fragte sie. »Im Turm lagen ebenfalls Eisperlen wie diese.«

Zu ihrer Enttäuschung zuckte Toma mit den Schultern. »Man findet sie manchmal in der Nähe von Spinnennetzen. Kinder tauschen sie gerne und spielen damit. Aber niemand weiß, woher sie kommen oder was sie sind. Und nach einer Weile verblassen die Bilder darin.«

Wie mein Leben in Falún, dachte Mailín.

»Hör auf zu grübeln und komm her«, forderte Toma sie barsch auf. »Dein Hitzkopf allein wird dich nicht wärmen.« Mailín kostete es einigen Stolz, zu gehorchen und sich so dicht neben Toma zu legen, dass sie einander wärmten. Rücken an Rücken mit der Jägerin starrte sie durch den Spalt zwischen Zeltleder und Fels nach draußen. Ihre Raben schienen sie endgültig verlassen zu haben. Die Felsen und Sträucher waren leer und am Himmel irrlichterten nur die Farben fremder Träume.

❧

Auch in dieser Nacht war ihr Schlaf eine schwarze Kammer, in der sie tastend nach einem Ausgang suchte, im Nacken das unbehagliche Gefühl, nicht allein zu sein. So, als würde jemand mich *träumen, dachte sie. Wie eine Blinde suchte sie mit ausgestreckten Händen nach dem Erfrorenen — und berührte im Dunkeln eine Brust ohne Herzschlag. »Wer bist du?«, fragte sie. Sie suchte die Antwort mit den Fingerspitzen und fand eiskalte, stumme Lippen. »Eismund«, flüsterte sie. »Ich weiß, dass du lebst. Antworte mir! Wer bist du?« Sie spürte das Knistern eines Wortes auf den Lippen, aber bevor sie sich hinunterbeugen konnte, um sein Flüstern zu verstehen . . .*

. . . erwachte Mailín mit klappernden Zähnen und vereisten Wimpern. Sie hatte so tief geschlafen, dass sie gar nicht bemerkt hatte, wie Toma schon die Zeltplanen entfernt und das meiste zusammengepackt hatte. Beide Elche waren gesattelt, als würde Toma damit rechnen, dass Mailín es sich anders überlegt hatte und doch mit ihr zum Clan zurückreiten würde. Doch das Zeltleder und die Waffen waren nur auf Ahtos Rücken verstaut. Koovas kleinerer Elch trug nur das Geschirr und Toma knotete gerade ein paar Lederbänder um sein Geweih. Dann gab sie dem Elch einen Klaps auf den Hals und er trabte davon. Mailín fuhr hoch. »Warum lässt du ihn frei?«

»Schon wach, Träumerin?« Toma wandte sich ihr zu. »Der Elch wird zu Koova zurücklaufen. Wenn er und Kaljama die Knoten an den Lederbändern lesen, wissen sie, dass mir nichts passiert ist und dass ich später zum Lager nachkommen werde. Zum Meer kann Ahto uns mühelos beide tragen.«

Mailín klappte der Mund auf. »Du ... reitest also doch mit mir nach Süden?«

»Norden«, korrigierte Toma sie kühl. »Und bilde dir bloß nicht ein, dass du mich überredet hast.« Jetzt konnte Mailín nicht anders, als zu strahlen. »Kein Grund, sich zu freuen«, sagte Toma ernst. »Die nördlichen Tarnpfade kennt niemand. Wir werden also in der Deckung bleiben und einen weiten Bogen schlagen, um zu den Fjorden zu kommen.« Sie schüttelte den Kopf. »Vermutlich bin ich genauso verrückt wie du.«

»Vermutlich«, sagte Mailín und lachte. Sie rechnete schon damit, dass Tomas Jähzorn wieder hochkochen würde, aber die Jägerin verschränkte lediglich die Arme und funkelte sie an. »Also schön. Immerhin weißt du nun, dass Spinnen Schreie weben. Mit dem Klagen von Elchkälbern locken sie Raubtiere an. Und Kinderweinen und Schreie rufen menschliche Dummköpfe wie dich herbei. Zwei Dinge, die du also lernen musst. Erstens: Wenn du in Gefahr bist, kreische nicht einfach nur herum. Damit klingst du wie eine Spinnenharfe. Kein Mensch mit Verstand wird zu dir rennen und dich retten. Wenn wir Jäger jemanden suchen, rufen wir: *Kijaaa!* Das klingt ähnlich wie der Ruf eines Sturmvogels und bedeutet in der Sprache des Schnees: *Bist du es?* Und wenn wir Hilfe brauchen, rufen wir: *Lajaaa!* – *Ich bin es.* Verstanden?«

»*Lajaaa*«, wiederholte Mailín.

»Und zweitens: Versuch noch einmal, mich wie einen Elch mit Worten zu lenken, und ich fessle dich an den nächsten Harfenbaum.«

Mailín wurde ernst und nickte. »Ich muss noch etwas lernen: deine Sprache. Was bedeutet Ahtos Name?«

»Packeis.«

»Also hast du sogar deinen Elch nach dem Meereseis eurer alten Clansheimat benannt? Für jemanden, der es verrückt findet, zum Schloss zu reiten, eine interessante Wahl.«

Tomas Gesicht war immer noch eine gefrorene Gewittermiene, aber diesmal erkannte Mailín das verborgene Lachen in den schmalen Katzenaugen ganz deutlich.

»Und was bedeutet dein Name in der Sprache des Winters?«, fragte Mailín. Tomas Miene verfinsterte sich auf der Stelle. »Zarte Eisblume«, sagte sie mit einem drohenden Unterton. »Und wehe, du lachst darüber.«

᭡

Mailín war in der Überzeugung aufgewachsen, ein zähes, abgehärtetes Winterkind zu sein, das alle Gesichter des Frostes kannte. Aber im Vergleich zu Toma war sie nichts weiter als ein verweichlichtes Stadtmädchen, das ohne die Sicherheit von Granithäusern und die Wärme von Kaminfeuern dem Eisland völlig ausgeliefert war. Sie hatte nicht geahnt, wie viele Arten von Kälte es gab. Die schlimmsten von ihnen nagten sich mit dem Wind von der Haut bis in die Seele. Über Siljas Mantel lag inzwischen auch noch der schwarze Pelz, den Toma ihr überlassen hatte. Als Schutz vor Erfrierungen hatte Toma ihr eine dicke Schicht aus Ruß und Fett auf das Gesicht gerieben und vor den Augen trug sie ein Rindenstück mit einem schmalen Sichtspalt, der verhinderte, dass das gleißende Weiß des Schnees sie blind machte. Es war eine beängstigende Erfahrung, an die Natur ausgeliefert und völlig von einem Menschen abhängig zu sein, der sie führte und beschützte. Toma schien die Kälte weit weniger zu spüren als sie. Und Mailín hatte sich gründlich getäuscht, als sie dachte, dass Toma nicht lesen könne. Der Unterschied war nur, dass ihr Papier der Schnee war und ihre Schrift aus Schatten, Wind und Spuren bestand. Während Ahto nach Flechten und Winterlaub suchte, fand Toma unter frisch gefallenem Weiß gefrorene Fleischklumpen, an denen Fellfetzen hingen. »Beutevorrat von Kojoten«, erklärte sie. »Wenn sie Wild erlegen, verstecken sie einen Teil davon für später.« Mailín schauderte schon bei der Vorstellung, etwas zu essen, das ein Raubtier gerissen hatte. Aber nach einiger Zeit lernte sie, auch damit zurechtzukommen. Und nach und nach fand die Schönheit und Wildheit dieses Lebens den Weg in ihr Herz. Sie lernte die Zeichensprache geknüpfter Lederknoten; Toma brachte ihr bei, mit nichts Feuer zu machen, Eichhörnchen zu jagen und mit der Harpune Fische aus dem Bach zu holen. Sie lernte ohne Würgen auch gefrorenes Fleisch herunterzuschlucken, wenn sie tagelang kein Feuer machten, um sich nicht durch Rauch zu verraten. Sie kaute Weichrinde und Flechten und ging in Tomas Windschatten und ihren Fußspuren durch den tiefen Schnee. Und ganz unmerklich passten sie beide ihre Schritte aneinander an, als hätten sie eine ganz eigene Sprache miteinander gefunden, für die es keine Worte brauchte. Oft ertappte Mailín sich dabei, wie sie das Schneeland betrachtete, ohne an gestern und an morgen zu denken. Nur in den Nächten, wenn Toma schlief und Mailín die erste Wache hielt, brannte die Sehnsucht so stark, dass ihr Herz eine einzige Wunde war. Im Schein der Himmelsschleier las sie Tom Jofnurs Zeilen wie Landkarten, die ihr zeigten, dass es immer noch eine andere Welt gab, zu der sie gehörte. Sobald sie die Augen schloss, suchte sie nach Rúns Lachen und Jouns Armen, der Wärme seines Kusses auf ihrem Mund. Sie sehnte sich so sehr nach ihm, dass es wehtat. Aber in ihren Träumen fand sie nur Eismunds strenges, schönes Gesicht. Und das Schlimme war, dass sie sich dabei ertappte, ihn gerne zu betrachten und sich zu wünschen, Zeichen von Atem und Herzschlag zu sehen.

»Toma?«, fragte sie, als die Jägerin sie zur nächsten Wache weckte. »Träumt ihr hier im Eisland wirklich nicht?«

Die Jägerin gähnte und streckte sich neben ihr aus. »Nein, wieso sollten wir? Hast du schon wieder diesen gefrorenen Schönling gesehen? Er scheint dir ja zu gefallen, so oft wie du von ihm träumst.«

»Wenn ich mir aussuchen könnte, von wem ich träume, dann sicher nicht von ihm«, gab Mailín verärgert zurück. »Sondern von jemandem, der ... mich liebt. Er heißt Joun.«

»Prinzessin Rabenherz hat also ihr Herz verschenkt!« Toma lachte leise. »Scheint ja eine heiße Liebe zu sein, wenn du noch nie von ihm erzählst hat. Und natürlich ist dein Geliebter auch einer von euch Namenlosen.«

»Joun *ist* ein Name! Und ich heiße übrigens Mailín und nicht Rabenherz.«

»Deine Brüder scheinen da anderer Meinung zu sein.« Toma deutete zu einer Tanne. Seit ihrer Flucht aus dem Lager hatte Mailín die Raben nicht mehr gesehen. Aber nun erahnte sie in den Ästen die schwarzen Umrisse von drei Vögeln, die sie stumm beobachteten.

Wolkenfeen

Nach und nach wurde die Landschaft felsiger und luftiger. Möwenschreie hallten durch die Luft, und als Gegenwind über eine Kuppe fegte, fing sich plötzlich der Geruch von Tang und nassem Salz in Mailíns Nase. »Ab hier gehen wir zu Fuß«, entschied Toma und sprang von Ahtos Rücken. »Falls es am Fjord Späher gibt, fallen Elchreiter nur auf.«

Sie schulterten ihr Gepäck und wählten einen Weg im Sichtschutz von verschneiten schwarzen Felsen. Ahto folgte ihnen noch eine Weile, bis er zu äsen begann und schließlich zurückblieb. Mehr als einmal brachen sie im Schnee ein, aber sie halfen einander, bis sie endlich an einer Felskante ankamen. Große Möwen schwebten hier so niedrig im Gegenwind, dass sie wie eingefrorene Skulpturen wirkten. Und als die Vögel die Flügel anlegten und hinter die Felskante stürzten, konnte Mailín nur noch mit offenem Mund staunen. Sie hatten den Saum eines Fjords erreicht. Weit unten brachen sich schäumende Wellen am steilen Felsufer. Zerbrochene Eisschollen trieben wie lose Teile eines Puzzles in dem windgepeitschten Meeresarm, splitterten und krachten bei jedem Wellenschlag gegen die Klippen. Weiter draußen war das Meer eine seltsam starre, von Eisrissen durchbrochene Fläche, die sich in nebliger Unendlichkeit verlor. *Der Nebel, aus dem der König kam?*, dachte Mailín voller Unbehagen.

»Sieh mal! Deine Schwestern freuen sich schon auf dich.« Toma zeigte zu den Klippen. Erst dachte Mailín, es wäre Tang, der dort im Wasser trieb. Aber es war Nixenhaar. Eine große Fängerin lag ausgestreckt auf dem Felsen. Mailín hob das Fernrohr und erschrak, als sie in der Vergrößerung die kalten Augen der Meerfrau direkt auf sich gerichtet sah. Dann schlängelte die Nixe sich eidechsenschnell ins Wasser. Smaragdfarbenes Haar wallte und verlosch in der Tiefe. »Die werden uns ab jetzt beobachten«, erklärte Toma ernst. »Deshalb bleiben wir schön hier oben außerhalb ihrer Reichweite.«

Mailín nickte beklommen. »Und in welcher Richtung liegt das Schloss?«, fragte sie mit bebender Stimme.

Toma deutete mit einer knappen Kopfbewegung nach links. »Laut Koova müsste es an der Spitze der Felsausläufer liegen, mit Blick auf das freie Meer und fünf Knochenklippen, die aus dem Wasser ragen.«

»Und ... der Turm, der auf den Münzen abgebildet ist?«

»Den sieht man im Nebel wohl nicht«, murmelte Toma. »Er steht weit draußen auf einer Halbinsel. Wenn es ihn überhaupt noch gibt ...« Sie verstummte abrupt und räusperte sich. Erst jetzt bemerkte Mailín, wie blass und bedrückt die Jägerin wirkte. Mit starrem Blick schaute sie auf das gefrorene Meer.

»Du ... denkst an den Clan?«, fragte Mailín vorsichtig.

»Ich denke an tausend Leben und tausend Morde«, brauste Toma auf. »Was glaubst du? Haben die Eisblüter sie ins Meer zu den Fängerinnen getrieben? Mit den wehrlosen Kindern und den Alten? Oder haben die Schlächter des Königs sie hier, wo wir jetzt stehen, ermordet?«

»Toma ...«, sagte Mailín sanft. Aber die Jägerin ließ nicht zu, dass sie ihr die Hand auf die Schulter legte, sondern wandte sich brüsk ab. »Bleib immer hinter mir in Deckung«, befahl sie und schritt zornig davon.

Das felsige Gelände war so zerklüftet, dass sie oft die Sicht aufs Meer verloren und durch Höhlengänge klettern mussten. Sie scheuchten Seevögel auf und rutschten über Schneeplatten gefährlich nah an den Abgrund, aber sie fanden die Stelle, an der tatsächlich fünf spitze Klippen im Meer aufragten, die wie Knochenfinger aussahen. *Von einem Riesen, der versucht, nicht zu ertrinken*, dachte Mailín. Aber kein Schloss weit und breit. Mailín suchte mit dem Fernrohr, doch es gab weder Befestigungen noch Wächter oder überhaupt Zeichen von Leben. An der linken Felsspitze des Fjords ragte nur eine kantige Bergformation auf, die aussah, als hätte ein blinder Hüne aus Steinen und Eis eine verrückte Skulptur erschaffen. Die schwarzen Felsen bildeten einen scharfen Kontrast zu Schnee und Eis, das die Ritzen und Höhlen füllte. *Wie ein zerknülltes Schachbrett*, dachte Mailín.

»Hier gibt es kein Schloss«, sprach Toma schließlich das aus, was Mailín kaum zu denken wagte.

»Aber das kann nicht sein!«, rief Mailín. »Koova hat es doch gesehen.«

Toma sah sich ratlos um. »Es wird schon dunkel. Suchen wir einen windstillen Schlafplatz dort bei dem Trümmerhaufen. Morgen sehen wir weiter.«

Mailín sank der Mut. Und mit einem Mal waren ihre Beine so schwer, dass sie kaum noch vorwärtskam. Als sie endlich die ersten vereisten Felsen erreichte, wartete Toma schon an einer schmalen Felsspalte auf sie. Und zu Mailíns Überraschung sah sie noch besorgter und niedergeschlagener aus, als sie ohnehin an diesem Tag war. »Sieh dir an, was ich gefunden habe«, sagte sie. Mailín kletterte ihr durch den Spalt in eine Höhle nach und prallte erschrocken zurück. Weiße Gesichter glommen gespenstisch hell im Halbdunkel, sicher dreißig oder mehr. Sie hatten schneeweiße Haut und geschlossene Lider, als würden sie schlafen, aber für einen bizarren Augenblick war Mailín sich sicher, dass die stummen Gestalten gleich aufspringen würden. Doch sobald sich ihre Augen an das Halbdunkel gewöhnt hatten, erkannte sie, dass es nur aus Schnee geformte Skulpturen von Köpfen waren. Jedes Gesicht hatte andere Züge, und viele der Frauenskulpturen hatten Schneehaar, das so kurz war wie das von Toma. Manche dieser Büsten waren direkt am Fels angebracht, andere thronten in Augenhöhe auf Vorsprüngen und in Scharten. Und wieder andere reihten sich auf dem Boden auf wie seltsame Trophäen.

»Was ist das?«, hauchte Mailín.

»Schneemagie«, murmelte Toma. »Und zwar keine von der guten Sorte.« Sie zögerte, aber dann trat sie zu einer der Skulpturen und zog den Handschuh aus. Vorsichtig kratzte sie an der Wange aus Eis. Das Geräusch schickte Mailín einen Schauer über den Rücken. »Wenn der Mann, dessen Abbild hier aus Schnee geformt wurde, noch lebte, müsste er das jetzt spüren«, erklärte Toma. »Egal, wo er gerade wäre. Wer einen Schneezwilling hat, wird auf diese Weise verletzlich.«

Mailín zog voller Unbehagen den Pelzmantel enger um den Körper. »Das heißt, wenn man eine solche Skulptur zerstört, dann ... stirbt der Mensch, dessen Ebenbild sie ist?«

»Genau das heißt es«, antwortete Toma ernst. »In unserem Clan gilt das als die grausamste Form von Magie. In den Urzeiten unserer Geschichte wurde dieser Fluch nur für schlimmste Verbrechen über einen Menschen verhängt. Unser Gesetz verbietet, dass Winterkinder sich gegenseitig verletzen oder töten. Verstieß jemand gegen dieses Gesetz und wurde zum Mörder, wurde ein Schneebildnis von ihm geschaffen, und die Familie des Ermordeten durfte entscheiden, wo es aufgestellt wurde. Stell dir vor, wie es jemandem ergeht, wenn man sein Bildnis in die Nähe eines Feuers stellt, oder dorthin, wo die Sonne es schmelzen lässt.«

Mailín fröstelte. »Dann ... sind das alles Abbilder von Verbrechern?«

Toma schüttelte den Kopf. »Unwahrscheinlich. Eine solche Strafe wurde so selten verhängt, dass heute kein Saman mehr diese Art von Magie beherrscht. Nicht einmal Kaljama.«

»Ein *Saman* ... ist so etwas wie ein Zauberer?«

»Eher ein Auserwählter. *Saman* heißen die Männer und Frauen, die in unserem Clan als Mittler zwischen der magischen Welt und uns auftreten. Sie sehen, wo andere blind sind. Manche von ihnen haben sogar die Gabe, Echos aus dem Reich der Toten zu hören – so wie Kaljama. Aber ihre Magie darf niemals in den Dienst eines Sterblichen gestellt werden. Sie duldet nämlich keinen Herrn. Wenn du unser finsterstes Märchen hören willst, dann handelt es vom verräterischen Saman Kawaar – einem Clansmagier aus grauer Vorzeit, der käuflich war und der Gier verfiel. Und so zum Sklaven seines eigenen Schattens wurde, nach seinem grausamen Ende auf ewig dazu verdammt, machtlos und verloren in der Einsamkeit zwischen den Welten zu wandern.«

Toma lächelte schief. »Dieses Märchen habe ich früher von Kaljama nur zu oft gehört – sie erzählt es noch heute den Kindern: ›Wenn du nachts nicht am sicheren Lagerfeuer bleibst, dann holt dich Saman Kawaar und verschleppt dich für immer in die Schattenwelt.‹«

»Wenn diese Magie so selten angewendet wurde, warum gibt es dann hier so viele dieser Skulpturen?«, fragte Mailín. »Wer hat sie geschaffen? Und warum?«

»Ich weiß es nicht, Rabenherz. Vielleicht hat ein Saman den Clan der Tausend verraten, indem er seine Magie missbrauchte. Möglicherweise ließ er sich von Menschen dafür bezahlen, Schneezwillinge ihrer Feinde zu fertigen. Doch offenbar kam man ihm auf die Schliche, bevor seine Schneebilder Schaden nehmen konnten.«

»Und wie wurde er bestraft?«, fragte Mailín. »Er war schließlich auch ein Kind des Winters. Hat man ihn für den Rest seines Lebens eingesperrt?« *Vielleicht sogar in diesem Berg?*, setzte sie in Gedanken hinzu. Längst fror sie nicht nur wegen der Kälte.

»Dass wir das Blut der Unseren nicht vergießen dürfen, heißt nicht, dass mein Clan keine Henker kennt«, entgegnete Toma. »Als mein Volk noch hier am Meer lebte, hätte man einen Saman, der einen solch schlimmen Verrat begangen hatte, vor Sonnenuntergang zu einem Richtfelsen weit draußen auf dem Meer gebracht und ihn dort an den Stein gefesselt zurückgelassen. Fängerinnen sind magische Kreaturen, sie erkennen, wann jemand die Gesetze des Lebens verletzt. Dann werden sie rasend vor Wut.«

»Man hätte ihn also den Nixen überlassen. Das... ist eine grauenhafte Strafe.«

Toma zuckte mit den Schultern. »Nicht grauenhafter als das Schicksal dieser Verfluchten hier gewesen wäre. Sie hatten Glück. Ich vermute, sie brachten ihre Ebenbilder nach dem Tod des Verräters hierher, wo sie für den Rest ihres Lebens sicher vor Hitze und Zerstörung waren. Der Eingang der Höhle war lange Zeit verschlossen, eine Bruchkante zeigt, dass Steinschlag den Spalt erst vor Kurzem wieder freigelegt hat.« Toma sah sich nachdenklich um, musterte jedes Gesicht so aufmerksam, als hoffte sie, vertraute Züge zu entdecken. »Es ist verrückt«, murmelte sie nach einer ganzen Weile. »Niemand weiß, was mit unseren Leuten damals geschehen ist. Sogar die Toten schweigen darüber.

Nicht einmal Kaljama bekommt eine Antwort von ihnen, sooft sie auch nach ihnen ruft. Alles, was von dem großen, stolzen Clan geblieben ist, sind diese Spuren eines erbärmlichen Verbrechens.« Sie verzog den Mund zu einem sarkastischen Lächeln, das ihr heute nicht recht gelingen wollte, und ließ ihr Gepäck von der Schulter rutschen. »Aber zumindest haben wir jetzt ein Lager für die Nacht.«

Mailín schnappte nach Luft. »Du willst hier übernachten?«

»Ja. Es ist der sicherste Ort, den wir finden können.«

»Ich bleibe nicht hier!«

»Angst vor Schnee, Prinzessin? Diese Menschen sind längst gestorben, nur ihre Ebenbilder haben überdauert. Diese Köpfe stehen schon über hundert Winter hier, so alt ist die Schneekruste nämlich. Seitdem war keine Menschenseele mehr hier. Raubtierspuren gibt es auch nicht, also können wir…«

»Nein!« Mailíns Stimme hallte von den Wänden wider. Und sie klang ebenso verloren, wie sie sich fühlte.

Toma hob verwundert die Brauen. »Was ist los?«

»Du hast es doch eben selbst gesagt«, stieß Mailín hervor. »Seit über hundert Jahren war niemand mehr hier! Also auch nicht die Leute des Königs. Weil es in diesem Fjord nämlich überhaupt kein Schloss gibt und nie eines gab. Vielleicht hat Koova nur geträumt. Vielleicht…« Sie rang nach Luft, so sehr schnürte ihr die Angst die Kehle zu. »Was, wenn Silja ganz woanders ist und ich sie niemals finde?«, brachte sie mit erstickter Stimme heraus. »Nur sie allein kennt den Weg zurück in meine Welt. Was, wenn ich nie wieder nach Hause komme? Wenn ich Joun nie wiedersehe – und meine Familie…«

Toma war mit zwei Schritten bei ihr und umarmte sie einfach, hielt sie so lange fest, bis sie aufhörte zu zittern. »Ich kann dich nicht trösten, Mailín Rabenherz«, sagte sie dann in ihrer nüchternen Art. »Und auch nichts versprechen. Vielleicht gibt es wirklich kein Schloss mehr. Vielleicht gab es nie eines und vielleicht wirst du deine Freundin nicht wiedersehen. Aber selbst wenn du alles verloren hast, gibt es zumindest auch etwas, das du hier gefunden hast: zwei Arme, die dich auch in Gefahr nicht loslassen.«

Als könnte die dunkle Magie noch Unheil anrichten, machten sie in dieser Nacht kein Feuer, sondern rückten zusammen und wärmten einander nur mit Worten. Mailín hatte nicht gewusst, dass man geborgen und verzweifelt zur gleichen Zeit sein konnte. Dass es möglich war, über Clansgeschichten zu lächeln, mit denen Toma sie aufheiterte, und gleichzeitig ohne Hoffnung durch zerbrochenes Eis zu sinken.

In Tomas Armen schlief sie ein und …

… schlug die Augen auf. In der Höhle lagen Eisperlen, in denen Mailíns Erinnerungen glommen: ihre Geschwister und ihre Freunde, die Schmiede. Und Jouns Lächeln. Irgendwo hallte ein Schritt, aber diesmal ließ sie sich nicht von der Hoffnung täuschen, Joun hier zu finden. Und als sie sich aufsetzte, bemerkte sie, dass die Schneeköpfe sich verändert hatten. Hundertmal sah sie nun ein einziges Ebenbild. Zorn wallte in ihr auf. »Eismund!«, rief sie. »Ich weiß, dass du hier bist.« Sie stand auf und ging tiefer in die Höhle. »Sag mir, wo du Silja gefangen hältst oder ich zerstöre deine Skulpturen, eine nach der anderen!«

Aber die Gestalt, die ihr aus dem Dunkel der Höhle entgegentrat, war nicht der Fremde, den sie inzwischen nur noch Eismund nannte. Es war eine hochgewachsene Frau, die wie eine Kerzenflamme leuchtete. Ich kenne sie, dachte Mailín in völliger Klarheit. Aber woher? Vielleicht aus einem anderen Traum? Das Gesicht der Frau war fein geschnitten und ihr langes, glattes Haar hatte dieselbe Farbe wie ihr schillernder Umhang. Er bestand aus Tausenden von fuchsfarbenen Schmetterlingsflügeln. Das ist eine von

Stellas Feen, erinnerte sich Mailín nun. Die mit den Bernsteinaugen. »*Du bist eine Wolkenfee*«, wandte sie sich an die Fremde. »*Stella hat so oft von dir und deinen Schwestern erzählt, dass ich sogar von euch geträumt habe. Ich weiß nur nicht mehr, wann.*«

Die Frau lachte, ohne dass sich ihr Mund bewegte. Und Mailín erkannte, dass sie eine Maske aus Rotgold trug. Dennoch klang ihre Stimme völlig klar. »*Den Namen Fee hat mir noch niemand gegeben.*«

»*Feen erfüllen Wünsche*«, hörte Mailín sich sagen. »*Hilf mir, Koovas blaues Schloss zu finden.*«

Die Frau schüttelte den Kopf. »*Zu dir gehöre ich nicht*«, sagte sie so sanft, dass es wie eine Berührung war. »*Ein anderer wartet auf mich, schon seit langer Zeit.*«

Eismund?, dachte Mailín. Sie sah sich nach den Skulpturen um und entdeckte einen Raben, der auf dem Boden saß. Er schüttelte sich und Mailín erkannte, dass sie sich getäuscht hatte. In Wirklichkeit hockte dort ein Mann, der mit seiner gebeugten Haltung an Kaljama erinnerte. Doch seine Hände waren schwarz und sein Gesicht lag im Schatten. Mailín erahnte nur eine Strähne von weißem Haar und einen dunklen blauen Glanz von etwas, das vielleicht eine Maske war. Die Gestalt warf etwas Feines, Leichtes in die Luft. Zarter Duft von Blumen erfüllte die Höhle. So duften Erinnerungen, dachte Mailín. Oder Träume? Eisblaue Blüten in der Form von Sternen rieselten zu Boden. Im nächsten Moment spürte sie die Hand der Fee über ihren Augen. »*Um ins Schloss zu kommen*«, raunte sie Mailín ins Ohr, »*musst du erst verstehen, dass es kein Schloss gibt, Rabenherz …*

… Rabenherz! Rabenherz!*«* Mailín wollte hochfahren, aber Tomas Kopf lag schwer an ihrer Schulter. Die Traumgestalten waren verschwunden. Milchiges Morgenlicht fiel durch den Felsspalt in die Höhle, Möwen kreischten und ein Rabe krächzte in der Ferne immer noch ihren Namen. Toma regte sich und schlug die Augen auf. Für einen Augenblick irrlichterte darin noch der letzte Schleier eines Bildes, dann blinzelte sie und fuhr hoch.

»Habe ich Fieber?«, murmelte sie und rieb sich die Stirn. »Oder hast du mich schon mit deinen Träumen angesteckt?«

»Du hast etwas geträumt?«

»Nur verrückten Unsinn gesehen.« Toma winkte unwillig ab und lachte verärgert auf. »Irgendjemand hat mir eingeflüstert, dass du mich verraten und mir ein Messer ins Herz jagen wirst. Das muss wohl der boshafte Geist von Saman Kawaar gewesen sein. Komm, raus hier!«

～

Das Wetter hatte sich über Nacht beruhigt. Die Wintersonne brachte das Meereseis zum Gleißen und das Wasser im Fjord lag so still wie Lovis' Spiegel. Auf Felsen und Eisschollen sammelten sich die Nixen. Mailín holte ihr Fernrohr hervor und suchte noch einmal die Gegend ab. Sogar die lange Halbinsel einige Meilen jenseits des Fjords war heute nicht im Nebel verborgen. Steile Uferklippen ragten dort in den Himmel. Aber der Fjord selbst war verlassen wie am Tag zuvor. *Was hast du erwartet? Dass die Wolkenfee dir ein Schloss herbeizaubert?*

Ein Rabe flog so dicht an Mailín vorbei, dass ein Flügel ihr das Fernrohr fast aus der Hand geschlagen hätte. Das Krächzen gellte schmerzhaft laut in ihren Ohren.

»Ach, jetzt bist du wieder da!«, rief sie ihm zu. »Schön, dass du mir den Nixenzahn gebracht hast, aber ein Hinweis, dass ich zum Turm in die völlig falsche Richtung reite, wäre nett gewesen.«

Ein nachtblaues Rabenauge funkelte sie an, dann drehte der Vogel scharf ab und flog zum Schachbrettberg. Dort landete er weit oben auf einem Vorsprung und sträubte die Federn. Diesmal klang sein Krächzen ungeduldig, wie Vorwurf und Spott zugleich. Mailín hob das Fernrohr – und entdeckte in der Vergrößerung neben dem Raben ein eisblaues Schimmern. Schlagartig war sie hellwach. *Ein Schloss, das es nicht gibt? So wenig wie ... Blumen, die mitten im Winter blühen?* Sie holte das Bild näher heran und fand tatsächlich ein paar sternförmige Schneeblüten, die sich in einem Spalt zwischen Eis und Fels verfangen hatten. Und dann war es, als hätte ihr jemand eine Augenbinde abgerissen. *Ein Schloss aus Eis und Stein und blauen Sternen*, erinnerte sie sich an Stellas Worte. So hatte ihre Freundin vor langer Zeit in ihren Geschichten das Schloss der Feen beschrieben.

Toma hatte die Spinnenseile zusammengeknüpft. Immer wieder sicherten sie sich gegenseitig damit, während sie nach oben kletterten. Das Gepäck hatten sie in der Höhle der Skulpturen zurückgelassen, zusammen mit der Harpune und Mailíns schwarzem Mantel, der zu schwer und steif war, um damit zu klettern. In Siljas leichterem Mantel hangelte sie sich von Fels zu Fels und versuchte dabei nicht über die Schulter in die Tiefe zu schauen. Toma und sie stießen sich die Knie und Ellenbogen an und keuchten bald vor Anstrengung, aber Hand über Hand näherten sie sich dem Rand der Felsterrasse, wo die eisblauen Blüten lagen. Toma stemmte sich geschickt als Erste hoch und packte Mailín am Mantel. Mailíns Rippen schrappten schmerzhaft über den Fels, dann rutschten sie beide über die vereiste Kante und landeten auf einem tieferen Vorsprung. Und als Mailín sich den Schnee von Haar und Gesicht strich, traute sie ihren Augen nicht: Die Felskante war eine Art Grenzmauer und Sichtschutz in einem. Gut geschützt vor dem Wind und vor den Blicken Reisender, wogte auf einer Terrasse zwischen Mauer und Berg ein flirrendes Meer von Sternblau. Bäume krallten sich in den steinigen Boden. Einige wenige hatten schwarze Stämme; sie trugen keine Blätter, aber ihre

Äste waren schwer von blauen Früchten, die an kleine Äpfel erinnerten. Doch die meisten Bäume waren hell, hatten kahle, verdrillte Äste und Zweige — und standen in voller Blüte. Ein paar der Sternblüten rieselten im leichten Wind eisblau und duftend in den Schnee. *Als würde man nachts keine Sterne am Himmel sehen, weil jemand sie alle über diese Bäume ausgeschüttet hat,* dachte Mailín. Aber das war nicht das Erstaunlichste an diesem seltsamen wilden Garten.

»Schmetterlinge!«, flüsterte Mailín fassungslos.

»Ja, das sind tatsächlich Schneefalter«, erwiderte Toma ebenso fasziniert. »Koova sagt, sie seien längst ausgestorben. Der Letzte, der selbst noch welche gesehen hat, war Koovas Vater. Und auch die Winterbäume gibt es schon lange nicht mehr.« Sie lachte verwundert auf. »Es ist fast, als wären wir in die Vergangenheit gewandert. Du solltest wohl öfter auf deine Rabenbrüder hören, wenn sie uns zu solchen Schätzen führen.«

Vielleicht auch nicht, dachte Mailín. Denn auch hier gab es keinen Hinweis auf ein Gebäude. Der wilde Garten endete an Wänden von zerklüftetem Fels und Eis.

»Immerhin haben wir heute etwas zu essen.« Toma sprang zu den Bäumen hinunter und pflückte einige der blauen Früchte. Mailín zog die Handschuhe aus und rieb sich erschöpft die Augen. *Kein Schloss,* dachte sie enttäuscht. Sie suchte nach dem Raben, aber er war wieder einmal verschwunden.

Toma kehrte zum Vorsprung zurück und reichte ihr einen Apfel. »Wenn wir noch ein Stück bergauf klettern, haben wir freie Sicht auf den nächsten Fjord. Vielleicht täuschen Koova seine Erinnerungen und das Schloss liegt in Wirklichkeit ein Stück weiter ostwärts ...« Toma verstummte und ging im selben Moment in Deckung, als Mailín sich ebenfalls duckte.

Zwischen den Sternbäumen war wie aus dem Nichts eine Gestalt aufgetaucht. Mailín hätte schwören können, dass sie vor einer Sekunde noch nicht da gewesen war. Die junge Frau stand leicht abgewandt von ihr, Mailín sah nur eine bloße Schulter und einen Wasserfall von roten Locken. Das rostrote schlichte Kleid war schulterfrei und so dünn, dass es sich in der Brise bauschte wie Seidenpapier. *Genau wie Siljas Sommerkleider*, dachte Mailín. Und als die Frau sich umwandte, schlug Mailín die Hand vor den Mund, um nicht aufzuschreien. *Stella?* Aber dann begriff auch ihr Herz, was ihr Kopf längst wusste. Natürlich war sie es nicht. Das herzförmige Gesicht der Fremden und ihr rotes Haar erinnerten zwar ein wenig an Mailíns Kinderfreundin. Aber das Mädchen hier war etwa so alt wie Mailín und damit viel jünger, als Stella heute sein müsste. Außerdem hatte Stella braune Augen gehabt, die der Fremden waren taubenblau und ihre Haut war weiß und makellos, ohne eine einzige Sommersprosse. *Sie ist bildschön*, dachte Mailín. *Wie eine Fee.* Das rote Kleid betonte runde Brüste und eine geschwungene, weiche Figur, die der Fremden etwas Sirenenhaftes verlieh.

Ohne Toma und Mailín zu entdecken, raffte sie den Rock und stieg vorsichtig auf einen verschneiten Felsen. Ein wenig unsicher balancierte sie zu einem Ast, streckte die Hand nach einem Zweig voller Blüten aus — und entdeckte plötzlich Tomas Fußspur unter dem Baum. Erschreckt sprang sie vom Felsen und rannte so schnell davon, dass ihr Haar flog. Doch gegen Toma hatte sie keine Chance. Im nächsten Atemzug hatte die Jägerin sie schon eingeholt und hebelte sie mit einem beiläufigen Griff von den Beinen. Schnee stob und ein erstickter Schmerzenslaut brach abrupt ab.

»Toma, nein!« Mailín sprang in den Garten und rannte. Aber als sie beim Felsen ankam, lag das Mädchen reglos im Schnee, das Haar wie einen schimmernden Fächer über den Boden gebreitet. »Musst du sie gleich niederschlagen?«, fuhr Mailín Toma an.

»Was denn sonst?«, fragte Toma völlig verständnislos. »Warten, bis sie die Wache herbeischreit?«

Das Mädchen stöhnte auf und rieb sich benommen die Schläfe. Dann schlug es blinzelnd die Augen auf. Mailín packte Toma vorsichtshalber am Handgelenk. Aber das Mädchen schrie nicht, es starrte nur entsetzt Mailíns Spinnenring und ihren Mantel aus Grauleder an. Und dann wurde sie noch blasser, als sie ohnehin schon war. »Verzeiht mir, Herrin!«, stammelte sie und zog sich auf die Knie.

Sogar Toma war zu verblüfft, um zu reagieren, als die Fremde sich vor Mailín zusammenkauerte und den Kopf beugte, als wäre sie eine Dienerin. *Eine, die ein schlechtes Gewissen hat*, dachte Mailín. »Verzeiht«, wiederholte das Mädchen mit einer sanften Stimme, in der die Angst wie eine Gitarrenseite schwang. »Ich weiß, ich hätte Erlaubnis einholen müssen . . .« Sie stutzte. Dann hob sie den Kopf und schaute Mailín direkt in die Augen. »Ihr seid welche von außerhalb!« Sie hatte den Satz kaum beendet, als eine Wolke von Faltern aufstob wie aufgescheucht. Im nächsten Moment waren Toma und Mailín in einem Sturm aus Schmetterlingen gefangen. Flügel klapperten an Mailíns Stirn und verfingen sich in ihrem Haar. Durch den blauen Wirbel sah sie das Mädchen aufspringen und flüchten. Stoff riss, als Toma sie am Saum erwischte. Das Mädchen zerrte mit aller Kraft an ihrem Rock und konnte sich befreien. Der Schwarm der blauen Falter zerstob wie eine Wolke, als sie über einen niedrigen Strauch sprang. Und dann war das Mädchen einfach fort. Hinter dem Geäst gleißte nur noch eine Eisfläche, als könnte die Fremde durch Wände gehen.

»Wo ist sie?«, zischte Toma.

»Im Schloss«, erwiderte Mailín. *Das nicht existiert. Genau wie die Fee gesagt hat. Und das gerade deshalb wirklich ist?* Es klang zu verrückt, um wahr sein zu können, aber Mailín nahm ihren Mut zusammen. »Schließ die Augen, wenn du springst, Toma«, rief sie und rannte los. Sie sah noch, wie Toma verwirrt den Kopf schüttelte. Dann war sie schon beim Strauch und stieß sich mit aller Kraft ab. Zweige kratzten über ihre Stiefel. Im Sprung riss sie die Arme vor das Gesicht in Erwartung, gleich gegen hartes Eis zu prallen. Aber sie fiel nur durch eine Verschiebung von kühler Luft, so, als würde der Berg vor ihrer Berührung zurückschrecken und Atem holen. Im nächsten Moment riss Mailín das fremde Mädchen mit voller Wucht um und stürzte mit ihm zu Boden. Rotes Haar nahm ihr die Sicht, die Silberbeschläge von Siljas Mantel kratzten über Eis, während sie und das Mädchen über einen viel zu glatten Grund schlitterten. Mailín erahnte einen Korridor, der sich in der Dunkelheit verlor, dann bremste eine Wand sie wie eine Faust aus Granit. Die Rothaarige keuchte vor Schmerz auf und krümmte sich. Nur etwas Eislicht fiel von oben auf einen polierten Silberboden. Darin gespiegelt sah Mailín die schmerzverzerrten Züge des Mädchens. Ihre Blicke trafen sich im Spiegelbild. Mailín wusste nicht, wer erschrockener war. Das Mädchen oder sie selbst, als sie ihr eigenes Gesicht erkannte. *Eine Schönheit und ein Ungeheuer.* Und das Ungeheuer mit rußschwarzen Wangen und wirrem Sturmhaar war sie. Die Fremde rang nach Luft.

»Keinen Laut!«, befahl Mailín. »Dann passiert dir ni…«

Eine kalte Hand presste sich auf ihren Mund. »Scht!«, zischte das Mädchen und lauschte, die Augen weit aufgerissen. Jetzt hörte Mailín es auch: ein Echo von donnernden Schritten, das von überall her zu kommen schien. Und ein Klirren wie von Ketten. *Oder Waffen?*

Immer lauter wurde das dumpfe Grollen von Stimmen, die sich etwas in einer fremden Sprache zuriefen.

Im selben Moment fiel Toma aus dem Nichts, landete geschmeidig wie eine Katze auf dem Boden und richtete sich sofort alarmiert auf. »Sei still!«, flüsterte das Mädchen ihr zu. »Wenn sie euch hören, töten sie euch.«

Sie zog Mailín auf die Beine. »Haltet euch dicht hinter mir«, wisperte sie. »Bleibt stehen, wenn ich stehen bleibe. Kein Wort und keinen Laut, nicht einmal Atmen!« Damit huschte sie nach rechts. Toma warf Mailín einen fragenden, gehetzten Blick zu. Und als Mailín knapp nickte, rannten sie beide gleichzeitig los.

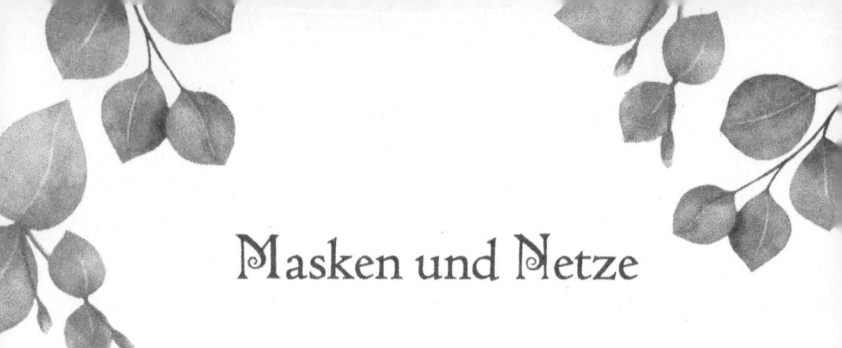

Masken und Netze

ie klirrenden Ketten verfolgten sie wie suchende Hunde, verloren ihre Spur und fanden sie an anderen Ecken wieder. Das Mädchen huschte an einer Reihe von Wabenkammern mit offenen Türen vorbei und bog in einen Gang ein, der so schmal war, dass ihre Schultern glatte Wände streiften. Immer wieder hieß die Rothaarige sie anhalten. Dann verharrten sie wie eingefroren und wagten kaum zu atmen, während das Klirren in der Nähe war, Schritte stampften und Stimmen grollten und sich wieder entfernten. Offenbar führte das Mädchen sie wie in einem Labyrinth direkt an Wächtern vorbei, die nicht ahnten, dass die Gesuchten nur wenige Schritte von ihnen entfernt waren, verborgen hinter Nischengängen und dünnen Wänden. *Wie ein Eichhörnchen*, dachte Mailín, *das jeden Schlupfwinkel kennt.* Schließlich winkte die Fremde sie zwischen grob behauenen Felsen hindurch. Hier drang das Licht nur durch ein durchbrochenes Muster von grauem Eis. Ein länglicher Steinblock schien eine Art Bett zu sein. Das Mädchen setzte sich auf das harte Lager und zog die Beine an den Körper. »Hier sind wir erst einmal sicher«, hauchte sie.

»Lebst du hier?« Mailíns Flüstern klang wie Scharren. Die Rothaarige horchte angespannt in die Ferne, dann schüttelte sie den Kopf. »Das ist nur ein Wächterraum. Hier suchen sie nie zuerst. Oder jedenfalls ... meistens nicht.«

Toma holte scharf Luft. Ihre Anspannung vibrierte wie ein Flirren in der Luft.

Eine Weile betrachteten sie einander, während um sie herum Eis knackte, als würde der Berg sich regen wie ein Riese, der schlecht träumte. Toma und Mailín rückten näher zusammen, bis sie Schulter an Schulter standen.

»Warum hilfst du uns?«, fragte Toma.

»Weil ich euch nicht sterben sehen will.« Die Fremde schluckte und schaute furchtsam zu dem Durchgang. »Und ich habe keine Erlaubnis, in den Wächtertrakt zu gehen.« Sie legte den Kopf schief und lauschte, als würden die Eiswände zu ihr sprechen. »Sie gehen immer noch in die andere Richtung. Kommt mit!«

»Wohin?«, fragte Toma.

»Zum Trakt der Weberinnen. Dort oben hat das Gesetz der Wächter keine Gültigkeit.«

Über Felstreppen ging es steil bergauf, bis das Mädchen in einen Schacht vorauskletterte und eine Eisenklappe in der Decke öffnete. Flink schlüpfte sie in den Raum über ihnen. »Wartet hier!«, befahl sie und schloss die Klappe.

Atemlos blieben sie zurück, lauschend und stumm, eingepfercht in den viel zu schmalen Schacht. Mailín konnte Tomas Misstrauen wie Wellen spüren. »Willst du ihr wirklich trauen?«, wisperte sie.

»Im Augenblick haben wir wohl keine Wahl«, gab Mailín flüsternd zurück.

Toma schnaubte so herablassend, wie nur sie es konnte. »Ich habe immer eine Wahl!«

»Was machst du?«

»Nachsehen, wo wir gelandet sind.«

»Sie sagte, wir sollen warten!«

»Ich bin nicht taub«, zischte Toma und schob sich an Mailín vorbei. Vorsichtig hob sie die Klappe ein Stück an. Im Spalt glomm blaue Dunkelheit, doch Toma schien genug zu erkennen. »Keine Gefahr. Nur eine leere Höhle.« Sie öffnete die Klappe ganz und zog sich flink hoch. Es klickte und Mailín fielen Eisperlen entgegen, trafen ihre Stirn und Schultern, prallten an den Wänden ab und sprangen prasselnd den Schacht hinunter. *Oh nein! Jetzt hören uns die Wächter garantiert.* Doch bevor Mailín Toma hastig nachklettern konnte, kam das Mädchen zurück. Sorge huschte wie ein Schatten über das klare Gesicht, als sie das verklingende Prasseln der Eisperlen hörte. Sie streckte Mailín die Hand hin. »Schnell! Wir müssen den Zugang schließen.«

Als Mailín ihr Handgelenk umfasste, spürte sie kühle Haut und einen sehr langsamen Puls. Im nächsten Moment wurde sie schon nach oben gezogen und konnte im spärlich glimmenden Licht der Eiskugeln erahnen, wie das Mädchen und Toma gemeinsam eine Steinplatte über die Klappe schoben. Mailín schaute sich um. Über ihr, an der Decke, schimmerte etwas wie wolkiger, heller Nebel, vermutlich Eis. Das Mädchen warf Mailín etwas Weiches vor die Füße. Stoff, vielleicht Kleider. Mit fliegenden Fingern nestelte die Fremde eine Silberschale hervor und füllte sie mit Händen voller Eiskugeln. Sie berührte sie mit einer Geste, die Mailín an Lovis erinnerte, wenn sie ihren Spiegelzauber wirkte. Sofort begannen auch die blassesten Eisperlen aufzuglühen und gaben ihr Licht frei. Toma keuchte auf. »Was zum...?«

Mailín folgte ihrem Blick nach oben und erkannte, was der wolkige Nebel über ihr in Wahrheit war: fein gewobene Spinnennetze, jedes davon kaum größer als eine Hand. Es mussten Abertausende sein. Die ganze Höhlendecke war eingesponnen, Eisperlen hingen wie Tautropfen in den Netzen, lagen auf silbrigen Schleiern, die man kaum von den winzigen Kugelspinnen unterscheiden konnte, die überall waren. Sie sahen anders aus als die Harfenspinnen, sie hatten runde, glasklare Körper und filigrane gläserne Beine. Die meisten Spinnen verharrten reglos. Aber einige sponnen etwas Blaues ein, das sich in ihren Netzen verfangen hatte. Schillernde Falterflügel drehten sich an Seidenfäden. »*Das* ist der Trakt der Weberinnen?«, hörte Mailín sich mit zitternder Stimme fragen.

Das Mädchen lachte. »Aber nein! Das sind nur die Seidenkammern. Mit den Spinnenfäden weben wir unsere Stoffe.« Sie hob die Schale, betrachtete in ihrem Licht fasziniert Tomas Gesicht und wandte sich Mailín zu. »Ihr seid wirklich welche von außerhalb!«

Und was bist du?, dachte Mailín. *Eine Fee? Oder ein Eisblüter?*

Die farbigen Schatten der Eisperlen tanzten auf dem roten Haar des Mädchens, Wälder und Sommerfeste, winzige Gesichter, die im Fackelschein eines Tanzes glühten. »Was sind das für Perlen?«

»Das weißt du nicht?«, fragte das Mädchen ehrlich verwundert. »Gefrorene Träume! Sie fangen sich in Spinnennetzen. Dort verblassen sie nach einer Weile zu gewöhnlichem Eis.«

»Und es gibt wirklich keine Wächter hier oben?«, meldete Toma sich zu Wort.

»Nein, sie halten sich nur im äußersten Ring auf und haben keine Erlaubnis, die inneren Bezirke zu betreten. Doch die Weberinnen dürfen euch ebenfalls nicht sehen, sie melden es sonst den Herrinnen.« Das Mädchen beugte sich zu dem Kleiderhaufen und zog einen dünnen braunen Umhang heraus. »Um zu unseren

Kammern und Lagern zu gelangen, müssen wir mitten durch die Weberei gehen. Zieht beide die Stiefel aus. Und du auch deine Pelzsachen, Weißfell.«

»Niemals«, entgegnete Toma.

»Warum?«, fragte Mailín im selben Atemzug.

Das Mädchen zog den Saum ihres Kleides hoch und enthüllte bloße Beine und Füße. *Dann ist sie wirklich ein Eisblüter*, dachte Mailín mit einem Frösteln. Sie erinnerte sich daran, was Koova Toma über diese Wesen erzählt hatte: *»Sie tragen viele Masken, manche sogar aus Menschenhaut. Sie sehen aus wie Menschen, aber sie sind es nicht.«*

»Im ersten Moment hast du mich mit dem Mantel und dem Ring getäuscht, Rabenhaar«, wandte sich die Fremde freundlich an sie. »Auch die Farbe in deinem Gesicht sieht aus wie eine Maske. Aber als ich vor dir kniete, fiel mir auf, dass du Stiefel trägst. Doch wer aus dem Schloss stammt, spürt keinen Frost.« Sie deutete auf Mailíns Hände. Sie waren bleich vor Kälte und die Nägel schimmerten blau. Die Schmetterlingsflügel hatten auf der Haut zudem einen Hauch von indigoblauem Flügelstaub hinterlassen, der fast wie ein Handschuh wirkte.

»Dein Mantel und der Ring werden dich gut genug tarnen, Rabenhaar«, fuhr das Mädchen fort. »Aber du, Weißfell, musst dir die Farbe aus dem Gesicht wischen und dich kleiden wie eine von uns.« Mit diesen Worten warf sie den braunen Umhang Toma zu. Toma fing ihn nicht auf, sondern verschränkte nur die Arme. »Weißfell heiße ich nicht, Eichhörnchen«, gab sie verärgert zurück.

»Dann sag mir, wie ich dich nennen soll.« Das seltsame Mädchen lächelte der Jägerin, die sie im Garten niedergeschlagen hatte, tatsächlich freundlich zu, und Mailín erkannte in diesem Moment, dass sie wirklich ein Herz hatte. Ein offenes und warmes, das frei von Kränkungen war. »Ich bin Birgida«, fügte sie sanft hinzu und hob den Umhang selbst auf. »Und ihr?«

»Mailín ... Rabenherz.«

Toma bekam schmale Augen, aber schließlich gab sie nach. »Einfach nur Toma«, murmelte sie und nahm den Umhang an sich.

Birgida holte ein angefeuchtetes Tuch hervor, das betäubend stark nach blauen Blüten duftete. Toma ließ es nur widerwillig zu, dass sie ihr die Maske abwischte. Der Ruß löste sich ohne Spuren und Schatten, und Mailín wurde bewusst, dass sie Tomas Gesicht gerade zum ersten Mal wirklich sah. Es irritierte und berührte sie auf seltsame Weise. Ohne die Maske sah Toma nicht länger bedrohlich aus, sondern zart und auf eine wilde Art schön. *Sie ist wirklich eine Eisblume,* dachte Mailín.

Birgida stopfte die Kleidung, die Stiefelpaare und die Handschuhe in einen Stoffsack und füllte ihn mit weiteren Kleidern auf. Das Bündel lud sie Toma auf den Rücken. »Du bist die Lastenträgerin und gehst als Letzte, mit gesenktem Kopf. Heb den Blick nicht vom Boden. Und du, Mailín Rabenherz, folgst mir. Mach ein starres Gesicht, damit man deine dunkle Farbe für eine Maske hält. Du darfst keine Miene verziehen und dich nicht umschauen. Achte darauf, dass alle den Wappenring sehen. Ach ja: Und atme nur ganz flach, der Hauch vor deinem Mund verrät dich sonst.« *Nichts leichter als das,* dachte Mailín. Schon jetzt hatte sie das Gefühl zu ersticken.

Birgida bemerkte es wohl, sie verzog mitfühlend den Mund, dann zupfte sie an einer von Mailíns Locken, als würde dort noch Laub hängen. Mailín lief ein eisiger Schauer durch den Körper, aber vielleicht lag das auch daran, dass die Kälte in ihre nackten Sohlen biss und sie jetzt schon zittern ließ. »Geh mit festen Schritten und erhobenem Haupt«, wies Birgida sie an. »Herrinnen sind stolz und streng. Sie erwidern keinen Blick und geben niemals Antworten.«

Mailín schluckte schwer. »Ich … werde also eine Herrin sein?« *Wie Silja?*

Birgida hob eine Augenbraue und lächelte auf eine Art, die wie ein Blick hinter einen Spiegel war. »Solange dich die anderen dafür halten«, sagte sie leise, »kannst du hier alles sein, was du willst.«

❧

Mailín hatte erwartet, einen neuen Schreckensort voller Spinnen zu betreten. Aber unter ihren Füßen wurden Stein und Eis zu schwarzem Marmor, zu polierten Treppen und schwebenden Brücken aus Glas. Kaltes Weißlicht fiel durch die Wände; gebrochen wie in Kristallprismen sah Mailín Spiegelungen fliegender Möwen und Wolkenspiel, als wäre dieser Palast durchsichtig, sobald man von innen nach außen schaute. Bald entdeckte sie auch Menschen und musste sich zwingen, flach zu atmen, obwohl ihr Herz hämmerte und das Blut in ihren Ohren rauschte. Es waren sicher hundert Arbeiterinnen, die hier an Steintischen saßen. Die meisten waren alte Frauen, aber es gab auch einige Kinder und Mädchen in Birgidas Alter. In den dünnen Gewändern aus rötlicher und brauner Seide wirkten sie wie blasse Falter. Alle waren barfuß und schienen die Kälte nicht zu spüren, obwohl sich Atemwolken vor ihren Mündern bauschten. Geplauder und leises Lachen klang im Raum. Aus dem Augenwinkel erhaschte Mailín einen Blick auf Webrahmen aus gebleichtem Treibholz, an denen transparente Seidenfäden zu hauchdünnen Stoffen verwoben wurden. Auf die fertige Seide stickten Näherinnen Muster aus Ranken und Spinnennetze voller Eisperlen. Eine Nadel fiel mit einem hellen Klingen zu Boden. Ein etwa achtjähriges Mädchen, das bei Mailíns Anblick erschrocken aufgesprungen war, sank in einen tiefen Knicks. Die Gespräche und das Lachen hörten schlagartig auf. Mailín hob das Kinn und presste die Zähne aufeinander, damit sie nicht klapperten. Ihre Füße waren längst gefühllos. *Und sicher habe ich blaue Lippen,* dachte sie. *Wie Eismund.*

»Hier entlang, Herrin.« Birgidas Stimme klirrte im totenstillen Raum. Sie war vor einem Durchgang stehen geblieben und neigte demütig den Kopf. »Nach links«, raunte sie Mailín fast lautlos zu. Mailín würdigte sie keines Blickes und schritt an ihr vorbei. Fast wäre sie mitten im Schritt gestolpert. Eine Fremde kam ihr direkt entgegen, die Hand mit dem Siegelring auf Brusthöhe fest um den Pelzsaum des Mantels gekrampft. Sie brauchte einige Sekunden, um zu begreifen, dass sie selbst diese Gestalt war. Doch ihr Ebenbild, das sich in einem Silberspiegel fing, hatte firnweißes Haar und bläuliche Haut. Und über ihr lag ein Frosthauch, der Mailíns zu warmen Atem verbarg. »Weiter«, hauchte Birgida hinter ihr.

Mailín wusste nicht mehr, wie lange Birgidas Raunen sie leitete. Wie eine Schlafwandlerin gehorchte sie, schritt durch Gänge und über spiegelglatte Böden, bis der Marmor unter ihren Füßen wieder zu rauem Fels wurde. Irgendwann fasste Birgida sie an der Hand und zog sie in ein niedriges Felsgewölbe. Webstühle stapelten sich hier. Viele von ihnen waren zerbrochen und an den Wänden türmten sich Ballen von ausgebleichtem Stoff in wirren Haufen auf.

Tomas Gepäck landete mit einem dumpfen Laut auf dem Boden. Im selben Moment begannen Mailíns Zähne zu klappern, die Starre fiel von ihr ab und sie zitterte so sehr, dass es sie schüttelte. Birgida huschte zu einer Gewölbewand und ließ sich in einem Nest aus Treibholz nieder, das sie zu einem Lager zusammengeschoben hatte. Das Elchfell darauf diente sicher nur der Bequemlichkeit, denn auf Birgidas bloßen Schultern zeigte sich nicht einmal der Anflug einer Gänsehaut. »Ich bin die Einzige, die Sachen aus diesem Teil der Lagerräume holt«, erklärte sie. »Fürs Erste seid ihr hier also gut versteckt.«

»Danke«, brachte Mailín zähneklappernd hervor. Birgida sah fasziniert zu, wie sie und Toma sich hastig wieder ihre Pelze und Stiefel anzogen. Als Mailín sich die langen Haare wie einen Schal um den Hals wickelte und in den Kragen schob, waren sie wieder schwarz und wirr wie zuvor. Nur ein paar Spinnfäden hingen daran. »War das eine Art von Magie?«, fragte Mailín. »Wie bei den Faltern, die uns im Garten umschwirrt haben? Du hast sie auf uns gehetzt, um uns abzulenken, nicht wahr? Und mich hast du auf magische Art als Herrin getarnt.«

Birgida lächelte geheimnisvoll und deutete ein Kopfschütteln an. »Ich bin keine Magierin. Aber manchmal genügen ein paar Spinnfäden aus einem Netz, um den Anschein von weißem Haar zu erwecken. Ich habe den Weberinnen geholfen, das zu sehen, was sie wegen deines Rings ohnehin erwarteten. Herrinnen haben weißes Haar und verbergen ihre Gesichter vor uns. Ich musste also nur für den Anschein von Ähnlichkeit sorgen. Deshalb war es wichtig, dass du den Ring gut sichtbar getragen hast. Schließlich mussten wir auch an einem der Spiegel vorbei«, fügte sie ernster hinzu. »Manchmal beobachtet *er* uns durch das Silber.«

»Er?«, fragte Toma mit harter Stimme. »Euer blutrünstiger, herzloser König?«

Mailín stieß sie warnend in die Seite.

»So nennt man ihn außerhalb?« Birgida schien ehrlich betroffen zu sein.

»Wie sollte man diesen Tyrannen sonst nennen?«, fragte Toma.

»Er ist kein Tyrann«, widersprach Birgida sehr bestimmt.

»Und schon gar nicht blutrünstig. Er beschützt uns und sorgt gut für uns ...«

»Ja, natürlich.« Toma schnaubte. »Es ist nur zu eurem Besten, dass er euch hier gefangen hält.«

Birgida blinzelte irritiert. »Wie kommst du denn darauf?«

»Nun, du darfst dich nicht frei im Schloss bewegen, du fürchtest Wächter und Herrinnen und hast einiges riskiert, um zwei Fremde zu retten. Was eigentlich dumm war, schließlich könnten wir auch vorhaben, deinem König ein Messer zwischen die Rippen ...«

»Toma!«, zischte Mailín.

Aber Birgida lachte nur verwundert auf. »Warum sollte jemand auch nur daran denken, ihm ein Leid zuzufügen? Und selbst wenn jemand es versuchen würde: Niemand kann den König verletzen, weder mit Messern noch mit einer anderen Waffe. So wenig, wie man den Winter selbst töten kann. Oder den Schnee. Oder einen Traum.«

»Dann ist er also wirklich kein Mensch?«, hauchte Mailín.

Diese Frage schien Birgida zu amüsieren. »Er ist ... der Herr des Winters! In seinen Adern fließen das Eis und die Ewigkeit. Und niemand – niemand! – von uns ist sein Gefangener.«

»Dafür hattest du aber bemerkenswert viel Angst«, schnappte Toma.

»Hier im Winterschloss gibt es nun mal Gesetze und Regeln«, sagte Birgida so geduldig, als würde sie zwei Kindern die Welt erklären. »Jeder Trakt hat seine eigenen Herren, deren Gesetz gilt und in der nächsten Ebene des Schlosses seine Gültigkeit verliert. Der äußerste Ring ist das Reich der Wächter. Der mittlere Trakt gehört uns Weberinnen. Jeder hat seinen Platz und seine Bestimmung.«

»Aber du hast deinen Platz verlassen und uns auch noch gerettet«, sagte Mailín. »Angst um dich selbst war nicht der Grund dafür. Du hättest uns im äußersten Ring zurücklassen und allein in den Webertrakt flüchten können. Die Wächter hätten dich hier oben nicht belangen können.«

Birgida lächelte verschmitzt. Und diesmal war die Ähnlichkeit mit Stella so groß, dass es Mailín einen Stich gab. »Kommst du ... wirklich aus dem Schloss, Birgida?«

Genauso gut hätte sie wohl fragen können, ob Birgidas Haar wirklich rot war. »Was ist das für eine Frage, Rabenherz? Ich wurde hier geboren. Wir alle sind Kinder dieses Berges.«

»Kalte Eisblüter seid ihr«, murmelte Toma.

Birgida runzelte die Stirn. »Nein. Ich bin ein Mensch! So wie ihr.«

Mailín und Toma wechselten verstohlen einen zweifelnden Blick. Aber zu Mailíns Erleichterung verkniff sich Toma diesmal eine Antwort.

»Na schön«, sagte die Jägerin nur. »Dann gibt es hier also ... Menschen wie dich und eure maskierten Herrinnen. Sind sie auch *Kinder des Berges*?«

Birgida blinzelte und wirkte für einen Moment völlig verwirrt. »Das ... weiß ich nicht«, sagte sie dann zögernd.

»Aber sie leben in einem anderen Trakt?«, wollte Mailín wissen.

Birgida schien erleichtert zu sein, wieder sicheren Grund betreten zu können. »Ihr Trakt ist der Palast auf der Spitze des Berges, das Zentrum. Die Herrinnen und Herren gehören zum innersten Zirkel. Nur durch sie spricht unser König zu uns. Sie sind seine Mittler und Diener, seine Augen und Hände.«

Und seine Waffen?, dachte Mailín. »Warst du schon einmal im Palast? Hast du deinen König gesehen?«

»Ich?« Birgida lachte auf und schüttelte den Kopf. »Ich bin nur eine Weberin.«

»Du kennst deinen König also nicht, obwohl du hier geboren wurdest?«

»Natürlich nicht. Nur die Ältesten dürfen manchmal aus der Ferne einen Blick auf ihn werfen. Dann, wenn sie neue Gewänder für die Feste in den Palasttrakt bringen. Sie sagen, dort steht ein Thron aus Silber und Mondlicht. Und unter der Himmelskuppel aus blauem Eis feiert der Winterkönig jede Nacht ein Fest. In manchen Vollmondnächten wählt er sich eine Frau aus unserem Trakt, mit der er bis zum Morgengrauen tanzt. Welche es sein wird, darüber entscheidet er beim Blick in die Spiegel. Aber er ist wählerisch und umgibt sich nur mit den Schönsten von uns.«

»... während er selbst so hässlich ist, dass er sich hinter Spiegeln verstecken muss?«, bemerkte Toma spitz.

Birgida lächelte. »Er ist alles andere als hässlich. Alle, die ihn sahen, sagen, er ist jung und schön. Und er liebt nichts so sehr wie die Musik und den Tanz.«

Ihre Miene wurde bei diesen Worten weich und ließ sie noch hübscher wirken.

»Klingt ja, als könntest du es kaum erwarten, zum *Tanz* ausgewählt zu werden«, sagte Toma mit kaum verhohlenem Sarkasmus.

Doch Birgidas Augen bekamen einen Glanz, den Mailín nur zu gut von ihrem eigenen Spiegelbild kannte. »Ich warte nicht darauf, dass er mich zu sich in den Palast ruft«, entgegnete sie so sanft, dass man die Entschlossenheit in ihrer Stimme fast überhören konnte. »Vielleicht geschieht das nie. Einige der Weberinnen sind über dem Warten und Hoffen nur alt geworden und haben nie einen Fuß aus unserem Trakt gesetzt. Nein, ich will *jetzt* sehen und lernen und wissen. Im äußeren Wächtertrakt war ich heimlich schon so oft, dass ich jeden Winkel kenne. Aber im Herzen des Palastes war ich noch nie.« Ihr Blick fiel auf Mailíns

Hand. »Wirst du mir verraten, woher du den Ring einer Herrin hast?«

»Ja, wenn du uns im Gegenzug verrätst, wo die Kerker sind«, antwortete Toma an Mailíns Stelle. »Wir suchen nämlich jemanden. Und du scheinst ja zumindest genug Taschenzauber zu beherrschen, um in jeden Trakt zu kommen…«

»Nein, Toma.« Es war das erste Mal, dass Mailín in Birgidas Augen einen Funken von Ärger sah. »Worte sind kein Tauschgeschäft und auch ein *Taschenzauber* ist kein Diener, den man ruft, wenn man ihn braucht. Weiß man das dort, wo ihr herkommt, wirklich nicht?«

Sie sprach zwar freundlich, aber ihre Worte hatten dennoch eine Schärfe, die traf. Tomas Miene verfinsterte sich, aber zu Mailíns Erleichterung nahm sie die Zurechtweisung schweigend hin.

»Da, wo ich herkomme, weiß man nichts über deinen König und seinen Palast«, erwiderte Mailín. »Und dennoch… bin ich auf der Suche nach einer Freundin, die hier gefangen gehalten wird.«

»Gefangen?« Birgida schüttelte den Kopf. »Hier gibt es keine Gefängnisse.«

Das heißt, der König macht keine Gefangenen?, dachte Mailín. Toma legte ihr wie beiläufig die Hand auf die Schulter und drückte sie kurz. Und Mailín verstand, was ihre Freundin ihr sagte: *Nicht den Mut verlieren.* Auch Birgida hatte bemerkt, dass Mailín blass geworden war.

»Was macht dich so traurig, Rabenherz?«, fragte sie in dem warmen Singsang, der ihre Sprache war. Und als sie nach Mailíns Hand griff, wehrte Mailín sich nicht gegen die zarte Berührung. Darin lag etwas Weiches, Warmes, das ihr guttat. »Erzähl mir von dieser Freundin«, sagte das Mädchen ernst.

Und auch diesmal war es eine Bitte, keine Forderung. Und

vielleicht war es dieser Moment, in dem Mailín vorsichtig einen kleinen Teil ihres Herzens öffnete. Sie holte tief Luft – und begann mit dem Sommerfest und einem Tanz, der sie zum ersten Mal nach so langer Zeit wieder auf festen Boden geführt hatte. Ihre Stimme zitterte, als sie von Joun erzählte, aber es tat unendlich gut, seinen Namen auszusprechen. Mit jedem Wort rückte ihr altes Leben wieder heran, so greifbar und spürbar nah, dass ihr Herz vor Sehnsucht eng wurde.

Stumm und aufmerksam hörte Birgida zu. Und nachdem Mailín geendet hatte, schwieg sie noch eine ganze Weile, den Blick nachdenklich auf den Ring gerichtet. Irgendwo jenseits der Felskammer erklang das Lachen von Frauen, die auf einem Gang vorbeiliefen und miteinander plauderten. Es war irritierend, dass es zwischen diesen eisigen Wänden so viel Fröhlichkeit und so etwas wie ein normales Leben gab. *Vielleicht fühlen sie sich hier wirklich nicht eingesperrt*, dachte Mailín. *Vielleicht ist es für sie einfach nur eine andere Art von Leben und eine andere Art von Glück.*

Birgida ließ Mailíns Hand los und sprang hastig auf. »Ich muss zurück in die Weberei. Sobald ich kann, bringe ich euch etwas zu essen. Aber solange ihr hier seid, bitte ich euch, nicht alleine im Trakt herumzugehen, versprecht ihr mir das?«

Mailín nickte, ohne zu zögern. Und sogar Toma schien zu spüren, dass für Birgida Versprechen etwas waren, das man nicht leichtfertig gab. »Na schön«, murmelte sie widerwillig.

Birgida atmete sichtlich auf. »Wir werden herausfinden, ob diese Silja im Schloss ist.«

»*Wir*?«, fragte Toma. Birgida schien das Misstrauen in ihrem Tonfall nicht wahrzunehmen.

»Ja«, antwortete sie mit einem Lächeln. »Mit einem einzelnen Faden kann man kein Muster weben. Dafür braucht es mindestens drei.«

Herz aus Eis

Birgida versorgte sie mit frostkalten Winterfrüchten, Trockenfisch und Nüssen, sie brachte ihnen frisches Quellwasser und Felle, mit denen sie sich zudecken konnten. Aus den Pelzen richteten sie ein Lager her, das Mailín zum ersten Mal seit Ewigkeiten wieder an ein Bett erinnerte. Dennoch fror sie selbst im Schlaf so sehr, dass sie von ihrem Zittern aufwachte. Es war beunruhigend, dass sie in diesem seltsamen Schachbrettberg keinen einzigen Traum hatte. Der Schlaf war zähes schwarzes Öl, in dem sie einfach versank, und das Erwachen fühlte sich an, als hätte sie nur einen Herzschlag lang die Augen geschlossen. Auf eine diffuse Art fühlte Mailín sich dadurch beraubt. Als müsste sie ihre Vergangenheit davor bewahren, ihr wie eine Spiegelung auf dem Wasser zu entgleiten, schloss sie in den wachen Stunden immer wieder die Augen und rief sich Joun und ihre Geschwister ins Gedächtnis.

»Wenn wir nicht bald rauskommen, werden wir wahnsinnig«, murrte Toma nach einigen Tagen. »Wie hältst du es in deiner Heimat nur so lange zwischen Wänden aus, ohne verrückt zu werden?« Es war auch ungewohnt, dass sie hier ihre Rollen tauschten. Jetzt war Mailín diejenige, die Toma beruhigte, wenn sie sich von den Wänden erdrückt fühlte und nachts nach Atem rang. Aber es gab auch die hellen Momente, dann, wenn Birgidas Lachen und ihr Strahlen eine Wärme in den Raum brachten, die Mailín tief im Herzen spürte. Inzwischen erkannten sie das leise Rascheln von Birgidas Kleid, sobald das barfüßige Mädchen mit ihrem lautlosen Schritt zu ihnen schlüpfte.

Bei einem dieser Besuche zückte sie einen grobzinkigen Weberkamm und zähmte geduldig Mailíns schwarzes Sturmhaar. Es war traurig und tröstlich zugleich, die Augen zu schließen und sich vorzustellen, dass es Rúns sanfte Hände waren, die ihre widerspenstigen Krauslocken zu einem Zopf flochten. Und auch wenn Toma wortkarg und mürrisch blieb, gab es Stunden, in denen sie im Licht gefrorener Träume zusammensaßen und einander von drei Leben erzählten, die so unterschiedlich waren wie drei Farben. Mailín beschwor den Sommer in Falún, sang leise die Schanklieder aus Jussus Gasthaus und brachte damit Birgidas Augen zum Strahlen. Tomas Legenden von den Kindern des Schnees waren kühl und wild und karg wie das Leben, das sie gewohnt war. Doch die seltsamsten Geschichten entlockten sie Birgida.

»Nein, niemand hat hier Mutter oder Vater«, antwortete sie auf Mailíns Frage. »Wir erwachen im verschneiten Berg, wachsen hier auf, erlernen das Handwerk und arbeiten ...«

»... bis ihr alt genug seid, um mit dem König *zu tanzen*?«, bemerkte Toma mit spitzer Zunge.

Mailín warf ihr einen warnenden Blick zu. »Wie war es für dich zu erwachen?«, fragte sie dann. »Erinnerst du dich daran?«

Birgidas Augen leuchteten auf. »Als ich zum ersten Mal Atem holte, duftete die Luft nach Schnee. Und dann schaute ich in Lelas Gesicht. Lela war unsere älteste Weberin. Vor einiger Zeit durfte sie in den Palast umziehen und dient seitdem den Herrinnen im Zentrum. Sie küsste mir das Eis von den Wimpern und gab mir meinen Namen. Dann half sie mir, aus dem Fels zu klettern, gab mir ein Kleid und führte mich in die Werkstatt.«

»Du ... konntest schon laufen, als du geboren wurdest?«

»Natürlich. Wir sind so alt, wie wir sein müssen. Werden Seidensammlerinnen mit kleinen, geschickten Händen gebraucht, dann kommen jüngere Kinder zur Welt, die Spinnennetze einsammeln und die Fäden auf die Weberschiffchen ziehen können. Die Älteren sind Näherinnen. Aber die meisten von uns weben – und nähen nur manchmal, so wie ich.«

»Und wenn ihr erwachsen seid, sucht der König sich eine von euch aus«, bemerkte Toma. »Kehrt ihr zu den Webstühlen zurück, sobald er genug von euch hat?«

»Wer das Glück hat, für ein Fest auserwählt zu werden, darf von da an oben im Palast leben.«

»*Glück?*«, wiederholte Toma voller Sarkasmus. »Und was machen eure *Auserwählten* dort ihr restliches Leben lang?«

Birgida runzelte die Stirn auf diese Art, die Mailín inzwischen kannte. Dann, wenn eine Frage sie verwirrte, als hätte sie selbst darüber noch nie nachgedacht.

»Du weißt es nicht?«, fragte Toma. »Hat keine eurer Erwählten erzählt, was sie dort oben den lieben langen Tag treibt?«

»Wir sehen keine von den Erwählten jemals wieder. Sie ... gehören von da an schließlich zum Hofstaat und damit zum innersten Zirkel.«

Oder sind Gefangene? Jäh flammte die Sorge wieder in Mailín auf. War Silja vielleicht eine dieser Auserwählten gewesen?

»Und du hast noch nie versucht, dich in den Palasttrakt zu stehlen und nachzusehen?«, bohrte Toma weiter.

»Doch. Aber es gibt keine Zugänge. Zumindest keine, die ich finden konnte. Die Herrinnen betreten unseren Trakt durch Geheimgänge. Und denjenigen von uns, die ihnen zum Palast folgen dürfen, werden die Augen verbunden.«

Tomas Seitenblick, den sie Mailín zublitzte, sprach Bände: *Und sie glaubt immer noch, dass sie frei ist.*

»Wünschst du dir nie, den Berg zu verlassen?«, fragte Mailín.

»Mein Zuhause?« Birgida schüttelte empört den Kopf. »Wozu?«

Sie griff in die Schale mit den Eisperlen und ließ die fremden Träume durch die Finger rieseln. »Hier sehe ich alle Orte der Welt und auch das Leben der Menschen von außerhalb – so wusste ich auch, was Stiefel sind, als ich sie an dir sah, Mailín Rabenherz.«

»Aber hast du nie Sehnsucht danach, die Welt da draußen mit eigenen Augen zu sehen?«

Doch an Birgidas zweifelndem Stirnrunzeln konnte Mailín die Antwort schon ablesen. *Sie versteht tatsächlich nicht, was ich meine.*

»Was erwartest du, Rabenherz?«, sagte Toma. »Nur Menschen wissen, was Sehnsucht ist. Aber Birgida ist kein ...«

Birgida starrte Toma an, als hätte sie ihr eine Ohrfeige gegeben. »Ich bin ein Mensch!«, stieß sie hervor.

»Willst du mit mir wetten?«, konterte Toma. »Wir Menschen kriechen nicht wie Grottenolme aus dem Berg, sondern werden als Säuglinge von einer Mutter geboren. Wir wachsen alle auf dieselbe Weise, wir lernen sprechen und laufen, wir spüren die Hitze des Feuers auf der Haut und den Wind im Haar, wir haben Väter und Geschwister, wir lieben einander und sehnen uns ...«

»Aber ich *bin* menschlich!«, rief Birgida so laut, dass ihre Stimme im Raum hallte. »Ich bin genauso menschlich wie ihr!« Ihre Augen füllten sich mit Tränen. Und ehe Mailín sie aufhalten konnte, sprang sie auf und stürzte davon.

»Warum schaust du mich so an?«, fragte Toma, als Mailín sie

zornig anfunkelte. »Sie ist ein Eisblut wie ihr herzloser König, auch wenn sie es nicht wahrhaben will.«

»Sie hat ein fühlendes, warmes Herz«, gab Mailín harsch zurück. »Und es gibt keinen Grund, es zu verletzen.«

»Verletzen wir einander, wenn wir die Wahrheit sagen?« Toma schüttelte unwillig den Kopf. »Herzen sind immer schneeblind, Mailín, deshalb taugen sie nicht als Wegweiser. Du weißt ganz genau, dass es viele Arten von Gefangenschaft gibt. Auch wenn ich immer noch mein Messer habe und wir die Fesseln nicht spüren, so sind sie trotzdem da: Solange wir hier festsitzen, sind wir völlig in Birgidas Hand. Sie weiß das sehr genau. Sie ist nämlich nicht so harmlos, wie sie sich gibt.«

Seltsamerweise trafen Mailín diese Worte. »Magst du Birgida wirklich nicht?«

Es war selten, dass Tomas Miene viel preisgab. Aber nun huschte etwas Weiches darüber. Und gleich darauf runzelte sie verärgert die Stirn. »Das ist es ja. Ich mag sie! Sogar mehr, als ich will und als gut für mich ist – obwohl sie ein Eisblut ist und damit mein schlimmster Feind sein sollte. Verrückt, nicht wahr?«

In dieser Nacht lag Mailín wach und machte sich Sorgen, ob Birgida nach dieser Kränkung zurückkehren würde. Aber sobald sich die nächste Nacht über den Webertrakt legte und auch das ferne Klappern von Webstühlen verstummt war, kam Birgida mit einem prall gefüllten Stoffbeutel zu ihnen und lächelte auch Toma zu, als wäre nie etwas geschehen.

»Ich habe mit einer der Ältesten gesprochen«, flüsterte sie mit leuchtenden Augen. »Vor dem letzten Vollmondfest musste sie einen neuen Mantel anfertigen. Um die silbernen Zierbeschläge zu holen, durfte sie der Herrin in den Palasttrakt folgen und an einer Tür warten. Dort sah sie, wie zwei andere Herrinnen eine

Frau vorbeiführten. Sie taumelte vor Schwäche und sie trug ein helles, schlichtes Kleid aus einem groben Stoff, der keine Seide war. Niemand hier trägt solche Kleider …«

»Silja trug ein Nachthemd aus Leinen!«, entfuhr es Mailín. »Hat die Älteste gesehen, wohin die Frau gebracht wurde?«

»Nein. Aber sie sagte, sie habe sich über eine seltsame Stickerei auf dem Kleid gewundert: eine Fängerin mit einer Schwanzflosse, wie Wale sie haben. Die Schuppenhaut war blaurot und das Haar mit Goldfaden gestickt.«

Mailín wurde schwindelig vor Erleichterung. *Lovis!* Genau so sahen die farbenprächtigen Nixen des Südmeers aus, die die Kapitänin auf Tischdecken, Kissen und Nachthemden stickte. »Dann ist es wirklich Silja!«

Birgida stand auf und schulterte den Beutel. »Ich habe noch etwas herausgefunden«, sagte sie geheimnisvoll. »Aber dafür brauche ich dich und den Ring, Mailín Rabenherz.«

»Ohne mich geht Mailín nirgendwohin.« Toma sprang auf und holte ihre Waffe. Aus einem Stück Treibholz hatte sie sich in den letzten Tagen einen Speer gemacht und als Spitze den Nixenzahn ins Holz eingepasst.

Birgida wich erschrocken zurück. »Was willst du damit?«

Toma lächelte kühl. »Du hast deine Art, dir Wege zu bahnen, ich habe meine.«

Birgida schluckte sichtlich, aber auch heute gab sie in ihrer Sanftheit nach und nickte ergeben. Und Mailín dachte sich wieder, wie grundverschieden diese beiden jungen Frauen waren.

Birgida führte sie durch leere Gewölbe zu einem versteckten schmalen Gang, dem sie nur leicht geduckt folgen konnten. Mailín glaubte fernes Rauschen von Wasser wahrzunehmen, doch der Gang endete in einer Sackgasse an einer glatten Granitwand.

»Und jetzt?«, fragte Toma.

Birgida lächelte wie eine Diebin, griff nach Mailíns Hand und zog ihr den Handschuh aus. »Bisher dachte ich auch, dass es hier nur blinde Gänge gibt. Aber dann bin ich genau zu der Stelle gegangen, an der unserer Ältesten die Augen verbunden wurden. Von diesem Punkt ausgehend, suchte ich alle Gänge ab, die man von dort aus erreicht. Jeder von ihnen mündet an einer Wand. Aber einer unterscheidet sich in einer Kleinigkeit von den anderen.« Sie deutete auf winzige Ritzungen im Gestein, die nicht auffielen, wenn man nicht ganz genau hinsah. Sie erinnerten an das Wappen auf dem Siegelring – zumindest waren die Ritzungen exakt wie die Beine der Harfenspinne angeordnet. »Ihr beide hattet auch keine Ahnung, dass dieser Ring möglicherweise ein Schlüssel ist, nicht wahr?«

Mailín konnte nur den Kopf schütteln. Vorsichtig drückte sie den Ring gegen den Felsen und drehte ihn, bis das erhabene Ringsiegel die richtige Position fand und tatsächlich leise in die Ritzung klickte. Ein Schaben ging ihr durch und durch, dann wich der Fels zurück und gab eine schmale Öffnung frei. Atemlos starrten sie in eine verborgene Welt hinter dem Webertrakt. Wasser rauschte dort, als würde irgendwo im Berg ein Fluss fließen. Und als Toma sich vorsichtig in den Spalt lehnte, huschten Lichtflecken wie von Wasserspiegelungen über ihr Gesicht. »Ein Schacht«, stellte sie fest. »Und Eis. Viel Eis.«

Mailín schluckte und folgte Toma so vorsichtig, als würde sie immer noch in ihren Spuren im Tiefschnee gehen. Sie gelangten auf einen Vorsprung. Im nächsten Moment schloss sich der Fels hinter ihnen und ließ sie zu dritt im Halbdunkel zurück. Obwohl es Nacht war, glomm hier das Eis in einem blassen Türkis. Doch unter Mailín gähnte lichtlose Unendlichkeit, die sich in Wasserrauschen verlor. *Wie ein Brunnenschacht, nur sehr viel tiefer,* dachte sie voller Unbehagen.

Birgida spähte nach oben und begann zu strahlen. Und dann holte sogar Toma überrascht Luft. Weit über ihnen schwebte ein Mosaik aus Eisflächen, in denen sich bläuliche Lichtstrahlen brachen wie in gesplittertem Glas. »Zurück«, zischte Toma und drückte Mailín und Birgida gegen den Felsen. Oben sah man Gestalten umhergehen, Schleppen schleiften über blankes Eis. Doch niemand schaute nach unten, so, als wäre der Boden nur von unten gesehen durchsichtig. Ein Klacken ertönte. Dicke, geflochtene Seidenseile glänzten im Schacht auf, schwangen und zitterten. Ketten klackerten, als Gewichte nach unten zogen und dabei Plattformen aus Holz und Waben aus Eis nach oben schweben ließen. *Als würde man in das Innere eines mechanischen Uhrwerks schauen,* dachte Mailín. Und als sie in einer der Eiswaben zwei einfach gekleidete Männer sah, die wohl Diener waren, erkannte sie, wozu das Konstrukt diente. »Das ist ein Transportmechanismus«, flüsterte sie.

Wieder hallte ein Klacken im Schacht, diesmal schwebte eine leere Wabe nach unten und eine Plattform voller verschnürter Säcke dafür nach oben. Toma stieß mit dem Speer die Plattform an und brachte sie zum Schwingen. »Was machst du?«, flüsterte Birgida erschrocken.

»Eine Abkürzung nehmen«, erwiderte die Jägerin. Sobald die Plattform in ihre Richtung pendelte, schnellte Toma mit einem geschmeidigen Satz über den Abgrund, landete und duckte sich hinter die Lasten. Etwa zehn Meter über ihren Köpfen nutzte sie den Schwung der Schaukelbewegung und stieß sich wieder ab. Kurz darauf erschien ihr Gesicht am Rand eines Vorsprungs. *Kommt hoch!,* bedeutete sie.

Mailín spürte das Beben von Birgidas Angst so stark wie ihre eigene Anspannung. Ganz von selbst fanden ihre Hände zueinander. Die Berührung gab Mailín einen kleinen, heißen Stich ins Herz, so nah war ihr Joun mit einem Mal, seine Hand in ihrer, kurz bevor sie auf die Felskante zurannten.

. »Nicht nach unten schauen«, flüsterte sie Birgida zu. Hand in Hand landeten sie zwischen Säcken und Kisten, die nach Fisch rochen. Wenig später waren sie auf gleicher Höhe mit Toma. Birgida keuchte auf, als Mailín sich an das Seil hängte und der Plattform noch mehr Schwung gab. Doch auf Mailíns »Los!« sprang sie in Tomas Arme. Mailín nutzte den nächsten Pendelschwung. Hart kam sie auf einem Granitboden auf, der von den Schritten vieler Jahre glatt geschliffen war. Der Gang, der sich vor ihnen öffnete, war so breit, als würden auf diesem Weg große Lasten in den Palast transportiert, doch von einer Nische aus führte auch eine schmale Treppe steil nach oben. Bevor Mailín sie aufhalten konnte, huschte Birgida schon hinauf.

»Warte!«, zischte Toma. Doch das Mädchen war bereits verschwunden. »Verdammt«, murmelte Toma. »Wäre sie ein Eichhörnchen, würde ich sie vom Baum schießen! Wie leichtsinnig kann man sein?«

»Wartest du hier?«, flüsterte Mailín. »Ich sehe mich oben um und bringe Birgida zurück. Mit dem Mantel sehe ich zumindest auf den ersten Blick so aus, als gehörte ich hierher.«

»Wirklich?« Toma deutete mahnend auf ihre Stiefel. Mailín streifte sie hastig ab und eilte Birgida barfuß und ohne Handschuhe nach. Schon bald sah sie ihr rotes Kleid aufleuchten. Das Mädchen stand auf Zehenspitzen am Ende der Treppe und spähte um die Ecke. Sie schrak nicht zusammen, als Mailín zu ihr trat.

»Sieh nur!«, hauchte sie fasziniert.

Mailín beugte sich vor und hielt unwillkürlich die Luft an. Hinter der Treppe fächerte sich ein Kaleidoskop vereister Wände auf. Wie Facetten eines geschliffenen Diamanten umschlossen sie Böden und Säle, von denen man nicht wusste, ob sie Spiegelungen oder wirkliche Räume waren. Über allem erhob sich eine Kuppel aus Eis, die den Nachthimmel zu berühren schien. Der Dom war klar wie Glas. Mondstrahlen streckten ihre Geisterfinger in die runde Halle in seinem Zentrum. Seltsamerweise wurde dieser Raum von huschenden farbigen Lichtern erleuchtet.

»Sie tanzen tatsächlich«, sagte Birgida völlig hingerissen. Mailín reckte den Hals. Von hier aus erkannte man nur Silhouetten sich drehender Gestalten, aber sie erahnte wirbelnde Feenkleider und glaubte ferne Klänge wahrzunehmen. »Das ist das *Herz aus Eis*«, hörte sie Birgida wispern. »So heißt der Thronsaal des blauen Palasts. Hier feiert der Winterkönig seine Feste.«

Mailín nickte beklommen. Genau auf ihrer Augenhöhe schwebte ein einzelner Falterflügel. Er wirkte wie im Fallen eingefroren – doch als sie vorsichtig dagegentippte, vibrierte vor ihr dünnes Eis, nicht mehr als eine knisternde Haut. In der zitternden Bewegung schillerte nun eine klare, blau eingefärbte Wand vor ihr auf. *Daher kommt also das besondere Blau des Palasts*, erkannte Mailín. *Die Eiswände des Zentrums sind mit dem Staub von Schmetterlingsflügeln eingefärbt.*

»Wir gehen zum Thronsaal, ich will die Musik hören«, sagte Birgida. »Und vielleicht entdecke ich im Festsaal Lela – die alte Weberin, die mir meinen Namen gegeben hat.«

»Warte! Was, wenn uns jemand sieht?«

»Sie dürfen uns sehen. Nur so können wir uns hier oben frei bewegen.«

»Sollen wir wieder als Herrin und Webermädchen durch die Halle spazieren? Das wird nicht funktionieren.«

»Ich weiß. Deshalb müssen wir heute beide Herrinnen sein.«
Birgida holte einige Gegenstände aus ihrem Beutel: einen Zweig,
an dem Spinnweben hingen, Streifen von zerrissener Seide, einen
ausgeblichenen Umhang und Winterblüten. Die Blumen steckte
sie sich ins Haar und befestigte die Spinnenseide über ihrer Stirn.
Durch den transparenten Stoff hindurch konnte Mailín Birgidas
Augen erahnen. Dann strich sie mit dem Spinnwebzweig über
Mailíns Haar. Als Mailín sich lose Fäden aus der Stirn strei-
fen wollte, packte Birgida sie erstaunlich fest am Handgelenk.
»Nicht! Deine Berührung zerstört den Zauber.«

»Du hast gesagt, du beherrschst keinen Zauber.«

»Das stimmt auch«, erwiderte Birgida mit einem verschmitz-
ten Lächeln, das sie noch schöner machte. »Aber manchmal finde
ich hier und da zufällig ein bisschen Magie. Wie einen Faden,
den ich aufhebe und so lange zwischen den Fingern drehe, bis
ich herausfinde, welches Muster sich daraus weben lässt.« Vorsichtig zupfte sie Mailíns Zopf zurecht und band ihr ein zer-
schlissenes Seidentuch um die Taille. Dann legte sie Mailín die
Hand über die Augen. Und als sie sie wieder wegzog, war alles
anders. Vor Mailín stand eine Fee in einem roten Festkleid. Die
Spinnweben hatten sich in feinste Spitze verwandelt, die Birgidas Schultern und Ärmel schmückte. Der Seidenfetzen war zu
einer schimmernden Maske geworden und die Blume im Haar
zu Saphirschmuck. Die Fee fasste Mailín an den Schultern und
drehte sie zu einer spiegelnden Wand. Im blauen Eis sah Mailín
sich selbst. Sie trug eine helle Maske und ihr Haar war wieder
frostweiß. Das Tuch um ihre Taille war zu einem bodenlangen
Rock geworden, der ihre Hosen verbarg und mit Siljas Mantel
wie ein Königsgewand wirkte. »Du *bist* eine Magierin, Birgida.«

Das Mädchen lachte leise auf und schüttelte wieder den Kopf.
»Ich weiß nur, was Träume sind. Wenn du schläfst, weißt du

nicht, dass du träumst. Du hältst alles, was du siehst, für Wirklichkeit. Aber vielleicht ist Magie ja einfach nur die Gabe, alle Menschen denselben Traum träumen zu lassen?«

Sie zwinkerte Mailín zu, dann schritt sie an der Wand entlang davon. Mailín folgte ihr auf Zehenspitzen. Aber auch das half nicht gegen die Kälte an den Füßen, die schon jetzt kaum auszuhalten war. Ihr Atem stockte, sobald sie einem Diener oder einer Gestalt mit einer Maske begegneten, doch Birgidas Trugbild war wohl dicht genug gewebt. Die Herrinnen nickten ihnen flüchtig zu und die menschlichen Diener senkten den Blick und huschten eilig an ihnen vorbei. Mailín beobachtete, dass die meisten Herrinnen Handschuhe aus Fischleder trugen. *Also hat eine von ihnen Silja zurückgeholt. Und Silja ist vielleicht in einer ähnlichen Tarnung, wie ich sie jetzt trage, aus dem Schloss geflohen.*

Je weiter sie zum Herz aus Eis vordrangen, desto deutlicher war die Musik zu hören. Doch fröhliche Tanzmusik war es nicht, die Melodien klangen melancholisch und getragen wie Lieder einer Zeremonie. Beim Näherkommen entdeckte Mailín nun auch, woher die Klänge kamen: Ernst und in sich versunken spielten junge Musiker auf Harfen, die aus Webrahmen gefertigt waren. Saiten aus Spinnfäden vibrierten im Mondlicht. *Spinnengesang*, dachte Mailín mit einem Schaudern. Der steife, langsame Tanz passte dazu. Er folgte einer genau abgezirkelten Choreografie und erinnerte Mailín an die Bewegungen von Figuren in einer mechanischen Spieluhr. Die Tanzenden beherrschten die Schritte und Drehungen zwar perfekt, aber alles wirkte seelenlos, ohne Leidenschaft und Übermut. Zwischen den Maskierten entdeckte Mailín auch gewöhnliche Menschen ohne Masken. Alle waren sie jung und schön und hatten Birgidas weiße Haut. Doch niemand lachte laut, niemand tauschte verliebte Blicke, die Mienen der Tänzerinnen und Tänzer wirkten höflich und starr. Das einzig Lebendige war der farbige Schein, der über ihre Gesichter flirrte. »Ich sehe keine von unseren alten Weberinnen«, hörte sie Birgida verwundert sagen. »Und auch der König ist nicht hier. Sein Thron ist leer.« Als würde die Enttäuschung ihrem Zauber etwas von seiner Kraft nehmen, schimmerte hinter ihrem Trugbild für einen Moment ihr wahres Gesicht hervor.

»Sicher tanzt er gerade.« Mailín reckte den Hals. Fieberhaft versuchte sie Silja zu finden, aber auch unter den Maskierten war keine Frau, die von ihrer Haltung oder ihrem Haar an die Fremdländerin erinnerte. Dafür entdeckte sie die Quelle der farbigen Lichter. Es waren die Traumperlen, die an die Festkleider genäht waren und in ihren Lichtern erstrahlten. Eine junge Frau drehte sich hinter der Glaswand. Ihr tiefblauer Rock, der über und über mit gefrorenen Träumen bestickt war, schwang gerade in der Drehung aus. In diesem Schwung löste sich aus einigen Perlen bunter Schein, stieg wie ein Rauchschleier nach oben und durchdrang die Eisdecke. Dort wehte das Licht in den Himmel davon. Aber bevor es verschwand, erahnte Mailín auf dem Blau der Kuppel Bilder von lachenden Gesichtern und fröhlichen Sommerfesten, von Sonne und Feuern. »Die Himmelslichter sind also in Wirklichkeit Träume«, raunte sie Birgida zu. »Manche von ihnen entwischen während des Tanzes aus den Perlen und steigen zum Himmel auf.«

Birgida hörte ihr gar nicht zu. Sie starrte die Tänzerin mit dem schwingenden Rock an, als wäre sie ein Gespenst. Das Mädchen war so alt wie Birgida und hatte schwarzes, glattes Haar, das kunstvoll mit Silberfäden verflochten war. In dieser Pracht und dem schimmernden Kleid erinnerte sie an eine Prinzessin aus einem von Rúns Märchen. *Das von der traurigen Prinzessin, die niemand zum Lachen bringen konnte,* dachte Mailín bei sich. Doch nun fiel ihr auf, dass dieses Mädchen anders wirkte als die anderen.

Lebendiger, dachte Mailín. Sie brauchte einige Sekunden, um darauf zu kommen, woran das lag. Die Haut des Mädchens war nicht so makellos und hell wie die von Birgida und der anderen Tänzer. Das Mädchen hatte umschattete Augen und auf den Wangen und Schultern einige kleine Muttermale, die wie winterblasse Sommersprossen wirkten.

Beim letzten Ton des Liedes hörten alle Gäste im selben Augenblick auf zu tanzen. Die Männer verbeugten sich, die Frauen sanken in einen tiefen Knicks. Perlen an Rocksäumen klickten auf den Boden. Birgida starrte immer noch die Prinzessin an, die sich hinter der Glaswand wieder aufrichtete. Ihr Gesicht wirkte ausdruckslos, doch auf ihrer Wange glänzte die Spur einer Träne. Alle Gäste applaudierten den Musikern so, wie sie getanzt hatten – genau bemessen und ohne Begeisterung. Ebenso geordnet wanderten sie schweigend von der Tanzfläche zu Tischen, auf denen in Silberschalen Winteräpfel und Nüsse angerichtet waren – und gaben den Blick auf das Thronpodest frei. Mailín stutzte. Der leere Thronsessel war ein filigran geschmiedetes Kunstwerk aus silbernen Ranken, die sich zu einer hohen Lehne und geschwungenen Armlehnen wanden. Die herzförmigen Blätter wirkten so echt, dass Mailín glaubte, sie sogar zittern und flirren zu sehen. *Raunende Ranken*, dachte sie voller Unbehagen. *Also kennt man sie auch in diesem Königreich.* Hatte Silja den Raunenbaum im Wald deshalb vernichtet?

Birgida war ein ganzes Stück zurückgewichen. »Du zitterst ja«, murmelte sie. »Gehen wir zurück zu Toma.« Damit wandte sie sich um und eilte davon. Sie führte Mailín nicht auf demselben Weg zurück, sondern suchte nach einem kürzeren Pfad. Die Spinnweben kitzelten unangenehm an Mailíns Schläfe, aber aus Angst, den Zauber zu brechen, wagte sie nicht, sie zu berühren. Ihre Sohlen stachen und schmerzten, doch als sie an Birgidas

Seite einen breiten Gang aus trübem, undurchsichtigem Eis betrat, vergaß sie für einige Augenblicke sogar die Kälte. Der Gang hing voller Bilderrahmen. Einige standen auch auf dem Boden wie große Garderobenspiegel. Es waren Dutzende, und jeder Rahmen war anders. Es gab schlichte aus Holz und andere, die aus Eis oder Silber und Edelsteinen gefertigt waren. Doch jeder von ihnen umfasste eine Bildfläche aus blindem Schwarz. »Was bedeuten diese Bilder, Birgida?«

Birgida deutete nur ein ratloses Kopfschütteln an. Mailín näherte sich einem dunklen Rahmen. Er bestand aus nachtblauem Stein mit kleinen Silbereinschlüssen. *Ein Stück Sternenhimmel*, dachte Mailín. Vorsichtig berührte sie das Schwarz des Bildes und war überrascht, eine glatte Fläche zu fühlen. »Das scheint beschichtetes Glas zu sein.«

Birgida kam heran und beugte sich vor, bis ihr Atemhauch an dem Schwarz beschlug. »Sieh mal«, sagte sie und deutete auf eine Ecke des Rahmens. Mailín musste die Augen zusammenkneifen, um das eingeritzte Zeichen zu erkennen. *Schlüssel und Schloss? Auch hier? Aber wofür?* Sie traten beide zur Seite, dann berührte Mailín das eingeritzte Zeichen der Harfenspinne ganz behutsam mit dem Ringsiegel. Als sie die Hand zurückzog, stellte sie fest, dass blauer Flügelstaub am Rahmen haftete und Farbspuren auf ihren Fingern hinterlassen hatte. Als würde sich ein schwarzes Tuch heben, wurde das Glas hell und gab den Blick in einen anderen Teil des Schlosses frei. »Spiegel«, sagte Birgida atemlos. »Durch diese Fenster blickt unser König in die Räume seines Reiches.« Mailín nickte beklommen und dachte an Lovis' Spiegel und Kapitän Santalniks warnende Worte: »*Dies ist ein heller Spiegel, Mailín. Er zeigt dir nur das, was du gerne siehst. Aber hüte dich vor den dunklen Spiegeln.*«

Durch das magische Fenster schauten sie nun in eine schmale

Kammer, die vom selben Nachtblau wie der Rahmen war. Silbereinschlüsse glänzten im Mondlicht. Halb von ihnen abgewandt saß dort eine Gestalt, deren Anblick Mailín den Atem stocken ließ. Es war eine Spinnenfrau. Nicht dieselbe, die sie beinahe im Turm beim Harfenhain aufgespürt hätte, diese hier war zierlicher und ihr weißes Haar glatt und so lang, dass es ihr über Schultern und Arme fiel. Aber genau wie die Gestalt aus dem Turm beim Harfenhain trug auch sie weiße Seide und hatte transparente Haut und Gliedmaßen, die zerbrechlich wie Glas wirkten. Auf einer Steinbank sitzend hielt sie die Arme leicht ausgestreckt vor dem Körper und bewegte ihre langen Finger in der Luft, als würde sie einen Zauber weben. Das Mondlicht fiel steil von oben und wurde von einer offenbar durchbrochenen Decke in dünne Fäden von Licht zerschnitten, die sich vor der Spinnenfrau aufreihten. *Wie die Saiten einer Lichtharfe*, dachte Mailín. Mit einer grazilen, schnellen Bewegung drehte die Frau ihr Handgelenk, an dem sich gläserne, feine Stacheln reihten, und zog diese so flink durch die Mondstrahlen, dass Mailín der Bewegung kaum folgen konnte. Als die Hände innehielten, erkannte Mailín erstaunt, dass sich in den Stacheln haardünne weiße Fäden verfangen hatten. »Sie... kämmt Fäden aus den Mondstrahlen«, flüsterte Birgida fasziniert. »Diese Stacheln an ihrem Arm — sie verwendet sie wie einen Weberkamm, mit dem sie...«

Beide zuckten sie zurück, als die Spinnenfrau sich erhob und zum Spiegel umwandte, in den Händen das wirre Bündel silbriger Fäden. Für einen Augenblick fürchtete Mailín, die Frau könnte sie durch den Spiegel hindurch sehen, aber dann erinnerte sie sich daran, dass diese Art von Fenster nur in eine Richtung zeigte. Stumm betrachtete sie die Spinnenfrau. Ihre Maske war herzförmig und zeigte sanftere Züge als die der Frau aus dem Turm. Das war das Seltsamste an dieser Begegnung: dass diese

Gestalt trotz ihrer beängstigenden Fremdheit dennoch so schön und anmutig war. Ohne Eile wandte sie sich nun nach rechts und schritt davon. Gleichzeitig verdunkelte sich der Spiegel, als würde der Zauber seine Kraft verlieren. Das Letzte, was Mailín erkennen konnte, war ein Mondfaden, der in der leeren Kammer auf dem Boden lag wie ein vergessenes Stück Garn.

»Was war das für ein Wesen?«, fragte sie mit schwacher Stimme.

»Eine der Firnfrauen ... glaube ich jedenfalls«, erwiderte Birgida so leise, dass sie kaum zu hören war.

Mailín stockte der Atem. *Die Firnfrauen aus den Märchen meiner Kindheit? Die Wintergeister, die den Kindern ihre Träume und manchmal das Leben stehlen?*

»Was heißt: Du *glaubst* es?«

Birgida hob unsicher die Schultern. »Wir kennen sie auch nur aus Geschichten, die unsere Ältesten den Kindern erzählen. Niemand hat jemals eine von ihnen gesehen, ich dachte, sie existierten vielleicht nur in den Märchen. Es sollen zwölf Firnfrauen sein. Sie bewachen und beschützen den König.«

Den unverwundbaren König, der nicht einmal Attentäter fürchten muss?, dachte Mailín bei sich.

»Dann leben sie hier im Palast, Birgida? Der nachtblaue Stein des Spiegelrahmens scheint nicht zum Herzen aus Eis zu gehören ...«

Birgida schluckte. »Diese Art von Stein kenne ich nicht. Vielleicht gehört er zum obersten Teil des Berges, hinter der Kuppel ...« Sie verstummte und fuhr herum, horchte angespannt in die Stille. Dann fasste sie Mailín an der Hand und zog sie hinter einen der großen Standspiegel. Mailín spähte durch das durchbrochene Zierwerk des Silberrahmens und entdeckte eine Gestalt, die nun den Gang betrat. Sie trug einen Grauledermantel wie Mailín, aber Handschuhe aus einem schuppenlosen schwarzen Leder, das vielleicht Aalhaut sein mochte. Gesicht und Haar waren unter der Kapuze verborgen. Von ihrem Versteck aus konnte Mailín nicht erkennen, ob es eine weibliche Herrin oder eine männliche Gestalt war, aber der Gang war geschmeidig und selbstsicher wie der eines Raubtiers. Die Gestalt durchmaß den Spiegelgang, ohne nach rechts und links zu blicken. Während sie an den Rahmen vorbeieilte, hellten sich die schwarzen Bilder eines nach dem anderen auf. Die Gestalt im Mantel würdigte die magischen Fenster keines Blickes und verschwand in der Biegung, die in Richtung der Kuppel führte.

Birgida atmete erleichtert auf. »Nur jemand, der aus dem Tanzsaal kam. Und ich dachte schon, es wäre eine Firnfrau.« Sie versuchte zu lächeln, aber in ihren Augen glomm Furcht.

Mailín trat mit weichen Knien hinter dem Spiegel hervor und sah sich um. Im Raum begannen sich die Spiegel bereits wieder zu verdunkeln. In einem sah man die nachtleere Werkstatt der Weberinnen, wo die Traumperlen in den Schalen auf den Tischen glommen. In anderen Spiegeln sanken Gänge, prächtige Säle oder zerklüftete Stollen zurück ins Schwarz. Und in einem Rahmen aus hellgrauem Eis erahnte Mailín gerade noch eine Bewegung, bevor das Bild endgültig verblasste. Sie rannte zum Spiegel und wäre beinahe gefallen, so gefühllos waren ihre Füße inzwischen. Vor Kälte zitterte sie so sehr, dass sie ihr Handgelenk festhalten musste, um den Ring gegen die Ritzung des Zeichens zu drücken. Schlüssel und Schloss fanden sich und erweckten den Spiegel wieder zum Leben. Erst verschwommen, dann deutlicher erschienen darin horizontale Schichten von hellgrauem und glasklarem Eis. Eine Frau stand dort, eine Hand an die Wand gestützt, als hätte sie erschöpft innegehalten, um Atem zu holen. Sie trug ein Seidenkleid im Blau der Schmetterlingsflügel. Die

Farbe ihres hüftlangen Haares war nicht zu erkennen, es war ganz mit Firn überzogen. Doch wie bei einer Windsbraut fiel es ihr offen über den Rücken. Und auch die aufrechte, stolze Haltung kam Mailín vertraut vor. »Silja?«, entfuhr es ihr.

Die Frau blickte über die Schulter und Mailín schnürte es augenblicklich die Kehle zu. Es war tatsächlich Silja. Doch die Fremdländerin hatte all ihre Sommerbräune verloren, sie war totenblass und hatte blaue Lippen. Ihre Wimpern waren so vereist, dass die Farbe ihrer Augen nicht zu erkennen war. Aber an der Art, entschlossen und stolz das Kinn zu heben, hätte Mailín sie überall erkannt. Silja wandte sich wieder ab, straffte die Schultern und ging an der Wand entlang bis zu einer Biegung, wo sie aus Mailíns Blickfeld verschwand.

»Bist du sicher, dass sie es ist?«, hörte sie Birgida leise fragen.

»Ja!« *Und sie lebt und ist nicht verletzt!* »Wo befindet sie sich, Birgida?«

Ihre Freundin beugte sich zum Spiegel. »Dieses grau geschichtete Eis mit Einschlüssen von Luftblasen gibt es nur im unbewohnten Teil des Berges, beim unterirdischen Fluss. Aber ...«

»Kannst du uns dorthin bringen?«

Birgida umfasste ihre Taille in dem Moment, als Mailín die Knie wegknickten. »Erst einmal bringe ich dich zu deinen Stiefeln zurück. Mit erfrorenen Füßen findest du niemanden.«

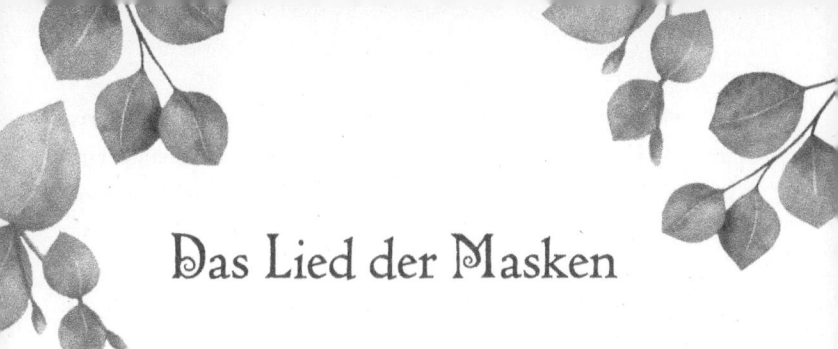

Das Lied der Masken

Wir dürfen keine Zeit verlieren«, sagte Mailín sicher schon zum hundertsten Mal. »Es sieht so aus, als wäre Silja aus dem Zentrum geflohen. Aber sie wirkt halb erfroren und schwach...«

»Sie wird schon nicht tot umfallen, wenn sie wartet, bis deine Zehen wieder warm sind«, unterbrach Toma sie barsch. So gut es ging, wärmte sie Mailíns bloße Füße unter ihrer Pelzjacke, wo sie an Tomas warmer Haut langsam wieder zum Leben erwachten. Leider zu einem sehr schmerzhaften Leben. »Weißt du eigentlich, wie lange du barfuß gelaufen bist?«, fügte die Jägerin tadelnd hinzu. »Ihr wart eine Ewigkeit verschwunden, ich fürchtete schon, sie hätten euch gefangen genommen.«

»Wir müssen Silja finden«, presste Mailín zwischen den Zähnen hervor. »Noch heute. In dieser Kälte wird sie die Nacht nicht überstehen.«

»Doch«, sagte Birgida. »Der König schützt alle seine Untertanen vor dem Frost. Sonst würde Silja längst nicht mehr leben.« Es sollte wohl ermutigend klingen, aber Mailín sah nur zu deutlich, wie bedrückt das Bergmädchen war. *Wie jemand, der von leuchtenden Farben träumte und beim Aufwachen erkennt, dass die Welt in Wirklichkeit grau ist.*

Gerne hätte sie Birgida etwas Tröstliches gesagt, aber alles, woran sie denken konnte, war Silja. »Wir müssen die Chance nutzen, Toma. Noch ist es Nacht. Der Hofstaat tanzt und niemand kümmert sich um die Spiegel.«

»Jedenfalls wissen wir jetzt, dass diese weißen Spinnenbräute die Leibgarde des Königs sind«, erwiderte Toma. »Das heißt, sie müssen sich in seiner Nähe aufhalten, im blauen Teil des Palasts. Und wir sind hier immerhin schon direkt bei den Transportaufzügen, die uns ganz nach unten bringen können.« Sie wandte sich an Birgida. »Im unteren Trakt kennst du dich ja bestens aus, Eichhörnchen.«

Birgida schluckte nur und starrte ihre Hände an, als wollte sie den Blicken ausweichen. Und diese Hände zitterten leicht vor Furcht.

»Keiner verlangt von dir, dass du mitkommst und deine Herren verrätst«, sagte Mailín sanft. »Wenn du uns erklärst, wie wir zu den grauweißen Eishöhlen am Fluss gelangen, kommen wir auch ohne dich zurecht.«

»Da irrst du dich«, sagte Birgida, ohne sie anzusehen.

Toma machte schon Anstalten zu widersprechen, doch Mailín brachte sie mit einem warnenden Kopfschütteln zum Schweigen. Stumm warteten sie, während Birgida mit sich rang.

Und als sie endlich den Blick hob, waren ihre Augen waidwund, als müsste sie mühsam gegen die Tränen kämpfen. »Das Mädchen, das wir vorhin beim Tanz gesehen haben, heißt Frija«, sagte sie leise zu Mailín. »Sie ist erst ein Jahr alt und wurde vor dem letzten Vollmondfest vom König ausgewählt. Wir vermissen sie sehr, denn in der Werkstatt war sie die fröhlichste von uns allen, sie lachte und sang den ganzen Tag. Aber vorhin hätte ich sie fast nicht wiedererkannt. Sie war so verändert, so unendlich traurig ... wie ein Licht, das dabei ist zu verlöschen.«

Weil sie nun eine Gefangene ist, dachte Mailín. Und gleichzeitig hörte sie Avissas Worte: »*Der Eisfischer holt sich immer die Glücklichen, die Lebendigen, als wollte er sein kaltes, seelenloses Herz damit füllen.*«

»Was geschieht nur im Palast?«, fuhr Birgida fort, als würde sie nur zu sich selbst sprechen. »Bei uns erzählt man sich von Festen voller Fröhlichkeit. Aber in Wirklichkeit ist es dort oben einfach nur traurig und ... gespenstisch.« Verstohlen wischte sie sich über die Wange. Doch als sie sich an Toma wandte, war Mailín erstaunt, wie klar und entschlossen sie klang. »Den Verrat habe ich schon begangen, als ich euch in den Trakt der Weberinnen brachte«, sagte sie mit fester Stimme. »Ohne mich verirrt ihr euch und werdet erfrieren.«

Auf der Plattform kauerten sie sich zwischen leeren Kisten zusammen. Birgida breitete ein Tuch über sie, das sie als Last tarnen sollte. Durch hauchfeine Seide konnte Mailín die Wände davongleiten sehen, während sie immer tiefer sanken. Glatte Flächen wichen kantigen schwarzen Felsen mit Tropfsteinbärten aus schmutzigem Eis. Moose und Flechten verbreiteten dort die Ahnung eines Glimmens. Weit unter ihnen toste Wasser und der eisige, feuchte Dunst, der aus der Tiefe aufstieg, roch nach rohem Fisch und Schlamm. Befehle hallten wider, wo wohl Lastenträger arbeiteten. Nach und nach gewöhnten sich Mailíns Augen an das Dunkel. Tief in schattigen Gängen erahnte sie nun gedrungene Gestalten mit bergbreiten Schultern. Ketten waren um massige Leiber und muskulöse Arme geschlungen und klirrten bei jeder Bewegung. »*Das* sind die Wächter?«, wisperte sie Birgida zu.

»Ja, das sind die Söhne des Steins. Sie zermalmen dich mit bloßen Fäusten, wenn du gegen ihre Gesetze verstößt.«

»Und bei denen geisterst du alleine herum?« Toma warf

Birgida einen Blick von erstauntem Respekt zu. Und auch Mailín wurde klar, dass das zarte, sanfte Mädchen neben ihr viel mehr Mut hatte, als man ihm zutraute.

»Wir müssen lautlos sein.« Birgida zog das Tuch beiseite. »Falls wir Wächtern begegnen, kauert euch zusammen, als wärt ihr Steine, verharrt reglos und atmet nicht einmal. Diese Art hier hat keine Augen und folgt nur Geräuschen und Stimmen. Das Rasseln der Ketten dient ihnen dazu, sich in den Gängen zu orientieren.«

Toma und Mailín sprangen voraus und fingen Birgida gemeinsam auf. Die grollenden Stimmen der Wächter und das Kettengeklirr waren erschreckend nah und echoten in den Gängen. Birgida schien die Schichten und Farben des Eises zu lesen, als wären es Wegweiser. Immer wieder blieb sie stehen und blickte zurück, als wollte sie sich den Rückweg wie auf einer Karte einprägen. Und an einer Biegung holte sie ein Knäuel von Webfäden aus ihrem Beutel und markierte eine kleine Felsnadel mit einem Stück Faden.

Toma und Mailín wechselten einen irritierten Blick.

»Ich dachte, du kennst dich hier aus«, flüsterte Toma.

»Nein, hier war ich noch nie«, erwiderte Birgida leichthin. »Von den Wächterräumen aus kann man dieses Labyrinth zwar durch manche Böden sehen, aber einen Zugang gibt es nicht.«

»Na wunderbar.« Toma schnaubte fassungslos. Doch Birgida eilte schon weiter.

Als die Gänge dunkler wurden, holte sie eine Handvoll Eisperlen hervor und erhellte damit den Weg. Inzwischen hörte man keine Rufe und kein Kettenklirren mehr, hier gab es nur noch das Rauschen des Flusses und das feine Knacken und Sirren von Eis, das irgendwo zitterte und brach, als würde es in der Nähe des Wassers schmelzen. »Da vorne scheint ein Durchgang zu sein«, flüsterte Birgida und winkte sie zu einem Felsgang voller Eiszapfen. Sie rannte los und huschte um eine Ecke. Doch als Mailín ihr folgte, hörte sie ein entsetztes Keuchen. Birgida stolperte zurück, als hätte ihr jemand einen Tritt versetzt, und prallte so hart gegen die Wand, dass sie nach unten rutschte und vergeblich nach Atem rang. Eis klirrte als scharfkantiger Regen von der Decke. Mailín konnte sich gerade noch über Birgida werfen, dann prasselten schon Eiszapfen auf sie herab, schmerzhaft fest wie Stockschläge. Nur der Mantel schützte sie vor Verletzungen. Doch als Mailín sich blinzelnd zu orientieren versuchte, hatte sie das Gefühl, alles in ihr würde erstarren. In hundert Eisscherben gespiegelt sah sie die schwarze Maske einer Herrin. Ein Dreizack glänzte wie ein silberner Fisch, der blitzschnell zustieß. Mailín schrie auf und zuckte zurück. Dann stoppte Tomas Speer die Waffe, die sich im nächsten Moment in Mailíns Schulter gebohrt hätte. Ein sirrender Wutschrei gellte durch die Hallen, als die Angreiferin sich nun auf Toma stürzte. Brechendes Eis tanzte vor Mailín, Waffen wirbelten über ihrem Kopf und schlugen gegeneinander. Weißes Haar flog, als die Maskierte unter Tomas Angriff wegtauchte und sie mit einem blitzschnellen Tritt aus dem Gleichgewicht brachte. Doch im Sturz zog Toma ihr Messer und nutzte den Schwung ihres Falls, um es losschnellen zu lassen. Bevor die Herrin mit dem Dreizack zustoßen konnte, senkte sich Tomas Messer mit einem Knirschen in ihre Brust.

Mailín wagte nicht zu atmen. Sie wartete darauf, die Gestalt fallen zu sehen, doch die Herrin taumelte nicht einmal, sie richtete sich nur auf und griff einfach wieder an, als würde sie das Messer nicht spüren. Unter einem mörderischen Stoß des Dreizacks brach Tomas Speer mit einem hässlichen Splittern in zwei Teile. Mailín kam auf die Beine und löste ihr Spinnenseil vom Gürtel. Ohne nachzudenken, warf sie die Schlinge über den Dreizack und riss mit aller Kraft daran. Die Angreiferin kam aus dem Gleichgewicht. Toma warf sich zur Seite und hob den oberen Teil des Speers auf. Während die Herrin zu Mailín herumwirbelte und ihr mit einem Ruck das Seil aus der Hand riss, schleuderte Toma ihre Waffe mit aller Wucht. Der halbe Speer traf die Maskierte in den Rücken.

Diesmal spürte die Herrin die Waffe offenbar. Ihr wütender Schrei war das Kreischen von brechendem, schabendem Eis. Eine gefrorene Sekunde lang hielt sie sich noch aufrecht, dann fiel sie in sich zusammen wie eine Marionette, der man die Fäden abgeschnitten hatte. Mit einem schrillen Klingen, dessen Echo sich im Labyrinth fortsetzte, landete der Dreizack auf dem Boden. Die Maske schlitterte zu Birgida, die davor zurückschreckte und hastig rückwärtskroch, bis sie an die nächste Wand stieß. Als sie zu Mailín aufblickte, waren ihre Augen schwimmendes blaues Entsetzen.

Die Herrin lag reglos auf dem Boden hingestreckt, das weiße Haar verbarg ihr Gesicht. Aus ihrem Rücken ragten die Messerspitze, die den kostbaren Mantel aus Grauleder durchstoßen hatte, und der zerbrochene Speer. »Messer aus Eisen töten sie offenbar nicht«, stellte Toma fest und zog den Speer heraus. »Aber zum Glück hast du ja Kaljamas Fängerinnenzahn gestohlen. Gut zu wissen, wodurch sie verletzbar sind.« Mailín starrte auf den weißen Nixenzahn, der die Speerspitze bildete. *Kein Blut*, dachte sie benommen. Unter der Toten breitete sich ein spiegelklarer See aus, als würde nichts als Wasser durch ihre Adern fließen.

Birgida versuchte vergeblich, ihr Schluchzen mit den Händen zu ersticken. Mailín legte die Arme um sie und zog sie an sich.

Toma drehte die Tote auf den Rücken und wollte auch noch das Messer herausziehen. Doch sofort sprang sie wieder zurück.

Und auch Birgida hörte auf zu weinen und krallte sich so fest an Mailín, dass es schmerzte.

Die Herrin hatte kein Gesicht. Die Fläche, die von der dunklen Maske bedeckt gewesen war, war nur ein leeres Oval mit angedeuteten Augenmulden, ohne Nase und mit einem Mund, der nur ein gerader Spalt war. Die Haut war glatt und hell wie die von Birgida, aber nun begann sie sich aufzulösen, als bestünde sie aus Schnee, der sich mit Wasser vollsog und glasig wurde. *Wie eine Schneeskulptur*, dachte Mailín schaudernd. *Eine, die niemandem ähnlich sieht.* Zitternd vor Schock starrte Birgida auf das knisternde Haar der Herrin, das ebenfalls zu schmelzen und zu zerfallen begann, Ärmel und Schultern sanken ein, während Wasser unter der Gestalt hervorströmte. Zurück blieb nur ein Gerippe aus klarem Eis.

»Zumindest wissen wir jetzt, warum sie Masken tragen«, sagte Toma nach einer Weile. Sie steckte den Ring der Herrin ein und raffte den Mantel an sich, ohne Rücksicht darauf, dass die Eisknochen dabei zerbrachen. Mailín wand sich vorsichtig aus Birgidas Umklammerung und hob die Maske auf. Sie bestand aus hauchdünnem, dunklem Stein, vielleicht geschliffener Onyx. Als sie über die Schulter schaute, waren von dem Schneewesen nur noch halb geschmolzene Rippenbögen übrig und ein gläserner Schädel, der sie vorwurfsvoll anzustarren schien.

Falter hinter Glas

Es war nur eine Frage der Zeit, bis weitere Angreifer auftauchen würden. Das Klirren und die Schreie der Herrin hatten bis zu den entferntesten Gängen gehallt. In der Ferne glaubte Mailín bereits den Klang von Ketten zu erahnen. Hektisch hielt sie nach Silja Ausschau und suchte dabei nach einer Strategie. Noch waren sie nicht in dem Teil der Höhlen, die Mailín im Spiegel gesehen hatte. Aber im Eis zeigten sich hier und da bereits graue Schlieren. Und in manchen Gängen glänzten polierte Silberplatten, die möglicherweise als Spiegel dienten. Unter ihnen krochen sie auf allen vieren an der Wand entlang, so wie Mailín als Kind in Kapitän Santalniks Wohnzimmer unter den Holzmasken hindurchgeschlüpft war.

Sie erstarrte, als sie ein Stück weit entfernt plötzlich etwas Helles um die Ecke verschwinden sah, vielleicht die Bewegung einer Suchenden. *Vielleicht aber auch nur eine weitere Herrin*, dachte sie mit klopfendem Herzen. Sie wagte nicht, nach Silja zu rufen. Auch Birgida ermahnte sie mit einer Geste, still zu sein, und tauchte voraus in die nächste verwinkelte Höhle. Toma folgte ihr so flink, dass Mailín sie kurz aus den Augen verlor, während die Jägerin unter einem niedrigeren Steinbogen hindurchschlüpfte. Mailín rannte ihr geduckt in eine hellere Eishöhle nach – und blieb mitten im Lauf stehen. Wie eine Spiegelung auf Wasser leuchtete rechts von ihr ein verzerrtes helles Rund an einer Eiswand. Nun nahm sie auch winzige, weiche Berührungen wie von Federn an ihrer Stirn wahr – Schneeflocken, die von oben in die Höhle herunterschwebten. Direkt über ihr befand sich also ein Schacht. Spinnweben kleideten ihn aus, schwer von glasklaren Eisperlen. In unendlicher Ferne erahnte Mailín ein winziges Stück Nachthimmel. Sie bildete sich ein, dort oben den Umriss der feuerfarbenen Wolkenfee zu sehen, aber es war nur eine optische Täuschung, hervorgerufen durch die Himmelsschleier. *Diese Mondspiegelung an der Eiswand habe ich schon einmal gesehen. Und auch diese Höhle.* Sie sah sich um – und hätte fast die Onyxmaske fallen gelassen.

»Joun!« Eisperlen rollten über den Boden, als Mailín den Weg entlangrannte, den sie im Traum schon so oft gegangen war. Und genau wie im Traum war es auch diesmal nicht Joun, den sie fand. Die Gestalt, die reglos hingestreckt auf einem zerschlissenen Elchfell lag, war der Erfrorene. *Das kann nicht sein*, dachte Mailín. *Ich träume wieder.* Aber er lag tatsächlich vor ihr, barfuß und nur mit den dünnen Ledersachen bekleidet, die Mailín schon so oft an ihm betrachtet hatte. Sein schmales Gesicht zeigte den bitteren, traurigen Zug, den sie aus dem Traum kannte. Der einzige Unterschied war, dass seine Hände heute zu Fäusten geballt waren, als würden sie etwas umschließen. Doch über seinem ganzen Körper war ein Hauch von Starre und Eis, als läge er schon ein ganzes Menschenleben hier aufgebahrt, ewig jung in der Kälte. *Schlägt dein Herz?*, dachte Mailín. *Lebst du? Oder habe ich das nur geträumt?* Wie aus weiter Ferne hörte sie, wie Birgida mahnend ihren Namen flüsterte, aber sie trat noch näher zum Lager und beugte sich über den Fremden, bis sie die Kälte fühlen konnte, die von ihm abstrahlte. Vor seinem Gesicht war kein

Atem zu sehen. Vorsichtig berührte sie die Stelle auf seiner Brust, dort, wo ein Herz schlagen müsste. Alles, was sie fand, waren Kälte und gefrorene Stille. Und wie in ihren Träumen verspürte sie auch jetzt einen Anflug von jäher Traurigkeit »Du lebst also wirklich nur in meinem Traum«, flüsterte sie. »Was ist mit dir geschehen?«

Im selben Moment schlug der Tote die Augen auf. Einige Sekunden starrten sie einander nur an, während überall das Eis knackte, als würde es den Atem des Fremden nur widerwillig freigeben. Seine Augen waren genauso eisgrün und kalt, wie Mailín sie aus ihren Träumen kannte. Und genauso hasserfüllt. Mailín konnte sich nicht bewegen, wie erstarrt lag ihre Hand auf der Brust. Der Blick wurde zu einem stummen Kräftemessen. Er fühlte sich an wie Kälte auf ihrer Seele, ein Eiswind, der sie durchfuhr und nichts von ihr ließ als Knochen aus Glas und ein Leben, das davonwehte wie ein verlorener Traum. *Wie kann er ohne Herzschlag leben und atmen?*, schrie es in Mailín. Eis knisterte auf den Lippen des Fremden. Seine Stimme war ein heiseres, scharfes Flüstern. Doch diesmal war es nicht Siljas Name, der über seine Lippen kam. Er sagte: »Rún!«

»Wo bleibst du?« Tomas Stimme brach den Bann. Mailín riss sich von der Brust des Mannes los und stolperte vom Lager zurück. Fast wäre sie gegen Birgida geprallt, die unter dem Himmelsschacht stand, in der Hand den Dreizack der Herrin. Wie ein Brautschleier legten sich die Schneeflocken auf ihr rotes Haar. Als sie das Lager entdeckte, wurden ihre Augen groß vor Furcht. Eismund richtete sich mühsam auf, so kraftlos, als hätte er hundert Jahre dort gelegen.

Mailín fiel Toma in den Arm, bevor sie den Nixenzahnspeer auf ihn richten konnte. »Nein! Ihm darf nichts geschehen.«

In diesem Moment zersplitterte der Mond. Wie eine Flut

brach das Klirren von Ketten in den Raum. Mailín spürte kaum, wie sie stürzte und wieder auf die Beine kam. In einem Moment sah sie noch, wie Stein gegen Eis krachte, im nächsten Atemzug befand sie sich ein ganzes Stück links vom Lager, zitternd vor Schreck und an Birgida gedrängt, die hinter ihr stand und ihre Taille umklammerte. »Nicht bewegen!«, hörte sie ihre Freundin flüstern. »Und keinen Laut.« Mailín schielte über die Schulter. Eismund saß aufrecht auf seinem Lager. Hinter ihm kniete Toma, einen Arm um seinen Hals gepresst und den Nixenzahn gegen seine Kehle gedrückt. Die Botschaft war klar: *Ein Wort und du bist tot.* Wie erstarrt verharrten sie im Sirren und Splittern. Dann stürmten fünf Wächter durch das Trümmerloch, das sie mit den Fäusten ins Eis gehauen hatten, in den Raum. Mailín musste kurz die Augen schließen, sonst hätten die Beine unter ihr nachgegeben. Hier, im fahlen Licht, wirkten diese Wesen wie Nachtmahre aus einem Albtraum. Ihre augenlosen Gesichter glichen verwüsteten Steinbrüchen. An den Armen wuchs Höhlenmoos und die Hände waren Schaufeln und Hämmer aus Stein. *Sie sind blind*, wiederholte Mailín wie eine Beschwörung. *Keine Bewegung, kein Laut, kein Atem, dann werden sie uns nicht wahrnehmen.* Sie spürte Birgidas Herzschlag an ihrem Rücken, aber das Mädchen stand reglos und atmete nicht einmal. Der Kettenklang bekam einen Hall, als der größte Wächter zu ihnen herumfuhr – und in dem Moment innehielt, als Mailín ein plötzliches Vibrieren an ihrer Hand spürte. *Die Maske antwortet mit einer Resonanz auf das Klirren!* Langsam, mit zitternder Hand, hob Mailín die Maske an ihr Gesicht. Sie war kühl und glatt, sie schmiegte sich an ihre Haut und blieb dort federleicht haften. Die Vibration war ein Kitzeln an den Schläfen, und nun spürte sie den Widerhall auch am Siegelring. Der größte Wächter kam näher und stampfte klirrend auf. Sein Gewicht brachte den Boden zum Knacken. Er legte den Kopf schief, als würde er lauschen. Wie eine feine Stimmgabel hörte Mailín nun auch den Dreizack in Birgidas Hand vibrieren. Sie konnte nur ahnen, was der Wächter wahrnahm. *Eine Herrin, die aufrecht vor ihm steht. Die Wächter erkennen sie also nur am Klang der Masken und des Silbers.* Doch das Ungeheuer bewegte sich nicht, es schien zu warten. Und dann hörte sie Birgida an ihrem Ohr sagen: »*Kantaerrr!*« Ihre verstellte Stimme klang streng und atemlos, fast war es nur ein Fauchen. Der Wächter neigte den Kopf und das Unfassbare geschah. Er gehorchte dem, was er für den Befehl einer Herrin hielt. Mit ihm kehrten die anderen Wächter um. Lange lauschte Mailín reglos dem Gepolter und Kettengeklirr, das sich durch die Labyrinthgänge entfernte. Dann sackte Birgida auf die Knie. »Ich habe ihm befohlen zu gehen«, hauchte sie, als könnte sie selbst nicht fassen, dass die Täuschung gelungen war. »Genau so, wie die Herrinnen uns in der Weberei befehlen, uns zu entfernen.«

Toma ließ Eismund los. Er hatte offenbar das Bewusstsein verloren und sank zur Seite auf das Lager. »Birgida, weg von der Wand!«, befahl Toma. Und dann sah Mailín, was die Bewegung, die sie vorhin am Ende des Gangs erahnt hatte, in Wirklichkeit gewesen war. Nicht Silja, die durch das Labyrinth irrte — und auch keine Herrin. Auf der anderen Seite der gesplitterten Wand glitt eine silbergraue Raubkatze am Eis entlang. Sie war von einer Art, die Mailín nicht kannte. Größer als ein Schneeleopard und hochbeiniger als eine Martiskatze. Das Raubtier hatte ein schmales, scharfes Katzengesicht mit der langen Nase eines Berglöwen und übergroße Augen, die wie Irrlichter glühten. Die Krallen waren nicht eingezogen wie bei anderen Katzen, sondern klickten bei jedem Schritt auf den Boden. Als sie sich nun an der Wand aufrichtete und auf die Hinterbeine stellte, sah Mailín, dass die Katze größer war als sie selbst. Ein Fauchen entblößte Fänge, die scharf und gebogen wie Sicheln waren. Das Raubtier fiel zurück auf alle viere und lief auf das Scherbenloch zu, das die Wächter in die Eiswand geschlagen hatten. Mailín riss Birgida den Dreizack aus der Hand. Toma war schon bei der zertrümmerten Wand, sie schnellte vor und trieb die Katze mit dem Nixenzahnspeer von der Öffnung weg. Eine schlagende Pranke verfehlte knapp den Speer, dann war Mailín mit dem längeren Dreizack zur Stelle. Mit einem Fauchen zog das Raubtier sich hinter die Eiswand zurück. Schemenhaft sah man es auf der anderen Seite der Wand entlanglaufen und nach einem anderen Eingang suchen.

»Mailín, komm her!«, wisperte Birgida. »Hinter dem Lager ist ein Durchgang.«

Mailín warf ihre Waffe Toma zu und rannte zu Birgida, die an der Felswand hinter dem Lager kniete. Das Spinnensiegel war kaum zu sehen, doch sobald Mailín den Ring dagegendrückte, knirschte Stein und regte sich. Dünnes Eis brach unter einem Prankenhieb. Das scharfe Fauchen der Katze ließ Mailín zusammenzucken, aber Toma trieb das Raubtier mit grimmiger Entschlossenheit ein zweites Mal zurück.

Mailín sprang auf, packte Eismund und versuchte ihn vom Lager zu ziehen. Er war wieder zu sich gekommen, aber immer noch zu schwach, um auf eigenen Beinen zu stehen. »Du ... sitzt in der Falle«, brachte er kaum hörbar heraus. »Aus dem Palast führt kein Weg hinaus.«

»Das werden wir ja sehen«, murmelte Mailín im selben Moment, als er die Augen schloss und wieder das Bewusstsein verlor. »Hilf mir, Birgida!« Ihre Freundin zögerte keine Sekunde. Gemeinsam trugen sie ihn in die Sicherheit des Seitengangs. Einen Atemzug später sprang auch Toma mit einem riesigen Satz über die Schwelle. Mailín schloss den Durchgang, während die Katze schon in den Raum glitt. Man hörte das Klicken der Krallen und ein Kratzen am Stein.

»Wir müssen zurück zum Webertrakt«, sagte Toma atemlos. »Das ist sicher nicht die einzige.«

Ihr Blick fiel auf Eismund. »Warum habt ihr ihn mitgeschleppt?«

»Sollten wir ihn etwa der Katze überlassen?«, flüsterte Birgida ehrlich entsetzt.

»Er ... hat uns gesehen und kann uns an die Herrinnen verraten«, sagte Mailín hastig.

»Das lässt sich ändern«, erwiderte Toma und griff zum Speer.

»Nein!« Der Ruf kam aus beiden Kehlen. Birgida hatte sich zwischen Toma und Eismund geworfen und Mailín hielt das Handgelenk der Jägerin so fest gepackt, dass ihre Finger pochten.

»Du darfst ihm nichts antun«, flehte Birgida. »Er gehört nicht zu den Herren! Vielleicht ist er ein Gefangener – so wie Silja.«

»Wir brauchen ihn«, fügte Mailín hastig hinzu.

»Wer braucht ihn? Du?«, fuhr Toma sie an. Mailín war sicher, im nächsten Augenblick einen zornigen Fausthieb einzustecken, aber sie ließ Tomas Waffenhand dennoch nicht los. »Er ist der Erfrorene aus meinen Träumen, Toma.«

»Welcher Traum?«, fragte Birgida, aber weder Mailín noch Toma antworteten ihr.

»Er kommt mit uns«, sagte Mailín mit fester Stimme.

»Bist du wahnsinnig?«, fauchte Toma. »Falls du es noch nicht gemerkt hast: Wir sind gerade auf der Flucht. Und nur weil du einen wirren Traum hattest ...«

»Ich wünschte, es wäre nur ein Traum, Toma! Aber er weiß mehr als wir über Silja und das Schloss!«

Toma presste die Lippen zu einem bleichen Strich zusammen. Doch Mailín hielt ihrem Blick stand, bis die Jägerin den Speer schließlich sinken ließ. »Ich hoffe nur, du weißt, was du tust«, murmelte sie und nahm ihre eisernen Handschellen vom Gürtel.

Nein, weiß ich nicht, dachte Mailín. Während Toma dem Bewusstlosen die Hände auf dem Rücken fesselte, sah sie sich um. Zumindest schienen sie hier auf dem richtigen Weg zu sein. Am Ende des Gangs schimmerte es heller – als würde dort glasklares Eis beginnen. Mit einem leisen Klicken schlossen sich die Handschellen zusammen, dann nahm Toma auch noch ihr Sturmtuch und begann Eismund zu knebeln.

»Was machst du?«, wisperte Birgida besorgt.

»Verhindern, dass er Verstärkung ruft und die lebenden Steinschleudern auf uns hetzt, sobald er zu sich kommt. Los, richte ihn auf.«

Mailín hatte nie daran gezweifelt, dass Toma kräftig war, aber wie viel Stärke sie in Wirklichkeit besaß, sah sie erst jetzt, als die Jägerin sich den Bewusstlosen auf die Schulter lud und aufstand. »Sobald er aufwacht, läuft er selbst«, sagte sie grimmig zu Mailín. »Und wenn nicht, trägst du ihn den Rest des Weges, Prinzessin.«

Sie kamen erstaunlich schnell voran. Doch kaum hatten sie den Gang hinter sich gebracht und hielten auf das gestreifte Eis zu, ging ein leichtes Zittern durch den Boden – wie ein fernes Beben. *Als würde der Berg erwachen*, dachte Mailín. Toma und Birgida schienen nichts zu bemerken. Doch Mailín hielt abrupt inne, als ein leichter Ruck durch ihre Sohlen ging, nur eine feine Verschiebung, aber deutlich genug, um jähe Angst in ihr hochzupeitschen. »Halt! Nicht weiter!«, rief sie noch, dann sackte der Grund einfach weg. Birgidas Aufschrei ging in Poltern unter. Steine zerstoben wie morsche Knochen und zerfielen zu Sand. Eine Lawine aus staubigem Geröll zog sie abwärts – direkt in ein Gewölbe, in dem jedes Geräusch einen Hall bekam. Mailín brauchte viele benommene Sekunden, um zu begreifen, wo oben und unten war. Sie lag auf einem Berg von kalkigem Sand und feuchtem Kies. An ihrem Rücken brannten Schürfungen, jeder Knochen schmerzte und ihre Kehle war rau vom Steinstaub, der sie zum Husten brachte. Neben ihr kam Eismund auf die Beine, taumelte ein Stück zur Seite und fiel auf die Knie. Aber nicht einmal Toma kümmerte sich darum. Sie richtete sich auf und sah sich ungläubig in dem bizarren steinernen Garten um. Jahrtausende waren hier zu gewaltigen Säulen geronnen. Tropfsteine, dick wie Baumstämme, ragten aus dem Boden, manche vereinten sich mit Stalaktiten, die von der Decke herunterwuchsen. Im Hintergrund erinnerten Grotten an aufgerissene Mäuler mit Zähnen aus nur fingerlangen helleren Tropfsteinen. Und mitten durch diese Steinkathedrale schnitt eine schmale Gebirgsschlucht, in der schwarzes Wasser rauschte. »Was ist das?«, stieß Toma hervor. »Der Fischereihafen der Eisblüter?« Tatsächlich lagen am Rand der Schlucht Netze, die jedoch anders aussahen als die Netze, die Tomas Volk aus Spinnenseilen fertigte. Diese hier glänzten smaragdgrün, als wären sie aus Nixenhaar geknüpft. Hastig suchte Mailín das Gewölbe ab – und fand zwischen Grottengängen blanke Silberflächen, die von grauen Schlieren durchsetzt waren. Sie hätte heulen können vor Enttäuschung. »Hier gibt es kein hellgraues Eis. Es waren nur Spiegelungen. Dieses Bild hat sich oben in den Gängen im Eis gebrochen und uns in die Irre geführt.«

Birgida biss sich auf die Unterlippe und schaute sich gehetzt um.

»Wohin jetzt?«, drängte Toma. »Wenn wir hier herumstehen, wird es nicht lange dauern, bis Fängerinnen aus dem Fluss kriechen.« Mailín sprang mit einem erschrockenen Satz auf die Beine, als sie ein Platschen hörte. Aber das schwarze Wasser hinter ihr war leer. Doch Eismund war unbemerkt zum Fluss gelangt und kniete auf einem Vorsprung über dem Wasser. »*Geh da weg!*«, wollte sie ihm zurufen. Dann erkannte sie, dass er hinter seinem Rücken mit gefesselten Händen verbissen an etwas zerrte. Mit ein paar Sätzen war sie bei ihm – und konnte gerade noch verhindern, dass er ein tangbewachsenes Seil löste. Es war um einen Eisenring im Felsen geschlungen und führte zum Wasser. Dort trieb ein Boot, das von der starken Strömung halb unter den Vorsprung gedrückt wurde. Es war flach und innen wie außen mit geschupptem Leder bezogen. Die Schuppenzeichnung erkannte Mailín sofort wieder. *Nixenhaut.* Offenbar war es eine Fähre, die die Schlucht querte. Auf der anderen Seite des Flusses war ebenfalls ein eiserner Ring in den Felsen eingelassen. Eismund hatte das zweite Führungsseil, das nur auf dieser Seite des Flusses geknotet war, schon losgemacht. Das fallende Seil war das Platschen gewesen, das Mailín gehört hatte. Die Strömung hatte das lose Seil aus dem Ring auf der anderen Seite gezogen. Nun war die Fähre nutzlos und trieb nur noch an einem einzigen Seil im Wasser.

»Du hast das Boot losgemacht, damit wir nicht auf die andere Seite kommen?«, fuhr Mailín Eismund an. Birgidas Aufschrei vermischte sich mit den Echos von donnerndem Stampfen und prasselndem Geröll. Kleine Tropfsteine brachen, als weiche, muskulöse Schultern daran entlangstrichen. Ein nebelgrauer Körper schob sich aus einem niedrigen Stollengang. »Verdammt«, murmelte Toma. In den Grotten glühten Augen auf, weitere Katzen erschienen und landeten auf Tropfsteinen und Vorsprüngen. Toma riss den Dreizack vom Boden. Doch als sie sich wieder den Grotten zuwandte, erstarrte sie.

In einer der größeren Höhlen erschien eine schartige Gestalt und sprang. Sand bauschte sich zu Nebel, als der massige Körper mit einem Donnern einschlug. Tropfsteine brachen und zerschellten auf den Schultern des Steinwächters, der sich nun aufrichtete. Ein zweiter Wächter schälte sich aus den Schatten, dann ein dritter. Und diesmal, das wusste Mailín, würde die Täuschung durch Stillhalten nicht gelingen. Die Katzen sprangen bereits auf sie zu, und die Wächter folgten ihnen, als hätten sie die Gruppe im Echo des Donnerhalls längst geortet. Toma stieß einen wüsten, verzweifelten Fluch aus.

»*Aus dem Palast führt kein Weg heraus*«, hallten Eismunds Worte in Mailíns Kopf. Doch Kapitän Santalniks ruhige Stimme hielt dagegen: »*Für die einen ist das Meer eine Wand, für die anderen ein Weg.*« Gehetzt sah sie zum Wasser. Hinter ihr riss das Fährboot am Seil. Aber diesmal schimmerte auch Flossenschlag stromabwärts auf, dort, wo eine durchlöcherte Felswand aufragte. *Der Fluss fließt zum Meer. Aber im Fluss wimmelt es vor Fängerinnen, die uns aus dem Boot holen werden. Aber ... warum gibt es dann überhaupt ein Boot hier?* Und als die Schuppenhaut des Bootes aufglänzte wie die Haut einer lebendigen Nixe, begriff Mailín endlich. »Ins Boot!«, brüllte sie.

Birgida packte Eismund am Ärmel und riss ihn mit sich über die Felskante. Nur Toma zögerte. Und zum ersten Mal sah Mailín in den Augen der Jägerin echte Angst aufblitzen. »Auf dem Boot sind wir sicher, Toma«, schrie sie gegen das Getöse und Echodonnern der Wächterschritte an. »Vertrau mir!«

Sie landeten gleichzeitig. Wasser schwappte gegen den Felsen. Mailín löste das Seil am Heck und das Boot schoss davon wie ein Pferd, das sich vom Zügel befreite. Eine der Katzen hatte den Vorsprung erreicht und schlitterte fast ins Wasser. Die anderen Raubtiere änderten die Richtung und rannten an der Schluchtkante entlang, während sich das Boot im Strudel drehte. Die zerlöcherte Wand raste ihnen entgegen. Ein niedriger Felsschlund sog dort den Fluss ein. »Runter«, befahl Toma. Sie warfen sich auf den Boden des Bootes – und wurden von einer federnden Kraft gebremst und gegen die Bordwand geworfen. Das Boot ächzte und knackte unter dem Sog. Mailín stemmte sich hoch. Vor dem Schlund war ein Fangnetz aus Nixenhaar aufgespannt, das den Durchgang verschloss. Und hinter dem feinen Geflecht, jenseits des Schlundes, schlängelten sich schuppige Leiber im Wasser. Mailín holte mit dem Messer aus und durchtrennte das Netz aus Haar. *Bitte lass mich recht haben,* flehte sie, als das Boot sich in das beschädigte Netz schob und Knoten für Knoten unter seinem Druck zerriss. Birgida krümmte sich zusammen. Für eine schreckkalte Sekunde war Mailín sicher, dass Eismund das Bergmädchen aus dem Boot stoßen wollte, aber er warf sich nur über sie und schützte sie mit seinem Körper, so gut es mit gefesselten Händen ging. Toma hielt mit dem Dreizack eine Raubkatze in Schach, die auf einen Vorsprung über dem Schlund geklettert war und sich zum Sprung duckte. Endlich riss das Netz und die Fähre wurde in den Schlund gezogen. Toma drückte Mailín mit ihrem Gewicht zu Boden. Fels schabte über dem Boot entlang. Dann hatten sie die Enge passiert und schossen mitten in einen Strudel von peitschenden Nixenleibern. Mailín wartete darauf, gleich vierfingrige Krallenhände zu sehen, die über den Bootsrand nach ihr schlugen, aber stattdessen erblickte sie nur eine der Raubkatzen. Sie war durch die durchbrochene Wand geschlüpft, stieß sich mit einem federnden Satz ab und segelte auf die Fähre zu. Doch bevor Toma sie mit dem Dreizack abwehren konnte, schnellte eine der Fängerinnen direkt hinter dem Boot aus dem Wasser. Für Bruchteile eines Herzschlags sah Mailín den geschmeidigen Nixenkörper durch die Luft peitschen. Katzenkrallen schlugen in die Luft, Eiswasser spritzte bis ins Boot, dann sanken Raubkatze und Meerfrau in tödlicher Umarmung ins schäumende Schwarz. Weitere Nixen stürzten sich in den

Strudel, andere peitschten flussaufwärts durch den Schlund in den Tropfsteinsaal.

»Hinlegen«, rief Toma. Sie duckten sich unter einer weiteren Felsenge, dann spuckte der Fluss sie in weites Wasser. Plötzlich roch es nach Meer und frischem Wind. Das Boot stieß mit einem Knirschen gegen Eisschollen und drehte sich. Jedes Geräusch bekam einen Hall. Hoch über Mailín kreiste sonnendurchwobenes Eis. Und als sie sich benommen aufstützte, fand sie sich in einer schimmernden Halle wieder. Das Blau und Türkis gewaltiger Bogen war von Morgenlicht durchbrochen. Die Wellen, die Brucheis und kleine Schollen tanzen ließen, reflektierten die ersten blassen Sonnenstrahlen. Lichtflecken tanzten auf steilen Wänden aus glasklarem, blau gefärbtem Eis. Rasend schnell wurde das ruderlose Boot im Bogen dorthin gezogen.

»Was ist das?«, hörte Mailín Toma mit bebender Stimme sagen. Birgida richtete sich auf den Knien auf. Die Strömung schob das Boot an einer gläsernen Steilwand entlang. Sie war vom selben Blau wie die Palastkuppel. Und darin eingeschlossen waren erstarrte Menschen, ganz vom Eis umgeben. *Als wären sie erfroren, während sie unter Wasser sanken*, dachte Mailín. »Das sind keine Schlossbewohner«, hauchte sie. »Sie tragen . . . Wollmützen und Lederstiefel und lange Wintermäntel aus Schaffell.« *Wie die Menschen in Falún, als die Winter noch kalt waren.* Sie ertappte sich dabei, wie sie in jedem Gesicht voller Angst nach vertrauten Zügen suchte. Aber keine der Frauen, die mit geschlossenen Augen wie Falter hinter Glas schwebten, hatte schwarzes Sturmhaar wie ihre Mutter. Und auch ein Mädchen mit Sommersprossen fand sie nicht. *Hast du wirklich gedacht, du würdest deine Verschwundenen hier wiedersehen?*

Dafür entdeckte sie eine junge Frau, kaum älter als sie selbst. Das Blau des Eises verfälschte die Farben ihrer Kleidung und ihrer Haut, aber Mailín wusste, dass ihr Tuchgewand goldgelb war und die mit Flechtmustern bestickten Borten an den Ärmeln korallenrot leuchteten. Sie wusste, dass das Mädchen bronzefarbene Haut wie Kerem hatte und ebenso kupferrotes Haar. *Weil sie wie Kerem von den Inseln der südlichen Küste stammt. Dort, wo jetzt Winter herrscht.* Dann verlor sie das Mädchen aus den Augen, das Boot trieb nun an Menschen in Kapuzenjacken aus dem hellen Fell von Elchen und Schneeleoparden vorbei. Die Gesichter dieser Erfrorenen trugen rußschwarze Maskenzeichnungen. Toma stieß einen erstickten Schrei aus und stach mit dem Dreizack in die Eiswand. Die Spitzen rutschten ab; das Boot kam ins Schaukeln. Doch irgendwo weiter hinten regte sich etwas. Mailín stemmte sich auf die Knie hoch. Unerreichbar entfernt, hinter der Wand voller erstarrter Menschen, dort, wo Schlieren und lichthelles Eisglas sich zu Schichten verbanden, trat jemand näher. Erst erkannte Mailín die Gestalt kaum, das blaue Kleid, die frostüberzogene Haut und das weiße Haar machten sie fast unsichtbar. Doch dann sah sie Siljas Gesicht. Die Fremdländerin entdeckte Mailín im selben Moment und riss die Augen auf. Noch nie hatte Mailín Silja so fassungslos erlebt. Ewige Sekunden starrten sie einander nur an. Dann zuckte ein überraschtes Lächeln über Siljas Züge. *Irgendetwas ist anders an ihr*, schoss es Mailín durch den Kopf. *Aber was?* Doch dann fiel Siljas Blick auf Eismund und ihr Lächeln verlosch, als hätte ein eisiger Wind es ausgeblasen. Silja riss den Mund zu einem stummen Schrei auf und schlug mit beiden Fäusten gegen die Wand. Mailín erkannte noch, wie Silja den Kopf schüttelte und ein Wort mit den Lippen formte, dann wurde das Boot so schnell in eine neue Strömung gezogen, dass Mailín hart auf den Boden zurückfiel. Die Fähre wurde von der Wand weg in einen Kanal aus Eistrümmern gerissen. Es rauschte und klirrte, als der Fluss sie durch einen schmalen, steilen Spalt nach draußen ins Meer spülte. Morgenlicht blendete Mailín. Sie hörte Birgidas entsetztes Wimmern und Tomas Fluchen. Ein Windstoß fegte ihnen salzige Gischt entgegen. Mailín konnte sich gerade noch festklammern, dann schlug eine eisgrüne Welle krachend gegen das Boot. Es bäumte sich auf und fiel ins Wasser zurück, nur um wieder hochgerissen zu werden. Eismund wurde gegen den Bootsrand geschleudert. Birgida krallte sich an ihn – und auch Mailín warf sich in Richtung Heck und hielt ihn fest, bevor er über Bord gehen konnte. Das Boot schabte über eine flache Klippe und schlitterte darauf ächzend ein Stück weiter. Zischend und schäumend zog sich das Meer zurück und holte tief Atem für den nächsten Schlag. »Mach seine Fesseln los!«, schrie Birgida gegen das Meeresgurgeln an. »Er kann sich nicht halten.«

»Ist das deine einzige Sorge?«, herrschte Toma sie an. Doch mit einem schnellen Griff löste sie die Handschellen voneinander. »Festhalten!«, schrie sie. Dann warf sich die nächste Welle brüllend gegen die Klippe. Mailín wurde zur Seite gerissen. Ein Schlag am Hinterkopf durchzuckte sie in grellem Schmerz. Sie schmeckte Salzwasser und hörte das Meer brodeln. Irgendwo unter ihr schabte Stein, dann rutschte das Boot vom Felsen und fiel.

Koovas Palast

Mailín wusste nicht mehr, ob über ihr Himmel oder Meer war. Eben hatten Wasser und Wolken noch um sie herumgetanzt wie verrückte Gaukler, jetzt wehte Schnee über sie hinweg und die Brandung toste in weiter Ferne. Ihr Kopf pochte in Wellen von dumpfem Schmerz und ihre Zähne klapperten. Eisig und nass klebte ihr das Haar an Wangen und Hals. Als sie die Augen aufschlug, sah sie über sich Birgidas tränenüberströmtes Gesicht. Toma kniete im Boot, stieß sich mit der Harpune von vorbeitreibenden Eistrümmern ab und dirigierte die ruderlose Fähre auf diese Weise. *Wir leben noch*, dachte Mailín benommen. Eismund saß halb abgewandt am Heck, die Arme auf den Knien aufgestützt, und blickte zurück zum Fjord. Das graue Sturmtuch knebelte ihn nicht mehr, sondern lag locker um seinen Hals. Wasser und Wind hatten die Firnschicht von seinem Haar und das Eis von seiner hellen Haut genommen. Jetzt sah man auch sein Haar: Es war von einem lichtlosen Silberweiß, in dem sich Schatten regte, sobald der Wind hindurchfuhr.

Mailín richtete sich mühsam auf und schaute zurück. Wie durch ein Wunder war das Boot an den fünf Knochenklippen vorbeigekommen, ohne in den Wellenstrudeln zu kentern oder an den Felsen zerschellen. Nixen peitschten dort durch das Wasser und wirkten wie ein Verteidigungsring aus Leibern, den ihr Boot durchbrochen hatte.

Und hinter den Klippen, an der Spitze des Fjordlands, erhob sich der blaue Palast. Wie ein Diamant in einer Fassung aus Granit war das Herz aus Eis in den steilen Berg eingepasst und leuchtete in einem unirdischen Blau. *Genauso, wie Koova es beschrieben hat*, dachte Mailín. »Verfolgen sie uns?«, brachte sie mühsam heraus.

»Noch nicht«, gab Toma zurück. »Woher wusstest du, dass die Fängerinnen das Boot nicht berühren würden?«

»Es ist mit Nixenhaut bezogen«, brachte Mailín mühsam hervor. »Es war nur eine Vermutung, aber sie greifen ihresgleichen wohl wirklich nicht an.« *Sie zerstören nicht einmal Netze, die aus ihrem Haar gefertigt werden. So hält der König die Nixen also von seinen Fischgründen am Fluss fern.* Aber offenbar belagerten die Meerfrauen den Fjord. Endete das Reich des Winterkönigs also am Meer?

»Hat der König Schiffe, Birgida?«, fragte Toma. »Gibt es einen weiteren unterirdischen Hafen im Fjord?«

Birgida schluckte nur schwer und blieb stumm.

»Hast du mit dem Kopf im Felsen gelebt?«, brauste Toma auf. »Weißt du überhaupt *irgendetwas* über das Königreich, aus dem du stammst?«

Sie bekam keine Antwort. Birgida starrte wie eine Schlafwandlerin zum Fjord. Schwarze Sturmwolken hetzten über ihn hinweg. Und vor dem Palast, mitten im Meer, standen Gestalten auf den Klippen und blickten ihnen nach. Farbige, leichte Mäntel umhüllten sie. Mailín musste nicht ihr Fernrohr hervorholen, auch so wusste sie, dass diese Mäntel aus Tausenden von Schmetterlingsflügeln bestanden. Trotz der Entfernung erkannte sie sogar die feuerfarbene Fee mit der rotgoldenen Maske. »Seht ihr die Frauen auf den Klippen?«

Birgida wischte sich mit zitternden Händen die Tränen ab und schüttelte den Kopf.

»Hast du dir den Kopf zu fest angeschlagen?«, sagte Toma. »Da ist niemand.«

Mailín blinzelte verwirrt, aber die Feen waren immer noch dort. Reglos verharrten sie, als würden sie auf etwas warten.

Eismund erwachte aus seiner Erstarrung und warf ihr über die Schulter einen feindseligen Blick zu. »Vielleicht träumst du ja«, sagte er tonlos und wandte sich wieder ab.

⁓

Nebel hatte den Fjord verschluckt; der Schneewind schmeckte nach Sturm, als sie endlich das Meereseis erreichten. Es war keine glatte Fläche und auch kein Packeis, sondern hob sich zu gewaltigen Wellen, die hier mitten im Aufbäumen eingefroren zu sein schienen. Zwischen diesen bizarren Bergen ragten wie die Rippen von Riesen die Spanten geborstener Schiffe aus dem Eis. Toma sprang aus dem Boot und befestigte eines ihrer Seile an den Führungsringen. Wie ein Schlitten ließ sich das flache Gefährt nun über das schneebedeckte Meereseis ziehen. Mailíns nasse Strähnen, die unter der Mantelkapuze hervorragten, waren weiß gefroren, aber zumindest betäubte die Kälte den pochenden Schmerz der Prellung an ihrem Kopf. Birgida und der Gefangene kämpften sich wie Gestalten aus einem fernen Sommer barfuß und ohne die Kälte zu spüren durch den Schnee.

Erst ein ganzes Stück hinter der Wasserkante, als Mailín schon vor Anstrengung keuchte, hielt Toma endlich an. In der Nähe ragte ein Schiffsmast schief aus dem Eis. Zerfaserte Reste der Takelage waren im Lauf der Zeit zu einem erstarrten Windschutz gefroren und bildeten einen Unterschlupf. Aber Toma deutete zu einer gefrorenen Welle ein Stück weiter. »Ihr beide zieht das Boot unter die Welle«, sagte sie zu Mailín und Birgida. »Ich komme gleich nach.«

Birgida wich ein paar Schritte zurück. Wind riss an ihren Kleidern und ließ ihr rotes Haar in den Himmel lodern. Aber sie schien den Sturm nicht einmal zu bemerken. Als würde der Schock erst jetzt von ihr abfallen, rang sie nach Luft und schaute sich mit angstgeweiteten Augen um. *Sie war ja noch nie außerhalb des Berges*, dachte Mailín. Unter dem riesigen Himmel, den sie zum ersten Mal im Leben in seiner ganzen Schwere und Weite sah, wirkte Birgida so schutzlos und verloren, dass es Mailín einen Stich ins Herz gab. Toma zog das Boot nach links und wollte Birgida das Seil zuwerfen, doch das Bergmädchen fing es nicht auf, sondern zuckte zurück, als würde sie auch Toma zum ersten Mal sehen. »Wir sind aus dem Schloss geflohen«, brachte sie mit erstickter Stimme hervor. »Und du ... hast eine der Herrinnen getötet.«

»Sie hätte dich getötet«, erwiderte Toma ruhig. »Außerdem kann man nur töten, was lebt. Aber dieses Ding war nichts weiter als Schnee und gefrorenes Wasser, das durch einen Zauber ...«

»Sie *hatte* ein Leben!«, brach es aus Birgida heraus. »Und niemand – niemand! – darf ein Leben auslöschen.«

»Glaubst du, das Monster hat dasselbe von uns gedacht?« Tomas Augen funkelten gefährlich auf. »Oder war der Versuch, dich mit dem Dreizack aufzuspießen, eine Art Liebeserklärung an dein kostbares Sein? Frag deinen Eisblüterkönig, wie viel ihm dein Leben wert ist! Oder das der Menschen, die er in seinem Eisgrab versenkt hat.«

Birgida blinzelte, ihr Gesicht bebte und zuckte; ihre Augen waren blaue Seen voller Entsetzen. Mailín sah ihr an, wie sehr sie innerlich den Halt verlor.

»Toma, lass sie in Ruhe.«

Aber die Jägerin schien aufzuglühen wie glosende Kohle. »Wach endlich auf, Birgida! Die Erfrorenen in der Wand am Fluss, das waren Leute meines Clans! *Ihr* Leben hat *dein* König sich genommen – einfach so. Und dich hätte seine Steinarmee zermalmt und diese *Herrin* dich in seinem Namen aufgespießt wie einen Beutefisch.«

Wütend schritt sie zu Eismund hinüber und zog ihn grober als nötig am Seil hinter sich her zum Mast. Dort ließ sie seine zweite Handschelle direkt im Holz einschnappen. Das Geräusch riss Birgida aus ihrer Erstarrung. »Was machst du mit ihm?«

»Wonach sieht es denn aus?«

»Binde ihn los!« Birgidas Stimme überschlug sich.

Toma schüttelte den Kopf. »Ihr habt entschieden, ihn mitzunehmen, ich entscheide, wie nah ich ihn an uns heranlasse.«

»Er ist keiner der Herren!«, beharrte Birgida verzweifelt. »Du siehst doch, dass er ein Mensch ist!«

»Ich glaube gar nichts mehr, was ich in deinem verfluchten Palast sehe«, fauchte Toma. »Aber wir können ja gerne prüfen, ob Menschenblut oder Eiswasser in seinen Adern fließt…«

»Toma!«, zischte Mailín ihr zu.

»Du darfst ihn nicht verletzen!«, rief Birgida.

»Sieh an. Ihr Eisblüter haltet wohl zusammen«, gab Toma scharf zurück.

»Hör endlich auf!«, brach es aus Mailín heraus.

»Hört ihr beide auf, mir zu sagen, was ich zu tun habe!«, schrie Toma zurück. Sie rannte zum Boot zurück, stemmte sich mit aller Kraft gegen das Seil und schleppte es wütend alleine zu der gefrorenen Welle. Der Wind sträubte das Fell ihrer Jacke und ihr kurzes Haar.

Birgida rang nach Luft, im Wind taumelnd lief sie ein paar Schritte in Richtung Meer zurück, als wollte sie zum Palast fliehen. Dann fiel sie auf die Knie und umarmte sich selbst. Es war eine Geste von solcher Einsamkeit, dass es Mailín die Kehle zuschnürte. Sie rannte zu ihr und nahm sie in die Arme, wie sie es immer bei Rún getan hatte. »Alles wird gut«, murmelte sie in Birgidas Haar. »Es ist unsere Schuld, dass du hier bist. Aber wir werden dich wieder nach Hause bringen, zu den Weberinnen...« *Warum erzähle ich Märchen?*, dachte sie. *Sie kann nicht mehr in ihr altes Leben zurück. Und sie weiß das.*

Birgida löste sich aus ihren Armen. Ihr rotes Haar flackerte um ihr Gesicht, immer noch strömten die Tränen über ihre Wangen, aber dann erkannte Mailín, dass Birgida gar nicht um ihr eigenes Schicksal weinte. »Toma hat recht«, sagte sie mit bebender Stimme. »Ich weiß nichts, gar nichts! Die Herren und Herrinnen haben ein kaltes, schreckliches Leben, aber kein Gesicht; der Palast ist ein Grab und ein Gefängnis und mein König... Wie kann er so grausam sein? Hast du gesehen, wie viele Menschen im Eis waren? Sogar Kinder und...«, sie schluckte, »... auch Lela habe ich dort gesehen, erfroren wie all die anderen. Ich glaubte wirklich, dass sie oben im Palast lebt und glücklich ist. Wie blind war ich, Mailín? Wie konnte ich nicht sehen, dass wir alle Gefangene sind?«

Mailín schwieg. Und nach einer Weile stand Birgida auf, wischte sich die Tränen von der Wange und folgte Tomas Spuren.

Von seinem Platz am Mast aus sah Eismund ihr konzentriert nach. Die zu einem Vorhang vereiste Takelage schützte ihn vor dem Wind, doch er war immer noch so schwach, dass er im Stehen leicht schwankte. Mailín straffte die Schultern und trat näher, bis auch sie im Windschatten stand. »Du bist also tatsächlich ins Schloss gekommen«, sagte er, ohne Mailín anzusehen. Es war das erste Mal, dass sie seine Stimme hörte und nicht nur ein heiseres Flüstern. Sie war klar und hatte einen schönen Klang, und sie war tiefer, als Mailín erwartet hätte.

»Wer bist du?«, fragte sie barsch.

Eismund wandte sich ihr ohne Eile zu, hob das Kinn und blickte auf sie herab. Er war zwar nicht so groß und auch nicht so kräftig wie Joun, aber er überragte sie dennoch um fast einen Kopf. Seine Lippen waren blau und die hellen Augen so umschattet, dass sie zu glühen schienen wie die der Raubkatzen.

»Ich habe dich gefragt, wer du bist!«, sagte sie.

»Niemand von Bedeutung.«

»Das glaube ich kaum. Du hast etwas mit Siljas Entführung zu tun – und mit dem Wintereinbruch in Falún. Und woher kennst du den Namen meiner Schwester?«

»Rún ist also deine Schwester.«

Mailín hoffte, dass sie ihren Schreck gut genug verbergen konnte. *Ich muss vorsichtiger sein,* schalt sie sich. Eine Weile maßen sie einander mit Blicken. *Als würden wir einander berühren wie Krieger, die ihre Schwerter kreuzen, um die Kraft des Gegners einzuschätzen,* dachte Mailín voller Unbehagen. Sie hätte gehen müssen, aber aus irgendeinem Grund konnte sie nicht. »Du gehörst zum Hofstaat.«

Er hob gelassen die Hände. »Alle Königsleute tragen Ringe. Ich habe keinen.«

»Das sagt nur, dass du nicht denselben Stand wie die Herrinnen und Herren hast. Aber du dienst dem König.«

»Müsste ich dann nicht im Palast leben, statt im Labyrinth gefangen zu sein?«

»Du willst behaupten, du warst dort unten gefangen?«

Mailíns spöttischer Tonfall ließ Eismunds Augen schmaler werden. »Das ist nun mal das Schicksal, das Verräter erwartet.«

»So wie Silja? Sie hat es dir zu verdanken, dass sie aus Falún verschleppt wurde, nicht wahr?«

Sein Lächeln war kalt und triumphierend. »Sie ist genau dort, wo sie verdient zu sein.«

Mailín musste sich beherrschen, um ruhig zu bleiben. »War sie eine der Menschenfrauen, die euer König für sein Bett ausgewählt hat? Oder... musste sie fliehen, weil sie eine Aufständische war?«

Eismund starrte sie ein paar Sekunden überrascht an, dann lachte er auf. »Du hast ja eine hohe Meinung von ihr«, sagte er spöttisch. Offenbar sprach Mailíns Miene eine deutliche Sprache, denn schlagartig wurde er wieder ernst und musterte sie so scharf, dass sie am liebsten zurückgewichen wäre. »Du meinst es tatsächlich ernst«, stellte er nach einer Weile fest. »Und du... kennst sie ja wirklich nicht!« Es klang nicht feindselig, eher verwundert und ein wenig auch wie ein Echo von Pjotts und Jouns Worten. Aber noch schlimmer war, dass ein Funke Wahrheit in diesen Worten steckte. Für einen Moment erschien es Mailín, als würde Leen hinter ihr stehen und lachen. »*Menschen lügen, Wintermädchen. Silja war ein Irrlicht, sie hat jedem etwas anderes erzählt.*«

»Andererseits...«, setzte Eismund hinzu, »hatte Silja vermutlich leichtes Spiel mit dir. Menschen glauben ja lieber, statt zu wissen.«

In den Handschuhen ballte Mailín ihre Hände zu Fäusten. »Sagt wer? Ein herz- und namenloser Verräter?«

Sie hatte gedacht, dass Eismund völlig kalt war, aber jetzt huschte ein Schatten über sein Gesicht. Vielleicht Zorn. Vielleicht aber auch Schmerz.

»Jedenfalls weiß ich, wovon ich rede«, sagte er gefährlich ruhig. »Und wenn du glaubst, dass Silja ein Herz hat, dann bist du nicht so schlau, wie ich dachte. Du setzt alles aufs Spiel, um eine Fremde zu retten? Warum?«

»Weil sie zu meiner Stadt gehört«, erwiderte Mailín. »Und

weil niemand – niemand! – mir jemanden wegnimmt, der mir etwas bedeutet.«

Eismund schien irritiert zu sein. Bisher hatte er kein einziges Mal geblinzelt, aber jetzt zuckten seine Lider und brachen das Bild von eisiger Fremdheit. Fast wirkte er nun wie ein gewöhnlicher Mensch, der von einer Antwort völlig überrascht war. »Und ... was bringt dich dazu, darauf zu vertrauen, dass du ihr ebenso viel bedeutest?«, fragte er.

»Was hat sie dazu gebracht, mich vor dir zu warnen?«

Sofort verschloss sich seine Miene, wurde wieder zu einer schönen, strengen Maske, mit dem kalten Atem, der unsichtbar blieb. *Dabei ist er längst nicht so überlegen und kühl, wie er sich gibt,* dachte Mailín.

»Du bist kein Wesen aus Schnee wie die Herrinnen«, sagte sie herausfordernd. »Aber ein Mensch wie Birgida bist du ebenfalls nicht. Birgida ... hat nämlich ein Herz.«

Es war nur ein Versuch, ein kleiner Stich – und Mailín sah, dass sie getroffen hatte.

»Ja, eure Weberin hat ein Herz. Ein heißes, fühlendes sogar. Und genau das wird euch zum Verhängnis werden.« Eismund musterte sie lange, mit diesem scharfen, wachen Blick, den sie wie einen kalten Hauch auf ihrer Seele spüren konnte. »Die Clansjägerin ist eure *Hand*, die Kämpferin«, sagte er dann in das Heulen des Windes hinein. »Du bist der *Kopf*, die Strategin. Zusammen wärt ihr stark, vielleicht sogar stark genug, um dem König gefährlich zu werden. Aber das *Herz* wird euch in den Abgrund reißen. Das tun Herzen nämlich immer.«

»Lieber stürze ich in den Abgrund, als gar kein Herz zu haben.«

Zum zweiten Mal glaubte sie in seinen Augen etwas anderes aufleuchten zu sehen als kaltes Eisgrün. Vielleicht tatsächlich einen alten Schmerz. »Du weißt, wie man Worte als Waffen führt«, sagte er.

»Ich will nur Antworten. Warum lebst du, obwohl du keinen Herzschlag hast? Gehörst du zu den Eisblütern?«

»Vertraust du wirklich darauf, dass dein Gefangener dir die Wahrheit sagt, nur weil du fragst?«

Nein, dachte Mailín. *Aber wenn ich dich zum Reden bringe, wirst du irgendwann einen Fehler machen, der dich verrät.* »Wie heißt du?«

»Meinen Namen kennst du.«

Mailín verschränkte die Arme und schwieg.

»Du wartest darauf, dass ich ihn selbst ausspreche?« Sein Lächeln wurde sichelscharf. »Also schön: Eismund.«

Das hätte sie nun doch beinahe aus der Fassung gebracht. »Ich weiß noch nicht, welches Spiel du spielst«, fuhr sie ihn an. »Aber ein Gefangener hätte alles darangesetzt, um mit uns zu fliehen. Stattdessen hast du das Boot losgemacht, um eine Flucht zu verhindern. Weil du wusstest, dass die Wächter für dich keine Gefahr waren und die Katzen nur uns drei angreifen würden?«

»Möglich. Oder ich wollte nicht, dass sie uns alle vier töten.«

»Ich habe verhindert, dass du unsere einzige Fluchtmöglichkeit in den Fluss schickst.«

»Vielleicht wollte ich nur, dass du glaubst, ich hätte das vor.«

»Du wolltest uns helfen, indem du vortäuschst, das Gegenteil zu tun?«

»Hättest du mir geglaubt, wenn ich dir geraten hätte, ins Boot zu steigen? Niemals, denn du hältst mich für einen Feind.«

»Und das bist du nicht?«

»Mein Feind ist Silja. Du bist nur ihr Werkzeug.«

Sei froh, dass ich nicht Toma bin, dachte Mailín. *Sie würde dein arrogantes Gesicht jetzt in den Schnee drücken und dich ins Eis beißen lassen.*

»In gewisser Weise sind wir uns wohl ähnlich«, fuhr er fort.

»Zumindest, was unsere Art angeht, andere zu durchschauen und zu lenken. Du hättest an meiner Stelle denselben Schachzug geführt, nicht wahr?«

Mailín hätte sich gewünscht, eine andere Antwort zu haben als ihr Schweigen. Denn auch diesmal steckte mehr Wahrheit in Eismunds Worten, als ihr lieb war. »Zumindest erkenne ich einen Dieb, wenn ich einen sehe. Das, was du von dir erzählst, ist in Wirklichkeit nur Siljas Geschichte. Sie ist es, die als Verräterin ins Labyrinth verbannt wurde. Die Frage ist nur, was du dort zu suchen hattest.«

Natürlich gab er keine Antwort. Doch in dem Zwielicht des Sturms schienen seine Augen dunkel zu werden, bis sie viel zu tiefem Wasser glichen.

Geh endlich!, befahl ihr ihre vernünftige Stimme. *Sprich nicht zu lange mit ihm, sonst wirst du es sein, die einen Fehler macht.*

»Warum sehe ich dich in meinen Träumen?«, fragte sie stattdessen.

Eismund hob betont langsam die Schultern. »Raunenzauber?«, sagte er spöttisch. »In Falún glaubt ihr doch, ein Raunentraum zeige euch den Menschen, der euer größtes Glück sein wird. Oder ... euer schlimmstes Unglück.«

Mailín hoffte, er würde nicht bemerken, wie ihr das Blut aus den Wangen wich. Denn nun hatte sie endgültig das Gefühl, auf gefährlich dünnem Eis zu stehen. »Nur, dass du kein *Mensch* bist«, sagte sie kühl und ging.

⁂

Toma und Birgida hatten das Boot unter den Bogen der vereisten Welle geschoben und halb aufgestellt, sodass dahinter eine windsichere Höhle entstand. Verglichen mit dem schneidenden Wind, der nun mit Donner und Sturmpeitschen auf das gefrorene Meer einschlug, erschien es Mailín hier fast warm. Oder vielleicht war es auch nur der Zorn, der wie Hitze von Toma abstrahlte. Birgida und die Jägerin saßen an den zwei äußersten Enden des Bootes im Schnee. Toma wirkte immer noch wie eine Raubkatze, die ihr Fell sträubte, sie hatte rote Wutflecken auf den Wangen und ihre Augen funkelten. Mailín kroch an ihr vorbei auf den Platz in der Mitte, zog die Beine an den Körper und betrachtete Toma von der Seite. Beim Sturz in die Tropfsteinhöhle hatte sie sich blaue Flecken und Schürfwunden geholt, genau wie Mailín, deren Kopf immer noch schmerzte. »Du hast uns heute das Leben gerettet«, sagte sie vorsichtig zu Toma. »Mehr als einmal. Danke! Und es tut mir leid. Ich wollte dich vorhin nicht zurechtweisen. Nur verhindern, dass du Birgida verletzt . . .«

»Ich tue die Dinge auf meine Weise!«, brach es aus Toma heraus. »Und ja, manchmal sage ich etwas, das verletzend klingt. Aber seht meine Seite: Vermutlich verdanken wir es nur dem Sturm, dass sie uns nicht gleich verfolgt und längst zurückgeholt haben. Ich bin außerdem die Einzige von uns dreien, die weiß, wie man hier draußen überlebt. Aber ich kann euch nur beschützen, wenn ihr meinen Weg geht und tut, was ich sage.«

»Ich gehe deinen Weg!«, rief Birgida. »Nur nicht um jeden Preis.«

»Das verlangt auch keiner«, gab Toma hitzig zurück. »Aber wenn ich einen dieser verfluchten Eisblüter nicht in der Nähe unserer Waffen haben will, dann halte ich ihn verdammt nochmal auf Abstand, ob es dir gefällt oder nicht.«

Beim Wort Eisblüter war Birgida wie unter einem Schlag zusammengezuckt. Unglücklich blickte sie auf ihre Hände. Offenbar schützte der Kältezauber sie auch vor Verletzungen, ihre Haut zeigte keinen Kratzer und keinen blauen Fleck. »Wir sind *Menschen*«, sagte sie mit bebender Stimme.

»*Du* bist menschlich, Birgida«, erwiderte Mailín sanft. »Er dagegen ... atmet Eis und in seiner Brust schlägt kein Herz.«

Birgida hob überrascht den Blick. »Bist du sicher?«

»Auf dem freien Meer sind wir leichte Beute«, ging Toma dazwischen. »Falls wir vorher nicht erfrieren oder verhungern. Sobald sich der Sturm legt, müssen wir aufs Festland und uns ein Versteck suchen. Vielleicht schaffen wir es ja zur Halbinsel hinter dem Fjord, bevor die Schneehexen und die Spinnenbräute des Königs uns einholen.«

Mailín kauerte sich noch enger zusammen. Toma zog ihr das Fernrohr aus der Manteltasche und kroch nach draußen ...

»Wo willst du hin?«, fragte Birgida.

»Wache halten«, gab Toma brüsk zurück.

»*Ich* gehe«, sagte Birgida mit fester Stimme. Und mit einer Ironie, die Mailín von ihr gar nicht kannte, fügte sie hinzu: »Wir *Eisblüter* können ja schließlich nicht erfrieren.«

Mailín wartete, bis sie nach draußen geschlüpft war. Dann wandte sie sich Toma zu. »Du weißt, ich bin auf deiner Seite. Aber was Birgida angeht ... sieh auch mit ihren Augen: Ihre ganze Welt ist heute in Scherben zerbrochen und ...«

»Ich weiß!«, unterbrach Toma sie ungeduldig. »Und ich hatte nicht vor, sie zu verletzen. Sie ... hat um die Menschen im Eis geweint.« Sie seufzte und fuhr sich mit den Händen durch das kurze Haar. Sogar im milchigen Dämmerlicht sah Mailín nun, wie erschöpft die Jägerin war. »Ich wollte herausfinden, was mit dem Clan der Tausend wirklich geschehen ist«, murmelte sie voller Bitterkeit. »Nun, jetzt weiß ich es.«

»Bist du sicher, dass es die Clansleute von damals sind?«

Toma deutete ein knappes Nicken an. »Das Knotenmuster an ihren Handschuhen verrät es. Früher wurden sie noch auf diese Art geknüpft. Erst seit hundert Jahren binden wir zum Gedenken

an die Verschwundenen immer drei Trauerknoten an die Seite.«
Sie zeigte Mailín das kleine Lederzierwerk an ihrem eigenen
Handschuh. »Es sind die Menschen, denen der König in jener
Nacht das Leben nahm. Nur, dass sie nicht auf dem Grund des
Meeres ihr Ende fanden, wie es überliefert ist. Sondern auf diesem Friedhof aus blauem Eis. Als wollte dieser *Winterkönig* sie aus-
stellen – wie Trophäen seiner Jagd. Und diese *Herrinnen* ... Nicht
einmal der wahnsinnigste Saman würde seine Seele verkaufen, um
solche Ungeheuer zu erschaffen.«

»Im Eis sind auch Menschen aus Falún und den südlichen
Städten.« Mailín musste sich räuspern, so belegt war ihre Stimme.
»Und ich glaube, Eismund weiß alles über die Verschwundenen.«

»Eismund? So heißt der Kerl aus deinem Traum?«

Mailín schüttelte den Kopf. »So nenne ich ihn. Wie er wirklich
heißt, verrät er nicht. Aber wenn jemand ein Eisblut ist, dann er.
Er muss Ewigkeiten in diesem Labyrinth gelegen haben – ohne
zu atmen, ohne Herzschlag.«

»Dafür ist er ja noch ziemlich lebendig. Andererseits galt das
ja auch für den Wanderschnee mit Dreizack. Wer ist er? Ein Höf-
ling?«

»Er behauptet, er wurde wegen eines Verrats ins Labyrinth
verbannt und wir hätten ihn befreit.«

Toma verzog verächtlich den Mund. »Verräter sind wie Ratten.
Aber Ratten kennen immer alle Winkel und Wege. Selbst wenn er
lügt, kann er uns dabei nützlich sein, ins Schloss zurückzukom-
men.« Sie seufzte und rieb sich müde die Augen. »Du hast dich bei
deiner Einschätzung über mich nicht geirrt«, sagte sie dann leiser.
»So oft hatte ich mir vorgestellt, zum Meer zu reiten und diesen
Winterkönig zu finden. Und für all das, was er den Menschen an-
getan hat, werde ich sein kaltes Herz zermalmen. Wir müssen nur
einen Weg in den Palast finden.«

Mailín schluckte. »Eismund wird uns nichts verraten.«

Als Antwort lächelte Toma nur auf eine Weise, die sogar Mailín einen Schauer über den Rücken jagte. »Überlass es mir, mit ihm zu reden, Toma. Und trau keinem Wort, das er sagt. Er wird versuchen, uns in die Falle zu locken. Verräter tun alles dafür, um die Gunst ihres Herrn wiederzugewinnen. Und ganz sicher ist er nicht nur ein gewöhnlicher Gefangener.«

»Solange er meine Handschellen trägt«, erwiderte die Jägerin trocken, »ist er es.«

Jäger und Gejagte

Mitten im Gewitter war Mailín in traumloser Erschöpfung versunken. Als sie nun hochschreckte, pochte ihr Kopf in dumpfem Schmerz, ihr war übel und schwindelig und jeder Knochen tat ihr weh. Hinter dem Boot war sie allein. Der Sturm holte wohl gerade Atem, dafür arbeitete und knackte unter ihr das Eis, als würde das Meer sich darunter aufbäumen. Draußen war Birgida dabei, das Boot mit bloßen Händen vom angewehten Schnee zu befreien. »Du hast den Sturm verschlafen«, rief sie Mailín zu. »Aber das nächste Gewitter zieht schon heran. Wir müssen weiter.« Mailín sah sich um. Über dem Meereseis streckte die Nachmittagssonne vereinzelte Lichtfinger durch tief hängende schwarze Gewitterwolken. Aber der Frieden war trügerisch. Der Fjord war immer noch völlig hinter Nebel und Sturmregen verschwunden. Blitze tauchten die Wolken in Schwefellicht. Birgida sprang zur Vorderseite des Bootes und hangelte nach dem Seil. Ein kupfernes Funkeln an ihrem Handgelenk fing Mailíns Aufmerksamkeit. Es war Avissas helles Band mit den Kupfersternen, das mit einem von Tomas komplizierten Jägerknoten um Birgidas Handgelenk geknüpft war.

»Hat Toma dir etwa ihr Armband geliehen?«, fragte Mailín verwundert.

»Nicht geliehen – geschenkt«, rief Birgida und lachte. »Sie sagte, nur Eisblüter schmücken sich mit Trugbildern aus Spinnweben. Menschen besitzen echten Schmuck. Dann band sie mir das Sternenband um. Das ist wohl ihre Art, sich zu entschuldigen.«

Das brachte Mailín trotz allem kurz zum Lächeln. Ja, das war Tomas Sprache – Zeichen, Knoten und Taten statt vieler Worte. *Die Hand*, dachte sie. Mit brennenden Augen suchte sie nach der Jägerin – fand aber nur Eismund, der immer noch an den Mast gebunden war. Soweit sein Seil es zuließ, hatte er sich von der vereisten Takelage entfernt und spähte besorgt nach Norden, dorthin, wo eine wattedichte Nebelbank den Blick zum Horizont verwehrte. *Der Nebel, aus dem der König einst über das Meer kam?*, dachte Mailín. Als hätte Eismund ihren Gedanken gehört, wandte er ruckartig den Kopf. Mailín wappnete sich gegen seine Feindseligkeit, aber er schaute gar nicht sie an. Und als Birgida aufstand und seinen Blick mit einem Lächeln erwiderte, konnte Mailín spüren, wie sich zwischen den beiden die spinnenzarten Fäden eines unsichtbaren Bandes woben.

»Was soll das?«, flüsterte sie Birgida zu.

»Darf ich nicht freundlich zu ihm sein?«

»Er ist unser Gefangener.«

»*Mein* Gefangener ist er nicht«, sagte Birgida in ihrem besonderen Tonfall, der sanft und zugleich hart wie Eisen war. »Und willst du mir sagen, was ich zu denken habe?«

»Ich rate dir nur, vorsichtig zu sein. In meinen Träumen war er derjenige, der Silja ...«

»Ich weiß«, unterbrach Birgida sie. »Toma hat es mir erzählt. Aber ich träume nicht deine Träume.«

Nein, du träumst überhaupt nicht, dachte Mailín bei sich.

Eismund starrte wieder meerwärts in den Nebel, ganz der Fremde mit den Winteraugen und dem Mund ohne Atemhauch.

»Ich glaube nicht, dass er kein Herz hat«, sagte Birgida.

»Leg ihm die Hand auf die Brust, dann glaubst du es.«

Es war nicht leicht, Birgida zu verärgern, aber gerade war es Mailín wohl gelungen. Die blauen Augen blitzten zornig auf. »Aus einem einzelnen Faden kann man nie auf das ganze Muster schließen. Und um die Webart zu verstehen, muss man nahe herantreten.«

»Ich beobachte genau genug, um die Webart von Lügen aus jeder Entfernung zu erkennen. Hab nicht zu viel Mitleid mit ihm, Birgida. Auch wenn du dich ihm verbunden fühlst, weil ihr beide aus dem Schloss stammt — du darfst niemandem trauen, den du nicht kennst.«

»*Euch* habe ich vertraut«, antwortete Birgida sehr ruhig. »Und ihr wart mir fremder als er.«

»Das . . . war etwas anderes.«

»Du hast recht«, antwortete Birgida sanft. »Toma hat mich bei unserer ersten Begegnung niedergeschlagen. Eismund hat mich im Boot vor der Raubkatze beschützt.«

»Warum steht ihr hier herum?« Toma kam atemlos vom Laufen bei ihnen an, eine Welle von Energie und Ungeduld. »Wir müssen weiter!« Sie drückte Mailín das Fernrohr in die Hand und stutzte beim Blick in ihr Gesicht. »Geht es dir nicht gut?«

Erst jetzt merkte Mailín, dass sie zitterte, obwohl ihr Nacken unter dem Mantel sich heiß und verschwitzt anfühlte. Sie befühlte erschrocken ihre Stirn. *Kein Fieber*, beruhigte sie sich. »Nur die Erschöpfung«, murmelte sie. »Und mein Kopf schmerzt noch vom Sturz im Boot.«

Gewitterlicht zeichnete bereits scharfe Schatten unter die Schneewellen. Toma sprang zum Boot und hebelte es mit einem kräftigen Ruck frei. Als es kippte und auf dem Eis aufschlug, glaubte Mailín ein Beben unter den Sohlen zu fühlen, doch sicher lag es nur am Donner, der so laut über dem Meer krachte, dass Birgida sich voller Angst duckte. Mailín beeilte sich, das Boot mit Toma zu schieben. Die Jägerin löste den Handschellenring vom Schiffsmast und verband ihn mit dem Boot. Das Seil reichte nun vom Boot zur zweiten Handschelle an Eismunds rechtem Handgelenk. »Pass gut darauf auf, Eisblüter«, sagte Toma und wies ihm die Richtung. »Geht das Boot unter, folgst du ihm auf den Meeresgrund. Geh voraus.«

Eismund rührte sich nicht. »Ihr wollt zurück zum Festland?« Es klang beunruhigt, obwohl er es zu verbergen versuchte. Toma hob nur mit lässiger Beiläufigkeit den kurzen Speer. Weiß schimmernd zielte der Nixenzahn auf Eismunds Brust. Aber er zögerte dennoch. »Die Halbinsel ist noch Königsland«, sagte er mit Nachdruck.

Beim Wort *König* schien sich alles in Toma zu sträuben. »Wenn ich deine Meinung hören will, frage ich dich danach ...«

»Wir dürfen nicht an Land gehen«, unterbrach Eismund sie heftig. »Dort sind wir nicht sicher.«

»Und auf dem Meer sind wir es?«, konterte Toma im selben Tonfall. Mit ihrem Fellstiefel schob sie die Schneeschicht beiseite und legte ein blankes Sichtloch frei. Mailín und auch Birgida sprangen sofort erschrocken zurück. Das Knacken, das Mailín gehört hatte, war nicht das Eis, das unter ihnen arbeitete. Es waren zwei Nixen. Sie waren so außer sich, dass das Eis vibrierte, als sie sich nun dagegenwarfen. Und als Eismund schluckte und nun ebenfalls hastig von dem Sichtfenster zurückwich, lernte Mailín etwas über ihn. *So sieht es also aus, wenn er Angst hat.* Nur zu deutlich flackerte die Furcht in seinen Augen auf und machte ihn menschlicher, als Mailín ihn bisher erlebt hatte. Er biss die Zähne zusammen, bis die Muskeln an seinem Kiefer hervortraten. Eine Weile schien er mit sich zu ringen, aber schließlich legte er sich widerwillig das Seil über die Schulter und zog das flache Boot mit aller Kraft in Richtung Land. Birgida holte rennend auf und schob das Gefährt an. Die beiden Nixen glitten flink wie Haie, die ihrer Beute folgten, aus dem Sichtfenster.

Mailín schluckte. »An Land ist es wohl wirklich sicherer«, sagte sie mit schwacher Stimme.

»Nein«, gab Toma zurück. »Ich sage es nicht gern, aber der Eisblüter hat genauso recht wie ich. Der König weiß, dass wir nicht lange auf dem Meer bleiben können. Er muss seine Ungeheuer also nur am Ufer postieren und darauf warten, dass wir ausgehungert oder von Fängerinnen gejagt an Land kriechen. Aber auf dem Meereseis zu bleiben, ist ein Todesurteil. Wir können nur hoffen, dass das Gewitter über dem Fjord die Jäger des Königs noch eine Weile aufhält. So haben wir vielleicht eine Chance, das Land als Erste zu erreichen und ein Höhlenversteck zu finden, bevor die Königsleute uns einholen.«

Mailín zog Siljas Mantel enger um den Körper, aber heute bot er keinen Schutz vor dem, was ihr Herz kalt werden ließ. *Wohin wir auch gehen, wir sind Gejagte.*

»Kopf hoch, Stadtmädchen«, sagte Toma. »Wir finden einen Unterschlupf, in dem es genug Wände für dich gibt.«

Vor einer Ewigkeit hatte der Wind gedreht und stemmte sich nun von vorne gegen die Gruppe, als wollte er sie aufs offene Meer treiben. Mailín und Toma hatten sich die Sturmtücher vor Mund und Nase gebunden und die Kapuzen tief ins Gesicht gezogen. Im Schneetreiben war Eismund nur noch die Ahnung einer gebeugten Gestalt, die sich gegen den Wind lehnte, und Birgida, die nun ebenfalls vorne am Boot zog, das unruhige Flackern einer roten Flamme. Nur mühsam ließ sich das Gefährt fortbewegen. Das Gewässer vor ihnen glich inzwischen einer Trümmerlandschaft aus einzelnen Eisquadern und schroff abfallenden Eiswellen. In der Nähe des Ufers hatte sich Packeis zu einem Irrgarten bizarrer Formationen zusammengeschoben. Der silberne Dreizack, der außerhalb von Eismunds Reichweite hinten im Boot lag, rutschte bei jedem Schlag und Rumpeln hin und her. Mailín war froh, sich auf dem Boot abstützen zu können. Der dumpfe Schmerz pochte in ihrem Kopf. Ihr war schwindelig und übel; wenn sie nur kurz die Augen schloss, hatte sie das Gefühl, zu fallen. Immer wieder kontrollierte sie mit dem Fernrohr das Ufer der Halbinsel. Fahlgelbes Licht, das durch die Gewitterwolken brach, verwandelte den Nebel in einen Schleier aus Schwefel. Nur schemenhaft erahnte Mailín darin etwas, das wie der Rücken eines schlafenden Drachen wirkte, eine Kette gezackter Steilfelsen, die sich am Ufer erhoben. Der Drachenrücken schien sich aufzubäumen, als Mailín wieder einmal einknickte. *Es ist nur der Hunger und die Prellung am Kopf,* wiederholte sie wie eine Beschwörung. *Es kann kein Schneefieber sein. Sonst würde ich schon längst vor Hitze brennen und Wahnbilder sehen.* Aber als sie das Fernrohr erneut hob, bohrte sich die Angst wie eine heiße Faust in ihre Brust.

Über den Uferfelsen glühten Irrlichter, Dutzende von grünlichen Punkten, die sich paarweise bewegten. Und auf einem Felskamm schälte sich wehendes weißes Haar aus dem Nebel. Mailín riss das Fernrohr herunter und sprang vom Boot zurück.

»Toma, wir laufen in die Falle«, schrie sie gegen den Wind an. »Sie haben sich bereits auf den Uferklippen postiert – mit den Katzen.«

Toma stieß einen Fluch aus. »Nach links«, befahl sie. »Hinter den großen Eisblock!«

Eismund und Birgida hatten das Boot vorne schon herumgerissen. Rückenwind schob es jetzt an und machte es ihnen leichter. Doch dann zerrte Eismund das Gefährt so jäh nach rechts, dass Birgida strauchelte.

»Hey!«, rief Toma. »Nach links, sagte ich.«

»Der Block genügt nicht als Sichtschutz«, schrie Eismund über die Schulter zurück.

Birgida rappelte sich auf und half ihm, das Boot wieder gegen den Wind zu ziehen. Und dann sah auch Mailín, worauf die beiden im Schneetreiben zusteuerten: zusammengeschobene Schollen, die zu einer schief stehenden Formation mit einem flachen, schrägen Dach festgefroren waren. Der Überhang barg einen Hohlraum, in den Eismund und Birgida das Boot schoben. Eng aneinandergedrängt kauerten sie kurz darauf alle vier in der Höhlung, vor sich das Boot, dicht über sich das Dach aus Eis.

»Wie viele Verfolger?«, wandte sich Toma an Mailín.

»Eine Herrin, die ich gesehen habe. Aber sicher dreißig Katzen.«

»Hat sie uns schon entdeckt?«, flüsterte Birgida.

»Unwahrscheinlich. Sie ist gerade erst aufgetaucht und noch viel zu weit weg, um uns...« Ein Orkanbrausen übertönte Mailíns restliche Worte. Genauso jäh, wie es gekommen war, verebbte es wieder und es wurde so still, dass man nur noch das Rascheln der fallenden Schneeflocken hörte. Und sicher war es kein gutes Zeichen, dass es auch unter dem Eis vollkommen ruhig geworden war.

Toma stieß Mailín an und deutete mit einem Kinnrucken zur Seite. Mailín verstand. Sie saß ganz außen, also nahm sie Tomas Messer von ihrem Gürtel und schob es knapp über dem Boden vorsichtig ein Stück nach draußen. Langsam drehte sie es, bis sie in der blanken Klinge ein Bild fing.

Fast wäre ihr das Messer aus der Hand geglitten. Die weißhaarige Gestalt auf dem Uferfels war keine der Herrinnen gewesen.

Und sie war auch nicht länger meilenweit entfernt, sondern stand schräg hinter dem Packeishügel auf dem Eis. *Firnfrauen*, dachte Mailín voller Entsetzen. In der Klinge gespiegelt erahnte sie vier von ihnen. Die vorderste konnte sie am deutlichsten erkennen. Sie hatte etwas von einer Kriegerin, war sehr schlank und groß, mit einer auffallend schmalen Maske mit spitzem Kinn. Ihre gläserne Hand umschloss eine lange speerähnliche Waffe. Die Spitze bestand nicht aus Metall, sondern erinnerte an einen Dorn aus Elfenbein. Raubkatzen strichen verspielt und unterwürfig um die Firnfrau herum. Als sie auf den ungeduldigen Wink ihrer Gebieterin zurückwichen und den Blick auf einen zierlichen, federleichten Schlitten freigaben, wurde Mailín klar, wie die Firnfrauen so schnell von den Uferfelsen heruntergekommen waren. *Sie fliegen in den Katzenschlitten mit dem Wind. Wie in Avissas Märchen.*

Atemlos zog sie das Messer zurück und legte warnend den Zeigefinger über die Lippen.

Vier Verfolger, bedeutete sie den anderen. *Direkt hinter uns.* Im selben Moment schrammte über ihren Köpfen etwas über das Packeis, vielleicht Kufen. Birgida presste ihre Fäuste auf den Mund. Und als Eismunds gehetzter Blick dem von Mailín begegnete, erkannte sie, dass er in einem Punkt die Wahrheit gesagt hatte. *Er ist wirklich auf der Flucht. Und er hat ebenso viel Angst, entdeckt zu werden wie wir.* Schnurren aus Katzenkehlen brandete über ihnen auf und sträubte Mailíns Härchen am Arm zu einer Gänsehaut. Toma umklammerte mit aller Kraft den Speer.

Vielleicht halten sie nur Ausschau und ziehen sich wieder zurück, dachte Mailín.

Glaubst du das wirklich?, hielt ihre sachliche, kühle Stimme entgegen. *Was, wenn sie hier ihren Posten bezogen haben und nun Tag und Nacht darauf warten, dass wir ihnen in die Arme laufen?* Mit einem federnden Satz landete eine der Raubkatzen vor dem Überhang. Von ihnen abgewandt spähte sie nordwärts zu einer Nebelbank, die von der Meerseite wie eine Schneewalze auf das Ufer zurollte. Von oben ertönte ein wortloser scharfer Laut, als würde die Firnfrau ihr Raubtier zurückrufen. Die Katze gehorchte und warf sich herum. Doch bevor sie die Gruppe unter dem Überhang entdecken konnte, traf etwas Schwarzes sie mit einem dumpfen Laut so hart am Kopf, dass sie strauchelte und sich im Schnee überschlug. Mailín zuckte zusammen. *Meine Raben!* Die Katze rollte blitzschnell herum, als der Vogel nach ihren Augen hackte. *Nein!*, flehte Mailín. Doch da stoben schon Flaumfedern wie schwarzer Schnee, Blut malte verschlungene Muster in das Weiß, während der Vogel sich flatternd aus den Pranken der Katze losriss und im Taumelflug zurück in den Nordnebel floh. Ein harter Ruck ging durch das Eis, gefolgt von einem reißenden Knacken. Hinter dem Packeis fauchten die Firnfrauen wie Wasser auf glühenden Kohlen. Die Katze streckte sich aus dem Stand zu einem panischen Sprung und floh. Ein zweiter Stoß ließ das Meer erbeben. An Mailíns Rücken gab die Eiswand nach, als würde die Scholle, auf der sie kauerten, sich lösen und sinken. Dann brach die Spitze des Überhangs vor ihnen einfach ab und krachte dicht vor dem Boot auf das Meereseis. Die gefrorene Haut barst, Wasser spritzte und schwappte, dann schaukelte die Scholle mit dem Rest des Eisdachs frei treibend über grüner Tiefe.

Mailín erinnerte sich nicht daran, wie sie ins Boot geklettert war. Gegen die Nixenhaut gepresst, lag sie flach neben den anderen, während das Boot sich auf der Packeisinsel liegend drehte und schaukelte. Das Orkanbrausen erhob sich, Schneewind peitschte über sie hinweg in Richtung Festland. Das Boot rutschte ins Meer, als die Scholle sich mit einer Welle hob und zur Seite pendelte. Wippend drehte sie sich – und kippte aus ihrer fragilen Balance. Das, was vom Dach noch übrig war, schlug nur wenige Handbreit neben dem Boot wie ein Hammer in die Meereshaut. Die Bugwelle hob das Boot und warf es mit solcher Wucht nordwärts auf das Meereseis, dass es sich überschlug und sie alle vier in den Schnee warf. Schwappendes Wasser folgte ihnen, ein schäumender Saum von Grün. Toma und Eismund hatten das Boot schon umgedreht, als Mailín sich noch mühsam aufrappelte. Zischend zog sich die Wellenzunge zurück und hinterließ im Schneegrund einen scharf gezogenen spiegelblanken Bogen, der wie durch Glas den Blick auf wogende Meerespflanzen freigab. *Raunen?*, dachte Mailín. *Im Eismeer?* Dann sah sie nur noch ihre Stiefel, die ganz von selbst zu rennen schienen, während der Atem in ihren Lungen brannte. Der Nebel verschluckte das Boot, Birgidas rotes Kleid erlosch mitten im Lauf. Mailín schaute noch einmal über die Schulter, bevor auch sie in den Sichtschutz des Nebels tauchte. Hinter ihr drehten sich Eistrümmer in Mahlstrudeln zwischen der Meereiskante und dem Ufer. Und darüber erahnte sie den Schneewirbel, in dem die Firnfrauen in Schlitten, die von grauen Katzen gezogen wurden, dicht über dem brodelnden Wasser auf das Festland zujagten, als wären sie auf der Flucht.

∼

Mailín folgte den Spuren von Birgidas bloßen Füßen. Voller Schreck entdeckte sie Blut im Schnee – und stieß auf ihren verwundeten Raben. Er lag halb auf der Seite, einen zerrauften, blutenden Flügel wie einen Fächer im Schnee ausgebreitet, ein blendend klares Bild von Weiß und Rot und Schwarz. Mailín stürzte zu ihm, zog die Handschuhe aus und hob ihn vorsichtig auf. Er war federleicht und sein Gefieder glatt und kühl wie Seide. »Es tut mir so leid«, sagte sie mit erstickter Stimme. Der Vogel legte den Kopf schief. Sein Auge hatte einen nachtblauen

Glanz, der sie an die Kammer der spinnenhaften Mondweberin erinnerte. »Danke«, brachte sie hervor. »Ohne dich hätten sie uns entdeckt.« Das Augenfunkeln bekam etwas Triumphierendes, dann erschreckte der Rabe sie mit einem kehligen Schrei. Er strampelte sich aus ihren Händen frei und flog mühelos, als wäre er nie verletzt gewesen, in den Nebel davon. Mailín starrte ihm mit offenem Mund nach. »Mailín?« Birgidas besorgtes Gesicht schälte sich aus dem wolkigen Dunst und hellte sich in einem erleichterten Lächeln auf. Hand in Hand rannten sie weiter, mitten durch den Nebel, der sich so schnell lichtete, dass Mailín von der jähen Helligkeit geblendet war. Hier gab es keinen Sturm, der Schnee fiel dicht wie ein Vorhang in absoluter Windstille. Vor ihnen lag erstarrtes Meer, eine hügelige Wüste aus verwehten Schneedünen. Toma und Eismund standen völlig außer Atem beim Boot.

Ein plötzliches Krachen im Nebel hinter ihnen ließ sie zusammenzucken. Eismunds Augen flackerten gehetzt auf, während er das Boot am Seil ein Stück weiterzog. »Toma, wohin jetzt?«, stieß Birgida hervor.

Es war selten, dass die Jägerin zögerte. Die Geste, mit der sie sich hektisch durchs Haar fuhr und die Hände ratlos hinter dem Kopf verschränkte, erinnerte Mailín so sehr an Joun, dass es wie ein jäher Stich war. »Auf die Halbinsel können wir nicht mehr«, sagte sie dann. »Die Firnfrauen postieren sich am Ufer.«

»Aber sie suchen nach mir, nicht nach euch«, ergriff Eismund das Wort. »Wenn ihr mich gehen lasst, habt ihr vielleicht eine Chance.«

»Wenn du so wichtig für den König bist, wären wir dumm, eine so wertvolle Geisel freizulassen«, schnappte Toma. Eismund warf ihr einen Blick zu, der Wasser hätte gefrieren lassen, doch die Jägerin erwiderte ihn furchtlos und ebenso klar. Einen Herzschlag lang hatte Mailín den Eindruck, dass Eismunds ebenmäßiges Gesicht nur etwas verbarg, das viel älter war als diese Maske aus Jugend und stechend klarer Schönheit. *Wahnbilder*, dachte sie. Sie wollte es sich nicht eingestehen, aber inzwischen jagte die Hitze über ihren Rücken und brannte in ihren Wangen. Sie war froh, dass das Sturmtuch ihr Gesicht verbarg, denn Birgida musterte sie besorgt über das Boot hinweg. *Du wirst am Schneefieber sterben*, hallte Leens mitleidlose Stimme in ihr. *Einsam und wahnsinnig mitten im Schnee, genau wie deine Mutter, wie Stella – und wie all die anderen Winterkinder.*

Sie nahm ihre ganze Kraft zusammen und rannte los. Trockener Schnee knirschte unter ihren Stiefeln, als sie sich auf einer steilen Schneedüne nach oben kämpfte, obwohl sie schon taumelte. Mit dem Fernrohr suchte sie die Eiswüste ab – und erahnte in der Ferne einen schwarzen Schwarm. *Meine Raben sind noch da!* Die schlimmste Angst ebbte ein wenig ab, als ihr die Vögel in der Vergrößerung des Fernrohrs ganz nah waren. Und sicher lag es nur am Schneefall, dass Mailín sich einbildete, durch Schleier zu blicken, die sich wallend überlagerten und vom Flügelschlag der Raben in Bewegung gesetzt wurden. Das Bild flimmerte wie eine Fata Morgana, doch sie sah ganz deutlich, dass der Schwarm seine Kreise über einem Stück Land drehte. »Toma! Komm her!«

Sie verlor das Bild, als sie auf die Knie sackte. Und als sie die Insel, die nordwärts im Meer lag, wieder einfangen wollte, zeigte das Fernrohr etwas ganz anderes: eine schwarze bauchige Form, die sich aus dem Eis wölbte. Im Schneefall wirkte sie wie ein grobkörniges Schwarzweißfoto aus lang vergangener Zeit. *Ein gestrandeter Wal?*, dachte sie. Aber als die Raben auf dem dunklen Umriss landeten, zeichnete die Reihe ihrer schwarzen Körper die geschwungene Reling eines Schiffes nach.

»Was ist los?« Toma hatte sie erreicht.

Mailín deutete auf das Meer. »Dort liegt eine Insel.«

»Was?« Die Jägerin riss ihr das Fernrohr aus der Hand und suchte den Horizont ab. Dann wandte sie sich Mailín zu und sah sie kritisch an.

»Siehst du sie nicht?«, rief Mailín.

Doch Toma streifte ihren Handschuh ab, riss Mailín das Sturmtuch vom Gesicht und legte die Hand an ihre Wange. Ihre grauen Augen wurden groß. »Du glühst vor Fieber und sagst die ganze Zeit kein Wort?«

Am Fuß der Verwehung drehten Birgida und Eismund sich mit einem Aufschrei um. Vor ihnen brach das Eis wie eine berstende Wunde. Ein knöcherner Rücken bog sich aus den Trümmern und hinterließ im Abtauchen einen gurgelnden Spalt aus Meer und Strudel. Wie in Trance griff Mailín nach ihrem Messer und sprang auf die Beine. *Kein Wal*, hallte es in ihrem Kopf. *Wale haben keinen Panzer aus Knochenplatten. Oder doch?* Eismund warf sich mit seinem ganzen Gewicht ins Seil. Das Boot ruckte von dem schäumenden Spalt weg und kippte über einem Eisbuckel zur Seite. Der Dreizack rutschte aufs Eis. Dann schoss eine Fontäne aus dem Wasser und ein schuppiger, schlangengleicher Körper peitschte in Richtung Eismund. Schnee stäubte hoch und vernebelte die Sicht, Wasser spritzte. Eismund stürzte, als hätte die Nixe das Seil durchgebissen. Das Boot wurde von einer Welle ergriffen und vom Wasserspalt weg weit auf das feste Eis gespült. Birgida blieb wie nasses Treibgut zurück. Eine schlanke, grün schillernde Nixe warf sich mit ihrer halben Länge aufs Eis. »Birgida!«, brüllte Mailín. Doch da umschlangen schon weiße Arme die Beine des Bergmädchens. Eismund bekam gerade noch ihre Hand zu fassen. Bis zum Wasserrand wurde er mitgeschleift, dann entglitt ihm Birgida. Ihr Schrei verstummte in einem Gurgeln, rotes Haar verlosch im Strudel. Während Mailín noch bergabschlitterte, war Toma schon beim Wasser. Eismund stemmte eine Ferse in den Schnee und zog mit aller Kraft an etwas Unsichtbarem, das Mailín nur an der Ahnung eines Schimmerns als eines der Spinnenseile erkannte. *Birgida hat das Seil an seiner Handschelle zu fassen bekommen!* Rotes Haar wallte im Grün auf, dann durchstieß Birgidas Gesicht die Wasseroberfläche. Hustend rang sie nach Luft. Toma packte sie am Arm – als das Wasser erneut explodierte. Eine riesige silbergraue Nixe katapultierte sich hinter Birgida auf das Eis. Toma ließ Birgida los und sprang mit gezücktem Speer auf. Mailín erreichte das Wasserloch und zog Birgida auf das Eis. Doch offenbar war das Bergmädchen gar nicht das eigentliche Ziel der Angreiferin. Kriechend und schlängelnd folgte die graue Nixe Eismund. Toma schnitt ihr den Weg ab. Zischend wich die Nixe vor dem Speer zurück. »Bleib hinter uns!«, brüllte Toma Eismund zu. »Rabenherz?« Doch da stand Mailín bereits mit ihr Schulter an Schulter, das Messer in beiden Händen. »Hol den Dreizack«, befahl Toma Birgida. Und dann gab es für Mailín keine Schwäche und kein Fieber mehr, es gab nur noch Kopf und Hand, zwei Frauen und zwei Waffen, die wie eine Einheit agierten. Toma führte, Mailín folgte ihren Befehlen, keuchend vor greller Angst, aber hellwach, die Waffe fest in den Händen. Die Nixe schien das Eisen zu fürchten, den Blick auf das Messer gerichtet, kroch sie schließlich rückwärts und rutschte ins Wasser. Hinter sich hörte Mailín, wie jemand das Boot wegzog. Doch Birgida stand mit dem Dreizack nun zur Linken von Toma. Mailín sah sich gehetzt um. Die Bootsspur verlor sich zwischen zwei Schneewehen. Ein umnebeltes Bild gaukelte ihr vor, dass Eismund sie zurückließ und mit dem Boot alleine floh.

Neben ihr brach und krachte etwas. Sie wirbelte herum, aber als sei ihre ganze Kraft mit einem Mal verbraucht, gaben ihre Beine vor Schwäche nach und ihre Hand mit dem Messer begann haltlos zu zittern. Der Schlag eines grünen Muränenschwanzes kam aus dem Nichts und traf ihren Handrücken so hart, dass ihr Messer davonflog und am Fuß der Schneewehe landete. Die Nixe tauchte sofort wieder ab. Doch als Mailín zum Messer stürzen wollte, erschien Eismund zwischen den Schneewehen und erfasste die Situation mit einem Blick. Für einen Moment sah Mailín seine Gedanken so deutlich wie Bilder. Dann stürzten sie beide gleichzeitig zum Messer. Eismund riss die Waffe in dem Moment an sich, als Mailín ihn erreichte und zu Boden warf. Ihr Ellenbogen traf sein Jochbein, doch dann nahm ein wüster Schlag in die Seite ihr die Luft und holte sie von den Beinen. Für Sekunden entglitt die Wirklichkeit und kehrte erst zurück, als sie den Biss von Schnee an ihrer glühenden Wange spürte. »Stich zu!«, gellte Tomas Stimme in ihren Ohren. Doch Mailíns Hand krallte sich in Schnee, das Messer war fort. *Du hast dich entwaffnen lassen!*, schrie es in ihr. Wie in einem Albtraum sah sie Eismund mit der Waffe in der Hand auf Toma zurennen. Dann verschwamm das Bild vor ihren Augen, die Welt rutschte in einer Fieberwelle davon. Als sie das nächste Mal blinzelte, lag sie auf der Seite und glaubte wie durch einen Schleier zwei Nixen zu sehen. Die eine richtete sich gerade schwankend auf wie eine Schlange. Es war die kleinere Meerfrau mit den smaragdgrünen Schuppen. Ihr Gesicht war zarter und sanfter als das der größeren Fängerin. Goldglanz schimmerte auf runden Brüsten und wässriges Fischblut tropfte aus einer tiefen Speerwunde an der rechten Schulter. Mit schnappenden Kiemen, als würde sie nach Luft ringen, verharrte das Wesen direkt vor Birgida. Ihr nasses Seidenkleid klebte wie Fischhaut an ihrem Körper und verlieh Birgida Ähnlichkeit mit einer Wasserfrau. Aus ihrem Haar rann das Meer, während sie den silbernen Dreizack auf das Herz der verwundeten Nixe gerichtet hielt. Mailín versuchte sich aufzurichten, aber ihr Körper gehorchte ihr nicht mehr. Hitze überschwemmte sie, als würde sie unter Lava begraben. In ihrem Kopf raste Schmerz und die Wirklichkeit war ein trudelndes Boot, das jederzeit von Stromschnellen in die Tiefe gerissen werden konnte.

»Stich endlich zu!«, echote Tomas Befehl in ihr. »Lass sie nicht ins Wasser, erleg sie!«

Die geschwächte Nixe zischte und verzog den Mund zu etwas, das einem Lächeln glich und doch nur Fänge enthüllte. Aber Birgida wich nur wie eine Schlafwandlerin zurück, ein, zwei Schritte, bevor sie wieder stehen blieb, die Waffe immer noch auf die Brust der Wasserfrau gerichtet. Dann schüttelte sie kaum merklich den Kopf. »Nein«, sagte sie mit brüchiger Stimme und warf den Dreizack zur Seite. Er schlitterte ein ganzes Stück davon. *Bitte lass das nur ein Wahnbild sein*, flehte Mailín. Aber Birgida stand tatsächlich unbewaffnet vor dem Ungeheuer, verletzlich und wie nackt unter der nassen Seide, und rührte sich nicht. »Nein«, wiederholte sie. »Ich töte dich nicht.« Dann trat sie zur Seite und gab der Nixe den Weg zum Wasser frei. Für einen Herzschlag lang war alles ein gefrorenes Bild, dann brach Toma den Bann.

Noch nie hatte Mailín sie so schnell rennen sehen. Im Laufen hob die Jägerin Birgidas Waffe auf. Die verletzte Nixe ließ sich mit einem schrillen Laut auf die Hände fallen und schleppte sich mühsam zum Wasser. Im selben Moment schoss dort ein Blitz aus Schuppen und Fängen aus dem Spalt – die große graue Wasserfrau stürzte sich auf Toma – und direkt in den Dreizack. Im Geiste sah Mailín die Nixe schon zusammenbrechen wie die Herrin aus Schnee. Stattdessen zerbarst das Silber der Waffe in Trümmer aus Eis, die sich nach allen Seiten verstreuten. Fellfetzen von Tomas Jacke flogen, als die Krallenhand das Leder so mühelos durchtrennte, als wäre es Papier. Toma wurde zur Seite geschleudert, rollte sich im Sturz ab, schlitterte jedoch durch die Wucht des Aufpralls weiter. Nach Atem ringend wälzte sie sich auf die Knie, den Mund vor Schmerz verzerrt. »Nein!« Mailín konnte es nur verzweifelt flüstern. *Nicht Toma!* Ihre Nägel kratzten über Eis, dann kam sie schwankend auf die Knie. Wasser spritzte auf und plötzlich war Eismund da. Mit einem Satz sprang er zwischen Toma und die Wasserfrau. Das Eisenmesser in seiner Hand durchschnitt die Luft in einem sirrenden Bogen. Die Nixe zischte und prallte zurück, krümmte sich wie eine Katze, voller Furcht vor der Waffe. Doch dann blickte sie zu Eismund auf und ihre Augen wurden dunkel, alles Menschenähnliche wich aus ihren Zügen. Die Wucht ihres Angriffs riss Eismund zu Boden, begraben unter einem Muränenleib und schnappenden Fängen kämpfte er um sein Leben. Ein rauer Schrei ging Mailín durch und durch, aber als die Wasserfrau zurückglitt, den Mund aufgerissen und gerötet wie von einer Verbrennung, erkannte sie, dass es gar nicht Eismunds Schrei gewesen war, sondern der des Meereswesens. Die Nixe warf sich herum und floh ins Wasser. Zwei Muränenleiber tauchten blitzschnell in die Tiefe. Dann waren die Meerfrauen fort wie ein Spuk und es herrschte Stille, als hätte das Meer den Atem angehalten. Birgida, die im Schnee kauerte, richtete sich nach Luft schnappend wieder auf. Ihr Blick schweifte zu Mailín und dann zu Toma. Die Jägerin setzte sich auf und griff sich an die verletzte Schulter. Blut färbte ihren Handschuh und das Leopardenfell ihrer Jacke. *Aber sie lebt!*, dachte Mailín.

Eismund kam auf die Beine und sah schwer atmend zum Wasser, das Messer immer noch fest umklammert. Er wirkte so fassungslos, als könnte er nicht glauben, dass er davongekommen war.

»Was ist mit dem verdammten Dreizack passiert?«, presste Toma zwischen zusammengebissenen Zähnen hervor.

»Trugsilber«, antwortete Eismund tonlos. »Der Palast hat seine eigene Wirklichkeit.« Er spähte zum Wasserspalt. Mailín folgte seinem Blick. »Genau hier endet also das Reich der Wintergeister«, murmelte er, als würde er zu sich selbst sprechen. »Und die Dinge, die im Schloss durch Magie gehärtet wurden, zeigen ihre wahre Gestalt...«

Er verstummte und verzog das Gesicht wie im Schmerz. Erst jetzt fiel Mailín auf, dass er seinen rechten Arm an sich drückte. Die magische Fessel lag unversehrt um sein Handgelenk, doch der Ärmel hing in Fetzen – und an seinem Unterarm klaffte ein hässlicher Biss, dort, wo Nixenzähne neben der Handschelle in die Haut gedrungen waren. *Davor sind sie also geflohen*, erkannte Mailín. In ihrer rasenden Wut auf Eismund hatten weder das Messer noch Tomas Speer die Meerfrau aufgehalten. Die Nixe hatte bei ihrem Angriff auf die Handschelle aus Wandelmetall gebissen und sich daran verbrannt wie an Glut. Mit ihrer unverletzten Linken griff Toma nach ihrem Speer und starrte Eismunds Wunde an. Das Blut, das daraus floss, war nicht rot, sondern klar wie Eiswasser. Tomas Miene verfinsterte sich. Sie sah auf ihr Messer, das Eismund immer noch festhielt. Für einen Moment war das Gleichgewicht der Kräfte verschoben, eine neue fragile Balance, die alle Möglichkeiten bot. Doch dann beugte Eismund sich vor und legte die Waffe vor Toma in den Schnee.

»Wir sollten weiterziehen, bevor die Fängerinnen zurückkehren.« Damit streckte er Toma die linke Hand hin.

»*Trau ihm nicht!*« Mailín wusste nicht, ob sie es laut gerufen hatte, aber vermutlich nicht, denn ihre Zunge klebte am Gaumen und ihre Kehle war wie zugeschnürt. Hitzeschauer schüttelten sie, dass ihre Zähne klapperten. Toma steckte das Messer ein, dann griff sie tatsächlich nach Eismunds Hand. Aber statt seine ausgestreckte Linke zu ergreifen, kam sie ohne Hilfe auf die

Beine und löste dabei mit einem blitzschnellen Griff die Handschelle an seiner Rechten. »Netter Versuch, Eisblut«, sagte sie. »Die stärkste Waffe gegen die Fängerinnen wolltest du wohl für dich behalten?«

Eismunds Miene verfinsterte sich. Wieder zeigte sich darin etwas, das älter schien als er selbst. Und vielleicht bemerkte Toma es auch, sie musterte ihn sehr scharf und wandte sich dann ab. »Hat das Biest dich erwischt, Rabenherz?«, rief sie Mailín über den zerwühlten Schnee hinweg zu.

»Nein«, stieß Mailín hervor. »Alles ... in Ordnung.«

»Gut. Rühr dich nicht. Birgida und ich holen das Boot.« Damit folgte Toma der Spur des Bootes, ohne sich noch einmal umzusehen. Birgida erwachte aus ihrer Betäubung, sprang auf ... und brach mit einem Bein ins Eis. Mailín wollte reagieren, aber ein jäher Schwindel nahm ihr jede Orientierung. Als die Welt wieder stillhielt, zog Eismund Birgida gerade auf sicheren Grund. Doch auch dort ließ Birgida ihn nicht los. *Fieberwahn*, dachte Mailín. Denn während die Wirklichkeit unter ihr brach, bildete sie sich ein, dass Birgida ihre Arme um Eismunds Nacken schlang ... und ihn einfach küsste. Er zuckte zurück, aber sie umarmte ihn nur umso fester und schloss im Kuss die Augen, während er sie anstarrte, in seinem Blick ein Wetterleuchten von Überraschung und Schreck. Er fasste sie an den Armen und versuchte sich loszumachen, doch sie umklammerte ihn noch entschlossener. Nach und nach erlahmte sein Widerstand. Widerwillig, als würde er untergehen, ohne sich wehren zu können, sank er in diesen Kuss. Für eine Sekunde schloss er die Augen und seine Züge wurden so weich, dass er wie ein Fremder wirkte.

Und Mailín brach mitten durch die Wirklichkeit und sank ...

...unter das Eis

...in schwarzes Wasser. Es war nicht kalt und sie hatte keine Angst, obwohl die beiden Nixen sie umschwammen. Die Tatsache, dass sie atmen konnte, zeigte ihr, dass sie nur träumte. Mit einem dumpfen weichen Laut traf sie auf den Meeresgrund. Wie immer in den Träumen fühlte sie sich beobachtet, aber als sie sich umblickte, war sie erleichtert, dass Eismund sie heute nicht heimsuchte. Hier unten saß nur eine junge Frau mit wirrem schwarzem Haar, so lang, dass es sie wie ein überlanger zottiger Mantel einhüllte. Dorsche und Robben kamen zutraulich heran, als wollten sie von ihr gestreichelt werden, doch die Frau verbarg ihre Hände unter dem Haar. Weil sie keine Finger hat, *dachte Mailín. Sie erinnerte sich an das Märchen von der zornigen Meeresmutter, das die kleine Flindrikin ihr erzählt hatte.* »Bist du Sedna?« *Luftblasen sprudelten aus ihrem Mund und ihre Stimme klang unter Wasser dumpf und verzerrt, aber die Frau verstand und nickte.*

»Und du bist das Mädchen, das weiter schaut als andere?«, antwortete die Meeresgöttin mit einer Stimme, die hundert Jahre älter war als ihr Gesicht. »Jemand sagte mir, du hast das listige Herz eines Raben.«

Mailín strich sich verlegen über ihr Haar. Sie war überrascht, dass es kurz geschnitten war. Als sie hochblickte, sah sie sich selbst im Eis gespiegelt: eine im Hungerwinter abgemagerte Sechsjährige mit kurzen wilden Locken und wacher, misstrauischer Miene. »Das hatte ich ja ganz vergessen«, sagte sie verwundert. »Als meine Mutter nicht zurückkehrte, habe ich mir das Haar abgeschnitten.«

»Es gibt viele Arten, ohne Tränen zu weinen«, erwiderte Sedna. »Manche erstarren in Trauer, andere handeln.«

Mailín schluckte. »Du bist nur ein Fiebertraum. Oder...«, fügte sie zaghaft hinzu, »...bin ich tot? Das Schneefieber überlebt niemand.«

»Der Tod und der Schlaf sind Geschwister«, antwortete die Meeresgöttin. »Und jedes Leben umfängt ein Traum. Komm her und kämm mir das Haar.«

Die Dorsche schwammen davon, als Mailín sich der Meeresgöttin näherte. Vorsichtig begann sie das überlange Haar zu entwirren, kämmte Strähne für Strähne mit den Fingern, zähmte es geduldig, bis es wieder glatt war.

»Ein Kind erzählte mir, du warst einst ein Mädchen aus Tomas Clan und solltest den Eisfischer heiraten«, sagte sie dann. »Aber du hast dich geweigert und er stieß dich ins Meer und schlug dir die Finger ab. Seitdem bist du sehr wütend.« Sedna betrachtete nur stumm eine schwarze Robbe, die am Nacken die alte Narbe eines Haibisses trug. »War es... der Winterkönig?«, setzte Mailín vorsichtig hinzu. »Wer ist er?«

»Das«, antwortete Sedna, »weiß nur diejenige, die ihn küsst.«

Mailín erschrak. Als sie zurückwich, verheddert sie sich in einem Feld voller Wasserpflanzen. »Warum wachsen auf dem Meeresgrund Raunen?«, rief sie. »Sie gehören doch in meine Welt unter dem gefrorenen Himmel.«

»Am Grund aller Dinge gibt es kein Oben und kein Unten«, tönte Sednas Stimme wie aus weiter Ferne.

»Und Süden ist Norden?«, rief Mailín verzweifelt. »Wölfe sind Hunde? Märchen sind Wahrheiten?« Sie blickte zu der Göttin auf... und war allein. Ihr war heiß und ihr Herz klopfte viel zu stark. »Wo bist du?«

»Wo bist du?«, echote es um sie herum. »Süden ist Norden?« Die Raunen wiederholten die Worte, Tausende von Flüsterstimmen, die zum Rauschen von Wasser wurden. Mailín drehte sich um sich selbst — und entdeckte Stellas rotgoldene Fee. Wie Rauch schwebte sie unerreichbar hinter einer Mauer aus palastblauem Eis.

»Worauf wartest du?«, murmelte Mailín. Das Glühen der Fee pulsierte hinter ihren geschlossenen Lidern, doch ihre Augen brannten zu sehr, um sie zu öffnen. Auch so wusste ein Teil von ihr, dass sie in einem Boot lag, das über Schnee gezogen wurde. Federleichte Küsse schmolzen auf ihrem Gesicht und linderten die Hitze, die sie bis ins Mark aushöhlte und nichts von ihr übrig ließ als die Asche wirrer Erinnerungen.

»Wir müssen nach Norden«, hörte sie sich selbst flüstern. »Zu der Insel.«

»Deine Insel war nur ein Fiebertraum, Rabenmädchen«, antwortete jemand. Es musste Leen sein, so ungeduldig, wie sie sprach. Und sicher hatte die alte Ärztin recht, denn in Falún gab es keine Inseln und ...

... sie lag auf einer Arbeitsbank in der überhitzten Schmiede, viel zu nah am Feuer. Jemand hielt sie umfangen. Es musste wohl Joun sein, denn er strich ihr zärtlich über die Wange. Seine Hand war angenehm eisig und Mailín schmiegte sich in diese Berührung und bettete den Kopf an seine Schulter. »Erzähl mir ein Märchen, Joun«, bat sie.

»Zwischen Wolken und Rabenschrei liegt über dem gefrorenen Himmel ein Land«, raunte er ihr wie aus weiter Ferne zu. »Es ist das Land des Eisfischers. Kein Lachen und kein liebend Wort wärmen ihm das kalte Herz. Tränen sind sein klarer Wein und Speis' der Menschen Blut ...«

»Nicht dieses dunkle Märchen«, unterbrach sie ihn. »Sondern das andere – das von dem Mädchen, das ins Land über dem gefrorenen Himmel ging und nach Hause zurückkehrte.«

Seltsamerweise war es Avissas Stimme, die ihr antwortete: »Du hast den Blick des Eisfischers wieder auf uns gelenkt wie ein zappelnder Fisch. Und morgen wird er sein Netz nach Rún auswerfen.«

Hat Rún auch von Eismund geträumt?, dachte Mailín. Weil ich die Ranke unter unser Kopfkissen gelegt habe? Kennt er deshalb ihren Namen?

Sie öffnete die Augen. Immer noch lag sie an Jouns Schulter gelehnt; seine Hand barg ihre Wange und sorgte dafür, dass ihr Kopf nicht kraftlos zur Seite fiel. Doch seltsamerweise roch es plötzlich nach Eisen, Meer und Schnee, und als sie nach oben sah, war da nicht Joun, sondern eine Schattengestalt mit weißem Haar, das im Gegenlicht eines Halbmondes glomm.

»Nein!« Sie wehrte sich gegen die Umarmung des Eisfischers, aber sie war in seinem Netz gefangen. »Du hast mich aus Falún entführt«, keuchte sie. »Weil du mich töten willst...«

»Hätte ich das vor, würde ich dich den Nixen überlassen«, erwiderte eine vertraute Stimme. Sie klang verärgert und atemlos, und ihr dämmerte, dass es möglicherweise doch nur Eismund war, der sich wieder einmal in ihre Träume stahl. »Lass mich los!«

»Glaub mir, das wäre jetzt eine wirklich schlechte Idee«, gab er unwillig zurück. Sein Gesicht lag immer noch im Dunkeln, aber als er den Kopf drehte, verrieten ihn seine Augen. Mondlicht fing sich darin und ließ sie seelenlos und kalt aufglühen. Und endlich begriff Mailín, wer er wirklich war. Ihr wurde schwindelig vor Entsetzen. »Du bist also wirklich der Eisfischer! Du stiehlst unsere Träume und trinkst unser Blut, um dein kaltes Herz mit Leben zu füllen. Aber Rún bekommst du nicht. Wenn du sie auch nur ansiehst, bringe ich dich um!«

»Du fieberst«, erwiderte er mit rauer Stimme. »Und jetzt hör endlich auf zu zappeln wie ein Fisch.«

Mailín fühlte ein jähes Kippen und krallte sich erschrocken an dünnes, kaltes Leder und eine Schulter. Der Mond begann zu torkeln wie ein Betrunkener, ein Einhorn mit einem Fischschwanz und Flossen schwamm um sie herum und stieß mit dem Horn nach einem Sternbild. »Mich täuschst du nicht mehr, Eismund«, murmelte sie...

... dann stahl der Fischer die Sterne und ließ nur die nackte, blinde Nacht zurück.

Schneefieber

Vielleicht hatte die Meeresgöttin ihrer Frage nur höflich ausweichen wollen, als sie sagte, dass der Tod und der Schlaf Geschwister seien. Denn aus Träumen konnte man erwachen, doch Mailín sank rettungslos verloren und brennend vor Durst immer tiefer von einem Wahnbild ins andere. In manchen von ihnen trank sie eine fettige Flüssigkeit, die nach Eisen roch. In anderen fror sie, dass es sie schüttelte, und lauschte besorgten Stimmen und dem Heulen eines Sturms. Sobald sie blinzelte, sah sie Gesichter. Manche trugen goldene und silberne Masken. Einmal glaubte sie sich selbst zu sehen, älter zwar, aber mit dem gleichen schwarzen Sturmhaar und den blauen Augen. »Lauf, Schneefuchs«, rief ihr älteres Ich. Erst da begriff sie, dass das Fieber sie wirklich geholt hatte. Denn dort stand ihre Mutter, Wind im Haar und die Wimpern weiß gefroren. Und Mailín war wieder sechs Jahre alt, stand schwer atmend knietief im Schnee und schaute verzweifelt zur anderen Seite der steilen Schlucht. »Komm zurück!« Ihre Kinderstimme gellte durch die Nacht und verlor sich im Tosen einer Lawine. Mailíns ausgestreckte Hände schreckten nur einen Schwarm fuchsfarbener Schmetterlinge auf, die ihre Stirn streiften und sie lästig umflatterten. Ihr Arm wurde unendlich schwer, als sie versuchte, sie zu verscheuchen. Eine Handvoll Falter fing sie dennoch aus der Luft, doch in ihrer Faust waren sie unangenehm kalt und nass.

»Mailín?«

Sie zwang sich, die Augen zu öffnen — und war so erschüttert, dass ihr abermals schwindelig wurde.

»Stella«, murmelte sie.

Ihre Freundin aus Kindertagen beugte sich dicht über sie, ihr weiches rotes Haar kitzelte sie am Hals. Dann fand sich Mailín in einer festen Umarmung gefangen. Und Stella weinte und lachte vor Freude.

»Mailín! Ich bin es – Birgida!« Die Worte durchtrennten die letzten Schleier des Traumes. Sommersprossen lösten sich im Weiß einer makellosen Haut auf, das warme Braun von Stellas Augen verblasste zu Taubenblau. Nur Birgidas Strahlen war noch ein Abglanz von Stella. Sie wischte sich die Tränen von der Wange und lachte wieder. »Ich bin so glücklich, dass du es überstanden hast.«

Habe ich nicht, dachte Mailín benommen. *Keiner überlebt das Schneefieber.*

»Du hast von deiner Freundin geträumt, nicht wahr?«, fuhr Birgida fort. Sie zupfte Mailín die zerdrückten Schmetterlinge aus der Hand. Die kühlen Falter entpuppten sich als feuchtes Tuch, mit dem Birgida ihr wohl die Stirn abgetupft hatte. Allmählich verwandelte sich die unerträgliche Fieberhitze in die Wärme unter zu schweren Decken. In ihrer Lunge kratzte trockener Holzrauch, der nach Teer und Harz roch. Ein Stück hinter Birgida hing eine verstaubte Lampe aus Kupfer und Glas an drei dünnen Ketten von einem Haken. Stützwinkel aus geschmiedetem Eisen fixierten zu niedrige Deckenbalken. »Wo ... sind wir?«, flüsterte Mailín.

»In Sicherheit. Zumindest fürs Erste.«

Mailín stemmte sich hoch, obwohl ihre Arme so sehr zitterten, dass Birgida sie stützen musste. Sie lag tatsächlich in einem richtigen Bett, das wie ein Alkoven in einer Schiffskajüte in die Wand eingepasst war und mit seinem hohen Rand verhinderte, dass ein Schlafender bei Wellengang herausfallen konnte. Auf einem kleinen Holztisch lagen Birgidas Stoffbeutel, Streifen von Spinnenseide und Leintuch. Zwischen Bett und Tisch war auf dem Boden ein Haufen von Steinen zu einer Feuerstelle aufgeschichtet. Zerbrochene Holzleisten, in denen noch Nägel steckten, brannten dort. Darum herum bildeten Felle, zerknülltes Tuch und ein zusammengeschobener Wollteppich ein Schlaflager. Mailín leckte sich über die ausgedörrten Lippen. »Wir... sind auf einem Schiff?«

Birgida nickte. »Es war der nächste Unterschlupf und wir hatten keine Zeit zu verlieren. Deine Raben haben uns hergeführt.«

»Meine Raben«, hauchte Mailín. Sogar das Lächeln war anstrengend. »Wie lange habe ich geschlafen?« *Und warum lebe ich noch?*

»Wir sind seit sieben Tagen hier. Und erst gestern hat der Sturm aufgehört...«

»Sieben Tage?«, rief Mailín.

»Du warst sehr krank. Ich dachte schon, du würdest sterben. Ich habe gespürt, wie der Tod dich umarmt hat.« Birgida blinzelte, als würde sie wieder gegen die Tränen kämpfen, aber sie zwang sich zu einem kläglichen Lächeln.

Mailín senkte den Blick und betrachtete ihre eigenen Arme. Sie waren dünner geworden und wirkten so fremd, als würde ihr geschwächter Körper jemand anderem gehören. Dort, wo der Peitschenschlag der Nixe sie getroffen hatte, verblassten Blutergüsse schon zu gelblichen Malen. Und langsam, ganz langsam, wagte sie zu glauben, dass sie wach war und tatsächlich noch lebte. Doch dann überrollte die Angst sie abermals wie eine erstickende Welle. »Toma!«, würgte sie hervor. »Die Fängerin.... und das Blut...«

»Toma geht es gut. Ihre Schulter ist fast schon verheilt. Sie ist draußen und hält Wache.«

Mailín schnappte immer noch nach Luft. Nur ganz allmählich ebbte die Panik wieder ab. Vorsichtig sah sie sich um. Neben dem Bett entdeckte sie ein schmales, leicht geöffnetes Fenster, das mit einer Plane verhängt war. Die Plane flappte leise gegen den Rahmen und entließ Schneeflocken ins Zimmer. Mailín wollte aus dem Bett klettern – und erschrak, als sie bemerkte, dass sie unter dem Deckenberg nackt war, eingewickelt nur in ein dünnes Tuch. »Wir mussten dich mit Schnee abreiben, um das Fieber zu senken«, beeilte sich Birgida zu sagen. »Ich hole dir etwas zum Anziehen. In den Truhen haben wir Kleidung gefunden.« Sie eilte aus dem niedrigen Raum. Erst da fiel Mailín auf, dass Birgida ein Leinenhemd trug und Hosen, die zu einem Matrosen gepasst hätten. Ihr rotes Seidenkleid hing in einer Ecke der Kajüte über einem eisernen Rohr. *Hier gibt es einen Ofen?*, dachte Mailín verwundert. *Warum dann ein Lagerfeuer auf dem Boden?* Aber dann fiel ihr ein, dass sie auf diesem Schiff die Einzige war, die wusste, was ein Eisenofen überhaupt war. Auf dem Ofen lagen die beiden Mäntel aus Grauleder. Die kostbaren Silberbeschläge an Siljas Mantel glänzten im Feuerschein. Doch der Mantel der Herrin, den Mailín an dem Speerloch im Rücken unterscheiden konnte, hatte sich völlig verändert. Das Leder wirkte abgeschabt und alt, die Silberbeschläge hatten sich in farbloses Spinnengarn und graue flache Steine verwandelt. *Trugsilber*, erinnerte Mailín sich an Eismunds Worte. *Wir sind nicht mehr im Reich des Winterkönigs.*

Birgida trat mit einem langen Wollhemd an ihr Lager. Mailín bekam Gänsehaut, als der raue Stoff über ihre Arme und ihren Rücken kratzte. Und als sie die drei Knöpfe schließen wollte, bemerkte sie, dass etwas an ihrer Hand fehlte. »Mein Ring ist weg!«

»Leg dich wieder hin.« Birgida drückte sie auf das Kissen zurück. »Toma hat ihn. Er war dir zu groß und ist dir von der Hand gerutscht.«

»Bestand er auch nur aus Trugsilber?«

»Dein Ring nicht. Der, den Toma der Herrin abgenommen hat, dagegen schon. Und meine Nähnadeln sind genau wie der Dreizack zu Eis zerfallen. Aber Eismund hat in einer Truhe gebogene Nadeln aus Eisen gefunden.«

Mailín wusste nicht, was sie mehr irritierte: Das Leuchten, das über Birgidas Gesicht huschte, als sie seinen Namen nannte. Oder die Tatsache, wie schnell und geschickt ihre Freundin diese Regung wieder verbarg.

»Eismund ... ist also auch auf dem Schiff?«, flüsterte sie.

»Natürlich. Ohne ihn hätten wir das Boot mit dir nicht so weit ziehen können. Toma hatte viel Blut verloren. Ruh dich aus. Ich sage den anderen Bescheid, dass du wach bist.«

Birgida wollte gehen, doch Mailín fasste sie am Handgelenk. »Ich ... hatte einen wirklich seltsamen Traum ... Darin hast du Eismund geküsst.«

Wenn Birgida überrascht war, überspielte sie es gut. »Daran erinnerst du dich?«, erwiderte sie sehr ruhig.

»Es war kein Bild, das man leicht vergisst.« Und Mailín konnte nicht anders, als hinzuzusetzen: »Ist das deine Art, die Webart eines Musters aus der Nähe zu betrachten?«

In diesem Moment lernte Mailín, dass Birgidas sanftes Lächeln auch eine Maske sein konnte, hinter der Geheimnisse glommen. Und mit einem Mal kam es ihr so vor, als wäre ihre Freundin in den vergangenen sieben Tagen unmerklich von ihr weggedriftet wie Treibholz, das in eine andere Strömung geraten war.

»Jedenfalls ist es nicht das, was du offenbar denkst«, entgegnete Birgida. »Ich habe mich nur bedankt. Schließlich hat er Toma mit seinem Leben verteidigt.«

»Dann küsst du also jeden, bei dem du dich bedankst?«

Birgida lachte auf. »Aber ja!« Sie beugte sich vor, umschloss Mailíns Gesicht mit den Händen – und küsste sie. Mailín war viel zu überrascht, um zu reagieren. Birgidas Lippen waren eiskalt, aber weich und sanft – und seltsamerweise schmeckten sie nach kühlen Sommermorgen und der Süße von taukalten Kirschen. »Danke, dass du noch lebst«, sagte sie aus vollem Herzen. Und war mit einem Mal wieder die Birgida, die Mailín kannte, das Mädchen, das zur gleichen Zeit lachen und weinen und nicht einmal einer Nixe, die ihr nach dem Leben trachtete, ein Leid antun konnte. Sie zwinkerte Mailín zu und ließ sie sprachlos und völlig verwirrt zurück. Doch an der Tür drehte sie sich noch einmal um. »Ob jemand ein Herz hat, zeigt sich nicht daran, ob es in seiner Brust schlägt«, sagte sie ernst. »Und manchmal genügen drei Fäden, um die ganze Webart zu lesen. Der weiße Faden ist Toma, deren Leben Eismund gerettet hat. Der rote Faden bin ich. Mich hat er aus den Armen der Fängerin gezogen, als ich schon unter Wasser war ...«

» ... und der dritte Faden ist Siljas Entführung?«, sagte Mailín heftiger, als sie wollte.

Birgida holte tief Luft, als müsste sie sich zwingen, freundlich zu bleiben. »Welcher Teil des Musters Silja ist, weiß ich noch nicht. Aber der dritte, schwarze Faden bist du. Denn dich hat er vor dem Ertrinken bewahrt.«

»Er hat *was*?«

Birgida nickte. »An dem Tag, als wir im Boot aus dem Palast geflohen sind – du wurdest gegen die Bootswand geschleudert und wärst bewusstlos ins Meer gefallen. Ich bekam dich nicht mehr zu fassen. Toma sah es nicht, weil sie das Boot mit dem Dreizack auf Abstand zu den Klippen halten musste. Aber Eismund riss dich zurück und hielt dich fest. Und er ließ dich erst los, als wir die Klippen längst überwunden hatten.«

Mailín musste wohl trotz allem wieder eingeschlafen sein. Diesmal war ihr Schlaf traumlos und heilsam, und als sie aufwachte, war das Feuer fast heruntergebrannt und neben der letzten Glut lag unter einem Berg Decken eine zusammengerollte Gestalt. Nur die linke Hand ragte hervor. Und sogar im Schlaf schloss sie sich fest um den Griff des Messers. *Toma!*, wollte Mailín rufen, doch ihre Kehle zog sich so jäh zusammen, dass es fast ein Schmerz war. Die Freude über das Wiedersehen mit Birgida hatte sie noch gedämpft durch die letzten Schleier des Fiebers wahrgenommen, aber nun öffnete sich die ganze Welt und überschwemmte ihr Herz mit einem heißen Strom von Glück und Dankbarkeit.

Toma regte sich im Schlaf, drehte sich auf den Rücken und nahm das Messer mit, barg es in der geschlossenen Faust an ihrer Brust. Ihr weißblondes Haar fing den Goldschein der Glut. Im Schlaf wirkte ihr Gesicht zart und so verletzlich, dass Mailín Angst bekam. *Ich hätte dich verlieren können. Dich und auch Birgida.*

Wind zog Schnee ins Zimmer und die schief hängende Lampe begann quietschend an den Ketten zu schaukeln. Mailín sprang aus dem Bett und stoppte das Schaukeln. Sie lauschte auf Tomas Atemzüge, aber das Geräusch hatte ihre Freundin nicht geweckt. Doch als Mailín auf Zehenspitzen an der Feuerstelle vorbei zum Fenster schleichen wollte, wurde sie am Handgelenk gepackt und nach unten gerissen. »Denkst du wirklich, du kannst heimlich um mich herumpirschen?« Toma umarmte sie mit der Linken so fest, als wollte sie sie erwürgen. »Na endlich! Ich dachte schon, du hast Bärenblut in den Adern und hältst Winterschlaf.«

Und dann lachte auch Mailín, weil sie nicht weinen konnte, und erwiderte die Umarmung aus ganzem Herzen. *Ich habe niemanden verloren. Diesmal nicht.* »Danke«, flüsterte sie. »Ohne euch wäre ich jetzt tot.«

»Wegen ein bisschen Fieber?« Die Jägerin lachte auf. »Jedes Clanskind würde dich jetzt verspotten. Und bevor der Tod dich bekommt, muss er erst an mir vorbei. Und glaube mir, dabei hätte er keinen Spaß.« Sie ließ Mailín los und stützte sich auf. »Es war nicht das Fieber, das dich fast umgebracht hätte«, fügte sie ernster hinzu. »Und auch nicht die schlimme Prellung an deinem Kopf. Sondern die Kälte und der Schneesturm, als wir dich im Boot über das Eis gezogen haben.«

Die Decke rutschte ihr über die rechte Schulter, als sie sich aufsetzte. Ein Seemannshemd aus Wolle, das nicht zugeknöpft war, gab den Blick auf fast verheilte Wundränder und Fäden aus Spinnenseide frei. Mailín schlug entsetzt die Hände vor den Mund. »Wie hast du überhaupt noch aufstehen können!«, stieß sie hervor.

»Sieht schlimmer aus, als es ist«, erwiderte Toma unwillig und zog das Hemd hoch.

»Hat Birgida die Wunde genäht?«, fragte Mailín mit schwacher Stimme.

»Nicht nur meine. Unser Eisblüter kann sich auch bei ihr bedanken.« Und nach einer Pause fügte Toma hinzu: »Wäre er nicht bei uns gewesen, dann hätten wir dich auf dem Weg zum Schiff verloren. Auch zu dritt war es nicht einfach, das Boot so schnell zu diesem Unterschlupf zu bringen, dass du nicht erfrierst. Stell es dir vor: steile Schneehügel, zwei fußlahme Verletzte und eine Verrückte, die ihre Waffe wegwirft, wenn sie vor einer Fängerin steht.« Toma dehnte vorsichtig ihre Schulter, bevor sie aufstand und nach ihrer Pelzjacke aus weißem Schneeleopardenfell griff. Das Blut war abgewaschen worden und Birgidas Nadeln waren wohl dick genug, um Leder zu durchstechen, denn auch die Risse der Nixenkrallen waren geflickt. Aber man sah noch, wie lang sie waren. Mailín schluckte schwer.

»Glaubst du, du hast plötzlich Eisblut in den Adern?«, rief Toma. »Du zitterst. Zieh dir was an.«

Jemand hatte warme Kleidung ans Fußende des Bettes gelegt – einen Seemanspullover, Unterwäsche aus Wolle und eine gewachste Wetterhose, die innen mit Fell gefüttert war. Zaghaft schlüpfte Mailín in diese fremde Haut. »Hat Eismund etwas über sich erzählt?«, fragte sie vorsichtig.

»Kein Wort«, erwiderte Toma. »Aber dass er ein Eisblüter ist, haben wir ja gesehen. Vielleicht hat er auch nicht gelogen, als er andeutete, dass er für den König wichtig ist. Und er scheint nie aus dem Berg rausgekommen zu sein – genau wie Birgida weiß er nichts vom Leben unter freiem Himmel.«

»Dann glaubst du ihm, dass er ein Gefangener war?«

Toma biss sich auf die Unterlippe. »Ich glaube ihm, dass er auf der Flucht ist«, sagte sie nach einer wohlüberlegten Weile. »Vor dem König und seinen Spinnenbräuten. Und auch vor Sednas Kindern.« Sie lächelte schief. »Ich habe noch nie erlebt, dass jemand, für den ich ein Feind bin, sich zwischen mich und eine Fängerin wirft.«

»Heißt das... Eismund ist nicht länger unser Gefangener?«

»Ja und nein. Ich lasse ihn nie alleine Wache halten. Und er kommt nicht in unser Lager hier unten, ich will nämlich nicht, dass er uns belauscht. Außerdem habe ich dafür gesorgt, dass er das Boot nicht alleine aufs Eis bekommen kann. Und ohne Waffe kommt er da draußen nicht weit.« Toma tippte an die beiden Handschellen, die sie mit einem dünnen Spinnenseil an ihrem Gürtel befestigt hatte. »Hätte ich früher gewusst, dass das Wandelmetall von Handschellen ein solches Gift für die Fängerinnen ist, dann würde mein Clan nur noch von Fischen leben.«

Mailín erinnerte sich mit einem Schaudern an den Ausdruck rasender Wut im Gesicht der Nixe, sobald sie Eismund vor sich hatte. *Gegen uns haben sie nur gekämpft*, dachte sie. *Aber ihn hassen sie so sehr, dass sie sogar vergessen, ein Messer zu fürchten.*

»Sind uns die Fängerinnen gefolgt?«

»Die beiden hübschen, die uns an die Kehlen wollten, auf jeden Fall«, sagte Toma trocken. »Noch halten sie Abstand. Bei Tag sieht man sie nie, aber nachts kommen sie aufs Eis und beobachten das Schiff aus der Ferne. Deshalb halten wir nachts Wache. Hier!« Sie reichte Mailín das Messer. »Lass es dir nicht noch einmal abnehmen.« Die Jägerin grinste, als sie sah, wie Mailín rot wurde, und griff in den kleinen Lederbeutel, der ebenfalls an ihrem Gürtel hing. Mailín dachte erst, sie würde ihr Siljas Ring zurückgeben, stattdessen holte Toma den Ring der Herrin aus dem Beutel und drückte ihn Mailín in die Hand. Er war nicht viel mehr als ein durchbohrtes Stück Stein. »Den Ring aus echtem Silber behalte ich«, sagte Toma. »Hat lange genug gedauert, bis ich an ihn rangekommen bin, ohne dir den Finger abzuschneiden.« Sie zwinkerte Mailín zu. »Komm, ich zeige dir unsere Wachplätze.«

»Warte.« Die Decke war niedrig genug, dass Mailín die Ketten der Lampe vom Deckenbalken loshaken konnte. Der Docht ließ sich an der Feuersglut mühelos entzünden. Staubiger Schein füllte die Kajüte und erhellte Tomas verwunderte Miene.

»Öllampen«, erklärte Mailín. »Auf dem Schiff müsste es noch einige geben.«

»Zumindest haben wir ranziges Öl gefunden«, antwortete Toma. »Wir tränken die Fackeln damit, damit sie länger brennen.«

Licornia Lien

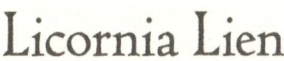

Der Lampenschein leckte in Räume, die wirkten, als hätte die Schiffsbesatzung sie nur kurz verlassen. Im hintersten Raum im Achterdeck hatte sicher der Kapitän mit seinen Offizieren zusammengesessen. Dort entdeckte Mailín dunkle Schränke mit Messingbeschlägen und einen Schreibtisch aus poliertem Holz. Im Bauch des Schiffes hatten die leeren Hängematten der Matrosen Schlagseite, weil das Gefährt leicht schräg im Eis lag. Und am Aufgang zum Oberdeck hing der Flügel eines riesenhaften Vogels, der bereits gerupft war. »Wir essen Möwen?«, fragte Mailín.

»Hast du gedacht, wir leben von Schnee und Liebe?« Toma lachte. »Die Vögel nutzen das Schiff im Schneesturm als Unterschlupf. Das ist hier der letzte Rest unserer Vorräte – ein Albatros.«

»Habt ihr das Schiff schon nach Vorräten durchsucht? Oder nach Waffen?«

»Die Mannschaft hat alles mitgenommen. Du siehst ja: keine Kampfspuren, keine zerfetzten Überreste, keine Knochen, die die Fängerinnen abgenagt haben. Sieht aus, als wären die alle freiwillig zu den Ungeheuern aufs Eis spaziert.«

Oder als hätten sie das Schiff verlassen, um sich auf die Halbinsel zu retten, dachte Mailín.

An Deck empfing sie ein kristalliner Nachtwind, der ein paar rußende Fackeln an der Reling und am Steuerrad zum Fauchen brachte. Aus der Ferne hatte das Segelschiff wie eine unscharfe Schwarzweiß-Fotografie gewirkt. Aus der Nähe verwandelte es sich in einen Dreimaster mit unversehrter Takelage. Zwar war das Deck verschneit und Eiszapfen hingen wie Vorhänge an den gerefften Segeln, aber Wanten und Taue waren an ihrem Platz. Klein und zerbrechlich lehnte das Nixenhautboot am Steuerrad.

»Mailín sollte doch noch nicht aufstehen«, erklang Birgidas Stimme von oben.

»Je eher sie aufsteht, desto früher kommen wir hier weg«, rief Toma in Richtung des hinteren Mastes. Erst dachte Mailín, dass in den Wanten, die sich dort als steiles Netz schräg am Mast spannten, ein Matrose saß. Aber dann brachte der Schein einer Fackel rotes Haar zum Leuchten. »Außerdem können wir eine vierte Wache gebrauchen«, setzte Toma hinzu. »Nachts hört man die Fängerinnen schon jaulen wie hungrige Hunde.«

»Sie jaulen nicht«, rief Birgida zu ihnen herunter. »Sie singen.«

Sie winkte Mailín zu und kletterte mit der Fackel in der Hand an den vereisten Seilen so geschickt weiter nach oben, dass Mailín der Atem stockte. »Deshalb trägt sie also die Hosen«, stellte sie fest.

»Mhm«, machte Toma nur zustimmend. Sie sahen zu, wie Birgida flink wie ein Eichhörnchen von den Wanten auf eine vereiste Plattform am Mast sprang. Mailín fror schon beim Anblick ihrer bloßen Füße. »Sie spürt immer noch keine Kälte«, sprach Toma Mailíns Gedanken aus. »Schon seltsam, wenn man bedenkt, dass die Magie des Königs sie hier gar nicht mehr beschützen dürfte.«

Allerdings, dachte Mailín. »Wo ist Eismund?«

»Ganz oben. Versucht wohl den Abstand zwischen sich und den Fängerinnen so groß wie möglich zu halten.«

Mailín spähte zum Hauptmast und erahnte die Form eines hölzernen Aussichtskorbs. Die Sterne darüber verblassten bereits. »In welcher Richtung liegt der Fjord?«

Toma deutete zum Heck. *Dort ist also Süden.* Mailín wandte sich nordwärts und suchte das Meer ab. »Keine Insel«, sagte sie leise zu sich selbst. Sie wusste nicht, warum sie darüber so enttäuscht war. Nachdenklich trat sie zur Reling und ließ die Lampe an der Außenwand des Schiffes herab. Und als sie Seilzüge und leere Halterungen entdeckte, fügten sich die Spuren zu einem logischen Ganzen. »Alle Beiboote fehlen. Die Seeleute haben das Schiff aufgegeben. Vermutlich saßen sie im Eis fest. Als die Vorräte aufgebraucht waren, haben sie beschlossen, zum Festland zu gehen. Sie haben alle Waffen mitgenommen, um sich gegen die Fängerinnen zu wappnen. Die Beiboote haben sie zuvor sicher auf Kufenhölzer gesetzt und dann wie Schlitten beladen.« Mailín beugte sich noch weiter vor. Der Schiffsrumpf war so dicht vom Meereis umschlossen, als wäre er halb in einem gefrorenen Spiegel versunken. An der Wasserkante zog sich ein Band rechteckiger Metallplatten entlang in Richtung Bug. Und als Mailín auch noch Reihen von Nieten entdeckte, wurden Erinnerungen in ihr wach. Schwarzweiß-Fotografien von Schiffen, die sie in nautischen Fachbüchern betrachtet hatte. »Ein Eisbrecher«, sagte sie. »Das Schiff ist mit Eisenplatten verstärkt.«

»Hat ja nicht viel genützt«, erwiderte Toma. »Das Meer hat vorne trotzdem ein Stück aus dem Schiff gebissen. Würde das Eis es nicht halten, würde es wie ein Stein sinken.« Sie gähnte. »Bleib hier, wenn du willst. Aber ich bin heute erst in der zweiten Nachthälfte mit der Wache dran. Du weißt, wie du rufst, wenn du Hilfe brauchst?«

Mailín lächelte. »*Lajaa*. Damit ich nicht wie eine Spinnenharfe klinge.«

Sie sah Toma hinterher, wie sie in den Niedergang kletterte, und spähte dann zum Krähennest am Hauptmast. Eismund entdeckte sie nicht, dafür huschte ein schwarzer Schatten über den Himmel und fiel mit einem deutlich hörbaren Flügelschnappen in den Sturzflug. »Rabe!«, rief sie und lachte. »Warte!«

Mit der Lampe in der Hand eilte sie an der verschneiten Reling entlang und erreichte die Spitze des Schiffes. Dort zog der Rabe noch ein paar Kreise, bevor er auf dem hölzernen Klüverbaum landete. Wie eine Lanze, die mit Netzen und Seilen behängt war, verlängerte diese mastdicke Stange den Bug und wies einer Kompassnadel gleich in Richtung Norden.

»Ich wusste nicht, dass gute Feen schwarze Federn und Schnäbel haben«, rief Mailín zu dem Raben hinüber. »Ohne dich hätten die Firnfrauen uns am Ufer entdeckt. Und diesmal muss ich mich wohl auch dafür bedanken, dass du offenbar unsterblich bist.«

Die Art, wie der Vogel als Antwort nur lässig gelangweilt sein Gefieder schüttelte, brachte Mailín zum Lächeln. »Ich bin froh, dass deine Wunden verheilt sind. Wo hast du die anderen gelassen?«

Der Rabe gab ein genervtes Krächzen von sich.

»Du meinst, wenn es um Raubkatzen und Firnfrauen geht, bleiben sie lieber im Nebel und lassen dich die Arbeit allein machen?«

Zumindest widersprach der Rabe nicht, das Auge, das ihr zugewandt war, leuchtete wie ein kleiner nachtblauer Mond. Mailín streckte dem Vogel die Hand entgegen und er stakste tatsächlich würdevoll zu ihr. Und auch wenn er sich duckte, ließ er es zu, dass sie ihm sacht über das Gefieder strich. »Wir sind hier wohl im Reich der Meeresgöttin Sedna«, raunte sie ihm zu. »Die Firnfrauen scheinen sie zu fürchten und der Winterkönig hat hier keine Macht. Kannst du uns zeigen, wie wir ins Winterschloss zurückkommen? Du hast Toma und mir schon einmal den Weg gewiesen. Ich muss Silja aus dem Labyrinth befreien. Wir müssen zurück nach Hause. Joun wartet auf mich und ...«

Der Rabe schlüpfte unter ihrer Hand weg und flatterte zur Spitze des Klüverbaums. »Rabenherz!«, krächzte er. Er beugte sich vor und schien mit dem Schnabel auf etwas zu deuten, das sich unter dem Klüverbaum befand. Mailín betrachtete voller Unbehagen den vereisten Bug und die Stange.

»Ich kann nicht einfach die Flügel ausbreiten, wenn ich abrutsche und falle«, gab sie zu bedenken.

Der Rabe schüttelte verärgert das Gefieder. »*Cornia, Cornia*«, schimpfte er. Also nahm Mailín ihren ganzen Mut zusammen und versuchte sich an der brusthohen hölzernen Bugwand hochzustemmen. Doch ihre Arme trugen sie nicht. Mühsam musste sie schließlich über einen Haufen zusammengerollter Seile seitwärts auf die Reling kriechen. Von dort aus schob sie sich im Sitzen zur Bugspitze. Schon dabei stolperte ihr Herz vor Anstrengung. Und als sie ihre Beine nach draußen schwang und nach ihrer Laterne hangelte, wurde ihr so schwindelig, dass sie erschrak. *Ich spiele gerade mit meinem Leben.* Sie wusste nicht, was stärker war: die Enttäuschung über ihre eigene Schwäche oder der Zorn. »Ich kann nicht«, presste sie zwischen zusammengebissenen Zähnen hervor. »Ich bin noch nicht kräftig genug, um auf einem vereisten Rundholz herumzuklettern.«

»Du hasst es ja wirklich sehr, so schwach zu sein«, sagte jemand hinter ihr.

Der Rabe fiel mit einem Warnruf in die Nacht und floh. Und Mailín saß wie erstarrt da und krampfte die Hände um die Ketten der Lampe. Natürlich war ihr bewusst gewesen, dass sie sich vor dem Wiedersehen insgeheim gefürchtet hatte. Aber sie war dennoch überrascht, wie schutzlos sie sich fühlte.

»Redest du immer mit Raben, als wären es Menschen?«, fragte Eismund.

»Schleichst du Menschen immer hinterher, um sie zu belauschen?«

»Wenn hier einer schleicht, dann du. Du bist auf meiner Seite des Schiffes.«

Vorsichtig zog Mailín die Beine über die Bugwand und rettete sich mit einem Sprung wieder auf die sichere Seite des Schiffes. Zittrig und taumelnd kam sie viel zu hart auf dem verschneiten Deck auf – und sah dort nur den vordersten Mast und Schnee, in dem nichts außer ihren eigenen Spuren zu finden war. Erst eine Bewegung weiter oben ließ sie zurückzucken. Ein Stück über ihr stand Eismund im Takelwerk. Vor dem Nachthimmel war er ein Schattenriss, aber der Schein ihrer Lampe fing einen bloßen Fuß und einen mit einem Verband umwickelten Arm. Offenbar war Eismund gerade erst von seinem Krähennest an der Spitze des Hauptmastes heruntergeklettert und über die Querseile der Takelage zum Bug gelangt. *Dann klettert er ebenso geschickt wie Birgida,* dachte Mailín. *Und er hat sich erstaunlich gut von seiner Schwäche erholt.* Nichts an ihm erinnerte mehr an den schwachen, gebeugten Gefangenen, den sie aus der Eiskammer entführt hatten. Die Silhouette zeigte seine schlanke Gestalt. Er schien immer noch die Kleidung aus dem Schloss zu tragen, die eng anlag und den angespannten Schwung seiner Haltung betonte.

»Toma hat dir also tatsächlich ihr Messer wieder anvertraut?«, sagte er spöttisch.

Erst jetzt bemerkte sie, dass sie unwillkürlich zur Waffe an ihrem Gürtel gegriffen hatte. Sie ärgerte sich darüber, dass ihr das Blut in die Wangen schoss.

»Du kannst wirklich stolz sein«, erwiderte sie. »Wie mutig, eine geschwächte Fiebernde niederzuschlagen, um ihr das Messer zu stehlen.«

»Freiwillig hättest du mir die Waffe niemals überlassen. Und dich davon zu überzeugen, dass ich Toma nur helfen will, hätte zu viel wertvolle Zeit gekostet. Ich weiß, was ich an deiner Stelle gedacht hätte: Der Gefangene stiehlt die Waffe und will mit dem Boot alleine fliehen, während der Kopf wehrlos ist und Herz und Hand mit den Fängerinnen beschäftigt sind.«

»Und das wolltest du nicht?«

»Doch.« Die Antwort überrumpelte sie so sehr, dass sie das Messer losließ.

»Zumindest, was das Boot betrifft, hast du recht«, fügte er hinzu. »Es war eine Chance und ich wollte sie nutzen. Aber als ich zurückschaute, stand dort Birgida, unfähig zu töten. Du warst geschwächt und hattest dein Messer verloren. Die Einzige, die noch kämpfen konnte, war Toma. Doch selbst sie wird nicht allein mit zwei Fängerinnen fertig.«

Es war beunruhigend, die Namen ihrer Freundinnen so vertraut und selbstverständlich aus seinem Mund zu hören.

»Du hast also plötzlich dein Gewissen entdeckt?«, fragte Mailín kühl. »Oder ist dir nur klar geworden, dass du alleine mit dem Boot nicht weit kommst, sobald die Fängerinnen dir wieder folgen? Und dass es viel nützlicher ist, bei uns zu bleiben und uns in deiner Schuld zu sehen?«

»Auch das«, gab Eismund ohne zu zögern zu. »Die Wahrheit ist immer eine Schlange mit zwei Köpfen. Und manchmal ist sie sogar ein Ungeheuer mit drei oder mehr.«

»Wenn es um die Wahrheit geht, gibt es nur zwei Raben mit zwei verschiedenen Namen«, erwiderte Mailín. »Der eine Rabe heißt Ja, der andere heißt Nein.«

Zu ihrer Verärgerung lachte er nicht besonders freundlich auf. »Wie schön und klar deine Welt doch ist! Aber woher willst du wissen, welcher Rabe spricht? Sie gleichen sich – und es gibt tausend Arten, Nein zu sagen, manchmal sogar, in dem man ein Ja ausspricht. Also woher weißt du, welcher Rabe dir gerade ins Ohr krächzt?«

Sie wollte zurückweichen, als er sprang, aber hinter ihr war die Bugwand. Und als er so geschickt wie Toma auf dem Deck landete und sich im Schein der Lampe vor ihr aufrichtete, war Mailín froh, dass die Reling ihr Halt gab.

Eismund war nicht länger der eiskalte Fremde. Im Gegenteil: Es war fast erschreckend, wie menschlich er wirkte. Der Lampenschein ließ sein weißes Haar bernsteinfarben glänzen und sein Mund war nicht mehr blau. *Als hätte ihm Birgida die Kälte von den Lippen geküsst.*

Das Schweigen dehnte sich, während sie einander musterten. Und als Eismund zu sprechen begann, überraschte er Mailín ein weiteres Mal. »Ich freue mich, dass es dir besser geht.«

Es klang völlig aufrichtig. *Oder er weiß sich gut zu verstellen,* warnte ihre Vernunft.

»Danke«, sagte sie. »Dafür, dass du Birgida beschützt hast. Und ... Toma gerettet.«

Eismund lachte trocken auf. »Niemand muss Toma retten. Und auch Birgida ist stärker, als sie wirkt.«

Wieder war es befremdlich, wie vertraut er die Namen nannte. Er verschränkte die Arme und sah Mailín herausfordernd an. »Nein«, antwortete sie. »Wir beide schulden einander nichts. Du hast mich zwar davor bewahrt, vor den Klippen aus dem Boot zu fallen. Aber abgesehen davon, dass du ohne mich noch im Eislabyrinth gefangen wärst: Als wir auf dem Fluss flohen und du gefesselt warst, habe ich dich in den Stromschnellen ebenfalls festgehalten.«

Eismunds Lächeln bekam etwas Diebisches, was ihn noch menschlicher wirken ließ. »Ich erinnere mich. Und im Gegensatz zu mir und meinen niederen Beweggründen hast du natürlich aus reinsten, edelsten Absichten gehandelt. Weil dir an meinem Leben lag. Oder etwa auch deshalb, weil du nicht wolltest, dass ich ertrinke, bevor ich dir etwas über Silja sagen kann?«

Es war eine Sache, mit ihm zu streiten. Aber eine andere, ertappt zu werden. »Da du es gerade ansprichst«, sagte Mailín. »Was hat Silja dir getan, dass du sie so sehr hasst?«

Schlagartig fiel wieder der Schatten auf seine Miene. *Wenn die Wahrheit eine Schlange mit zwei Köpfen ist, dann bis du der Mann mit den zwei Gesichtern.*

»Wieder unser Spiel mit Fragen und Antworten?«, fragte er kühl. »Inzwischen solltest du mich besser kennen.«

»Und du mich. Du hast dafür gesorgt, dass Silja in Falún aufgespürt und verschleppt wurde. Ja oder nein?«

»Ja«, sagte er langsam. »Aber dass die Wintergeister sie überhaupt finden konnten, verdankt Silja allein dir.«

Mailín runzelte fragend die Stirn. »Weißt du wirklich nicht, was die alten Legenden der Menschen über die Raunen sagen?«, setzte er hinzu. »Dass sie die Angelschnüre sind, die der Eisfischer von hier aus in die Menschenwelt wirft?«

Nun stockte ihr der Atem. Sie erinnerte sich daran, dass der Thron unter der blauen Kuppel aus einem Geflecht von silbernen Ranken geschmiedet war. Und daran, dass im Meer tatsächlich Raunen wie Wasserpflanzen wuchsen. *Also doch. In meiner Welt hat Silja die Raunen zerstört — aber ich habe ihr eine unter das Kopfkissen gelegt und sie damit an den Winterkönig verraten.* Ihr wurde ganz heiß bei der Vorstellung, dass sie auch Rún eine der magischen Pflanzen geschenkt hatte. Aber sie hütete sich, den Namen ihrer Schwester vor Eismund noch einmal auszusprechen.

»Die Raunen… schaffen also die Verbindung zwischen unseren Welten?«

»Nicht die Raunen selbst. Sondern eure Sehnsüchte, eure geheimsten Wünsche – all das, was die Raunen flüsternd wiederholen. Der ganze Palast hallt von ihnen wider.«

Mailíns Finger pochten, so fest ballte sie die Hände zu Fäusten. »Der König belauscht uns also. Und durch Handlanger wie dich… sieht er unsere Träume?« Sie konnte fast körperlich spüren, wie Eismund innerlich zurückwich.

»Sei froh, dass Silja und dich ein Gürtel aus Eis und Nixenleibern trennt«, sagte er leise. »Wenn sie nämlich wüsste, was du getan hast…« Er verstummte und ließ das Ungesagte wirken. Und Mailín fröstelte, obwohl sie genau wusste, dass nicht Silja die Bedrohung war.

»Und schon wieder sprichst du im Grunde nur von dir«, entgegnete sie. Sie wappnete sich gegen die nächste scharfe Erwiderung, aber Eismund lächelte nur kalt.

»Wenn du wüsstest, wie sie in Wirklichkeit ist«, wärst du niemals – niemals! – hergekommen, um sie zu retten. Du hättest diesen Joun nicht verlassen, um einer Fremden zu folgen und…«

»Ich habe ihn nicht verlassen!« Schon während ihr dieser Satz entfuhr, bereute sie ihn. Sie wusste nicht, was sie zorniger machte: dass sie so unvorsichtig war. Oder die Tatsache, dass Eismund diesmal einen wunden Punkt getroffen hatte. Denn in einem Teil ihres Herzens hallten wie das Echo von Raunen Jouns Worte: *»Gehst du immer nur stur deinen eigenen Weg, Mailín? Oder gibt es auch einen, den wir gemeinsam gehen?«*

Sie verschränkte die Arme und hob das Kinn. »Dann kläre mich über Silja auf: Wie ist sie denn in Wirklichkeit?«

»Kalt«, antwortete er mit rauer Stimme. »Kälter als das Eis.

Hinterhältig, verlogen, skrupellos. Und das sind nur ihre besten Eigenschaften.«

Mailín sah Silja vor sich, die auf dem Lichterfest voller Stolz den schiefen Kinderkranz aus Gänseblümchen trug, wie sie tanzte und glücklich war. Wie sie in der Apotheke während der Arbeit vor sich hinsang. Sie sah das Strahlen in ihren Augen, wenn sie mit den Kindern Falúns spielte – und hörte ihr Lachen auf dem Tanzplatz.

»Dann kennst *du* die wahre Silja nicht«, antwortete sie. »Sie ist nicht kalt. Und belogen hat sie mich niemals. Alles, was sie mir über ihr Land erzählte, war die Wahrheit. Nur verstand ich das damals nicht, weil ich nicht an Märchen glaube.«

»Doch, das tust du«, fuhr Eismund sie verärgert an. »An ihre! Und erzähl mir nicht, sie hätte dich nie belogen.«

Nun war es Mailín, die schwieg, und Eismund, der schluckte und ihrem Blick auswich, offenbar zornig darüber, dass sie ihn diesmal auf das Eis geführt hatte. *Silja ist also sein wunder Punkt.*

»Und du willst immer noch zurück zum Schloss?«, fragte er brüsk.

»Um das zu wissen, musstest du mich nicht belauschen. Nehmen wir an, du hast nicht gelogen, als du sagtest, du seist ein Gefangener. Was war dein Plan? Wohin wolltest du fliehen?«

»Ich hatte keinen Plan.«

»Aber du hast versucht, uns nordwärts aufs Meer zu führen. Warum?«

»Weil im Norden das Reich des Winters endet«, sagte er leise. »Ich wusste nur nicht, wie weit wir gehen müssen.«

So weit, bis das Trugsilber seine wahre Gestalt zeigt, dachte Mailín. Die Bruchstücke fingen allmählich an, sich zu einem logischen Bild zu fügen.

»Und wohin wolltest du dann?«

»Ich weiß es nicht«, antwortete er unwillig. »Ich ... wollte einfach nur fort. So gesehen bin ich jetzt genau dort, wo ich immer sein wollte: So weit weg vom Schloss wie nur möglich.«

Sie erschrak, als Eismund auf sie zutrat – aber er ging nur zur Bugwand und zog sich neben ihr mit einem mühelosen Schwung daran hoch. Barfuß balancierte er ein paar Schritte auf dem gefrorenen Klüvermast. Schon vom Zuschauen wurde Mailín schwindelig.

»Pass auf!«, entfuhr es ihr. Aber er verlor nicht das Gleichgewicht, sondern griff nach dem Seil, das sich vom Schiff aus schräg zur Spitze des Klüverbaums spannte.

»Hast du keine Angst, dass eine Fängerin dich dort herunterholt?«

Eismund zuckte mit den Schultern. »Sie nähern sich dem Schiff nicht. Vielleicht, weil es mit Eisen beschlagen ist.«

Eisen hat sie nicht davon abgehalten, dich anzugreifen, dachte sie. Eismund hatte das Seil losgelassen und sich auf das Rundholz gesetzt; das rechte Bein aufgestützt, balancierte er lässig über dem Eis, das bei einem Sturz sein Tod sein konnte. Sein verbundener Arm ruhte locker auf seinem Knie. *Und zwischen uns der Abgrund,* dachte Mailín. Zum ersten Mal kam ihr in den Sinn, dass er nur auf den Klüverbaum geklettert war, um auf Abstand zu ihr zu gehen.

»Ich kehre nicht mit euch zum Palast zurück«, sagte er plötzlich.

»Wohin willst du dann? Noch weiter aufs Meer hinaus?«

»Vielleicht. Dort gibt es zumindest keine Kerkerwände.«

»... nur vereisten Boden, der jederzeit brechen kann. Und Fängerinnen, die dich für immer jagen werden. Ich hätte dich für schlauer gehalten.«

Diesmal ging er nicht auf die Spitze ein. »Vielleicht bleibe ich einfach auf dem Schiff«, sagte er leise. »Hier sehe ich wenigstens den Himmel, die Sterne. Und wenn ich die Augen schließe, ist da nichts als Nacht.«

Als er zum Himmel schaute, fand sie keine Maske mehr, keine Lüge und keine Berechnung. Nur eine Sehnsucht, die sie berührte. *Sei vorsichtig*, wisperte ihre mahnende Stimme. *Er beobachtet dich genauso wie du ihn und lotet jede Regung von dir aus.*

»Glaubst du im Ernst, wir lassen dich einfach gehen?«

Vorsicht, Spielerin, hörte sie Pjott sagen. Aber wie sie erwartet hatte, traf ihn der Satz. *Er ist stolz. Und er kann Ärger kaum verbergen.*

»Reich mir das Licht!«, sagte er barsch.

»Was?«

»Die Lampe! Du wolltest dir doch vorhin die Vorderseite des Schiffs ansehen?«

Ihre misstrauische Miene verriet sie wohl, denn Eismund verzog den Mund zu einem ironischen Lächeln. »Denkst du immer noch, ich bin euer Feind?«

»Meine Raben denken es.«

»Warum sind sie dann nicht hier, um dich vor mir zu beschützen?«

Vielleicht, weil sie dich mehr fürchten als die Katzen der Firnfrauen?, dachte Mailín.

Seufzend schüttelte er den Kopf. »Hör zu: Mir gefällt es ebenso wenig wie dir, aber im Augenblick sitzen wir auf demselben Schiff fest. Und wenn du mir schon nicht traust, dann sieh das hier zumindest als Versuch, dir aus Anstand dafür zu danken, dass du mich aus dem Gefängnis geholt hast. Also?«

Sieh dir den Bug bei Tageslicht mit Toma an, sagte ihre vernünftige Stimme. Aber diesmal war ihre Neugier stärker. *Oder eher* mein *Stolz.* Denn nun zu gehen, hätte sich wie eine Niederlage angefühlt. Vorsichtig stieg sie wieder über die zusammengerollten

Seile zur Bugwand hoch. Eismund fing die Lampe, die sie an den langen Ketten in seine Richtung schwenkte. Es klirrte, als er die Laterne am Schiff herabließ. Verstohlen betrachtete Mailín ihn. Der Lampenschein zeigte einen jungen Mann, der sich konzentriert auf die Unterlippe biss, während er den obersten Kettenring an einer Tauschlinge verhakte. Hastig wandte sie den Blick ab und versuchte etwas zu erkennen, aber von ihrer Position aus sah sie nur lose Seilschlingen – und einen Flaschenzug aus schartigem Holz. *Hier haben sie also das Nixenhautboot hochgezogen.* Sie lehnte sich vor, bis ihre Arme zu zittern begannen, aber es reichte nicht aus, um genug zu sehen.

»Mailín?«

Ihren Namen aus seinem Mund zu hören, ließ sie zusammenzucken. Und als sie aufblickte, schaute sie auf seine ausgestreckte Hand. »Das erste Stück ist nicht vereist«, sagte er.

Mailín zögerte. Und noch bevor Eismund weitersprach, ahnte sie bereits, dass er in Gedanken genau dieselbe Logikkette durchspielte.

»Ja, was wäre, wenn?«, fragte er spöttisch. »Aber ich wäre wirklich ziemlich dumm, wenn ich die Strategin der Gruppe vor den Augen der Wache vom Schiff stürzen wollte.«

Mit einem Kinnrucken deutete er in Richtung Heck. Mailín schaute über die Schulter und entdeckte Birgida, die immer noch auf der hinteren Plattform auf dem Mast saß und durch das Takelwerk bis zum Bug spähen konnte. Im Schein der Fackel winkte Birgida ihr zu. Und als Mailín sich wieder umwandte, war da immer noch Eismunds Hand. Sie war schlanker als die von Joun, mit den langen Fingern erinnerte sie eher an Kerems Musikerhände.

»Ist das dein neuer Plan? Mich mit Freundlichkeit einzuwickeln, weil du anders nicht weiterkommst?«

Er zuckte mit den Schultern. »Würdest du an meiner Stelle anders vorgehen?«

Das Schlimme war, dass er sie mit dieser Antwort fast zum Lächeln gebracht hätte. Das war das Beunruhigendste an ihm: dass es zwischen ihnen diesen Gleichklang der Gedanken gab. *Als würden wir auf einem Schachbrett tanzen. Und dabei dieselben Züge wählen.*

»Was ist?«, setzte er hinzu. »Mutig genug, dich mit mir um ein Messer zu prügeln, aber zu feige, um meine Hand zu nehmen?«

»Jemanden zu etwas zu bringen, indem ich ihm Feigheit unterstelle, ist *meine* Strategie«, erwiderte sie kühl und ergriff seine Hand. Wie sie erwartet hatte, war sie noch kälter als ihre – obwohl sie keine Handschuhe trug und ihre Fingerspitzen kaum noch spürte. Aber seltsamerweise war es, als würde mit der Berührung ein Bann brechen. So, wie die Ungeheuer in Träumen verschwanden, sobald man sie zu greifen versuchte, verschwand auch in diesem Moment jeder Rest von Furcht. Stück für Stück schob Mailín sich im Sitzen weiter, bis sie in der Mitte des Klüverbaums angelangt war und direkt über der Bugspitze saß. Sie musste die Augen schließen, als ihr schwindelig wurde, doch Eismunds Hand schloss sich sofort fester um ihre. »Keine Angst«, sagte er. »Ich halte dich.«

Ich habe keine Angst, dachte sie verwundert. Irritierenderweise war da nur die Gewissheit, dass sie nicht fallen konnte. Und als sie die Augen wieder aufschlug, erkannte sie, was der Rabe ihr hatte zeigen wollen.

In ihrem Traum war das Meereseinhorn um sie herumgesprungen, jetzt verharrte es als Gallionsfigur hölzern und steif am Bug des Schiffes, die Flossenbeine wie im Sprung an die Brust gezogen und den Fischschwanz eingerollt. Der schlanke Pferdekopf war kämpferisch hochgerissen; das Horn zeigte zum Himmel. Neben der Figur hingen Seile und ein halb aufgespanntes kleinmaschiges Netz, das wie eine Hängematte wirkte. Und dann stürzten jäh auch die letzten Erinnerungen auf Mailín ein. »Ich habe also gar nicht geträumt. Ich war in dem Netz dort gefangen wie ein Fisch.«

»Du hast dich im Fieberschlaf gegen jede Berührung gewehrt«, erwiderte Eismund. »Toma war noch zu geschwächt, um dich auf das Schiff zu tragen. Sie und Birgida haben dich am Seil hochgezogen. Und ich habe dafür gesorgt, dass du nicht aus dem Netz fällst.«

Lass seine Hand los, sagte ihre warnende Stimme. Aber aus irgendeinem Grund tat sie es nicht.

»Du ... hast im Fieber gesprochen«, fügte er leise hinzu. »Und mich Eisfischer genannt.«

»Und bist du es?«

»Wenn ich Nein sage, würdest du mir glauben?«

Nein. Und wenn du es wärst, würdest du ebenfalls Nein sagen und es leugnen. »Ja«, antwortete sie. »Ich glaube dir.«

Sein Lächeln flammte nur kurz auf. »Dein Ja ist keinen Deut besser als mein Nein. Jetzt versuchst du mich einzuwickeln, Strategin.«

Es war seltsam, dass sie keinen Ärger verspürte, nicht einmal mehr Feindschaft, nur die Faszination dieses Gleichklangs.

»Dann wissen wir ja nun beide, woran wir sind«, erwiderte sie und ließ endlich seine Hand los. Stattdessen ergriff sie das Tau, das am Flaschenzug befestigt war. »Lass die Lampe weiter ab, ich will mir die Eisenbeschläge ansehen.«

Das pendelnde Licht schien das Einhorn zum Leben zu erwecken und huschte über einen Schriftzug. Und nun hätte Mailín beinahe gelacht. *Das wollte der Rabe mir sagen.* »Licornia Lien«, rief sie Eismund über die Schulter zu. »Das ist der Schiffsname. Licorn bedeutet Einhorn. In früheren Zeiten glaubte man daran, dass solche Meereseinhörner tatsächlich existieren. Aber heute ist es nur noch das Symbolbild für eine weiße Walart mit einem langen, geraden Stoßzahn. Das Schiff könnte also ein Walfänger sein. Das Horn des Einhornwals ist kostbarer als Gold. Und Lien ist ein Frauenname. Vielleicht hieß die Frau des Kapitäns so. Oder die Kapitänin, die das Schiff führte und …«

Sie verstummte erschrocken, als ein klagendes Heulen erklang.

»Keine Sorge«, sagte Eismund. »Die Fängerinnen sind weiter entfernt, als es klingt.«

Weitere Nixenrufe kamen dazu, höher als der Wind, manche schrill wie die Rufe von Möwen – andere so tief und vibrierend, dass Mailín sie mehr in ihrem Zwerchfell spürte als tatsächlich hörte. *Wie Klänge einer Spinnenharfe. Eine, die tief unter Wasser schwingt.*

Und dann war ein Ruf plötzlich so nah, dass er Mailín in schreckheißer Angst durchzuckte.

»Das ist Birgida«, hörte sie Eismund sagen. »Manchmal imitiert sie die Wasserfrauen. Oder zumindest versucht sie es.«

Mailín rang immer noch nach Luft, die Hände um das Tau gekrallt, als wollte sie sich wie eine Schiffskatze auf einen Quermast retten. Aber jetzt erkannte auch sie Birgidas sanfte, melodische Stimme, die sich wieder zu einem misstönenden Sirenengesang hochschraubte. Noch einmal wiederholte ihre Freundin den Ruf der Fängerinnen, dann war Stille. Die Nixen in der Ferne waren verstummt.

»Alles in Ordnung?«, fragte Eismund. Mailín nickte hastig und zwang sich, tief durchzuatmen.

»Das … Licht ist zu schwach, um den Bug bis zur Wasserlinie zu beleuchten«, sagte sie mit zittriger Stimme.

Eismund hakte die Kette los und hangelte sich zu dem hängenden Netz herunter. Von dort aus ließ er die Lampe so tief ab, dass der Schein sogar den vereisten Grund fing. Mailín hatte erwartet, ein kleines Leck zu sehen, stattdessen gähnte unter dem Einhorn blanke Zerstörung. Die Eisenplatten an der Bugspitze waren verkantet und verbogen, als hätte das Meer die Licornia mit seiner Eisfaust wie ein Papierschiff zerdrückt. Bis unter die Wasserlinie war der Bug geborsten. »Es ist kein Wasser in den Rumpf gedrungen«, sagte Eismund. »Als es brach, lag das Schiff schon so tief im Eis, dass es davon umschlossen war.«

»Deshalb haben sie das Schiff aufgegeben«, murmelte Mailín. »Sie saßen fest und wussten, dass das Eis die Licornia früher oder später durch bloßen Druck zermalmen würde.«

Eismund schwang sich wieder nach oben und richtete sich auf dem Klüverbaum auf. Als er in die Ferne sah, zeichnete sich sein klares Profil vor der milchigen Helligkeit des Schnees ab. Nur sein Mondhaar erinnerte noch an die Gestalt des Eisfischers aus ihrem Traum. Vorsichtig schob Mailín sich ohne Hilfe zurück zum Deck, kroch in die Sicherheit, bis sie wieder auf den Planken des Schiffes stand, zitternd und schwach, mit Knochen, die sich in den sieben Fiebertagen wohl in Blei verwandelt hatten.

»Danke für die Hilfe«, sagte sie mit klopfendem Herzen. »Meine Lampe!«

Sie zuckte zurück, als er ebenfalls an Deck sprang, aber er stellte nur die Laterne auf den Boden und ging.

»Warum schläfst du da oben im Krähennest und nicht unter Deck?«, rief sie ihm nach.

»Ich schlafe nicht«, antwortete er, ohne sich umzudrehen. »Und zwischen Wänden war ich lange genug eingesperrt.«

Lebenszeichen

Auch in dieser Nacht schimmerte kein Traumbild durch den schwarzen Samt ihres Schlafs. Als Mailín vom fernen Rufen der Nixen aufgeschreckt wurde, war sie erst nicht sicher, ob sie überhaupt geschlafen hatte. Aber auf dem Lager neben der Feuerstelle lag nun Birgida, während Toma wohl den zweiten Teil der Nachtwache angetreten hatte. Mailín schloss die Augen und ließ sich auf ihr Kissen zurücksinken. Wieder versuchte sie sich zu erinnern, vor wie vielen Tagen und Wochen die Raben sie ins Eisland getragen hatten. Aber auch diesmal gelang es ihr nicht, die Wochen genau zu zählen. *Ich werde zurückkommen*, wiederholte sie wie eine Beschwörung. *Und auf dem nächsten Lichterfest werde ich mit Joun tanzen.* Doch so einfach ließ Eismund sich nicht vertreiben. Wie ein Sturmvogel, der zu dicht über ruhiges Wasser glitt, störte er ihre Gedanken und wirbelte alles durcheinander. Sie glaubte zu spüren, wie seine Hand zärtlich über ihre Wange strich und dafür sorgte, dass sie sicher und geborgen war, während sie im Netz an Bord gezogen wurde. Und gleichzeitig hallten seine zornigen Worte in ihr wider: *»Erzähl mir nicht, Silja hätte dich nie belogen.«*

Auch diesmal glomm ein Funke Wahrheit darin. Denn hier, im harten Licht eines nahenden Wintermorgens bekam die Erinnerung an den Moment, als sie mit Silja beim Raunenbaum an der Schlucht gestanden hatte, einen sehr nüchternen Glanz. Sie hörte sich selbst, wie sie Silja fragte, ob sie vorhatte weiterzuziehen. Aber Silja sagte nicht Ja und nicht Nein. Sondern wich ihr nur mit einer Gegenfrage aus: *»Wer kauft wohl ein Haus, wenn er weiterziehen will?«* Nur hat Silja die Apotheke tatsächlich nicht gekauft, dachte Mailín. *Und genau wie Leen sagte, hatte sie es vielleicht wirklich nicht vor.*

❧

Birgida bereitete am Feuer ein Frühstück, das aus den Resten des ledrigen Albatrosflügels bestand und Mailín noch hungriger zurückließ, als sie ohnehin war. Danach nahm Toma ihre Spinnenseile und den Speer und kletterte zu den Vogelfallen in der Takelage. Über Nacht war Nebel aufgekommen, so dicht, dass man vom Achterdeck aus nicht einmal bis zum Bug schauen konnte. Birgida beunruhigte das wohl nicht. Sie winkte Mailín, ihr zu den Mannschaftsunterkünften unter Deck zu folgen. »Sollten wir heute nicht an Deck bleiben?«, fragte Mailín auf dem Weg nach unten. »Was, wenn die Fängerinnen sich im Nebel heranpirschen?«

»Das werden sie nicht«, sagte Birgida leichthin über die Schulter. »Auch wenn Toma überzeugt davon ist, dass man ihnen nicht trauen darf, werden sie sich hüten, uns anzugreifen. Sie fürchten uns, seit die Silberfrau sich am magischen Eisen verbrannt hat.«

»Du gibst den Fängerinnen Namen?«

Birgida blieb bei einer der schiefen Hängematten stehen. »Ja, ich weiß«, sagte sie und seufzte. »Toma macht sich auch darüber lustig. Sie sagt, sie sind nur kaltblütige Raubfische, aber ich glaube das nicht. Hast du sie in der Nacht gehört?«

»Ja. Und dich auch. Du … wiederholst ihre Rufe.«

»Es ist Gesang«, berichtigte Birgida sie sanft. »Und er klingt traurig, findest du nicht?«

Mailín wusste, was Toma an ihrer Stelle antworten würde: »*Mein Mitleid hält sich in Grenzen.*«

»Selbst wenn sie singen und keine Fische sind – die grüne Fängerin hätte dich getötet, wenn Toma nicht dazwischengegangen wäre.«

»Hätte sie das?« Birgidas Miene gab kaum eine Regung preis. Nur ihre bebende Stimme verriet, dass sie viel aufgewühlter war, als sie nach außen hin zeigte. »Warum bist du dir da so sicher, Mailín? Das Smaragdmädchen hätte mich sofort töten können. Als sie mich unter Wasser zog, habe ich ihre Krallen gespürt, aber sie drückte nicht zu – sie hielt mich nur fest …«

»… um dich wie Beute auf den Grund zu ziehen. Oder sie hat dich als Köder benutzt, um Eismund ans Wasser zu locken.«

Birgida biss sich auf die Unterlippe und starrte konzentriert an Mailín vorbei in eine Ferne, die nur sie sah. »Vielleicht ja«, sagte sie nach einer Weile nachdenklich. »Aber vielleicht ist es anders, als wir denken. Die Silberfrau hätte Toma ermorden können – sie hätte nur eine Handbreit höher auf ihre Kehle zielen müssen. Stattdessen hat sie Toma lediglich an der rechten Schulter verletzt. Genau dort, wo Toma vorher dem Smaragdmädchen die Stichwunde beigebracht hat.«

»Du glaubst, sie geben genau das zurück, was sie bekommen?«

»Oder nehmen, wenn ihnen genommen wurde.«

»Also deine Haut gegen die Nixenhaut des Bootes?«

Birgida lächelte schief und hob die Schultern. »Das Boot liegt an der Luft, wo ein Meereswesen nicht hingehört – vielleicht haben sie mich unter Wasser gezogen, weil ich als Mensch dort nicht hingehöre.«

»Selbst wenn du recht hast, ändert es nichts am Ergebnis. Du wärst in jedem Fall ertrunken.«

Darauf wusste auch Birgida nichts mehr zu erwidern. Sie stieß einen unwilligen Seufzer aus und streckte Mailín ihre Hand entgegen. »Leih mir dein Messer. Heute werden wir noch nicht aufbrechen können. Also müssen wir Stoff für neue Fackeln schneiden.«

Mailín beobachtete, wie Birgida eine der Hängematten in Streifen teilte und diese dann zu Ballen um Stuhlbeine und andere Trümmerstücke knotete. Dann schleppte sie ein kleines Fass heran, in dem träge die Reste eines schwarzen Öls schwappten. Der ranzige Gestank war so stechend, dass Mailín fast übel wurde.

»Wir tränken den Stoff damit«, erklärte Birgida. »Das Öl brennt gut. Aber viel ist nicht mehr übrig.«

»Das Öl sollten wir für die Lampen aufheben«, sagte Mailín. »Fackeln können wir auch aus Segeltuch machen. Das Gewebe ist mit Berntau gewachst, um die Segel wind- und wasserfest zu machen.«

Toma war an Deck nicht zu sehen. Verstohlen hielt Mailín auch nach Eismund Ausschau, entdeckte ihn aber ebenfalls nicht. Zusammen mit Birgida gelang es ihr, Eiszapfen von den Seilen abzuschlagen, das kleinste, trapezförmige Segel zwischen dem hinteren und dem mittleren Mast loszuschneiden und an Deck zu ziehen. Danach musste Mailín sich erst für einige Minuten gegen das Steuerrad lehnen und ausruhen. Birgida sprang vom Mast und versuchte, das vereiste Tuch mit ihrem ganzen Körpergewicht zu biegen.

»Wird das ein Ringkampf mit dem Schiff?«, ertönte ein Ruf aus dem Nebel.

In Birgidas Gesicht ging die Sonne auf. »Nein!«, rief sie nach oben. »Komm runter und hilf mir, statt da oben nur den Möwen Gesellschaft zu leisten.«

Eismund landete mit einem federnden Sprung neben dem

Segel. Flüchtig lächelte er Mailín zu. Und spätestens jetzt wäre Mailín sprachlos gewesen. Bei Tageslicht wirkte er noch veränderter als gestern im Schein der Lampe. Sein Haar war nicht mehr silberweiß, sondern nur noch blass, wie ausgewaschen. Und im Schneelicht erahnte sie sogar einen leichten farbigen Glanz, als würden sich Bernsteinlichter darin fangen, sobald der Wind hindurchfuhr.

»Was wird das?«, wandte er sich an Birgida.

»Bessere Fackeln«, rief Birgida über die Schulter. »Wir müssen das Segel nach unten bringen und vom Eis befreien.«

Und plötzlich ahnte Mailín, dass in den sieben Tagen weitaus mehr entstanden war als nur ein Alltag in der Not. Eismund packte ohne zu zögern mit an. Er und Birgida brauchten kaum Worte. Als würden sie einander schon lange kennen, genügten ihnen kurze Zeichen, ein Blick, ein Kinnrucken, ein Nicken. Das unsichtbare Band zwischen ihnen war in jedem Blick und jedem Lächeln, das sie beiläufig tauschten, zu spüren.

»Den Rest schaffen wir allein«, sagte Mailín, als die beiden das zusammengeklappte Segeltuch gemeinsam hochwuchten wollten. Es ärgerte sie, dass Eismunds Mundwinkel kurz in einem wissenden Lächeln zuckten, aber er nickte höflich und kletterte wieder zum Krähennest hinauf.

Zusammen mit Birgida schleifte Mailín den Stoff den Niedergang herunter.

»Du lässt es dir viel kosten, seine Hilfe nicht anzunehmen«, bemerkte Birgida.

»Im Gegensatz zu dir«, gab Mailín atemlos zurück.

Birgida zuckte nur gut gelaunt mit den Schultern. »Du siehst ihn immer noch an, als wolltest du ihm am liebsten an die Kehle gehen.«

»Zumindest will ich ihn nicht küssen.«

»Was muss er noch alles tun, damit du ihm traust? Er ist genauso froh, dem Palast entkommen zu sein, wie ich.«

Bist du das?, dachte Mailín. Aber das war das Erstaunliche an Birgida: So schnell sie lachte und weinte, so mühelos fand sie sich auch in ihrem neuen Leben ein. *Als hätte sie schon immer in Matrosenkleidern auf einem Schiff gelebt.* Sogar die Art, wie sie sich nun mit einer lässigen, unwirschen Bewegung das Haar aus dem Gesicht strich und das Segel packte, war neu und erinnerte an Tomas burschikose Körpersprache.

»Er gefällt dir, nicht wahr?«, fragte Mailín.

»Dir nicht?« Birgida ließ das Segel los und richtete sich auf. »Du musst zugeben, dass er nicht hässlich ist.«

»Sagt das Mädchen, das zwischen Weberinnen aufgewachsen ist«, antwortete Mailín. »Er ist der einzige Mann, den du nicht nur aus fremden Träumen kennst.«

Birgida war nicht beleidigt. »Das stimmt allerdings.« Sie lachte und streckte sich genüsslich. »Hätte ich auch nur geahnt, wie wild und schön das Leben außerhalb des Berges ist, dann wäre ich schon in dem Moment geflohen, als der Winter mich weckte. Wie konnte ich so lange fremde Träume betrachten und mir einreden, dass das ein wirkliches Leben ist? Ich wusste nicht, wie weit der Himmel ist, Mailín! Ich habe immer und immer nur dasselbe Muster gewebt. Aber jetzt ... habe ich hundert Fäden und hundert Farben und jeden Tag webt sich das Muster anders und neu. Weil ich ... einfach frei bin!«

Die Worte schnürten Mailín die Kehle zu, so sehr berührten sie eine wunde Stelle in ihr, eine Sehnsucht – und auch einen kleinen Fleck von Traurigkeit. *Sie ist tatsächlich glücklich. Sogar jetzt und hier – nachdem sie alles verloren hat, was ihr Leben war.*

Birgida trat zu ihr und ergriff ihre Hände. »Wenn wir den Winterkönig besiegt haben, nimmst du mich mit nach Falún?«

Aus Birgidas Mund klang es so entschlossen und selbstverständlich, dass Mailín fast Angst bekam. Aber dann schämte sie sich ihrer eigenen Zweifel. »Ja«, sagte sie laut. »Und dann wirst du richtige Feste erleben. Jeder junge Mann in Falún wird sich darum reißen, mit dir zu tanzen.«

Birgida strahlte noch mehr. »Ruh dich aus«, sagte sie. »Ich kümmere mich allein um die Fackeln. Und später versuche ich endlich dein Haar zu entwirren.« Sie grinste und zupfte an Mailíns Mähne, die von den Nächten im Fieberschlaf so zerrauft und voller Knoten war, dass Mailín sie am Morgen nur notdürftig mit einem Stoffband zusammengefasst hatte.

»Wohin gehst du?«, fragte Mailín.

»Zu Toma und Eismund«, rief Birgida schon im Gehen über die Schulter. »Sehen, ob ihnen schon etwas in die Falle gegangen ist.«

»Eismund hilft Toma mit den Vogelfallen?«

Birgida blieb am Aufgang stehen. »Natürlich. In den ersten Tagen konnte Toma die Netze nicht alleine aufspannen. Und weil sie Eismund nicht aus den Augen lassen wollte, musste ich bei dir bleiben. Hoffentlich haben sie heute mehr Glück als in den letzten drei Tagen«, fügte sie bekümmerter hinzu. »Sonst teilen wir uns heute zu viert eine Schüssel Schnee als Hungermahlzeit.«

»Zu *viert*? Eismund schläft also nicht, aber er isst?«

Birgida schien zu zögern, als würde sie sich die Antwort gut überlegen. Und Mailín hatte wieder das Gefühl, dass in der schwebenden Pause ein Geheimnis den Atem anhielt. Dann lächelte Birgida ihr freundliches, undurchdringliches Lächeln. »Natürlich«, sagte sie leichthin. »Er ist schließlich ein Mensch.«

Wie Mailín vermutet hatte, war die *Licornia Lien* wohl wirklich ein Walfänger gewesen. Es gab sogar einen Platz, an dem ein Bordschmied Harpunenspitzen repariert und Ketten geschmiedet hatte. Doch alles, was als Waffe dienen konnte, war verschwunden und einen weißen Einhornwal hatte die Mannschaft wohl nie erbeutet. Die Fässer für Waltran waren leer und es gab weder Walknochen noch kostbares Horn, das hier gelagert wurde.

In der Kombüse im Achterdeck standen Tiegel mit Resten von Salz und getrockneten Gewürzen, außerdem Töpfe und Blechgeschirr, aber es gab nur Löffel, als hätten die Seeleute sogar Gabeln und Küchenmesser als Waffen mitgenommen. Dafür stöberte Mailín unter Deck Öllampen auf, die noch halb gefüllt waren, und einige Handvoll Kohle. Außerdem fand sie Bürsten, Decken und einen kniehohen Zuber aus leichtem Metall. Unter den Habseligkeiten, die den Matrosen gehört hatten, befand sich sogar eine Gitarre, so klein, als wäre sie für Kinderhände gemacht worden. Als Mailín die verstimmten Saiten anschlug, klangen sie schlimmer als Nixengesang. *Vielleicht hat das Instrument dem Schiffsjungen gehört.* Es machte sie traurig, in diesem gespenstischen Museum fremder Leben zu stöbern. Und gleichzeitig war es, als würde sie wie ein Forscher in den Überresten ihrer eigenen versunkenen Welt nach Spuren suchen. Sie fand ein Paar zerschlissene rotbraune Lederstiefel, Wetterjacken und knochenharte Seife, Kämme, Kerzenstummel und ein Feuerzeug. Kerben an den Balken zeigten, dass die Matrosen voller Heimweh ihre Tage gezählt hatten. Über einer Hängematte hatte jemand eine Fotografie an die Decke genagelt, die kaum noch zu erkennen war. Man erahnte nur noch eine Frau mit einem Säugling im Arm.

In der Kapitänskajüte waren die Schränke abgeschlossen,

doch Mailín war lange genug mit Pjott befreundet, um zu wissen, wie man die zierlichen Schlösser dennoch öffnen konnte. Sie fand Porzellangeschirr, weiße Betttücher, Hemden und eine verkorkte Flasche ohne Etikett. Aber keine nautischen Pläne, keine Namenslisten und auch kein Logbuch. Nur auf dem Schreibtisch lag eine vergilbte Himmelskarte mit Rissen und Wasserflecken, die aussah, als wäre sie oft bei Wind und Wetter an Deck verwendet worden. Kein einziges Sternbild war Mailín vertraut. Sie starrte auf den fremden Himmel, bis sie in einer jähen Welle von Hunger und Schwäche wieder die Augen schließen musste. Ein Knarren hinter ihr durchzuckte sie. Im Schreck wusste sie bereits, dass es nur die Tür eines Schranks war, die der Schräglage des Schiffes nachgab und sich öffnete. Doch als Mailín sich umdrehte, entfuhr ihr ein entsetztes Keuchen. Mit aufgerissenen Augen starrte das Gespenst der Eiswinter sie an. Es war hohlwangig und abgemagert, mit Haar, das einem Gewittersturm glich, und dem Ausdruck eines fliehenden Tieres in den Augen. Als Mailín einen Satz nach hinten machte, schreckte auch das Wesen zurück. Und Mailín erkannte, dass sie in einen Rasierspiegel an der Innenseite des Schranks starrte und dass diese verwilderte, verwüstete Gestalt sie selbst war.

Sie wusste nicht, wie lange sie sich im Spiegel betrachtet hatte, erst fassungslos, dann verzweifelt – bis endlich ein trotziges, zorniges Nein in ihr aufstieg.

»Was machst du?«, fragte Toma, als Mailín einen Eimer an Deck schleppte und Schnee hineinschaufelte.

»Mir mein Leben zurückholen«, erwiderte Mailín grimmig.

Der Herd in der Kombüse war leicht in Gang zu bringen – und während der Schnee dort in Töpfen schmolz, entfachte sie mit zerbrochenen Kochlöffeln und Kohleresten auch in der Kapitänskajüte Feuer. Vor dem Spiegel schnitt sie sich mit dem Messer Strähne um Strähne von rettungslos verknotetem Haar ab, bis es ihr nur noch knapp über die Schultern reichte. Bald dampfte aufgewärmtes Schneewasser in dem kleinen, nur kniehohen Zuber direkt vor dem Ofen. Und Mailín streifte die Kleidung ab und schrubbte sich mit der Seife das Fieber vom Körper, die Nächte im Palast, den Angstschweiß der Albträume und auch die Verzweiflung, die sie beinahe besiegt hätte.

»Ich hätte mir ja denken können, dass du irgendetwas Seltsames treibst«, hörte sie Toma sagen. Die Jägerin brachte die Kälte in die Kajüte und Schnee, der in der Wärme auf ihrer Leopardenjacke zu Tropfen schmolz. An der offenen Tür stehend beobachtete sie mit gerunzelter Stirn, wie Mailín in dem Zuber kniete und sich mit einem Weinkrug gerade Seife aus dem Haar spülte. Mailín wrang sich das Haar aus, stand auf – und hielt mitten im Griff nach einem Leintuch erschrocken inne. Toma hielt in der Linken eine erlegte Möwe, deren Flügelspitzen ihre Stiefel streiften. Blut tropfte auf den Boden. Triumphierend hob die Jägerin den Vogel hoch. »Eben mit dem Speer vom Mast geholt«, sagte sie und warf die Beute lässig auf den polierten Kapitänstisch. Blut und schmutziges Schneewasser spritzten auf die Sternenkarte.

»Nicht!«, schrie Mailín. Mit einem Satz sprang sie aus dem Wasser und riss den triefenden Vogel vom Tisch. Doch es war zu spät. Tinte und Blut vermischten sich bereits zu hässlichen Schlieren.

»Was ist denn mit dir los?«, fragte Toma und lachte.

»Das ist das einzige Papier, das ich habe!«, rief Mailín hitzig. »Und abgesehen davon wirft man keine blutenden Tiere auf einen Tisch.«

»Wozu sind Tische sonst da?«, gab Toma zurück. »Abgesehen davon: gern geschehen, dass ich dich vor dem Hungertod bewahre.«

Mailín schluckte. »Entschuldige«, sagte sie leise. Im Zugwind der offenen Tür bekam sie eine Gänsehaut. Sie nahm das Leinentuch vom Stuhl und trocknete sich hastig ab.

»Elend heiß hier«, bemerkte Toma. »Wo ist das Feuer?«

»Es brennt dort im Eisenofen.«

Toma ließ den Blick durch die Kabine schweifen, fand das abgeschnittene Haar vor dem Spiegel und die Gitarre des Schiffsjungen, die unter dem Fenster lehnte. »So wie es aussieht, ist das wohl jetzt deine Höhle.«

»Es ist meine Welt«, antwortete Mailín ernst. »Es wurde Zeit, dass ich mich wieder daran erinnere. Fast hatte ich nämlich vergessen, wer ich war.«

Sie hüllte sich in eine Wolldecke, die sicher dem Kapitän oder der Kapitänin gehört hatte, und kauerte sich neben den Ofen. Zum ersten Mal seit Ewigkeiten war ihr wirklich warm.

»In deiner Welt verschwendet man also Feuerholz, um sich zu waschen«, bemerkte Toma lakonisch.

»Es ist Verschwendung«, gab Mailín zu. »Aber ich habe mich lange genug nur in eisigen Bächen gewaschen.« Und mit einem Blick auf Tomas verrußte Wangen und ihre Hände, an denen Möwenblut und Schlieren von schwarzem Öl und Schiffsfett klebten, fügte sie vorsichtig hinzu: »Es ... ist noch heißes Wasser da.«

Toma lachte rau auf. »Sehe ich aus wie ein Stück Suppenfleisch?« Aber zu Mailíns Überraschung streifte sie lässig die Leopardenjacke ab und ließ sie neben die Möwe auf den Boden fallen. »Na schön«, sagte sie. »Deine Höhle, deine Regeln.«

❧

Das einzige Mal, dass Mailín Toma ohne ihre Rüstung aus Leder und Pelz gesehen hatte, war in der Höhle der Seidenspinnen gewesen. Damals war ihr nicht aufgefallen, dass Toma zwischen den Schulterblättern eingeritzte Clanszeichen aus blauer Farbe trug. Selbst in der Abstraktion von Linien und Punkten erkannte Mailín jetzt das Gesicht eines Berglöwen. »Mein erster Gegner, den ich besiegt habe«, erklärte Toma. Sie ließ es zu, dass Mailín ihr Seifenwasser in das Haar rieb und über den Rücken laufen ließ. Zum Vorschein kam eine zarte Haut voller verblasster Narben. Und wieder staunte Mailín über die raue, wilde Schönheit des Jägermädchens, die so ganz anders war als Birgidas Strahlen und Weichheit. Tomas Arme und Beine waren schlank, aber sehr muskulös und ebenfalls von alten Narben gezeichnet. *Wie eine Geheimschrift, die ihr das Leben auf die Haut geschrieben hat,* dachte Mailín fasziniert. Vorsichtig strich sie über einige helle Male an Tomas Arm. »Was für eine Narbe ist das hier?«

»Luchsbiss. Der Kratzer am Knie stammt von einem Sturz auf der Jagd; die zwei Punkte am Oberschenkel: Kuss einer Eisviper, als ich in Flindrikins Alter war. Ich wäre fast am Giftfieber gestorben, aber Kaljama gab mich nicht auf. Das Gute daran ist, dass mir das Gift von Vipern seitdem nichts mehr anhaben kann.« Als würde sie einzelne Kapitelüberschriften aus einem Buch vorlesen, ging Toma von einer Narbe zur nächsten. »Mutprobe im Lager; Schneeleopard; Prügelei mit zwei Jungs, die mir Ahto stehlen wollten; Prankenhieb einer schlecht gelaunten Bärenmutter; Verbrennung; Erfrierung; Steinschlag; verwundeter Hirsch; Schakal; Sklavenhändler, der versuchte, mich gefangen zu nehmen ... Und dieses Schmuckstück wird mich für immer an Birgida erinnern.« Sie fuhr mit den Fingerspitzen die Krallenmale nach, die sich über ihre Schulter und unter dem rechten Schlüsselbein entlangzogen. Sie heilten zwar gut, die Seidenfäden der Naht hatten sich bereits gelöst. Aber niemals würden diese Narben zu feinen Zeichnungen verblassen.

»Nimmst du es Birgida sehr übel?«, fragte Mailín.

Toma sah sie verständnislos an. »Warum sollte ich?«

»Weil du wegen ihr für immer gezeichnet bist.«

»Das hört sich ja an, als hieltest du das für eine Strafe.«

Ist es das nicht? Mailín malte sich aus, was die alte Ärztin Leen zu solchen Narben sagen würde – und sie dachte an die Händlerstöchter in Falún, die so stolz auf ihre makellose Schönheit waren. Aber Toma strich sich nur das Wasser aus dem weißblonden Haar und stand ohne jede Verlegenheit auf. »Zeichen sind dafür da, dass man sie mit Stolz trägt. Jedes davon steht für ein Überleben, eine richtige Entscheidung – oder auch nur den glücklichen Zufall, der dir das Leben gerettet hat. Und ja, diese vier Kratzer hätte ich nicht, wenn Birgida auf mich gehört und die Fängerin angegriffen hätte. Aber dann wäre der Dreizack in ihren Händen zu Eis zerfallen – und ich hätte zwar eine heile Haut, aber keine Freundin mehr.« Sie dehnte ihre Schulter. »Wir sind nicht dafür gemacht, ohne Verletzungen zu bleiben, Rabenherz. Und manchmal sind Narben auf der Haut der kleinere Preis.«

Mailín schluckte und betrachtete ihre eigenen Arme. Die Haut war glatt und ohne solche Überlebenszeichen, die Schrammen waren längst verheilt. *Aber meine Seele sieht ganz anders aus*, dachte sie. Nur seltsamerweise erschien ihr das mit einem Mal gar nicht mehr als Makel.

»Außerdem«, fügte Toma hinzu, »sind Narben auch ein Gedächtnis. Wenn ich einmal alt und zahnlos wie ein räudiger Biber bin, werden sie mich an mein langes, wildes Leben erinnern.« Sie schüttelte das Haar, bis es wieder wie eine Krone von ihrem Kopf abstand. Und in ihren schmalen Augen blitzte das vertraute Die-

beslächeln auf, als sie mit einem Blick auf Mailíns Arme hinzu-
fügte: »Fragt sich nur, wie du dich an dein Leben erinnern wirst,
Blütenblatt? Mit Zeichen auf Papier, die jeder Tropfen Möwenblut zerstört?«

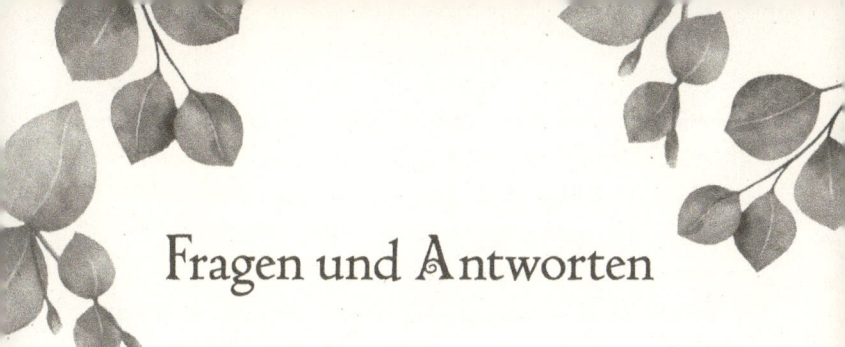

Fragen und Antworten

E s war nicht das Papier, das Mailín an ihr Leben erinnerte – es war das Knarren von Holzdielen und der Geruch von Lampenöl und Fleisch, das in dem Eisentopf in der Kombüse garte. Als kleiner Kosmos im Schein der Lampen erstand die Gasthausküche vor ihr – mit Jussus dröhnender Stimme und Pjotts Lachen hinter der Schanktheke. Und vielleicht lag ein Abglanz dieses vergangenen Glücks noch auf ihr, denn als Birgida und Toma nach unten kamen, starrte Birgida sie an wie einen Geist. »Oh!«, sagte sie völlig überwältigt. »Dein Haar – und du siehst ja so anders aus.« Sie blinzelte und fügte andächtig hinzu: »Du ... bist schön.«

»So schön, wie ein zerrupfter Rabe sein kann«, bemerkte Toma.

Mailín lachte und verteilte das Möwenfleisch in vier Metallschüsseln. Birgida nahm ihr zwei Schüsseln ab und wollte wieder nach draußen eilen.

»Wo willst du hin?«

»Nach oben. Toma will doch nicht, dass Eismund zu uns in den hinteren Teil des Schiffes kommt.«

»Und deshalb isst du mit ihm an Deck?«

»Ja«, antwortete Birgida knapp und verschwand.

»Gewöhn dich daran«, sagte Toma nur und griff nach ihrer Ration. »Palastmöwen teilen die Beute.«

»Es stört dich nicht, dass sie zusammensitzen?«

»Soll ich Birgida anbinden wie einen Hund? Sie ist frei zu tun, was sie will, und zu reden, mit wem sie will.«

Mailín schnaubte und drückte ihr auch noch die zweite Schüssel in die Hand, dann rannte sie hinaus. Sie holte Birgida am Aufgang zum Oberdeck ein. Ehe ihre Freundin protestieren konnte, hatte sie ihr die Schüsseln abgenommen und lief damit zurück.

»Hey!«, rief Birgida ihr hinterher. »Was soll das?«

»Heute essen wir gemeinsam«, rief Mailín über die Schulter. »Also bring ihn mit nach unten.«

Sie wusste selbst nicht, warum, aber als sie ins Schlaflager zurückkehrte, wo Toma schon an der Feuerstelle saß, warf sie die Tür mit einem heftigen Fußtritt hinter sich zu.

Toma grinste nur. »Neue Regeln, hm?«

»Neuer Plan. Sonst erfahren wir nie etwas Nützliches über den Palast. Und wenn Birgida so gerne mit Eismund redet, wüsste ich gerne, worüber.«

Toma zuckte nur ungerührt mit den Schultern. »Sie redet mit Eisblütern und singt mit den Fischen. Auf ihre Art ist sie verrückt. Aber sogar ich habe inzwischen verstanden, dass unser Eichhörnchen die Dinge immer auf seine Weise macht.«

»Zum Beispiel, Geheimnisse mit Eismund zu teilen? Glaubst du, sie … ist dabei, sich in ihn zu verlieben?«

Toma winkte ab. »Sie ist in einfach *alles* verliebt! In den Himmel, das Feuer und den Schnee – sogar in den Hunger und die Gefahr. Du hättest sie sehen sollen, als wir das Boot zum Schiff gezogen haben. Es war, als würde sie sogar ihre Angst trinken wie eine Verdurstende Wasser, und dabei aufblühen und stärker werden. Sie wirft sich einfach mit ganzem Herzen in das Leben – sogar dann, wenn genau das sie dieses Leben kosten kann.« Toma verzog den Mund und schüttelte entschieden den Kopf. »Falls sie in Eismund verliebt ist, dann liebt sie ihn jedenfalls nicht mehr als den Sturm und die Wolken und den Nixengesang.«

Die Tür knarrte. Birgida schlüpfte in die Kajüte und ließ sich neben Mailín nieder. Und zu Mailíns Überraschung beugte sie sich zu ihr und umarmte sie. »Danke«, flüsterte sie ihr ins Ohr. Eismund kam so zögernd in die Kajüte, als würde er Feindesland betreten. Mit einem wachsamen Blick erfasste er den ganzen Raum, fand Mailín – und stutzte. Wie Birgida musterte er ihr Haar und ihr Gesicht, als würde er sie zum ersten Mal sehen. Und sie konnte nicht anders, als seinen Blick ebenso fasziniert zu erwidern. *Es liegt nur am Feuer*, dachte sie. *Es lässt seine Augen wärmer wirken, als sie sind.* Erst als Toma zur Seite rückte, riss Eismund sich zögernd von Mailín los und setzte sich neben das Jägermädchen. Ebenso selbstverständlich schob Toma ihm seine Schüssel mit dem Möwenfleisch hin und begann zu essen. »So ein Jagdglück werden wir kaum noch einmal haben«, erklärte sie mit vollem Mund. »Die Möwe muss halb blind gewesen sein, um sich auf dem Mast fast auf meinen Schoß zu setzen.«

»Im Gegensatz zu dem Albatros«, erwiderte Birgida. Mit leuchtenden Augen wandte sie sich an Mailín. »Der Vogel wehrte sich mit aller Kraft und zog Eismund fast von der Plattform. Hätte Toma nicht in letzter Sekunde den Speer direkt über seine Schulter geworfen, hätte der Albatros ihn in die Tiefe gerissen.«

»Und damit habe ich von zwei Kämpfern den besseren getötet«, bemerkte Toma lakonisch.

»Sagt die Frau, die nur Glück hatte, den Vogel und nicht mich zu treffen, als sie den Speer mit der linken Hand warf«, konterte Eismund ebenso trocken. Toma lachte. Und die Art, wie sie Eismund mit einem kurzen Augenzwinkern antwortete, zeigte Mailín, dass die Gruppe während der Flucht zum Schiff sehr viel enger zusammengewachsen war, als sie geahnt hatte. *Auch Toma und er sprechen längst eine gemeinsame Sprache.* Eismund spürte wohl, wie beunruhigt sie war, seine Mundwinkel zuckten kurz in einem verräterischen, wissenden Lächeln, das sofort wieder verschwand.

»Im Webertrakt haben wir nur Nüsse, Fisch und Winterfrüchte gegessen«, sagte Birgida. »Wie war es dort, wo du gelebt hast, bevor du verbannt wurdest, Eismund?«

Der Schatten fiel so jäh auf seine Miene, dass es im Raum kälter zu werden schien. »Nicht anders«, antwortete er so vorsichtig, als würde er sich auf dünnes Eis wagen.

»Und im Herzen aus Eis?«, fragte Birgida weiter. »Oder warst du noch nie auf einem der Königsfeste?«

»Doch«, antwortete Eismund zögernd.

Tomas Brauen zuckten in die Höhe. Sie stellte ihre Schüssel ab und streckte sich am Feuer aus. »Dann kennst du also den König?«

In der schwebenden Stille hielt Mailín den Atem an. Toma hatte ihren wachsamen Jägerblick bekommen. Nur Birgida schien den jähen Wechsel der Stimmung nicht zu bemerken. »Stimmt es, dass der König jung und schön ist?«, setzte sie freundlich hinzu.

Eismund runzelte die Stirn. »Er ... ist jung«, murmelte er. »Und manche ... würden ihn vielleicht auch für schön halten.«

»Und wie ist er in Wirklichkeit?« Mailíns Frage schien in der Stille zu klirren.

Eismund hob den Kopf und sah ihr scharf in die Augen. Für einen Moment schwebte das Echo ihres Gesprächs über Silja im Raum. Dann stellte er seine Schüssel beiseite und richtete sich auf. »Wie der Winterkönig in Wirklichkeit ist?«, wiederholte er leise ihre Frage. »Bitter. Grausam. Gefangen zwischen blauen Wänden und einsamer als der Mond.«

»Gefangen?« Toma schnaubte abfällig. »In einem Schloss voller Sklaven?«

Eismunds Lächeln war schmal wie eine Klinge. »Auch ein Palast kann ein Gefängnis sein.«

»Für ihn oder für die Frauen, die er sich für seine Vollmondfeste aussucht?«, konterte Toma.

Mailín erinnerte sich an das Webermädchen aus dem Thronsaal, das wie eine Prinzessin gekleidet war. *Sie hieß Frija. Und sie wirkte menschlicher als die anderen.*

Eismund schluckte und starrte in die Glut. »Vielleicht glaubt er, die Liebe würde ihn glücklich machen.«

»Euer herzloser Eiskönig weiß doch gar nicht, was Liebe ist«, brauste Toma auf. »Geschweige denn, was sie mit Freiheit zu tun hat.«

»Aber man sagt doch, er liebt die Musik«, wandte Birgida ein. »Warum sollte er sonst jede Nacht tanzen? Es stimmt doch, dass er tanzt?«

»Oh ja«, sagte Eismund. »Aber dieser Tanz endet nie. Immer und immer wieder dreht sich das Rad seiner Nächte und jeder Tag erscheint ihm wie ein Jahr.«

»Klingt ja nach einer Menge Spaß«, bemerkte Toma mit ihrem schärfsten Sarkasmus.

»Es ... klingt wie ein Fluch«, sagte Mailín.

Eismund biss die Zähne zusammen, bis die Muskeln an seinem Kiefer hervortraten. Und als er antwortete, war nichts mehr an ihm warm und hell.

»Zu jedem guten Märchen gehört ein Fluch«, erklärte er mit dem Anflug seiner alten Kälte. »Und ihr wolltet doch Märchen vom Winter hören, oder nicht?«

»Wenn mir der Sinn nach Märchen steht, frage ich Rabenherz«, schnappte Toma.

Aber Birgida rückte näher zu Eismund und fragte freundlich: »Hast du auch getanzt? Unter der blauen Himmelskuppel im Herzen aus Eis?« Im Feuerschein strahlte ihr offenes Lächeln und verlieh ihr diese besondere Schönheit, die sogar jetzt den Frost tauen ließ. Und Mailín lernte in diesem Moment sowohl etwas über Birgida als auch über Eismund. *Zu ihr kann er nicht abweisend sein, selbst wenn er es versucht. Und sie weiß es.* Eine schmerzliche Zerrissenheit spiegelte sich in seiner Miene, Kälte und Wärme, die einander widersprachen, bis er Birgidas Lächeln schließlich zaghaft erwiderte. »Ich habe getanzt«, sagte er sanfter. »Tausend Stunden und Nächte.«

»Und womit hast du es dir mit dem König verscherzt?«, warf Toma ein. »Hast du einer seiner Bräute schöne Augen gemacht?«

Mailín warf ihr einen warnenden Blick zu, aber es war zu spät. Eismund sprang auf und klopfte sich wütend Asche vom Ärmel. »Es wird dunkel. Jemand sollte das Eis im Auge behalten.« Niemand hielt ihn auf. Die zufallende Tür fauchte einen Kältestoß in die Kammer. Toma schob sich seelenruhig den letzten Rest ihrer Mahlzeit in den Mund und wollte nach ihrer Jacke greifen. Aber Mailín war schon aufgestanden. »Bleib hier. Die erste Wache übernehme heute ich.«

Im Lauf des Nachmittags hatte sich der Nebel aufgelöst. Eine klare Nacht dämmerte heran und zeigte die ersten Sterne. Doch noch glühte über dem Eis ein blaues Zwielicht, hell genug, um sich ohne Laternen und Fackeln auf dem Schiff zurechtzufinden. Mailín hatte erwartet, dass Eismund wieder zum Krähennest hochgeklettert war, aber er stand auf der Bugseite an die

Reling gelehnt, als hätte er auf sie gewartet. *Und vermutlich ist es so,* dachte sie. *Dafür kennt er mich bereits gut genug.*

»Und schon wieder bist du auf meiner Seite des Schiffes«, sagte er, ohne sich umzudrehen.

Doch er rückte nicht von ihr ab, als sie zu ihm trat. Schweigend schauten sie in die Ferne, dorthin, wo sich nur noch gefrorene Wellen erhoben. Mailín suchte nach ihren Raben, aber sie ließen sich nicht blicken. »Du solltest dich besser noch ausruhen, statt dich bei der Wache zu verausgaben«, hörte sie Eismund sagen.

»Ich habe genug geschlafen. Wenn auch nicht so lange wie du, vermute ich. Wie lange warst du im Eislabyrinth gefangen?«

Die Frage brach das fragile Gespinst zwischen ihnen. Und als hätte der Missklang Gestalt angenommen, ertönten die ersten Rufe der Nixen.

»Wie lange liebst du Joun schon?«, erwiderte Eismund mit harter Stimme.

»Warum willst du das wissen?«

»Weil du immer nur Fragen stellst und nie Antworten gibst«, stieß er verärgert hervor.

Mailín musste tief durchatmen. »Das ist also ein Handel? Meine Antwort gegen deine?«

Woher weiß ich, dass es ein ehrlicher Handel ist? Die Frage lag ihr auf der Zunge. Aber sie wusste nur zu gut, dass dieser Schachzug nirgendwohin führen würde.

»Ich liebe ihn schon mein Leben lang«, sagte sie mit fester Stimme. »Seit wir Kinder waren.«

Sogar aus dem Augenwinkel erahnte sie sein bitteres Lächeln. »Und warum hast du ihn dann im Traum nie gefunden?«

Jetzt fuhr sie doch zu ihm herum. »Halte dich aus meinen Träumen raus!«

Einige Momente flirrte die Luft zwischen ihnen vor Zorn. Aber dann war es Eismund, der als Erster den Blick senkte. »Ich schulde dir eine Antwort. Die Wahrheit ist: Ich ... weiß es nicht.«

Mailín hätte fast aufgelacht. »Du willst mir erzählen, du weißt nicht, wie lange du im Eislabyrinth gefangen warst?«

»Wie du vielleicht bemerkt hast, hat im Palast alles seine eigene Wirklichkeit – das Silber, das Eis – und sogar die Zeit. Aber zumindest eines musst du nicht mehr fürchten: dass wir einander in den Träumen begegnen. Hier draußen in Sednas Reich gehören sie dir wieder ganz allein.«

Eismund stieß sich von der Reling ab und ging mit schnellen Schritten davon. Und wieder hatte Mailín den Eindruck, dass er vor ihr floh und ihr wie ein Schatten entglitt. *Diesmal nicht*, dachte sie grimmig. »Von deinem Krähennest aus müsstest du das Festland sehen«, rief sie ihm nach. Und vielleicht war es wieder ein Tanzschritt auf dem Schachbrett, dass er tatsächlich innehielt und sie sich im selben Moment abwandte und entschlossen zum Mast ging. Sie hörte keinen Schritt, aber wie sie vermutet hatte, stellte er sich ihr in den Weg.

»Hast du da oben etwas zu verbergen?«, fragte sie.

»Dann wäre es sehr klug, deine Neugier zu wecken, indem ich dich davon abhalte, nachzusehen«, gab er zurück. »Nein. Es ist nur zu hoch für dich. Selbst mich strengt es an, bis ganz nach oben zu klettern.«

Fast hätte Mailín gelächelt. »Ich weiß selbst, dass ich noch zu schwach dafür bin. Und ich hatte auch nicht vor, mit meinem Leben zu spielen. Ich will nur auf die erste Plattform.«

»Du könntest trotzdem fallen.«

»Schon möglich. Und wenn ich falle, wird Toma dir die Schuld daran geben, weil du mich nicht davon abgehalten hast. Willst du das Risiko eingehen?«

Sie schlüpfte an Eismund vorbei und griff nach den Seilen der Wanten. Als sie zurückblickte, stand er reglos da. Wieder erschien es Mailín, als würden Kälte und Wärme in ihm ringen. *Als hätte er zwei Seelen in seiner Brust.* Und auch diesmal gewann die Seite, die auch Birgidas offenem Herzen nicht standhalten konnte. »Na schön«, murmelte er. »Dann ... muss ich wohl schon wieder dafür sorgen, dass du nicht fällst.«

Es waren keine leeren Worte. Während Mailín kletterte, blieb Eismund dicht hinter ihr und griff links und rechts von ihr die Seile – so wie sie es früher bei Rún gemacht hatte, um sie auf einer Leiter sicher und geschützt nach oben zu geleiten. Mühsam zog sie sich hoch – und war tatsächlich froh, jemanden hinter sich zu wissen. Mit zittrigen Beinen erreichte sie die schmale Plattform. Kälte biss ihr in die Wangen und drang sogar durch ihre Kleidung. Eismund erklomm mühelos die Plattform und setzte sich neben sie. Auch wenn der Aussichtsplatz nicht hoch war, wirkte das Schiff unter ihnen klein und verloren, eine zerbrechliche Insel im Nirgendwo. Mailín suchte den Horizont ab. Dort, wo vielleicht noch ein Teil der Halbinsel lag, ballte sich dichter Nebel. Auf der Westseite und im Norden erstreckte sich nur Meer. Lediglich eine halbe Meile vor dem Bug ragte eine seltsame Skulptur aus dem Eis. Mailín erinnerte sich daran, dass Toma sie erwähnt hatte. »Eine seltsame Form für eine Felsnadel«, sagte sie, ohne das Fernrohr abzusetzen. »Sieht eher aus wie ein Pfahl.«

»Vermutlich war es ein Richtplatz«, murmelte Eismund.

»Wie kommst du darauf?«

»Bei Tageslicht sieht man, dass der Fels von Menschenhand in diese Form gehauen wurde. Durch den Stein wurde eine Öffnung gebohrt – wie für Fesseln.«

Mailín schärfte den Fokus und fand tatsächlich ein glatt geschliffenes Loch im Stein und Kanten, die zu geometrisch waren, um von Wind und Wasser geformt zu sein. Voller Unbehagen dachte sie an das, was Toma ihr über die Bestrafung von *Saman*-Magiern erzählt hatte: *»Sie wurden an einen Pfahl im Meer gebunden und den Fängerinnen überlassen.«* Sie erinnerte sich daran, wie das Gesicht der grauen Fängerin sich zu einer Fratze aus Hass verzerrt hatte, als sie sich auf Eismund stürzte. *»Sie sind magische Wesen«*, erinnerte sie sich an Tomas Worte. *»Sie erkennen, wann jemand die Gesetze des Lebens verletzt. Dann werden sie rasend vor Wut.«*

Hastig setzte sie das Fernrohr ab. »Dafür, dass du nie außerhalb des Schlosses warst, weißt du erstaunlich viel.«

»Ich ziehe nur meine Schlüsse aus dem, was ich sehe.« Eismund lehnte sich an den Mast zurück und zog die Knie an die Brust. »Wenn ihr in den Palast zurückkehrt, wird das euer Tod sein.«

»Was würdest du an meiner Stelle tun? Aufgeben?«

»Fliehen, solange ich noch kann, und nach einem anderen Weg zurück suchen.«

»Und Silja einfach ihrem Schicksal überlassen?«

Eismunds scharfes Atemholen sprach deutlicher als Worte, aber diesmal verzichtete er auf ein Wortgefecht.

»Glaub nicht, dass der König dich nicht kennt und die Wintergeister dich nicht finden«, sagte er stattdessen bedrohlich leise. »Der Winter ist der Herr des Schlafs. Der Schlaf das Bett der Träume. Und Träume sind die Wiege der Sehnsüchte und Wünsche.«

»Du nennst die Firnfrauen Wintergeister?«, fragte Mailín.

Er nickte. »Hier draußen bist du vor ihnen sicher. Aber setze noch einmal einen Fuß ins Schloss und du wirst es nie wieder verlassen.«

»So wie die Erfrorenen im blauen Eis?«

»Im besten Fall«, sagte Eismund ernst.

Mailín durchlief ein Frösteln. »Du... scheinst euren König wirklich gut zu kennen.«

»Fast besser als mich selbst«, sagte er kaum hörbar. »Und ich habe nicht gelogen, als ich sagte, dass er grausam und ohne Mitleid ist.«

Herzlos?, dachte Mailín. *So wie du?* Längst hatte sie das Gefühl, auf einem schmalen Grat zu balancieren, unter sich einen Abgrund, den sie nicht einschätzen konnte. »Ist er ein Wesen wie die Firnfrauen?«

»Ja und nein.«

»Das ist keine Antwort. Warum hilfst du uns nicht, wenn du ihn so sehr hasst?«

»Weil alles, was ich euch über das Schloss verraten würde, euch näher zu ihm bringt.«

»Oder weil du mehr Angst hast als wir alle zusammen?«

Statt etwas zu erwidern, schnaubte Eismund nur unwillig, als wäre nicht einmal ein Lachen der Mühe wert.

»Warum warnst du mich überhaupt?«, fragte Mailín.

Er zögerte lange mit der Antwort. Und als er weitersprach, hörte sie zum ersten Mal ein leichtes Beben in seiner Stimme. »Weil es mir etwas auszumachen beginnt, mir vorzustellen, dass euch ein Leid geschieht.« Die Antwort berührte sie wie eine kühle, sanfte Hand. Und sie war froh, dass Eismund in die Ferne schaute und nicht sah, wie irritiert sie war. Denn in diesem Augenblick wurde ihr bewusst, dass sie ihm glaubte.

Der fünfte Gast

Ihre Träume gehörten ihr wieder allein. Allerdings waren sie enttäuschend blass und flüchtig wie halb vergessene Erinnerungen – und so verbissen sie auch suchte, sie fand nicht den Joun, der sie umarmt und geküsst hatte, sondern nur die mageren Winterkinder, die sie einst gewesen waren. »Joun«, murmelte sie im Erwachen. »Anna, Stella, Tamar.«

Aber die einzige Antwort, die sie erhielt, war das Tosen des Schneesturms, der beharrlich an den vereisten Segeln zerrte. An diesem Tag ging kein einziger Vogel in die Falle. Während des Sturms saß Birgida bei Mailín in der Kapitänskajüte und nähte mit gebogenen Seemannsnadeln Stücke von gewachstem Segeltuch zusammen. »Weiße Tarnmäntel«, erklärte sie. »Wenn wir zurückgehen, werden wir damit vom Fjord aus gesehen im Schnee so gut wie unsichtbar sein.«

Toma schienen der Hunger und die Kälte zu schärfen wie eine Klinge. Kaum legte der Sturm eine Pause ein, bewaffnete sie sich mit einer Handschelle, die sie an einem langen Stock befestigt hatte, und wagte sich aufs Eis, um nach Atemlöchern von Robben zu suchen. Durch das Fernrohr beobachtete Mailín, wie Eismund im Schnee rennend zu ihr aufholte. Sie schienen darüber zu diskutieren, in welcher Richtung sie suchen sollten. Schließlich überzeugte Eismund Toma wohl, nach Süden zu gehen. Ganz von selbst verfielen die beiden in einen gleichen Schritt. Sie sprachen weiterhin lebhaft miteinander und Mailín las Tomas lässige Gesten und konnte fast hören, wie sie Eismund spöttisch aufzog. *So wie sie es nur mit jemandem macht, den sie mag,* dachte Mailín. Wachsam beobachtete sie die zwei an diesem Tag, besorgt, dass eine Nixe auftauchen könnte. Aber sie ertappte sich auch dabei, wie sie immer wieder Eismund betrachtete. Die Momente, in denen er sich unbeobachtet glaubte, zeigten ihr einen anderen Mann. Nicht mürrisch und düster, sondern mit einer Sehnsucht in den Augen, die sie berührte. Ihr gefiel die Weichheit in seinem Blick, wenn er die Luft tief einsog und in die Ferne schaute, als würde er die Schönheit des Eismeers mit allen Sinnen trinken. Einmal fiel ihr auf, wie sich ein Lächeln in seine Züge schlich, während er verstohlen Toma beobachtete, als sie vor einem Eisloch kniend eine von Birgidas Nähnadeln zu einem Angelhaken bog. Und noch bevor sie wieder zu Eismund aufschaute, erlosch sein Lächeln so abrupt, als wäre er selbst davon überrascht. Mailín wandte sich rasch ab und floh zu ihren Papieren. Auf der Rückseite der Sternenkarte skizzierte sie den Fjord und die Küstenlinie, die sie mit Toma von der Landseite aus erkundet hatte. Und während sie anhand von Birgidas Beschreibungen auch Pläne des Schlossinneren zeichnete, fühlte sie endlich wieder sicheren Boden unter sich.

Als Eismund und Toma von ihrem Beutezug zurückkehrten, schleiften sie an einem Spinnenseil etwas Längliches, Schwarzes hinter sich her. »Lasst das Netz runter!«, hallte Tomas triumphierender Ruf schon von Weitem über das Eis. Mailín und Birgida stürzten zum Bug. Eismund kletterte an Bord und hievte zusammen mit Mailín den Fang mit dem Flaschenzug an Deck. Mailín schrak zurück, als sie die Beute sah.

Toma ließ sich von Eismund an Bord ziehen und blitzte Mailín ein Jägerlächeln zu. Mit windzerzaustem Haar und funkelnden Augen stand sie da, aufrecht wie eine Kriegerin. »Ich würde ja gerne eine Heldengeschichte von einem Kampf auf Leben und Tod erzählen«, sagte sie. »Aber sie ist direkt vor meinem Speer auf dem Eis aufgetaucht.«

Weil sie ein Geschenk von Sedna ist, dachte Mailín mit klopfendem Herzen. Die Beute war eine schwarze Robbe. Und die helle Narbe eines alten Haibisses an ihrem Nacken zeigte Mailín, dass es dasselbe Tier war, das Sedna in ihrem Traum zu sich gerufen hatte.

Noch an Deck verschlangen sie hungrig Scheiben von rohem Robbenspeck. Die Mahlzeit vertrieb den Hunger und weckte eine Euphorie, die Mailín wie ein Fieber ergriff. Toma stutzte, als sie am Nachmittag in die Kapitänskajüte kam. Mailín hatte das Porzellangeschirr hervorgeholt. Öllampen brachten polierte Gläser zum Funkeln und im Weinkrug glänzte dunkelroter Wein aus der Flasche, die Mailín im Schrank gefunden hatte. Birgida war gerade dabei, den Teppich, den sie aus dem Lagerzimmer herbeigeschleppt hatte, auszurollen. Sie hatte ihre Matrosenkleidung gegen ihr rotes Seidenkleid getauscht. Eismund war Toma gefolgt und hob beim Anblick von Mailín überrascht die Brauen. In der Wärme der Kammer war sie barfuß wie Birgida und trug ein dunkelblaues Hemd, das sie im Schrank gefunden hatte, und ihre Hosen aus der Schmiede. Ihr Haar duftete noch nach Seife und umspielte in kürzeren Locken ihre Schultern. An Stirn und Schläfen war es mit dünnen Flechten gebändigt und gab ihr Gesicht frei. *So sieht eine Falúnerin aus*, dachte sie und sah Eismund herausfordernd an. *Eine, die nicht aufgibt.*

»Jetzt verschwenden wir also nicht nur Feuerholz, sondern auch Lampenöl?«, fragte Toma. »Was wird das? Ein Fackelzug?«

»Ein Fest, wie wir es in meiner Welt feiern«, antwortete Mailín.

Es war, als würde sie Falún tatsächlich zurückholen können – die Abende im Gasthaus, wenn sie am Ausschank stand und mit Pjott lachte und Gästen die Teller füllte. Und auch die Stunden, wenn sie nach der Arbeit im leeren Schankraum noch mit ihren Freunden zusammensaß. Natürlich hätte im Gasthaus niemand mit Porzellantellern auf den Knien auf dem Boden gesessen. Niemand hätte mit den Fingern lederzähes Robbenfleisch gegessen und es mit Wein heruntergespült, dessen herber Geschmack eher an Essigkirschen als an sonnengereifte Trauben erinnerte. Aber noch nie war Mailín ein Essen köstlicher erschienen. Und noch nie war sie glücklicher gewesen, nicht mehr hungern zu müssen und am Leben zu sein. Toma saß inzwischen barfuß in Seemannshemd und Hose da und war so ausgelassen, wie Mailín sie gar nicht kannte. Der letzte Bann brach, als sie alle die Gläser erhoben und Toma mit leuchtenden Augen den Clansdank an die Seele der erlegten Robbe aussprach. Und mit einem Mal verstand Mailín die Webart von Tomas Seele. *Sie liebt ebenfalls*, dachte sie. *Nur auf eine andere Art als Birgida, mit zarter Seele und aller Härte des Winters, mit scharfer Zunge und Eisenhand. Sie ist am glücklichsten, wenn sie kämpfen und dafür sorgen kann, dass ihr Clan beschützt und versorgt ist.*

Birgida hielt ihr Weinglas vor eine Lampe, bis der Wein darin rot glühte. »Ich liebe Feuer«, sagte sie mit einem Seufzen. »Ich wünschte, ich könnte seine Wärme spüren. Ist die Sonne im Sommer genauso heiß wie eine Flamme, Mailín?«

Toma hätte fast ihren Wein auf den Teppich geprustet. »Ja, Eisfuß«, sagte sie sarkastisch. »Im Sommer laufen alle Menschen wie gebratene Möwen herum.«

»Woher willst ausgerechnet du wissen, wie heiß ein Sommer wird?«, gab Mailín zurück. »Dein Clan stammt vom ewigen Schnee ab. Den Sommer kennt ihr nicht.«

Toma stellte betont langsam ihren Teller zur Seite. »Legst du dich mit mir an, Prinzessin?«, fragte sie mit gespielter Arroganz. »Natürlich sind wir die Kinder des Schnees. Und auch wenn wir auf deinen Sommer gut verzichten können, heißt das nicht, dass es im Eisland nie einen gab.«

Mailín horchte auf. »Wann war das?«

»Als der Winter noch jung war«, sagte Toma geheimnisvoll, »und die Windfrau sein weißes Bett teilte.«

»Trau ihr nicht«, raunte Eismund Mailín zu. »Sobald sie den Mund aufmacht, führt sie einen aufs Eis.«

Toma grinste nur und stützte sich auf die Ellenbogen. »Lange hatte der Winter um die Windfrau geworben«, begann sie. »Er legte ihr den Schnee zu Füßen, damit sie ihn hochwirbeln und sich darin kleiden konnte. Er schenkte ihr schimmerndes Eis als Schmuck und hüllte sie in kühle Träume aus Mondschatten ein, wenn sie in seinen Armen schlief. Sie waren glücklich miteinander und hatten viele Kinder. Und weil der Winter seine Windfrau so liebte, schenkte er ihr einen ganzen Schwarm blauer Schmetterlinge.«

»So blau wie die Winterfalter aus dem Felsgarten im Schloss?«, rief Birgida.

»Damals hießen sie noch nicht Winterfalter«, antwortete Toma. »Und auch das Eisland hatte noch nicht seinen Namen. Denn hier lebte auch Sommer. Die blauen Falter gehörten ihm. Doch der Winter stahl sie und schenkte sie seiner Geliebten. Insgeheim hoffte er nämlich, sie würde dadurch weniger rastlos sein. Damit die Schmetterlinge nicht starben, ließ er auch in seinem Reich Blüten an kargen Bäumen wachsen – die blauen Winterblüten, die nur in großer Kälte gedeihen. Anfangs ging sein Plan auf. Die Windfrau liebte die Falter sehr und spielte nur vorsichtig mit ihnen, sie band ihr wildes Haar zusammen und trug die Schmetterlinge als Schmuck in ihren gezähmten Locken. So lebte sie eine ganze Zeit mit dem Winter und ihren gemeinsamen Kindern, die sich an den Schmetterlingen erfreuten. Doch manchmal erwachte in ihr die Sehnsucht nach ihrer wahren, wilden Natur. Schließlich war sie nicht das starre Eis und der schlafende Schnee, sie war der Wind! In solchen ruhelosen Nächten löste sie ihr Haar und schüttelte es aus, bis die Bäume sich bogen und die blauen Blüten von den Zweigen gerissen wurden. Sie ließ die Schmetterlinge in der Obhut ihrer Kinder zurück und jagte zum Meer. Dort zauste sie die Wellen und sprang auf die Bergkämme, sie tanzte auf den Gipfeln und brachte mit ihrer tosenden Stimme den Stein zum Klingen. In einer dieser Nächte warf sie sich mit wildem Geheul ins Tal – und hätte fast den Sommer überrannt. Auf der Suche nach seinen Schmetterlingen war er aus den grünen Tälern bergauf gewandert, dorthin, wo immer Schnee lag. Ein Blick in seine goldenen Augen genügte und schon war die Windfrau rettungslos verliebt. Wenn der Winter von nun an schlief, wehte sie auf und davon und teilte das grüne Bett des Sommers. In seinen Armen war sie Sommersturm und sanfte Brise. Und die Kinder, die sie gemeinsam hatten, liebte sie ebenso wie ihre Kinder des Schnees.« Mailín sah verstohlen zu Eismund hinüber. Er hatte sich Toma halb zugewandt. Feuerschein zeichnete den klaren Schwung seiner Brauen und seinen ernsten Mund nach. Aber heute glaubte Mailín in seinen Augen die Ahnung eines Lächelns und einen Glanz von dunklerem Grün zu sehen. Und als sie seine Hände betrachtete, die sich um das Weinglas schlossen, schlug ihr Herz schneller, so deutlich glaubte sie wieder die Berührung von Fingern zu spüren, die zart über ihre fieberheiße Wange strichen. »Doch eines Morgens fand der Winter im Haar der Windfrau ein grünes Lindenblatt«, riss Toma sie aus ihren Gedanken. »Er war so eifersüchtig, dass er sich zum eisigsten Sturm erhob und zu seinem Widersacher jagte. Zwischen Berg und Tal kämpften Sommer und Winter um die Windfrau, Tag für Tag und Nacht für Nacht, ein ganzes Jahrhundert lang. Und was glaubt ihr wohl...«, setzte sie dann leise hinzu, »...wie die Geschichte endet?«

»Der Winter gewinnt immer«, antwortete Eismund ernst. »Er tötete den Sommer und nahm die Windfrau mit sich. Aber was er nicht wusste: Indem er ihren Geliebten erschlug, tötete er auch ihre Liebe zu ihm. So lebte sie von nun an bei ihm, weil er sie zurückerobert hatte. Und gehörte ihm doch niemals wieder.«

Birgida sah Eismund so entsetzt an, als hätte er sie mit einer Ohrfeige aus einem schönen Traum geweckt. Und Mailín fröstelte trotz der Wärme in der Kammer. Aber Toma warf den Kopf in den Nacken und lachte schallend los. »Ist das dein Ernst?«, rief sie. »Natürlich gewann der Winter und vertrieb den Sommer aus dem Land. Aber du glaubst doch nicht wirklich, dass die Schöne zu ihm zurückkehrte? Mal abgesehen davon, dass niemand einem anderen gehört — welche Frau würde sich wie ein Stück Beute behandeln lassen, um das sich zwei Wölfe streiten? Nein, die Windfrau schaute der kindischen Prügelei um ihre Gunst eine Weile zu und war so verärgert darüber, dass sie beschloss, beide Männer zu verlassen. Sie wehte davon und besucht seitdem nur noch ihren Kindern zuliebe das Reich des Winters und des Sommers. Und sooft der Sommer auch mit dem süßen Säuseln von grünen Blättern um sie wirbt und der Winter versucht, sie zu Liebesnächten in schneegepolsterte Schluchten zu locken, sie schlüpft beiden durch die Arme und tanzt nun anderswo ihren wilden, freien Tanz.«

Mailín hatte kaum bemerkt, dass sie zu lächeln begonnen hatte. Im Lampenschein schien der Sommer zu flackern und draußen an den Scheiben der Fenster scharrte mit kristallinen Flocken der Winter. Auf Birgidas Gesicht leuchtete der Abglanz der Bilder. Nur Eismund runzelte jetzt die Stirn. »Aber ... jede Geschichte braucht ein Ende«, wandte er ein. »Diese hat keines. Wohin ging die Windfrau?«

Toma schien nur auf diese Frage gewartet zu haben. Ihre Augen wurden so schmal, dass Mailín das hinterhältige Blitzen darin nur zu deutlich sah. »Na, wohin wohl, du Waisenkind?«, sagte sie betont lässig. »Sie küsst jetzt den Frühling!«

Für einen Moment starrte Eismund sie völlig entgeistert an, dann ... begann er zu lachen. Birgida hätte sich vor Überraschung fast an ihrem Wein verschluckt. Und auch Mailín wurde bewusst, dass sie ihn tatsächlich zum ersten Mal wirklich lachen sah – aus ganzem Herzen, ohne Ironie oder einen bitteren Klang. Es klang tief und voll, und auch wenn sie es nicht zugeben wollte, brachte es etwas in ihr zum Klingen. Birgida starrte Eismund an wie ein Gespenst, dann fiel sie in sein Lachen mit ein. »Jetzt will ich ein Sommermärchen hören«, rief sie. »Erzähl uns eines, Mailín.«

Mailín schüttelte den Kopf. »Märchen ... bringen mir kein Glück.«

»Dann sing ein Lied! Eines, das ich noch nicht kenne.«

»Ich ... nein«, wehrte Mailín etwas zu heftig ab.

»Du hast recht.« Birgida sprang auf. »Wir sollten nicht singen, sondern tanzen.« Ohne zu zögern, trat sie direkt vor Eismund. »Du sagtest, du hast im Palast getanzt. Zeig mir die Schritte!« Mailín wusste nicht, wer erschrockener war – Eismund oder sie. Er räusperte sich unbehaglich. »Es ... wäre kein fröhlicher Tanz.«

»Das werden wir ja sehen«, gab Birgida gut gelaunt zurück. Der Wein war ihr zu Kopf gestiegen, übermütig packte sie Eismund an den Händen, sodass ihm gar nichts anderes übrig blieb, als sich von ihr auf die Beine ziehen zu lassen.

Toma pfiff durch die Zähne und räumte das Feld. Porzellan klirrte, als sie es achtlos zur Seite schob. Dann setzte sie sich neben Mailín und sah zu, wie Eismund Birgidas linke Hand auf seine Schulter legte und sie so vorsichtig an sich zog, als wäre Birgida etwas Kostbares und Zerbrechliches. Die Schritte glichen denen, an die sich Mailín aus dem blauen Palast erinnerte – höfisch steif, genau abgezirkelt, ein Wechsel von Drehungen, Rundschritten und angedeuteten Verbeugungen, die Birgida erst unbeholfen, dann immer sicherer wiederholte, bis die beiden einen geisterhaften, stummen Tanz aufführten. *Wie Gespenster aus dem Schloss, die der Eiswind hierhergeweht hat*, dachte Mailín mit einem Schaudern. Eismund führte Birgida in eine enge Drehung und löste sich mit einer Verbeugung von ihr. Dann wandte er sich Mailín zu und bot ihr die Hand. »Es ist ein Reigen«, erklärte er. »Der Wechsel gehört zum Tanz.«

Mailíns Herz raste los. »Meine Tänze habe ich Joun versprochen«, hörte sie sich wie ein Echo von Lovis sagen.

Toma trank ihren Wein in einem Zug aus und ergriff seine Hand. »Dann hoffe ich nur, dass du besser tanzt als jagst«, sagte sie zu Eismund. Mailín blieb zurück, verwirrt, mit klopfendem Herzen und vage enttäuscht, als hätte sie etwas verloren, das sie nie besessen hatte.

»Ohne Musik ist es nur ein steifes Gestelze«, rief Toma. »Schaffst du es, ein Lied zu singen, das nicht wie Nixengeschrei klingt, Webermädchen?«

»Nur mit Mailín zusammen«, sagte Birgida.

Mailín schluckte. Und nur, um zu Birgida kein drittes Mal Nein zu sagen, holte sie die Gitarre des Schiffsjungen. Ihre Hände waren fahrig, als sie das Instrument stimmte und nach den Akkorden suchte, die sie vor hundert Jahren von Kerem gelernt hatte. Birgida summte bereits das Schanklied aus Jussus Gasthaus, das Mailín ihr im Webertrakt beigebracht hatte. Ihre klingende Stimme übertönte zunächst Mailíns zaghafte Begleitung, doch nach einer Weile fiel Mailín in das Lied mit ein. Es war ein seltsamer Zweigesang, so verschieden waren ihre Stimmen. Mailíns Gesang klang getragen und etwas rau, Birgida dagegen sang klar und hell, mit launischen Melodiesprüngen. *Eigen*, dachte Mailín. *Genauso, wie Stella früher gesungen hat.* Die Erinnerung an vergangene Winter brachte ihr Herz zum Zittern. Und als wäre die Musik ein fünfter Gast bei diesem Fest, bekam sie eine eigene Gestalt, füllte den Raum, wurde wild und fiebrig wie auf einem Lichterfest in Falún. Die beiden Handschellen, die an Spinnenseilen neben dem Lederbeutel an Tomas Gürtel hingen, klirrten immer schneller im Takt. Die Saiten sirrten unter Mailíns Fingern. Und mit einem Mal wurde ihr bewusst, dass sie längst ein anderes Lied sang. Birgida schnappte die Melodie und auch die Worte mühelos auf. »*Katzen im Schnee und Wanzen, die tanzen*«, hallte der Zweigesang im Schiff wider, »*auf Samt und auf Seide und auf glattem Bein . . .*«

Die Tanzschritte verloren ihre Steifheit. Toma lachte und sprang und riss Eismund einfach mit. Für einen Moment kamen sie einander in einer Drehung so nah, dass es eine Umarmung war, aber dann trennten sie sich in der folgenden Drehung wieder und Toma zog stattdessen Birgida auf die Tanzfläche. Eismund blieb atemlos am Rand des Teppichs stehen und sah ihnen zu.

Mailín spürte kaum noch, wie sie sang. Sie kannte Eismund in seinem Zorn, seiner Angst, seiner Kälte. Aber nun lernte sie ihn kennen, wenn er sich selbst vergaß und einfach nur glücklich war. Mit seinem lachenden Mund hätte er ein junger Mann aus Falún sein können, dem seine blasse Haut und seine hellen Augen nur eine besondere Art von Schönheit verliehen. *Und die Händlerstöchter würden alles daransetzen, um ihm zu gefallen,* dachte Mailín. »...*werden nie wissen und werden nie sagen*«, hallte ihre eigene Stimme wie aus weiter Ferne, »*wie sehr, wie sehr ich dich liebe allein.*« Die Melodie kippte, als Mailín die falschen Saiten griff und aus dem Takt kam. Das Lied zerfiel. Der Tanz löste sich auf wie ein Muster, das Fäden zog, bis es riss. Zurück blieb nur das Vibrieren der Gitarrensaiten. Doch wie ein geisterhaftes Echo des Tanzliedes wiederholte sich auf schräge, misstönende Weise die Melodie des Liedes und mündete in den klagenden Ruf einer Nixe. Schlagartig erlosch alle Fröhlichkeit. »Wie konnten wir die Zeit vergessen?«, entfuhr es Toma. »Es ist ja schon dunkel!« Birgida holte erschrocken Luft und starrte zu den Fenstern, die vom Achterdeck aus auf das Eis wiesen. Im seichten Nebel, der wie ein Schleier über dem Grund trieb, saß die grüne Fängerin auf dem Eis und blickte zu den erleuchteten Kajütenfenstern hinauf. Sie war so nah herangekommen, dass ihre Augen den Schein der Laternen mit gelbem Glühen reflektierten. Erst als Toma zum Fenster trat, warf sie sich herum und schlängelte sich blitzschnell davon.

Verlorene

Die Nixen schwiegen. Aber Mailín glaubte den kalten Blick der Meerfrauen auf sich zu fühlen, während sie mit Toma die Laternen an Seilen zum Eis herunterließ. Hinter dem Achterdeck fanden sich Abdrücke von vierfingrigen Händen mit Schwimmhäuten und eine Schlangenspur. »Scheint nur die eine gewesen zu sein«, stellte Toma fest. »Aber sie war verdammt nah. Vielleicht hat die Musik sie angelockt. Wird Zeit, dass wir morgen endlich vom Meer runterkommen.«

»Ich behalte von oben die Ostseite im Auge«, murmelte Eismund. Ohne eine von ihnen anzusehen, wandte er sich um und schritt so schnell zum Hauptmast, als wollte er wieder einmal die Flucht ergreifen. Mailín sah ihm mit klopfendem Herzen nach, während er zum Krähennest kletterte. »Ich halte die erste Wache«, sagte sie leise und nahm die Waffe an sich. Es war ein langer Stock, an dessen Ende Toma in den Nächten die Handschelle aus Wandelmetall befestigte. An der Reling entlangwandernd begann Mailín ihre Wache, ruhelos und so aufgewühlt, als würde das Fest noch in ihr nachhallen. Der Wein irrlichterte in ihrem Kopf, trieb ihre Gedanken durch Labyrinthe, die sie immer wieder zurück zu Eismund führten. Sie ertappte sich dabei, wie sie verstohlen zum Krähennest spähte, aber Eismund zeigte sich nicht. *Was ist los mit mir?*, schalt sie sich. *Er ist ein Eisblüter. Und hast du schon vergessen, was er getan hat?* Dieser Gedanke rief Silja herbei – und dann Rúns schüchternes Lächeln und den Duft ihres Haares, wenn sie sich nachts an Mailín schmiegte. Und während Mailín Stunde um Stunde auf das gefrorene Meer starrte, brannte die Sehnsucht immer stärker in ihr und führte sie zurück nach Falún. Der Wind narrte sie mit vertrauten Liedern, die er auf der Harfe aus Seilen und Takelwerk spielte. Und sicher lag es nur am Wein, dass sie Trugbilder sah, sobald sie blinzelte. Im Schattenspiel der Nacht bildete sie sich ein, im Nebel Schemen zu sehen, die an tanzende Gestalten erinnerten. »Jetzt träumst du schon mit offenen Augen,« sagte sie laut zu sich selbst. Einer der Schatten verharrte und schien zu ihr herüberzuschauen. Der Umriss erinnerte vage an eine schlanke Frau. Jetzt war Mailín schlagartig hellwach. Sie stürzte zur Reling und beugte sich so weit es ging hinaus. *Es ist nur Einbildung*, beruhigte sie sich. Aber als der Wind im Nebel die Illusionen von hüftlangem, flatterndem Sturmhaar herbeirief, brach die Sehnsucht in ihr so jäh auf, dass es schmerzte. *Dreh nicht durch*, mahnte ihre vernünftige Stimme. *Sie kann es nicht sein.* Und trotzdem flüsterte sie: »Bist du es?«

»*Lauf, mein Schneefuchs*«, fauchte der Wind. Eine Bö trug den Schatten davon wie einen schwarzen Schleier. »Warte!«, entfuhr es Mailín. Wie in einem Traum, in dem sie rennen wollte und kaum von der Stelle kam, kämpfte sie sich an der Reling entlang. Mit jedem Schritt schlug ihr Herz schneller, bis es im Takt ihrer Sohlen hämmerte, die nun im schnellen Lauf auf die Planken schlugen. Und irgendein Teil von ihr war sechs Jahre und rannte einer Frau hinterher, die sich nicht einmal dann umdrehte, als Mailín ihren Namen rief. Die Bordwand am Bug bremste sie so jäh, dass es sie schmerzhaft fest gegen das Holz warf. »*Komm zurück!*« Mailín dachte, sie hätte es hinausgeschrien, aber dafür fehlte ihr der Atem. Stattdessen wurde sie heftig zurückgerissen. Der Stock rutschte ihr aus der Hand und fiel klappernd auf die Planken.

»Sie ist es nicht«, sagte eine vertraute Stimme direkt an ihrem Ohr.

Als hätte eine Ohrfeige sie aus einem Traum geweckt, blinzelte sie in die Flamme einer Öllampe, die am Flaschenzug hing. Und dann wurde ihr bewusst, dass ein Arm um ihre Mitte lag und sie hielt, während sie schon nach einem der Seile gegriffen hatte, um auf den Klüverbaum zu klettern. »Sie ist es nicht«, wiederholte Eismund so außer Atem, als wäre auch er gerannt.

»Wer?«, fragte sie mit schwacher Stimme.

»Dánija. Wer auch immer das ist.«

Der Schreck ließ sie zittern. *Ich habe also wirklich mit offenen Augen geträumt und nach ihr gerufen. Und wie eine Schlafwandlerin wäre ich auf den Bug geklettert.*

»Ich ... habe Schatten gesehen«, stammelte sie.

»Ja, ich auch.« Eismunds Worte strichen mit seinem Atem über ihre Wange. »Sie streifen schon die ganze Nacht um das Schiff herum.«

»Wer sind sie?«

»Verlorene. Meergeister. Früher waren sie vielleicht Seeleute oder Fischer, die ihr Ende auf dem Grund des Meeres fanden.« *Bei dem Mädchen aus dem Clan der Tausend, die der Eisfischer aus dem Boot gestoßen hat?*, dachte Mailín. »Sie gieren immer noch nach dem Leben«, fuhr Eismund leise fort. »Und manchmal werden sie zum Echo fremder Sehnsüchte und locken Menschen damit zu sich – so wie sie dich eben fast aufs Eis geführt hätten.«

Immer noch stand er hinter ihr und umfing sie so fest, als fürchtete er, sie könnte sich jeden Augenblick losreißen. Und Mailín wehrte sich nicht gegen die Berührung. Sie erschrak nur, als ihr klar wurde, dass Eismund gefährlich schnell vom Krähenmast heruntergeklettert sein musste, um sie gerade noch rechtzeitig abzufangen. »Danke, . . . dass du hier warst«, flüsterte sie.

Er ließ sie los und rückte von ihr ab. Und seltsamerweise fühlte sie sich mit einem Mal auf vage Weise traurig wie vorhin, als sie seinen Tanz abgelehnt hatte.

»An wen haben die Echos dich erinnert?«, hörte sie ihn fragen. »Ist Dánija eine deiner Schwestern, die in Falún auf dich wartet?«

Mailín schüttelte den Kopf und zog den Mantel so fest um sich, als könnte er sie vor Erinnerungen schützen. »Meine Mutter. Sie wartet nicht auf mich. Sie starb schon, als ich ein Kind war.« *Durch meine Schuld,* setzte sie in Gedanken hinzu.

Langsam drehte sie sich zu Eismund um.

»Dann . . . hast du also ein verwundetes Herz«, sagte er aufrichtig und überraschend sanft. Mailín räusperte sich, rief ihre Stärke zurück, ihre Vernunft und auch den Stolz auf ihre Härte. Und antwortete mit fester Stimme: »Als ich ein Kind war, erzählte mir ein Kapitän, dass ein heiles Herz glatt und verschlossen wie eine Eierschale ist. Nichts dringt hinein, nichts hinaus. Erst wenn es bricht und Risse bekommt, öffnet es sich. Licht kann hineinfallen, so wie Wasser durch ein Leck in ein Schiff strömt. Er sagte, ein Schiffsrumpf muss ungebrochen sein, ein Herz dagegen nie.«

Sein Lächeln brachte etwas in ihr zum Flirren. Und zum ersten Mal gestand sie sich ein, dass sie sich zu Eismund hingezogen fühlte wie zu einem Schmerz, den man mit allen Sinnen sucht, um das Leben zu spüren.

»Das bedeutet also, ein gebrochenes Herz ist etwas Gutes?«, fragte er.

»Es bedeutet, keiner kommt davon«, erwiderte sie ebenso leise. »Was ist deine Wunde, Eismund?«

Ihr Herz setzte einen Schlag aus, als er zu ihr trat, so nah, dass sie den Kopf heben musste, um ihm in die Augen zu sehen. Und einen zweiten, als er die Hände so behutsam um ihr Gesicht legte, als wäre sie eine Flamme, die er vor dem Wind schützen wollte. »Vielleicht bist du es, Mailín Rabenherz«, sagte er so leise, dass sie die Worte fast nur spürte. Als er mit den Daumen sacht über ihre Haut strich, nahm die zärtliche Berührung ihr den Atem. Sein Mund war so nah, dass sein Atem ihre Lippen streifte. Sie hatte nie gewusst, dass auch ein Kuss, der keiner war, einen Funkenschauer über ihre Haut schicken konnte. Und wie ein Fieber blühte die Sehnsucht in ihr auf, ihn an sich zu ziehen und sich den Kuss einfach zu stehlen. *Was tust du da?*, flüsterte es in ihr.

Hastig wich sie zurück. Ihr Herz hämmerte immer noch und ihre Wangen glühten. Aber das Schlimmste war, dass ein Teil von ihr ihn immer noch umarmen wollte, so sehr, dass sie die Arme verschränken musste, um der Sehnsucht zu widerstehen.

»Es darf nicht sein«, brachte sie schließlich heraus. Auf Eismunds Miene fiel ein Schatten. Und in seiner Enttäuschung wirkte er wieder wie ein gewöhnlicher junger Mann aus Falún.

»Natürlich nicht. Was würde der Mann dazu sagen, dem du all deine Tänze versprochen hast?« Es tat weh, die Kälte in seinem Ton zu hören.

»Wir brechen morgen auf«, sagte Mailín.

»Dann trennen sich unsere Wege.«

»Nicht, wenn du mit uns gehst!«, rief sie. »Hierbleiben kannst du nicht. Früher oder später wird auch das Eisen die Nixen nicht mehr vom Schiff fernhalten.«

»Sagst *du* mir jetzt, was *ich* kann oder nicht kann?«, entgegnete er mit harter Stimme.

»Nein«, erwiderte sie im selben Tonfall. »Aber wärst du an

meiner Stelle, würdest du zulassen, dass jemand, der dir viel bedeutet, sich dem sicheren Tod ausliefert?«

Eismund zog die Stirn zusammen, als würde er nach einem Schachzug, einer verborgenen Strategie in ihren Worten suchen. Und Mailín war fast selbst überrascht, dass es diesmal keine gab. »Bitte komm mit mir«, sagte sie leise. »Verlass uns, sobald wir das Festland sicher erreicht haben, aber bleib nicht hier und warte, bis die Nixen dich töten.«

Selten hatte sie sich bloßer und verletzlicher gefühlt. Für einige Herzschläge lang gab es den Abgrund zwischen ihnen nicht länger. Sie waren nur zwei Verlorene, zwischen denen noch die Ahnung eines Kusses glomm. Eismund senkte als Erster den Blick. »Du gehst wirklich weit für diejenigen, die dir nahestehen.«

»Bis ans Ende der Welt«, antwortete Mailín aus ganzem Herzen. »Bis zum Grund des Meeres und bis zum Horizont des gefrorenen Himmels.«

Sie konnte sein Lächeln nicht deuten. Es war schmerzlich und gleichzeitig kühl, als würden wieder zwei Seelen in ihm ringen. Doch dann überraschte er sie. »Dann also … gemeinsam«, sagte er.

Um ein Haar hätte sie ihn dafür umarmt. Mühsam hielt sie sich zurück und nickte nur.

Er betrachtete sie nachdenklich und so scharf, dass sie nervös wurde. »Du musst Joun wirklich lieben.«

»Ja«, antwortete sie. Sie hob hastig den Stock auf – und diesmal war sie es, die auf dem Absatz kehrtmachte und floh.

⚓

Offenbar gab es verschiedene Arten von Fieber. Dieses hier raubte ihr den Schlaf und durchglühte sie mit solcher Rastlosigkeit, dass sie aus der Schlafkammer schlich und sich in die Kapitänskajüte flüchtete. Das Fest lag nur noch als erstarrter Hauch von kaltem Robbenfett und saurem Wein in der Luft. Das Feuer im Ofen war erloschen und die Kajüte wieder so kalt, dass Mailín rasch die gefütterten Hosen und Siljas Mantel anzog, bevor sie sich an den Schreibtisch setzte. Frostiger Atem trieb vor ihrem Gesicht. Und als sie die Augen schloss, spürte sie Eismunds Nähe so deutlich wie seine Worte auf ihren Lippen. *Vielleicht bist du es, Mailín Rabenherz.* Sie beugte sich über ihre Karte, aber es war, als hätte sie verlernt zu schreiben. Eine kleine, mahnende Stimme wurde nicht müde zu wispern: *Glaubst du ihm?* Doch der Rabe, der ihr ins Ohr flüsterte, sprach das richtige Wort.

»Also ein Ja?«, sagte eine Stimme, die wie verwehende Asche klang. Mailín schreckte hoch und sah die rotgoldene Fee in der Kajüte stehen, eingerahmt von der geschlossenen Tür. *Wann bin ich eingeschlafen?*, dachte sie verwirrt.

»Du stellst die falschen Fragen«, antwortete die Fee streng. Der Mantel aus Tausenden von feuerfarbenen Schmetterlingsflügeln rauschte auf, als sie den Raum durchschritt. Direkt vor dem Tisch blieb sie stehen. Unwillkürlich rückte Mailín ein Stück zurück. »Bist du . . . zornig auf mich?«, fragte sie.

»Zorn ist etwas für Sterbliche«, sagte die Fee mit einer Stimme wie Ascheknistern. Sie beugte sich so weit vor, dass Mailín in den Bernsteinaugen sich selbst gespiegelt sah — winterblass und mit aufgerissenen Augen. »Ich ließ die Raben zu dir«, raunte die Fee. »Ich war im Boot an deiner Seite und schützte dich mit meinem Mantel vor dem Wind, damit du im Fieber nicht erfrierst. Ich bat sogar Sedna, dich nicht verhungern zu lassen — und was tust du? Singst und trinkst Wein und sprichst über gebrochene Herzen! Meine Herrin verliert langsam die Geduld mit dir, Menschenmädchen.«

Mailín legte die Feder zur Seite. Und obwohl sie wusste, dass es nur ein Traum war, zitterte ihre Hand so sehr, dass die Tinte auf das Papier tropfte. »Deine . . . Herrin?«

Sie folgte dem Blick der Fee zum Fenster und erstarrte. Sie hatte gewusst, dass es mehr als eine von ihnen gab. Aber die Fee, die draußen auf Eis stand, war anders als die anderen. Macht umgab sie wie der Lichtring einer Sonnenfinsternis. Sie hatte rotes Haar und trug eine Maske aus Eisen. Ihr Mantel war farblos, doch er schillerte, als würde er aus Millionen winziger transparenter Flügel bestehen. Als die Fee Mailín mahnend zunickte, sträubten sich an ihrem Nacken die Härchen. Sie wagte nicht zu atmen, als sie den Blick niederschlug.

»Wer ist sie?«

»Antworten findest du nicht, solange du in der Sprache der Vernunft fragst«, erwiderte die rotgoldene Fee unwillig. »Wann wirst du endlich lernen, dass ein Märchen kein Strategiespiel ist?«

Mailín schluckte. »Was wollt ihr von mir? Ich soll etwas für euch tun, nicht wahr?«

»Es geht nie darum, was man tun soll, immer nur darum, wer man sein will«, erklärte die Fee. »Du kannst das unglückliche Clansmädchen sein, das ins Meer gestoßen wird und dort verlischt wie ein Funke im Wasser — oder die Frau, die am Meeresgrund herrscht, mit ihrem Zorn die Stürme ruft und Hunger oder Nahrung bringt.«

»Du ... sprichst von Sedna.«

»Nein, Menschenmädchen. Ich spreche von Entscheidungen. Du bist nicht hier, um zu tanzen.«

»Ich will gar nicht tanzen«, hörte Mailín sich rufen.

»Und doch tust du es längst«, gab die Fee ungnädig zurück. Mit dem Zeigefinger klopfte sie mahnend den Worttakt des Liedes auf den Tisch. Das Klopfen dröhnte immer lauter, bis es als Schmerz in Mailíns Kopf hämmerte. Der Mantel aus Falterflügeln schillerte im Flackern der verlöschenden Lampe, ein irisierender Glanz von Feuer und Fuchsrot, der Mailín blendete, als würde sie zu lange in eine Flamme starren. Sie blinzelte ...

... und blickte in die verlöschende Flamme der Öllampe, die auf dem Tisch stand. An ihrer Lippe schmeckte sie bittere Tinte und Birgida schüttelte sie an der Schulter. »Du hast im Schlaf so laut gesprochen, dass ich nebenan aufgewacht bin«, sagte sie besorgt.

Mailín setzte sich benommen auf. Dort, wo sie mit der Wange auf der Sternenkarte gelegen hatte, war die Tinte verschmiert. Das Klopfen hallte immer noch in der Kajüte wider, doch es war nur ein Rabe, der außen am Fenster saß und mit dem Schnabel an die Scheibe hämmerte. »Ich hatte nur einen seltsamen Traum«, murmelte Mailín. »Tut mir leid, dass ich dich geweckt habe.«

»Das macht nichts.« Birgida unterdrückte ein Gähnen. »Toma wird ohnehin gleich von der Wache zurückkommen.« Sie lächelte Mailín müde zu und ging. Der Luftzug ihrer Bewegung ließ eines von Tom Jofnurs Notizblättern über die Tischkante zu Boden segeln. Mailín hob es auf und eilte zum Fenster, wo ihr Rabe immer noch ungeduldig klopfte. Kaum hatte sie das Fenster geöffnet, schoss der Vogel mit einem aufgeregten Krächzen an ihr vorbei und segelte durch die Tür zum Aufgang.

Zwischen den Schleiern

Mailín folgte dem Raben, so schnell sie konnte. Doch als sie an Deck stürzte, war alles wie immer. Der Morgen graute, die Laternen waren verloschen und Toma kletterte gerade von der hinteren Plattform. Wie immer beendete sie die Nachtwache damit, dass sie die Handschelle vom Stock nahm und sie am Spinnenseil neben dem zweiten Wandeleisen an ihrem Gürtel befestigte. »Heute kein Sturm, dafür Rückenwind«, rief sie gut gelaunt. »Nach dem Essen bringen wir das Nixenboot aufs Eis.«

Mailín nickte atemlos und sah sich nach dem Raben um. In großen Bogen umflog er den Hauptmast. »Wo ist Eismund?«

Toma deutete nach oben. »Ist vorhin wieder ins Krähennest geklettert.«

Wirklich? Heute zögerte Mailín keine Sekunde, in die Wanten zu steigen. Der scharfe Wind fauchte ihr um die Ohren und trieb ihr die Tränen in die Augen. Keuchend und mit zitternden Muskeln erreichte sie die oberste Plattform. Der Rabe wartete schon auf sie, Wind durchwühlte sein Gefieder, während er sich geduckt an den Rand des Krähennestes krallte. »Eismund?«, rief sie gegen das Windtosen und das Klappern der vereisten Seile an. Und als sie in das Krähennest blickte, schienen sich ihre schlimmsten Befürchtungen zu bestätigen. *Er kann das Schiff nicht verlassen haben*, versuchte sie sich zu beruhigen. *Es war ein Versprechen. Und Eismund weiß, dass es Selbstmord wäre, ohne Waffe zu den Nixen aufs Eis zu gehen.*

Wenn du ihm glaubst, warum hast du dann solche Angst, dass er ein Verräter sein könnte?, hielt ihre gemeine Stimme dagegen. Nein. Da war er. Lässig balancierte er gerade vom Klüverbaum zurück an Bord, in jeder Hand eine erloschene Laterne. Vor Erleichterung wäre Mailín am liebsten zusammengesackt. »Was sollte das, du Krawallmeister?«, herrschte sie den Raben an.

»*Rabenblind*«, krächzte der Vogel beleidigt und flog davon.

Unten brachte Eismund die Laternen zum Achterdeck, wo Toma inzwischen Seile aufrollte. Mailín begann abwärtszuklettern, doch dann verharrte sie. Irgendetwas war anders an Eismund. Vorsichtig drehte sie sich zur Seite und spähte nach unten. Eismund half Toma beim Zusammenlegen der Seile. Wie zwei Teile eines Ganzen arbeiteten die beiden einander zu, während sie lachten und sich unterhielten. *Ich sehe schon überall Gespenster*, schalt sich Mailín. Im selben Moment warf Eismund sein Seil beiseite und trat vor Toma, näher als sonst und mit einem Lächeln, das Mailín nur zu gut kannte. Dann... zog er Toma an sich und küsste sie so leidenschaftlich, dass Mailín um ein Haar abgerutscht wäre. Sie spürte kaum, wie sie sich an das Seil klammerte, so sehr schien das Schiff unter ihr zu tanzen. Nur das Bild des Kusses erstarrte — oder vielleicht raste auch nur die Zeit und zerfiel in endlose Sekunden. Sie sah, wie Toma Eismund so heftig von sich stieß, dass er gegen die Reling zurückfiel und sich gerade noch abfangen konnte. Toma riss ihren Nixenzahnspeer von einem Seilhaufen und ging mit großen Schritten davon. Eismund schaute ihr nach, bis sie unter Deck verschwunden war, dann stieß er sich mit einem lässigen Schwung von der Reling ab und lächelte kühl. Und als er seine Fäuste hinter dem Rücken hervorzog und öffnete, erkannte Mailín etwas Spitzes, weiß Glänzendes in seiner Rechten und in der Linken eine der Handschellen, die eben noch mit einem Spinnenseil an Tomas Gürtel befestigt war. Mailín klappte der Mund auf. *Woher hat er einen zweiten Nixenzahn?* Doch wie bei einem Schachspiel, das in geraffter, flackernder Zeit ablief, sah sie, wie er sich nach dem Angriff der Nixe den verletzten Arm hielt und sich dabei krümmte. Um wie ein Taschenspieler zu verbergen, dass in seiner Wunde ein Nixenzahn steckte. Und als Eismund die gestohlene Handschelle in seinem schwarzen Kurzmantel verschwinden ließ, wusste Mailín auch, was sie zuvor irritiert hatte: Sie hatte Eismund noch nie in einem Mantel gesehen. Er trat zu einem leeren Fass, zog einen Seesack aus Segeltuch hervor und warf ihn sich über die Schulter. Dann rannte er los. Endlich erwachte Mailín aus ihrer Erstarrung. »Hey!« Ihr Ruf ging im Lärm der Takelage und dem Windtosen unter. Noch nie war sie so schnell geklettert. Und noch nie so schnell über ein rutschiges, verschneites Deck gerannt. Als sie schließlich vorne am Schiff ankam, ließ Eismund gerade das Seil am Flaschenzug los und landete mit einem federnden Satz auf dem Eis.

»Eismund!«, brüllte Mailín, so laut sie konnte. An der Art, wie er die Schultern straffte, erkannte sie, dass er sie hörte, doch er drehte sich nicht um. Er begann nur zu rennen.

In diesem Moment lernte Mailín etwas über sich. Die vernünftige Mailín wäre jetzt zu Toma und Birgida zurückgegangen – selbst auf die Gefahr hin, dass sie Eismund nicht mehr einholen würden. Sie hätte sich mit Plänen und Strategien gerettet und ihre Kränkung und brennende Enttäuschung mit Stolz und Verachtung gelöscht. Aber es gab noch Rabenherz, die im Zorn aufflammte wie kochendes Öl, auf das Schneewasser traf. Die sich auf den Klüvermast schwang und einen gefühlten Atemzug später auf dem Meereseis landete und das Seil losließ. Und vielleicht war das die Lektion der Fee: Sie konnte das Mädchen sein, das getäuscht und zurückgelassen wurde. Oder die Frau, die nun mit einem scharfen Blick prüfte, ob Nixen in der Nähe waren, das Messer aus dem Gürtel riss und losstürzte.

Tomas Windfrau rannte an ihrer Seite, toste und lachte und riss an ihrem Haar, während Rabenherz über den gefrorenen Grund flog. Eismunds Weg führte nordwärts zur Felsnadel. *Deshalb hast du Toma also von dort weggelotst, als ihr nach Robbenlöchern gesucht habt*, dachte sie grimmig. Als hätte der Wind hinter der Felsnadel keine Wirklichkeit mehr, lag dort heute eine erstarrte Nebelbank, dicht wie eine Wolke. Mailín erreichte den Richtfelsen, als Eismund gerade in den Nebel tauchte. Mit kaltem Herzen blieb sie stehen und holte keuchend Atem. Sie schauderte nicht, als sie am Richtpfahl verwitterte Kratzspuren entdeckte, dort, wo Nixenkrallen dem Stein einst tiefe Wunden zugefügt hatten. Sie kniff nur die Augen zusammen und spähte, bis sie in der Ferne entdeckte, wonach sie suchte. »Rabe!« Ihr Ruf war rau und herrisch und übertönte sogar den Wind. Und als hätte eine Hand mit einem scharfen Ruck ein schwarzes Tuch aus der Luft gerissen, stürzte der Vogel ihr entgegen.

Mailín folgte seinen Flügelschlägen, wie sie einst Birgidas Stimme gefolgt war. Als hätte sie eine unsichtbare Grenze überschritten, erlosch der Wind. Stille umgab sie und schwarze Flaumfedern sanken vor ihr zu Boden. Bald schon führte der Rabe sie zu den Spuren von Eismunds bloßen Füßen. Doch als sie nach Minuten oder Stunden den Nebel durchbrach, konnte sie nur innehalten und mit offenem Mund nach Nordosten starren. Wie der Rücken einer Schildkröte ragte dort eine kleine Insel aus dem gefrorenen Meer.

Sie hatte Eismund aus den Augen verloren, während sie über Uferfelsen kletterte. Aber sie wusste, dass er zu der Ruine unterwegs war, die wie eine Krone aus verwitterten Säulen auf einer Felsterrasse thronte. Ein Stück darunter öffnete sich ein verwittertes, schartiges Tor. Mailín hob einen Stein auf. So bewaffnet lauschte sie und schob sich dann lautlos seitlich hinein.

Sie wusste nicht, ob sie erwartet hatte, dass Eismund ihr auflauerte. Aber sie war überrascht, dass er halb von ihr abgewandt auf einer zerbrochenen Säule saß. Er zog sich gerade einen zweiten Seemannsstiefel an. Und wie sie rang er nach dem langen Lauf nach Luft.

Der Stein traf ihn aus dem Nichts so hart an der Schulter, dass er beinahe das Gleichgewicht verlor. Und als er mit einem Keuchen auf die Beine sprang und herumfuhr, wich der Schmerz in seiner Miene dem Ausdruck von Überraschung. Er riss die Augen auf und stolperte zurück, während Mailín langsam auf ihn zutrat, das Messer in der Faust und Lava in der Brust. »Du hättest auch noch Tomas Speer stehlen sollen«, sagte sie. »Die Handschelle wird dir bei mir nichts nützen. Genauso wenig wie ein betrügerischer Kuss.« Etwas zitterte in ihr bei diesen Worten heiß auf. Und während ihr rachsüchtiges Rabenherz bebte, kehrten auch die Kränkung und die Enttäuschung des Falúner Mädchens zurück. »Wenigstens weiß ich jetzt, wie du bist«, schleuderte sie Eismund entgegen. »Hinterhältig, verlogen, skrupellos. Und das sind nur deine besten Eigenschaften. Du wusstest die ganze Zeit, dass es eine Insel gibt! Und während du mir rührselige Märchen vom Himmel erzählt hast, stand bereits dein Plan, hierherzufliehen.«

Voller Genugtuung sah Mailín, dass die Worte, mit denen Eismund noch vor wenigen Tagen Silja beschrieben hatte, ihn tatsächlich trafen. Gleichzeitig irritierte sie, wie erleichtert er wirkte. *Er hat tatsächlich erwartet, dass ich versuchen würde ihn zu töten.*

»Ich wollte von Anfang an zur Insel, ja«, sagte er heiser. Immer noch starrte er sie an wie eine Fremde.

»Du hast einen Nixenzahn vor uns verborgen, um dich befreien zu können«, hielt Mailín ihm entgegen. »Und als du kein Gefangener mehr warst, hast du den Zahn verwendet, um das Wandeleisen von Tomas Gürtel zu schneiden. Du hast Toma geküsst, um sie zu bestehlen!«

Eismund seufzte. »Wie hätte ich sonst an die Handschelle kommen sollen? Toma ist stärker, schlauer und schneller als ich. Freiwillig hätte sie mir die Waffe nie überlassen und im Kampf hätte ich keine Chance gehabt. Also musste ich einen Weg finden, sie zu überraschen und abzulenken.«

»Darin bist du ja gut«, fauchte Mailín.

»Und du bist besser als ich?«, rief er. »Wir wissen doch beide, wie wir bekommen, was wir wollen.«

»Aber im Gegensatz zu dir bin ich keine Lügnerin.«

»Zu jedem, der täuscht, gehört auch einer, der glaubt. Und dich habe ich nicht belogen.«

Sei froh, dass ich vorhin nur den Stein geworfen habe und nicht das Messer, dachte Mailín grimmig. »Du hast mir versprochen, dass wir heute gemeinsam aufbrechen. Das war also keine Lüge? Und wenn ich es zugelassen hätte, dann hättest du mich gestern mit einem Kuss genauso eingewickelt wie Toma.«

Kurz zuckten Eismunds Brauen nach oben. »Es scheint dir ja viel auszumachen, dass ich sie geküsst habe«, bemerkte er.

Mailíns Hand pochte, so fest schlossen sich ihre Finger um den Messergriff.

Eismund wich hastig einen Schritt zurück. »Ich wollte dich nicht zurücklassen, Mailín. Ich kenne dich gut genug, um zu wissen, dass du mir folgen würdest.«

»Ja, deshalb warst du auch so überrascht und erschrocken, als ich hier auftauchte!«

»Das lag nur an deinen Augen«, sagte er ernst. »Du hättest dich eben sehen sollen.« Und ausnahmsweise glaubte Mailín ihm. Auch wenn sich alles in ihr dagegen sträubte, fächerten sich Eismunds Schachzüge vor ihr auf. *Er wartete bis zum Morgen, weil er sicher sein konnte, dass ich so den Kuss sehen würde – und auch Nixenzahn und die Handschelle, die er wie in einer Theateraufführung vorgezeigt hat. Und er hatte keine Zweifel, dass ich wütend genug sein würde, um ihm zu folgen, damit er nicht in den Nebel entwischt.*

»Ich weiß, wie oft du mich heimlich beobachtet hast«, sagte er in die Stille. »Und glaubst du, ich habe nicht bemerkt, wie du heute zum Krähenmast geklettert bist?«

Das Schlimmste war nicht, sich wie das Opfer eines Jahrmarktgauklers zu fühlen. Sondern dass sie seine Strategie bis in jeden Winkelzug nachvollziehen konnte.

Er atmete auf, als sie das Messer senkte. »Jetzt bin ich also da, wo du mich haben wolltest«, sagte sie kühl. »Warum?«

Eismund wich ihrem Blick aus und schulterte den Rucksack. »Komm mit!«

Die Treppe, die zur Tempelterrasse führte, war nur grob ins Gestein gehauen. Als Mailín Eismund einholte, kniete er inmitten des Säulenkreises und wischte Schnee zur Seite. Ostwärts schimmerte grünes Eis vor schwarzen Uferfelsen durch die durchbrochenen Säulen. Es schien Festland zu sein. Doch dort, wo sie hergekommen waren, erhob sich nur eine steile Nebelwand. Früher hatte der kleine Tempel vermutlich eine steinerne Kuppel gehabt. Nun lagen nur noch Trümmerstücke auf einem zerbrochenen Bodenmosaik. Doch immer noch konnte man das Bildnis eines Heiligen mit hagerem Gesicht und silbernen Augen erkennen. »Ein Styx-Tempel?«, fragte sie. *Wie am Augensee in Falún.*

»Das ist kein Tempel«, erwiderte Eismund. »Styx ist nur die Bezeichnung für einen Übergang. Und dieser hier führt in deine Welt.«

Mailín schnappte nach Luft. »Ein Tor?« *Wie in dem Märchen, das ich Flindrikin über meine Welt und Joun erzählt habe?* Plötzlich zitterte sie. Und sie hörte sich selbst das Märchen erzählen, das sie benutzt hatte, um die Kinder einzuwickeln: *»Sobald meine Raben Eisenfressers Mutter alle drei Dinge gebracht haben, muss sie das Tor zum Sommerland dort öffnen, wo ich stehe, und ich kann zu ihm zurückkehren.«*

»Du brauchst Silja nicht, um nach Hause zu gehen«, sagte Eismund. »Und egal, was du über mich denkst: Ich wäre heute nicht ohne dich gegangen.« Er kniete sich neben den Seesack und begann darin nach etwas zu suchen. Nun verstand sie, warum er Stiefel und eine Jacke trug. *Um unter Menschen nicht aufzufallen.* »Du willst in meine Welt flüchten. Und ich soll mitkommen?«

»Ja. Das Tor ist zwar versiegelt, genau wie ich vermutet habe. Aber ich habe den einzigen Schlüssel, der es öffnen kann.« Er zog Siljas silbernen Siegelring hervor und drückte ihn gegen eine Ritzung auf dem Silberauge des Heiligen. Mailín durchzuckte ein weiteres Bild: Eismunds Arm, der beim Tanzen Tomas Taille umfasste – und seine Hand, die während einer engen Drehung mit einem Taschenspielergriff den Ring aus dem Gürtelbeutel fischte.

»Betrüger!« Ihr Ruf vermischte sich mit dem Klicken und einem steinernen Schaben, das zwischen den Welten zu hallen schien. Aber sie nahm kaum wahr, wie sich im Boden ein Spalt öffnete. »Du machst dich feige davon und denkst, ich folge dir? Ich lasse Toma und Birgida nicht im Stich! Und auch Silja nicht.«

Eismund sprang auf. Seine Augen funkelten vor Zorn. »Silja braucht keine Hilfe. Und du lässt niemanden im Stich! Wenn wir jetzt gehen, bewahren wir deine Freundinnen vor einem Schicksal, das schlimmer ist als der Tod. Und wenn du glaubst, ich bin gekränkt, weil du mich feige nennst, irrst du dich. Du kennst die Wintergeister nicht, Mailín, aber ich!«

»Warum hast du uns nicht einfach gesagt, dass es ein Tor gibt?«

»Und dann?«, gab Eismund mit harter Stimme zurück. »Hättet ihr aufgegeben und wärt hierhergeflohen? Nein, ihr wärt dennoch ins Schloss zurückgekehrt.«

»Allerdings. Und weißt du, warum? Weil wir niemanden zurücklassen. Im Gegensatz zu dir. Bedeutet dir niemand etwas, Eismund? Toma hat dir vertraut. Sie mochte dich! Und Birgida...«

»Wir stünden nicht hier, wenn mir Toma und Birgida nichts bedeuten würden«, herrschte er sie so heftig an, dass sie verstummte. »Was wäre, wenn?«, sagte er beschwörend. »Was werden Toma und Birgida tun, wenn du jetzt gehst? Sie werden nicht ohne dich ins Schloss zurückkehren. Ihnen fehlt die Strategin, der Kopf. Sie werden an Land gehen und Toma wird handeln, wie sie es immer tut: Sie wird Birgida beschützen und sie bei ihrem Clan in Sicherheit bringen. Vielleicht wird sie irgendwann einen neuen Plan suchen, vielleicht aber auch nicht.« *Aber sie würde ihren Clan niemals einem Krieg opfern*, dachte Mailín. *Höchstens sich selbst. Und auch nur, wenn eine Chance auf einen Sieg besteht.* Es fühlte sich wie eine Niederlage an, die Wahrheit aus Eismunds Mund zu hören. *Wir sind wirklich wie Spiegelbilder.* Und im Augenblick wusste sie nicht mehr, wer die helle und wer die dunkle Seite des Spiegels war.

Eismund holte tief Luft. »Gestern sagtest du mir, du würdest bis ans Ende des Eismeers gehen, um diejenigen zu retten, die dir etwas bedeuten. Und ja, manchmal muss man jemanden verlassen, um ihn zu retten. Wunden gehören zum Leben, waren das nicht auch deine Worte? Toma wird um dich trauern und von mir wird sie enttäuscht sein und mich für immer hassen, na schön. Und Birgida wird nicht am Kummer zerbrechen. Sie ist jetzt schon viel stärker, als sie selbst ahnt. Gib ihr Zeit und sie wird mächtiger als jeder Magier aus Tomas Clan werden. Aber sie wird brechen und fallen, wenn du sie jetzt ins Schloss führst. Die Firnfrauen sind unbesiegbar.«

So unbesiegbar wie der König, der eine Leibwache braucht?, dachte Mailín. *Und ihnen zu entkommen, ist uns immerhin schon zweimal gelungen.*

»Mailín, komm mit mir.« Er streckte ihr die Hand hin. Und heute war es, als würde sie wie auf einem Doppelbild Jouns Hand sehen, größer und kräftiger als die von Eismund, rau von der Arbeit in der Schmiede und gezeichnet mit der Landkarte von Rußlinien, die wie tausend Wege aussahen. Und auch Jouns Hand hatte leicht gezittert in Erwartung, vielleicht abgewiesen zu werden.

»Geh!«, brachte sie mühsam hervor. »Ich halte dich nicht auf. Aber ich überlasse Silja nicht dem König.«

Es wäre einfacher gewesen, wenn nicht echte Verzweiflung auf Eismunds Miene aufgeflammt wäre. »Silja ist nicht deine Freundin, Mailín! Wenn du mir sonst nichts glaubst, dann glaube mir wenigstens das.« Mailín biss sich so fest auf die Unterlippe, dass es schmerzte. *Ja oder nein*, hallte es in ihr. Und eine gemeine Stimme flüsterte: *Du weißt, dass Silja dich getäuscht hat.* Aber sie schüttelte den Kopf.

»Was willst du beweisen?«, rief er. »Wie heldenhaft und mutig du bist?«

»Offenbar bin ich zumindest mutiger als du.«

»Mutig zu sein, heißt, hinzusehen. Aber du hältst an jedem Bild fest, das du dir von einem Menschen und der Welt gemacht hast. Du bist wie ein Wolf, der nie – niemals – etwas loslässt, in das er sich einmal verbissen hat! Und du willst mir erzählen, deine Küsse seien ehrlicher als meine? Wenn du Joun so sehr liebst, wie du nicht müde wirst zu behaupten, warum kommst du jetzt nicht mit?«

Das schmerzte wie eine Ohrfeige. »Weil es einen Unterschied zwischen dir und mir gibt«, gab sie zurück. »Ich bin nicht bereit, jeden Preis zu zahlen, um zu bekommen, was ich will. Und einen Menschen lasse ich los: dich!«

Vergeblich suchte sie nach der Frau, die sich Rabenherz nannte. Aber jetzt war sie nur Mailín, die es nicht ertragen konnte, Eismund anzusehen. Und sie hasste sich dafür, dass sie immer noch an den Kuss dachte, den es nie gegeben hatte.

»Es tut mir leid«, sagte sie leise. »Ich wollte dich nicht beleidigen. Aber jeder geht seinen Weg. Gib mir die Handschelle und den Ring zurück. In meiner Welt brauchst du sie nicht.«

Sie hörte ihn fassungslos nach Atem ringen. Aber dann klirrte Handschelle gegen Ring. Mailín zog die Handschuhe aus und hob die Gegenstände auf, die Eismund einfach zornig auf das Mosaik geworfen hatte. Das Wandeleisen behielt sie in der Hand, Siljas Silberring schob sie in die Manteltasche zu ihrem Fernrohr und dem Steinring der Herrin. Und als sie zu ihm aufblickte, glich er so sehr einem jungen Seemann, dass sie sich vorstellte, wie er abends in Jussus Gasthaus kam – ein fremder Matrose, noch glühend von Abenteuern und weiten Reisen. Wie er sich umsah, sie an der Schanktheke entdeckte und ihr ein Lächeln schenkte. *Und ich würde dein Lächeln erwidern. In einer anderen Welt würden wir einander kennenlernen und küssen. Wenn du nicht der wärst, der du bist.*

»Viel Glück«, sagte sie und wandte sich ab.

»Warte!« Mit zwei Schritten war er bei ihr. »Hier ist noch etwas, das dir gehört.«

Ihr Herz stolperte, als er ihre Rechte ergriff. Sie war zur Faust geballt, aber sie ließ es zu, dass er sie behutsam öffnete. Seine Berührung weckte wieder den Funkenschauer auf ihrer Haut. Und als er sie losließ, lagen auf ihrer Handfläche zwei Eisperlen. Sie waren glatt wie Glas und irrlichterten in buntem Schein. Mailín erinnerte sich daran, wie Eismund die Hände zu Fäusten geballt hielt, als sie ihn im Labyrinth gefunden hatte. *Als wollte er etwas verbergen.* »Raunenträume?«

»Sieh genau hin«, antwortete er.

Mailín nahm die hellere Perle zwischen Daumen und Zeigefinger und kniff die Augen zusammen. Und dann wäre ihr die Perle fast aus den Fingern gerutscht. Im Feuerschein tanzte ihre Schwester mit dem Kranz im Haar den Fackeltanz. Mailín sah nur ihr Gesicht. Sie dachte, dass Rún sie anstrahlte, aber dann wurde ihr bewusst, dass es Mikas Traum sein musste. In seinen Augen war Rún so schön wie eine Fee. Und als sie ihm schüchtern zulächelte, brach etwas in Mailín. »Rún!«, flüsterte sie. Sie hatte nicht mehr geweint, seit sie sechs Jahre alt gewesen war. Und vielleicht hatte ihr Körper vergessen, wie es ging. Denn es stieg kein Schluchzen in ihr auf, und die Träne, die über ihre Wange rann, bemerkte sie erst, als sie auf die Eisperle fiel. Als sie wieder klar sah, hatte sich der Traum aus der Perle gelöst. Und mit ihm das Echo von Mailíns Welt: das Geigenspiel ihres Vaters erklang, Kerems Gitarre, die Trommeln und Mikas Stimme, die im Traum Rúns Namen aussprach, als wäre er ein Zauberwort. Rúns Trugbild tanzte vor ihr in Lebensgröße, durchscheinend wie ein Schleier wirbelte es um Mailín herum und Mailín drehte sich mit, als würde sie mit Rúns Geist tanzen. Im Hintergrund erkannte sie im Feuerschein Menschen. Auch sich selbst sah sie, im grünen Kleid, mit der Fackel in der Hand im Ring der Mütter stehend. Das Bild wirbelte höher und höher, Rún tanzte in den Himmel davon und verwehte. Und Mailín blieb zurück, in der Hand nur noch trübes Eis und in sich eine Leere, die sich mit Rändern von Glut in ihr Herz fraß.

»Es tut mir leid«, hörte sie Eismund völlig bestürzt sagen. »Ich wusste nicht ... dass es dich so traurig machen würde.«

»Und ich wusste nicht, dass du so grausam bist«, flüsterte sie.

Er lachte verzweifelt auf. »Wäre ich grausam, hätte ich diese Träume im Eislabyrinth nicht vor den Wintergeistern verborgen.« Er schluckte. »Verzeih mir, Mailín«, sagte er dann mit dieser Sanftheit, die wie ein Echo der Nacht in ihr widerhallte. »Das war mein letzter Trumpf, um dich zu überzeugen. Bitte – komm mit mir! Ich weiß, wie wir Falún vor den Wintergeistern verbergen.«

Indem wir die Raunenbäume zerstören, wie Silja es tat?, dachte Mailín.

Sie blickte zu dem Spalt im Boden. Das Tor leuchtete samtschwarz und war dennoch mit allen Farben ihrer Welt gefüllt. Und als Echo ihrer eigenen Sehnsucht erklangen nun verlockend wie Sirenengesang die Geräusche ihrer Stadt. Eiserne Hufeisen klackten auf Stein. Wagenräder rumpelten auf gepflasterten Straßen, begleitet vom klingenden Hämmern aus der Schmiede und dem Glockenklang von Ladentüren. Das Heimweh zerrte mit Rabenkrallen an ihrer Seele und sie hasste sich dafür, dass sie tatsächlich versucht war, nachzugeben. *Wer willst du sein?*, hallte die strenge Feenstimme in ihr. *Das Mädchen, das sich in Falún verkriecht, während die Welt im Eis versinkt? Eine Flüchtende, die ihre Freundinnen einfach zurücklässt – in der Ungewissheit und mit all dem Schmerz über deinen Verlust? Und könntest du jemals wieder in einen Spiegel schauen im Wissen, dass du Silja an deine eigene Feigheit verraten hast?*

»Nein«, sagte sie mit belegter Stimme.

Diesmal hielt Eismund sie nicht auf. Sie konnte zwar spüren, wie er ihr verzweifelt nachstarrte. Aber als sie sich an der Treppe noch einmal umwandte, musste sie schlucken. Er hatte den Seesack geschultert und stand bereits am Tor. Die Farben ihrer Welt flirrten auf seinem Gesicht. Und in diesem Moment sah Mailín ihn ganz und gar. Seine Zerrissenheit, die Verzweiflung und die Angst – und auch den Zorn, den Mut und seinen Stolz. Dann stieß Eismund einen Fluch aus und riss sich den Seesack von der Schulter. Mit einem wütenden Schwung schleuderte er ihn in den Spalt und rannte ihr nach. »Mailín!«, rief er so laut, als würde er sie schon längst vor dem Tempel glauben. Fast wäre er gestolpert, als er sah, dass sie noch an der Treppe stand. Überrascht hielt er inne. Und als wäre er Mailíns Spiegelbild, hellte sich auch seine Miene auf, wurde weich in einem Lächeln … und fror plötzlich in einer Frage ein.

Eiswinter

Mailín wusste es schon, bevor der Gedanke sich formte. Sie wusste es mit ihrem Körper, der tausendmal die fernen Erschütterungen von Explosionen im Marmorsteinbruch gespürt hatte. »Lauf!«, schrie sie. Dann wurde das Tor gleißend hell und jedes Geräusch erlosch in einer lautlosen Implosion. Die Zeit hielt still, dann zersplitterte sie wie Glas. Weißes Glühen blendete Mailín, die Treppen unter ihren Sohlen bebten und brachen. Sie stolperte, aber sie stürzte nicht, denn jemand riss sie mitten im Fallen wieder hoch und sie erkannte, dass sie Hand in Hand mit Eismund floh, während die Insel unter ihnen glühte und barst. Donnern von brechendem Stein folgte ihnen wie das Brüllen eines wütenden Tiers, als sie sich über die Uferfelsen dem Meereseis entgegenkämpften. Das Donnern wurde zu einem Prasseln von Steinsplittern und einem Sog, der sie fast nicht von der Stelle kommen ließ. Endlich erreichten sie das verschneite eisige Meer. In diesem Moment kehrte sich die Explosion in ihrem Rücken nach außen und warf sie in einem Orkan aus Staub und stechend scharfem Wind nach vorne. Mailín verlor Eismunds Hand. Die Wucht des Aufpralls schlug ihr das Wandeleisen aus der Hand. Dort, wo das Fernrohr sich bei dem Sturz in ihre Hüfte gedrückt hatte, zuckte Schmerz. Umglüht von Kälte schlitterte sie liegend weiter. Die Handschelle kreiselte über Eis, das der jähe Wind vom Schnee freigefegt hatte. *Eismund*, schrie es in ihr. Oder vielleicht rief sie es auch laut, aber sie war taub von der lautlosen Explosion. Benommen stemmte sie sich auf den Armen hoch und blickte zurück – und sah gerade noch, wie die Tempelsäulen zerbrachen wie eine Handvoll Streichhölzer.

Dann fiel Eismund neben ihr auf die Knie und barg sie in den Armen. Sie spürte ihren Namen nur als Atemstoß auf ihrer Haut und fühlte seine kalten Lippen an ihrer Schläfe. Sie klammerte sich an ihn, so fest sie konnte, während sie zur sterbenden Insel starrte. Die Trümmer der Säulen durchschlugen gespenstisch lautlos das Eis. Und während es brach, *sah* Mailín. Die Schleier zwischen den Wirklichkeiten waren transparent und schillernd wie die Häute von Seifenblasen. Sie umgaben die Insel, bogen sich, ohne zu bersten, und schwangen zurück – und die Insel verschwand, als hätte es sie nie gegeben. Alles, was in dieser Wirklichkeit davon blieb, war ein Spinnennetz blau glühender Risse, das sich rasend schnell über das Eis ausbreitete. Die Handschelle begann auf der glatten Fläche zu zucken und zu tanzen. »Zum Ufer!« Ihren Schrei fühlte Mailín nur als raues Kitzeln in ihrer Kehle. Ihre Handschuhe, die sie verloren hatte, rutschten in einen Wasserspalt, der sich mitten im Eis öffnete. Sie konnte gerade noch nach der Handschelle greifen, bevor dort, wo die unsichtbare Insel lag, das Meer in ein Puzzle aus Eisschollen zerfiel. Die Druckwelle lief im Ring aus und brach auf ihrem Weg alles, was sie erreichte. Sie kamen auf die Beine und flohen über Eisschollen, die rau von gefrorenen Ranken waren. Mailín spürte das Knistern der Wasserpflanzen unter ihren Knien, als sie beide ausrutschten. Hastig rappelten sie sich auf und sprangen von einer Scholle zur nächsten, fingen sich ab, balancierten das Schaukeln aus und eilten weiter. Sie hielten erst inne, als ein schuppiger Rücken sich vor ihnen zwischen den Trümmern bog und wieder abtauchte. *Nicht die Nixen!,* flehte Mailín. Nur aus dem Augenwinkel sah sie einen schwarzen Muränenschwanz wie eine Peitsche durch die Luft schnellen. Er riss Eismund die Beine weg und ließ ihn hart aufs Eis stürzen. Mailín warf sich über ihn und schlug mit der Handschelle in der Faust nach einem fremden schwarzen Nixengesicht, das ihrem Schlag reflexartig auswich. »Verschwinde!«, schrie Mailín. Ihr Ruf war vor Zorn rau wie ein Rabenschrei. Sie wusste nicht, ob die Nixe sie verstand, aber sie zuckte tatsächlich zurück. Für einen Moment sah Mailín noch gelbe, wütende Augen unter Wasser leuchten. Dann tauchte die Fängerin in die Tiefe ab. Sie retteten sich auf die nächsten Schollen und erreichten endlich festes Eis zwischen Uferfelsen. Wie gehetzte Tiere krochen sie an Land. Mit dem Knirschen von schwarzem Sand kehrten die Geräusche zurück. Das Klirren der schaukelnden Eisschollen, die nur langsam zur Ruhe kamen – und ein Kratzen. Mailín warf sich herum und entdeckte die schwarze Nixe. In einiger Entfernung verharrte sie auf einer Eisscholle. Erst jetzt fiel Mailín auf, dass es in dieser Wirklichkeit Nacht war. Mondlicht glänzte auf nasser Fischhaut. An den Armen und Schultern der Nixe richteten sich Fächer von Stacheln mit transparenten Trennhäuten auf. Die Fängerin fauchte. Nach dieser Warnung glitt sie rückwärts zum Meer zurück. Eis schaukelte, Wasser rauschte auf, dann füllte nur noch keuchender Atem die Luft. Mailíns Lungen brannten und ihre ganze Haut flirrte noch vom Nachhall der Explosion, die offenbar nur zwischen den Schleiern gehallt hatte. Hier war es gespenstisch still. Nicht einmal ein paar weiße Sturmvögel, die in ihren Nestern auf den Felsen schliefen, waren aufgeschreckt worden. *Hat jede Wirklichkeit ihre Zeit?,* fragte sich Mailín. *Oder jede Zeit ihre Wirklichkeit?*

»Wir müssen weg vom Strand«, hörte sie Eismund flüstern. Eng aneinandergeklammert stolperten sie steil bergauf – dorthin, wo nur noch raue schwarze Felsen aus dichtem Nebeldampf ragten. Mailín taumelte, als sie sich endlich in eine Höhle retteten und auf schwarzen Sand fielen. Unter ihren bloßen Händen war der Boden so warm, dass sie zurückzuckte. *Ist das Lavagestein?*

»Wo sind wir hier?«, flüsterte sie.

»Irgendwo hinter den Schleiern.«

»In einer anderen Wirklichkeit?«

»Vielleicht.«

»Ist das alles, was du weißt?«, fuhr sie ihn verzweifelt an.

»Ich wusste nur, dass es im Norden einen alten Richtpfahl im Meer gibt«, antwortete Eismund. »Und hinter dem Pfahl eine versteckte Insel mit einem Tor.« Mailín spürte seinen Atem an ihrer Schläfe und merkte erst jetzt, dass sie einander wieder umfangen hielten wie Ertrinkende. Und obwohl sie sich hätte losreißen müssen, schloss sie die Augen und umschlang seine Taille noch fester.

War die Sprengung Siljas Werk?, dachte die Strategin in ihr. *Hatte sie auf ihrer Flucht in meine Welt den Weg für ihre Verfolger vermint?* Draußen erklangen weicher Flügelschlag und dann ein leises Krächzen. Mailín machte sich los und kroch aus der Höhle. Der Rabe hob sich kaum von den Felsen ab, sie sah nur sein nachtblaues Auge kurz aufleuchten, als er den Kopf schief legte. *Zumindest ist es eine Wirklichkeit, die meine Raben erreichen können!* »Du bist noch da!«, flüsterte sie. »Weißt du, wo wir hier sind?« Der Vogelschatten schaute zum Meer und begann unbehaglich von einem Bein aufs andere zu treten. Mailín folgte seinem Blick. Hinter dem Strand und einem breiten Mosaikband aus Eistrümmern und schwarzem Wasser erstreckte sich immer noch ein Gleißen von Meereseis. Sie suchte nach dem Fernrohr und war erleichtert, dass der Ring der Herrin in ihrer Tasche immer noch aus Stein bestand. *Zumindest kein Königsland.* Und als sie durch das Fernrohr spähte, atmete sie auf. Auf dem Eis waberte die dichte Nebelbank. Aber darüber konnte sie in der Ferne die Spitze des Hauptmastes erahnen.

Der Rabe flatterte erschrocken ein Stück davon. Schritte knirschten, dann war Eismund bei ihr. »Ich muss Toma ein Zeichen schicken«, sagte Mailín. »Sie muss uns mit dem Nixenboot abholen.«

Hastig durchwühlte sie ihre Taschen, fand aber nur die beiden Ringe und die Eisperlen. »Gib mir deine Jacke«, sagte sie. Fieberhaft durchwühlte sie Eismunds Seemannsmantel, suchte in den zahlreichen Taschen nach losen Fäden und vergessenen Schnüren. Sie zuckte zurück, als etwas in ihren Finger stach. Es war nur die Ecke eines zusammengefalteten kleinen Kartons mit glatter Oberfläche, vielleicht eine Fotografie, die der Seemann bei sich getragen hatte. Kurz entschlossen griff Mailín zum Messer und schnitt sich eine dünne Haarsträhne ab. Sie hoffte, sie hatte die Knotenzeichen von Tomas Clan gut genug gelernt. Zur Sicherheit nahm sie auch noch das zusammengefaltete Foto und kratzte mit dem Messer darauf ein Kartenzeichen, das Birgida erkennen würde. »Bring das zum Schiff und zeig Toma den Weg«, bat sie den Raben. Der Rabe schnappte die Haarsträhne mit dem Zettel im Flug aus ihrer Hand. Mailín blickte ihm nach, bis er mit dem Indigo des Himmels verschmolz. »Jetzt können wir nur noch warten«, sagte sie zu Eismund. »Und du hast keine Wahl mehr, als mit mir zur *Licornia Lien* zurückzukehren.«

»Sieht ganz so aus.« An seiner Stimme hörte sie, dass er lächelte. Ganz von selbst fanden ihre Hände wieder ineinander. Und auch als sie in der Höhle Zuflucht suchten, ließen sie einander nicht los.

»Frierst du?«, hörte sie ihn fragen. Als hätte die Gefahr alle

Wärme aus ihren Knochen gezogen, zitterte sie tatsächlich trotz ihres Mantels. Aber der Sand war warm und auch in der Höhle klirrte kein Atemhauch. *Es muss wirklich ein Stück Vulkanland sein*, dachte sie. *Vielleicht gibt es im Berg heiße Quellen wie unter dem Augensee in Falún.* Sie zitterte noch mehr, als sie daran dachte, wie nah sie ihrer Welt gekommen war. Eismund legte ihr seinen Mantel um die Schultern. Und als er ihren Arm rieb, rückte sie näher an ihn heran. »Siehst du die Schleier der Wirklichkeiten?«

»Nur manchmal«, murmelte er. »Kurz bevor sie zerreißen oder sich wieder schließen.«

»So wie die Hülle der Insel?« Mailín schluckte. »Wie viele Wirklichkeiten gibt es, Eismund?«

»So viele, wie es Welten gibt. Zumindest vermute ich das. Sie überlagern einander und manches existiert zur gleichen Zeit. Nur in den Träumen kann man jede Wirklichkeit durchwandern.«

»Oder im Wachen, wenn ein Schleier sich hebt«, sagte Mailín. »Was hat die Insel sichtbar gemacht?«

»Deine Musik. Dein Lied, dein Heimweh nach Falún. Dein sehnendes Herz, als du an deine Mutter dachtest. Sehnsucht ist stärker als Liebe und Hass und kann sogar die Schleier zwischen den Wirklichkeiten zerreißen – wenn auch nur für kurze Zeit.«

Der Gedanke berührte Mailín wie die scharfe Klinge eines Messers. Und sie gestand sich ein, dass sie trotz allem einfach nur glücklich war, Eismund nicht verloren zu haben. *Sehnsucht ist stärker als Liebe. Auch meine Sehnsucht nach einem Kuss, der nicht sein darf?*

»Wie heißt du wirklich? Oder hast du deinen Namen auch vergessen?«

»Im Palast trägt niemand einen Namen.«

»Birgida schon.« *Und Silja auch,* fügte sie nur in Gedanken hinzu.

»Die Weberinnen geben sich gegenseitig Namen«, antwortete

er mit rauer Stimme. »Aber im Herzen aus Eis gelten andere Gesetze.«

»Der König ist also namenlos?«

Seine Hand an ihrer Schulter verhärtete sich leicht. »Dort sind alle namenlos. Die Sklaven aus Schnee, die als Herren und Herrinnen auftreten. Und auch die Wintergeister, die ihr Firnfrauen nennt.«

Und die dich um jeden Preis finden und zurückholen wollen, dachte Mailín. In der Dunkelheit konnte sie nicht einmal Eismunds Augen erkennen, es war, als würde sie einen Schatten umarmen, und für einen Moment fror sie doch. Und wieder fühlte sie die Kälte, die in ihm aufstieg und den Eismund, den sie im Tempel gesehen hatte, überschattete.

»Du bist es nicht, oder? Der... Winterkönig?« Noch während sie es aussprach, erschrak sie.

»Ich wäre ein seltsamer Herrscher, wenn ich in meinem eigenen Kerker sitzen würde, oder nicht?«

»Du sagtest, ein Palast kann ein Gefängnis sein. Die Weberinnen, die den König aus der Ferne gesehen haben, erzählen, er tanzt gerne und liebt die Musik. Und ich... habe dich gestern auf unserem Fest beobachtet.«

»So wie ich dich«, sagte er ruhig.

»In seinen Adern fließen das Eis und die Ewigkeit«, fuhr Mailín fort. »Er ist ewig jung und schön...«

Er überraschte sie mit einem leisen Lachen. »Du hältst mich also für schön?« Der spöttische Tonfall brachte ihr ihren Eismund zurück. Und mit einem Mal hätte sie fast selbst gelacht.

»Nein«, sagte sie. »Du bist hässlich wie die Nacht.«

»Dann kannst du ja froh sein, dass du mich jetzt nicht ansehen musst.«

»Ich sehe dich genauer, als du ahnst.« Ihre Hand fand seine

Wange, ihre Fingerspitzen strichen vorsichtig die Linie seines Mundwinkels nach – genau wie in ihren Träumen, als unter ihrer Berührung Kälte geknistert hatte und die Lippen stumm blieben. Nun spürte sie ein Lächeln. Und als er den Kopf wandte und vorsichtig ihre Handfläche küsste, erschauerte sie. *Hör auf,* mahnte ihre vernünftige Stimme. Aber heute war sie es, in der zwei Seelen stritten. Sie schloss die Augen, als er ihre Hand nahm und sie auf seine Brust bettete – genau an die Stelle, in der sie im Traum nach seinem Herzschlag gesucht hatte. Sie zuckte zusammen. »Du ... hast ein Herz?«

»Birgida hat mich mit ihrem Kuss daran erinnert«, erwiderte er. »Lange Zeit hatte ich es vergessen, wie so vieles. Auch als du vorhin sagtest, dass du einen Menschen loslassen kannst, da brauchte ich eine Weile, um zu begreifen, dass du tatsächlich von mir sprichst.«

Mailín schluckte. »Deshalb hat Birgida dich also geküsst?«

»Sie geht immer ihren eigenen Weg, um ein Muster zu ergründen«, sagte Eismund so sanft, dass Mailín seine Zuneigung für das Bergmädchen wie eine warme Berührung spürte. »Und ich habe meinen Weg durch euch wiedergefunden. Toma hat mich zum Lachen gebracht und meine Schatten vertrieben. Birgidas Kuss hat mich daran erinnert, dass ich ein Herz habe. Und du ... hast es zum Leben erweckt, Mailín.«

Sie hatte nicht gewusst, dass auch ein Name wie eine Liebeserklärung klingen konnte. Sie dachte nicht mehr nach, sie umarmte ihn einfach und stahl sich ihren Kuss. Und als Eismund sie an sich zog und den Kuss mit verzweifelter Leidenschaft erwiderte, war sie es, die daran erinnert wurde, ein Herz zu haben, einen Mund und eine Haut, die vor Leben flirrte. Sie war maßlos überrascht, wie anders dieser Kuss war. Mit Joun war es vertraut und schön gewesen, warm und sicher wie eine Umarmung von ruhigem Wasser. Aber Eismunds Kuss war Kälte und Glut zugleich, Fallen ohne Angst – und ein Eintauchen in einem Strudel von Empfindungen. Er riss sie fort vom sicheren Grund und weckte Rabenherz, die keinen Zweifel und kein Zögern kannte – nur die Gewissheit, wessen Mund sie küssen und wessen Haut sie spüren wollte. Schwarzer Sand flüsterte unter ihnen, als sie zurücksanken. Ihre Hände fanden unter sein Matrosenhemd und sie fühlte, wie er erschauerte und Luft holte. Im Kuss lachte sie und auch sein Mund war Lächeln und Hitze zugleich. Sie vergrub ihr Gesicht an seiner Halsbeuge und war erstaunt, dass seine Haut warm war und duftete – nach Wald und Zedernrauch und Sommergras. Und als er die Hand in ihr Haar wühlte und mit den Lippen über ihren Hals strich, waren sie nur noch zwei Menschen, die ein neues Land erkundeten.

❧

Sie hatte die Zeit verloren und auf eine Art auch sich selbst. Die Mailín, die nun in Eismunds Armen lag und seinem Herzschlag lauschte, war eine Fremde – und gleichzeitig so vertraut, als hätte sie lange, sehr lange nach ihr gesucht und sie endlich gefunden. Eismunds Hand lag an ihrem Nacken und das Streicheln seiner Finger schickte Schauer von Erinnerungen über ihre Haut, ließ die neue Wirklichkeit aufflackern, die ihr noch so fremd war, dass sie sich immer noch losgelöst von allem fühlte. Und sie ertappte sich dabei, wie sie sich verzweifelt danach sehnte, dass der Morgen nicht kam. *Fühlen sich so Verräter?*, dachte sie. *Es gibt nur ein Ja oder Nein. Und dein Ja hast du doch Joun gegeben.*

Draußen auf dem Meer begannen die Nixen zu singen. Der Refrain von Mailíns Tanzlied hallte schräg darin wider und ging in das schrille misstönende Rufen über. Und vielleicht war es Birgida, die nun weit entfernt mit derselben Tonfolge antwortete. Viel zu nah rückte die Welt wieder heran. *Noch nicht*, dachte Mailín. *Noch ist es nicht Morgen.*

Sie schmiegte sich noch dichter an Eismund und suchte seinen warmen Mund.

»Wie soll ich dich nennen?«, fragte sie ihn dann sanft. »Eismund bist du nicht mehr.«

»Gib mir einen neuen Namen.«

»In Tomas Clanssprache gibt es einen Namen, der Flusseis bedeutet«, flüsterte sie ihm ins Ohr. »Daran hat mich das Grün deiner Augen sofort erinnert, als ich ...«

... dich zum ersten Mal in meinem Traum sah. Sie sprach es nicht aus. Und dennoch konnte sie nicht verhindern, dass die Wirklichkeit des Tages wieder unbarmherzig herandrängte.

»Aber ich würde dich Saljo nennen«, fuhr sie fort. »Das ist ein Südland-Name, der nach Sommer klingt. Und auch nach einem Lied ...« Sie holte tief Luft. »Wenn Birgida, Toma und ich Herz, Hand und Kopf sind, dann bist du das Auge des Königs«, setzte sie vorsichtig hinzu. »Du ... siehst für ihn die Träume meiner Welt, nicht wahr? Und fängst die Sehnsüchte auf, die die Ranken als Echo in allen Wirklichkeiten wiederholen.«

Sie hatte erwartet, dass er vielleicht zornig werden würde. Aber er fragte nur: »Sogar jetzt noch auf der Suche nach Antworten, Strategin?«

»Ich will wissen, wen ich küsse. Bevor du mir wieder wegläufst.«

»Das werde ich nicht, Mailín. Ich kehre morgen mit dir zum Schiff zurück.«

»Ist das ein Versprechen?«

»Ja«, sagte er ernst. »Vertraust du mir endlich?«

»Ja und nein.«

Er lachte leise. »Mehr kann ich wohl nicht verlangen.« Seine

Fingerknöchel strichen sacht über ihre Wange, und obwohl es dunkel war, schloss sie die Augen.

»Du hast Rún also vor ihm bewahrt«, murmelte sie. »Indem du Mikas Traum vor dem König versteckt hast. Das heißt, es sind nicht nur Raunenträume, die im Palast sichtbar werden.«

»Nein. Raunen lassen sie nur heller strahlen. Die gewöhnlichen Träume sind meist blass und bedeutungslos – nur wenn sie von großer Sehnsucht durchdrungen sind, wie dieser Traum von Rún es war, dann sehe ich sie ebenfalls. Die Raunenträume leuchten alle in einem ganz anderen Licht. Sie zu betrachten, ist wie ein Fieber. Und die Firnfrauen wissen, wo sie nach dem Träumer suchen müssen.«

Mailín fröstelte trotz der Wärme unter den Mänteln. *Dann hast du Rún tatsächlich vor ihm gerettet. Der König hätte sie geholt. Genau wie Avissa vorhergesagt hat.*

»Warum hast du Rún vor den Firnfrauen versteckt?«

»Weil ich ahnte, dass sie dir wichtig ist. Ich habe es in dem Traum des Jungen gesehen – du standest mit der Fackel in der Hand am Rand des Tanzplatzes. Und die Art, wie du sie beim Tanzen betrachtet hast, hat mir gezeigt, dass du dieses Mädchen unendlich liebst.«

Wenn Mailín ihn nicht schon geküsst hätte, jetzt hätte sie es getan. »Dann hast du mich wirklich nicht gehasst, als wir einander im Labyrinth begegnet sind?«

»Ich hasse Silja, nicht dich. Sie ist der Grund, warum ich ins Eis verbannt wurde. Sie hat mich an die Wintergeister verraten, als ich fliehen wollte – vor langer Zeit.«

»Du wolltest schon einmal zur Insel?«

Sie spürte sein zögerndes Nicken.

»Und Silja hat . . .«, begann sie. Sie konnte spüren, wie er sich innerlich verhärtete. Und obwohl sie ihn in den Armen hielt, fühlte es sich an, als würde er sich entfernen, ihr entgleiten, ohne dass sie ihn zurückhalten konnte. »Wer ist dieser König?«, fragte sie hastig. »Ein Wintergeist wie die Firnfrauen?«

»Ja und nein.«

»Du weißt, dass das immer noch keine Antwort ist!«

»Manche Fragen haben keine Antworten«, entgegnete er leise. »Aber ich erzähle dir ein Märchen, Mailín. In einem Palast aus Wolken und Stein lebte eine Königin. Sie war schön und stolz, in ihren Adern floss die Ewigkeit und ihr Herz war scharfkantig und klar, ein gefrorener Kristall. Jedes Jahr schickte sie zwölf Winterfrauen in die Welt, um den Menschen Frost und Schnee zu bringen. Und mit ihrem Schlitten, gezogen von Katzen aus Nebel und Wind, bereiste sie die Städte der Erde. Während das Schnurren ihrer Katzen die Menschen in den Schlaf wiegte, ging sie von Haus zu Haus, sie saß an den Betten der Schlafenden, beobachtete ihre Träume und lauschte dem Schlagen ihrer Herzen. Eines Tages führte ihr Weg sie in ein warmes Land. Die Menschen kannten dort keinen Schnee, sie zitterten im Hauch ihres Atems und staunten über die weißen Spuren ihrer Schlittenkufen. Die Königin jagte ihre Katzen hinauf zu einem Burgberg. In einem Schloss, das von Rosen umrankt war, brannten Tausende von Kerzen. Denn seit drei Tagen und drei Nächten wurde hier Hochzeit gefeiert. Hinter den Fenstern sah die Königin den jungen Bräutigam mit seiner Braut tanzen. Es war der letzte Tanz vor ihrer Hochzeitsnacht und sie waren so glücklich und voller Vorfreude, einander endlich ganz zu gehören, dass die Königin nicht den Blick von ihnen wenden konnte. Der Prinz gefiel ihr. So stieß sie die Fenster auf und hauchte ihren Atem in den Ballsaal. Die Kerzen erloschen, alles wurde dunkel. Eisblumen erblühten auf den Spiegeln. Und als die Diener die Kerzen wieder entzündeten, war der Prinz verschwunden...«

»Das ist das Märchen von der kalten Königin«, sagte Mailín. »Meine Mutter hat es mir erzählt, als ich noch klein war. Die Königin entführte den Prinzen in ihr eisiges Reich. Als sie ihn küsste, vergaß er seine Braut und glaubte, seit jeher die Königin zu lieben. Doch die Prinzessin fand ihn. Und mit ihrem Kuss brach der Bann, unter dem er stand. Die Königin hatte keine Macht mehr über ihn. Sie musste ihn freigeben und sie kehrten zurück und lebten glücklich bis an ihr Ende.«

Eismunds Antwort war nur Schweigen. Aber nicht nur deshalb fröstelte Mailín.

»Das ... ist nicht das Ende des Märchens«, sagte sie leise.

»Nicht ganz«, erwiderte er mit rauer Stimme. »Die Königin hatte den Prinzen entführt. Sie erbaute für ihn ein Schloss an den Klippen, weitab von seiner Welt. Sie schuf ein ganz eigenes Königreich für ihn, sie rief Seidenspinnen herbei und ließ Weberinnen im Schloss einziehen. Dort webten sie Seide aus Spinnengarn und nähten daraus Ballkleider. Aus Schnee erweckte die Königin einen ganzen Hofstaat. So tanzte sie mit ihrem Geliebten aus der Menschenwelt in einem ewigen Fest. Im Spiegel seiner liebenden Augen kostete sie auf diese Weise selbst das Menschsein. Aber seine menschliche Prinzessin hatte ihn nie vergessen und fand ihn. Es gelang ihr sogar, ihn zu küssen. Doch die Königin entdeckte das Mädchen und – tötete es. Vor Zorn über seinen Verrat verwandelte sie das Herz des Prinzen in scharfkantiges Eis. Von nun an war er ihr gleich: kalt, grausam und mitleidlos. Die Königin zog mit ihrem Schlitten und den Wintergeistern wieder in die Menschenwelt aus, um ihnen den Winter zu bringen. Aber in ihrer Wut beschloss sie, die Welt diesmal mit ewigem Schnee und Eis zu erobern.«

Mailín schluckte. *Dann existiert die kalte Königin also tatsächlich. Sie sucht die Länder mit ihren Eiswintern heim, tötet ganze Völker und reiht* sie wie Trophäen im Eis ihres blauen Friedhofs am Fluss auf. »Der Prinz blieb in seinem Palast und tanzt auf den Festen«, sagte sie leise. »Und wählt sich aus dem Webertrakt immer neue Frauen für seine Tänze aus.«

»Manchmal sind es Weberinnen. Aber manchmal beobachtet er ein Mädchen in einem Traum, der vor Liebe und Sehnsucht leuchtet. Und dieses Mädchen lässt er von den Wintergeistern zu sich holen. Er tanzt mit diesen Bräuten, bis sie alle früher oder später an seiner Kälte zugrunde gehen.«

Wie Frija, dachte Mailín. *Die geweint hat, als sie begriff, welches Schicksal sie erwarten würde.* Sie machte sich aus Eismunds Armen los und setzte sich auf. Warmer Sand rieselte wie ein Schauer von ihrem bloßen Rücken. »Aber ... du bist nicht er«, flüsterte sie ins Dunkel. »Sag mir, dass du es nicht bist, Eismund!«

»Dann wäre ich ein Ungeheuer mit einem Eisherzen. Ein Mörder, der unzählige Menschen ins Schloss gelockt hätte, wo sie zugrunde gingen. Ein Menschenleben hätte mir nicht mehr bedeutet als die Vergänglichkeit einer Schneeflocke. Niemals könntest du jemanden mit einem solchen Eisherzen lieben.«

Fast schämte Mailín sich dafür, so erleichtert zu sein. Sie schmiegte sich an ihn und spürte seinem warmen Herzschlag an ihrer Wange nach. Tief sog sie seinen Duft ein – die Ahnung von Sommerfeuern und Juliwolken. »Niemals«, sagte sie. »Aber wer du auch bist – du wärst niemals wie dieser König.«

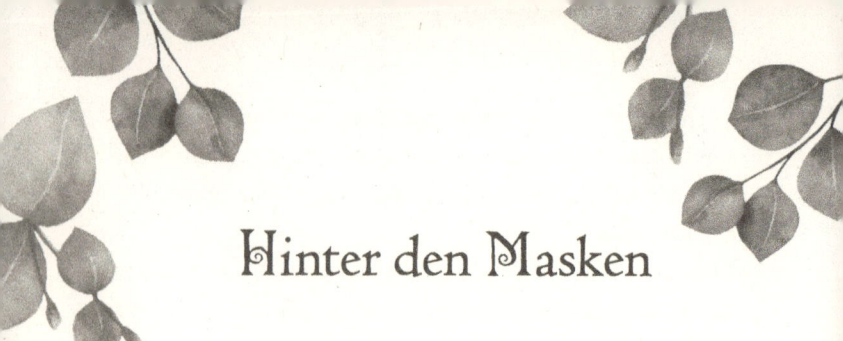

Hinter den Masken

Mailín hätte schwören können, dass sie nicht eingeschlafen war. Aber als sie die Augen aufschlug, hörte sie Möwenkreischen statt Nixengesang und der Höhleneingang gleißte in einem nüchternen, kalten Morgenlicht. Sie fuhr hoch – und begann zu frieren, als die Mäntel von ihr herunterrutschten. Winterblass leuchtete ihre Haut auf dem schwarzen Lavasand – und Eismunds Arm lag über ihrer Hüfte. Sie atmete auf. *Er ist tatsächlich noch da.* Noch blinzelnd in der plötzlichen Helligkeit beugte sie sich über ihn – und wäre fast zurückgeschreckt. Im ersten Augenblick glaubte sie einen Fremden zu sehen. In seinem Haar glänzte mehr warmes Sommerbraun als Weiß. Seine Wimpern erinnerten nicht mehr an Firn, sie waren schwarz und dicht und bebten leicht, als würde er schlafen und träumen. Seine Haut war nicht mehr schneeweiß. Kratzer zeichneten sich als Spuren des Sturzes nach der Explosion auf seiner Schulter ab. Als würde er ihren Blick ahnen, drehte Eismund sich auf den Rücken und schlug die Augen auf. Sie waren von einem tiefen Grün, das nichts mehr von Flusseis und Kälte hatte. Und als er sie anlächelte, kehrte jede Erinnerung an die Nacht zurück.

»Habe ich geschlafen?«, murmelte er verwundert.

»Menschen schlafen«, erwiderte sie atemlos. Ihr Herz setzte

einen Schlag aus, als er ihr eine Locke hinter das Ohr strich. »Sturmfee«, sagte er lächelnd. »Meine!«

Sie musste lachen. »Hast du von Toma nicht gelernt, dass Windfrauen niemandem gehören?« Aber sie konnte nicht widerstehen, als er sie zu sich zog und küsste. Und in diesem Kuss blühten Möglichkeiten auf, Wege spannen sich über Ozeane; für diesen kostbaren Moment lag die Welt offen vor ihr. Und dennoch fühlte sich kein Ort auf der Welt richtiger an als Eismunds Arme.

Die Nacht irrlichterte durch ihr Herz – und gleichzeitig war sie mit einem Mal so traurig, dass sie am liebsten geweint hätte. *Menschen lügen,* hörte sie Leens mitleidlose Worte. *Und manchmal verraten sie sogar die, die sie am meisten lieben.*

Eismund ließ nur zögernd zu, dass sie sich losmachte und beobachtete mit gerunzelter Stirn, wie sie sich den Lavasand von der Haut wischte und sich hastig anzog. Und als würde sie mit dem Mantel in ihr altes Ich schlüpfen, war sie froh, sich wieder in die Sicherheit von Strategien und Plänen flüchten zu können. »Ich … muss nachsehen, ob Toma auf dem Weg zu uns ist.«

Joun hätte sie jetzt bestürmt und ausgefragt, was das zu bedeuten habe. Aber Eismund wurde nur sehr ernst, dann nickte er langsam und stand ebenfalls auf.

Draußen empfing sie Nebelwind mit einem Hauch von Hitze. Bei Tageslicht zeigte sich, dass sie sich tatsächlich in einem Vulkangebiet befanden. Heute nahm Mailín sogar den leichten Schwefelgeruch heißer Quellen wahr, der sich in die Salzluft des Meeres mischte. Vielleicht war dieser Ort eine Insel, aber der Dampf, der rechts von ihnen wohl aus Quellen aufstieg, verschleierte den Ausblick. Mailíns Raben waren nirgendwo zu sehen und auch den Strand erahnte sie heute nur hinter dichtem Weiß. »Da oben ist ein Plateau«, hörte sie Eismund sagen. »Von dort aus sehen wir vielleicht mehr.« Es gab Mailín einen Stich, dass er wieder sachlich klang – der Stratege, den sie kannte. Sie folgte ihm durch den Wasserdampf steil bergauf zu einem abgeflachten Felskamm. Eismunds zweifarbiges Haar wehte ihm in die Stirn, während er mit schmalen Augen zum Meer spähte. *Er sieht aus wie ein Eroberer aus meiner Welt*, dachte Mailín. Und wieder schlug ihr Herz schneller und brachte alles in ihr durcheinander.

Von hier oben war die Sicht zum Meer tatsächlich besser. Man konnte an dem lang gezogenen Strand entlangblicken. In der Ferne erhob sich der Richtpfahl. Aber nirgendwo ein Nixenboot. Hinter Nebel erahnte man durch das Fernrohr nur gelbliche Lichtpunkte, wo die Mastspitzen sein mussten. Mailín sank der Mut.

»Wenn hier Tag ist, ist dort tatsächlich Nacht. Toma wird kaum vom Schiff gehen, solange die Nixen auf dem Eis sind.« *Wenn sie überhaupt noch kommt.* Denn auch ihren Rabenschwarm entdeckte Mailín nirgends. Sie ließ sich auf dem Lavafelsen nieder und zog die Beine an den Körper.

»Toma wird uns nicht im Stich lassen«, sagte Eismund.

Es tat ihr gut, dass er »uns« sagte. Wieder kam jähe Traurigkeit in ihr hoch.

»Wie geht es weiter?«, hörte sie Eismund fragen. »Was wird sein, wenn wir zurück auf der *Licornia* sind?« Beide wussten, wovon sie in Wirklichkeit sprachen. Aber heute war Mailín zu feige darauf einzugehen.

»Wir ziehen das Nixenboot bei Tag zur südlichen Meereiskante«, antwortete sie. »Von dort aus setzen wir auf dem Wasser in westlicher Richtung zu einem Nebenfjord über. Toma weiß, wie wir ungesehen über Land zurück zum Knochenfjord kommen. Und Birgida kennt die Wege, die von außen in den Wächtertrakt führen. Sie wird uns zeigen, wo wir uns im Schloss verbergen können.«

»Das war nicht meine Frage«, sagte Eismund sehr ernst. »Was wird sein, wenn wir wieder auf dem Schiff sind?«

Mailín biss sich auf die Unterlippe. »Ich weiß es nicht.«

»Das ist also deine Art, ein Nein auszusprechen?«, stellte er nüchtern fest. »Und Nein sagst du wegen Joun. Den du schon dein ganzes Leben lang liebst.«

Sie wich seinem Blick aus. Denn diesmal war die Wahrheit tatsächlich eine Schlange mit zwei Köpfen. *Oder ein Rabe, der gleichzeitig Ja und Nein sagt.* »Ich ... habe ihm ein Versprechen gegeben.«

Sie war Eismund dankbar, dass er diesmal nicht in seinen Spott verfiel. Er verzog nur den Mund zu seinem bitteren Lächeln. »Heute Nacht habe ich eine andere Frau in den Armen gehalten«, sagte er. »Eine, die nichts mehr liebt, als neue Wege zu gehen. Eine, die ein stürmisches Herz hat und deren Küsse nach Freiheit schmecken.«

»Vielleicht sind Nacht und Tag manchmal sehr verschiedene Wirklichkeiten. Und ich kannte mal jemanden, der mir erklärte, dass ein Herz einen auch in den Abgrund reißen kann.«

»Und ausgerechnet du hörst auf mich?« Eismund schüttelte den Kopf. »Dann hättest du mich nicht geküsst. Nicht so! Ich dachte, wir hätten beide dieselbe Sehnsucht: frei zu sein. Warum willst du ein Vogel mit gebundenen Flügeln bleiben, wenn du stattdessen einfach sein könntest, wer du sein willst?«

»Und wer will ich deiner Meinung nach sein?«, erwiderte sie härter, als sie wollte.

»Jemand, der eine Wahl hat. Und sie auch trifft.«

»Ich hatte die Wahl!«, brauste sie auf. »Und ich entschied mich dazu, Rún zu belügen, nur damit ich heimlich fortschleichen konnte. Ich versprach ihr, bis Mitternacht zurück zu sein —

stattdessen bin ich einfach aus ihrem Leben verschwunden. Ich bin gesprungen, statt in meine Stadt zurückzugehen, und habe damit meine Familie vielleicht ins Unglück gestürzt. Und heute Nacht habe ich den Menschen betrogen, der mir vertraut und mich liebt und dem ich mein Jawort gegeben habe.«

»Du betrügst dich selbst, weißt du das?«, gab Eismund ebenso hitzig zurück. »Gestern habe ich dich um Rún weinen sehen. Aber niemals weinst du um Joun.«

»Weil ich eines der Winterkinder von Falún bin. Wir sind stark, wir weinen nie. Nicht einmal um meine Mutter habe ich damals eine Träne vergossen.«

Eismund sah sie lange an. »Was ist dann mit deinem verwundeten Herzen?«

Mailín straffte die Schultern. »Offenbar ist zuviel Wasser hineingedrungen und zu Eis gefroren. Vielleicht sollte ich ja mit dem König tanzen? Er könnte mir nichts anhaben.«

»Mach keine Scherze darüber!« Sie zuckte zusammen, als er sie so heftig anfuhr. Doch dann seufzte er und setzte sich neben sie. Und sie liebte ihn dafür, dass er nicht versuchte, sie zu küssen oder in die Arme zu ziehen. Er fragte nur: »Was ist damals mit Dánija passiert?«

»Das, was so vielen in meiner Stadt passiert ist. Sie war im Wahn des Schneefiebers gefangen, besessen vom Drang, nach draußen in die Kälte zu rennen. Manche Familien banden ihre Kranken an die Betten, um sie im Haus zu halten. Aber mein Vater Elaj brachte das nicht fertig. Er wachte Tag und Nacht bei ihr. Meine Brüder lagen noch in der Wiege, eine Nachbarin kümmerte sich um sie und um Rún, aber ich hatte nicht zugelassen, dass man mich fortbrachte. Und als Elaj doch einmal ausruhen musste, bat er mich, Dánija zu bewachen. Sie schlief gerade und ich sollte ihn wecken, sobald sie hochschreckte.« Zaghaft berührte Mailín Eismunds Hand. Er nahm sie ganz selbstverständlich in seine und ihre Finger verflochten sich ineinander. Vorsichtig, als würde sie sich in eine lichtlose Kammer wagen, die seit vielen Jahren fest verschlossen war, fuhr sie fort: »Ich schlief an Dánijas Bett ein. Als mich ein kalter Wind weckte, stand das Fenster offen und ich sah sie durch den Schnee barfuß zum Wald laufen. Statt meinen Vater zu wecken, sprang ich kopflos und ohne nachzudenken aus dem Fenster und rannte ihr nach, bis zu einer Schlucht. Aber ich konnte sie nicht einholen – ich sah nur noch die ... Lawine.«

Seine warme Hand schloss sich fester um ihre. Tröstend strich sein Daumen über ihren Handrücken. »Du warst ein Kind. Du trägst keine Schuld.«

»*Nichts von dem, was geschehen ist, war deine Schuld*«, hörte sie Joun wie ein Echo sagen.

»Ich weiß«, erwiderte sie. Und dachte: *Immer wieder Joun.* Vorsichtig lehnte sie ihren Kopf an Eismunds Schulter und spürte zaghaft dieser Wirklichkeit nach. *Was wäre, wenn ...?* dachte sie. »Du bist ein Mensch. Du hattest auch eine Mutter.«

»Ja«, murmelte er. »Nur erinnere ich mich nicht an sie.«

»Du weißt gar nichts mehr?«

»Im Palast ist der Schlaf das Vergessen. Mit jedem fremden Traum, den ich sah, verlor ich ein Stück meiner eigenen Erinnerung.«

Mailín fröstelte, so schlimm erschien ihr die Vorstellung, sich selbst zu verlieren. Eismund strich noch einmal über ihren Handrücken, dann ließ er sie los. Aber diesmal hielt sie ihn zurück.

»Ich erwarte nicht, dass du mit uns kommst«, sagte sie. »Aber ... zwei Strategen sind besser als einer. Vor allem, wenn der eine den blauen Palast kennt.«

Auf Eismunds Miene fiel ein Schatten, den sie schwer deuten

konnte. »Der Palast gehört den Wintergeistern. Ich weiß sehr viel weniger darüber, als du annimmst.«

»Aber du kennst die Gefahren.«

»Gut genug, um mich von diesem Ort fernzuhalten und so weit zu laufen, wie ich kann«, murmelte er. »Aber ... wir sind beide Menschen, die ihre Versprechen halten. Und ich sagte dir gestern schon, ich komme mit euch.«

Auch für diese Worte liebte sie ihn.

Die Felsen schienen zu fauchen, als der Wind über sie hinwegfuhr. Er traf Mailín am Rücken, als wollte die Windfrau ihr einen Stoß versetzen. Ein Stein löste sich irgendwo hinter ihr, klapperte bergab und bekam ein Echo. Als Mailín sich umdrehte, riss eine Bö kurz ein Loch in den Nebeldampf. Der Moment genügte, um den schmalen Spalt hinter dem Plateau zu zeigen, in dem das Echo des Steins noch nachhallte. Bisher hatte es nicht geschneit, aber nun trieben von der anderen Seite des Abgrunds vereinzelte Schneeflocken herüber. Beim nächsten Windwirbel öffnete sich der weiße Vorhang wieder und gab preis, was er verbarg. *Polierter schwarzer Stein?* »Da drüben scheint eine Mauer zu sein.«

Eismund trat an den Rand des Plateaus. »Ich sehe nichts.«

Mailín beugte sich vor, aber das Schneetreiben und der Wasserdampf waren nun so dicht, dass sie kaum etwas erkannte. Und dennoch erahnte sie einen Glanz, der ihr irgendwie bekannt vorkam.

»Was hast du vor?«, fragte Eismund, als sie ein paar Schritte rückwärtsging.

»Anlauf nehmen. Ich sehe mir das Ganze aus der Nähe an.«

Sie hatte erwartet, dass er ihr dasselbe sagte, was ihre Vernunft ihr warnend zuflüsterte: *Du bist vielleicht noch zu schwach. Und was, wenn dich mitten im Sprung ein Fallwind trifft?*

Doch Eismund schätzte nur kurz die Entfernung ab und sagte: »Dann gib mir wenigstens deine Hand.«

Sie liefen aus dem Stand los, sobald der nächste Windstoß den Vorhang hob. Scharfkantige Lava gab ihren Stiefeln Halt, als sie sich abstießen. Mailín schaute nicht nach unten, aber sie spürte die Tiefe, die an ihr zerrte. Als würde eine Wand aus Wind sie bremsen, schien sie einen Moment in der Luft zu stehen. Doch Eismunds Schwung zog sie weiter, bis sie so hart aufkamen, dass sie stolperte. Eismund ließ sie erst los, als sie sich gefangen hatte. »Das war trotz allem knapp«, sagte er atemlos. Aber seine Augen leuchteten und sie spürte die vibrierende Spannung in ihm. *Wir sind wirklich gleich. Wenn wir springen können, dann springen wir.*

Mailín schluckte und wandte sich um. Und dann blieb ihr noch mehr der Atem weg. Wie sie vermutet hatte, lag hinter Nebel und Schnee eine Mauer. Sie hatte das Schwarz von Rabenfedern und schimmerte aus einem bestimmten Winkel in einem bläulichen Glanz. Vorsichtig strich Mailín mit der Hand über die glatte Struktur. Doch als sie aufblickte, verschwand das Gebäude einfach hinter Nebel und Schneeflocken. Ein Stück weiter rechts entdeckte sie die Reste eines breiten Tors. Es bestand nur noch aus einer steinernen Einfassung, der halbe Türstock war heruntergebrochen. Und auch aus dem Inneren des Gebäudes trieb Schnee nach draußen.

»Offenbar hat die Ruine kein Dach mehr«, hörte sie Eismund sagen.

Mailín trat ein. Im ersten Moment konnte sie kaum etwas erkennen, so viele Schneeflocken wirbelten ihr entgegen. Ein Luftzug sog den Schnee seitlich durch ein Ruinenfenster und dann durch das Tor nach draußen. Aber man sah deutlich, dass es eine Rundhalle war. Eine schmale Steintreppe zog sich wie die Windung in einem Schneckenhaus an der Wand nach oben.

»Der Raum hat ein Dach«, flüsterte sie. »Und zumindest ein weiteres Stockwerk.«

»Wo willst du hin?«

»Nachsehen, wohin dieser Aufgang führt.«

Sie rannte die Treppe hinauf. Doch die letzten Steinstufen waren heruntergebrochen und über der Lücke gähnte nur ein schartiges Loch in der Decke. Aus der Nähe erkannte man, dass die Decke aus poliertem schwarzem Stein bestand, der mit Intarsien geschmückt war. Einst hatte das Silber geglänzt, aber im Lauf der Jahre war es dunkel angelaufen und matt geworden. Dennoch erahnte Mailín Spiralen und Strukturen, die an Gesichter erinnerten und sich bei genauerer Betrachtung als ganz andere Formen entpuppten, wie bei den optischen Täuschungen, mit denen Kapitän Santalnik sie als Kind gerne verblüfft hatte. »Ich will einen Blick in den nächsten Raum werfen«, sagte sie über die Schulter. »Heb mich hoch.«

Eismund seufzte. »Du hältst wohl nie still. Immer zum nächsten Horizont, hm?«

»Das ist mein rastloses Rabenherz«, gab sie mit einem Lächeln zurück.

Sie versuchte nicht nach unten zu schauen, während Eismund sie auf die Schulter hob.

Auch dieser Saal war verlassen. Anders als der Sockelraum bestand er jedoch aus fast weißem Stein. Links von der Treppe erhob sich ein spitzes, schmales Bogenfenster und im Zentrum der Halle hingen von der Decke zerrissene und vergilbte Vorhänge, die früher vielleicht ein Podest geschmückt hatten.

»Sei vorsichtig!«, hörte sie Eismund sagen. Aber da hatte sie sich schon mit Händen, die taub vor Kälte waren, aufgestützt und zog sich in den Raum. Atemlos richtete sie sich auf einem Grund, der weiß wie ein Schleier war, auf. Es war kein Stein, sondern wirkte eher wie dichtes Gewebe. Dieselben Muster, die von unten gesehen an der schwarzen Decke prangten, zierten hier oben den Boden. Nur, dass diese hier lebendig schienen, pulsierten, atmeten, sich veränderten, neu verschlangen. *Die helle Seite des Spiegels?*, dachte Mailín. Und als würden die Wirklichkeiten in diesem Raum Gestalt annehmen, bewegten sich die bodenlangen Vorhänge leicht in einem Luftzug, der von einem zweiten Fenster auf der der anderen Seite der Halle kam. Mailín berührte eine Spiralform auf dem Boden. Sie sirrte ganz leicht unter ihren Fingerspitzen. *Wie der Gesang von Schmetterlingen.* Der Gedanke war so seltsam, dass sie fast gelächelt hätte. *Das Schloss der Wolkenfeen?* Es war eine bizarre Vorstellung, doch für einen Moment schien sie völlig real zu sein.

»Komm und sieh dir das an.« Mailín wusste nicht, warum sie immer noch flüsterte. *Vielleicht, um die Schmetterlinge nicht aufzuschrecken?*

Eismund sprang mit einem Satz hoch und klammerte sich an den Rand der Öffnung. Mailín packte ihn am Mantel und half ihm, sich in den Saal zu ziehen. Voller Unbehagen sah er sich um.

»Ich weiß nicht, was für eine Art von Magie das hier ist, Mailín, aber... wir sollten gehen.«

Wäre er ein Wolf, würde er jetzt die Nackenhaare sträuben, dachte Mailín. *Aber er ist mir dennoch gefolgt. Er liebt mein Rabenherz. Und selbst wenn ich jetzt weitergehen will, wird er an meiner Seite bleiben.* Die Zärtlichkeit für Eismund wallte wie ein Schmerz in ihr auf. Er zuckte leicht zurück, als sie zu ihm trat. Aber als sie ihm die Hand um den Nacken legte und ihn zu sich herunterzog, gab er nach. »Danke, dass du mich siehst«, sagte sie aus vollem Herzen.

»Wir sehen einander«, gab er so zärtlich zurück, dass es ihr die Kehle zuschnürte. Dennoch küssten sie sich nicht, sie lehnten nur kurz die Stirn aneinander und spürten dieser Berührung mit geschlossenen Augen nach. »Von hier aus führt keine Treppe mehr ins nächste Stockwerk«, sagte Eismund dann heiser und trat zurück. »Gehst du jetzt wieder mit mir nach unten oder nicht?«

Mailín schluckte. »Einen Moment noch.« Als würde sie über Watte laufen, hallte ihr Schritt nicht, während sie über das atmende Muster des Bodens zum westlichen Fenster ging. Und als sie sich hinauslehnte, erkannte sie, was dieses Gebäude in Wirklichkeit war. Es gab ein drittes Stockwerk und vielleicht auch ein viertes, das der fallende Schnee verhüllte, bis der Turm völlig zu verschwinden schien. Unter dem Fenster hatte sich der Nebel etwas aufgelöst, man sah, dass der Turmsockel auf einem terrassenförmigen Felsrund ruhte. Der Abgrund, über den sie hinweggesprungen waren, umgab diese Terrasse wie ein Burggraben. *Einer, der unendlich tief ist.* Der Schnee, der hineinrieselte, verschwand in Schwärze. *Das ist nicht das Schloss der Wolkenfeen,* dachte Mailín. *Welche Fee würde die Mauern ihres Palasts mit Albträumen verzieren?* Unter dem Fenster befand sich ein Wasserspeier in Form eines geflügelten Nachtmahrs. Das steinerne Ungeheuer hatte Schwingen, die sich in steilen Bogen krümmten, als wollte das Wesen sie gerade ausbreiten. Sie waren mit Schnee bedeckt, aber an den Flügelrändern fiel Mailín mit einem Mal ein nachtblauer Glanz auf. Sie zuckte zurück und schob die Hand in die Manteltasche. Und als sie dort zwei glatte Silberringe ertastete, hatte sie das Gefühl, dass der Boden unter ihr nachgeben musste. »Wir sind wieder im Königsland«, wisperte sie. »Den nachtblauen Stein habe ich in einem Spiegel im Palast gesehen. Das ist also der Turm, der auf den Münzen aus dem Palast eingeprägt ist!«

Sie hatte nicht gewusst, dass Eismund ebenso gut wie Toma fluchen konnte. Im nächsten Moment war er schon beim Loch im Boden. Er sprang auf die zerbrochene Treppe und streckte ihr die Arme entgegen. Doch gerade als sie ihm folgen wollte, befahl er ihr mit einem scharfen Wink, sich nicht zu rühren. Mailín konnte nicht sagen, was ihr mehr Angst machte – der Ausdruck von Panik in seinen Augen oder das jähe Brausen eines Orkanwindes, der wie ein Stoß durch die Fenster fuhr und die Vorhänge zum Flattern brachte. Draußen kreischten Kufen auf Felsgestein und Krallen kratzten, als würde ein Dutzend Katzen versuchen, beim Abbremsen nicht in den Abgrund zu schlittern.

Noch nie hatte sie jemand so schnell springen und klettern sehen wie Eismund. In dem Moment, als ein zweiter Orkanwind von Osten heranbrauste, war er bei ihr. Er riss sie zu Boden und drückte sie unter dem Fenster gegen die Wand. Dennoch hatte der Augenblick genügt, um zu sehen, was wie eine graue Sternschnuppe am östlichen Fenster vorbeizog: ein Schlitten, gezogen von Katzen. Und darin Gestalten mit Haar, so weiß wie Schneewolken.

Atemlos verharrte Mailín, während der Orkan um den Turm fauchte und so schnell wieder verebbte, wie er gekommen war. *Kein Ausweg*, schrie es in ihr. Und als Eismund über die Schulter gehetzt durch das Loch im Boden nach unten blickte, wusste sie, dass die ersten Katzen schon in den Sockelraum schlichen. Eismund hatte ihr Gesicht mit den Händen umfasst. Seine Augen loderten in einem fremden Licht, das ihr Angst machte. »Vertraust du mir?«, flüsterte er so leise, dass die Worte nur Atem an ihrem Mund waren.

»Ja«, hauchte sie, ohne zu zögern. »Was . . .«

Er brachte sie mit einem verzweifelten Kuss zum Schweigen. »Versteck dich«, raunte er ihr zu. »Gib keinen Laut von dir, egal, was du siehst oder hörst.«

»Es gibt kein Versteck«, wisperte Mailín.

Draußen erklang ein Befehl, Seide rauschte, als würden sich

Firnfrauen nähern. Eismund packte Mailín an den Armen und zog sie hoch. »Keinen Laut«, hörte sie ihn noch sagen – dann stieß er sie rücklings aus dem Fenster. Sie war viel zu überrascht, um aufzuschreien. Hart kam sie auf Stein auf und rutschte in einen Spalt. Für ein paar Momente sah sie nur tanzende, grelle Sterne vor Schmerz. Die Sterne wurden zu Schneeflocken. Der Nachtmahr hatte sie abgefangen, sie lag zwischen seinen Flügelbogen. *Und jeden Augenblick wird eine Firnfrau ans Fenster treten und mich sehen.* Es war das zähe, zu allem entschlossene Wintermädchen, das reagierte, während auf Mailíns Lippen immer noch der verzweifelte Kuss pochte und ihre Gedanken durcheinanderwirbelte.

Sie rutschte bis zum Flügelansatz und hangelte sich durch den Spalt zwischen Skulptur und Wand hindurch unter den linken Flügel des Dämons. Auf dem Vorsprung, auf dem das Ungeheuer kauerte, fand sie zwischen den Vordertatzen gerade genug Raum, um sich im Sichtschutz der Statue zusammenzukauern. Hastig zupfte sie sich auch noch das schwarze Haar wie eine Tarnmaske vor das Gesicht, bis sie nur noch zwischen dunklen Strähnen hervorspähen konnte. Sie konnte nur hoffen, dass sie nun gut genug mit den Schatten verschmolz, denn durch den schmalen Spalt zwischen Flügelbogen und Podestrand sah sie unter sich mindestens dreißig Katzen, die vor dem Turm um zwei Firnfrauen herumstrichen. Beide Spinnenfrauen hielten lange Lanzen in den Händen, an deren Ende Dornaufsätze aus Elfenbein saßen. In einer der Firnfrauen erkannte Mailín nun auch die große, hagere Kriegerin, die sie am Ufer der Halbinsel gesehen hatte. Ihre schmale Maske erinnerte an das Gesicht eines misstrauischen Fuchses.

Eismund ist aus dem anderen Fenster gesprungen und versteckt sich ebenfalls, beruhigte Mailín sich. Doch als aus dem zweiten, größeren

Schlitten eine weitere Gestalt stieg, war sie froh, dass die Tatzen sie hielten, sonst wäre sie sicher abgerutscht. Diese Frau war kein Wintergeist, sondern ein Mensch. Mailín kannte die aufrechte Haltung, die stolze Neigung ihres Kopfes und auch das lange Haar, das Silja – so wie immer – offen trug. Im ersten Augenblick war Mailín trotz aller Verwirrung erleichtert. Aber gleichzeitig duckte sie sich mit rasendem Herzen noch tiefer in den Schutz des Flügels. Die Firnfrauen und Katzen wichen vor Silja zurück und bildeten ein Halbrund um sie. Silja stand aufrecht da, mit herrischem Blick und erhobenem Kinn. Dann näherte sie sich mit gemessenen Schritten dem Turm. Ihr Haar war weiß, wie von Frost überzogen, und an ihrer Stirn funkelte an einem schmalen Band ein einzelner Diamant. Ihr Kleid bestand aus tiefblauer Spinnenseide und war am Saum so dicht mit Silber und Traumperlen bestickt, dass die Schleppe schwer über den Boden schabte. Mailín musste sich nicht fragen, ob das Zierwerk sich anderswo als Trugsilber entpuppt hätte. Die kostbare Stickerei war echt. Mit der Rechten stützte sich Silja auf einen langen Stab, an dessen oberem Ende eine polierte Silberscheibe mit einem Spinnensiegel prangte. *Wie ein Zeremonienstab. Oder ein Zepter,* dachte Mailín. Auf halbem Weg zum zerfallenen Tor hielt Silja inne. »Bringt ihn zu mir«, befahl sie barsch.

Mailín zuckte zusammen. Wie in einem Albtraum kamen zwei Schneewesen in der Gestalt von Herrinnen aus dem Turm – zwischen sich Eismund, dem sie die Arme auf den Rücken verdreht hatten. Eine dritte Herrin folgte ihnen mit einem Dreizack. Direkt vor Silja zwangen die Schneewesen Eismund auf die Knie. Eine dieser Herrinnen blutete aus einer Wasserwunde am Arm – dort, wo Eismund sie offenbar mit dem Nixenzahn verletzt hatte. Silja nahm diese Waffe aus der Hand dieses Schneewesens entgegen. Und als sie Eismund am Kinn packte und ihn zwang, zu ihr aufzuschauen, hätte Mailín am liebsten geweint. Die Prankenhiebe der Raubkatzen hatten seinen Mantel in Fetzen gerissen. Seine linke Schulter lag frei und aus drei tiefen Kratzern floss Blut. Das war ein weiterer Schock: Trotz seiner Menschlichkeit war es immer noch kristallklares Wasserblut. *Wann habe ich das vergessen?*

»So sehr in das Menschsein verliebt, dass du ihnen gleichen willst?«, fragte Silja voller Hohn beim Betrachten seines Haars. »Ich hätte dich ja fast nicht wiedererkannt.«

Mailín gab es einen jähen Stich, denn was sie hörte, war ganz und gar nicht die freundliche Stimme ihrer Freundin aus Falún.

»Seltsam, obwohl du dich als Reisende getarnt hattest und unter Menschen um Jahre gealtert bist, habe ich dich im Raunentraum sofort erkannt«, stieß Eismund zwischen zusammengepressten Zähnen hervor. Mailín wusste, dass seine Worte nur für sie bestimmt waren. Ihr Herz schnürte sich zusammen. *Silja gehört also zum König. Und ich habe Eismund nicht geglaubt.*

»Und jetzt bist du wieder des Winters gehorsamste Dienerin in ihrer wirklichen Gestalt«, setzte er hinzu. »Nur die zehn Jahre bekommst du nicht zurück.«

Silja stieß Eismund mit einer verächtlichen Geste von sich und gab den Herrinnen einen Wink. Die Schneewesen ließen von ihm ab und traten synchron wie Spiegelbilder zurück. Die dritte Herrin richtete ihren Dreizack in Höhe seines Herzens auf Eismunds Rücken. Schweigend beobachteten die beiden Firnfrauen die Szene und streichelten dabei ohne eine Regung ihre Nebelkatzen. *Als würden sie auf Befehle von Silja warten*, dachte Mailín. *Als wäre sie ... die kalte Königin?*

»Warst du wirklich so einfältig zu glauben, ich würde dich nicht aufspüren, bevor du das Styx-Tor erreichst?«, fragte Silja. »Allerdings bin ich beeindruckt, dass du es überhaupt bis hierhergeschafft hast. Wie bist du mit deinen Helferinnen an meinen Posten auf der Landzunge vorbeigeschlichen?«

»Gar nicht«, erwiderte Eismund. »Wir haben die Halbinsel nie betreten. Dachtest du tatsächlich, ich bin so dumm und bleibe im Königsland, während ihr auf der Suche nach mir seid?«

Jetzt verstand Mailín: Silja hatte offenbar angenommen, sie hätten das Meer schon vor Tagen verlassen und wären unerkannt auf dem Landweg weitergezogen. *Dann ist das hier das äußerste Ende der Halbinsel. Verborgen hinter einem Schleier, der den Turm meist unsichtbar werden lässt.*

Zwei weitere Schneewesen kamen aus dem Turm und deuteten ein knappes Kopfschütteln an. Mailín atmete auf. *Dann haben sie nur um den Turm und im Sockelraum gesucht und waren nicht im ersten Stock.*

»Wo ist das Mädchen?«, herrschte Silja Eismund an. Seine Miene verschloss sich, wurde eiskalt und hart und erinnerte Mailín an ihre erste Begegnung. »Welches der Mädchen meinst du? Eine der beiden leichtgläubigen Weberinnen, die mir zur Flucht verholfen haben? Nun, die eine schaffte es nicht einmal über die Klippen, die andere dachte, sie müsste sich auf dem Meer einer Fängerin in die Arme werfen. Schade, diese mochte ich.«

Silja holte sehr tief Luft. »Du weißt genau, wen ich meine«, sagte sie drohend. »Die Falúnerin. Wo ist sie?«

»Dort, wo du sie nicht findest, *Silja*«, antwortete er mit einer höhnischen Betonung des Namens. »Dank deiner schlauen Falúnerin konnten wir übers Meer fliehen — was auch der kürzere Weg zum Styx-Tor war.« Sein Lächeln, triumphierend und grausam, jagte Mailín einen Schauer über den Rücken.

»Tja, Pech für das Mädchen, dass ich sie als Erste durchs Tor gehen ließ«, setzte Eismund hinzu. »Glück für mich. Oder ebenfalls Pech – je nachdem. Denn nach der Explosion musste ich mich leider hierher an Land retten. Eigentlich hätte ich mir denken sollen, dass du das Tor vermint hast. Dann hätte ich ihr vorher den Ring abgenommen. So hat sie ihn mit in den Tod genommen.«

Die Luft schien sich mit Eissplittern zu füllen. Die Katzen legten die Ohren an und begannen zu fauchen. »Sie gehörte mir!«, schrie Silja und holte mit ihrem Stock aus. Der Rand der Silberscheibe traf Eismund an der Schläfe. Der brutale Schlag warf ihn zu Boden. Er stöhnte auf und krümmte sich, aber natürlich kämpfte er. Mit gebeugtem Nacken stemmte er sich hoch und hob langsam den Kopf. Hasserfüllt sah er Silja an, während ihm Wasserblut aus einer Platzwunde rann.

»Jetzt gehört sie niemandem mehr«, stieß er voller Verachtung hervor. »Geh zurück und sag dem Puppenspieler, er soll sich für seinen Totentanz ein paar andere Knochen suchen.«

Silja hatte schon zu einem zweiten Schlag ausgeholt, aber abrupt innegehalten. Mühsam nahm sie sich zusammen und setzte ihren Zeremonienstab hart auf dem Boden auf, atmete ein paarmal tief durch, den Blick von Eismund abgewandt und auf das Spinnensiegel gerichtet, als müsste sie sich sammeln. Immer noch atmete sie Zorn, aber jetzt wurde sie gefährlich ruhig. »Na schön, du hattest deine kleine Rache«, sagte sie mit einer Kälte, die Mailín bis ins Mark erschütterte. »Ich habe dich in Schwierigkeiten gebracht, nun versuchst du dasselbe bei mir. Die Falúnerin ist also tot, macht nichts. Dann wird er sich diesmal noch mit seiner jetzigen Braut begnügen, bis wir uns die hübsche kleine Schwester holen können. Und du wirst den Wintergeistern den Weg zeigen.«

Mailín hatte das Gefühl, dass der Sockel unter ihr schwankte und gleich brechen würde. Langsam formte sich alles zu einem Bild. Sie hatte nicht gewusst, dass Zuneigung so jäh und heiß in Hass umschlagen konnte. Und auch nicht, dass es dieses Gefühl in ihr gab – so überwältigend und brennend, dass ihre Haut zu glühen schien. *Verdammte Hexe. Rún bekommst du nicht. Und auch Eismund nicht.* Sie konnte Siljas Anblick nicht mehr ertragen, also ließ sie sich zurücksinken und lauschte nur noch den Stimmen.

»*In Schwierigkeiten gebracht?*«, hörte sie Eismund sagen. »Du hast mich zu einem Dasein in Eis und Vergessen verdammt. Und ich hatte dir vertraut! Ich dachte, du wolltest frei sein – so wie ich.«

»Das ist mein größtes Talent«, erwiderte Silja leichthin. »Andere glauben zu lassen, ich will dasselbe wie sie. Die Träume vom Sommer haben dich weich gemacht«, setzte sie mit einem herablassenden Seufzen hinzu. »Bedauerlich, dass du mich mit deiner Flucht überlistet hast und es nun kein einziges Tor mehr gibt. Nun wird niemand mehr in die untere Welt gelangen können – mit Ausnahme der ehrwürdigen Winterfrauen natürlich.«

Jetzt wurde Mailín heiß vor Entsetzen. Vorsichtig robbte sie ein Stück zum Rand und spähte nach unten. Und es war kein bisschen beruhigend, dass auch Eismund nicht verbergen konnte, wie überrascht er war, dass das letzte Tor nun Vergangenheit war.

»Einerseits schade«, fügte Silja hinzu. »Es wäre nett gewesen, ab und zu in meinen kleinen Menschengarten zurückzukehren und zu sehen, wie verzweifelt sie tanzen, bevor der Winter sie auslöscht. Aber andererseits: Wer braucht Tore, wenn unsere Ehrwürdigen viel schneller mit dem Wind reisen? Und sie werden viel zu tun haben. Das Winterreich wächst mit jedem Tag.«

Sie nickte den beiden Firnfrauen huldvoll zu. Diese erwiderten ihre Geste so ehrerbietig wie Dienerinnen.

»Wie auch immer, Verräter«, wandte sich Silja wieder an Eismund. »Ich fürchte, diesmal wird er sich nicht damit begnügen, dich nur in den Schlaf zu verbannen. Diesmal wirst du leiden.«

»Er braucht mich immer noch mehr als dich«, gab Eismund zurück. »Dich lässt er nur gewähren, bis du mich zurück ins Schloss geschleppt hast. Dann leistest du den Verlorenen Gesellschaft.«

»Meinst du?«, fragte Silja mit geheuchelter Sorge. »Nun, zugegeben, er war zornig, dass ich mir ohne seine Erlaubnis ein paar Jahre für mich nahm. Aber er versteht nun meine Gründe. Man muss den Gegner kennenlernen, um ihn zu besiegen. Und nur wer den Sommer kennt, weiß den Winter erst richtig zu schätzen.«

Eismund lachte verächtlich auf und schüttelte den Kopf. »Du glaubst allen Ernstes, er verzeiht?«

Silja lächelte wie eine Sphinx. »Verzeihen ist ein so menschliches Wort. Irgendwie passt es zu dir. Aber im Palast kennt man es ebenso wenig, wie man Namen kennt.«

»Du hast einen menschlichen Namen. Wie unvorsichtig du warst, ihn anzunehmen.«

»Namen legt man ab wie ein Gewand«, sagte Silja kühl. »Sie bedeuten nichts.«

»Sie bedeuten alles, wenn man sucht«, gab Eismund gefährlich leise zurück. »Habe ich dir nie erzählt, dass es die Namen sind, die mir manchmal verraten, wo die Wintergeister den Träumer finden? Namen sind Wegweiser. Hätte dein Raunentraum mir nur deinen Tanz gezeigt, hättest du dich vielleicht wieder vor mir verbergen können. Aber ich konnte dich sofort aufspüren, weil jemand dich im Traum Silja nannte.«

Ihr Tanzpartner auf dem Sommerfest, dachte Mailín. *Von ihm hat Silja also geträumt, als die Raune unter ihrem Kopfkissen lag.* Die Silja, die nun hier vor dem Turm stand, stutzte kurz. Was sie gerade erfuhr, schien sie zu verwirren. Eismund verzog den Mund zu einem triumphierenden Lächeln. »Ja, obwohl er mich mit seiner Magie ins Vergessen gestürzt hat, sehe ich immer noch weiter als ihr alle, *Silja*. Einmal war es dein Vorteil, dass du mich aushorchen konntest. Aber es gibt noch vieles, was du nicht weißt. Und nie erfahren wirst.«

Siljas Augen wurden schmal. »Ohne mich wäre sein Reich nicht halb so groß, wie es jetzt ist«, fuhr sie Eismund an. »Ich allein war es, die diese Gebiete für ihn erschlossen hat! Du magst Wege finden und ihm die Träume der Menschen zeigen, damit er wählen kann. Aber ich war zehn Jahre unter Menschen und kenne ihre Schwächen, Sehnsüchte und Wünsche inzwischen weitaus besser als du. Und ich lerne schnell.«

Betont gelassen gab sie den Herrinnen einen Wink. Zwei der Schneewesen packten Eismund und zerrten ihn grob zu dem kleineren Schlitten. Mailín sah, wie er krampfhaft zu Boden starrte und mit sich rang, um nicht zu ihr hochzuschauen und sie damit vielleicht doch noch zu verraten. Und in diesem Moment hasste und liebte sie ihn dafür, dass er dieses Spiel spielte, um sie zu retten.

Sobald auch die erste Firnfrau auf den Schlitten stieg, scharten sich die Katzen darum und liefen los – das Gefährt knirschte scharf am Abgrund entlang, dann erhob es sich mit einem Orkan und verwandelte sich in einen Schweif aus Wind und grauem Nebel. Die zweite Firnfrau stand noch reglos da, die Hand mit den langen gläsernen Spinnenfingern um den Stock mit dem Dornaufsatz geschlossen.

Silja blickte am Turm hoch. Mailín machte nicht den Fehler, zurückzuzucken. Sie kniff nur die Augen zu Schlitzen zusammen, verschmolz mit der Starre des Steins, wurde eins mit dem Schatten, wie Toma es ihr bei der Jagd gezeigt hatte. Siljas Blick schweifte über das Fenster hinweg und ebenso angespannt zurück zum Tor. Und mit einem Mal wurde Mailín klar, was sie an der Fremdländerin irritiert hatte, als sie ihr das letzte Mal im Eislabyrinth begegnet war: Siljas Augen waren nicht länger bernsteinfarben, sondern leuchteten in einem gespenstischen, hellen Türkisblau. *Die freundliche Fremdländerin mit den goldbraunen Augen war nur eine Verkleidung,* dachte Mailín. *Für ein Raubtier, das sich unter Schafe geschlichen hatte, indem es vorgab, eines von ihnen zu sein.*

Silja schien zu überlegen, ob sie den Turm betreten sollte. *Dann sieht sie vom Fenster aus, dass der Schnee zwischen den Steinflügeln zerwühlt ist.* Die Angst glühte in Mailíns Adern, aber dann kam Hilfe von ganz unerwarteter Seite. So beiläufig, als würde sie nur das Gewicht verlagern, regte sich die kriegerische Firnfrau und nahm ihre Waffe in beide Hände, hielt den langen Stock locker schräg vor ihrem Körper. Und Mailín erkannte, dass sie sich die ganze Zeit über ganz bewusst vor dem Tor platziert hatte, als wollte sie ihrer Herrin den Zutritt zum Turm verwehren.

Für ein paar Sekunden knisterte die Luft in einem stummen Machtkampf. Dann schürzte Silja ihre Röcke und machte so zornig auf dem Absatz kehrt, dass der schwere Saum ihres Kleides hässlich auf dem Stein kratzte.

Die Schneewesen standen bereits auf den Kufen, während Silja in den großen Schlitten stieg. Die Firnfrau senkte ihre Waffe immer noch nicht, ließ sich betont Zeit wie jemand, der die Macht hatte, darüber zu bestimmen, wann sie den Turm verlassen würden. Ein Wink von ihr rief weitere Raubkatzen herbei. Mailín hatte nur einen Teil des Rudels gesehen, aber nun waren es sicher fünfzig Katzen, die sich vor dem Turm drängten. Mit einem weiteren Wink teilte die Firnfrau die Raubkatzen in zwei Gruppen. Etwa zwanzig Tiere liefen federnd zum Schlitten und nahmen ihre Plätze ein. *Die anderen lässt sie als Wachen hier,* erkannte

Mailín. Silja ordnete im Schlitten ihre Röcke. Dabei musterte sie mit kaltem, abschätzendem Blick die Firnfrau. *Als wären sie Feinde und Verbündete zugleich,* dachte Mailín. *Und wer ist hier wirklich die Herrscherin und wer die Dienerin?*

Mondlicht und Katzenschnurren

Noch lange nachdem der zweite Schlitten verschwunden war, kauerte Mailín reglos zwischen den kalten Tatzen des Nachtmahrs. Unten hatten die Katzen inzwischen aufgehört, hin und her zu streifen. Nun belagerten sie liegend den Turm, leckten ihre Pfoten und hatten zu schnurren begonnen. Zusammen mit dem sacht fallenden Schnee war es ein einschläferndes, hypnotisches Geräusch. Mailín war ganz schwach vor Elend und Schuldgefühlen. Es tat immer noch weh, daran zu denken, wie fröhlich die Fremdländerin auf dem Sommerfest getanzt hatte. Jetzt wirkte jedes Lachen von Silja wie Hohn.

Reiß dich zusammen, mahnte die Strategin in ihr. *Wenn du Eismund befreien willst, brauchst du einen kühlen Kopf und einen Plan. Erst einmal musst du zurück zum Schiff.* Und das Winterkind fügte hinzu: *Und weg von den Katzen.*

Als sie sicher sein konnte, dass die Tiere mit sich beschäftigt waren, schob sie sich rückwärts zur Wand und richtete sich auf. Der schmale Spiegel der Messerklinge zeigte ihr einen unverändert leeren Raum. In der Windstille wirkten die Vorhänge darin wie eine Skulptur. Vielleicht war es die Angst, die ihr die Kraft verlieh, sich geräuschlos und flink auf das Fensterbrett zu ziehen. Ebenso lautlos glitt sie in den Raum. Dort sackte sie an der Wand einfach zusammen und begann haltlos zu zittern. »Silja ist kälter als das Eis«, flüsterten Eismunds Worte in ihr. »Wenn du wüsstest, wie sie in Wirklichkeit ist, wärst du niemals – niemals! – hergekommen, um sie zu retten.«

Jedes Wort, das Eismund über Silja gesagt hatte, war wahr gewesen. Und jetzt brannten Mailíns Augen, als würde sie wirklich weinen können. Sie wollte aufstehen – und stutzte. Auf dem Boden glomm ein bläulich schimmernder Handabdruck – genau dort, wo sie sich abgestützt hatte, als sie von Eismunds Schultern in den Raum geklettert war. Blauer Flügelstaub von Winterfaltern hatte auf ihre Handfläche abgefärbt. Ich hatte die Außenmauer berührt, erinnerte sie sich. Aber wahrscheinlich ist der ganze Turm voller Staub. Zum Glück waren sie nicht hier oben. Hastig rieb sie ihre Handfläche am Hosenbein ab und entfernte den Abdruck vom Boden. Dann schlich sie zum zweiten Fenster. Auf dieser Seite gab es keine Wasserspeier. Als wäre es die Wetterseite, waren die Mauern verwittert und von Wind und Stürmen zerfressen. Durchbrüche und Scharten zeigten, dass der Turm auch hier schon zu zerfallen begann. Weiter unten auf dem Terrassenrund lagerten ebenfalls Katzen. Das Schnurren wurde immer lauter, es hallte im Saal wider und jagte Mailíns Puls hoch. Ein Blick nach oben zeigte ihr, dass sich im nächsten Stockwerk ein kleiner Balkon befand. Und dann?, spottete ihre vernünftige Stimme. Wegfliegen? Deine Raben sind wieder mal verschwunden. Sie wich zurück und hätte fast aufgeschrien, als ein Luftzug ihr einen Vorhang über die Schulter wehte. Im ersten Reflex packte sie ihn wie einen Gegner – und ließ ihn dann mit einem Aufatmen los. Bevor er zurückfiel, erhaschte Mailín einen Blick auf schwarzen Stein. Eine Wendeltreppe? Seide flüsterte, als sie sich mit klopfendem Herzen zwischen die Vorhänge schob — und auf ein fast brusthohes Podest blickte. Darauf lag eine gläserne Kiste. Und in der Kiste ...

Mailín presste die Fäuste so fest gegen den Mund, dass ihre Lippen schmerzten. *Sie darf dich nicht hören!* Aber dann wurde ihr klar, dass all der Lärm die Schlafende längst hätte wecken müssen. Nur, dass sie gar nicht schlief. Die Firnfrau trug die weiße mundlose Maske, hinter der sich jedes dieser Spinnenwesen verbarg. Doch diese Maske hatte keine Augenöffnungen, sondern war eine durchgehende Fläche. *Weil es eine Totenmaske ist*, erkannte Mailín mit einem Schaudern. *Und dieser Turm ... ein Grabmal.* Das lange Haar der Spinnenfrau war grau und fahl wie in Jahrhunderten vergilbte Seide. Bis zur Brust war die Tote mit einem schwarzen Tuch bedeckt, das sich im Wind nicht bewegte, als würde dort, wo sie nicht mehr atmete, auch alles andere stillstehen. *Geh weg von ihr*, befahl Mailíns vernünftige Stimme. Aber es musste wohl Rabenherz, die Rächerin sein, die sie zurückhielt. *Um einen Feind zu besiegen, muss man ihn kennen.* Mit den Fingerspitzen berührte sie vorsichtig die Maske. Sie war ganz glatt und zart wie ein Blütenblatt. *Du wirst ein Spinnengesicht sehen*, dachte Mailín mit stolperndem Herzen. *Ein Ungeheuer, das dich für den Rest deines Lebens in deinen Albträumen verfolgen wird.* Die Maske lag nur leicht auf und schien fast von selbst nach oben zu schweben, als Mailín sie anhob. Und obwohl sich jedes Härchen an ihrem Nacken aufstellte, konnte sie den Blick nicht losreißen.

Die Haut der Firnfrau wirkte zwar matt und war verdorrt, was ihr jeden gläsernen Schimmer nahm. Aber man erkannte, dass sie hohe Wangenknochen und eine leicht gebogene Nase hatte. Die mundlose Maske hatte volle Lippen verborgen und Brauenbogen, die sich in launischem, stolzem Schwung bis zu den Schläfen zogen. Feine Spinnenkämme wuchsen dort aus der Haut und setzten sich wie ein Haarschmuck in halbmondförmigen Sicheln bis zum Scheitel fort. Doch selbst diese Dornen machten die Tote nicht zu einem Ungeheuer, sie betonten nur ihre faszinierende Fremdartigkeit. *Wie schön sie war!*, dachte Mailín mit einem seltsamen Unbehagen. *Und irgendwie ... zart, als wäre sie zerbrechlich.* Keine der anderen Firnfrauen hatte solche Stacheln am Haupt. Nur Kämme an den Handgelenken und Unterarmen. Vorsichtig hob Mailín auch noch das Laken an, um sich die Arme anzusehen. Sie war überrascht, wie schwer das Tuch war. *Als würden alle Geheimnisse des Eislands darauf lasten.* Und als Mailín es behutsam zurückschlug, konnte sie eine ganze Weile nur stumm dastehen. Die Firnfrau im gläsernen Sarg war nur noch eine leere Schmetterlingshülle. Aber wie in einem Todeskampf, den sie vielleicht schon vor Jahrhunderten verloren hatte, pressten sich ihre verdorrten Fäuste gegen eine klaffende Wunde auf ihrer Brust, dort, wo früher vielleicht ein Herz gewesen war. Und obwohl Mailín hier ihren Feind vor sich hatte, schnürte es ihr die Kehle zu, so viel Leid lag in dieser Geste. Voller Grauen wurde ihr klar, dass sie hier auf das Opfer eines Verbrechens blickte. Hastig zog sie das Tuch wieder über die Brust und bedeckte das Gesicht der Toten mit der Maske. Doch dann stutzte sie. *Die Haltung. Diese Fäuste ... genau wie Eismund, als ich ihn im Labyrinth fand. Und er hatte etwas zu verbergen.* Mailín nahm ihren ganzen Mut zusammen und legte die Gestalt wieder frei. Die Faust knisterte wie Papier, als Mailín die Finger ganz behutsam mit der Messerspitze aufbog. Diese linke Hand verbarg nichts. Die rechte war viel fester geballt, Mailín gelang es nur, den kleinen Finger anzuheben. Etwas Kleines, Schnelles rutschte heraus und rollte der Frau über den Rippenbogen in die Armbeuge. Mailín schnappte nach Luft. Dann hangelte sie mit spitzen Fingern nach der Perle. Atemlos hob sie die Eiskugel vor ihre Augen. Das Traumbild war fast schon verblasst, Mailín erkannte nur ein winziges rotes Irrlicht, das sie nicht deuten konnte. »Vor wem hast du den Traum verborgen?«, flüsterte sie der Firnfrau zu. »Vor dem Winterkönig? Hat ... er dich getötet?«

Wie eine Antwort rauschte der Wind durch die Schleier. Ein fahler Strahl Wintersonne ließ die Spinnenstacheln am Kopf der Toten aufglänzen. Und als würde Mailín für einen Moment hinter die Wirklichkeiten blicken, fügte sich alles zu einem ganz neuen Bild. Ein Vorhang riss, während sie entsetzt zurückstolperte und auf den feinen Stoff trat. Das hässliche Ratschen schien in der ganzen Gruft wiederzuhallen. Und Mailín wurde klar, dass sie es nur deshalb so deutlich hörte, weil das Schnurren der Katzen vor dem Turm schlagartig verstummt war. Auch dieses Mal rettete sie das Winterkind. So schnell, dass ihre Muskeln brannten, war sie durch das hintere Fenster nach draußen geflohen. Als die erste Nebelkatze auf das Fensterbrett sprang, war sie schon ein Stück an der verwitterten, löchrigen Mauer nach oben geklettert und hing wie ein Affe an Ritzen und Spalten geklammert dicht an der Wand. Die Katze machte kehrt und glitt zurück in die Gruft. Und als Mailín den kleinen Balkon im nächsten Stockwerk erreichte, strömten die Raubtiere bereits aus dem Turm und nahmen ihre Wache auf dem Terrassenrund wieder auf.

⤙

Die gute Nachricht war, dass der Turm offenbar tatsächlich nur noch ein verlassenes Mausoleum war. Mailín gelangte über den Balkon in ein verwaistes Turmzimmer. Ausgetretene Stiegen oder Wendeltreppen führten sie immer weiter in höhere Stockwerke hinauf. Bevor sie einen Raum betrat, prüfte sie mit dem Spiegel der Klinge, ob er leer war. Nicht alle Zimmer waren schwarz, manche bestanden aus lichtem, hellem Stein ohne eine Spur von blauem Falterstaub. Einst waren sie bewohnt gewesen. Heute spannen leere Spinnennetze Möbel ein und ließen sie wie bizarr geformte Kokons aussehen. Von jedem Balkon auf der Westseite versuchte Mailín das Schiff zu erspähen, aber jegliche Aussicht wurde von undurchdringlichem Nebel und Schnee verschluckt. Sie wagte nicht nach ihren Raben zu rufen. Je weiter sie nach oben kam, desto mehr fächerten sich die Säle zu einem durchbrochenen Facettenwerk von Nischenräumen und zahllosen Fenstern auf. Auf Fensterbrettern lagen Gegenstände, wie Mailín sie auch aus dem Webertrakt im Palast kannte: Webrahmen, die hier jedoch nicht aus Treibholz, sondern aus Glas oder Eis gefertigt waren, und immer wieder diese dolchartigen Aufsätze, die die Firnfrauen am Ende ihrer Lanzen aufgesteckt hatten. Sie zuckte zurück, als ihr Messer vor einem nachtblauen Raum ein Blitzen einfing – wie ein Lichtreflex auf einer silbernen Fläche. Vorsichtig spähte sie in den Saal und erkannte den Rand eines Spiegels, der neben der Tür hängen musste. *Eines der Augenfenster, durch die der König auch hierhinblicken kann. Das muss der Raum sein, den ich im blauen Palast im Spiegel gesehen habe.* Ihr Herz klopfte bis zum Hals, als sie sich wieder zurückzog. Und fast wäre es stehen geblieben, als hinter der Tür ein leises Schleifen erklang, das sie nur zu gut kannte. Sie konnte gerade noch in eine Nische schlüpfen, als schon eine Firnfrau durch die Tür schritt, in den Armen eine Wolke schimmernder Fäden. Es war die Mondweberin. Die Spinnenfrau verschwand in einem der Facettenräume. Mailín umklammerte den Dolch, dann schlich sie ihr nach, presste sich mit dem Rücken an die Wand und brachte die Klinge in Position. Das Bild zitterte wie ihre Hand, als es die sieben Katzen einfing. Sie lagen unter einem filigranen Spitzbogenfenster und schliefen. Erst als die Mondweberin zum Fenster trat, erwachte ein Raubtier nach dem anderen, gähnte mit blitzenden Fängen und streckte sich. Die Firnfrau bettete die Wolke von Fäden auf das Fensterbrett. Nun nahm sie mit einer anmutigen Bewegung daneben Platz und griff zu einem dieser Elfenbeindolche, der dort schon bereitlag. Sie zwirbelte einige der Mondfäden um seine Spitze und versetzte ihm einen Schwung, der ihn in eine schnelle sirrende Drehung brachte. Die Katzen schmiegten sich an die Beine der Firnfrau und begannen so laut zu schnurren, dass Mailín das Vibrieren spüren konnte. *Der Dolch ist keine Waffe, sondern eine Spindel*, erkannte sie. Die Mondweberin war völlig in ihre Arbeit versunken. Wirre Fäden glitten durch ihre filigranen Finger, verdrillten sich im Schwung der Spindel zu einem glatten Garn, das im Schnurren erzitterte und als zarter Lichthauch wieder von der Spindel glitt. Wie Schleier aus Mondlicht trieb dieses Gewebe aus dem Fenster hinaus und sank nach unten. *Maske, Turm und Spindel also*, dachte Mailín. *Das Wappen der kalten Königin.* Sie wusste nicht, wie lange sie die magische Spinnerin betrachtete, völlig gebannt von dem hypnotischen Schnurren der Nebelkatzen. Erst als ein knisterndes Geräusch sie hochschrecken ließ, bemerkte sie, dass sie fast im Stehen eingedöst wäre.

Das Geräusch kam aus einem der Nebenräume. Dort saß eine Firnfrau, die Mailín noch nie gesehen hatte, zierlich wie ein Kind. Sie hatte keine Katzen, sondern war von zahllosen winzigen Seidenspinnen umgeben. Es prasselte wie Regen, wenn die Spinnen als silbrige Flut an die Wände und auf das Fenster brandeten und und dort in Windeseile Netze webten. Diese Firnfrau hängte keine Spindel auf, sie kämmte die Netze mit ihren Armstacheln zu einem silbrigen Vorhang aus. Nach jedem Kammzug fuhr sie mit ihren langen Fingern durch den Vorhang, als würde sie Querfäden einziehen. Und tatsächlich entstand ein immer längeres Band, das einen Rand aus Firn bekam und mit einem Flirren, in dem Mailín den Gesang der Schmetterlinge erkannte, in kristalline Flocken zersprang. *Die Firnfrau webt also Schnee. Oder ich träume.* Mailín schob sich von der Tür weg und suchte mit weichen Knien den Weg zurück zu der Wendeltreppe, die nach unten führte. In einem der verlassenen Westzimmer schlüpfte sie auf einen Balkon aus hellem Marmor und rang eine ganze Weile nach Luft. Immer noch war kein Meer zu sehen, nur der Schnee, den die grazile Firnfrau über ihr wob und der weit unter ihr in die Kluft zwischen Turm und Lavasand rieselte. *Bis hinunter in das Land unter dem gefrorenen Himmel?* Das ferne Schnurren der Katzen machte sie schläfrig. Sie drückte die Knöchel gegen die Augen. *Bleib wach und denk nach!*, redete sie sich verzweifelt zu. *Du musst zum Schiff zurück. Und dann zum Schloss.*

»Dann bist du hier wirklich am verkehrtesten Ort«, sagte eine Stimme voller Asche. Mailín fuhr herum. Zum ersten Mal sah sie die rotgoldene Fee im Wachen. Sie saß auf der weißen Brüstung eines Nebenbalkons, die Hände, vom Flügelmantel verdeckt, neben sich aufgestützt. »Hierhin hat dich dein dummes, verrücktes Herz also gebracht«, sagte die Fee. »An den Abgrund.« Auf dem Schiff hatte sie behauptet, dass Zorn nur etwas für Menschen sei, aber nun schien die Luft um sie herum vor Wut zu beben.

Mailín schluckte. »Mein Herz hat mich ins Schloss der kalten Königin geführt«, sagte sie mit zitternder Stimme. »Es ist die Firnfrau, die unten aufgebahrt ist, nicht wahr? Ihre Stacheln wachsen in Form einer Krone. Und sie ... wurde ermordet. War es der Winterkönig?«

»Unsterbliche von derselben Art können einander niemals schaden«, erwiderte die Aschestimme. »Vor langer Zeit hat die Königin ihm ein Eisherz geschenkt und ihn damit zu einem Wesen von ihrem Blut gemacht.«

»Aber sie war nicht unsterblich! Sie ist auf grausame Art gestorben.«

Die Fee bekam gefährlich funkelnde Augen. »Erstens: Existenzen wie wir sterben nicht, wir können nur verlöschen und selbst das kommt nur selten vor. Und zweitens: Hab nicht zu viel Mitleid mit Königin Zima, Menschenmädchen. Sie verdient es wirklich nicht.«

Mailín riss die Augen auf. »Ich dachte, Firnfrauen haben keine Namen. Aber ihrer war ... Zima?«

»Namen formen die Welt«, erwiderte die Fee. »Weißt du das immer noch nicht, *Rabenherz*?« Sie betonte den Namen, als wäre es ein Vorwurf an Mailín, ihm nicht gerecht zu werden.

Mailín schluckte. »Immerhin weiß ich jetzt, dass die Firnfrauen keine Kriegerinnen sind. Sondern Weberinnen. Sie bringen den Winter in die Welt. Aber sie sind genauso grausam wie ihr König, auf dessen Befehl sie Menschen in sein Reich entführen.«

»Messe Wintergeister niemals an menschlichen Maßstäben«, sagte die Fee schneidend. »Sie sind die Kälte selbst, und Kälte kennt nun mal kein Mitgefühl, keine Wärme und keine Schuld. Ihr Handeln erscheint dir grausam, aber im Grunde ist es das nicht.«

Mailín fröstelte. »Du hast von ›*wir*‹ gesprochen. Heißt das, auch du bist auf eine Art ein Wesen wie diese Firnfrauen?«

Die bernsteinfarbenen Augen hinter der Maske bekamen ein Gewitterfunkeln. »Sehe ich etwa aus wie eine *Somnya*?«, entgegnete die Fee verächtlich und so laut, dass Mailín zusammenzuckte. Aber oben schnurrten die Katzen unbeirrt weiter und auch der Schnee fiel in hypnotischer Gleichmäßigkeit. *Sie hören uns also nicht. Vielleicht träume ich ja doch?*

»Die Wintergeister heißen Somnya. Und wer ... seid ihr?«

Die Fee beugte sich weiter vor. »Was glaubst du wohl, wer wir sind?«, fragte sie gefährlich leise. Aufreizend langsam hob sie eine Hand. Mailín starrte auf Finger, die so klar und gläsern waren, dass die Knochen der Hand elfenbeinweiß hindurchschimmerten. Und als die Frau die Maske abnahm, war da nur noch das Gefühl, vor Entsetzen die Augen schließen zu müssen und nicht zu können. *»Auf meiner Heimatinsel kommt der Tod in Gestalt von wunderschönen Frauen«*, hörte sie Kerem sein Südland-Märchen erzählen. *»In Kleidern, so prächtig und kostbar wie für Königinnen gemacht, fliegen sie herbei, umarmen dich zärtlich und küssen dir das Leben von den Lippen.«*

»Du bist der Tod«, hauchte sie. »Stella hat dich gesehen, bevor sie am Fieber starb. Und jetzt bist du hier, um mich zu holen?«

»Du liebe Güte«, sagte die Knochenfrau verärgert. »Ich hätte viel zu tun, wenn ich jedem nachlaufen müsste, der so lebensmüde ist wie du.«

Die gläsernen Lippen bewegten sich, während sie sprach. Aber das Gesicht des Todes hinter der gläsernen Haut blieb unbewegt, grinsend, knöchern. Als die Frau die Maske wieder aufsetzte, erkannte Mailín, dass ihr Mantel aus Schmetterlingsflügeln kein Kleidungsstück war, sondern Teil ihrer selbst. Das zarte Geflecht wuchs aus den Armen und Schultern. Rippen zeichneten sich unter dem transparenten Fleisch ab. Nur die Augen, bernsteingolden, sahen sie scharf und fast menschlich an.

Sie ist genauso fremdartig wie die Firnfrauen. Anders, aber mit ihrer transparenten Haut auch ähnlich. Mailín erinnerte sich an die Meeresgöttin Sedna und auch an Eismunds Worte: *»Der Winter ist der Herr des Schlafs.«*

»Der ... Schlaf und der Tod sind also wirklich Geschwister«, sprach sie vorsichtig das aus, was Sedna ihr im Traum gesagt hatte.

»Bist du von Sinnen, Menschenmädchen? Geschwister sind einander zu einem Teil gleich. Aber wären wir nur halb so kalt wie die Somnya, dann wäre der Tod für euch Sterbliche etwas, das ihr nicht erleben wolltet.«

Wollen wir das überhaupt?, dachte Mailín. »Also ... seid ihr verfeindet.«

Die Todesfrau winkte mit einer überheblichen Geste ab. »Feindschaft ist etwas für Sterbliche. Wir Zorya haben nur nichts gemeinsam mit diesen ... Gestalten — außer dem Wissen um ein Verbrechen.«

Und damit meint sie offenbar nicht die Ermordung der kalten Königin. Mailín drängte sich enger an die Balustrade, als könnte sie einen Abstand zwischen sich und die Todesfee bringen. Zum ersten Mal fürchtete sie sich wirklich vor diesem Wesen, das ihr anfangs so schön und freundlich erschienen war. »Was war Zimas Verbrechen?«

»Wo fange ich an?«, gab die Zorya lakonisch zurück. »Die Ewigkeit ist ohnehin nicht gut zu sprechen auf Unsterbliche, die sich in Menschen verlieben. Vor allem, wenn sie diese Menschen aus dem Gefüge der Zeit lösen und zu ihresgleichen machen. Das ist wie eine Wunde in die Haut der Welt zu reißen. Wasser dringt ein und gelangt an Stellen, an die es nicht gehört. Und wenn es dort zu Eis gefriert ...«

Sie machte eine vielsagende Pause. Mailín blickte in den Nebel, hinter dem irgendwo das starre Nordmeer lag, sichtbar nur hinter dem Schleier dieser Wirklichkeit.

»Dadurch geriet in der Welt also alles durcheinander?«, sagte sie leise. »Weil die Königin sich in einen Menschen verliebte?«

»Weil sie ihn zu einem der Ihren machte!« Die Zorya sah sich wachsam um, als würde sie befürchten, belauscht zu werden. »Sie gab ihrem Geliebten einen Teil ihres Eisherzens und damit die

Ewigkeit des Winters. Das war der erste Frevel, den sie beging. Aber es gibt noch einen zweiten: Es obliegt unsterblichen Wesen nicht, die Geschicke der Menschen zu lenken. Niemals – niemals! – dürfen wir ein Schicksal bestimmen und ein Menschenleben auslöschen. Aber sie tat es. Sie tötete mit eigener Hand ein Menschenmädchen, das in den Palast kam – mit ihrer Spindel, die sie als Dolch benutzte.«

Die Braut des Prinzen, dachte Mailín. Avissas bittere Worte fielen ihr ein: »*Die grausamsten Märchen sind immer die wahrsten.*«

»Aber ihr Todesfrauen seid ebenfalls Unsterbliche«, wandte sie zaghaft ein. »Und ihr tötet Menschen. Du selbst bist der Tod.«

»Der Tod ist nicht dasselbe wie ein Mörder«, stieß die Zorya erstaunlich hitzig hervor. »Er ist Teil jedes Lebens, nicht mehr, aber auch nicht weniger. Und nicht wir sind es, die entscheiden, wer geht. Ihr seid es, die uns ruft – mit dem Namen, den ihr uns mit eurem letzten Atemzug gebt.«

Zum ersten Mal verlor die gläserne Knochengestalt ein wenig von ihrem Schrecken. Und als Mailín blinzelte, schien die Todesfrau zwischen ihrer Zorya-Gestalt und dem feenhaften Äußeren zu oszillieren.

»Und wer tötete Zima dann?«, fragte Mailín.

»Sag du es mir!«, antwortete die Todesfee mit aller Schärfe. »Er tarnt sich gut. Niemand kennt seinen Namen. Und der Winterkönig weiß ihn seit mehr als hundert Jahren gut zu verbergen.«

»Ihr glaubt, Zimas Mörder war . . . ist . . . ein Mensch?«

»Alles deutet darauf hin«, erwiderte die Zorya. »Anders ist nicht zu erklären, was hier geschieht und das Gefüge allen Seins zu zerstören droht. Die Aufgabe der Somnya ist es, den Winter in die Welt zu bringen. Sie spinnen Schlaf aus Mondlicht und Katzenschnurren. Und weben Schnee aus der Seide von Spinnennetzen und dem Gesang der kleinen Eisspinnen. Sie können Wasser zu Wänden erstarren lassen und Winterfalter in Netzen fangen. Sterbliche können sie vor Kälte schützen. Aber einen Hofstaat erschaffen, der tanzt und musiziert – das können sie nicht. Sie beherrschen es nicht, Schnee zu Haut, Eis zu Silber und Steine zu Diamanten zu machen. Sie können keine raunenden Ranken als Traumfänger für ihre Zwecke missbrauchen und Menschen nicht mit einem Wahn, der Schneefieber heißt, dazu verfluchen, die Kälte zu suchen. Dafür ... braucht es Magie von Menschenhand.«

Schneemagie, wie sie nur ein Saman beherrscht? Mailín fröstelte. »Und dieser Magier tötete die kalte Königin und dient nun dem König? Aber wie kann ein Mensch so mächtig werden, dass er vermag, einer Unsterblichen zu schaden?«

Offenbar stellte sie nur die falschen Fragen. Wieder flirrte Zorn in der Luft.

»Das ist das Schlimme an euch Menschen«, sagte die Todesfee verärgert. »Ihr findet immer Wege, die niemand gehen darf. Und manchmal verletzt ihr die Gesetze des Lebens und des Todes auf so grausame Weise, dass die Welt daran zu zerbrechen droht.«

Als würden die Worte der Zorya einen Missklang in der Zeit wecken, nahm Mailín ein feines Knacken wahr – als wäre die Haut dieser Wirklichkeit zu dünnem Glas erstarrt, das erste Risse bekam. Plötzlich wagte sie kaum noch zu atmen.

»Warum gehorchen die Wintergeister ihrem König, wenn er seinem Magier befiehlt, die Gesetze zu verletzen?«

»Sie müssen ihm gehorchen – denn in seinen Adern fließt Zimas Königsblut.«

»Aber wie können sie so grausam sein? Und warum schützt ihr König den Magier, obwohl er Zima tötete?« Doch noch während Mailín sprach, kannte sie bereits die Antwort. »Weil der König selbst ihm befahl, die Königin zu ermorden.«

Die Todesfrau überlegte wohl, ob sie ihr antworten sollte. Und als sie nach einer Ewigkeit wieder zu sprechen begann, war ihre Stimme so leise, dass Mailín nicht sicher war, ob es nicht doch nur der Wind war. »Den dritten Frevel an der Zeit und am Gefüge der Welt beging der König, indem er Zima auslöschen ließ, um alle Macht des Winters für sich allein zu haben.«

Und er herrscht genau wie Zima, dachte Mailín. *Grausam, gierig und eigensüchtig entführt er Menschen in sein Reich und überzieht die Welt mit Eis.*

»Dann ist er ein noch größeres Ungeheuer als sein Magier«, sagte Mailín. »Genau wie seine Wintergeister.«

»Wie ich schon sagte: Urteile nicht nach menschlichen Maßstäben über die Unsterblichen«, erwiderte die Aschestimme. »Die Somnya haben mehr Ewigkeit als wir. Sie kennen kein Bedauern und kein Mitgefühl, das würde ihrer Natur völlig widersprechen. Für sie ist alles gleich gültig: Ein Menschenleben bedeutet ihnen nicht mehr als eine Schneeflocke, die nur entsteht, um wieder zu vergehen. Und genau wie wir Zorya unserer Herrin dienen, müssen sie ihrem König bedingungslos gehorchen.«

Die Herrin des Todes. Mailín erinnerte sich nur zu gut an die Furcht einflößende Feengestalt mit der eisernen Maske und dem Mantel, der aus unzähligen transparenten Flügeln kleiner Fliegen bestand. Mailín zog sich auf die Balustrade, kauerte sich an die Wand. Die Silberbeschläge von Siljas Mantel kratzten am Stein, als sie die Beine an den Körper zog.

»Dann geht es deiner Herrin also nur um den Magier, der Zima ermordete.«

Die Zorya faltete die gläsernen Hände in ihrem Schoß so akkurat, als würde sie langsam die Geduld mit Mailín verlieren. »Brich das Eis!«, befahl sie leise, aber scharf.

»Was?«, flüsterte Mailín. »Wie?«

»Das musst du selbst wissen. Ich habe dir schon viel mehr gesagt, als meine Herrin wissen darf.« Die Zorya verschwamm vor ihren Augen. Der Nebel hatte einen seltsamen Glanz bekommen, fuchsrot und warm wie ein Feuer, als breitete sich der Schmetterlingsmantel bis zum Horizont aus. Mailín rieb sich die Arme, so sehr fror sie mit einem Mal. Wie eine Flamme schwebte die Todesfrau nun auf der Brüstung. Langsam hob sie die Arme, als wollte sie sich hinter dem Mantel verbergen.

»Warte!«, rief Mailín. »Wenn ich euch helfe, Zimas Mörder zu finden – hilfst du mir, Eismund zu retten...?«

»Oh bitte!«, brauste die Zorya auf. »Der Tod geht keinen Handel ein! Und das hier ist das allerletzte Mal, dass ich dir helfe.«

Der Wind sprang Mailín so heftig an, dass sie nicht reagieren konnte. Und diesmal war sie ganz sicher, dass es Tomas Windfrau gab. Sie fühlte ihre unsichtbaren Hände, die sie an den Schultern packten und von der Brüstung stießen. Im Reflex konnte Mailín nur noch nach einer Balustradensäule greifen. Fingernägel rissen über Stein, Schmerz ruckte durch ihre Schultern, dass ihr schwarz vor Augen wurde. Dann hing sie mit brennenden, gezerrten Armen über dem Abgrund. »Das nennst du Hilfe?«, stieß sie zwischen zusammengebissenen Zähnen hervor. »Wie soll ich hier jemals runterkommen?«

»Wie wär's mit loslassen?«, sagte die Todesfrau unwillig und verschwand so schnell, als hätte man eine Flamme ausgeblasen. Und Mailín wurde klar, dass am Saum der Wirklichkeiten auch die Zeit andere Gesetze hatte. Das, was sie für einen Schmetterlingsmantel gehalten hatte, war ein glühend roter Abendhimmel. Als wäre sie wie eine Schlafwandlerin jetzt erst aufgewacht, raste ihr Herz und das Schnurren der Katzen dröhnte wieder in ihren

Ohren. Verzweifelt versuchte sie mit dem Fuß die Balustrade zu erreichen, aber sie war zu schwach und sackte einfach wieder nach unten. Die Mutlosigkeit zerrte mit Bleigewichten an ihr. Das Schnurren begann sie erneut einzuschläfern. Und als sie an Eismund dachte, stiegen ihr brennende Tränen in die Augen. Aber es gab immer noch Rabenherz. *Offenbar braucht der Tod dich lebend*, wisperte sie ihr zu. Und obwohl es Wahnsinn war, schloss sie die Augen und – ließ tatsächlich los.

Hautlos

Die Raben kamen aus dem Nichts und packten Mailín diesmal so hart, dass sie aufkeuchte. Krallen zerrten grob an ihrem Haar und kratzten über ihren Hals, mehrmals ruckte sie aus dem Griff ihrer Vögel und wäre fast doch noch gefallen. Dann landete sie hart auf schwarzem Sand und rollte, bis ein Felsen sie unsanft bremste. Nach Luft schnappend lag sie eine ganze Weile nur da und versuchte zu begreifen, dass sie tatsächlich überlebt hatte. Die Raben saßen auf dem Felsen, sträubten die Federn und hechelten mit offenen Schnäbeln. Wenn jemals Vögel verstört ausgesehen hatten, waren es diese.

»Sie scheucht euch wohl genauso herum wie mich«, sagte Mailín atemlos.

»*Zorya!*«, schimpfte ihr blauäugiger Rabe und schüttelte sich so heftig, als müsste auch er den Schreck aus den Knochen bekommen. Dann erhob er sich in die Luft und flog davon. Wie eine schwarze Schleppe folgten ihm seine Brüder.

Mailín kam taumelnd auf die Beine. Mit einem Mal spürte sie die ganze Schwere ihres Körpers, rasenden Hunger und den Schmerz des Aufpralls. Zitternd griff sie in ihre Manteltasche und war unendlich erleichtert, dass sich das Trugsilber des zweiten Rings wieder in Stein verwandelt hatte. Dort, wo ihre Fingerspitzen die Traumperle der kalten Königin berührten, kribbelte ihre Haut. Doch der Turm war verschwunden, hinter dem Felskamm waberte ostwärts nur noch Nebel und westwärts lag das Meer. Und als Mailín am Strand entlangwankte, hörte sie einen etwas zu hellen Sturmvogelruf, der sie fast zum Weinen brachte. »*Lajaaa*«, schrie sie als Antwort. »Ich bin hier, Toma. *Lajaaa!*«

Sie entdeckte das Nixenboot ein Stück nordwärts. Es war noch auf dem Wasser. Toma und Birgida schoben das Gefährt mit Stöcken zwischen den treibenden Eisschollen zum Lavastrand. Noch bevor sie anlandeten, sprang Toma als Erste mit einem riesigen Satz auf das festere Ufereis.

»Der Windfrau sei dank, ihr lebt ja doch noch!« Tomas stürmische Umarmung warf Mailín fast um. »Was zum Henker habt ihr euch dabei gedacht, einfach zu verschwinden? Wir wollten euch schon gestern suchen, aber der Sturm kam so plötzlich, dass wir einen Tag lang nicht einmal an Deck gehen konnten. Und bis dein Rabe endlich zu uns kam, dachten wir, ihr seid tot!« *In der anderen Wirklichkeit tobte also der Sturm*, dachte Mailín benommen. Toma ließ sie los und sah sich beunruhigt um. »Wo ist der Dieb, der mir die Handschelle gestohlen hat?«

»Entführt«, brachte Mailín heiser hervor. »Von Silja. Sie ist ... sie gehört zum König.«

Sie wusste nicht, ob Birgida und Toma auch nur ein Wort verstanden, viel zu durcheinander war sie immer noch, während sie alles hervorsprudelte – nur über die Nacht, die sie mit Eismund verbracht hatte, schwieg sie. Stumm hörten ihre Freundinnen zu, auf ihren Gesichtern irrlichterten abwechselnd Schrecken und Fassungslosigkeit. Mailín hatte erwartet, dass es Birgida sein würde, die in Tränen ausbrach, als sie von Eismunds Gefangennahme und Siljas Drohung erzählte. Aber zu ihrer Überraschung wirkte das Bergmädchen nur maßlos erschrocken und besorgt. Dafür brach völlig unvermittelt Toma in Tränen aus. Sie versuchte es zwar zu unterdrücken, presste krampfhaft die Hand gegen den Mund und schüttelte den Kopf, aber ihre Augen waren ein schwimmendes graues Meer. »Nein«, stieß sie dann mit einer wunden Stimme hervor, die Mailín an ihr nicht kannte. Birgida war ebenso überrascht wie Mailín. Sie nahm Toma sofort in die Arme, während die Jägerin vergeblich versuchte, ihr Schluchzen zu unterdrücken. Mailín dagegen konnte nur wie betäubt dastehen. *Toma hat sich doch losgemacht, als Eismund sie küsste,* dachte sie völlig verwirrt. Nur langsam dämmerte ihr, dass wohl auch Härte und Ironie nur eine Maske sein konnten, wenn es darum ging, ein zartes Herz dahinter zu verbergen. *Wie blind war ich?,* dachte sie fassungslos. *Toma hat Eismund nur von sich gestoßen. Aber jeden anderen Mann hätte sie für einen geraubten Kuss mit der Faust niedergeschlagen.* Toma war von Deck geflohen – mit schnellen Schritten, als hätte der Kuss sie verwirrt und völlig entwaffnet. Und hier, vor dem schwarzen Lavastein, wirkte sie ganz und gar wie die Eisblume, nach der sie benannt war. Mit einer brüsken Bewegung wischte sie sich die Tränen von den Wangen. »Wir müssen ihn zurückholen!«, rief sie mit verzweifeltem Zorn. »Und wenn dieser Winterkönig oder diese Schlange Silja ihm bis dahin etwas antun, zermalme ich jeden Eisknochen in ihren herzlosen Leibern!«

»Wir finden Eismund«, sagte Birgida mit einer kühlen Entschlossenheit, die Mailín zeigte, dass Toma das Mädchen besser eingeschätzt hatte als sie. *Birgida war wirklich nie in Eismund verliebt.*

»Natürlich, und wir holen ihn da raus«, brauste Toma auf. »Schon allein, damit er dafür bezahlt, dass er mir beim Tanzen auch noch den Silberring gestohlen hat. Und abgesehen davon: Was ist das für ein selbstherrlicher, größenwahnsinniger Plan, jemanden zu verlassen, um ihn zu retten? Was glaubt dieser verdammte Trickser, wer er ist? Er hat kein Recht dazu, für andere zu entscheiden!« Beinahe hätte man ihr glauben können, dass sie einfach nur zornig war. *Was für eine gute Täuscherin du bist, zarte Eisblume,* dachte Mailín.

Birgida wandte sich ernst zu ihr um. »Und du sprichst also mit Todesfrauen und erzählst uns die ganze Zeit kein Wort davon?«

Mailín räusperte sich. »Bisher glaubte ich, es wären nur Träume. Aber die Zorya sind offenbar ebenso real wie die Firnfrauen.«

»Und sie wollen diesen Magier finden, der mächtig genug ist, sogar eine Unsterbliche zu töten«, murmelte Birgida. »Der König versteckt ihn im Palast. Aber du sollst das Eis brechen, damit die Zorya ihn finden und … töten können?« Wenn das Bergmädchen noch blasser hätte werden können, dann wäre jetzt jede Farbe aus ihrem Gesicht gewichen.

Toma spähte mit schmalen Augen dorthin, wo der Turm nicht mehr zu sehen war. »Ich schätze, um den Magier auszuliefern, müssen wir uns erst den König vornehmen«, sagte sie sehr entschieden. »Und da wir schon dabei sind, auch diese Hexe Silja.«

Am Horizont glühte ein letzter Streifen von Blutrot und ließ die Eisschollen wie Flecken von Lava wirken. Toma hielt ihren Stock mit dem Wandeleisen dicht über dem Wasser, während Mailín und Birgida das Nixenboot eilig zwischen den Eisschollen weiterschoben. Weit und breit ließ sich keine Nixe blicken. In der unheimlichen Stille hörte man nur das leise Glucksen von schaukelndem Eis und das Schaben der Stöcke. Mit einem flauen Gefühl sah Mailín den Richtpfahl näher kommen.

»Langsam beginne ich das Muster zu verstehen«, hörte sie

Birgida neben sich nachdenklich sagen. »Alles muss fließen, dann ist die Welt im Gleichgewicht. Jedes Leben, jeder Augenblick vergeht irgendwann, jede Schneeflocke schmilzt – und auch das Eis auf dem Meer darf nicht ewig sein wie unseres seit mehr als hundert Jahren. Doch mit dem Tod der Königin ist alles erstarrt – nichts verändert sich mehr, die Welt steht still und versinkt im ewigen Winter. Deshalb ist Sedna so zornig und wütet mit Stürmen – weil sogar sie unter dem Eis gefangen ist und ihre Kinder fast ersticken. Auch die Fängerinnen sind hasserfüllt und mit den Firnfrauen verfeindet...«

Oder sie verzeihen der kalten Königin nicht, dass sie dem Meer einst etwas gestohlen hat, dachte Mailín bei sich. *Einen Saman, der die Gesetze des Lebens schon einmal verletzt hatte und daher von seinem Clan zum Tode verurteilt worden war.* Wieder versuchte Mailín die Geschichte mit den Augen der kalten Königin zu sehen. *Vielleicht war es ein Abend wie dieser,* dachte sie. *Vielleicht blickte Zima aufs Meer und sah vom Strand den Richtfelsen. Vielleicht fand sie einen Saman, der dort angekettet war, um nach Sonnenuntergang von den Nixen hingerichtet zu werden. Einen Menschen, der dunkle Schneemagie beherrschte und skrupellos und käuflich genug war, um alle Gesetze des Lebens dafür zu verraten.*

❧

Je näher sie der Meereiskante kamen, desto größer wurden die vereinzelten Eisinseln, bis sie nur mehr ein Puzzle mit dünnen Bruchnähten bildeten. Eine Eisscholle, so groß wie ein Tanzplatz, kratzte mit der wippenden Wasserbewegung am Richtfelsen und am Saum des Meereseises. Toma half Birgida beim Aussteigen. Gemeinsam zogen sie das Boot auf die Scholle und wollten es gerade über die erste Bruchstelle ziehen, als Mailín alarmiert innehielt. Es war nur ein winziges Vibrieren, das kaum einen Deut anders war als die Wasserbewegung. Auch Toma hatte es bemerkt und fuhr mit dem Stock herum. »Noch ist es dunkel«, beruhigte Birgida sie. »Sie kommen erst in der Dämmerung zur Oberfläche.«

Nicht am Fjord, dachte Mailín besorgt. *Dort hatten die Nixen sogar in der Wintersonne gelegen.*

»Los, aufs Meereis«, befahl Toma. Doch als sie sich in die Seile legen wollten, begann die Scholle zu schaukeln. Etwas gurgelte in der Nähe auf, als würde das Meer röchelnd Luft holen. Dann hob sich direkt an der Schollenkante ein gewaltiger Körper senkrecht aus dem Wasser. Abendglut glänzte auf schwarzweißer Walhaut. Starr vor Entsetzen blickte Mailín auf eine Reihe kegelförmiger Zähne, jeder von ihnen so lang wie ihre Hand. Ohne nachzudenken, warf sie sich mit Birgida herum und riss an den Spinnenseilen des Boots. Sie schafften es nicht einmal bis zum Ende der Scholle. Der Raubwal sank halb ins Wasser zurück – und kam mit dem vorderen Teil seines Körpers auf den Rand der Eisinsel. Das Meer gurgelte und schäumte, als die Scholle sich unter seinem Gewicht hob. Das Kreischen von Stein gegen Eis klang gellend in Mailíns Ohren wider, als der Wal die Eisscholle ohne Eile, aber unbeirrt anschob. Wie Robben, die vor einem Raubtier fliehen, retteten sie sich auf den oberen Rand der Eisplatte, während die Scholle sich am Pfahl entlang zu einer Schräge aufrichtete.

Geistesgegenwärtig hatte Toma die Spinnenseile des Bootes sofort um einen Bruchzacken am Schollenrand geschlungen, sodass das Nixenboot nun wie ein Fisch an der Angel mehr als drei Meter vom Wasser entfernt hing. Birgidas Fingernägel gruben sich tief in Mailíns Handgelenk, als Mailín sie zu sich auf den Rand der Eisplatte zog. »Fass mit an!«, zischte Toma neben ihr. Mailín warf sich herum und packte eines der Spinnenseile am Bug des Bootes. Schwer zerrte das Boot an den Seilen, aber durch das Gewicht fraß sich wenigstens Mailíns Seil im Eis des Zackens fest. Unter ihnen rutschte der Wal ins Wasser zurück. Ohne seine gewaltige Schubkraft sackte die Scholle ab und verkeilte sich mit einem hässlichen Knirschen endgültig am Richtfelsen. Dann saßen sie auf dieser steilen Rutschbahn fest. Neben sich hörte Mailín Birgida vor Furcht nach Luft schnappen. Toma stemmte sich mit aller Kraft gegen ihr Spinnenseil und hangelte mit der zweiten Hand den Stock mit der Handschelle nach vorne. »Wo ist dein Wandeleisen?«, herrschte sie Mailín an. Mailín spürte, wie ihr auch das letzte bisschen Blut aus den Wangen wich. Die Handschelle musste ihr aus der Hand gerutscht sein, während sie noch versucht hatte, nicht ins Wasser zu fallen. Toma fluchte wüst, dann brachte sie ihre Waffe in Position. Mailín stemmte sich ebenfalls gegen das Seil und löste hektisch ihr Messer vom Gürtel. Das Wasser war immer noch leer. Aber hinter ihnen erklang ein warnendes Fauchen. Und als Mailín über die Schulter blickte, keuchte sie auf. Es waren sicher zwanzig Meereswesen, die sich auf dem Richtfelsen versammelt hatten und reglos zu ihnen hinaufstarrten, lauernd wie Raubtiere vor dem Angriff. Diesmal waren es nicht nur die hellen Nixen aus dem Fjord. Als wären für sie die verschiedenen Wirklichkeiten eins, lagerten am Felsen auch die schwarzen Fängerinnen des Lavastrandes.

»Die haben uns noch gefehlt«, hörte Mailín Toma murmeln.

Im selben Augenblick durchbrachen unterhalb der Scholle Gesichter die grüne Haut des Ozeans. Schultern mit aufgestellten Stachelfächern hoben sich aus dem Wasser. Und mitten unter den Lavanixen tauchte die grüne Fängerin auf, die Birgida Smaragdmädchen nannte. Zwischen den kämpferischen Meerfrauen wirkte sie umso mehr wie ein Mädchen. *Nur dass das Mädchen eiskalte Raubtieraugen und scharfe Fänge hat*, dachte Mailín mit einem

Schaudern. Alle Nixen verharrten reglos und in unheimlicher Lautlosigkeit. Toma und Mailín wechselten einen gehetzten Blick, der wie ein einziger Gedanke war. *Sie wissen, dass wir von hier aus nicht mehr ins Boot flüchten können. Und sie haben alle Zeit der Welt, um zu warten, bis wir in der Dunkelheit nichts mehr sehen oder vor Erschöpfung aufgeben müssen.*

»Lasst das Seil los«, sagte Birgida in die Stille.

»Und dann?«, fuhr Toma sie an. »Sollen wir von hier oben ins Boot springen? Hast du vergessen, wie sie im Palast die Raubkatze aus der Luft geholt haben?«

»Vielleicht... sind sie gar nicht hier, um uns zu töten«, sprach Birgida mit einer Ruhe weiter, die sogar Mailín kurz am Verstand des Bergmädchens zweifeln ließ.

»Natürlich nicht, sie wollen nur zuschauen, wie wir ins Boot steigen und ihnen zum Abschied winken«, schnappte Toma. »Bist du jetzt völlig verrückt geworden? Ich gebe alles auf, aber nicht unser Boot!«

»Es ist nicht *unser* Boot, es gehört zu ihnen«, erwiderte Birgida mit schwacher Stimme. »Es ist mit der Haut von einer der ihren bezogen. Sie trauern um sie.«

»Sie trauern?« Tomas Stimme gellte über das Eis. »Das sind Raubwesen wie Haie. Wenn wir ihnen das Boot überlassen, kommen wir nie wieder zum Schiff zurück. Und schon gar nicht zum Schloss.« Es war dieser Satz, der Mailín zeigte, dass die Jägerin wirklich niemals aufgab.

»Sie sind keine Haie«, widersprach Birgida. »Sie fühlen Angst und Freude. Sie haben Lieder! Und wenn sie uns töten wollen, dann – werden sie es ohnehin tun.«

»Das werden wir noch sehen«, murmelte Toma.

»Bitte«, sagte Birgida kaum hörbar. »Wir verlieren in jedem Fall. Aber vielleicht... ist das hier ein Angebot. Ich habe das

Smaragdmädchen gehen lassen. Vielleicht lassen sie uns ebenfalls gehen, wenn wir zurückgeben, was zu ihnen gehört.«

Wieder wechselten Toma und Mailín einen Blick. Mailín schluckte. »Du bist unsere Hand, Toma«, sagte sie heiser. »Deine Entscheidung.«

Toma kämpfte lange Zeit mit sich. Aber schließlich lockerte sie zögernd ihre Faust und das Seil gab mit einem Rucken dem Gewicht des Bootes nach. Das zweite Seil riss durch Mailíns Finger. Toma packte sie um die Taille, bevor sie das Gleichgewicht verlieren konnte. Dann löste sich das Spinnenseil endgültig aus dem Eis. Kiel voran rauschte das Nixenhautboot ins Meer, wo es von krallenbewehrten Händen aufgefangen wurde, die es erstaunlich sanft in Empfang nahmen. Im letzten Zwielicht des Abends bäumte das Boot sich auf, drehte sich, zeigte noch einmal die ganze Schönheit seiner Schuppenzeichnung und ... wurde unter Wasser gezogen. Es schäumte noch eine Weile, Trümmer von Holzplanken kamen an die Oberfläche, als hätten die Nixen tief unter Wasser die Haut der Fängerin vom Boot gestreift, dann wurde es gespenstisch still. Lange warteten sie Rücken an Rücken mit gezückten Waffen, immer darauf gefasst, dass die Meerfrauen zurückkehren könnten, aber keine von ihnen ließ sich blicken. Erst als am Nachthimmel der Mond hinter den Wolken hervorkam, wagten sie es, über den Richtpfahl nach unten zu klettern und sich auf das Meereis zu retten.

Traumtänzer

Heute war die Meeresgöttin nicht zornig und auch ihre Kinder schwiegen, als stünde zumindest diese Nacht im Zeichen eines Waffenstillstands. Und als hätte sich auch in der Wirklichkeit der *Licornia Lien* alles neu geordnet, hielt heute keine von ihnen an Deck Wache. Zu dritt verkrochen sie sich in der Lagerkajüte. Erschöpft saßen sie an Tomas Lagerfeuer und aßen das Robbenfleisch, das Sednas Geschenk gewesen war.

»Ich hoffe, du hast einen wirklich guten Plan, wie wir ohne Boot zum Schloss kommen, Nixenbetörerin«, brach Toma die Stille. Immer noch hatte sie vom Weinen gerötete Augen und wirkte so niedergeschlagen, wie Mailín sie nicht kannte. Birgida versuchte sich an einem zuversichtlichen Lächeln. »Wir haben an Bord leere Fässer, Holz und Seile. Damit können wir ein Floß bauen...«

»...und darauf vor den Augen des Königs vom Meereis zum Fjord paddeln?«, unterbrach Toma sie. »Falls die Fängerinnen es nicht schon vorher auseinandernehmen.«

»Es hört sich tatsächlich nicht nach einem sicheren Plan an«, stimmte Mailín vorsichtig zu.

Es war selten, dass Birgidas Miene sich verfinsterte. Aber heute bekam Mailín einen Eindruck davon, dass das sanfte Bergmädchen auch eine andere Seite hatte. »Ihr glaubt im Ernst, wir finden einen sicheren Plan?«, rief sie hitzig aus. »Wenn ich hier draußen eines gelernt habe, dann das: Nichts ist sicher. Gar nichts! Aber bisher bin ich immer euren Weg mit euch gegangen. Vielleicht vertraut ihr jetzt mir und geht meinen? Ich werde uns ins Schloss bringen.«

Toma seufzte und vergrub die Hände im Haar. Ihr besorgter Blick sprach Bände. Aber dann gab sie sich einen Ruck. »Also schön«, murmelte sie. »Ich bin dabei. Was ist mit dir, Mailín?«

Beide sahen sie erwartungsvoll an. Und Mailín lernte etwas über sich: Es war eine Sache, eine Brüstung loszulassen. Aber eine ganz andere, die Sicherheit von Plänen und Strategien aufzugeben. Sie musste sehr tief durchatmen, um die Angst zurückzudrängen. »Einverstanden«, brachte sie dann mit belegter Stimme hervor.

Birgida war sichtlich erleichtert. »Gut«, sagte sie in ihrer vertrauten, freundlichen Art. »Morgen früh brechen wir auf.«

Toma stellte die Schüssel mit dem Fleisch zur Seite und schlang die Arme um die Beine. »Was ich nicht verstehe…«, begann sie nach einer Weile, »wenn der kalte König in Mailíns Welt nur Bräute sucht, warum lässt er dann auch Kinder dort an diesem Schneefieber sterben? Und Männer – und alte Menschen?«

»Weil er grausam ist«, antwortete Mailín. »Und eine Krankheit namens Schneefieber gibt es im Grunde nicht – es ist wohl nur ein Zauber, der die Menschen im Wahn den Schnee suchen lässt. Wie Schlafwandler laufen sie bis in die tiefste Wildnis, wo die Dienerinnen des Winterkönigs auf sie warten. Aber sie nehmen nicht alle Menschen mit, die unter dem Zauber stehen. Einige lassen sie einfach zurück – so weit weg von der Stadt, dass sie erfrieren und niemand sie mehr findet, außer Martiskatzen und Eiswölfe. Menschenleben bedeuten den Firnfrauen nicht mehr als Schneeflocken.« Es war schon schlimm genug, an Eismund zu denken, aber der Gedanke an das Schicksal ihrer Mutter schmerzte Mailín heute genauso. Und jetzt flammte auch die Sorge um Rún wieder auf. Nun verstand sie nur zu gut, warum die Zorya mit der rotgoldenen Maske so zornig von der kalten Königin gesprochen hatte. *Du hast ein Ungeheuer geschaffen, Königin Zima*, dachte Mailín. *Und ein zweites an deinen Hof geholt.*

»Warum gehen die Zorya nicht selbst in den Palast und suchen nach dem Magier?«, riss Birgida sie aus ihren Überlegungen.

»Vielleicht weil die Somnya und die Zorya nicht in derselben Wirklichkeit existieren?«, erwiderte Mailín. »Der Tod und der Schlaf ähneln sich zwar, aber wo der eine ist, kann der andere nicht sein. Der Magier ist mit dem König verbunden und existiert nur in der Wirklichkeit der Somnya, zu der die Todesfrauen keinen Zutritt haben. Und die Zorya selbst dürfen nicht ins Gefüge eingreifen.«

»Und trotzdem hat die Todesfee dir mehr als einmal geholfen«, hielt Toma dagegen.

Und damit verstößt sie gegen das Gesetz ihrer Herrin und spielt ein verbotenes Spiel, ergänzte Mailín in Gedanken. *Nur warum?*

Nachdenklich schob sie die Hand in die Tasche. Hundertmal hatte sie sich auf dem Weg zur Licornia vergewissert, dass sie die gefrorenen Träume nicht verloren hatte. Die zweite Traumperle, die Eismund vor dem Winterkönig versteckt hatte, leuchtete in ihrer Hand. Mailín holte ihr Fernrohr hervor und setzte die Nahlinse auf. Die Mechanik knirschte bedenklich, aber dann konnte sie das Fernrohr als Lupe verwenden. Nun war deutlich zu erkennen, dass es Rúns wirrer Raunentraum war, von dem ihre Schwester ihr erzählt hatte. Rún irrte darin durch ein festlich erleuchtetes Falún und suchte Mailín, ohne sie zu finden.

Dann bin ich der Mensch, der Rún am unglücklichsten gemacht hat, indem ich tatsächlich verschwunden bin, dachte Mailín. *Raunenträume lügen nicht.* Die Perle, die Zima in ihrer Hand verborgen hatte, war verblasst und matt. »Diesen Traum hat Königin Zima im Todeskampf vor jemandem verborgen. Kannst du das Bild darin wieder sichtbar machen, Birgida?«

Ihre Freundin nahm den gefrorenen Traum an sich. Und unter ihrer Berührung erwachte die Perle tatsächlich wieder zum Leben. Farbige Lichtflecken reflektierten auf Birgidas Wangen und Stirn und zeigten die Ahnung von tanzenden Gestalten.

Als Mailín die Lupe auf die Perle richtete, war sie im ersten Moment enttäuscht. Wieder nur ein weiteres Sommerfest? Die Szene ähnelte Mikas Traum von Rún. Auch hier betrachtete jemand seine Tänzerin, während sich beide zur Musik bewegten. Das Mädchen erinnerte ein wenig an Birgida. Auf den zweiten Blick bestand die Ähnlichkeit zu der Tänzerin allerdings nur in ihrem herzförmigen Gesicht und einem roten Kleid. Die Fremde hatte dunkle Locken und ein Lachen, aus dem Glück und Lebendigkeit strahlten. Verliebt strahlte die junge Frau ihren Tänzer an, während hinter ihr ein Ballsaal mit hohen Bogenfenstern vorbeizog. In riesigen Spiegeln sah man eine Hofgesellschaft tanzen. *Genau die Tanzschritte, die Eismund uns gezeigt hat*, dachte Mailín. Sie reichte Birgida das Fernrohr. »Kommt dir das bekannt vor?«

Ihre Freundin stutzte. »Das ist ja genau wie das Fest im blauen Palast! Nur dass die Tänze dort viel langsamer sind und viel starrer wirken – aber es sind dieselben Drehungen, siehst du das Paar in den gelben Kleidern? Der Unterschied ist nur, dass dieser Tanz hier viel schneller und viel fröhlicher ist. Und dass die Menschen lachen.«

Mailín nickte und drehte an der Vergrößerung, bis das Bild noch schärfer wurde. Und langsam fügten sich die Fragmente des Traums zu einem vollständigen Ganzen. »Die Tänzerin war eine Südland-Prinzessin!«, rief sie überrascht aus. »Sie trägt ein Korallendiadem im Haar und eine große, echte Perle an einem Band um ihren Hals. Perlenschmuck ist auf den Inseln üblich. Auch die Kleider der Gäste sind mit Perlen bestickt und an den Fenstern im Hintergrund ranken Rosen – genauso, wie es im Märchen von der kalten Königin beschrieben ist. Das muss der Traum des Winterkönigs sein. Er zeigt den letzten Tanz mit seiner Braut am Ende des Hochzeitsfestes, kurz bevor er von der Königin entführt wurde. Er stammt also ursprünglich von den südlichen Inseln...«

»...bevor er sich in ein Monster mit Eisblut in den Adern verwandelte?« Toma nahm das Fernrohr und die Eisperle. »Dann hat die Königin ihm diesen Traum also gestohlen«, murmelte sie. »Warum?«

»Um ihm... die Erinnerung an seine Prinzessin zu nehmen«, vermutete Mailín.

»Aber er hat nicht alles vergessen«, rief Birgida. »Seine Feste – die Tanzschritte, der Ballsaal, der Schnitt der Kleider, an die wir im Webertrakt Eisperlen statt echter Perlen nähen – das wirkt wie eine Nachbildung seines Traums. Als hätte er sich sein Schloss nach dem Vorbild seines Menschenlebens erbaut, um darin immer und immer wieder seinen Hochzeitstanz zu tanzen.«

»Nur jedes Mal mit einer anderen Braut, die die Ballnacht nicht lange überlebt«, schloss Toma. »Das passt zu den Geschichten meines Clans. Sobald sein Magier die kalte Königin ermordet hatte, war der König frei. Er verließ den Turm der Wintergeister und kam aus dem Meeresnebel zum Knochenfjord. Sein Magier schuf ein Heer aus Schnee für ihn. Dieses Heer löschte den Clan der Tausend aus und nahm den Fjord ein. Und mit Wintermagie und der Hilfe des Magiers errichtete der König in einer einzigen Nacht seinen blauen Palast.«

Mailín fröstelte und zog den Mantel enger um ihre Schultern. Funken knisterten im Lagerfeuer, trieben mit dem Rauch zum halb offenen Kajütenfenster und verloschen draußen.

»Aber er ist nicht glücklich«, sagte Birgida leise. »Als Zima starb, nahm sie das Bild seiner Braut mit in den Tod. Und deshalb… sucht der kalte König seine Braut in jedem Mädchen, mit dem er tanzt. Das ist also Königin Zimas Rache: Sie nahm ihm die Erinnerung an seine Braut und verfluchte ihn dazu, für immer in seiner Sehnsucht gefangen zu bleiben. Ewig suchend, ohne zu finden.«

»Dann war Zima ja doch ein rachsüchtiger Wintergeist«, stellte Toma fest. »Deine Todesfee sagte doch, die Somnya kennen keine menschlichen Regungen, Mailín?«

Mailín rieb sich die brennenden Augen. Längst waren ihre Gedanken wirr glühende Fäden in ihrem Kopf. »Vielleicht wissen auch die Todesfrauen nicht alles über ihre Schwestern«, sagte sie müde. »Die Somnya sind den Menschen gegenüber gleichgültig, aber möglicherweise gilt das nicht für ihresgleichen.«

Birgida rückte an Mailín heran und lehnte den Kopf an ihre Schulter. Toma ließ sich zurücksinken und stützte sich auf den Ellenbogen auf. »Jedenfalls verstehe ich nun, warum er den Magier braucht. Ohne ihn kann er seine Welt nicht erschaffen. Es gäbe kein Fest, keinen Hofstaat, nur einen einsamen Turm, in dem Wintergeister Schnee weben und Schlaf spinnen. Und um seinen Magier nicht zu verlieren, sorgt König Winter seit mehr als hundert Jahren dafür, dass der Tod seinen Diener nicht finden kann.« Mailín nickte nur schweigend. Und auch diesmal wagte sie nicht, einen Gedanken zu Ende zu denken.

Es war nur die Erschöpfung, die Mailín trotz allem in einen traumlosen Schlaf sinken ließ. Als sie aufwachte, hielt sie ihre Decke so fest umklammert, als würde sie versuchen, Eismund den Firnfrauen und Silja zu entreißen. Toma war an Deck gegangen, nur Birgida war im Raum. Hellwach saß sie am Fenster und starrte nach draußen. »Es ist erst Mitternacht«, wisperte sie. »Schlaf weiter.«

Aber Mailín schüttelte den Kopf und zog sich an. Auf dem Tisch der Kapitänskajüte fand sie ihre zur Knotenschrift verschlungene Locke und das Foto, das der Rabe zu Toma gebracht hatte. Im Lampenschein zeigte sich, dass es das Schwarzweißbild eines jungen Paares war. Offenbar war der Seemann, dem Eismunds Mantel gehört hatte, kein einfacher Matrose gewesen. Auf der Fotografie wirkte er mit seinem Backenbart und seiner schwarzen Kleidung eher wie ein Beamter. Seine Frau trug ein strenges Kleid mit einem Stehkragen und hatte auf altmodische Weise aufgestecktes Haar, wie es wohl Teil dieser Bürgertracht war. Doch beide strahlten in die Kamera, als würde die Welt nur ihnen allein gehören. *Wie glücklich sie aussehen*, dachte Mailín. Die Zuneigung dieser beiden Fremden berührte sie tief im Herzen — und öffnete irgendwo in der leeren Kammer ihrer Seele eine Tür. Um Rún hatte sie eine Träne vergossen — nun löste sich eine zweite und tropfte auf die Fotografie. Und plötzlich war alles wieder so nah, als hätte sie Eismund nie losgelassen. Mit der Sehnsucht und ihrer Angst um ihn gab etwas in ihr nach, als wäre ihr Herz von einer eigenen Wirklichkeit umschlossen, gefroren wie die Welthaut, die nun zu brechen drohte. Mailín vergrub das Gesicht in den Händen und würgte an einem Schluchzen. Sie hatte nicht einmal geahnt, dass Liebe schmerzen konnte wie eine frische Wunde. Und zum ersten Mal gestand sie sich ein, wie viel sie für Eismund empfand. *Raunenträume lügen wirklich nicht*, dachte sie. Ihre Raune hatte es ihr offenbart: Es gab den Mann, der sie glücklich und zugleich unglücklich machte.

»Weinen nützt niemandem«, rief sie sich zur Ordnung. »Denk logisch: Eismund dient dem König als Sucher, der die Träume von Menschen sieht. Aber welche Rolle spielt Silja?«

Zumindest eine Antwort kannte sie: Sie arbeitet wie eine Spionin, mit deren Hilfe der König die Menschenwelt erkundet und sein Reich ausdehnt. Und sogar das bekam im Spiegel dessen, was sie über diesen grausamen Herrscher wusste, eine ganz eigene Logik: *Je härter und länger die Winter sind, umso größer wird der Hunger der Menschen nach Leben. Desto leidenschaftlicher tanzen auch die Falúner auf dem Lichterfest. Desto mehr lieben wir einander im Bewusstsein, dass der Winter uns alles nehmen kann. Und desto größer wird die Sehnsucht, die auch die Träume der Mädchen leuchten lässt, damit der König sie finden kann.*

Doch auf die Frage, wer Silja in Wahrheit war, fand Mailín keine Antwort. Voller Unbehagen erinnerte sie sich an die türkisfarbenen, kalten Augen der Frau, die einmal ihre Freundin gewesen war.

Wie hatte ich mich so in ihr täuschen können? Wie kann jemand so lachen und so freundlich zu Kindern sein und in Wirklichkeit skrupellos und grausam sein? Und warum hat Silja damals die Raunen zerstört? Nichts passte richtig zusammen, nicht einmal Siljas herrisches Auftreten inmitten der Firnfrauen, die ihr zwar gehorchten, aber ihrerseits auch Macht über Silja zu haben schienen.

Ein Luftzug ließ das Foto zu Boden flattern. Birgida schlüpfte in den Raum und schloss die Tür gleich hinter sich. Sie kauerte sich auf das Fensterbrett und holte ihre Nähnadeln und ein Lederstück hervor. Die Matrosenkleidung hatte sie abgelegt und sich mit ihrem roten Kleid wieder in die Weberin aus dem Schloss verwandelt. Birgida bezog Mailíns fragenden Blick wohl auf ihre Näharbeit und hob das Lederstück hoch. »Trugzauber«, erklärte sie. »Ihr werdet Ledersohlen im Schloss brauchen. Mit Spinnengarn um eure Füße gebunden und mit etwas Magie unsichtbar gemacht, wird es so aussehen, als wärt ihr barfuß.«

Trotz allem brachte das Mailín zum Lächeln. »Die Weberin, die ich im Palast kannte, war überzeugt davon, keine Magie zu beherrschen.«

Birgida hob die Schultern. »Alles ändert sich«, sagte sie leichthin. »Toma hätte früher niemals getanzt oder um jemanden geweint. Und die Mailín, die ich im Palast kannte, lachte nie und vertraute niemandem außer sich selbst.«

Mailín wich Birgidas prüfendem Blick aus. »Jedenfalls ist es tröstlich zu wissen, dass du so sicher bist, dass wir ins Schloss kommen.«

Birgida lächelte nur kryptisch und begann zu nähen. Mailín wandte sich ab und hob das Foto auf. Mit dem Luftzug war es ein ganzes Stück in den Raum geflattert und lag mit der Rückseite nach oben auf dem Boden. Als Mailín es in die Hand nahm, stutzte sie. Dort, wo sie am Lavaufer im Dunkeln das Zeichen an Birgida eingeritzt hatte, standen ein paar Worte und Zahlen in verblasster Tinte. Als Mailín die Worte las, musste sie sich setzen. *Tom und Lien Jofnur.* Daneben ein Datum, das mehr als vierzig Jahre zurücklag. Und als Mailín zu den Aufzeichnungen blickte, die am Rand des Tisches lagen, klappte ihr endgültig die Kinnlade nach unten. »Stimmt etwas nicht?«, hörte sie Birgida verwundert fragen.

»Nein«, stieß Mailín hervor. »Hier stimmt überhaupt nichts mehr.«

Notizblätter segelten zu Boden, so hektisch suchte sie nach dem letzten Beweis. Sie fand ihn als Signatur unter einer anatomischen Zeichnung, die Tom Jofnur in Falún angefertigt hatte: dasselbe geschwungene T und ein L, das haargenau dem im

Namen Lien glich. Jetzt, als Mailín das Gesicht des jungen Tom auf dem Foto genau betrachtete, entdeckte sie auch eine Ähnlichkeit mit dem Schwarzweißfoto des alten Mannes, das in der Apotheke an der Wand hing. »Tom Jofnur war auf der Licornia!«

»Wer?«, fragte Birgida.

»Unser alter Apotheker aus Falún! Das heißt – früher war er Arzt, bis seine Frau am Fieber starb. Weil er sie nicht heilen konnte, gab er seinen Beruf auf und verließ seine Heimat. Nach vielen Jahren siedelte er sich in Falún an und kaufte die Apotheke. Als ich noch ein Kind war, war er bereits ein alter Mann. Trotzdem brach er mit Kapitän Santalnik zu einer Expedition ins Südmeer auf.« Mailín musste tief Luft holen. »Jedenfalls glaubten wir alle, sie wären dort verschollen – aber in Wirklichkeit waren sie hier, im Eisland! Die *Licornia Lien* ist sogar nach Toms Frau Lien benannt worden. Dieses Foto von Lien und sich hatte Tom bei sich.«

Birgida war aufgesprungen und betrachtete das Foto. »Heißt das, dieses Schiff hier stammt aus deiner Welt? Wie ist das möglich?«

»Weil ... Norden Süden ist?« Mailíns Gedanken fielen in Fragmente und fanden zu neuen Mustern, als würde sie durch ein Kaleidoskop blicken. Und als sie die Augen schloss, erstand vor ihr Kapitän Santalniks Wohnzimmer in Falún – mit dem Kartentisch, auf dem Lovis wie in einem Mausoleum immer noch seine Aufzeichnungen ausgebreitet hatte.

Graumeer, Tibris, Wilastadt, hallten die Worte, die sie seit ihrer Kindheit dort schon tausendmal gelesen hatte, in ihr wider. *Jofnurs Modell, Südmeerpassage. Kreuzungspunkt 1 am vierten Spiegelmeridian, Kreuzungspunkt 2 unter dem großen Wolfskopf.* Zum ersten Mal begannen die kryptischen Begriffe einen Sinn zu ergeben.

»Norden ist Süden«, wiederholte Mailín nachdenklich. »Und den Kreuzungspunkt zwischen oberer und unterer Welt nannte

Kapitän Santalnik Spiegelmeridian. Die Südmeerpassage, die Tom Jofnur und er angeblich gesucht haben, war also kein neuer Handelsweg. Sondern ein Durchgang. Und zwar vom Südmeer in meiner Welt zum Nordmeer über dem gefrorenen Himmel.« Mailín leckte sich über ihre trockenen Lippen. Und zum ersten Mal wurde ihr das ganze Ausmaß ihrer Entdeckung bewusst. Kapitän Santalnik war genau hier gewesen. Mailín stand in seiner Kapitänskajüte. Er hatte genau an diesem Tisch gesessen – und aus diesem Fenster auf das gefrorene Meer geblickt. Es fühlte sich fast an, als würde Symion Santalnik hinter ihr stehen – mit all seiner Wärme und Freundlichkeit. Und für ein paar Herzschläge schloss sie die Augen und gab sich der Illusion hin, dass sich seine Hand gleich auf ihre Schulter legen würde. »Was meinst du, kleiner Matrose?«, hörte sie ihn mit dem vertrauten Lächeln in seiner Stimme sagen. »Welchen Kurs sollten wir einschlagen, um das Meereseinhorn zu finden?«

Mailín musste sich zwingen, die Augen wieder zu öffnen. »Tom Jofnur war schon lange vor dieser Expedition einmal im Eisland«, fuhr sie leise fort. »Seine Notizen hatte ich in seiner Apotheke gefunden. Silja hatte sie durchforstet und zum Teil korrigiert. Ich hatte vermutet, dass Tom Siljas Heimatland kannte – und ich hatte recht damit!«

Birgida blinzelte. »Das heißt … es gibt nicht nur an Land Styx-Tore. Sondern auch Durchgänge im Meer.«

Mailín nickte. »Offenbar ja – wenn man die Koordinaten kennt. Sie hatten es geschafft, vom Südmeer aus meiner Welt hierherzukommen. Doch dann saßen sie im Eis fest. Also müssen sie beschlossen haben, die Licornia aufzugeben, um mit den Beibooten nach der zweiten Passage für den Rückweg zu suchen: Kreuzungspunkt 2 unter dem großen Wolfskopf. So stand es in Kapitän Santalniks Aufzeichnungen.«

Fast hätte die Sternkarte einen Riss bekommen, so hektisch zog Mailín sie heran. Sie drehte sie, bis Norden zu Süden wurde. Und war enttäuscht, als sie trotzdem kein einziges Sternbild wiedererkannte. Die Sterngruppe, die in Falún als Großer Wolfskopf bezeichnet wurde, existierte auf der Karte nicht. »Die Himmelsrichtungen müssten doch einfach nur vertauscht sein!«, rief sie. Aber ihre vernünftige Stimme gab Mailín bereits die Antwort, die sie nicht hören wollte. Sie war froh darum, dass ihre Tränen versiegt waren. Denn es war, als hätte sie Kapitän Santalnik für einen Moment wiedergefunden, nur um ihn gleich abermals zu verlieren. »Offenbar gab es keinen zweiten Weg«, sagte sie fast flüsternd. »Sonst wären sie nach Falún zurückgekehrt.«

Birgida legte ihr tröstend die Hand auf die Schulter. »Es gibt immer einen zweiten Weg.«

»Woher nimmst du nur andauernd deine Gewissheiten?«, fuhr Mailín sie ungewollt barsch an.

Ein schneidender Nixenruf ließ sie beide aufschrecken. Draußen auf dem Eis leuchteten in der Ferne zwei grüne Augen. Birgida eilte zum Fenster. Eiskrusten brachen, als sie es mit aller Kraft aufriss. Entschlossen lehnte sie sich hinaus und antwortete der Meerfrau mit dem Echo ihres Lockrufs. »Komm mit an Deck«, rief sie dann Mailín zu und rannte voraus.

»Das ist Wahnsinn, Birgida«, sagte Toma sicher schon zum fünfzigsten Mal. Sie hatte immer noch gerötete Augen und nun war sie auch noch totenblass. »Woher weißt du, dass sie dich nicht angreifen werden?«

»Das weiß ich nicht«, antwortete Birgida ruhig. »Aber im Augenblick sind Geben und Nehmen zwischen uns im Gleichgewicht. Außerdem werden die Nixen sehen, dass ich keine Waffe und kein Eisen bei mir trage.« Sie zupfte die Nähnadeln, die sie in einem Lederstück am Gürtel verwahrte, hervor und reichte das Bündel Mailín. »Bitte gib mir den Traum, den Königin Zima versteckt hat.«

»Wozu?«

»Die Fängerinnen vertrauen nur dem, was sie sehen. Auf Worte geben sie nichts. Deshalb trage ich auch das Kleid, in dem sie mich kennen. Und vielleicht werden sie meine Bitte besser verstehen, wenn ich ihnen zeige, wofür wir in den Palast zurückkehren müssen.«

Mailín und Toma wechselten einen besorgten Blick. Aber Mailín erinnerte sich an das, was Eismund über Birgida gesagt hatte: »*Sie ist jetzt schon stärker, als sie selbst ahnt. Gib ihr Zeit und sie wird ihre Magie finden und mächtiger als jeder Zauberer aus Tomas Clan werden.*« Dennoch kostete es sie Überwindung, Birgida Zimas Eisperle zu überreichen. »Kapitän Santalnik erklärte mir einmal, Magie könne man nicht rufen«, sagte sie eindringlich. »Sie ist es, die dich wählt. Bist du gut zu ihr, bleibt sie und dient dir treu. Aber manchmal wendet sie sich gegen dich wie ein Hund, der seinem Herrn in die Hand beißt. Oder sie verrät dich wie ein falscher Freund und verlässt dich, nicht ohne dir vorher alles zu nehmen, was du liebst. Deshalb muss man vorsichtig sein, wenn man ihr die Tür öffnet. Bist du sicher, dass du dich auf deine Magie verlassen kannst?«

Birgida lächelte auf ihre besondere Art, die wie das Schimmern einer Stahlklinge durch weichen Samt war. »Auch das ist etwas, was ich erst hier draußen gelernt habe«, sagte sie sanft. »Mit der Magie spricht man nicht in der Sprache des Hundes – sondern in der Sprache des Meeres.«

Sie steckte die Perle ein und kletterte auf den Klüverbaum. Kurz darauf stand sie auf dem Eis – barfuß, mit bloßen Schultern und in ihrem roten Kleid, das sie heute umso verletzlicher wirken ließ. Sie winkte ihnen noch einmal zu und schritt beherzt in die Dunkelheit – unbewaffnet und ohne Laterne, den Kopf erhoben, mit Haaren, die sie wie ein roter Schleier umwehten.

»Das ist Selbstmord«, murmelte Toma. »Ich hole sie zurück.« Aber Mailín hielt sie am Ärmel fest und die Jägerin umfasste Mailíns Linke so hart, dass ihre Hand pochte. So standen sie da, bis Birgidas zarte Gestalt langsam mit der Dunkelheit verschmolz.

Mailín horchte auf den Sirenengesang der Nixen und auf Birgidas Stimme. Doch alles blieb still, nicht einmal die Meergeister ließen sich blicken. *Dabei müsste meine Sehnsucht nach Eismund sie herbeirufen*, dachte Mailín. Der Gedanke an ihn senkte sich wie ein Bleimantel auf sie. Und sie ertappte sich dabei, wie sie fürchtete, dass Kapitän Santalnik unter den Meergeistern war und ruhelos über das Eis wanderte. *Vielleicht lebt er doch noch*, redete sie sich ein. *Vielleicht hat er ein anderes Styx-Tor erreicht und ist nur am anderen Ende meiner Welt gelandet.*

Toma hatte sich auf die Reling gesetzt und umfasste mit beiden Händen den Stock mit dem Wandelmetall, jederzeit bereit aufzuspringen. Doch nichts geschah, nur der Mond wanderte weiter und verschwand hinter Wolken.

»Du glaubst auch, dass der Magier ein Saman vom Clan der Tausend ist, nicht wahr?«, brach die Jägerin schließlich das Schweigen.

Mailín blickte voller Unbehagen zu den Richtfelsen und nickte. »Wer sonst könnte solche Schneewesen erschaffen?«, antwortete sie.

Toma verzog den Mund zu einem bitteren Lächeln. »Weißt du, was ich mich die ganze Zeit frage?«, meinte sie nach einer Weile. »Was, wenn es Eismund ist?«

Mailín schluckte. Das Schlimme war, dass Toma wie immer punktgenau traf. *Er war angeblich noch nie außerhalb des Schlosses*, dachte Mailín. *Aber er kannte den Richtfelsen.* »Nur weil er dich bestohlen hat, musst du ihn nicht gleich verdächtigen, ein Ungeheuer zu sein«, sagte sie laut.

»Ich denke nur logisch«, erwiderte Toma mit belegter Stimme. »Du weißt ja, dass meine Großmutter Kaljama zu den Saman meines Clans gehört. Sie sagt immer, ein guter Magier muss vor allem eines sein: ein begabter Trickser. Er darf nie zu viel von sich preisgeben und niemals zulassen, dass die Gegenseite ihn wirklich kennt. Er muss seinen Namen zu verbergen wissen, alle Tarnungen und Täuschungen beherrschen und darf keinesfalls einschätzbar sein. Schließlich muss er den tückischen Geistern der Totenwelt ebenbürtig sein. Und auch Götter sollte man hinters Licht führen können, um mit heiler Haut davonzukommen. Kaljama sagt, nur ein guter Täuscher ist auch ein guter Saman. Oder zumindest einer, der länger lebt als einer, der ehrlich ist.«

»Aber das hieße, Eismund hätte mit dunkler Schneemagie die Gesetze des Lebens verraten. Traust du ihm das wirklich zu?« *Und traue ich ihm das zu?*

Die Jägerin biss sich auf die Unterlippe und schwieg. Und Mailín wusste, dass sie beide an dasselbe dachten: an die Meerfrauen, die Eismund mit rasendem Hass verfolgt hatten.

»Wer sagt, dass es nicht Silja ist?«, hielt Mailín dagegen.

Toma verzog den Mund zu einem schiefen Lächeln. »Wenn sie es wäre, dürfte ich dieser Hexe leider keinen Speer zwischen die Rippen jagen. Wir dürfen niemals das Blut unserer eigenen Leute vergießen. Aber es ist ohnehin unwahrscheinlich, dass sie es ist. Sie war jahrelang nicht im Palast.«

»Das heißt nicht, dass die Zorya sie hätten finden können. Die

Todesfrauen wissen nicht, wer der Saman ist. Sie kennen keinen Namen und können nur vermuten, was im Palast vor sich geht.«

Und der Winterkönig sorgt ganz bewusst dafür, dass niemand in seinem Schloss einen Namen trägt.

Toma widersprach nicht. Aber Mailín sah ihr den Zweifel an — und gleichzeitig den Kummer und die Sorge um Eismund.

»Es ist schon verrückt«, murmelte Toma nach einer Weile. »Als ich im Clan lebte, gab es nur mein Volk und die anderen, Jäger und Beute, Freunde und Feinde, gute und böse Saman. Ich wusste, was richtig und falsch ist. Trotzdem habe ich meine Freundschaft einer Fremden geschenkt — dir! Und jetzt bange ich um eine Weberin aus dem blauen Palast, als wäre sie meine Schwester. Ich vertraue darauf, dass ihr Herz weiß, was es tut, obwohl mich mein ganzes Leben lehrt, dass ein Herz das Letzte ist, auf das man sich verlassen soll. Und mit einem Eisblüter tanze und lache ich und... ich verzeihe ihm sogar, dass er mich mit einem Kuss reingelegt hat, um mir eine Waffe zu stehlen.« Sie wischte sich rasch mit dem Pelzärmel über die Wange, als wollte sie eine Fliege verscheuchen, die es dort nicht gab. *Eismund hat dir nicht nur die Waffe gestohlen*, dachte Mailín. »Als ich herkam, war mein Plan, den Feind kennenzulernen, um ihn zu besiegen«, setzte Toma hinzu. »Und jetzt sitze ich hier und fürchte um das Leben eines Mannes, der vielleicht der schlimmste Feind meines Clans ist.« Es sollte unwillig klingen, aber das leise, weiche Beben in Tomas Tonfall strafte diese Härte Lügen.

Mailín räusperte sich. »Birgida würde sagen, wir kennen noch nicht das ganze Muster. Und was Freund und Feind angeht — die Welt ist kein Schachbrett. Auch ich musste das erst lernen.« Dann fiel ihr ein, dass die Jägerin Schach ja nicht kannte, und korrigierte sich: »Kein Strategiespiel, in dem es nur Schwarz und Weiß gibt.«

»Ich dachte, für dich ist die Welt genau das, Trickserin«, konterte Toma mit einem ironischen Lächeln.

Mailín biss sich auf die Unterlippe. »Menschen ändern sich«, sagte sie vorsichtig.

Toma schnaubte nur und sprang von der Reling. »Jedenfalls verrückt, dass er uns auseinanderbringen wollte, um uns zu retten«, sagte sie mit einem Anflug ihrer alten Entschlossenheit. »Dieser Eisblüter kennt uns drei ziemlich schlecht, nicht wahr?«

Mailín wich dem Blick ihrer Freundin aus. *Mach endlich den Mund auf,* schalt sie sich. *Sag ihr, was du für Eismund empfindest. Sag ihr, dass sie nicht die Einzige war, die er geküsst hat.* Aber sie schwieg. Nur ihr feiges Herz schlug bis zum Hals und ihre Hand umklammerte Birgidas Nadelmäppchen so fest, dass eine der Nadeln sich durch das Leder bohrte.

Alles, was Tom Jofnur gehört hatte, war in einer Truhe im vorderen Teil des Unterdecks verstaut. Achtlos war sie zwischen Segeltuchpacken und leere Fässer geschoben worden. Viel war nicht darin – nur abgetragene schwarze Stiefel und Kleidung. Außerdem eine alte abgeschabte Ledertasche, die Tom noch aus seiner Zeit als Arzt geblieben sein musste. Doch als Mailín die Tasche in die Kapitänskajüte brachte und auf dem Boden ausleerte, war es wie ein weiteres Wiedersehen mit ihrer eigenen Welt. Vorsichtig strich sie über gläserne Phiolen mit eingetrockneter Wundbeerentinktur. Tom hatte ein Stethoskop mitgenommen, Verbandszeug und stumpfe Scheren. Auch die gebogenen Wundnadeln, die Birgida zum Nähen verwendete, stammten aus dieser Tasche. Allein die chirurgischen Instrumente fehlten, als hätte Kapitän Santalniks Mannschaft sogar Skalpelle und Lanzetten als Waffen mitgenommen, als sie die *Licornia Lien* aufgaben.

»Wo seid ihr?«, flüsterte Mailín. *Und wo bin ich?*, setzte sie in Gedanken hinzu. Ihr Atem beschlug an der Scheibe, als sie die Stirn gegen das Fenster lehnte. »Jetzt sind wir wohl beide auf dem Meer verloren gegangen, Symion«, murmelte sie. Noch nie hatte sie Kapitän Santalnik mit seinem Vornamen angesprochen, aber jetzt tröstete es sie. Und seltsamerweise fiel ihr das Sprichwort ein, das ihr Kapitän besonders gerne zitiert hatte: *»Nicht die Schiffe sind es, die uns zu den Küsten ferner Länder tragen. Sondern die Sehnsucht nach dem Meer und der Ferne, die uns die Schiffe überhaupt bauen ließ.«*

Über das Eis

Lajaaa!« Der schrille Ruf riss Mailín aus ihren Gedanken. Sie hetzte hinauf an Deck und wäre um ein Haar mit Toma zusammengestoßen. Die Jägerin hatte bereits ein Seil ergriffen, um sich direkt vom Achterdeck aus aufs Eis zu schwingen. Doch nun wichen Wolkenschatten zur Seite und ließen vor mondhellem Schnee die Silhouette einer Gestalt zurück. Toma ließ erleichtert das Seil los. »Musst du mich so erschrecken?«, herrschte sie Birgida von Bord aus an. »Ich habe dir schon hundertmal erklärt, dass Lajaaa! ein Hilferuf ist.«

Das Bergmädchen blieb atemlos vor der Licornia stehen. Sie war völlig durchnässt, ihre Locken klebten in vereisten Bogen an Stirn und Wangen. Aber sie strahlte im Schein der Laterne über das ganze Gesicht. »Sie helfen uns«, rief sie und lachte. »Zieht mich hoch!«

An Bord strahlte die Kälte von Birgida ab wie eine Aura. Aber sie selbst brannte wie eine Flamme. »Wir brechen bei Sonnenaufgang auf«, sprudelte sie hervor. »Die Fängerinnen haben mir versprochen, dass sie uns sicheres Geleit geben. Wenn wir schnell sind, erreichen wir die Meereiskante am Fjord, wenn es dunkel wird.«

»Und wie sollen wir so schnell ein Floß bauen?«, wandte Toma ein.

»Wir brauchen keins. Das Smaragdmädchen sagt, im freien Meeresspalt zwischen Eiskante und Festland treiben große Eisschollen. Die Fängerinnen werden uns dabei helfen, eine davon als Fähre zu benutzen. So setzen wir im Schutz der Dunkelheit gut getarnt zum Festland über.«

Die Tarnumhänge, die Birgida aus dem gewachsten Segeltuch genäht hatte, waren weit wie Zelte und innen dick mit mehreren Schichten von Wetterstoff und Wolle gefüttert. In den Seesäcken, die sie über den Schnee hinter sich herziehen konnten, verstauten sie Proviant, Kleidung und Seile. Doch als Toma zu den Waffen greifen wollte, hielt Birgida sie zurück. »Wir dürfen das Wandelmetall nicht mitnehmen. Sie überlassen uns noch für eine Weile den Nixenzahn, damit wir uns im Schloss verteidigen können, aber gib ihn besser mir – und auch das Messer. Die Fängerinnen müssen sicher sein, dass du sie nicht noch einmal verletzen kannst.«

»Dass ich *sie* nicht verletze?«, sagte Toma voller Sarkasmus. Aber Mailín liebte ihre Freundin dafür, dass sie zwar zögerte, aber dann doch nachgab und die kostbare Handschelle auf dem Schiffsdeck zurückließ.

Hinter ihnen verschwand die *Licornia Lien* im Nebel, als würde sie in die Vergangenheit zurücksinken. Mailín schaute sich immer wieder nach dem Schiff um, selbst dann noch, als sie schon lange nichts mehr erkennen konnte. Sie versuchte nicht daran zu denken, dass sie Symion Santalnik und Falún vielleicht gerade für immer verlor. *Und Eismund ebenso.* Schon jetzt erschien ihr das Fest mit Gitarrenklang und Tanz so unwirklich wie ein Traum.

Über Packeis und Verwehungen von Schnee kämpften sie sich in Richtung Fjord zurück. In den Matrosenhandschuhen, die Mailín nun trug, rutschte Siljas Silberring an ihrem Finger hin und her. *Noch kein Königsland*, dachte sie. Vor Wind und Kälte geschützt rasteten sie nur kurz unter ihren Zeltmänteln und aßen Robbenfleisch. Bei Anbruch der Nacht konnte Mailín durch ihr Fernrohr die Knochenklippen vor dem Ausläufer des Fjords erahnen. Birgida führte sie im Sichtschutz gefrorener Wellen ein Stück nach Osten, wo sich Packeis zu einem zerklüfteten Wellenberg zusammenschob. Doch als sie im Schein des fast vollen Mondes endlich zur Kante des Meereises gelangten, starrten Mailín und Toma ratlos auf schwarzes Wasser.

»Keine einzige Scholle«, stellte Toma ernüchtert fest. »Jetzt wissen wir wenigstens, dass die Fängerinnen wirklich keine Fische sind. Fische können nämlich nicht lügen.«

Im Mondlicht konnte Mailín sehen, wie Birgida nervös schluckte und den Blick senkte. »Die Wahrheit ist«, sagte sie leise, »dass ... ich es war, die gelogen hat.«

Sie ließ ihren Seesack fallen, trat zur Wasserkante und machte einfach einen Schritt nach vorn. Das Schwarz verschluckte sie fast ohne einen Laut. Luftblasen sprudelten an der Oberfläche, als würde Birgida unter Wasser rufen. Dann tauchte sie wieder auf und zog sich flink aufs Eis. Wenige Sekunden später waren sie da. Wie ein schuppiger Pfeil schoss die graue Fängerin ein Stück von Mailín entfernt auf das Eis und richtete sich drohend auf. »Keinen Laut«, warnte Birgida leise.

Doch Mailín wagte ohnehin nicht einmal zu atmen. Wie eingefroren starrte sie in das kalte weiße Gesicht, das mit dem verzerrten Mund und den gefletschten Zähnen kaum noch etwas Menschenähnliches hatte. Die Augen der Fängerin waren nur glühende Schlitze und ihre Krallenhände öffneten und schlossen sich, als würde sie mit ihrer Raubfischnatur ringen. Offenbar gewann fürs Erste die friedliche Seite, denn die Meerfrau schloss widerwillig die Lippen über ihren Fängen und ließ sich langsam auf die Hände nieder. Als Mailín hörte, wie tief Birgida aufatmete, wurde ihr noch flauer zumute. Das Smaragdmädchen war im Wasser geblieben. Nur ihr Gesicht ragte über die Eiskante und ihre Arme lagen auf der weißen Fläche. Birgida stand sehr vorsichtig und langsam auf und kam zu Toma und Mailín herüber. »Wenn ich euch jetzt erkläre, was ich vorhabe, versprecht mir bitte, dass ihr kein lautes Wort sagt und keine schnellen Bewegungen macht«, raunte sie ihnen zu. »Es gibt einen Weg ins Schloss. Doch er führt ... unter dem Wasser entlang.«

Toma machte den Mund auf und klappte ihn wieder zu, als die Silberfrau warnend zischte. Mailín brachte kein Wort heraus.

»Ich weiß nicht, ob ihr es trocken zur anderen Seite schafft«, fuhr Birgida leise fort. »Aber für die Mäntel habe ich mehrere Schichten von gewachstem Wetterstoff dicht vernäht und mit Schiffsharz und Wachs so gut abgedichtet, dass sie zumindest für kurze Zeit das Wasser abhalten müssten.«

»Das kann nicht funktionieren«, flüsterte Mailín. »Selbst wenn die Nixen uns nicht ertränken, werden wir ersticken, bevor wir auf der anderen Seite sind.«

Birgida schüttelte entschieden den Kopf. »Wir werden nicht lange unter Wasser sein. Es gibt Strömungen am Grund. Und die Fängerinnen sind ... wirklich sehr stark und schnell.«

»Bist du wahnsinnig?«, zischte Toma zwischen zusammengebissenen Zähnen. »Hättest du uns das auf dem Schiff gesagt, wäre ich nie mitgekommen!«

»Genau deshalb habe ich es nicht getan«, erwiderte Birgida entschuldigend. Toma sah sie nur an, als hätte sie gute Lust, sie am Haar zu packen und eigenhändig zu den Nixen ins Meer zu werfen. »Aber sie werden uns nicht verletzen«, setzte Birgida hastig hinzu.

Es wäre beruhigender, wenn deine Stimme nicht so zittern würde, dachte Mailín.

Ihre Hände waren fahrig, als sie die Matrosenhandschuhe auszog. Unmerklich war Siljas Silberring an ihrem Finger wieder so eng geworden, dass sie ihn nicht mehr abstreifen konnte. Vorsichtig befühlte sie die Nähte ihres Tarnmantels. *Und so dick, wie er ausgepolstert ist, sollte er uns auch gegen die Kälte und die Krallen schützen*, dachte sie mit einem Schaudern. Toma starrte sie fragend an, so weiß im Gesicht, dass sie Birgidas Schwester hätte sein können, während Birgida unruhig ihre Hände knetete. Mailín wurde bewusst, dass beide wieder auf ihre Entscheidung warteten. Die Nixen hielten still, wie nasse Statuen blickten sie Mailín ausdruckslos an. Nur die Kiemenspalten neben ihren Nasen und an ihren Hälsen zuckten nervös.

Noch nie hatte Mailín sich so sehr gewünscht, ihre Raben in der Nähe zu haben, aber wie die Zorya ihr schon vorausgesagt hatte, konnte sie nicht mehr auf die Hilfe der Todesfrauen hoffen.

»Dann ... sollten wir wohl keine Zeit verlieren«, brachte sie heiser hervor. Toma schloss für einen Moment die Augen und ballte die Hände zu Fäusten. Aber Birgida atmete erleichtert auf und holte ihre Nähnadeln hervor. »Du wirst mit Silberfrau schwimmen«, sagte sie so leise, als wollte sie die graue Fängerin nicht reizen. »Wir lassen uns gemeinsam von Smaragdmädchen ziehen, Toma. Sie mag dich nicht, weil du sie verletzt hast. Aber solange du bei mir bist, wird sie dir nichts tun.«

»*Sie* mag also *mich* nicht«, murmelte Toma nur.

Unter Birgidas geschickten Griffen verwandelten sich die Tarnmäntel in übergroße Seesäcke, die wie Kokons aus gewachstem Tuch und Wetterkleidung wirkten. Mailín schob das Feuerzeug, das sie aus dem Schiff mitgenommen hatte, in eine leere Medizinphiole, die sie mit dem Korken verschloss. Sie drückte die Phiole an ihre Brust, direkt gegen ihr rasendes Herz. *Atme ruhig*, befahl sie sich. *Umso mehr Luft wirst du haben.* Doch als Birgida ihr die Kapuze vor das Gesicht ziehen wollte, packte sie so abrupt das Handgelenk ihrer Freundin, dass beide Nixen fauchten. »Keine Angst«, wisperte Birgida ihr zu. »Die Kapuze nähe ich nicht zu. Du hältst sie mit deinen Händen geschlossen, damit kein Wasser eindringt.«

Kurz darauf war Mailín in diesem erstickend dichten Kokon eingeschnürt, schon jetzt überzeugt davon, dass die Luft nicht ausreichen würde. Zusammengekauert saß sie auf dem Eis und umklammerte mit beiden Händen die Ränder der Kapuze. Durch die Stoffe hindurch hörte sie kaum etwas. Aber sie bildete sich ein, das Kratzen von Nixenkrallen auf dem Eis zu erspüren. Dann wurde sie so schnell gepackt, dass sie aufkeuchte. Ihre Fäuste drückten gegen ihre Stirn, da wurde sie schon weggerissen, spürte einen harten Aufprall und Druck von allen Seiten. Noch drang kein Wasser durch die Hülle, nur an den Händen kroch eine Kälte hoch, die sie erschauern ließ. Das Blut dröhnte in ihren Ohren oder vielleicht war es das Meer, das mit aller Macht gegen ihre Schultern und den Rücken rauschte. Die Nixe hielt sie wie Beute umklammert. Mailín spürte den muskulösen Flossenschlag des Muränenleibs, der mit ungeheurer Kraft vorwärtspeitschte. Schon nach Sekunden schien die Nixe steil in die Tiefe zu tauchen und der Druck in Mailíns Ohren verwandelte sich in pochenden Schmerz. Funken tanzten im Schwarz ihrer zusammengepressten Lider. Längst war die Luft im Kokon verbraucht, speckiger Wollstoff drückte gegen ihr Gesicht und schloss sich um sie wie eine zweite Haut, die sie zu ersticken drohte. Und zu allem Überfluss drang der erste eisige Wasserfaden an ihre Kopfhaut. Panisch begann sie sich gegen die Um-klammerung zu stemmen. Doch jeder Widerstand erlahmte in den Armen, die sie nur noch fester an sich pressten. Als sie so-gar vergaß, die Luft anzuhalten, und verzweifelt nach Atem rang, wurde Mailín nach oben gerissen. Sie wusste nicht mehr, ob sie im Wasser oder in der Luft schwebte. Erst als sie mit vollem Ge-wicht auf einem harten Untergrund aufkam und sich wieder be-wegen konnte, bemerkte sie, dass die Wasserfrau sie losgelassen hatte. Sie strampelte und wälzte sich auf die Knie. Ihre Hände waren so verkrampft, dass es ihr erst nicht gelang, sie vom Stoff zu lösen. Doch endlich drang eisige, frische Luft in ihre Lunge. Sie roch nach nassem Stein und stickiger Höhlenluft. Keuchend richtete sie sich auf – und fand sich Auge in Auge mit der grauen Nixe wieder. Auf den Händen aufgestützt, saß das Wesen direkt vor ihr und starrte ihr ins Gesicht. Ihre silbernen Augen leuch-teten in einer Dunkelheit, die nur schemenhaft vom Glimmen blauer Steinwände erleuchtet war. Hinter der Wasserfrau rauschte der unterirdische Fluss in seinem Bett aus schwarzem Felsgestein. Irgendwo neben Mailín spritzte Wasser auf und etwas Nasses, Schweres wurde an Land geworfen. Schuppen glitschten über Stein. Dann arbeitete Toma sich panisch nach Luft ringend aus ihrem Kokon. Nähte rissen, als sie sich mit Gewalt befreite. Doch sobald sie die graue Nixe sah, erstarrte sie ebenfalls. Ein ganzes Stück hinter der Silberfrau entdeckte Mailín nun auch die grüne Fängerin. Sie war zu einem Felsvorsprung gekrochen und ließ den Muränenschwanz im Wasser treiben. Reglos beobachtete Mailín, wie Birgida tropfnass und keuchend vor Anstrengung die See-säcke an Land zog. Mailín schob sich vorsichtig ein Stück von der Silberfrau weg. Die Nixe war wachsam und angespannt, aber sie ließ es zu. »Danke«, sagte Mailín aus sicherer Entfernung. Sie wusste nicht, ob die Wasserfrau sie verstand. Doch ihr Blick verlor etwas von seiner feindseligen Schärfe. Mit einem trägen Schlängeln zog sie sich rückwärts zum schwarzen Wasser zurück.

»Wir sind wieder am unterirdischen Fluss«, sagte Toma leise.

Birgida nickte atemlos, aber mit den strahlenden Augen einer Eroberin. »Sie haben uns auf demselben Weg ins Schloss zurückgebracht, auf dem wir mit dem Boot hinausgelangt sind — am Friedhof der Verlorenen vorbei durch das Flussdelta. Und dann ein Stück flussaufwärts. Ich habe tief unten im Wasser ein Nixenhaarnetz durchtrennt. Nur deshalb haben sie es zugelassen, dass wir das Eisenmesser mitnehmen.«

Schwankend kam Mailín auf die Beine. Immer noch schien alles um sie herum zu rauschen. Sie schob die nasse Kapuze in den Nacken und sah sich um. »Das ist nicht der Raum mit den Tropfsteinen.«

»Nein«, antwortete Birgida. »Die Grotten liegen weiter flussabwärts. Das hier scheint ein Lager zu sein.«

Nun erkannte auch Mailín, woher das blaue Glimmen kam — an den Wänden und in Felshöhlungen türmten sich Winterfalter auf. Die meisten waren schon fast zu Staub zerfallen. Dieser Staub glomm wie blaue Glut und tauchte die Wände der Flusshöhle in indigofarbenen Schein.

Birgida wandte sich den Meerfrauen zu. »Das werden wir euch nie vergessen. Danke!« Und vielleicht verstanden die Nixen tatsächlich ihre Sprache, denn das Smaragdmädchen antwortete mit einer leisen Lautfolge, die Birgidas sanfte Sprachmelodie aufgriff. Dann glitten die Wasserwesen in die Fluten und verschwanden, ohne eine Welle zu hinterlassen.

»Du bist wirklich eine Magierin geworden«, sagte Mailín leise.

Birgida lachte verlegen und winkte ab. »Das war noch keine Magie. Die werden wir erst brauchen, wenn wir den Zugang zum inneren Zirkel gefunden haben.«

Tarnpfade

Einige Schichten der Mantelhüllen waren von Meerwasser durchweicht, aber in den Seesäcken war genug Kleidung trocken geblieben, sodass sie auch ohne die Wärme von Feuer in der Höhle lagern konnten. Im Schein einiger Kerzenreste schimmerten die staubigen Flügel vor den Höhlenwänden noch farbiger.

»Das müssen Milliarden von Winterfaltern sein«, stellte Toma fest. »Kein Wunder, dass sie draußen im Eisland ausgestorben sind. Fragt sich nur, wozu der König sie braucht.«

Mailín dachte an die Mauern des Turms und daran, dass ihre Hand ebenfalls von Falterblau eingefärbt gewesen war. »Haben die Falter irgendeine Art von Magie, Birgida?«

Ihre Freundin hob nur ratlos die Schultern. »Gib mir den zweiten Siegelring, Toma«, bat sie. »Ich gehe voraus und sehe mich um. Irgendwo muss es einen Zugang zu den Transportaufzügen geben.«

Während Birgida fort war, suchten Mailín und Toma sich einen Lagerplatz weitab vom Fluss, verborgen in einer Felsnische. Mailín wärmte sich die Hände an einer Kerzenflamme und betrachtete dabei Siljas Siegelring. Voller Unbehagen dachte sie daran, wie unmenschlich und kalt Silja auf die Nachricht ihres Todes reagiert hatte. Und dennoch erschien wie ein helleres Spiegelbild auch diesmal die Erinnerung an eine andere Silja in ihr: die Fremdländerin mit den warmen braunen Augen.

»Was glaubst du, wo Eismund jetzt ist?«, fragte Toma. In der Höhle klang ihre Stimme dumpf und fremd. »Hat der König ihn wieder ins Eis verbannt?«

»Vielleicht«, antwortete Mailín. »Aber er wird ihn nicht töten. Eismund sieht für ihn die Träume aus meiner Welt.« *Nur wird er dieses Mal Rún nicht länger vor dem König verbergen können. Und schon gar nicht vor Silja.* Die Angst um ihre Schwester und um Eismund schnürte ihr die Brust zusammen. *Wer bist du wirklich?*, dachte sie. Auch Toma starrte blass und besorgt in die Kerzenflamme. »Ihn jetzt zu suchen, wäre nicht schlau, nicht wahr?«

Mailín schüttelte den Kopf. »Nach seiner Flucht werden ihn die Wintergeister besser denn je bewachen. Unser Vorteil ist, dass Silja uns für tot hält. Wir müssen den Magier finden – und seine Verbindung zum König lösen, egal wie. Dann wird auch Eismund frei sein.« Mailín wünschte, ihre eigenen Worte würden sich nicht so sehr wie eine Beschwörung anhören. *Als könnte ich eine Wahrheit herbeireden, die ich überhaupt nicht kenne.* Sie presste die Fäuste gegen die Augen und beobachtete die tanzenden Funken hinter ihren Lidern, bis sie zu Feuerfaltern wurden, die zuckten und sich wanden, als würden sie verglühen.

An Tomas Schulter gelehnt war Mailín eingenickt. Und als sie nun hochschreckte, war die Kerze längst verloschen. Birgida musste eine ganze Weile fort gewesen sein. Trotz der Kälte waren ihr Kleid und ihr Haar fast getrocknet. Und obwohl sie erschöpft aussah, lag ein Strahlen auf ihren Zügen. »Es gibt einen Zugang«, flüsterte sie. »Und hier, das habe ich von einer Transportplattform geholt – es wird uns als Tarnung dienen.« Sie warf ein zusammengeschnürtes Seidenbündel neben die Kerze. »Nehmt nur das Allernötigste mit und zieht beide die Grauledermäntel an. Bindet euch die Seidenstoffe um und verbergt eure Hosen darunter. Ihr werdet als Herrinnen auftreten. Ich werde euch als Dienerin folgen.«

Für Mailín war es ein unbehagliches Gefühl, sich wieder in das Trugbild einer Herrin zu verwandeln. Birgida gab Toma den Ring zurück und packte Proviant und ihr Nähzeug in ein Bündel.

Von den Höhlen am Fluss führte nur ein einziger Gang in ein Labyrinth aus Tropfsteinen, die kupferfarben und schwarz glänzten. Im Schein ihres Feuerzeugs sah Mailín in flachen Wasserbecken die geisterhaften, trägen Bewegungen weißer Grottenolme. *Zum Glück streifen hier keine Katzen herum*, dachte sie mit einem Schaudern. *Zumindest noch nicht.* Bald hatte sie jedes Zeitgefühl verloren, aber ihre Muskeln brannten schon vom steilen Aufstieg, als der Weg abrupt an einer Felswand endete. Birgida warf das Gepäck auf den Boden und holte ein Bündel Lederlappen hervor. Mailín hatte befürchtet, dass die Kälte ohne ihre Stiefel unerträglich sein würde. Aber entweder hatten die Tage auf dem Meer sie abgehärtet, oder die pelzgefütterten Lederstücke, die Birgida ihr mit transparenten Webfäden um die bloßen Füße band, waren wärmer, als sie aussahen. Toma blinzelte irritiert, als Birgida ihr Gesicht mit einem Stück zerrissener Seide tarnte. Der Trugzauber einer Maske flirrte wie ein Kitzeln auch über Mailíns Stirn. Und als Birgida ihr die Hand auf die Augen legte und gleich wieder wegzog, stand sie einer schneeweißen maskierten Herrin gegenüber, an der nichts mehr an Toma erinnerte. Sogar ihr Haar erschien nun lang und kristallweiß und der Schmetterlingsstaub auf ihren Händen hatte sich in Handschuhe aus blauem Fischleder verwandelt.

Birgida griff nach Tomas Hand und drückte den Siegelring gegen eine kleine Ritzung in Augenhöhe. Knirschend wich die Wand und das Echo von Tropfen mischte sich mit einem mechanischen Klacken. Sie standen genau am Abgrund des Transportschachts. Nur ein einziger Flaschenzug ächzte unter einer Last und eine leere Plattform schwebte ein Stück tiefer. »Der Webertrakt ist auf der anderen Seite«, flüsterte Birgida. »Dort, wo die kleine Felsterrasse ist, standen wir, erinnert ihr euch?«

»Also verstecken wir uns erst einmal im Webertrakt?«, fragte die Herrin mit Tomas Stimme.

»Ja, und wir gehen über die Plattform einfach auf die andere Seite«, antwortete Birgida.

»Wartet!« Mailín holte ihr Fernrohr hervor und spähte nach oben – dorthin, wo der gläserne Boden das Herz aus Eis vom restlichen Palast trennte. In diesem gläsernen Zentrum des Palasts fiel das Licht des Mondes durch die transparenten blauen Wände. Im Augenblick war dort niemand zu sehen und auch die Gänge schienen verwaist zu sein.

Auf Mailíns Nicken hin sprang Toma als Erste. Es war irritierend, eine Herrin zu sehen, die sich mit der katzengleichen Anmut der Jägerin bewegte. Toma brachte die Plattform zum Schwingen, bis Birgida und Mailín sie mühelos erreichen konnten. Doch gerade als Mailín sich aufrichten wollte, wurde die Plattform mit einem Ruck so rasch nach oben gezogen, dass sie sich alle drei auf dem Boden abstützen mussten. Kauernd konnten sie nur noch zusehen, wie der Zugang zum Webertrakt sich unter ihnen viel zu schnell entfernte. Um sie herum sirrten und vibrierten Seile, dann raste als Gegengewicht eine gläserne Transportkapsel von oben herunter. »Aufstehen«, wisperte Birgida. Mit weichen Knien standen sie aufrecht da, während die Kapsel an ihnen vorbeiglitt. Darin befand sich eine Herrin mit sehr glattem Haar, den Dreizack neben sich aufgestützt. Das Schneewesen begleitete eine der Firnfrauen, die Mailín nur zu gut kannte: Es war der kriegerische, hagere Wintergeist, der Silja den Zutritt zum Turm verwehrt hatte. Die Firnfrau würdigte sie keines Blickes, sondern starrte in die andere Richtung. Alle drei atmeten sie auf, sobald die Kapsel außer Sichtweite war. Mit einem Rucken hielt die Plattform auf Höhe eines der oberen Gänge. Die Seile begannen wieder zu vibrieren, das Klackern vervielfältigte sich. Von unten erklangen Rufe und irgendwo polterten die Schritte von steinernen Wächtern. »Runter von der Plattform«, befahl Toma. Sie schafften es gerade noch rechtzeitig, bevor sich im Schacht nun alles in Bewegung setzte, als wäre das Transportsystem ein schlafender Drache, der zum Leben erwacht war. Das Knarren der Flaschenzüge folgte ihnen bis tief in den Gang. »Das ist der Trakt, der direkt unter dem Zentrum liegt«, raunte Birgida. »Haltet Ausschau nach einem leeren Raum oder einem anderen Versteck.« Mailín und Toma schritten Seite an Seite, während Birgida ihnen in demütiger Haltung mit dem Gepäck folgte. Mailín brach der Schweiß aus, als sie am Ende des Gangs einen Spiegel entdeckte, aber sie zwang sich, ruhig weiterzugehen.

Als würde der Palast nach oben hin wie durchbrochene Spitze immer löchriger werden, gab es in diesem Trakt kaum noch massive Steinwände, Eis füllte die Lücken zwischen spitz zulaufenden Felsen. Und je tiefer sie ins Berginnere vordrangen, desto mehr veränderte sich auch der Boden. Bald liefen sie über einen dichten Teppich von Schmetterlingsflügeln, die unter ihren Füßen knisterten. Dann mündete der Gang mit einem Mal in einen weitläufigen Sternsaal. Mailín entdeckte sechs weitere Zugänge, die in den Saal führten. Und als hätte ihre Ankunft ein geheimes Signal ausgelöst, begannen aus diesen Gängen plötzlich Gestalten in den

Sternraum zu strömen. Unter ihren Schritten erhob sich feiner Nebel aus Falterstaub. Herrinnen und Herren in Grauledermänteln kamen ihnen von allen Seiten entgegen. Aus dem Augenwinkel sah Mailín, wie Tomas Hand sofort zu dem kurzen Stock glitt, den sie mit dem Nixenzahn zu einer kleinen dolchartigen Handwaffe umfunktioniert hatte. Doch die Schneewesen strömten einfach an ihnen vorbei. Keines von ihnen war bewaffnet, dafür waren viele Masken mit Winterfaltern verziert. »Zur Wand«, raunte Toma. Unauffällig schoben sie sich an den Rand, während der Strom von kalten Leibern an ihnen vorbei in Richtung Aufzugschacht drängte. Zwischen den Schneewesen erblickte Mailín auch einige der jungen menschlichen Tänzer, die wie Birgida helle Haut hatten und keine Masken trugen. Willenlos ließen sie sich mit dem Strom treiben. Verstohlen hielt Mailín nach Frija Ausschau, aber sie konnte das Mädchen nirgends entdecken. Dafür erspähte sie mitten in der Menge eine Spindel, die an einem langen Stock steckte. »Firnfrauen«, wisperte sie Toma zu. Im selben Moment kam die Menge zum Stehen und brandete zurück wie ein Meer, das sich in der Mitte teilt. Eiseskälte umwehte Mailín, als vor ihr eine Reihe von Schneewesen rückwärts zur Wand wich und dicht aneinandergedrängt stehen blieb. Hinter sich spürte Mailín Birgidas hastigen Atem. Die ersten Reihen beugten das Knie und senkten die Köpfe. Die Bewegung setzte sich als Welle bis zu den Wänden fort. Mailín wurde noch enger gegen Birgida gedrängt. So gut es ging, tat sie es den Schneewesen nach, sank im Gedränge in den Kniefall und wartete. Links drückte der Arm einer Herrin unangenehm fest gegen ihre Schulter. Die Herrin roch nach frischem Schnee und verharrte starr in ihrer Verbeugung. *Wie ein lebloses Werkzeug*, dachte Mailín. Sie hoffte, das Wesen würde nicht spüren, dass neben ihm ein Mensch aus Fleisch und Blut kniete, der mühsam versuchte, seinen Atem zu verbergen.

Toma stieß sie leicht von der Seite an. Vorsichtig hob Mailín den Kopf und spähte zur Mitte des Platzes.

In der gespenstischen Stille hörte man sogar hier hinten das vertraute Rascheln von weißer Seide. Zwei Firnfrauen traten zwischen die Reihen. Und als eine dritte Gestalt auftauchte, war Mailín froh, dass sie im Gedränge kniete, so fiel es nicht auf, dass sie sich unwillkürlich noch kleiner machte.

Heute trug Silja ein firnweißes Kleid, das ihre Schultern freiließ. Noch nie hatte Mailín die Fremdländerin mit hochgestecktem Haar gesehen. Diamantspangen und sichelförmige Nadeln fixierten die strenge Frisur. Wie eine Krone lagen silberne Raunen um Siljas Schläfen. In der Hand hielt sie den Zeremonienstab mit der blanken Siegelscheibe. Im Gegensatz zu den Firnfrauen, die die Knienden keines Blickes würdigten, sah Silja sich aufmerksam um. Mailín senkte den Kopf, bevor der Blick aus den türkisblauen Augen zu ihr schweifte. Und sie war selbst überrascht, wie sehr es sie schmerzte, Silja hier zu sehen – in der Rolle einer Herrscherin und der ganzen Härte ihrer Wintergestalt. *Sie ist kälter als das Eis*, dachte sie niedergeschlagen. *Und was, wenn Silja die Magierin des Königs ist und Birgidas Trugzauber durchschaut?* Totenstill verharrte die Versammlung. Und als Mailín nach einer Ewigkeit wieder den Blick hob, raste ihr Herz noch mehr. Die Firnfrauen warteten mit aufgestützten Speeren am Gang. Aber Silja ging lautlos die Reihen ab und musterte mit scharfen Augen die Knienden, als würde sie jemanden suchen. *Sie kann es nicht wissen*, beruhigte Mailín sich. *Sie denkt, ich sei tot.* Dennoch erschrak sie, als Silja einige Schritte in ihre Richtung machte. Doch sie deutete mit ihrem Stab nur auf eine sehr junge Frau mit nussbraunem Haar. Sie stand auf und kam gehorsam nach vorne. Silja ging um sie herum, als würde sie einen Gegenstand begutachten. »So trittst du ihm nicht unter die Augen«, herrschte sie das Mädchen an. »Kleide dich um. Und schmücke dein Haar, wie es sich für ein Fest gehört.«

Die Braunhaarige verneigte sich und verließ den Sternsaal. Mailín versuchte Furcht in ihren Zügen zu erkennen, aber das Mädchen ging genau abgezirkelt und völlig ausdruckslos zu einem der Gänge und verschwand darin. Silja dagegen raffte verärgert ihren Rock und verließ den Saal mit schnellen, ungeduldigen Schritten. Ebenso still, wie sie gekniet hatten, erhoben sich die Schneewesen und folgten ihr.

Mailín ließ sich mit Birgida und Toma ein Stück mit der Menge mittreiben, dann blieben sie unmerklich zurück und schlüpften in einen der leeren Sterngänge. Hier waberte der Falterstaub so dicht, dass Mailín husten musste. Draußen drängte sich der Strom der Schlossbewohner am Engpass zum Transportgang zusammen, bis schließlich auch die Letzten den Sternsaal verlassen hatten. »Sie gehen zum Fest«, flüsterte Birgida Mailín zu. »Wir müssen unsere Tarnung verändern, eine Weberin fällt hier zu sehr auf. Wartet auf mich.«

Schon tauchte sie in den blauen Nebel. Mailín hörte keinen Schritt, nur ein sachtes Schleifen von Stoff, das im leeren Saal hallte. Die junge Frau, die Silja fortgeschickt hatte, war zurückgekehrt. Sie trug nun ein hellbraunes, prächtigeres Kleid und eine zierliche Silbermaske über den Augen. Ihr Haar zierte ein Netz aus Spitze, in dem Traumperlen funkelten. Mit in sich gekehrtem, ausdruckslosem Blick und Armen, die willenlos im Takt ihrer Schritte schwangen, bewegte sie sich wie eine Marionette zum Gang. Es war ein gespenstisches Bild, das Mailín zum Frösteln brachte.

Birgida tauchte auf, unter dem Arm ein Bündel von feinen Stoffen, die über und über mit Eisperlen bestickt waren. »Am Ende der Gänge liegen Wohnräume voller Kleider«, wisperte sie.

»Und mit diesen Perlgewändern werden wir in der Menge so gut wie unsichtbar sein und können uns im Herzen aus Eis umsehen.«

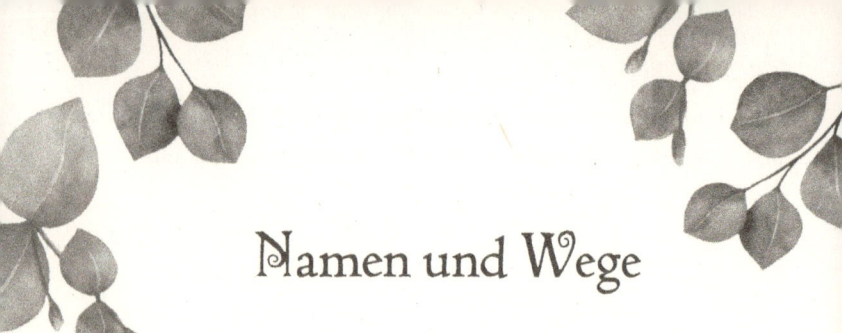

Namen und Wege

Spitzenstoff aus Spinnweben kaschierte die vernähten Risse an Birgidas rotem Kleid. Weitere Tücher waren unter ihrem Rock um die Hüften geknotet, sodass er nun wie bei einem Ballkleid weiter und bauchiger schwang. Mit Nähnadeln hatte sie sich Falterflügel an den Ausschnitt gesteckt und gaukelte damit Silberbroschen mit blauen Juwelen vor.

Die mit Perlen verzierten Stoffe, die sie in den Kammern gefunden hatte, entpuppten sich als zwei fein bestickte fliederfarbene Festkleider, die Mailín und Toma über ihre Lederkleidung ziehen konnten. Toma verwandelte sich damit in ein schimmerndes Schneewesen, das etwas von einer Prinzessin hatte. Im Trugzauber des Schlosses funkelten die Silberbeschläge ihres Mantels im Schein der Perlen und warfen farbige Reflexe auf Tomas helle Maske.

Der Lärm der Transportmaschinerie hallte ihnen schon von Weitem entgegen. Vorne am Schacht standen noch einige der Herrinnen und auch das Mädchen im braunen Kleid. Gläserne Kabinen hielten nur für Sekunden und ließen gerade genug Zeit für einen schnellen Schritt über den Abgrund. Birgida trat beherzt zu dem Mädchen und entschwebte nach oben. Toma und Mailín sprangen gleichzeitig in die nächste Transportkabine.

Es fühlte sich an, wie über dem Nichts zu pendeln. Der Boden der Kapsel war durchscheinend und so dünn, dass er sich unter Mailíns und Tomas Gewicht bog, als würde er jeden Moment brechen. Neben ihnen sausten von Ketten umschlungene Felsen als Gegengewichte nach unten. Plattformen pendelten gefährlich nah vorbei. Dann rastete die Kabine mit einem heftigen Ruck ein. Schnell traten sie auf einen Boden aus gefärbtem Eis. Der Lärm des Schachts verebbte und ließ nur das Schleifen von Rocksäumen und das leise Klirren von Eisperlen zurück. Durch Glaswände hindurch leuchtete die blaue Kuppel des Thronsaals unter einem klaren Nachthimmel. Der Mond schien übergroß darüber. Sein Licht brachte das Schmetterlingsblau zum Glühen und ließ die Perlen an den Ballkleidern wie Tautropfen glänzen.

Birgida wartete bereits auf sie. Zu dritt schlenderten sie ein Stück zur Seite und glitten in den Sichtschutz von dunklerem Eis. Mailín verbarg sich hinter Toma und zog ihr Fernglas hervor. Auf die Schulter ihrer Freundin gestützt holte sie den Festsaal ganz nah heran. Noch drängten sich die Gäste vor der Kuppel. Doch im hinteren Teil des Thronsaals entdeckte Mailín zwei Firnfrauen und Silja. Die getönten Wände verliehen Siljas Haut und Haar einen indigoblauen Glanz. Das Bild des Fernrohrs zitterte, als wie aus dem Nichts eine weitere Gestalt den Thronsaal betrat. Es war ein Mann, an dessen Seite die kriegerische Firnfrau schritt. Im ersten Moment war Mailín irritiert, wie sehr der Mann sie an Eismund erinnerte. Die schlanke Gestalt, die aufrechte Haltung – alles war ihr so vertraut, dass es fast wehtat, ihn zu betrachten. Aber dieser Mann trug einen Prunkmantel, der so kostbar war, dass sogar Siljas Festkleid daneben schlicht wirkte. Dichte Reihen von Traumperlen brachten lichtweißen Stoff zum Schimmern. Silbriger Spinnenpelz schmückte die Schultern und der Kragen ragte am Nacken so hoch auf, dass Mailín von ihrer

Position aus nur eine Strähne von firnweißem Haar erahnte. *Er kann es nicht sein. Er hat nur eine ähnliche Statur.* Als der Mann nun den Kopf wandte, glänzte die mundlose Maske der Wintergeister auf.

»Der Winterkönig«, hauchte Mailín. »Silja begleitet ihn.« Sie hörte Toma und Birgida angespannt atmen, während sie den Fokus schärfte. Ihr Herz machte einen Satz, als Silja sich umschaute. Doch ihr Blick galt nur den Festbesuchern, die vor der Kuppel warteten. Silja schien zu zögern. Und dann beobachtete Mailín etwas Bemerkenswertes. Wie beiläufig nahmen die Firnfrauen ihre Waffen in beide Hände und wandten sich Silja zu. Es war keine offene Drohung. Aber so widerwillig, als hätte Silja keine Wahl, senkte sie den Kopf und durchquerte mit gemessenen Schritten den Thronsaal. Sie bestieg das Podest und stellte sich wie eine Dienerin neben den silbernen Raunenthron.

Der König stand immer noch reglos am Rand der Kuppel. *Wie ein Schlafwandler, der den nächsten Schritt nicht kennt*, dachte Mailín. Erst als eine der Firnfrauen zum Thron wies, schien er zu erwachen. Sein schwerer Mantel schwang träge bei jedem Schritt. Und dennoch erinnerte auch sein Gang Mailín so sehr an Eismund, dass sie wieder völlig irritiert war. Aber etwas anderes verstörte sie noch viel mehr. Als der Winterkönig ihnen den Rücken zuwandte, richtete die hagere Firnfrau die Spitze ihrer Spindel auf das linke Schulterblatt des Königs, genau auf Höhe seines Herzens. Doch die zweite Firnfrau packte ihre Waffe und drückte sie nach unten. Einige Sekunden verharrten sie in diesem angespannten Kräftemessen. Dann gab die kriegerische Firnfrau unwillig nach. Sie stellte ihren Speer aufrecht, wurde wieder zu einer emotionslosen, kühlen Wächterin. *Sie haben sehr wohl Gefühle*, dachte Mailín. *Und zumindest die Kriegerin hasst ihren König.*

Sobald der Winterkönig das Thronpodest erreicht hatte, wandten sich die beiden Wächterinnen ab und verließen die Kuppel. Offenbar hatten sie ihre Aufgabe erfüllt. Die dritte Firnfrau wartete, bis der König auf seinem Thron Platz genommen hatte. Und obwohl sie ehrerbietig den Kopf neigte, durchschaute Mailín endlich das ganze Muster. Dann nämlich, als die Firnfrau mit einer Handbewegung den Musikern ein Zeichen gab und auch alle Gäste ihrem stummen Befehl gehorchten und in die Kuppel drängten.

Mit einem Mal war Mailín so heiß, dass sie nicht einmal mehr die Kälte an ihren Händen spürte. Hastig steckte sie das Fernrohr ein und zog Birgida und Toma ein Stück weiter hinter die Wand.

»Silja ist tatsächlich eine Geisel der Wintergeister«, sagte sie leise. »Das hatte ich schon am Turm der Firnfrauen vermutet. Doch sie ist nicht die Einzige. Sie halten auch ihren eigenen König gefangen. Das Herz aus Eis ist sein Kerker.«

»Was?«, hauchte Birgida. »Das ist unmöglich. Zima hat ihn verwandelt und ihm ein Eisherz geschenkt. Die Firnfrauen müssen ihrem Herrscher gehorchen.«

»Das tun sie. Er kann ihnen befehlen, die Welt in einen Eiswinter zu stürzen. Er sehnt sich nach seiner Braut – die Firnfrauen bringen ihm Mädchen aus meiner Welt. Aber in Wirklichkeit dient das Schloss und das ganze Theater nur zu einem Zweck: Rache zu nehmen für Zimas Tod. Gefangen im Herzen aus Eis kann er das Schloss nicht verlassen. Seine Dienerinnen sind gleichzeitig seine Wärterinnen. Und Zima selbst hat den Firnfrauen noch im Sterben den Schlüssel für seine Strafe gegeben: Er lebt in einer Wirklichkeit, die nur für ihn geschaffen wurde. Und die Wintergeister sorgen dafür, dass diese Trugwelt für immer bestehen bleibt.«

Birgida klappte der Mund auf. Und auch Tomas Tarnzauber verschwamm für einige Momente und zeigte die Jägerin, die grimmig den Mund verzog. »Das würde bedeuten, dass die Wintergeister auch den Saman gefangen halten. Nur er kann diesen Trugzauber schaffen. Vielleicht ist das der Preis dafür, dass sie ihn nicht töten.«

Birgida schluckte. »Das meinte die Zorya also. Das Herz aus Eis ist eine eigene Wirklichkeit, geboren aus dem Traum, an den der Winterkönig sich selbst nicht mehr erinnert.« Sie runzelte die Stirn und sah ihre Hände an, als würde sie ein Muster studieren. »Wisst ihr noch, was Eismund über den König gesagt hat? ›Sein Tanz endet nie. Immer und immer wieder dreht sich das Rad seiner Nächte und jeder Tag erscheint ihm wie ein Jahr.‹ Das Fest des Winterkönigs ist genau wie sein eigenes Herz – erstarrt zu Eis. Denn auch eine ewige Wiederholung des immer Gleichen ist nichts anderes als Erstarrung und Stillstand.«

Wie Marionetten, die von einem fremden Willen gelenkt werden, begaben sich die Festbesucher nun in die Kuppel. Es gab kein Tor, sie durchschritten einfach die blaue Haut, als würden sie durch die zitternde Membran einer Seifenblase treten. Nur die Ringe mit den Spinnensiegeln glänzten dabei kurz auf. Mailín bemerkte, dass neben jedem menschlichen Tänzer eine Herrin ging und ihm den Weg in diese andere Wirklichkeit öffnete. »Jedes Märchen hat ein Ende«, murmelte sie. »Nur dieses nicht.«

»Dann geben wir ihm ein Ende«, sagte Birgida. »Brechen wir sein Herz!«

»Und wie?«, wisperte Toma.

Birgida und Mailín sahen einander an. »Indem wir ihn finden lassen, was er sucht«, sprach Birgida aus, was sie beide dachten.

Birgida hatte nicht mehr aufgeblickt, als Mailín und Toma sie im Gang vor der Kuppel zurückgelassen hatten. Konzentriert beugte sie sich über ein Seidenband und befestigte mit schnellen Stichen Zimas Eisperle daran. Durch die gläserne Haut der Kuppel hindurch hallten die melancholischen Klänge der Spinnenharfen so deutlich und klar, dass Mailín das Vibrieren der Saiten in ihrem Zwerchfell spüren konnte.

»Erinnerst du dich an die Schritte?«, flüsterte Toma, als sie nun zu zweit auf die Kuppel zugingen.

»Es genügt, wenn Birgida sie kennt«, gab Mailín leise zurück. »Wir behalten Silja im Auge und halten Ausschau nach einem Magier, der sich gut zu tarnen weiß.«

»Nicht, dass wir gegen diesen Saman eine Chance hätten«, bemerkte Toma in ihrer lakonischen Art. »Und ich darf ihn nicht verletzen.« Aber sie ließ ihre Hand dennoch unauffällig zu ihrer Manteltasche gleiten – dorthin, wo sie ihren Nixenzahndolch verbarg. Für einen Moment fürchtete Mailín, das Eisen ihres Messers könnte sie verraten, doch mit Siljas Ring traten sie beide ohne Widerstand durch die Haut des Kuppelsaals. Die Harfenklänge wurden schlagartig so schneidend klar und hell, dass Mailín fast zurückgezuckt wäre. Auf der Tanzfläche formierte sich bereits der erste Reigen. Mailín ließ ihren Blick über die Menge schweifen. Auch die dritte Firnfrau hatte inzwischen den Festsaal verlassen. *Gut*, dachte Mailín mit klopfendem Herzen und nickte Toma zu. Ihre Freundin trennte sich wortlos von ihr und schob sich am Rand der Tanzfläche entlang durch das Gedränge, bis sie sich unauffällig in Siljas Nähe postieren konnte. Mailín hielt sich an der anderen Seite des Thronsaals und beobachtete verstohlen die Diener, die an den Tischen im Hintergrund Winteräpfel und Fisch auf Silberplatten anrichteten. *Jeder im Saal könnte der Saman sein*, dachte sie. *Jede Herrin, jeder*

Diener, jeder menschliche Tänzer, sogar Silja selbst. Sie ertappte sich dabei, wie sie nach Eismund Ausschau hielt, hin- und hergerissen zwischen der Hoffnung und der Furcht, ihn hier zu entdecken. Und als der Tanz begann, erkannte Mailín darin tatsächlich das erstarrte Abbild des fröhlichen Hochzeitstanzes, der vor unendlich vielen Jahren irgendwo im Südland eine kalte Herrscherin angelockt hatte. Hier und heute gab es nur Mondlicht und gespenstische Starre in den Gesichtern. Stoff schleifte über das Eis.

Auf ein Handzeichen des Königs hielten die Tänzer in ihren Bewegungen inne und warteten, manche mitten in einer Geste erstarrt, als wäre einfach nur die Zeit angehalten worden. Auch Mailín rührte sich nicht. Doch als der König ohne Eile die Maske abnahm, schloss sie die Hand so fest um den Messergriff, dass ihre Nägel sich schmerzhaft in ihre Handfläche bohrten. Sie hatte erwartet, das Gesicht eines Wintergeistes zu sehen. Aber der König war alles andere als das. *Er kann es nicht sein! Er darf es nicht sein!*, schrie es in ihr. Doch der Mann, der seine Maske an Silja übergab und sich erhob, war Eismund in seiner firnweißen Gestalt. Mailín wurde so schwindelig, dass sie kurz die Augen schließen musste. Als sie sie wieder öffnete, hatte Eismund seinen Prunkmantel von den Schultern gestreift und auf dem Thron zurückgelassen. In einem engen Harnisch aus Silber und weißem Webwerk schritt er die Stufen vom Podest hinab. Und immer noch blickte Mailín in das kalte, schöne Gesicht aus ihrem Raunentraum. Eismunds Augen waren wieder umschattet, die Lippen blau und das Haar von Frost überzogen. Toma konnte es von ihrer Position aus nicht sehen, sie konzentrierte sich ganz auf Silja und die Gäste am Rand der Tanzfläche.

Auf Siljas Zeichen erwachte das Mädchen im braunen Kleid aus der Starre und knickste so tief vor Eismund, dass ihr Rock sich wie eine Blüte auf dem Eis auffächerte. Als er ihr die Hand hinstreckte, mit genau der Geste, die an ihre Begegnung auf dem Schiff erinnerte, gab es Mailín einen schmerzhaften Stich. Der Tanz ging so übergangslos weiter, als hätte jemand einfach die Feder einer Spieluhr wieder freigegeben. Mailín stand wie erstarrt am Rand der Tanzfläche, während eine kalte Hand ihr Herz zusammenzudrücken schien. Sie beobachtete, wie Eismund in genau bemessenen Schritten tanzte. *Er darf es nicht sein,* flüsterte es in ihr. Sie wich zurück, als das Paar in eine Drehung fand. Für einen Moment begegnete Eismunds Blick dem ihren, ohne sie überhaupt wahrzunehmen. Und Mailín verstand gar nichts mehr. *Seine Augen sind nicht grün. Sondern türkisfarben wie die von Silja — und etwas schräger geschnitten. Und auch seine Brauen haben einen anderen Bogen.* Die Tanzpaare trennten sich und fanden zu neuen Formationen zusammen. Aber Mailín konnte den Blick nicht von dem Mann wenden, der wie Eismund wirkte und es vielleicht doch nicht war. Fast hätte sie übersehen, dass eine neue Tänzerin aufgetaucht war. Lockig und lang fiel ihr das dunkle Haar über die Schultern. Echte Perlen und Korallen glänzten als Schmuck am Ausschnitt ihres Kleides. Doch am auffälligsten schimmerte die große Perle, die an einem Seidenband den Hals der Tänzerin schmückte. Ein Spitzenschleier verbarg ihre Stirn und ihre Augen und ließ nur einen vollen, tiefroten Mund frei, der wirkte, als würde er lächeln wollen. Nur eine Bewegung verriet, dass hinter dem Trugbild tatsächlich Birgida steckte: Während sie vor dem König in den zeremoniellen Knicks sank, drehte sie mit dem Daumen den Spinnenring, den Toma ihr überlassen hatte, am Finger, sodass das Siegel in ihrer Handfläche verborgen blieb. Und als sie die Hand des Königs ergriff und sich von ihm in die Tanzfigur führen ließ, lächelte sie ihm kurz zu. Es war, als würde diese Regung das Gefüge berühren wie ein warnender Misston. Für den Bruchteil einer Sekunde klangen die Töne der Harfen etwas schräger, tanzten die Paare etwas verzögerter. Mailín sah zu Silja, die immer noch neben dem Thron stand, doch sie schien die Irritation nicht wahrzunehmen. Ihr scharfer Blick schweifte über die Menge der Tanzenden, als würde sie jemanden suchen. Und offenbar fand sie ihn. Es war ein Tänzer am äußersten Rand der Tanzfläche. Das Mädchen im braunen Kleid war im Reigen bei ihm angelangt. Mailín kniff die Augen zusammen. Der Tänzer gehörte zu den menschlichen Gästen. Von ihrem Platz aus konnte Mailín nur seinen Rücken und das Haar sehen. Es war von einem warmen Sommerbraun, durchzogen von weißen Strähnen. Und als er sich mit einer vertrauten Bewegung zu ihr drehte, blieb ihr die Luft weg. *Eismund.* Beinahe hätte sie es laut gerufen. Er verbeugte sich vor seiner Tanzpartnerin. Doch sein Gesicht glich dabei dem eines Schlafwandlers, ausdruckslos wie die Züge der übrigen Tänzer. Wie ein Doppelbild aus Eis und Frost tanzte der Winterkönig nur wenige Schritte entfernt von ihm. *Ein Schneezwilling?*, dachte Mailín mit einem Schaudern. Nur, dass das Abbild nicht in jedem Detail übereinstimmte. Denn nun fiel ihr auf, dass der König auch eine andere Handform als Eismund hatte. Sie umrundete die Tanzfläche und schob sich zwischen den Umstehenden weiter nach vorne. Unter der Maske ihres Trugzauber erkannte Eismund sie nicht, aber trotzdem schmerzte es, dass er sie anblickte, als wäre sie eine Fremde, während er das Mädchen umfangen hielt. »*Du bist nicht hier, um zu tanzen*«, hallten die mahnenden Worte der Zorya in ihrem Kopf. Aber es gab wohl einen Teil in Mailín, der sich nicht einmal vom Tod etwas sagen ließ. *Vielleicht irrst du dich, Feuerfee*, dachte sie grimmig. *Vielleicht bin ich ja genau aus diesem Grund hier.* Als die junge Tänzerin in der Drehung kurz Eismunds Hand losließ, drängte Mailín sich einfach vor sie und nahm ihren Platz ein. Aus dem Augenwinkel konnte sie sehen, wie das Mädchen irritiert innehielt, bevor die anderen

Paare sie von der Tanzfläche schoben. Dann war Mailín Teil des Reigens. Ihr Herz begann schneller zu schlagen, als Eismund sie dicht an sich zog. Für einen Augenblick fragte sie sich, ob er nicht doch spürte, wer sie war. »Eismund«, sagte sie leise. »Ich bin es – Mailín.« Vielleicht war es ein gutes Zeichen, dass sein starrer Blick von einem Wimpernschlag unterbrochen wurde. Aber der Reigen ging weiter, abgezirkelt, leblos wie alles in diesem Saal. Neben ihnen schwangen die Festkleider der Tänzerinnen, das Lied der Spinnenharfen umwob sie mit leichten Fäden. Mailín hoffte, niemand würde merken, dass sie unsicher war und die Schritte verzögert tanzte. Doch keiner beachtete sie.

Birgida indessen hielt die starren Regeln perfekt ein und verriet sich nicht einmal durch ein leichtes Augenzwinkern. Doch in der nächsten Drehung griff sie nach ihrem Schleier und zog ihn vom Kopf. Mailín hielt den Atem an. Über Eismunds Schulter hinweg blickte sie in das fremde Gesicht der jungen Südland-Prinzessin. Das Korallendiadem glänzte in ihrem schwarzen Haar und nichts daran war mehr Birgida oder ein Trugbild. Sie *war* die Sommerbraut, die ihrem Prinzen nun ein strahlendes Lächeln schenkte.

Der König kam aus dem Takt. Und mit ihm strauchelten die Gäste. Die Prinzessin lachte und legte ihrem Bräutigam die Arme um den Nacken, zog ihn zu sich herunter, bis sie einander fast im Kuss berührten. Das Zeremoniell brach wie Glas. Die Töne kippten. Die Tänzer schwangen aus und blieben stehen. Mailín umschlang Eismunds Taille und starrte über seine Schulter. Silja hatte sich auf die Lehne des Throns gestützt, als müsste sie das Gleichgewicht halten. Mit gerunzelter Stirn versuchte sie den Grund für den Missklang auszumachen. Und riss fassungslos die Augen auf, als sie die Prinzessin entdeckte, die den König in einen neuen, schnelleren Tanz führte. Die Harfenklänge verwirrten sich zu einer Kakophonie und passten sich dann dem neuen Tempo an. Mailín sah, wie der kalte Blick des Königs brach, er zuckte zusammen und rang nach Atem, als würde ein jäher Schmerz ihn lähmen. Die Ähnlichkeit mit Eismund war immer noch da, aber nun wurde ihr endgültig bewusst, dass dies ein ganz anderer Mann war. Ein Prinz mit klaren, schönen Zügen und der Trauer von hundert Jahren in den Augen. *Er erinnert sich!*, dachte Mailín fasziniert. Zärtlichkeit machte die Züge des Winterkönigs weich und menschlich, und als er den Mund verzog, hielt Mailín es erst für ein seltsames Lächeln, bis sie die Träne sah, die über seine Wange rann. Und diesmal hätte sie sofort gewusst, dass es Birgida war, die den gefrorenen Traum mit dem flinken Griff eines Taschenspielers vom Halsband nahm. Die Träne benetzte Zimas Eisperle. Das Traumbild löste sich so schnell aus dem Eis, dass der Saal von Farben und Klängen einer anderen Welt geflutet wurde. Die Spinnenharfen wurden von den fröhlichen, schnellen Rhythmen südländischer Gitarren und Flöten übertönt. Ein Tanzlied erklang, das alles zum Schwingen brachte. Stimmen hallten im Saal, farbige Traumgestalten drehten sich zwischen den Schneewesen. Tanzpaare aus einer fernen Vergangenheit wirbelten an Mailín und Eismund vorbei, ihr Lachen begleitete die Melodie. Und an Fenstern, die es hier nicht gab, verloren Rosen ihre ersten Blätter in einem warmen Sommerwind.

Der König krümmte sich und schloss die Augen wie in einem neuen, jähen Schmerz. Eine Erschütterung ging durch das Eis, kaum merklich, aber so deutlich, dass jeder Ton, jede Farbe eine kristalline Schärfe bekam. Die Kuppel wurde von einem Spinnennetz aus Rissen überzogen. Der Boden bebte und knackte. Doch Birgida ließ den König nicht los. Die Traumgestalt der Prinzessin überlagerte sie nun wie eine strahlende Aura. Und inmitten dieser Farben und Klänge tanzte der Prinz mit dieser seltsamen

Doppelgestalt, die halb Traum, halb Wirklichkeit war. Mit ihm fand auch sein Hofstaat aus Schnee in diesen neuen Takt.

Die Kuppel brach nicht, sie zerfiel lautlos zu einem Schauer aus Blau, das in den Himmel davongesogen wurde und nur noch die Sommerfarben des Traums zurückließ. Alles, was im Boden blaues Eis gewesen war, barst. Ein Teil des Saales sackte einfach weg und donnerte mit einem Lawinengrollen in den Abgrund, der sich am Rand der Tanzfläche auftat. Das, was das Herz aus Eis gewesen war, zerfiel zu einem zerklüfteten Bergplateau, das sich zum Himmel und zum gefrorenen Meer hin öffnete. Unter ihren Ledersohlen spürte Mailín nun einen unebenen Felsboden, den kein Eis mehr glättete. Und mit dem Meerwind, der die Kleider zum Flattern brachte, löste sich auch etwas in ihr. Sie dachte an all die Tänze, die sie nie getanzt hatte. An Lovis, die ihrer wahren Liebe die Treue hielt, indem sie mit keinem anderen tanzte. An das Meer aus gefrorener Trauer in den Falúner Müttern und auch in ihr selbst. Und mit einem Mal spürte sie, dass sie endlich eine Wirklichkeit aufgeben durfte, in der sie viel zu lange gefangen gewesen war. Immer noch umarmte sie Eismund, als könnte der Meerwind ihn ihr entreißen. Während alle anderen auf dem Felsmassiv tanzten, stand er nur reglos da, um den Mund einen schmerzlichen, angestrengten Zug, als würde er darum kämpfen, aus einem Traum zu erwachen. Vorsichtig zog Mailín das Seidentuch, das ihre Maske vortäuschte, ein Stück zurück und umfasste Eismunds Gesicht mit den Händen. »Saljo!«, flüsterte sie. »So habe ich dich in der Lavahöhle genannt, erinnerst du dich? Ich weiß nicht, wer du bist und was du vielleicht getan hast. Ich weiß nicht einmal, ob ich dich lieben könnte, wenn ich es wüsste. Aber das hier ist vielleicht der einzige Tanz, den wir im Leben miteinander tanzen werden. Und ich möchte ihn jetzt und nur mit dir tanzen.«

Mailín konnte nicht erkennen, ob die Worte zu ihm durchdrangen. Sie wartete nicht auf eine Reaktion, sondern führte ihn einfach in ihre eigenen Schritte, die keinen Regeln gehorchten. Und dann fielen sie einfach – mitten in die fiebrige Musik und in ein Fließen, das die Grenze zwischen ihnen völlig aufhob. Mailín hatte geglaubt, sie hätte mit Joun wirklich getanzt, mit ganzem Herzen und ganzer Seele. Aber erst jetzt verstand sie, was Lovis gemeint hatte, als sie vom Tanzen und Lieben sprach. Es war ein Einklang und dennoch völlige Verschiedenheit, eine Berührung von Wellen und Strömungen, die aus völlig unterschiedlichen Ozeanen stammten. Sie war froh, dass sie keine Maske mehr trug, denn jetzt war sie kein Trugbild mehr, sondern nur noch, wer sie wirklich sein wollte: Mailín Rabenherz, die stets einen eigenen Weg und den Sprung in ein neues Land wählen würde, die von fernen Kontinenten träumte, die frei und sich selbst treu war – und mit ganzem Herzen liebte. Tief sog sie Eismunds Duft nach einem fernen Sommer ein und versank im Grün seiner Augen. Hier, mitten im Chaos eines Geistertanzes, an einem Abgrund im Feindesland, war sie einfach nur glücklich. *Vielleicht ist genau das die Liebe*, dachte sie. *Sie ist flüchtig und ewig zugleich. Ein Moment oder ein Leben, es macht keinen Unterschied. Vielleicht ist Lovis deshalb immer jung. Weil sie nur in diesem Augenblick lebt.* Und endlich sah Mailín, wie sich in Eismunds Augen das Licht entzündete. Er blinzelte und lächelte ihr zu. »Wen siehst du?«, fragte er leise.

»Ich sehe den Mann, den ich liebe«, sagte Mailín leise. »Wen siehst du, Saljo?«

Er lächelte. »Die Windfrau, der mein Herz gehört«, antwortete er.

»Girda!«, rief im selben Moment der König.

Winterjahre

Der Name blieb in der Luft hängen, ein Laut, der sich von allen Tönen trennte und wie ein vibrierender Schimmer im Raum schwebte. Die Musik verlangsamte sich bis zur Verzerrung, wurde schließlich zu einem einzelnen tiefen Ton und erstarb dann ganz. Mailín blickte auf erstarrte Zeit. Sie entdeckte Toma, die voller Konzentration zum Thronpodest starrte, aber ihre Freundin war ebenso eingefroren wie Eismund, der sie immer noch ansah, in den Augen das Erwachen. Silja klammerte sich an die Lehne des Königsthrons und spähte über die Menge hinweg. Die Tänzer verharrten reglos zwischen den ebenso starren Traumbildern. Der Einzige, der sich im Raum noch bewegte, war der kalte König. Er runzelte die Stirn, als würde er gerade aus einem Traum erwachen. Seine Prinzessin lag in seinen Armen, lächelnd und ebenfalls wie eingefroren. Dort, wo die Kuppel gewesen war, bewegte sich ein farbiges Schimmern. Als Mailín Eismund losließ, war das Leuchten bereits zu einer Gestalt mit einem Flügelmantel geworden. Die rotgoldene Zorya senkte die Arme und enthüllte ein Gesicht, das diesmal keine Maske trug. Mailín blickte nicht in das Antlitz des Todes, sondern in das herzförmige Gesicht einer vielleicht dreißigjährigen Frau. »Girda?«, wiederholte der König den fremden Namen.

Und die rotgoldene Todesfee trat zu ihm und antwortete: »Ich bin hier.«

Wie in einem Traum, in dem die Luft dicht wie Wasser war, sah Mailín benommen zu, wie die Zorya die Hände des Königs in ihre nahm und ihn aus Birgidas Armen löste. Und als sie selbst mit ihm zu tanzen begann — ohne Musik, inmitten der reglosen Gestalten, wurde ihr feuerfarbenes Haar dunkel. Rote Korallen begannen darin zu glänzen und ihr Gesicht verjüngte sich mit jedem Schritt. Jahre glitten von ihr ab wie Schleier, bis sie und der König gleich alt waren und der Schmetterlingsmantel zu dem roten Ballkleid der Prinzessin geworden war. Auch der Prinz veränderte sich. Als hätte er mit dem Zerbrechen der Kuppel sein Eisherz verloren, wich alles Kalte, Weiße von ihm. Sein Haar färbte sich kastanienbraun, das kalte Türkis seiner Augen wandelte sich zu warmem Grün und seine Haut bekam den leichten Bronzeton der Südländer. Seltsamerweise ähnelten seine Züge denen von Eismund nun mehr als zuvor. *Er könnte sein Bruder sein,* dachte Mailín irritiert. Das Paar drehte sich ein letztes Mal und blieb stehen. »Kaey«, sagte die Prinzessin zärtlich. Dann küsste sie ihn.

Der Prinz fiel nicht, er sank in ihre Arme und sie umschlang ihn umso fester und folgte seiner Bewegung, bis sie auf dem Boden kniete und ihn hielt. Unter ihrem Kuss flossen die Jahre durch ihn hindurch wie Sand. Er wurde zu einem Mann, der Eismunds Vater hätte sein können, dann zu einem Greis. Mit jeder Sekunde verblassten seine Züge mehr, bis er nur noch einer Hülle aus Pergament glich und in den Armen der Todesfrau einfach zu Asche verwehte. Alles, was vom kalten König blieb, waren ein schimmernder weißer Harnisch und Spinnenseide, die der Meerwind über den Abgrund zog und in den Fjord wehte. Und eine Zorya, die wieder feuerfarben war und sich nun langsam erhob.

»Du warst es selbst!« In der Zeitlosigkeit war Mailíns Stimme so dumpf, als würde sie nur in ihrem Kopf klingen. »Du warst die Prinzessin. Dein Name war Girda – und dein Prinz hieß Kaey. Es war die ganze Zeit dein Plan, ihn zu erlösen – aber du konntest seine Wirklichkeit nicht betreten. Und er konnte dich nicht rufen, weil es in diesem Schloss keine Namen gab und er im Vergessen gefangen war.«

Die Zorya wandte sich ihr zu. Ihr Gesicht wurde wieder um einige Jahre älter.

»Wie du siehst, war ein Teil von ihm noch menschlich genug, um sterben zu können«, sagte sie. »Und die Somnya wussten das. Deshalb sorgten sie mit dem Zauber des Vergessens dafür, dass er keine von uns rufen konnte.«

Mailín schluckte. »Du warst das Mädchen, dessen Ermordung durch eine Unsterbliche das Gefüge der Welt verletzte. Aber wie kann es sein, dass du nun selbst den Tod bringst?«

»Wir Zorya waren früher alle Menschen. Das, was von einem Lebensfunken bleibt, kann unsere Herrin zu sich rufen und in ihre Dienste nehmen. Manche von uns lässt sie nur für einen einzigen Todeskuss erstehen und dann wieder verlöschen. Andere von uns begleiten sie für eine Ewigkeit oder zwei. Aber wir alle verlieren unsere Erinnerungen an unser früheres Sein.«

»Du nicht! Du hast dich an die Erinnerung geklammert und dein eigenes Ziel verfolgt. Ohne dass deine Herrin etwas davon ahnte.«

Die Zorya lächelte schmal. »Komm her.«

Es war keine Bitte. Mailín blickte kurz zu Eismund, der sich reglos in einer anderen, zeitlosen Wirklichkeit befand, dann nahm sie ihren Mut zusammen und ging zu der Todesfrau. Mit jedem Schritt wurde deren Gesicht gläserner, bis hinter der durchsichtigen Haut wieder der Totenschädel grinste. Mailín zögerte. »Ihr müsst warten, bis ein Sterbender euch einen Namen gibt«, sagte sie vorsichtig. »Aber ich habe dich nicht gerufen. Und ... ich habe auch nicht vor, es heute zu tun.«

Die Zorya lachte, was wieder wie verwehende Asche klang. »Fühlt sich das hier an wie ein letzter Kuss?« Ehe Mailín zurückweichen konnte, spürte sie eisige Lippen an ihrer Stirn. Es war, als würden Eisenklingen sie berühren, gerade fest genug, dass sie die Haut nicht verletzten. Und mit dem Kuss kamen die Bilder. Als stünde sie neben sich, betrachtete sie sich selbst ...

... mit Kerem, Pjott und Joun am Augensee. Kerem spielte das Lied auf der Fischbeinflöte. Und auf der Felsnadel in der Ruine stand die Zorya und rief mit einem Wink den Rabenschwarm herbei, der Mailín retten würde.

... auf Koovas Elch, als sie sich heimlich aus dem Clanslager davonstahl. Koova sah ihr mit blinden Augen nach, wissend, dass sie floh. Und neben ihm stand die Zorya und flüsterte ihm ins Ohr, Tomas Gefangene ziehen zu lassen.

Sie sah, wie die Todesfee sie in ihren Flügelmantel hüllte, damit sie nicht erfror, und wie sie Toma bei der Jagd auf Sednas Robbe begleitete. Unzählige Male war die Todesfrau an ihrer Seite und lenkte unbemerkt Mailíns Geschick. Schließlich sah Mailín sich als Winterkind, in einer Nacht, in der vor ihrem Elternhaus ein mörderischer Schneesturm tobte und sogar das kärgliche Feuer im kleinen Kamin niederfauchte. Mailín lag im Bett, fiebernd und kraftlos. Ihre Mutter saß neben ihr und hielt ihre Hand.

Mailín runzelte die Stirn. »Das ist nicht wahr«, murmelte sie. »Dánija hatte das Schneefieber, nicht ich!«

»Sieh hin«, raunte die Zorya.

Das Bild wurde klarer, Mailín erkannte ihren Vater, der auf der Pritsche unter dem Fenster schlief. Und ihre Mutter, die ebenfalls eingenickt war. Sogar im Schlaf war Dánijas Miene ausgezehrt vor Sorge und Kummer. Und das Winterkind riss die Decken von sich und kletterte im Fieberwahn auf das Fensterbrett. Wie ein Wiesel schlüpfte sie im Nachthemd hinaus. Der Fensterladen klappte und ließ Dánija und Elaj hochschrecken. Etwas Seltsames geschah. Dánija wollte ohne zu zögern hinausrennen, aber Elaj hielt sie zurück. »Es ist das Schneefieber, Dánija«, rief er verzweifelt. »Niemand überlebt es. Sie ist bereits verloren, aber wenn du jetzt in diesen Sturm gehst, dann verliere ich euch beide! Wir haben drei andere Kinder, die ihre Eltern brauchen.« Doch Dánija entwand sich grob seinem Griff. »Es gibt kein Schneefieber«, schrie sie. »Glaub es mir endlich! Es ist ein Zauber. Und einen Zauber kann man brechen.« »Du bist wahnsinnig!«, brüllte Elaj. Doch Dánija stürzte aus dem Haus.

»Sie wollte mich vor den Wintergeistern retten«, stammelte Mailín.

Die Todesfrau legte ihr eine kühle Hand über die Augen. Und Mailín ...

... stand knietief im Schnee an einer Schlucht, so weit fort von zu Hause, dass sie nicht wusste, wo sie war. Ihr Blut war unerträglich heiße Lava. Wie durch einen Nebel aus Hitze sah sie nun andere Menschen im Fieberwahn. Sie erkannte Stella, die im Nachthemd im Schnee kniete und zum Himmel schaute und auch zwei Jugendliche aus der Schmiede. Und auf der anderen Seite einer Schlucht, am Rand einer abgebrochenen Eisbrücke, die sie wohl gerade noch rechtzeitig überquert hatten, stand ihre Mutter.

»Nehmt mich an ihrer Stelle!«, rief Dánija über die Schlucht hinweg. »Ich weiß, dass die kalte Königin sie haben will, und ich weiß, dass selbst Ihr machtlos seid gegen ihren Zauber. Ich kenne Euch, Lady Tod! Ich habe Euch im Traum gesehen. Und auch

Mailín sieht weiter als die anderen! Sie kann in Träumen wach sein und durch Schleier blicken. Verschont mein Mädchen, Herrin! Eines Tages könnte sie euch helfen, all dem ein Ende zu bereiten.« Ein Orkanrauschen, das Mailín nur zu gut kannte, verschluckte ihre weiteren Worte. Dann breitete sich Feuergold vor ihren Augen aus und das Bild verschwand. Stattdessen spürte Mailín, wie sie getragen wurde. Nicht von der Fee, sondern von Elaj, der sie im Morgengrauen im Schnee vor dem Tor zum Wolfswald gefunden hatte und nun nach Hause brachte.

Mailín riss die Augen auf. Sie war zu Boden gesunken und die Zorya hielt sie so, wie sie einst das Winterkind gehalten hatte, um es vor den Firnfrauen zu verbergen.

»Du hast mich gerettet«, stieß Mailín hervor. »Und meine Mutter ... kannte dich. Sie hielt dich für die Herrin des Todes.«

»Auch sie sah nicht alles.« Die Todesfrau ließ sie sacht los und erhob sich. Ihr Mantel hinterließ eine Spur von feuerfarbenem Staub auf Mailíns Kleid. »Aber sie ahnte, wo andere nichts sahen. Das hast du wohl von ihr geerbt. Dánija begriff, dass die Welt aus den Fugen geraten und selbst der Tod dagegen machtlos war.«

Mailín schluckte. »Du hast mich vor den Firnfrauen bewahrt. Der Tod darf nie ins Gefüge eingreifen, aber du hast dich mit Dánija auf diesen Handel eingelassen. Auch davon weiß deine Herrin nichts. Du hast deine eigene Herrscherin betrogen, um Kaey erlösen zu können?«

Die Todesfrau lächelte. »Weißt du, was das Besondere an Märchen ist, Rabenherz? Dass sie ein eigenes Leben haben. Sie verändern ihre Wahrheiten und ihre Gestalt, je nachdem, wer sie erzählt. Ich erzähle dir nun meines. Die kalte Königin hatte Kaey entführt. Doch seine Braut suchte ihn. Sie ging durch sieben Sommer und danach durch sieben Winter. Und während sie dabei um Jahre älter wurde, war dort, wo er lebte, alle Zeit erstarrt. Als sie ihn fand, erkannte er in ihr nicht mehr das junge Mädchen. Erst als sie ihn küsste, brach der Bann. Unverzüglich tötete die Königin Girda, noch bevor die Liebenden zusammen fliehen konnten. Um ihn für immer für sich zu haben, gab Zima Kaey einen Teil ihres Eisherzens und nahm ihm damit sein Menschsein. Zumindest dachte sie das. Aber einen letzten Funken konnte selbst sie nicht auslöschen. Zwar erinnerte der Prinz sich nicht an Girda, doch sein Hass gegen die Königin wurde immer größer. Er verstellte sich gut, während er nach einem Weg suchte, Zima zu vernichten. Und er fand ihn: Von Menschenhand wurde die kalte Königin ausgelöscht. Aber Kaey selbst konnte nicht mehr menschlich werden, das Eis hatte von ihm Besitz ergriffen, machte ihn gierig und grausam. In seiner kalten Raserei missachtete er jedes Gesetz der Wirklichkeiten. Wo Winter ist, muss es auch einen Sommer geben. Alles, was lebendig ist, muss fließen. Er aber ließ das Gefüge erstarren und legte Eis zwischen die Welten. Aber baue eine Mauer im Fluss und alles gerät ins Stocken. Wasser tritt über die Ufer und lässt andere Landschaften dafür verdorren. Doch Girda gab den König nicht auf, nicht einmal nach ihrem Tod. Als die Herrscherin des Todes sie zur Zorya erhob, hütete sie ihr Geheimnis gut und wartete auf ihre Gelegenheit. Auch Lady Tod wusste: Es gab nur einen Weg, das Gefüge der Welt wieder zu ordnen: den kalten König auszulöschen. Und der Schlüssel dazu konnte nur ein Mensch sein, der in der Lage war, ein Eisherz zu brechen. Damals, als ich dich vor den Somnya verbarg, hoffte ich, du könntest eines Tages dieser Mensch sein. Ich hatte dich und die anderen Winterkinder beobachtet und in euren Träumen besucht. Und als ich dich Jahre später ins Land über dem gefrorenen Himmel brachte, ließ meine Herrin es auf einen Versuch mit dir ankommen.«

»Deiner Herrin ging es nur darum, ein Ungeheuer auszulöschen«, sagte Mailín. »Aber du wolltest Kaey erlösen. Weil du nie aufgehört hast, ihn zu lieben.«

Die Todesfee winkte entschieden ab. »Liebe ist etwas für Sterbliche«, antwortete sie kühl. Aber die Art, wie sie etwas zu schnell die Maske wieder aufsetzte und ein paar Schritte zurückwich, als wollte sie einen deutlichen Abstand zwischen sich und die Frage bringen, verriet sie dennoch. *Die Somnya wissen, was Rache ist*, dachte Mailín. *Und die Zorya können lieben.*

Vielleicht war es dieser Abglanz von Menschlichkeit, der sie wagen ließ, eine Unsterbliche um etwas zu bitten. »Sag mir, dass Eismund nicht der Magier ist, der Zima tötete«, wisperte sie in die zeitlose Stille hinein. »Bitte!«

Wieder spürte sie das warnende Knistern von Verschiebungen in einem Gefüge, das nicht berührt werden durfte. Doch als die Zorya einen Blick über die Schulter warf, dorthin, wo nur noch ein Halbkreis aus schartigen Felszacken den Tanzplatz einfasste, wusste Mailín, dass die Todesfee ein weiteres Mal gegen die Gesetze der Unsterblichen verstoßen würde. »Abgesehen davon, dass er dafür ein Mensch sein müsste und keine Existenz mit Eisblut in den Adern...«, raunte sie Mailín zu, »wäre es nicht logisch, dass er damals schon hätte existieren müssen, um Zima schaden zu können?« Sie wandte sich ab. »Viel Hoffnung habe ich bei dir ja nicht, du wildes, gieriges Herz«, fügte sie schon im Gehen hinzu. »Aber Sterbliche wie du sollten wirklich die Finger von Königsblütern lassen.«

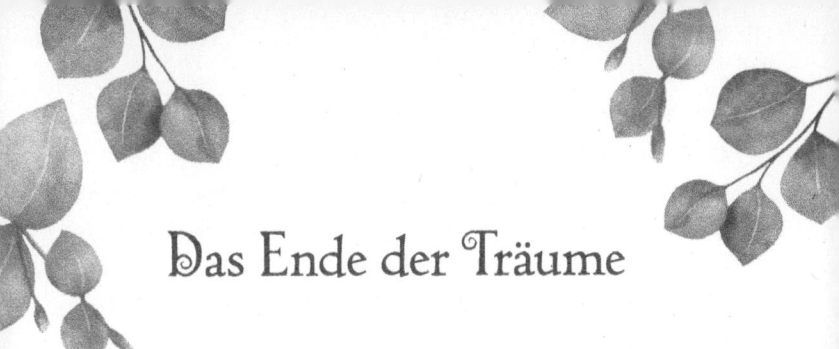

Das Ende der Träume

Wie aus dem Nichts wirbelte das Fest weiter, lief wie ein Uhrwerk, ohne Sinn und Ziel, ein Theaterstück, dessen Hauptdarsteller die Bühne für immer verlassen hatte. Mailín wusste nicht, wie sie zu Eismund zurückgekehrt war. Vielleicht hatte sie sich auch niemals aus seinen Armen gelöst. Aber sie konnte nicht mehr tanzen, sie stand nur vor dem Mann, den sie liebte, und fühlte sich, als hätte ein Hieb ihr jeden Atem genommen. Trotz allem war sie im ersten Augenblick einfach nur erleichtert. *Er ist es nicht.* Doch dann wurde ihr so kalt, dass sie zu zittern begann. *Wie konnte ich so blind sein?* »*Zu jedem, der täuscht, gehört auch einer, der glaubt*«, erinnerte sie sich an Eismunds Worte. *Aber er hat mich nicht getäuscht, er hat mir eine Frage gestellt*, dachte sie. »*Dann wäre ich ein Ungeheuer mit einem Eisherzen*«, raunte Eismunds traurige Stimme. »*Niemals könntest du so jemanden lieben.*«

In der Mitte des Tanzplatzes wirbelte die transparente Traumgestalt der Prinzessin lachend im Kreis um Birgida herum. Birgida selbst stand verwirrt da und suchte nach dem König, der scheinbar mit einem Wimpernschlag aus ihren Armen verschwunden war. Die Gestalten aus Kaeys Traum wurden zu Gespenstern, die von dem stürmischen Wind, der über den Berg fegte, in den Himmel hinaufgesogen wurden und sich zu farbigen Traumlichtern auflösten. Zurück blieb nur der Hofstaat aus Schnee. Die südländische Musik war verklungen, nun spielten die Spinnenharfen wieder ihre melancholische Weise. In wenigen Sekunden gerann das Fest zu seiner ursprünglichen Gestalt. Die Tänzer zirkelten sich in ihre langsamen Schritte ein, während Silja fassungslos in den Nachthimmel starrte, der eben noch eine Kuppel gewesen war.

Und wie losgelöst von allem standen Eismund und Mailín inmitten der wogenden, tanzenden Menge, noch unbemerkt von Silja und von den Firnfrauen, die nun in den Saal traten. Mailín umschlang Eismunds Nacken und zog ihn zu sich herunter, so nah, dass sie seinen kalten Atem auf den Lippen spüren konnte. »Im Turm sagtest du zu mir, wir sehen einander«, flüsterte sie. »Aber es stimmte nur zum Teil. Du hast mich gesehen – aber ich habe erst jetzt erkannt, wen ich liebe. Ich kenne nun deine Wunde. Ich bin es nicht. Es ist dein Wintergeist-Herz. Du bist der Sohn des kalten Königs. Deine Mutter war eine seiner Bräute, die er aus meiner Welt entführen ließ. Sie ist an seiner Kälte zugrunde gegangen – aber du hast überlebt und wurdest zu seinem Sklaven.«

Trauer huschte über Eismunds klares Gesicht und in dem schmerzlichen Zug um seinen Mund erkannte sie sehr deutlich die Ähnlichkeit zu Kaey. Zum ersten Mal sah sie ihn ganz – ohne Geheimnisse, in all seinem Leid und seiner Gefangenheit. »Es ist mir gleichgültig, ob ein Teil von dir zu den Somnya gehört«, fuhr sie fort. »Du denkst, du bist dem König gleich, aber das ist nicht wahr! Auch wenn du Eisblut in den Adern hast, wirst du niemals wie der König sein – selbst mit deinem Eisherzen bist du menschlicher, als er es jemals wieder werden konnte.«

Und als sie ihn küsste, war es wie ein ganz neuer Tanz. Im ersten Moment zögerte Eismund, aber dann umarmte er sie fast verzweifelt. »Mailín«, sagte er leise. »Meine Mailín.«

Der tonlose Aufschrei der Firnfrauen durchschnitt die Harfen-
melodie. Mailín und Eismund fuhren gleichzeitig herum – doch
die Wintergeister blickten nicht zu ihnen, sie starrten auf den
Harnisch des Königs, über den die Tänzer einfach hinwegschrit-
ten. Silja sprang vom Podest und drängte sich zu der Stelle, wo
ihr Herr getanzt hatte. »Verrat!«, schrie sie den Wintergeistern
zu. »Ergreift die Königsmörderin!« Mit Siljas Befehl verwehte der
Trugzauber und enthüllte für alle sichtbar, wer Birgida wirklich
war – ein Webermädchen in einem geflickten Kleid, das Spinnweben statt Spitze und rotes Garn statt Korallen im Haar trug.
Erschrocken stolperte Birgida zurück, während fünf Firnfrauen
mit schnellen Schritten auf sie zugingen. Mailín packte Eismund
bei den Schultern. »Der König ist tot – du bist ihr neuer Herr.
Ruf die Wintergeister zurück und lass Silja gefangen nehmen. Sie
ist die Magierin, die all das hier geschaffen hat!«

Auf Eismunds Miene irrlichterte erst Irritation, dann Begreifen. Schließlich schüttelte er den Kopf. »Nur der kalte König
allein wusste, wer der Magier ist. Er verändert seine Gestalt und
hat tausend Gesichter. Und ich ... kann weder den Firnfrauen
noch den Herren und Herrinnen befehlen.«

»Du hast Königsblut in den Adern! Die Somnya müssen dir
gehorchen.«

»Sie gehorchen nur dem ältesten Nachfahren«, entgegnete Eismund tonlos. »Aber ich ... bin der jüngere.«

Birgida war keine Kämpferin, die Firnfrauen überwältigten sie
mühelos. Voller Angst erstarrte sie, die Spitze einer Spindel auf
sich gerichtet. Und als Silja die anderen Wintergeister mit einem
Wink innehalten ließ und zu Birgida trat, begriff Mailín endlich,
wer die Fremdländerin in Wirklichkeit war.

»Eine kleine Weberin, die so viel Magie beherrscht«, sagte
Silja amüsiert. »Wie konnte mir eine solche Kostbarkeit im

Palast nur entgehen? Und wer hätte ahnen können, dass du mir so nützlich sein würdest?« Sie wandte sich um und blickte zum Thron. Ihr Lächeln war das einer Königin, die voller Triumph ihre neue Macht auskostete. Ihre Stimme wurde harsch und übertönte sogar den Meerwind. »Riegelt alles ab, niemand verlässt den Tanzplatz und den Palast. Errichtet noch heute neue Wände und Gefängnisse. Schafft alle Menschen, die sich im Palast befinden, ins ewige Eis – und den zweiten Königsblüter auch.« Beiläufig deutete sie mit dem Zeremonienstab zu Eismund. Und Mailín erkannte starr vor Entsetzen, dass des Königs kalte Tochter weitaus mächtiger war, als sie geahnt hatte. *Unser Trugzauber hat sie von Anfang an nicht getäuscht.* Das überhebliche Lächeln, das Silja ihr nun schenkte, ließ sie frösteln. *Wo ist Toma?*, schoss es ihr durch den Kopf. Birgida wehrte sich, als die zwei Firnfrauen sie davonschleppen wollten. Ihr gehetzter Blick fand Mailín und Eismund. *Flieht!*, formte sie mit den Lippen, dann begann sie mit solcher Kraft zu kämpfen, dass es ihr tatsächlich gelang, einer Firnfrau den Speer aus den Händen zu treten. Klappernd schlitterte die Waffe zu einer Reihe von Herrinnen. Die kurze Ablenkung genügte. Eismund und Mailín stürzten nach vorne. Zwei Tänzer stolperten und fielen, als Mailín sie zur Seite stieß. Sie erreichten Birgida im selben Moment, als auch Toma auftauchte. Die Jägerin hatte den Königsmantel vom Thron gerissen. Mit einem blitzschnellen Sprung hebelte sie eine Firnfrau von den Beinen. Der Königsmantel, den sie wie eine Waffe schwang, war schwer von den Perlen und fällte den zweiten Wintergeist mit dem Geräusch eines Sacks voller Steine, die schmerzhaft fest trafen. Eismund entriss der liegenden Firnfrau ihren Spindelspeer. Mailín zog das Messer aus dem Gürtel. »Zum Transportschacht und dann runter zum Fluss«, zischte Toma Mailín zu. Dann riefen die Firnfrauen mit einem Zischen die Herrinnen zu Hilfe. Ein

Dutzend der Schneewesen stürzte sich auf sie. Toma kämpfte mit dem Königsmantel wie mit einem Netz, das ihre Gegner zum Straucheln brachte. Ein Stich mit dem Nixenzahndolch ließ eine Herrin mit einer Wunde am Arm zurücktaumeln. »Los!«, schrie Toma über die Schulter. Mailín fasste Birgida am Arm und kämpfte sich in Richtung des Aufzugsschachts. Orkanbrausen erhob sich und ließ die Kleider der Tänzer flattern. Sieben weitere Firnfrauen stiegen auf dem Berg aus ihren Schlitten, während ein Teil des Hofstaats immer noch marionettenhaft weitertanzte. Der Strom von Katzenleibern ergoss sich über den Tanzplatz, während sich der Ring aus allen zwölf Wintergeistern um das schloss, was früher ein Saal gewesen war. Eismund zog Mailín am Arm zurück, als eine Katze fauchend nach ihr schlug. Dann standen sie Rücken an Rücken, während die Katzen heranschlichen, ein silberner Ring, der sich immer enger zog. Silja lachte. »Macht Platz«, sagte sie lässig. Die Katzen öffneten ihre Reihen für sie und zwei der Firnfrauen. Die eine war die Mondweberin mit dem sanften Gesicht, die andere die Kriegerin. Verzweifelt sah Mailín nach draußen. Hinter einer Reihe von Herrinnen mit Dreizackwaffen war nur der Sternenhimmel zu sehen. Die Zorya war endgültig verschwunden. *Natürlich*, dachte Mailín bitter. Aber plötzlich entdeckte sie auf einem Felsen einen kleinen dunklen Umriss, der sich duckte und zu warten schien. *Mein Rabe?*

»Ich dachte mir doch, der Eisblüter würde ein guter Köder sein, um dich ins Schloss zurückzulocken«, richtete die kalte Königin das Wort an sie.

»Der *Eisblüter* ist dein Bruder!«, stieß Mailín hervor. »Auch du hattest eine menschliche Mutter, Silja, so wie er. Wo hast du den letzten Funken deiner Menschlichkeit verloren?«

Bei der Nennung ihres Namens hatten sich Siljas Züge verhärtet. Sie stellte den Zeremonienstab vor sich auf. Reflexe der spiegelnden Silberscheibe fingen sich in ihrer Raunenkrone. Irgendetwas daran irritierte Mailín, aber sie kam nicht darauf, was es war. Sie schluckte und fuhr fort: »Weißt du nicht mehr, Silja? In Falún warst du glücklich. Du hast mit den Kindern gelacht. Auf dem Lichterfest hast du getanzt – mit dem Kranz aus Gänseblümchen im Haar, den die Kinder für dich gemacht hatten.«

»Der Kranz war hübsch«, sagte Silja gleichgültig. »Aber viel kostbarer war, dass ich in deinem kleinen Sommerland lernte, euch Menschen zu verstehen.«

Du bist selbst zum Teil ein Mensch, wollte Mailín ihr erneut entgegenschleudern. »Du hast nur gelernt zu lügen«, sagte sie stattdessen verächtlich. »Und ich war so dumm, dir zu vertrauen.«

»Tja, das ist wohl deine Lektion, Menschenmädchen«, erwiderte die kalte Königin. »Trau nie den Worten, sondern lerne die Zeichen zu lesen.« Sie öffnete ihre Hand. Ein Winterfalter lag darauf. Sein Flügelstaub hatte abgefärbt und ließ ihre Handfläche blau leuchten. »Das Blau hat mir verraten, dass du nicht tot bist, wie mein *Bruder* behauptet hat. An seinem Nacken habe ich die Spur deiner Finger entdeckt – ein hübsches Zeugnis von zärtlicher Berührung. Ja, er war schon immer weicher als ich. Es passt zu ihm, der Sehnsucht nach dem Menschsein nicht widerstehen zu können. Und dich kenne ich gut genug, Mailín, um zu wissen, dass du niemanden loslässt. Mir war klar, du würdest ihm ins Schloss folgen. Und die Ankündigung, Rún zu entführen, sollte dafür sorgen, dass du umso entschlossener warst, den König zu besiegen.«

Mailín hatte nicht geahnt, wie sehr sie hassen konnte. Seltsam war nur, dass Silja sie während ihrer triumphierenden Rede nicht ansah. Ihr Blick war auf die Silberscheibe ihres Zeremonienstabs gerichtet und erinnerte Mailín daran, wie sie selbst die Klinge ihres Messers als Spiegel benutzte. *Und genau so hat sie mich am Turm gesehen — als sie ahnte, dass ich noch am Leben war, hat sie unbemerkt von den Firnfrauen mit diesem Spiegel nach mir gesucht und mich beim Wasserspeier entdeckt. Doch was beobachtet sie jetzt? Die Reihe der Herrinnen?*

»Dennoch hätte ich mir nicht träumen lassen, welchen Vorteil du mir zuspielen würdest«, fuhr Silja lauter fort. »Das ist das Schöne an euch Sterblichen: Ihr findet Wege, die uns Somnya verschlossen bleiben. Von eigener Hand vermochte ich den König nicht zu beseitigen. Unsterbliche können einander nicht auslöschen, aber dank eurer Magierin starb unser König von Menschenhand und gab den Platz auf dem Thron für mich frei.« Silja holte tief Luft. »Die Zeit der Trugbilder und der Marionetten aus Schnee ist vorbei«, rief sie. »Unter meiner Herrschaft wird sich alles ändern. Alles!«

Zu wem spricht sie wirklich?, schoss es Mailín durch den Kopf.

Verstohlen ließ sie den Blick über die Schneewesen schweifen, die mit gezückten Dreizackwaffen zwischen den Katzen am Rand des Tanzplatzes warteten.

»Bringt die Weberin in meine Königsgemächer«, befahl Silja den Firnfrauen. »Sie wird mir von nun an dienen. Gute Magier sind schwer zu finden.«

»Eher sterbe ich, als dir zu dienen!«, schrie Birgida hinter Mailín.

Silja lachte boshaft auf. »Der Tod war bisher ein seltener Gast in diesem Palast. Und wer hier lebt oder stirbt, entscheide von nun ich allein.«

»Du verdammte Hexe!« Mailín hörte, wie Toma irgendwo hinter ihr zu Boden geworfen wurde und sich mit aller Macht wehrte. Aber sie zwang sich dazu, ihren Zorn niederzukämpfen. *Denk nach*, raunte ihr die Strategin in ihr zu. *Tritt zurück und sieh das ganze Muster.*

»So zornig, Jägerin?«, spottete Silja. »Nun, du wirst deinem Clan noch heute Gesellschaft leisten dürfen – und zwar am Grund des Meeres. Sobald sie das blaue Eis am Flussdelta verlassen haben. Die Fängerinnen können es kaum erwarten, sie endlich in die Krallen zu bekommen.«

Birgida stieß einen klagenden Laut aus. Neben Mailín stemmte Eismund sich mit verzweifelter Wut gegen die Angreifer, die ihn niederhielten. Aber Mailín starrte nur zu den Herrinnen am Rand des Tanzplatzes. Bei Siljas letzten Worten hatte sich etwas verändert. Sechs dieser Schneewesen standen immer noch reglos da. Aber die siebte, eine schmale Gestalt mit sehr glattem Haar, schloss die behandschuhte Faust enger um ihren Dreizack und spannte sich an. *Ist die Gestalt dieser Herrin nur eine Tarnung?*, fragte sich Mailín mit rasendem Herzen. Und als ihr Blick zu Silja schweifte, wurde ihr klar, warum Silja von Worten und Zeichen gesprochen hatte. Der silberne Rankenschmuck an ihren Schläfen erinnerte an einen Blütenkranz, wie ihn eine Falúnerin tragen würde. Und zwischen den Silberranken entdeckte Mailín ein erfrorenes Gänseblümchen. Es war welk und halb zerdrückt, als wäre es aus einem Kranz gerissen worden. Von Silja, die bei ihrer Entführung noch danach gegriffen hatte. Hastig wandte Mailín ihre Augen ab. *Was wäre, wenn?*, dachte sie.

Und was, wenn du dich irrst?, hielt ihre mahnende Stimme dagegen. *Was, wenn die Kranzblüte kein Zeichen für dich ist, sondern nur eine Trophäe, ähnlich den Toten im blauen Eis?*

Ihr Herz hämmerte in ihrer Brust, als sie den Blick wieder hob und Silja ins Gesicht schaute. »Du solltest uns dankbar sein für den Dienst, den wir dir erwiesen haben«, sagte sie laut zu der Fremdländerin.

Es war nur eine Schwingung, ein winziges Zucken um Siljas Mundwinkel, das sie verriet. Mailín senkte den Kopf, als würde sie aufgeben. »Dritte Herrin von links«, sagte sie dabei kaum hörbar.

»Dankbarsein ist etwas für Menschen«, sagte Silja voller Arroganz. »Für dich und die Clansjägerin habe ich keine weitere Verwendung – ebenso wenig für alle Diener, die meinem Vater untertan waren. Niemand steht mehr unter meines Vaters Schutz. Soll Lady Tod holen, wen sie haben will.«

Mailín duckte sich im selben Moment, als die Herrin den Dreizack hochriss und Silja blitzschnell eine Sichel aus ihrem Haar zog und herumwirbelte. »Silja, nicht!«, entfuhr es Mailín. »Du darfst keinen Sterblichen töten...« Doch genau in dieser Sekunde stieß jemand sie zu Boden. »Fass sie nicht an!«, hörte sie Eismund rufen. Er hatte sich befreit und reagierte so schnell, dass Mailín seine Bewegung kaum sah. Der Königsmantel schwang über ihren Kopf und traf die Fremdländerin mitten im Schwung. Ihre Sichel schwirrte wie eine silberne Schwalbe durch den Saal. »Nein!«, schrie Mailín, als nun Toma Silja mit einem Fausthieb endgültig zu Boden schlug. Dann brach das Chaos aus. Firnfrauen stürzten herbei und überwältigten Toma. Die Jägerin brüllte vor Zorn und Schmerz, doch ihr Aufschrei ging im Fauchen der Katzen unter. Mailín stemmte sich hoch. Für den Bruchteil eines Herzschlags war es, als hätten die Zorya wieder die Zeit stillstehen lassen. Wie in einem Gewitter gefrorener Bilder sah sie, wie Silja sich im Liegen herumrollte und die zweite Sichel losschnellen ließ. Die dritte Herrin jagte auf sie zu – unbehelligt von den Firnfrauen, die versuchten, Eismund zu packen. Doch er entriss einer von ihnen den Speer und sprang zwischen Mailín und Silja. Siljas Waffe traf – die Klinge schlug in das Bein der Herrin mit dem glatten Haar. Sie strauchelte, wodurch ihr eigener Wurf abgelenkt wurde. Der Dreizack, den sie auf Silja geschleudert hatte, schnellte auf Mailín zu. Mailín schrie auf und schloss die Augen, spürte, wie die Wucht des Aufpralls sie nach hinten warf, und wartete auf den Schmerz – aber alles, was sie fühlte, war rauer Fels an ihrer Wange. Direkt vor ihr lag eine winzige runde Kristallscheibe im Türkisblau von Siljas Augen. Die Fremdländerin richtete sich benommen auf – ein dunkelblaues Schlagmal von Tomas Faust am Jochbein. Ihr Haar hatte sich gelöst und hing ihr wirr ins Gesicht. Und zwischen den firnweißen Strähnen leuchtete ein türkisfarbenes Auge – und eines in warmem Bernsteinbraun. »Nein!«, rief Silja und warf sich nach vorne. Mailín hörte Katzen fauchen und Birgida schreien. Toma rief etwas, während die Firnfrauen sie zu viert am Boden hielten. Und am anderen Ende des Tanzplatzes zog sich die Herrin mit dem glatten Haar im Rennen die Silbersichel aus dem Bein und floh zu einer Schlucht, die das Eis freigegeben hatte und die sich bis zum Transportschacht zog. Rotes Menschenblut floss aus der Wunde und tropfte auf den Felsen.

»Verdammt!«, zischte Silja. »Lasst die Mädchen los und folgt dem Magier!«, herrschte sie die Firnfrauen an. Die Wintergeister gehorchten so schnell, dass Toma im eigenen Schwung ihres Widerstands stürzte. Doch bevor sie ein zweites Mal auf Silja losgehen konnte, war Mailín aufgesprungen und warf sich vor die Fremdländerin. »Lass sie!«, schrie sie Toma zu. »Silja ist eine von uns! Es war alles eine Täuschung, um den Saman zu entlarven. Er flieht in Gestalt der Herrin in Richtung Schacht!« Toma klappte der Mund auf, aber sie senkte auf der Stelle die Faust. Dann fand ihr Blick etwas neben Mailín und ihre Miene löste sich in waidwundes Erschrecken auf. »Nein!«, schrie sie und stürzte zu Birgida. Und als Mailín sich umwandte, hielt die Zeit ein weiteres Mal still. In Birgidas Armen lag Eismund und rang mit schmerzverzerrtem Gesicht nach Luft. Eiswasser floss aus einer Wunde in seiner Brust, in der immer noch der Dreizack des Magiers steckte. Wie ein Schleier glitt ein Trugzauber von dessen Waffe und enthüllte einen Speer mit einer Spindel – die Waffe einer Firnfrau, die der Saman in der Truggestalt des Schneewesens vorhin aufgehoben hatte. Toma fiel neben Eismund auf die Knie, zog die Elfenbeinspitze aus der Wunde und herrschte Birgida an, ihr ein Tuch zu geben. Das Bergmädchen gehorchte und drückte den Tuchballen gegen die Wunde. Eismund sah zu Mailín und rang sich ein verzerrtes Lächeln ab. Und Mailín begriff, warum die Waffe sie verfehlt hatte. Eismunds Lider flatterten, dann sank sein Kopf gegen Birgidas Schulter. Er atmete aus und lag still, während Mailín endlos fiel. Irgendwo befahl Silja den Firnfrauen, Mailín und die anderen abzuschirmen. Nebelkatzen streiften Mailíns Rücken und Schultern. Silber sirrte in der Luft und in der Ferne krächzten Raben. Aber in Mailín war nur noch ein Abgrund voller Lava, ein Herz, dass sich mit Schwärze füllte und ihre Hände zu Fäusten krümmte. Der Tanz der Hofgesellschaft war zu einem Drehen und Taumeln geworden, als würden gegensätzliche Kräfte an den Tänzern zerren. Einige der Schneewesen gehorchten offenbar noch dem Befehl des Saman und warfen sich den Firnfrauen und den Katzen in den Weg, um den Saman abzuschirmen. Und am Rand der Schlucht schlug der als Herrin getarnte Magier, dem immer noch rotes Blut vom Bein rann, die Mondweberin nieder. Nur mit einem reflexhaft schnellen Manöver gelang es Silja, seinen nächsten Angriff zu parieren. Und mit einem Mal geschah etwas mit Mailín. Der Schmerz um Eismund schnitt scharf und klar mitten in ihr Herz und entzündete sich in einem gleißend blauen, kalten Feuer. Sie nahm die Waffe, die Eismund getötet hatte, und schritt aus dem Ring der Katzen und Firnfrauen. Irgendwo hinter sich hörte sie Tomas warnenden Ruf, aber Mailín Rabenherz drehte sich nicht um. Sie legte den Kopf in den Nacken und rief mit einem rauen Schrei ihre

Raben herbei. Der Saman taumelte unter einem Stockschlag von Silja. Und für die Dauer eines Flügelschlags wurde auch seine Tarnung durchsichtig wie Schnee, der von Wasser durchtränkt wird. Hinter dem ausdruckslosen Maskengesicht eines Schneewesens schimmerte indigoblaue Farbe auf, ein verzerrter Mund und ein kantiges Gesicht mit buschigen grauen Augenbrauen. *Ich kenne dich*, dachte Mailín grimmig. Rabenschwingen streiften ihre Schultern, während sie losrannte. Fünf Herrinnen stürzten auf Silja los und brachen zusammen wie Marionetten, als Siljas Befehl den Zauber des Saman brach. Doch als sie abermals zu ihm herumwirbelte, war der Magier verschwunden. Nur seine Blutspur verlor sich zwischen schartigen Felsen in einem zerklüfteten Tunnelspalt, der am Rand der Schlucht steil nach unten führte. Silja wollte ihm folgen, aber da war Rabenherz schon bei ihr, packte ihre Hand und riss sie mit sich in den Abgrund.

Sieben Saman

Die Raben fingen sie beide mitten im Fall und trugen sie zwischen schmalen Schluchtwänden nach unten. Als Mailín zurückblickte, sah sie noch Tomas Gesicht, das am Rand des Plateaus auftauchte. Und unter Mailín glänzte weißes, wehendes Haar auf – dort, wo der Saman in seiner Tarngestalt eben aus dem schartigen Tunnel kroch und sich über eine Steinterrasse zu einem Gang flüchtete, der weiter vorne im Transportschacht mündete. Humpelnd verschwand er im Halbdunkel schwarzer Felsen. Silja keuchte auf, als die Raben sie beide noch im Flug über der schmalen Felsterrasse losließen. Sie landeten hart und mussten rennen, um das Tempo abzufangen und nicht zu stürzen. Links vor ihnen öffnete sich der Transportschacht. Wie durch Magie setzten sich dort alle Plattformen gleichzeitig in Bewegung. Das Knarren wurde begleitet von schräger Harfenmusik, die immer noch von oben durch die Schlucht hallte. Hier unten echoten in den Gängen Rufe, Schritte von Steinwächtern vermischten sich mit dem tosenden Rauschen des Flusses, der durch das Schmelzwasser angeschwollen war. »Er versucht den Palast wahrscheinlich über den Geheimweg zu verlassen«, stieß Silja hervor. »Das Labyrinth am Flussdelta kann man über einen der Transportgänge erreichen. Dort gibt es einen Ausgang. Wir müssen ihm den Weg abschneiden.« Mit einem schnellen Griff entfernte sie die zweite türkisfarbene Scheibe aus ihrem Auge und wurde zur unwirklichen Gestalt einer Eisblüterin mit bernsteinfarbenen Sommeraugen.

»Wer bist du?«, entfuhr es Mailín.

»Die einzige kalte Königin, die einen Namen hat«, antwortete Silja in der trockenen Art, die Mailín von früher an ihr kannte. »Ich musste euch alle täuschen – die Firnfrauen und auch den König und seinen Magier. Wenn sie bemerkt hätten, wie menschlich ich in Falún geworden bin, dann hätte ich mich im Schloss nie wieder frei bewegen können. Offenbar ist mir die Täuschung gelungen. Und jetzt halte dich hinter mir.«

Die Raben segelten so dicht neben ihnen, dass ihr Flügelschlag Mailíns Haar verwirbelte. Die Spur aus Blutstropfen führte durch mehrere schmale Gänge bergab in Richtung des Friedhofs aus blauem Eis. Die Raben verschwammen zu Schatten im Schatten. Steinschlag echote in der Nähe und ließ den Boden erzittern. Dann brachen Wächter aus einem Gang und rannten auf sie zu. Stechend scharf sah Mailín die steinernen Fäuste, die auf Befehl des Saman sogar versuchen würden, eine Unsterbliche zu zermalmen. Und hinter den Steinwesen huschte die Tarngestalt gerade in einen abzweigenden Gang. Silja holte blitzschnell aus und schleuderte den Steinwächtern einen Gegenstand entgegen. Wie eine verglühende Sternschnuppe landete ein kleiner Zylinder direkt zwischen ihnen. »Mir nach!«, befahl die Königin und glitt nach links. Der Explosion ging ein taghheller Blitz voraus, dann riss der Gang entzwei. Der Boden bebte und barst, hinter ihnen spie der Berg Trümmer in den Krater, der eben noch ein Gang gewesen war. Wasser spritzte hochauf, als die Brocken in den Fluss krachten. Und Mailín erkannte, dass sie im Bogen gelaufen waren und nun an einer anderen Seite des Transportschachts angekommen waren. Am Ende des Gangs, in den sie Silja gefolgt war, warteten schon die Raben. Steine prasselten im Abgrund. Atemlos kamen sie beide zum Stehen – und sahen sich drei Schneewesen gegenüber. Keine dieser drei Herrinnen blutete wie ein Mensch. Ohne Silja und Mailín zu bemerken, blickten sie über eine schaukelnde Plattform zu einem Gang auf der anderen Seite des Transportschachts. Von Siljas Explosion herbeigerufen erschienen weitere Herrinnen in den gegenüberliegenden Gängen und blickten auf das Chaos. Steinschlag regnete um die Platt-formen und zerschlug Kabinen aus klarem Eis. Seile rissen ab und folgten den Felsgewichten in den Fluss. Die Raben kreisten im Schacht wie ein schwarzer Wirbel und wichen den fallenden Trümmern aus. Und mitten zwischen ihnen duckten sich Birgida und Toma auf einer kleineren Plattform, die gerade abwärts glitt. Mailín schrie auf, als ein fallendes Steingewicht die Plattform mit ihren Freundinnen nur knapp verfehlte. Doch Toma rettete sich mit einem Satz auf einen Vorsprung am Schachtrand. Sie fing Birgida im Sprung auf, beide drückten sich unter einen Überhang aus Granitfels. Toma sah sich um und entdeckte Mailín. Gren-zenlose Erleichterung zeichnete sich auf ihrer Miene ab.

»Er wollte uns mit den Steinwächtern ablenken«, stieß Silja hervor. »Offenbar ist er auf die andere Seite gelangt und flieht zu den südlichen Gängen. Wir müssen den Schacht umrunden!«

»Warte, Silja!« Mailín Rabenherz kniff die Augen zusam-men. Sieben ihrer Raben waren ein Stück hinter den drei Her-rinnen gelandet. Und kaum berührten ihre Krallen den Stein, verschoben sich Schatten, überlagerten sich Flügel und wurden zu Schultern und Armen. Rabengesichter verwandelten sich in Masken aus schwarzer Rußfarbe, Federn wurden zu Stirnbän-dern aus Leder, auf denen Nixenzähne und flache Steine aufge-näht waren. Und als die Rabenform endgültig von ihnen abglitt, erhoben sich am Rand des Abgrunds die Gestalten von sieben Saman. Es waren drei alte Frauen und vier Männer, die Mailín noch nie gesehen hatte. Alle waren sie in schwarze Pelzkleidung gehüllt. Und der älteste dieser Saman hatte ein hageres, schmales Gesicht und kluge Augen vom selben Blau wie der mutigste von Mailíns Raben.

Die Art, wie Toma scharf Luft holte, zeigte Mailín, dass die Jägerin die Clangeister aus dem Totenreich ebenfalls wahrnahm. Und als die sieben lautlos zur mittleren Herrin traten und sich hinter ihr scharten, wusste sie, dass auch ihre magischen Helfer schon die ganze Reise über ihr ganz eigenes Ziel verfolgten. Als die sieben Geister die Hände hoben, verblasste die Tarnung der mittleren Herrin und enthüllte den Saman, der vor über hundert Jahren seinem Ende am Richtpfahl entkommen war. Er blutete immer noch, aber mit einem Fetzen Seide hatte er sich die Wunde am Bein notdürftig verbunden. *Ihr habt ihn mir in der Höhle der Schnee-Ebenbilder gezeigt,* dachte Mailín. *Es ist der Mann, der in meinem Traum die Winterblüten auf den Boden geworfen hat. Und der auch jetzt statt der dunklen Rußmaske des Clans die blaue Farbe der Winterfalter über den Augen trägt. Nur, dass ihn das nun auch nicht mehr vor Lady Tod retten wird.*

»Toma«, sagte sie mit kühler Stimme. Doch die Jägerin war bereits vom Vorsprung zu einer schaukelnden Plattform gesprungen und ergriff ein frei pendelndes Seil. Mit Augen, die vor Hass funkelten, fixierte sie den Verräter. »Saman Kawaar!« Ihre Worte waren kaum mehr als ein Zischen, doch wie ein Echo schienen tausend Geisterstimmen darin widerzuhallen.

Der Magier runzelte irritiert die Stirn, aber erst als Toma am Seil auf ihn zuschwang, begriff er. Im Bruchteil einer Sekunde reagierte er, warf sich herum – und stürzte in Mailíns Richtung. Blitzschnell zog er die Spindel einer Firnfrau hervor –

doch bevor er damit ausholen konnte, ging er zu Boden. Der Spindelspeer, den Mailín mit voller Wucht geschleudert hatte, löste sich aus seiner Schulter. Mit einem Stöhnen knickte er in die Knie und ging unter Tomas Tritt endgültig zu Boden. Die Gestalten der beiden anderen Schneewesen zerstoben zu Rauch. Immer noch grollte der Berg, Flusswasser peitschte unter den Einschlägen von Steinbrocken. Mailín hatte nicht gesehen, wie der Saman wieder auf die Beine gekommen war. Toma versperrte ihm den Weg in die Gänge. Zerrissene Seide umwehte sie, als sie ihren Nixendolch zückte und den Angriff ihres Gegners mühelos abwehrte. Sie tötete ihn nicht, sie täuschte nur vor, ihm an die Kehle zu gehen, umtanzte ihn so, wie sie die Harfenspinne von Mailín weggeführt hatte – eine präzise, geschmeidige Choreographie von einer kalten Schönheit, die sogar Silja zurückweichen ließ. Ein kehliger Schrei ertönte, als Toma die Spindel aus der Hand des Magiers schlug. Und als das Echo verhallte, taumelte Saman Kawaar keuchend rückwärts zum Abgrund des Transportschachts. Seine Schulterwunde blutete, doch immer noch gab er nicht auf. Stein schien zu knirschen und zu mahlen, als er einen wortlosen Befehl ausspuckte. Doch als er die Hand hob, streiften Flügel seine Schläfen und ließen ihn zurückzucken. Die sieben Saman-Geister glitten zwischen ihn und Toma und richteten sich auf. Kawaar wurde aschgrau im Gesicht. Panik ließ ihn jünger wirken, als er war. Und als die sieben Saman sich wieder in Raben verwandelten, so schnell, dass vor Kawaar die Luft in Flügeln und Krächzen zu explodieren schien, zuckte Kawaar zurück – und verlor den Halt. Sein entsetzter Schrei übertönte das Echo der Steine. Mailín und Toma rannten gleichzeitig zum Abgrund. Weit unter ihnen lag Saman Kawaar auf einem Wall von Trümmersteinen, die von Flusswasser umspült wurden. *Das wird dein Richtfelsen sein*, dachte Mailín grimmig. *Du entkommst dei-*

nem Schicksal nicht. Schmerz verzerrte Kawaars Gesicht, aber viel schlimmer noch schien die Angst zu sein, die er empfand. »Lady Mar!«, stieß er verzweifelt hervor. *Ist das der Name von Lady Tod?*, dachte Mailín. *Fleht er sie etwa um Hilfe an?* Die Raben landeten neben Saman Kawaar und nahmen wieder ihre wirkliche Gestalt an. Ehrfürchtig traten sie ein Stück zurück, als mitten auf dem Felsen die Herrin des Todes erschien und die Arme senkte, bis ihre Eisenmaske sichtbar wurde. Ihr Mantel aus Millionen winziger Flügel von Eintagsfliegen schillerte. Mailín suchte nach Silja, die eben noch neben ihr gestanden hatte. Aber die kalte Königin war nur noch ein Schatten hinter dem Schleier der anderen Wirklichkeit und die Luft knisterte und fauchte, als würde die Überlagerung der Welten von Somnya und Zorya Funken schlagen.

Dafür schimmerten in den Gängen weitere Flügelmäntel auf. Wie farbige Flammen erschienen die Zorya – das Leuchten ihrer Schmetterlingsmäntel erfüllte den Schacht. Sie standen auf Vorsprüngen und Plattformen. Beim Anblick der Todesfrauen ging Birgida in die Knie, bis sie ängstlich auf dem schmalen Vorsprung kauerte, die Hände in den Felsen gekrallt. Aber ihre Miene war so klar, als würde sie konzentriert ein Muster studieren, das sich ihr nun Knoten für Knoten erschloss. Und nun verstand auch Mailín: Keine einzige der Todesfrauen war gekommen, um Saman Kawaar auf die andere Seite zu geleiten. *Weil genau das die Strafe für sein Vergehen ist.* Sie dachte an das, was Toma über das Schicksal eines zum Tod am Richtfelsen Verurteilten gesagt hatte: »*Wenn du unser finsterstes Märchen hören willst, dann handelt es von einem Saman aus grauer Zeit, der käuflich war und der Gier verfiel. Und so zum Sklaven seines eigenen Schattens wurde, auf ewig dazu verdammt, machtlos und verloren in der Einsamkeit zwischen den Welten zu wandern.*«

Der Verräter starrte immer noch die Zorya an. »Bitte«, sagte er heiser. Aber Lady Mar nickte nur den sieben Saman zu. Mit jedem Schritt, den sie auf Kawaar zukamen, krümmte er sich mehr und wich zurück. Jetzt erhob sich Birgida und blickte zum Fluss hinunter. Sie holte tief Luft und stieß einen schrillen, langgezogenen Nixenruf aus, der das Wasser sofort zum Kochen brachte. Kawaars panischer Schrei ging im Peitschen von Wellen unter. Er versuchte sich aufzurichten, doch dann kam schon das Wasser. Und mit ihm ein Muränenleib, der sich aus dem Fluss hochkatapultierte. Nasse Arme umschlangen den Verräter. Zornige Augen leuchteten im Zwielicht des nahenden Morgens auf. Dann riss die Silberfrau Saman Kawaar vom Richtfelsen in die Fluten. Ein Ruck ging durch die Zeit, als würde ein ganzes Jahrhundert zurück in seinen Lauf finden. Das Grollen im Berg beruhigte sich so schlagartig, dass man sogar das ferne Kreischen von Möwen hören konnte. Die Raben waren fort, der Fluss hatte aufgehört zu peitschen und rauschte vor sich hin. Das Einzige, was vom Verräter des Clans der Tausend zurückblieb, war ein roter Handabdruck am Rand des Abgrunds.

Ein paar Sekunden lang herrschte Stille, dann ließ ein anderes Grollen den Berg erbeben. Eis riss mit einem Sirren, Wasser sprudelte, als würde das Eis rasend schnell schmelzen. Und mit einem Mal begann der ganze Palast im Licht von Traumbildern zu flackern. Die Eisperlen an Mailíns und Tomas Kleidung lösten sich auf und entließen ihre Bilder. Millionen gefangener Träume stiegen auf und wurden vom Wind in den Himmel gezogen. Das Beben setzte sich fort und versetzte alles im Schacht in Schwingung. Nur die Zorya standen immer noch reglos da und schienen auf etwas zu warten. Über Birgida begann der Überhang aus Granit zu beben, Geröll löste sich. Toma hangelte nach dem Seil und schwang sich zum Vorsprung. »Spring!«, rief sie und umfasste Birgidas Taille. Birgida erwachte aus ihrer Erstarrung und gehorchte. Zusammen schwangen sie zum Gang und ließen sich von Mailín auffangen, während der Überhang hinter ihnen brach. Es war das erste Mal, dass Mailín Birgida am ganzen Körper zittern sah. Aber seltsamerweise schien ihr Schreck nicht der Gefahr zu gelten. Irritiert betrachtete Birgida ihre Hände. Die Nägel hatten sich bläulich verfärbt. Gänsehaut überzog ihre Arme und bloßen Schultern, dann begann das ganze Mädchen haltlos zu beben, dass es sie schüttelte. »Ich ... friere!«, würgte sie hervor.

»Das ist der Kältezauber. Er löst sich auf, weil der Saman nicht mehr existiert.« Mailín zerrte sich ihren Grauledermantel von den Schultern. Doch bevor sie ihn Birgida umlegen konnte, fing das Bergmädchen an sich zu verändern. Das Taubenblau ihrer Augen verwandelte sich in ein warmes Braun. Die Haut bekam einen rosigen Ton – und auf den Wangen und der Stirn glühte ein Sternenhimmel aus Sommersprossen auf. Im selben Atemzug verblassten die Farben wieder. Das Rot ihres Haares wurde zu Firn, die braunen Augen erstarrten zu blindem Schneeweiß. Zurück blieb eine Gestalt aus Schnee, die in sich zusammensank und so schnell schmolz, dass sie in Tomas Armen zu Wasser wurde.

Mailín sah sich fassungslos um – dort, wo auf den Gängen die Schneewesen gestanden hatten, floss nur noch Wasser. Die letzten dieser Herrinnen lösten sich auf, während der Fluss weiter so schnell anschwoll, dass er in wenigen Augenblicken den Richtplatz aus Steintrümmern überspülen würde. »Das hier ... waren alles Schneezwillinge!«, rief Toma völlig erschüttert. »Jeder, der im Palast lebte, war dunkle Schneemagie. Die Herren und Herrinnen, die Diener, die menschlichen Tänzer und die Weberinnen – und auch Birgida.«

Rabenherz und Eismund

Es war ein Wunder, dass Mailín und Toma nicht stürzten, als sie über rutschige Felsen kletterten und bergab rannten. Sie folgten den Zorya, die als endloser Strom durch die aufsteigenden Traumlichter schritten. Die Tropfsteingrotten waren nur noch Trümmer. Sonnenstrahlen fielen durch ein Fächerwerk aus Spalten und durchbrochenen Felswänden, die kein Eis mehr verband. Und dort, wo der Friedhof der Verlorenen gewesen war, hatte das blaue Eis sich vollkommen aufgelöst. Wasser toste brüllend laut im Flussdelta und spülte das Indigoblau der Winterfalter ins Meer. Zurück blieben Hunderte von Menschen, die das blaue Eis freigegeben hatte. Als sie die Augen aufschlugen, sah Mailín, dass sie keine Toten waren. Manche standen auf und sahen sich um, als würden sie aus einem langen Traum erwachen. Andere sanken auf die Knie und flüsterten einen Namen, riefen damit ihre Todesfrau zu sich – und lösten sich im Kuss der Zorya zu Asche auf. Die Menschen, die aus dem Clan der Tausend stammten, verschwanden alle nach ihrem Schlaf, der ihr ganzes Menschenleben überdauert hatte. Als die Sonne ganz aufgegangen war, standen nur noch etwa hundert Menschen auf dem steinigen Grund, zitternd, blinzelnd und völlig verwirrt, in der Kleidung, in der sie einst von den Wintergeistern entführt worden waren. Nur Frija trug immer noch ihr Tanzkleid, in dem sie offenbar ins blaue Eis zurückverbannt worden war. Mailín sah auch Nachthemden aus ihrer Welt und die rotgelbe Tracht der Südländer. Und als sie sich mit Toma zwischen den erwachenden Menschen hindurchdrängte, fand sie tatsächlich Stella – mit blauen Lippen und in ein Nachtkleid gehüllt, das ihrem zwölfjährigen Ich gepasst hatte und ihr jetzt nur noch bis zu den Oberschenkeln reichte. »Birgida!« Toma riss sich ihren Mantel herunter, hüllte das Bergmädchen darin ein und rieb ihre Arme. »Stella«, flüsterte Mailín. »Du warst es also doch – die ganze Zeit.«

Ihre Freundin aus Kindertagen nickte benommen. Mailín sah in ein sommersprossiges Gesicht, das erwachsener wirkte als das der Weberin. *Zweiundzwanzig*, dachte sie. *So alt muss Stella jetzt sein.*

»Ich erinnere mich«, hauchte Stella. »Wir waren in Falún, zusammen mit Anna und ... Tamar. Ich war schon zwölf, ihr wart noch klein und meine Mutter und ich haben euch Märchen vom Eisfischer erzählt. Ich habe von den Feen geträumt. Und dann lief ich in den Schnee, glühend vor Fieber, und sah die Firnfrauen.«

»Und Saman Kawaar hat dich zu den anderen ins Eis und ins Vergessen geschickt«, ergänzte Toma mit rauer Stimme. »So hat er dafür gesorgt, dass seine Ebenbilder aus Schnee euer Leben aufbrauchen konnten, während er die Schneewesen völlig unter Kontrolle hatte.« Sie schnaubte. »Kein Wunder, dass der Clan der Tausend verschollen war und weder Kaljama noch unsere anderen Saman diese Seelen im Reich der Ahnen finden konnten.«

Mailín schluckte. »Jetzt sind sie frei«, sagte sie leise. »Die Zorya haben sie auf die andere Seite geführt.« *Nur deshalb waren sie hier und haben gewartet*, setzte sie in Gedanken hinzu. Sie wusste nicht, wann die Wirklichkeiten sich wieder verschoben hatten. Sie sah keine einzige Zorya mehr, nur Silja, die mit einigen Firnfrauen in der Nähe stand und die Menschen betrachtete. Am Rand der Fläche stand gerade ein etwa achtjähriges Mädchen auf, das aus Kerems Heimat stammen musste. Ihre Haut hatte einen dunklen Ton und ihr Nachthemd war mit gelben Flechtornamenten bestickt. Völlig verwirrt sah die Kleine sich um.

Und dann geschah etwas Erstaunliches. Die kalte Königin hob eine der Pelzjacken auf, die zurückgeblieben waren, und legte sie dem frierenden Kind um die Schultern. Ihre Berührung schien die Kälte zu lindern, das Mädchen hörte auf zu zittern und sah die Eisfrau mit den Bernsteinaugen verwundert an. Und als die Königin ihr beruhigend zulächelte und ihr zart über das Haar strich, sah Mailín in Siljas Zügen zum ersten Mal nicht nur die Verwandtschaft zu König Kaey, sondern auch eine leichte Ähnlichkeit mit Eismund.

Als würde sie erst jetzt aus einer Betäubung erwachen, setzte ihr Rabenherz einen schrecklich langen Schlag aus und begann dann zu rasen. »Saljo!«, flüsterte sie. Dann holte der Abgrund sie ein und riss sie in einen Strom von Verzweiflung und Schmerz.

Der Hofstaat war wieder zu Schnee und Schmelzwasser geworden. Im Thronsaal wehten wie zerrissene Schmetterlingskokons nur noch vergilbte Seidenkleider über die Felsen, drehten sich im Wind, als würden unsichtbare Prinzessinnen in ihnen tanzen, und trudelten dann ins Meer, wo sie sich bauschten und versanken. Wie eine Totenwache umlagerten Katzen Eismunds Körper. Er lag immer noch genauso da, wie er gestürzt war, die Hand auf der Wunde, die schon lange aufgehört hatte zu bluten. Doch mit dem Eisherzen, das der Saman durchbohrt hatte, war auch der letzte Rest seiner Eisblüternatur verschwunden. Das war vielleicht das Schlimmste von allem: Ihn so menschlich zu sehen. Das warme Sommerbraun seines Haars und das Grün seiner Augen, die ins Leere blickten, als wäre er ein Tagträumer, der nur in Gedanken verloren war. Mailín kniete sich neben ihn und schloss vorsichtig seine Lider, legte die Hand auf seine Brust, in der kein Herz mehr schlug. *Wie in meinem Traum*, dachte sie. Dann begann sie zu weinen.

»Es tut mir so leid«, hörte sie Silja sagen. »Ich wollte ihn retten. Nur deshalb habe ich verhindert, dass unser Vater ihn wieder ins Eis schickt. Ich dachte, wenn er im Thronsaal in meiner Nähe ist, kann ich ihn vor dem Magier schützen.«

»Du hast ihn verraten«, stieß Mailín hervor. »Schon vor langer Zeit.«

»Das ist wahr«, antwortete Silja. »Wir waren die einzigen Kinder, die der kalte König jemals hatte. Aber ich war seine wahre Tochter — ebenso kalt wie er, ebenso herzlos, berechnend und machtgierig. Mein Bruder war menschlicher. Und als er plante zu fliehen, habe ich sein Vertrauen gewonnen und ihn ausgehorcht, um ihn dann an die Wintergeister zu verraten. Auf Befehl des Königs erkundete ich seinen Fluchtweg in deine Welt und befolgte die Anordnung meines Vaters, die Styx-Tore zwischen den Welten zu zerstören. Nie wieder sollte jemand außer den Wintergeistern in die untere Welt gelangen können. Ja, ich war seine gehorsamste Dienerin.«

»Aber Eismund war dein Bruder!«, flüsterte Mailín.

Für einen Augenblick war es wieder Silja, die vor ihr stand. Sie schluckte und in ihrer Miene spiegelte sich echter Schmerz. »Damals bedeutete diese Tatsache mir nichts. Doch mit jeder Stadt, die ich bereiste, jedem Tor, das ich zerstörte, begann mein Herz zu erwachen und mehr und mehr für die Menschen zu schlagen.

Ich kostete das Menschsein und den Sommer, bis ich begriff, dass ich selbst es war, die fliehen musste.«

»Du hast die Eiswinter vertrieben«, sagte Mailín.

Die kalte Königin nickte. »Wer Kälte bringt, kann sie auch nehmen. Ich habe die Raunen und das Webwerk des Winters zerstört. Ich dachte, wenn es mir gelingt, mich vor dem König zu verbergen und wenigstens ein einziges Land vor dem Eis zu schützen, dann wäre es schon viel. Ich dachte wirklich, ich könnte alle Brücken hinter mir abreißen und meine Vergangenheit vergessen – und auch meinen Bruder zurücklassen. Doch je länger ich in Falún lebte, desto mehr verstand ich vom Gefüge der Welt. Zum ersten Mal erkannte ich das Unrecht und die dunkle Magie, die meine Welt gewesen waren. Und am Tag des Lichterfestes beschloss ich in den blauen Palast zurückzukehren und all dem ein Ende zu machen.«

Mailín lächelte bitter. »Du wolltest nie bleiben.«

»Ich wollte zu euch zurückkommen. Nicht für immer, aber von Zeit zu Zeit.«

Voller Bedauern blickte Silja zu Eismund. »Ich hätte ihm gerne gezeigt, wer ich jetzt bin«, sagte sie leise. »Die kalte Königin, die auch den Sommer in sich trägt.«

»Dann sag es ihm!«, rief Mailín. »Gib ihm sein Eisherz zurück. Du allein kannst es!«

Aber Silja schüttelte den Kopf. »Selbst wenn es in meiner Macht steht, darf ich Zimas Verfehlung nicht wiederholen. Das weiß wohl niemand besser als du, Mailín.«

Die Seide ihres Kleides rauschte wie Wasser, als sie aufstand. In der Morgensonne wurde sie endgültig zu einer Königinnengestalt aus gleißendem Weiß. Nur ihre Bernsteinaugen erinnerten daran, dass ein Teil von ihr immer menschlich sein würde. »Ich habe nicht gelogen, als ich vorhin sagte, dass eine neue Zeit anbrechen wird. Auch wenn das Gefüge nie wieder ganz heilen kann, ist die Zeit der grausamen Eiswinter vorbei. In meinem Schloss wird es Tänze geben, aber keine Sklaven. Speere werden wieder zu Spindeln und eure Träume gehören euch wieder ganz allein.«

Sie wandte sich Birgida zu. Obwohl sie Fellstiefel und eine Pelzjacke trug, die Toma für sie gefunden hatte, waren ihre Lippen immer noch bläulich vor Kälte. *Aber da sind auch Stellas Sommersprossen*, dachte Mailín.

»Ich habe es ernst gemeint, als ich sagte, dass ich eine gute Magierin brauchen werde«, sagte Silja freundlich zu Birgida. »Überleg es dir.« Damit verließ sie das Felsrund und die Katzen der Firnfrauen folgten ihr und ließen Mailín mit ihren Freundinnen bei Eismund zurück. »Gehen wir«, sagte Birgida mit erstickter Stimme. »Suchen wir nach Tamar und Anna – und den anderen aus Falún.«

Toma nickte niedergeschlagen und wischte sich die Tränen ab, aber Mailín sprang auf und schüttelte den Kopf. »Nein!«, stieß sie hervor. »Ich lasse ihn nicht zurück.«

Sie sah sich um, suchte mit aller Macht nach den Schleiern der anderen Wirklichkeit. »Lady Mar!«, rief sie. Und als sie den Glanz von Flügeln erahnte, wusste sie, dass sie die ganze Zeit über von den Zorya umgeben gewesen waren. Sonnenlicht brach sich an den Flügeln von Eintagsfliegen. Birgida und Toma wichen beide zurück, als auch die anderen Todesfrauen sichtbar wurden. Mailín suchte nach der rotgoldenen Fee, die einst Prinzessin Girda gewesen war, aber diesmal zeigte sie sich nicht.

Dafür erschien ihre Herrin direkt vor Mailín. Trotz allem bekam Mailín nun Angst. Lady Mars Augen waren rauchgrau und klar und so scharf wie geschliffenes Eisen. Und bevor Mailín etwas sagen konnte, antwortete die Zorya auf die Frage, die

Mailín nicht laut ausgesprochen hatte: »Und warum sollte ich dir diese Bitte erfüllen?«

Mailín musste tief durchatmen, um ruhig sprechen zu können. »Weil ein Teil von Eismund menschlich ist«, antwortete sie. »Weil Ihr nicht nur die Herrin des Todes seid, sondern auch Lebensfunken erwecken könnt – so wie die Somnya den Schnee bringen und ihn auch wieder nehmen können.«

»Und Königin Silja könnte ihm ein Eisherz geben – und doch hat sie es nicht getan«, sagte Lady Mar scharf. »Aus gutem Grund. Gib ihn auf, Menschenmädchen. Seine Zeit ist vorbei – ohne ein Eisherz würde er vor deinen Augen altern und sterben. Er hat fast ein Jahrhundert gelebt.«

»Das war kein Leben!«, brach es aus Mailín heraus. »Er war gefangen im Eis und hat fremde Träume geträumt. Und das wisst Ihr genau. Ihr könnt ihm Jahre zurückgeben, nicht wahr?« Die Zorya raunten und auch Birgida schüttelte warnend den Kopf, aber Mailín fuhr fort: »Ich weiß, dass man nicht mit dem Tod handelt. Aber in einem Märchen kann niemand für immer verflucht bleiben. Kein Drache gewinnt den Kampf gegen einen Helden. Und ein Prinz darf am Ende nicht einfach sterben.«

Immerhin schwieg die Herrin des Todes und hörte ihr zu. Nur ihre rauchgrauen Augen verengten sich hinter der Maske.

»Hier bin ich kein Menschenmädchen«, setzte Mailín mit fester Stimme hinzu. »Vor Euch steht Rabenherz. Und es geht nicht um ein Leben, sondern darum, dass Märchen so nicht enden. Zumindest meines nicht.«

Sie wusste nicht, ob es ein gutes Zeichen war, wenn man den Tod zum Lachen brachte. Lady Mars Lachen jagte ihr einen Schauer über den Rücken. »Das Märchen von Rabenherz und Eismund?«, fragte sie mit kühlem Spott.

»Sein Name ist Saljo«, entgegnete Mailín.

»Und wer ist er wirklich, Rabenherz?«, fragte die Herrin des Todes lauernd.

Mailín schluckte. »Der Mann, den ich liebe«, sagte sie leise. »Mehr als tausend Winter und Sommer.« Sie konnte hören, wie Toma in ihrem Rücken scharf Luft holte. Aber hier, im Angesicht des Todes, gab es kein Leugnen mehr und keine Geheimnisse.

»Du bittest um ein Wunder«, antwortete Lady Mar herablassend. »Genau wie Zima wurde er von Menschenhand und einer Spindel getötet, die von unsterblicher Hand gemacht wurde. Aber wenn eure Liebe so groß ist, warum küsst du deinen toten Prinzen nicht selbst wach, Rabenmädchen?«

Die Zorya flüsterten wieder miteinander. Und Mailín spürte, wie sich an ihrem Nacken die Härchen sträubten, als würde jemand hinter ihr stehen und sie warnend berühren. Und vielleicht war der Saman mit den blauen Augen tatsächlich bei ihr. *Vorsicht!*, raunte seine Rabenstimme. *Trau Lady Tod nicht, wenn sie von Küssen spricht.*

»Ich bin keine Zorya«, wandte sie vorsichtig ein. »Meine Küsse gehören den Lebenden, nicht den Toten. Und die einzige Magie, die ich kenne, ist diese hier.« Sie nahm ihren ganzen Mut zusammen und begann zu singen. Das Lied kam stockend und stolpernd, als würde es sich nur zögernd heranwagen. Und ihre Stimme klang leise und verloren. Sie traf die Töne nicht und dennoch legte sie alles hinein, was sie hatte – ihre Verzweiflung und Angst, und ihre ganze Liebe, als sie Saljos stumme Lippen und die geschlossenen Augen betrachtete.

Noch nie hatte sie sich so allein gefühlt. Aber dann spürte sie, wie jemand neben sie trat und wie eine kalte, zitternde Hand ihre Rechte umfasste. Mit ihrer hellen, klingenden Stimme fiel Birgida mit ein und sang die zweite Strophe des Liedes – genauso, wie sie schon gesungen hatte, als sie noch Stella hieß, mit übermütigen Melodiesprüngen und Verzierungen, auf ihre ganz eigene Art. Mailín wusste nicht, wann auch Toma herangekommen war. Mit ihrem lautlosen Katzenschritt war sie plötzlich neben ihr aufgetaucht. Sie warf Mailín von der Seite einen zornigen Blick zu, aber dann ergriff sie ihre Hand und drückte so fest zu, dass Mailín zusammenzuckte. Die Jägerin sang tief und rau und gab der Melodie einen Firn von Sturm und Winter. Mit jedem neuen Takt verschmolz das Lied mehr zu einer Magie, die vergänglich wie der Wind war. Und als Mailín zur letzten Strophe ansetzte, sang sie mit einem Mal wieder allein. Sie ließ sich bei Eismund nieder und nahm seine Hand. Sie war kälter als das Eis und fast brach Mailín die Stimme, als sie die letzten Worte sang.

> *Tanzen im Schnee, das würde ich gerne,*
> *barfuß im Ballkleid aus Vollmondenschein.*
> *Tanze mit mir und wärme mich, Liebster,*
> *mit Lachen und Kosen und Küssen wie Wein.«*

Der Wind übertönte die letzten Silben. Stille kehrte ein. Und nichts geschah. Die Zorya standen immer noch da und Lady Mar blickte auf Mailín herab. »Menschen«, sagte sie dann und wandte sich ab. Ihr Flügelmantel wirbelte in der Bewegung und streifte über Eismunds Stirn. Und Eismund holte Luft und verzog das Gesicht, als rotes Blut zu fließen begann. Mühsam setzte er sich auf, die Faust gegen die Wunde an seiner Brust gepresst. Er wäre kraftlos zurückgesunken, wenn Mailín ihn nicht umarmt und festgehalten hätte. »Saljo«, flüsterte sie mit erstickter Stimme. Endlich nahm er sie wahr. Er war immer noch blass vor Schmerz, aber die Wunde hörte bereits auf zu bluten. Und als er Mailín ansah, verwandelte sein Lächeln ihn ganz und gar. »Mailín«, sagte er mit solcher Zärtlichkeit, dass sie nicht anders konnte, als zu weinen. Während sie ihn küsste, schmeckte sie ihre eigenen Tränen und endlich die Wärme seiner Lippen. Und als sie sich nach einer Ewigkeit voneinander lösten, waren die Zorya verschwunden.

Birgida hatte den Arm um Tomas Schulter gelegt. Die Jägerin war so blass, dass sie wie ein Schneewesen wirkte.

»Aber... du liebst doch nur Joun«, sagte sie. »Wann... wie kann es sein, dass du... dass ihr beide...«

Mailín spürte, wie sie rot wurde. »Wir hatten einander schon gefunden, bevor Eismund von Silja entführt wurde«, sagte sie leise. »Nur... habe ich es mir lange nicht eingestehen wollen. Weil ich mich Joun verpflichtet fühlte und...«

»Du hättest es mir sagen müssen!«, brauste Toma auf. »Wer bin ich, hm? Eine Fremde, die keine Ehrlichkeit verdient? Oder eine deiner Spielfiguren? Warum hast du geschwiegen, als wir dich am Lavastrand abgeholt haben? Als wir an Bord zusammen Wache hielten? Oder hier unten am Fluss auf Birgida warteten? Du hattest so viele Gelegenheiten, ehrlich zu mir zu sein!«

Mailín schluckte. Es schnitt ihr ins Herz, Tomas Enttäuschung zu sehen. Das war eine Lektion, die nicht einfach zu lernen war: dass auch die Wahrheit wie ein Verrat und ein Stich ins Herz sein konnte.

»Weil ich feige war, Toma. Ich weiß, dass ich zwei Menschen verletze, die ich liebe. Joun – und dich. Aber du bist meine Freundin und meine Vertraute – und das bleibst du für immer, selbst wenn du kein Wort mehr mit mir reden solltest. Und ja, ich habe dein Vertrauen verletzt. Dafür bitte ich dich um Verzeihung.«

Toma lachte nur sarkastisch auf. »Weißt du was? Du und dein Prinz Eismund, ihr seid euch so gleich! In eurer Berechnung und eurer ganzen Art zu denken. Ihr verdient einander.« Sie blickte zu Eismund, der sich halb aufgerichtet hatte. »Toma«, brachte er mühsam hervor.

»Du sagst kein Wort, du Dieb!«, herrschte die Jägerin ihn an. »Und du kannst von Glück sagen, dass ich einem Verwundeten nicht die Nase breche.«

Neue Enden
für alte Geschichten

Nicht alle Menschen, die seit über hundert Jahren auf die Zorya warten mussten, verloschen einfach unter ihrem Kuss. Manche wanderten als Schatten auf das Meereis, sanken durch die gefrorene Haut und wurden eins mit der Tiefe. Noch wochenlang klang das Brechen von Eisplatten wie Klagen und Ächzen vom Meer herüber, doch ganz verschwand das Eis nicht. Die Meereiskante hatte sich nur zurückgezogen und ein breites Band von Wasser freigegeben. Robben bevölkerten die Eisschollen, die vor dem Fjord trieben, die Finnen von Walen schnitten das Wasser. Die Nixen dagegen ließen sich nicht blicken. In der Ferne kreisten die Geister der Saman noch einige Zeit in ihrer Rabengestalt über dem Turm der Somnya. Von Tag zu Tag war er klarer zu erkennen, als würden die Schleier zwischen den Wirklichkeiten sich langsam auflösen. Auch der Himmel hatte sich verändert. Unmerklich hatten sich die Sterne neu geordnet, Sternbilder fanden Formen, die Mailín wiedererkannte. Ein ganzes Stück nordwestlich von der Stelle, an der die *Licornia Lien* lag, strahlte nun das Sternbild des großen Wolfskopfs – spiegelverkehrt von Norden nach Süden gedreht. Auch anderes war in Veränderung begriffen. Birgida hatte beschlossen, ihren alten Namen nicht wieder anzunehmen. Sie trug inzwischen ein blutrotes Hofkleid, das ihre Sommersprossen und die Farbe ihres Haares betonte. An ihrem Grauledermantel funkelten Ranken aus Silber und im Schutz der Somnya-Magie ging sie wieder barfuß, ohne die Kälte zu spüren. An der Seite ihrer Königin verwandelte sie sich von Tag zu Tag mehr in eine Magierin, die einst mächtiger sein würde als Saman Kawaar je gewesen war. Die zwölf Wintergeister hatten Zimas Turm endgültig verlassen und waren mit ihrer Königin zum Fjord gezogen. Neue Eiswände füllten hier bereits die Lücken und ließen ein lichteres, offenes Schloss entstehen. Weberkammern säumten nun die Bergspitze. Die Menschen aus dem blauen Eis schlugen ihr Lager in den Gängen und Höhlen auf.

Mit Birgida zusammen hatte Mailín nach Tamar und Anna gesucht, aber die Freundinnen aus ihrer Kindheit waren nicht unter den Überlebenden. Nicht alles wurde gut, auch nicht in diesem Land, in dem die Märchen ihre ganz eigene Wahrheit hatten. Toma campierte in der Höhle der Ebenbilder. Birgida übernachtete bei ihr und berichtete, dass die Schneeskulpturen sich in der Wärme ihres Lagerfeuers inzwischen aufgelöst hatten. Mit ihnen verschwand der letzte Schatten von Saman Kawaar.

Mailín und Saljo hatten sich in den ehemaligen Webertrakt zurückgezogen. Sie schliefen in einem Bett, das aus Treibholz und Schichten von Fellen und Seidenstoffen bestand. Mailín hatte aufgehört, ihren Geliebten Eismund zu nennen. Nichts an ihm erinnerte mehr an den Erfrorenen aus ihrem Raunentraum. Seine Wunde heilte nur langsam und in seiner Menschengestalt musste Saljo nun auch erfahren, was Kälte war. Zwischen Silja und ihm war immer noch eine Wand aus Eis. Aber manche Dinge, das wusste Mailín inzwischen, waren schwer zu verzeihen – vielleicht sogar nie. Manche Albträume endeten niemals ganz – und auch dem Glück, das sie empfand, wenn sie Saljo ansah, wagte sie noch nicht völlig zu trauen. Oft schreckte sie nachts im Schlaf auf und war erst wieder beruhigt, wenn sie Saljos Herzschlag und die Wärme seiner Haut fühlte. »Hast du wieder geträumt, dass ich tot bin?«, murmelte er dann. Er zog sie an sich und küsste ihr die Albträume von den Lidern. Und sie tauchten in die Wirklichkeit, die nur ihnen beiden gehörte.

Als sie an diesem Morgen von einem leisen Geräusch erwachte, schlief er noch, auf dem Mund das leichte Lächeln eines Träumenden. Sie sah sich verwirrt um und entdeckte Birgida in der Tür. »Toma hat ihre Sachen aus der Höhle geholt«, sagte ihre Freundin leise. »Sie will fortreiten. Du solltest ihr noch Lebewohl sagen.«

Mailín rannte mit wehendem Mantel die schartigen Treppen hinab, lief, bis ihre Lungen brannten, hinunter zum ehemaligen Wächtertrakt und von dort durch das zerbrochene Labyrinth, in dem nun schräg einfallende Sonnenstrahlen den Weg zu Wind und Wolken wiesen. *Bitte lass sie noch da sein*, flehte sie. Doch zu ihrer unendlichen Erleichterung war die Jägerin noch nicht aufgebrochen. Am Fuß des verrückten Schachbrettbergs kniete sie im Schnee und zurrte ihr Gepäck gerade mit den Riemen zusammen. Die Harpune steckte so tief im Boden, als hätte Toma ihre Waffe mit großer Wucht in den Schnee gestoßen. Ein paar Schritte weiter wartete Ahto auf seine Reiterin.

»Toma!« Mailíns Schrei schreckte die Möwen auf. Die Jägerin erhob sich und straffte die Schultern.

»Was?«, fragte sie. Ihre kühle Miene schnitt Mailín ins Herz. Sie rutschte die letzten Meter über Geröll, dann standen sie einander gegenüber. *Und dennoch so weit entfernt, als würde das Meer uns trennen*, dachte Mailín niedergeschlagen.

»Sollen wir so auseinandergehen?«

Toma schnaubte nur. Fast war Mailín froh, dass ihre Wut die Verzweiflung überflackerte. »Rede wenigstens jetzt mit mir!«

»Was gibt es zu reden?«, herrschte Toma sie ebenso heftig an. »Ich reite zurück zu meinen Leuten.« Sie hob einen Seesack, in dem Silber klirrte, und wollte ihn zu ihrem Reittier tragen.

»Das heißt, ich verliere dich?«, fragte Mailín.

Toma fuhr herum und starrte sie mit zusammengepressten Lippen an. Als sie den Seesack fallen ließ und auf Mailín zustürmte, stolperte Mailín erschrocken zurück. Aber die Jägerin zog sie nur an sich und umarmte sie so fest, dass Mailín die Knöchel ihrer geballten Fäuste am Rücken spüren konnte. »Hast du nichts gelernt in all dieser Zeit, die wir uns kennen?«, flüsterte Toma ihr ins Ohr. »So wie die Narbe der Nixe mich immer mit Birgida verbinden wird, gehörst auch du zu mir. Du hast mich verletzt. Und gleichzeitig bist du meine Vertraute – und die beste Freundin, die ich jemals haben werde.«

Mailín schloss die Augen. »Dann sehen wir uns also wieder.«

»Was denkst du denn? Sobald mein Clan hier ist, wirst du kaum davonkommen. Koova hat für den Diebstahl seines Elchs noch eine Rechnung mit dir offen und Flindrikin kann es sicher kaum erwarten, dass du ihr Lügenmärchen vom blauen Mondhasen erzählst. Und irgendwann, wenn wir beide alt und zahnlos sind, werden wir hier am Strand am Feuer sitzen, unsere Narben zählen und uns an all das hier erinnern.« Toma machte sich von Mailín los und schenkte ihr endlich wieder so etwas wie ein Lächeln. »Aber jetzt gehst du erst einmal zu deinem Sterblichen zurück. Birgida hat mir erzählt, ihr wollt aufs Eis und nach deinem Kapitän suchen.«

Mailín nickte. »Ich habe keine Hoffnung, dass wir seine Passage finden. Aber ich will wenigstens wissen, was mit der Expedition geschehen ist.«

»Ja, ja, du willst immer alles wissen«, sagte Toma spöttisch. »Dann viel Glück. Wir sehen uns, sobald ich meine Leute aus den Bergwerken freigekauft und ans Meer zurückgeholt habe.«

Sie wandte sich von Mailín ab und lud das Gepäck auf ihr Reittier. Dann zog sie sich mit flinkem Schwung auf den Rücken des riesigen Elchs und rief: »Key!«

Ahto setzte sich in Bewegung.

»Und abgesehen davon, dass ich deinen Trickser ohnehin kein zweites Mal küssen würde ...«, rief Toma über die Schulter zurück. »Was soll ich mit einem Prinzen anfangen, wenn ich auch einen Jäger haben kann?«

Sie zwinkerte Mailín zu und ritt davon.

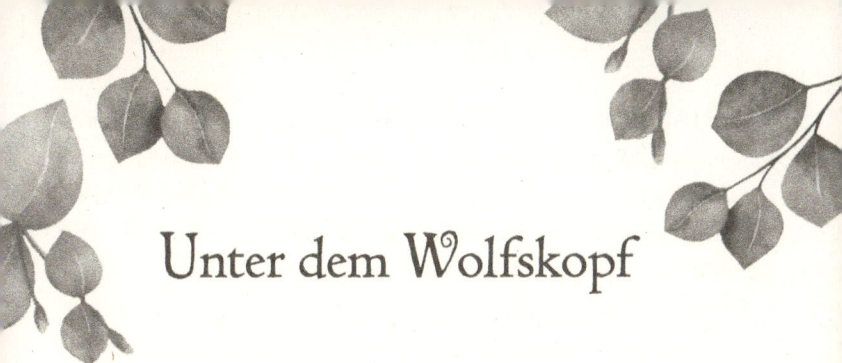

Unter dem Wolfskopf

Birgida hatte sie bis zum Meereis begleitet. Als Mailín zurück-blickte, stand ihre Freundin auf der Eisscholle, die ihnen als Floß gedient hatte. Neben ihr saß das Smaragdmädchen und im Hintergrund erhob sich am Fjord der neue Palast wie ein weißer Kristall in einem Schleier aus Schnee.

Der Kompass führte Mailín und Saljo sicher durch den Nebel und das Schneetreiben, das bald einsetzte. Sie wanderten fast den ganzen Tag. Erst als der Himmel sich schon rot färbte, entdeckte Mailín in der Ferne eine Art Lager. Es war ein Kreis aus Beibooten. Mit Segeltuch und Planen waren sie zu Zelten um-funktioniert. Als würden sie in einer eigenen Wirklichkeit ruhen, hatte kein Sturm die Planen zerfetzt. Im ersten Moment stieg in Mailín Hoffnung auf. Doch obwohl sie zu rennen begann, wusste sie schon, dass dieses Märchen kein gutes Ende hatte. Die Boote waren leer, sogar die Waffen fehlten. An einem Boot fand Mailín die Spuren von Nixenkrallen und einen abgebroche-nen Zahn, der im Holz steckte. Und auch eine Decke, die halb zerfetzt aus einem der Boote hing, sprach eine traurige Sprache.

»Sie haben nicht überlebt«, sagte sie leise. In dem größten Boot lag ein Bündel. Auf den ersten Blick erkannte Mailín, dass den Stoff eine Stickerei von Lovis schmückte. Mit zitternden

Händen zog sie das Logbuch der *Licornia Lien* hervor, das vermutlich Kapitän Santalnik in den Leinenbeutel eingebunden hatte. Es schnürte ihr die Kehle zu, als sie die Seiten durchblätterte. »Sie wollten tatsächlich den Einhornwal finden«, berichtete sie stockend. »Sein Horn hat heilende Kräfte, sie hofften damit das Schneefieber zu besiegen. Tom Jofnur war als junger Mann schon einmal als Schiffsarzt auf einer Walexpedition im Eisland gewesen. Sie haben den Zugang tatsächlich ein zweites Mal gefunden und scheiterten am Eis. Und den Rückweg gab es nicht mehr.« Mailín schluckte schwer. Doch das Verrückte war, dass es trotz allem gut war, hier zu sein und endlich Gewissheit zu bekommen.

»Wir werden einen anderen Weg in deine Welt finden«, sagte Saljo sanft. »Vielleicht«, murmelte Mailín. Sie wollte das Logbuch gerade schließen, als ein Brief herausrutschte. Er war in Kapitän Santalniks akkurater Handschrift verfasst. Und als Mailín ihn las, war es, als wäre Symion hier bei ihr.

»Meine geliebte Lovis,

ich schreibe Dir, als gäbe es ein Morgen. Es tröstet mich in dieser letzten Stunde, die mir vielleicht noch bleibt. Wir wissen nun, dass es keine Passage gibt. Von hier aus führt kein Weg zurück. Die Boote sind leer, die Nixen haben sich vor Tagen zurückgezogen, aber nur der Steuermann und ich widerstehen noch dem Lockgesang der Geister, die uns vorgaukeln, eine liebende Hand sei nur einen Schritt weit entfernt. Joey, unseren Schiffsjungen, hatten sie als Ersten von Bord gelockt, noch auf der Licornia glaubte er sein Mädchen nach ihm rufen zu hören. Und für mich spricht jeder Schatten nur mit deiner Stimme und im Sirenengesang der Nixen höre ich unser Lied, zu dem wir einst tanzten. Wie glücklich ich mit dir war, Lovis! Wie sehr ich dich liebe. Unter diesem Himmel gibt es nur noch die Sterne und uns — und bis zum letzten Atemzug werde ich mit dir tanzen.«

Mit fiebriger Hast überflog Mailín die nächsten Seiten. Symion bat um Verzeihung darum, dass er Lovis nicht in den wahren Sinn seiner Expedition eingeweiht hatte. Und während er schrieb, hatte er wohl vergessen, dass Lovis diese Zeilen niemals lesen würde.

»Grüße mir meinen kleinen Matrosen.« So endete der Brief. *»Sie ist eine Pionierin. Und wir brauchen Pioniere — gerade in diesen Zeiten. Sie heilen beide Welten.«*

∾

Aus dicken Fellen hatten sie sich in einem der Boote ein Lager hergerichtet. Saljo hatte sie lange in den Armen gewiegt, dann war er als Erster eingeschlafen. Mailín strich ihm das braune Haar aus der Stirn und betrachtete die Sterne, bis sie vor ihren Augen verschwammen. Sie hatte gehofft, dass sie Symion vielleicht im Traum finden würde. Aber auch das hatte sich verändert: Sie konnte im Traum nicht mehr wach sein. Und als sie diesmal hochschreckte, wusste sie nicht einmal mehr, ob sie überhaupt geträumt hatte. Doch als sie sich aufsetzte, musste sie die Augen zusammenkneifen, so sehr blendete sie der Glanz eines rotgoldenen Flügelmantels.

»Ich dachte, ich würde dich nie wiedersehen«, sagte Mailín.

»Nie ist ein großes Wort für einen Menschen«, entgegnete die feuerfarbene Todesfee. »Was suchst du so weit draußen auf dem Meer?«

»Die Südmeerpassage. Ich dachte, ich finde sie hier und ... vielleicht auch meinen Kapitän.«

»Nein, der ist schon lange fort«, sagte die Zorya in dieser mitleidlosen, samtigen Nüchternheit der Todesfrauen.

Mailín sah zu dem Logbuch hinüber. »Ich weiß. Aber eine Weile dachte ich, ich würde uns alle wiederfinden und nach Hause zurückbringen können. Auch Anna und Tamar.«

»Und alles wäre wieder gut?«, fragte die Zorya mit sachtem Spott.

Mailín lächelte schief. »Das wäre das Ende eines Märchens. Und selbst wenn Lady Mar und die Raben mir einmal dieses Geschenk gemacht haben, ist ein Menschenleben kein Märchen. Wir erleiden Verluste, tragen Narben davon und machen Fehler. Manchmal lügen wir und verletzen sogar die, die wir am meisten lieben. Wir verlieren eine Umarmung und finden eine andere – und dann und wann sogar eine neue Welt.« Es war wie ein Schritt, der Mailín über die letzte Schwelle ihrer Kindheit trug. Und verwundert stellte sie fest, dass sie nicht ins Bodenlose fiel. Im Gegenteil. Sie sah zu Saljo und dachte an all die Länder, die sie Hand in Hand durchwandern würden. Sie dachte an Birgida, an Silja und an eine Zukunft, in der Toma und sie gemeinsam alt sein und miteinander lachen würden.

»Sie warten auf mich«, sagte die Zorya. Und als hätte sie Mailíns Gedanken gehört, fügte sie hinzu: »Ja, ich werde Kaey vergessen und ganz und gar zu Lady Mar und meinen Schwestern gehören.«

»Macht es dich nicht traurig, dass du nicht mehr wissen wirst, wer du warst?«

Die Zorya lachte. »Wir sind doch nie, wer wir waren«, antwortete sie leichthin. »So ist das Leben. Und manchmal sogar der Tod.«

Mailín zögerte kurz. »Zorya?«, fragte sie dann. »Im Märchen hat auch der gefährlichste Drache eine verwundbare Stelle. Euch kann nur der blaue Flügelstaub der Winterfalter verletzen, nicht wahr? Deshalb haben die Wintergeister die blauen Falter gesammelt und das Eis gefärbt. So konntet ihr den Palast nicht betreten und auch die Menschen nicht aus dem blauen Eis befreien.«

»Nicht sehr schmeichelhaft, dass du uns mit Drachen vergleichst«, entgegnete die Todesfee pikiert. Sie kreuzte die Arme vor dem Gesicht und verschwand. Das Einzige, was blieb, war ein Schmetterlingsflügel, der in der Luft trudelte. Mailín streckte die Hand nach ihm aus, aber er kreiselte vor ihren Fingern zu Boden und landete genau auf einem kleinen Gegenstand, der auf dem Eis lag.

»Sprichst du mit den Gespenstern?«, hörte sie Saljo hinter sich murmeln. Sein Arm legte sich um ihre Taille und wollte sie zurück aufs Lager ziehen, aber sie machte sich los und kletterte aus dem Boot. Das Geschenk der Zorya war ein kleiner Ring aus Holz. Und als Mailín ihn aufhob und die vertrauten Ritzungen des Musters spürte, setzte ihr Herz einen Schlag aus. »Dánijas Ring«, hauchte sie.

Saljo hatte sich im Boot aufgesetzt und fuhr sich müde durch das Haar. Er kletterte zu ihr auf das Eis und betrachtete den hölzernen Schmuck.

»Wird in Falún ein Mädchen geboren, schnitzt der Vater einen Ring und schenkt ihn seiner Frau«, erklärte Mailín. »Die Mutter trägt ihn, bis ihr Mädchen siebzehn Jahre alt wird. Dann schenkt sie den Ring ihrer Tochter und spricht sie damit für das Leben frei. Von diesem Tag an ist die Tochter frei zu tun, was sie will, und zu gehen, wohin sie will.«

Saljo küsste sie aufs Haar. »Dafür hast du noch nie einen Ring gebraucht.«

Mailín erwiderte sein Lächeln und nickte. Und dennoch schnürte es ihr die Kehle zu, als sie sich den Ring nun selbst auf den Finger schob. »Stirbt eine Mutter zu früh, übernimmt die ältere Schwester diese Aufgabe«, fügte sie hinzu. »Ich würde Rún einfach meinen Ring schenken, wenn ich sie jemals wiedersehen könnte …«

Die Worte brachen in einem Schluchzen. Und diesmal weinte

Mailín mit ihrem ganzen Herzen – um ihre Mutter und die Winter ihrer Kindheit. Um ihren Vater, um Rún und um Joun, den sie zurückgelassen hatte. Und ein wenig auch um sich selbst. Saljo hielt sie einfach und strich ihr tröstend über den Rücken, wiegte sie in den Armen, während das Weinen sie schüttelte. Sie spürte die Wärme seiner Hand auf ihrem Haar – und auch sein Innehalten, als ein sirrender Laut erklang. Es war kein Nixenruf, eher das Reißen einer Gitarrensaite, das zwischen Wirklichkeiten widerhallte. Unter ihren Knien begann das Eis wegzusacken. Und noch während sie aufsprangen und sich ins Boot retteten, atmete das Meer aus.

Spiegelbild

Mailín hatte nicht geahnt, dass auch die Zeit nur ein Schiff war. Mit einem Ruck, der sie beide rücklings zurück ins Boot warf, riss sie ihren Anker aus dem Eis und stürzte sich in einen tosenden Strudel aus Sekunden und flackernden Stunden. Der Sog des Falls zog Mailín den Atem aus den Lungen. Wasser brüllte, als würden sie in einem tosenden Strom steil nach unten stürzen. Das Rauschen wurde zu Donnern, das Donnern zu einem Krachen von Lawinen aus Stein. Sie schrien beide auf, als die Zeit nun brach wie ein Damm und sie mit sich nach vorne riss. Das Boot bockte und kreiselte, während sie sich aneinanderklammerten. Die Eisenbeschläge fingen die harten Stöße von treibenden Bäumen ab. Mailín duckte sich unter nassen Wurzeln, die über den Bootsrand schabten. Dann warf eine Welle das Gefährt auf einen Felsen. Der Eisenkiel kratzte über Stein und das Boot kippte. Schmerzhaft hart kamen sie auf und rollten über gefrorenes Gras, bis ein Baumstamm sie unsanft bremste. Jetzt hörte Mailín nur noch Regenprasseln und roch Tannenadeln und brackiges Seewasser.

Ihr wurde schwindelig, als sie sich aufrichtete. Jeder Knochen im Körper tat weh und jeder Muskel zitterte. Aber sie achtete nicht darauf. Sie starrte nur ungläubig auf die Ruine eines Styx-

Tempels. Es war nicht der Tempel im Eisland. Dieser hier war kleiner und zerfallener. Einst hatte eine Brücke zu ihm geführt, doch nun war der abgesprengte Brückenteil von Wasser überschwemmt, das ins Innere des Tempels über das Mosaik des Heiligen schwappte.

»Wir sind im Wolfswald«, sagte sie mit zitternder Stimme. »Am Augensee in Falún.«

Nur, dass es kein See mehr war. Dort, wo das steile Rund seiner Begrenzung an die Schluchten und alten Steinbrüche reichen sollte, war die trennende Felswand einfach weggebrochen wie ein Damm, der den Wassermassen nicht standhielt. Die Bäume, die den See umstanden hatten, waren von herandrängenden Wassermassen in den See gespült worden. Allein dort, wo Saljo und Mailín kauerten, gab es noch ein Halbrund aus Tannen. Langsam kam das aufgewühlte Wasser zur Ruhe, bis nur noch der Regen die Spiegelungen von Sternen darauf zum Zittern brachte. Auch in dieser Welt war es Nacht. Aber erst als Mailín in die Ferne spähte und statt der leeren Schluchten der Steinbrüche endloses Meer sah, begriff sie, dass es keinen gefrorenen Himmel und keine Trennung zwischen zwei Wirklichkeiten und Zeiten mehr gab. Nur noch ein Meer zwischen zwei Ländern.

⁓

Das Tor am Rand des Wolfswaldes war mit Eisenstangen verstärkt worden, die Mauern erhöht. Im strömenden Regen, der leicht nach Salz schmeckte, kletterten sie über die Mauer. Und mit jedem Schritt, den sie in Richtung Stadt rannten, wurde Mailín banger zumute. Schon von Weitem sah sie, dass in keinem der Granithäuschen am Stadtrand Licht brannte. Und als sie ihr Elternhaus erreichte, musste Saljo sie festhalten, sonst wäre sie einfach zu Boden gesackt. Das Haus war nicht nur leer, es war schon vor Jahren verlassen worden. Durch zerbrochene Fenster pfiff der Wind und auf der Pritsche, auf der Mailíns Vater geschlafen hatte, türmten sich Tannennadeln und Gestrüpp, die vielleicht ein Sturm hereingeweht hatte. »Bitte nicht«, flüsterte Mailín.

Auf dem Weg zum Marktplatz kämpften sie sich Hand in Hand durch tiefen Schnee, der bereits zu schmelzen begann. Dennoch sah man, dass der Eiswinter auf die Stadt zurückgestürzt war. Der Marktplatz war verlassen. Die Fenster der Apotheke und der Läden, die die südländischen Händler hier eröffnet hatten, waren mit Holzplatten vernagelt. Nicht einmal im Rathaus brannte Licht. Doch als sie an der Apotheke vorbeirannten, wäre Mailín vor Erleichterung fast in Tränen ausgebrochen. Im verschneiten Garten vor Lovis' Haus waren die Äste der Birnbäume unter der Last des Schnees und der Eiszapfen abgebrochen. Die Fensterläden waren fest verschlossen. Aber durch die Ritzen der Läden schimmerte Licht.

Falls es in Falún noch Einwohner gab, dann würde das Hämmern von vier Fäusten an Lovis' Tür und Mailíns Rufe sie sicher wecken. Und wenn nicht das Hämmern, dann Mailíns Freudenschrei, als die Tür aufging und im Spalt tatsächlich Lovis' besorgtes, schlafmüdes Gesicht erschien. Ein paar Sekunden lang starrte sie Mailín an wie einen Geist, dann schlug sie die Hände vor den Mund und stolperte zurück. Ein Rumpeln erklang, und als Mailín die Tür aufdrückte, saß Lovis an der Wand auf dem Boden.

»Du ... bist tot!«, stieß sie hervor. »Du bist im Augensee ertrunken. Wir haben einen Grabstein aufgestellt und ...« Sie verstummte und wurde noch blasser, während sie Mailíns Gesicht anstarrte.

»Wann?«, rief Mailín. »Lovis, wann bin ich ertrunken? Wie lange war ich fort?«

Die Kapitänin deutete nur zum Garderobenspiegel neben der Tür. Im ersten Augenblick war Mailín erleichtert. Es war noch sie selbst im Spiegel. Fremd war lediglich, dass Siljas Mantel sie wie eine Prinzessin wirken ließ. Erst auf den zweiten Blick fiel ihr auf, dass sie sich tatsächlich verändert hatte. Aus dem Spiegel blickte ihr nun eine Mailín entgegen, die erwachsen war. Ihr Gesicht war schmaler geworden, aber auch klarer. Und mit dem scharfen Blick und den tieferen Linien neben den Mundwinkeln glich sie mehr denn je ihrer Mutter. »Du warst über drei Jahre fort«, hörte sie Lovis hinter sich sagen. »Wo bist du bloß gewesen, Mädchen, dass du das nicht weißt?«

Eines hatte sich in Falún nicht verändert: Nachrichten verbreiteten sich immer noch schneller, als ein Sturmwind durch die Straßen wehen konnte. Bürgermeister Kantal hatte alle Ratsdiener aus den Betten gehetzt. Kaum eine Stunde, nachdem Lovis Mailín ins Rathaus gebracht hatte, war schon ein Trupp von Polizisten und Bürgern auf dem Weg zum Augensee. Rufe eilten Mailín und Saljo voraus, während sie zu Jussus Gasthaus gingen. Doch bevor es auch nur in Sicht kam, flog die Tür eines Händlerhauses auf. Obwohl sie kein dreizehnjähriges Mädchen mehr war, erkannte Mailín Rúns beste Freundin Ava sofort wieder. Avas Bruder Mika, der hinter ihr auf die Treppe trat, hatte sich dagegen in einen Fremden verwandelt. Mailín erinnerte sich an einen schlaksigen Vierzehnjährigen, der auf dem Lichterfest linkisch und schüchtern getanzt hatte. Jetzt war er ein breitschultriger junger Mann mit markanten Zügen und festem Blick. Hinter ihm stürzte eine junge Frau auf die Treppe. Sie hatte waldgrüne Augen und blondes Nixenhaar, das lang und glatt über einen hastig übergeworfenen Morgenmantel aus dickem Wollstoff floss.

Die Fremde erstarrte bei Mailíns Anblick und klammerte sich an Mikas Arm, als würde sie sonst einfach fallen. Dann hauchte sie fassungslos: »Mailín?«

Mailín starrte ihre kleine Schwester an. *Nur, dass sie nicht mehr meine Kleine ist. Sie ist fast siebzehn — und so gut wie erwachsen.*

»Rún!«, brachte sie endlich hervor. Und dann lagen sie einander mitten auf der Treppe in den Armen und weinten und lachten zur gleichen Zeit. »Ich wusste, du bist nicht tot«, rief Rún zwischen zwei Küssen. »Ich habe es nie geglaubt.«

»Es tut mir so leid, dass ich dich zurückgelassen habe, Rún«, sagte Mailín mit erstickter Stimme.

»Du hast mir doch versprochen wiederzukommen«, antwortete Rún in diesem fremden neuen Tonfall, der nichts mehr mit dem ängstlichen Mädchen von damals zu tun hatte. »Und seit wann weint meine große Schwester?«, setzte sie verwundert hinzu. »Du liebe Güte, so kenne ich dich gar nicht!« Lachend wischte sie sich ihre Tränen ab und streckte die Hand nach Mika aus. »Mika kennst du doch noch?«, fragte sie. Und als Avas Bruder den Arm um Rún legte, verstand Mailín, wie viel sich in den Jahren tatsächlich verändert hatte. Aber vielleicht war es doch noch ihre Schwester, denn unter Mailíns überraschtem Blick errötete Rún und strich sich verlegen das Haar hinter das Ohr. Und vielleicht war auch ein Teil von Mika noch der schüchterne Junge, denn er lächelte nervös und senkte den Blick, als fürchtete er, von Mailín zurechtgewiesen zu werden. Seine Schwester Ava grinste nur vielsagend und verschränkte die Arme.

»Pjott hatte uns damals die Münzen gebracht, die du für uns dagelassen hattest«, sprudelte Rún hervor. »Vater hat es nicht ertragen, in dem alten Haus zu bleiben. Ich bin zu Ava und ihren Eltern gezogen. Elaj wohnt mit unseren Brüdern inzwischen bei Jussu im Hinterhaus. Manchmal spielt er mit Kerem für die

Leute, die nicht genug Feuerholz haben und in den schlimmsten Nächten zusammen mit den Kindern im Gastraum übernachten. Und unsere Brüder helfen bei den Holzfällern aus und arbeiten in der Schmiede.«

»Bei Joun.« Mailín wurde so warm ums Herz, dass sie zu strahlen begann. Es war seltsam, dass Ava nun schlagartig aufhörte zu lächeln und bekümmert die Brauen zusammenzog. »Ich hole unsere Mäntel«, murmelte sie und verschwand im Haus. Rún fror bereits im Schneeregen. Mika rieb ihren Arm und wärmte sie.

»Joun war all die Jahre wie ein Bruder für mich und die Jungs«, sagte Rún. »Und für unseren Vater wie ein Sohn.«

Mailín schluckte. »Wie geht es Joun?«

»So gut es jemandem geht, der die Frau verloren hat, die er heiraten wollte«, antwortete Rún erstaunlich erwachsen und ernst. Aber sie sah dabei nicht Mailín an, sondern blickte zu Saljo. Im Schein von Fackeln stand er neben Bürgermeister Kantal am Fuß der Treppe. Einige Leute waren aus ihren Häusern getreten. Zwischen den müden, zerrauften Gestalten mit Kissenfalten in den Gesichtern wirkte Saljo in seinem silberbeschlagenen Mantel mehr denn je wie ein Prinz aus einem Märchen. Er schenkte Rún ein Lächeln und nickte ihr zu. Rúns grüne Feenaugen wurden schmal. Im nächsten Moment wurde Mailín am Kragen gepackt und zur Seite gezogen. »Wo warst du nur die ganze Zeit?«, zischte die Rún, die Mailín nur zu gut kannte. »Und wer ist dieser hübsche Kerl, der dich anschaut, als wärst du die letzte Feuerstelle im Winter?«

Und obwohl Mailín die Ältere war, errötete sie unter Rúns Blick.

»Das ist Saljo Eismund«, sagte sie so leise, dass nur ihre Schwester es hören konnte. »Der Mann, den ich liebe.« Rún klappte der Mund auf. Hinter ihr trat Ava aus dem Haus. Sie sah nun wirklich unglücklich aus und drückte die Mäntel so fest an sich, als wollte sie sie erwürgen. Mit zusammengepressten Lippen beobachtete sie, wie Mailín zu Saljo trat. Entgegen ihrer Vereinbarung ergriff Mailín für einen Moment seine Hand, so, dass Ava es sehen konnte. *Puppenspielerin*, hörte sie Pjott im Geiste sagen. Aber gleich darauf wusste sie, was sie wissen wollte. Denn nun erhellte ein verräterisches Lächeln der Erleichterung Avas Miene. Und Rún straffte die Schultern, ging zu Saljo und umarmte ihn. »Willkommen in der Familie«, sagte sie sehr resolut und schenkte ihm ihr Feenlächeln. »Ich bin Rún.«

Schon vor den langen Sommern war das Gasthaus ein dickfelliges Gebäude mit winzigen Fensteraugen gewesen. Doch als die ganze regennasse Gruppe in den Gastraum drängte, sah Mailín, dass die Eiswinter der vergangenen Jahre das Haus wieder in einen Versammlungsort und eine Notunterkunft verwandelt hatten. Kinder lagerten hier auf Schaffellen und unter Decken vor dem Kaminfeuer. Verschlafen rieben sie sich die Augen, als Kantal nach Jussu rief. Von draußen schoben sich schon die Falúner herein, die die Nachricht eben erst erhalten hatten. Mailín wusste nicht mehr, wer sie alles umarmte. Leen zerquetschte ihr fast die Wangen, Pjott konnte es kaum fassen, sie zu sehen. Sie fiel von Umarmung zu Umarmung und hätte fast ihre Brüder nicht wiedererkannt, die zu zwei schlaksigen Riesen herangewachsen waren. Dann lag sie in Elajs Armen und wunderte sich darüber, wie klein ihr Vater in den drei Jahren geworden war. Auch er lachte und weinte zur gleichen Zeit. Doch er war offenbar so verwirrt, dass er sie mal Mailín und mal Dánija nannte. Rún führte ihn zum Kamin und deutete mit einem ernsten Kinnrucken zur Tür.

Und Mailín wusste schon, wer dort stand, bevor das Leuchten in Avas Augen es ihr verriet.

Als sie sich umwandte, war es, als wäre keine Stunde vergangen, seit sie das Gasthaus zusammen verlassen hatten. Sie achtete nicht auf das Getuschel und das Raunen der Umstehenden, sie warf sich einfach in Jouns Arme. Er fing sie auf, wie er sie immer aufgefangen hatte. Und als sie sich endlich losließen, blickte Mailín in ein älteres, erwachseneres Gesicht mit Linien von Kummer um Mund und Augen, in denen ein Schatten glomm, den sie nie an Joun gekannt hatte und der ihr dennoch bekannt vorkam. *Von meinem eigenen Spiegelbild,* dachte sie.

»Ich war sicher, ich hätte dich damals am See verloren«, sagte er. Er nahm ihre Hände und küsste ihre Finger, drückte sie an seine Brust, dort, wo sicher der Schmerz über ihren Verlust wohnte. »Wo warst du?«

Mailín zögerte, aber dann entzog sie ihm vorsichtig ihre Hände und trat zurück. »Im Land über dem gefrorenen Himmel, im Schloss der kalten Königin. Sie heißt Silja und herrscht über das Eisland. Und das hier ist Saljo Eismund – ihr Bruder.«

Die Falúner waren zu sprachlos, um einen Laut von sich zu geben. Mailín spürte die fassungslosen Blicke und sah aus dem Augenwinkel auch, wie Saljo sich ein Lächeln verkniff. »Ich habe auch Stella gefunden«, sagte sie zu Joun. »Sie ist eine Magierin geworden und dient nun der Königin. Tamar und Anna und die anderen Winterkinder der Eisjahre leben nicht mehr. Jetzt sind allein wir drei übrig – Stella, du und ich. Und der gefrorene Himmel ist Vergangenheit. Es gibt nur noch ein Meer, wo früher die leeren Steinbrüche waren. Und hinter dem Meer das Eisland.« Im Gasthaus war es so still geworden, dass das feuchte Holz im Kamin überlaut knackte und zischte. Joun runzelte die Stirn. »Was bedeutet das?«, fragte er gedehnt. Doch dabei straffte er die Schultern und verschränkte die Arme auf diese Art, die Mailín so gut kannte. Mit den Fäusten, die er unter seine Achselhöhlen drückte, hatte er sich schon als Kind gegen Antworten gewappnet, die er nicht hören wollte. *Wir kennen einander wirklich besser als jeder andere,* dachte Mailín. Ihr feiges Hasenherz schlug bis zum Hals. Aber diese Lektion hatte sie von Toma gelernt. *Sag die Wahrheit. Sei mutig. Und entscheide nie für andere.*

»Es bedeutet, alles hat sich verändert.«

Jouns Blick schweifte zu Saljo. Und wie früher konnte Mailín ihm auch heute ansehen, wie ein Gedanke den anderen fand. Doch niemals hätte sie damit gerechnet, dass Joun sich einfach umdrehte und ging. Die Tür fiel mit einem so lauten Donnern ins Schloss, dass sogar Jussu zusammenzuckte. Ohne zu zögern, stürzte Mailín Joun hinterher.

Er war schon am Ende der Straße, als sie ihn endlich einholte. »Hey«, rief sie. »Lass mich nicht so stehen!«

Joun fuhr zu ihr herum. »Ich lasse *dich* stehen?«, schrie er. »Verdammt, weißt du, wie viele Vorwürfe ich mir die vergangenen Jahre gemacht habe? Ich dachte, ich wäre schuld an deinem Tod, weil ich dich habe springen lassen, statt dich nach Hause zu bringen!«

»Es tut mir leid, Joun. Ich habe versucht, zurückzukehren. Und ich würde alles dafür tun, um dir diese Jahre wiederzugeben. Es tut mir leid, dass du um mich getrauert hast. Und noch mehr, dass ich mein Versprechen dir gegenüber breche.«

Endlich sah Joun sie direkt an. »Du hast mir niemals ein Versprechen gegeben.«

»Was?«

»Du hast niemals wirklich Ja gesagt!«, rief er. »Ich habe unzählige Male darüber nachgedacht, aber es stimmt: Du hast mir nur mit Gegenfragen geantwortet...«

»...und dich geküsst«, unterbrach ihn Mailín.

Joun stieß ein Schnauben aus. »Ein Kuss kann alles bedeuten.« Aber dann holte er tief Luft und nahm sich zusammen. »Hast du wenigstens diesem Eisländer eine richtige Antwort gegeben?«

»Das habe ich«, sagte sie leise. »Sie lautet Ja.«

Joun nickte und schluckte. »Werdet ihr bleiben?«

»Nicht lange«, antwortete Mailín. »Sobald wir ein Schiff haben, kehren wir zurück. Lovis wird mit uns kommen. Und sicher auch ein paar andere aus Falún, die ihre Verlorenen wiederfinden wollen.«

Joun rang sich ein bitteres Lächeln ab. »Wenn dein Eisland-Prinz Schiffe mag, dann passt ihr wohl wirklich besser zusammen als wir.«

Darauf wusste Mailín nichts zu erwidern. Und auch Joun schien klar zu werden, dass sie beide gerade nach einer schon längst vergangenen Melodie tanzten. »Was rede ich hier nur?«, sagte er verärgert. »Es spielt keine Rolle mehr, welche Pläne wir hatten. Die alten Zeiten sind vorbei – und die Hauptsache ist, dass du noch lebst.«

Und endlich löste sich die Spannung auf.

»Danke, dass du dich um Elaj und die Jungs gekümmert hast«, sagte Mailín aus ganzem Herzen.

»Es war mein Versprechen an dich, dass ich dich mit deiner Familie nicht alleine lasse«, erwiderte Joun. »Und im Grunde solltest du dich bei Ava bedanken. Sie hat mindestens ebenso viel für deine Leute getan.«

Seine Stimme bekam einen sanften Tonfall, als er Avas Name aussprach. Und die Art, wie er Mailíns fragendem Blick auswich, brachte sie fast zum Lächeln. »Hier!« Er holte etwas aus seiner Tasche und drückte es ihr in die Hand. »Das hatte ich damals am Ufer des Augensees gefunden. Es gehört dir.«

Mailín öffnete die Hand und blickte auf die Fischbeinflöte. Die Schuppen waren glatt gerieben, als hätte Joun sie unzählige Male in der Hand gehabt.

»Danke!«, sagte sie leise. Doch als sie aufblickte, hatte Joun sich schon abgewandt und ging die Straße entlang. Mailín hielt ihn nicht zurück. Denn manche Wege, das wusste sie inzwischen, konnte man nur allein gehen.

Saljo wartete an der Tür auf sie – neben einem Kerem, der mit seiner Felljacke und einem Bartschatten verwegener und wilder wirkte, als sie ihn kannte.

»Wird auch Zeit, dass du wieder reinkommst«, rief er ihr entgegen. »Avissa kann es kaum erwarten, die Neuigkeiten über Stella zu hören. Die anderen Mütter sind auch da. Und Pjott und Jussu wollen wissen, wie unsere Schankmagd es geschafft hat, ganz wie im Märchen den schönen Prinzen zu bekommen.«

Kerem zwinkerte Saljo zu und ging voraus ins Gasthaus.

Saljo atmete tief durch. »So ist also das Leben in deiner Stadt«, bemerkte er.

»Gewöhn dich daran«, erwiderte Mailín. »Und noch halten sie sich zurück. Warte bis zum Lichterfest.«

Saljo lachte. »Jedenfalls verstehe ich nun, warum du dich so nach Freiheit gesehnt hast.«

»Und jetzt weißt du auch, warum wir ein Schiff brauchen«, antwortete sie. Ganz von selbst fand ihre Hand in seine. Im Feuerschein der Fenster glühten seine Augen in dem warmen Sommergrün, das sie so sehr liebte. Doch bevor sie an der Schwelle noch einen Kuss stehlen konnten, ließ ein Rabenkrächzen sie beide aufblicken. Mailín wusste nicht, ob es der Geist des Saman mit den blauen Augen war, der sie besuchte. Aber für einen Moment erhaschte sie einen Blick durch Schleier zukünftiger Zeiten. Sie sah Ava mit Joun auf dem Lichterfest tanzen und

Rúns und Mikas Hochzeitszeremonie. Sie sah, wie Lovis nach einem Trauerjahr wieder zu leben begann und sich erlaubte, Kantals Werben zu erhören. Sie schaute in rot glühende Sommer und Winter, die still und weiß wie der Schlaf waren. Und als Saljo sie nun auf der Schwelle des Wirtshauses in seine Arme zog und küsste, öffneten sich Kontinente und Meere und ihr ganzes Herz.

»Woran denkst du gerade?«, flüsterte Saljo ihr zu.

»An unseren ersten Tanz«, erwiderte Mailín. »An Länder, die wir bereisen werden. Und an Winter und Sommer, die nur uns gehören.«

Autorin

NINA BLAZON, geboren in Koper bei Triest, las schon als Jugendliche mit Begeisterung Fantasy-Literatur. Selbst zu schreiben begann sie während ihres Germanistik-Studiums. Ihr erster Fantasy-Jugendroman wurde mit dem Wolfgang-Hohlbein-Preis und dem Deutschen Phantastik Preis ausgezeichnet. Seither haben Nina Blazons Bücher zahlreiche Preise erhalten, zuletzt 2016 den Seraph für »Der Winter der schwarzen Rosen«. Die erfolgreiche Kinder- und Jugendbuchautorin lebt in Stuttgart.

Von Nina Blazon sind bei cbj/cbt erschienen:
Silfur – Die Nacht der silbernen Augen (31216)
Lillesang – Das Geheimnis der dunklen Nixe (31071)
Laqua – Der Fluch der schwarzen Gondel (31259)
Fayra – Das Herz der Phönixtochter (31284)

Der Winter der schwarzen Rosen (31177)
Der dunkle Kuss der Sterne (31036)

Zweilicht (05658)
Ascheherz (30823)
Faunblut (30847)

Mehr über cbj auf Instagram unter @hey_reader

Nina Blazon
Der Winter der schwarzen Rosen

ca. 544 Seiten, ISBN 978-3-570-31177-6

In einer Festung, geschützt durch dunkle Magie, suchen die Zwillings-
schwestern Tajann und Lili Zuflucht vor ihren Verfolgern. Die Liebe der
einen Schwester wird zur Obsession werden und die der anderen wird
eine wahre Liebe sein. Denn mit den dunklen Mächten spielt man nicht
und etwas lauert in den Mauern, etwas Unberechenbares, etwas Böses ...

30313

www.cbj-verlag.de